HEYNE <

Das Buch

Als der mysteriöse Unbekannte, dem Jason Bourne kurz zuvor das Leben gerettet hat, das Bewusstsein wiedererlangt, greift er Bourne an und flüchtet. Was verbirgt der Mann? Dass Rebekka, eine mit Bourne befreundete Mossad-Agentin, offenkundig hinter dem Mann her ist, macht das Rätsel nur noch größer. In einem verborgenen Mossad-Lager im Libanon finden sie eine erste Spur. Diese führt sie nach Mexiko, wo Bourne und Rebecca den Flüchtigen schließlich im Haus eines mexikanischen Software-Magnaten aufspüren. Sie machen eine schreckliche Entdeckung: Eine teuflische Technologie, die in den falschen Händen Tod und Verderben bringen würde, steht kurz vor dem Abschluss. Die Spur des Komplotts reicht von Mexiko bis China und zu einem Energiekonzern, der – um den Markt zu beherrschen – buchstäblich über Leichen geht. Bourne ist fest entschlossen, dem Treiben ein Ende zu setzen und stellt sich den dunklen Mächten entgegen. Koste es, was es wolle.

Die Autoren

Robert Ludlum erreichte mit seinen Romanen, die in mehr als dreißig Sprachen übersetzt wurden, weltweit eine Auflage von über 300 Millionen Exemplaren. Robert Ludlum verstarb im März 2001. Die Romane aus seinem Nachlass erscheinen bei Heyne.
Eric Van Lustbader ist Autor zahlreicher internationaler Bestseller. Seine Bücher wurden in über zwanzig Sprachen übersetzt. Er lebt mit seiner Frau Victoria in New York und auf Long Island.

Im Anhang des Buches findet sich ein ausführliches Werkverzeichnis.

ROBERT LUDLUM
ERIC VAN LUSTBADER

DER BOURNE VERRAT

ROMAN

Aus dem Amerikanischen von Norbert Jakober

WILHELM HEYNE VERLAG
MÜNCHEN

Die Originalausgabe THE BOURNE IMPERATIVE
erschien bei Grand Central Publishing, New York

MIX
Papier aus verantwortungsvollen Quellen
FSC
www.fsc.org
FSC® C014496

Verlagsgruppe Random House FSC® N001967
Das für dieses Buch verwendete FSC®-zertifizierte Papier
Holmen Book Cream liefert Holmen Paper, Hallstavik, Schweden.

Vollständige deutsche Taschenbuchausgabe 05/2015

Published by arrangement with the Estate of Robert Ludlum
Printed in Germany 2015
Umschlaggestaltung und Motiv: Nele Schütz Design, München
unter Verwendung der Abbildungen von
© Rob Lang/Photolibrary/Getty Images
Satz: Christine Roithner Verlagsservice, Breitenaich
Druck und Bindung: GGP Media GmbH, Pößneck

ISBN: 978-3-453-43631-2

www.heyne.de

PROLOG

SADELÖGA, SCHWEDEN

Sie tauchte aus dem Nebel auf, und er rannte, wie schon seit Stunden, seit Tagen. Es kam ihm vor, als wäre er schon wochenlang allein, auf der Flucht, mit dem quälenden Gedanken im Kopf, dass sie ihn hintergangen hatte. An Schlaf war nicht zu denken, nicht einmal an eine kurze Rast. Er wusste nur eines: Sie war ihm wieder auf den Fersen, nachdem er zum dreizehnten oder vierzehnten Mal geglaubt hatte, sie abgeschüttelt zu haben. Und doch war sie hier und verfolgte ihn wie ein Todesengel, unzerstörbar und unerbittlich.

Es gab nur noch sie beide, nichts mehr außerhalb der weißen Wand aus Schnee und Eis und der kleinen roten Fischerhäuser, die nur das Nötigste enthielten: eine Lebenseinstellung, die er bewunderte.

Der Nebel brannte wie Feuer: ein kaltes Feuer auf der Haut, wie die Berührung ihrer Hände … wann war das gewesen? Vor einigen Tagen? Vor einer Woche? Als sie noch mit ihm geschlafen hatte, als sie ein anderer Mensch gewesen war, seine Geliebte, eine Frau, die schnell herausfand, wie sie ihn zum Zittern bringen konnte vor Lust.

Er rannte und glitt über einen zugefrorenen See, rutschte aus, verlor seine Pistole, sie schlitterte über das Eis. Er wollte sich nach ihr bücken, da hörte er einen Zweig knacken, messerscharf in der kalten Luft.

Er ließ seine Waffe liegen und flüchtete in einen kleinen Kiefernwald. Pulvriger Schnee sprühte ihm ins Gesicht, bedeckte die Augenbrauen und seine Bartstoppeln von der langen Flucht quer über die Kontinente. Er verschwendete keine Sekunde mehr damit, sich nach seiner Verfolgerin umzublicken.

Sie war seiner Spur vom Libanon bis hierher gefolgt. Er war ihr in einer verrauchten Bar in Dahr El Ahmar begegnet, obwohl er sich inzwischen eingestand, dass ihre »Begegnung« wohl kein Zufall war, dass alles, was sie gesagt und getan hatte, einen bestimmten Zweck verfolgt hatte. Er sah das alles so klar vor sich – jetzt, da sich entscheiden musste, ob er entkommen oder sterben würde. Er hatte geglaubt, sie zu täuschen, doch in Wahrheit hatte sie ihn getäuscht – ihn, den erfahrenen, eiskalten Profi. Wie hatte er nur so unachtsam sein können? Die Antwort war klar: Der Todesengel war einfach unwiderstehlich.

Zwischen den Kiefern blieb er stehen und stieß eine dicke Atemwolke aus. Es war bitterkalt, doch in seiner Tarnjacke fühlte er sich, als würde er bei lebendigem Leib verbrennen. Er stützte sich auf einen schwarzen Baumstamm und ließ seine Gedanken zu jenem Hotelzimmer schweifen: der Gestank von Schweiß und Sex, dann dieser Augenblick, in dem sie ihn in die Lippe gebissen und geflüstert hatte: »Ich weiß es. Ich weiß, was du bist.«

Nicht *wer*, sondern *was*.

Sie wusste es. Er blickte sich in dem Gewirr der Zweige um, dem Labyrinth der Nadeln, in dem er sich versteckte. Es war unmöglich. Wie konnte sie es wissen? Und dennoch …

Erneut hörte er einen Zweig knacken und drehte sich ganz langsam um, alle Sinne auf die Richtung konzentriert, aus der das Geräusch gekommen war. Wo war sie? Der Tod konnte jeden Moment zuschlagen, doch er wusste, dass es kein schneller Tod sein würde. Es gab zu viele Geheimnisse, die sie ihm entreißen wollte, sonst hätte sie ihn schon in dem Hotelzimmer während des wilden Liebesspiels getötet. Der Gedanke daran erregte ihn immer noch, obwohl er genau wusste, wie nah er dem Tod gewesen war. Sie hatte mit ihm gespielt, vielleicht weil sie ihr Zusammensein genauso genossen hatte wie er. Er lächelte grimmig. Was war er doch für ein Narr! Er redete sich immer noch etwas ein, wo er es doch längst besser wusste. Diese Frau hatte ihn verzaubert! Zitternd ging er in die Hocke und drückte sich mit dem Rücken gegen die raue Kiefernrinde.

Er wollte nicht mehr weglaufen. Hier in dieser vereisten Einöde würde er ihr entgegentreten, auch wenn er noch nicht wusste, wie er das Zusammentreffen überleben sollte. Hinter sich hörte er das Rauschen des Wassers. In Sadelöga war die Ostsee immer nah, überall lag ein Geruch von Salz und Seetang in der Luft.

In seinem Augenwinkel tauchte ein Schatten auf. Da war sie! Hatte sie ihn gesehen? Er wollte sich bewegen, doch seine Beine fühlten sich an wie aus Blei. Er spürte seine Füße nicht mehr. Langsam drehte er den Kopf und sah sie zwischen den Bäumen näher kommen.

Sie hielt inne, legte den Kopf auf die Seite und lauschte, als könnte sie ihn atmen hören.

Unwillkürlich strich seine Zunge über die geschwollene Unterlippe. Seine Gedanken flogen zu einer Ausstellung von japanischen Holzschnitten, die er einmal gesehen hatte. Die Arbeiten strahlten Klarheit und Gelassenheit aus, bis auf eine erotische Darstellung einer Frau in höchster Ekstase in den acht Armen ihres Geliebten. So ungefähr sah er seine gefährliche Geliebte und Verfolgerin. In dem stinkenden Hotelzimmer in Dahr El Ahmar hatte er den Gipfel der Ekstase erreicht, wie die Frau in dem Kunstwerk. So gesehen, bereute er nichts. Nie hatte er gedacht, dass ihm jemand solche Lust bereiten könnte, und er empfand eine perverse Dankbarkeit, obwohl ihm diese Frau vielleicht den Tod bringen würde.

Er erschrak. Sie kam näher. Obwohl er sie in dem Labyrinth von Bäumen nicht hören und auch nicht mehr sehen konnte, spürte er ihre Anwesenheit, als würde sie auf unerklärliche Weise von ihm angezogen werden. Er saß still da und bereitete sich in Gedanken auf den Moment vor, in dem sie ihn finden würde.

Er brauchte nicht lange zu warten. Die Sekunden vergingen langsam, als würden sie mit dem Wasser hinter ihm forttreiben. Er hörte sie seinen Namen rufen, leise und sanft, wie sie es im Bett getan hatte, als ihre Körper ekstatisch ineinander verschlungen waren. Ein Schauer lief ihm über den Rücken und zwischen die Beine.

Doch er war noch nicht am Ende. Es lag an ihm, dieses Schlachtfeld lebend zu verlassen.

Er senkte den Kopf und zog die Knie langsam an die

Brust. Der Schneefall musste stärker geworden sein, denn immer mehr Flocken fanden den Weg durch das Gewirr der Kiefernnadeln. Die grünen Schatten verfärbten sich dunkelgrau und machten ihn fast unsichtbar. Der Schnee legte sich leicht wie das Flattern von Engelsflügeln auf ihn. Sein Herz hämmerte, er spürte den Puls in seinem Hals.

Noch lebe ich, dachte er.

Er fühlte ihre Nähe, als sie zwischen zwei Kiefern durchschlüpfte. Seine Nasenflügel blähten sich, ein Tier witterte das andere. Egal, wie es ausging, die Jagd war zu Ende. Er spürte eine gewisse Erleichterung. Bald würde es vorbei sein.

Sie war nun so nah, dass er das Knirschen ihrer Stiefel auf der dünnen Schneedecke hörte. Zwei Meter vor ihm blieb sie stehen. Ihr Schatten fiel auf ihn; er hatte ihn immer gespürt in den Wochen, in denen er vergeblich versucht hatte, sie abzuschütteln.

Ich weiß, was du bist, hatte sie gesagt, also wusste sie auch, dass er auf sich allein gestellt war. Es gab keine Kontaktpersonen, an die er sich im Notfall wenden konnte. Er war völlig isoliert, damit der Organisation keine Gefahr drohte, falls er gefasst und einem verschärften Verhör unterzogen wurde. Dennoch kannte er einige brisante Geheimnisse, und sie würde gewiss alles tun, um sie ihm zu entreißen.

Wieder sagte sie seinen Namen, diesmal deutlicher, und er hob das Kinn von seiner Brust und schaute ihr in die Augen. Sie hielt ihre Pistole auf sein rechtes Knie gerichtet.

»Die Flucht ist zu Ende«, sagte sie.

»Stimmt«, nickte er.

Sie sah ihn mit einem seltsamen, fast gütigen Ausdruck an. »Das mit der Lippe tut mir leid.«

Er lachte kurz und bitter auf. »Ich habe wohl einen kräftigen Weckruf gebraucht.«

Ihre Augen hatten die Farbe und Form von reifen Oliven und bildeten einen lebhaften Kontrast zu ihrer braun getönten Haut und dem schwarzen Haar, das bis auf ein paar Strähnen unter der Kapuze verborgen war. »Warum tust du, was du tust?«

»Warum tust du es?«

Sie lachte leise. »Das ist ganz einfach.« Sie hatte eine edle römische Nase, feine Wangenknochen und einen sinnlichen Mund. »Ich kämpfe für die Sicherheit meines Landes.«

»Auf Kosten aller anderen Länder.«

»Wenn es sein muss, ja.« Sie schüttelte den Kopf. »Aber das verstehst du nicht.«

»Du bist dir deiner Sache sehr sicher.«

Sie zuckte die Achseln. »So bin ich nun mal.«

Er rührte sich ganz leicht. »Sag mir eines. Was hast du dir dabei gedacht, als wir miteinander im Bett waren?«

Ihr Lächeln veränderte sich ganz leicht, doch das war auch schon ihre ganze Antwort.

»Du wirst mir erzählen, was ich wissen will«, sagte sie schließlich. »Erzähl mir vom Dschihad bis-sayf.«

»Nicht einmal an der Schwelle des Todes.«

Ihr Lächeln hatte wieder etwas Intimes und Geheimnisvolles, so wie in dem Hotelzimmer in Dahr El Ahmar. Er hatte es für einen Ausdruck dessen gehalten, was zwischen ihnen war, und das war nicht einmal falsch. Doch die Wahrheit dahinter war ihm entgangen.

»Du hast kein Land, dem du dich verpflichtet fühlst. Dafür haben deine Herren schon gesorgt.«

»Wir haben alle unsere Herren«, erwiderte er. »Auch wenn wir uns etwas anderes einreden.«

Als sie einen Schritt auf ihn zu machte, stieß er mit dem Messer zu, das er eng am Körper gehalten hatte. Sie stand zu nahe, um ausweichen zu können. Als sie reagierte, hatte das Messer bereits ihren Parka zerrissen und sich in ihre rechte Schulter gebohrt. Sie schwenkte die Pistole wieder auf ihn, doch er stürzte sich auf sie, warf sie auf den Rücken und drückte sie mit seinem größeren Gewicht in den Schnee.

Er versetzte ihr einen harten Fausthieb gegen den Kiefer. Ihre Pistole lag ein paar Meter entfernt im Schnee. Sie überwand ihre Benommenheit und warf ihn ab. Im Fallen erwischte er den Griff des Messers und stieß es noch tiefer in ihre Schulter. Sie biss die Zähne zusammen und rammte ihm die Finger gegen den Kehlkopf. Hustend und würgend ließ er das Messer los. Sie packte es und zog es heraus. Dunkel schimmerndes Blut lief an der schmalen Klinge hinunter.

Er wirbelte herum, schnappte sich ihre Pistole und richtete sie auf sie. Als sie ihm ins Gesicht lachte, drückte er ab, wieder und wieder. Das Magazin war leer. Was hatte sie vorgehabt? Der Gedanke wirbelte ihm durch den Kopf, während sie eine Glock 20 aus dem Parka zog. Er schleuderte ihr die nutzlose Waffe an den Kopf, drehte sich um und lief. Im Zickzack zwischen den Bäumen hindurch, zum Wasser hinunter. Seine einzige Chance, zu entkommen.

Im Laufen riss er den Reißverschluss seiner Jacke auf und schüttelte sie ab. Im Wasser würde sie ihn nur nach unten ziehen. Das Wasser würde eiskalt sein – so kalt, dass ihm höchstens fünf, sechs Minuten blieben, um sich in Sicherheit zu bringen, bevor ihn die Kälte lähmen und er hilflos untergehen würde.

Ein Schuss pfiff an seinem rechten Knie vorbei, und er stolperte, krachte gegen einen Baum und lief weiter durch den Wald, zum Wasser hin, dessen Rauschen wie eine rettende Armee immer näher kam. Er keuchte eine Atemwolke vor sich her und trieb sich weiter an.

Als er das Wasser aufblitzen sah, hob sich sein Herz, und das Atmen fiel ihm leichter. Er hetzte zwischen den Kiefern hervor, über das verschneite Gras und zwischen den Felsen hindurch, die steil zum Meer abfielen.

Er war fast am Ziel, als er auf einer schlammigen Stelle ausrutschte. Im selben Augenblick streifte ihn eine Kugel am Kopf, die für seine Schulter bestimmt war. Er rannte blindlings weiter, mit brennenden Beinen, Blut in den Augen, und warf sich schließlich in das eisige Nass.

Jason Bourne ließ seinen Blick über die winzigen Inseln in der Umgebung schweifen, während er in dem kleinen Boot saß und die Angel im Wasser kreisen ließ, um vielleicht eine Seeforelle, einen Hecht oder Barsch zu fangen.

»Sie angeln nicht besonders gern, oder?«, meinte Christien Norén.

Bourne brummte etwas und wischte sich den Schnee von den Ärmeln. Der heftige Schneefall hörte so plötzlich auf, wie er begonnen hatte. Der Himmel war in trostloses Grau gehüllt.

»Halten Sie die Angel still«, mahnte Christien. »Sie vertreiben ja die Fische.«

»Nicht ich.« Bourne blickte stirnrunzelnd ins Wasser mit seinen braunen und grünen Farbtönen. Dunkle Schatten wiegten sich wie zu einer unhörbaren Melodie. »Etwas anderes vertreibt sie.«

»Oho«, lachte Christien. »Da haben wir's wohl mit einer Unterwasser-Verschwörung zu tun.«

Bourne blickte zu ihm auf. »Warum sind Sie mit mir hier herausgefahren? Ihnen macht das Angeln doch auch nicht viel mehr Spaß als mir.«

Christien schaute ihn einen Moment lang schweigend an. »Wenn man über Verschwörungen sprechen will, tut man das am besten an einem Ort ohne Wände.«

»Deshalb also wollten Sie von Stockholm weg.«

Christien nickte. »Nur dass Sadelöga auch nicht abgelegen genug ist.«

»Aber hier draußen auf dem Wasser ist es ideal.«

»Genau.«

»Ich hoffe, Sie haben eine gute Erklärung für das, was Sie und Don Fernando im Schilde führen. Was ich von Peter Marks in Washington gehört habe ...«

»Das ist nicht gut«, stimmte Christien zu. »Es ist sogar ziemlich schlimm. Und deshalb ...«

Bourne brachte ihn mit einer knappen Geste zum Schweigen. Er deutete auf das Kräuseln des Wassers ganz nah beim Boot. Etwas regte sich unter der Oberfläche, etwas Großes, das nach oben strebte.

»Großer Gott«, rief Christien aus.

Bourne ließ seine Angel los und griff nach dem menschlichen Körper, der aus der Tiefe auftauchte.

ERSTES BUCH

EINS

»Gerüchte, Andeutungen, Vermutungen.« Der Präsident der Vereinigten Staaten überflog über den Tisch hinweg den ledergebundenen Geheimdienstbericht des Verteidigungsministers.

»Bei allem Respekt, Sir«, entgegnete Christopher Hendricks, »ich denke, es ist schon etwas mehr.«

Der Präsident sah seinem engen Vertrauten in die Augen. »Sie halten es für wahr, Chris.«

»Ja, Sir.«

Der Präsident deutete auf die Ledermappe. »Wenn ich in meiner langen, wechselvollen politischen Laufbahn eines gelernt habe, dann dass eine Wahrheit ohne Fakten gefährlicher ist als eine Lüge.«

Hendricks trommelte mit den Fingern auf die Mappe. »Wieso das, Sir?«, fragte er ohne Groll, sondern mit ehrlichem Interesse.

Der Präsident seufzte tief. »Weil sich Gerüchte, Andeutungen und Vermutungen ohne Fakten sehr oft zu einem Mythos auswachsen, der sich in den Köpfen der Leute festsetzt. Es entsteht eine Figur, die viel mehr ist als ein normaler Mensch. Eher so was wie Nietzsches ›Übermensch‹.«

»Und Sie glauben, das ist hier der Fall?«

»Genau.«

»Und dieser Mann existiert nicht wirklich?«

»Das habe ich nicht gesagt.« Der Präsident legte die Unterarme auf den glänzenden Schreibtisch. »Was ich nicht glaube, sind all die Gerüchte, was er angeblich getan haben soll. Dafür gibt es überhaupt keine Beweise.«

Einige Augenblicke herrschte Schweigen im Oval Office. Von draußen hörte man kurz einen Laubbläser vor den Betonbarrieren, die das Gelände umgaben. Hendricks schaute aus dem Fenster, sah jedoch keine Blätter. Das passte irgendwie zu der geheimniskrämerischen Art, in der alles im Weißen Haus vor sich ging.

Hendricks räusperte sich. »Sir, ich bin trotzdem davon überzeugt, dass er eine ernst zu nehmende Bedrohung für dieses Land darstellt.«

Die Augen des Präsidenten waren halb geschlossen, er atmete tief und gleichmäßig. Hätte Hendricks es nicht besser gewusst, hätte er gedacht, dass der Mann eingeschlafen war.

Der Präsident deutete auf den Bericht, und Hendricks schob ihm die Mappe über den Tisch zu. Der Präsident öffnete sie und blätterte die dicht bedruckten Seiten durch. »Erzählen Sie mir von Ihrem Laden.«

»Treadstone läuft schon ganz gut.«

»Beide Direktoren sind auf dem Laufenden?«

»Ja.«

»Sie sagen mir das ein bisschen zu schnell, Chris. Vor vier Monaten wurde Peter Marks von einer Bombe erwischt, als er in sein Auto einsteigen wollte. Gleichzeitig wurde Soraya Moore in Paris schwer verletzt.«

»Sie hat ihren Job erledigt.«

»Sie brauchen sich nicht zu rechtfertigen«, sagte der Präsident. »Ich mache mir einfach nur Sorgen.«

»Sie wurden eingehend gecheckt und sind körperlich und psychisch topfit.«

»Das freut mich wirklich zu hören, Chris. Aber diese beiden Direktoren sind schon einmalig in ihrer Art.«

»Inwiefern?«

»Kennen Sie vielleicht irgendeinen Geheimdienstdirektor, der ständig selbst draußen im Einsatz ist?«

»So läuft das nun einmal bei Treadstone. Es ist eine sehr kleine Organisation.«

»Ich weiß.« Der Präsident hielt einen Augenblick inne. »Und wie macht sich Dick Richards?«

»Er arbeitet sich gut ein.«

Der Präsident nickte und tippte sich mit dem Zeigefinger nachdenklich an die Unterlippe. »Na schön«, sagte er schließlich. »Setzen Sie Treadstone auf die Sache an, wenn Sie meinen – Marks, Moore, Richards, wen Sie wollen. Aber …« – er hob einen mahnenden Zeigefinger – »Sie liefern mir einen täglichen Bericht über Ihre Fortschritte. Und vor allem will ich Fakten, Chris. Liefern Sie mir Beweise, dass dieser Geschäftsmann …«

»Er ist ein Feind unseres Landes.«

»Was auch immer, ich will einen Beweis, dass wir uns um ihn kümmern müssen, ansonsten soll sich Ihr wertvolles Personal lieber mit wichtigeren Angelegenheiten befassen. Verstanden?«

»Ja, Sir.« Hendricks stand auf und verließ das Oval Office noch besorgter, als er gekommen war.

Als Soraya Moore vor drei Monaten aus Paris zurückgekehrt war, hatte sie Treadstone verändert vorgefunden.

Zum einen war das Hauptquartier wegen der Autobombe, die in der Parkgarage hochgegangen war, von Washington nach Langley, Virginia, verlegt worden. Eine zweite Veränderung war der groß gewachsene, lattendürre Mann mit dem schütteren Haar und dem einnehmenden Lächeln.

»Wer hat meine alte Firma geklaut?«, hatte sie zu ihrem Kodirektor und engen Freund Peter Marks gesagt.

Peter hatte schallend gelacht und sie umarmt. Sie wusste, dass er sie nach Amun Chalthoum, dem Chef des ägyptischen Geheimdienstes, fragen wollte, der während ihrer Mission in Paris getötet worden war. Sie sah ihn warnend an, und er verkniff sich die Frage.

Der große dünne Mann trat aus seiner Arbeitsnische und hielt ihr die Hand hin. Er stellte sich als Dick Richards vor. Absurder Name, dachte Soraya.

»Schön, dass Sie wieder da sind«, sagte er freundlich.

Sie sah ihn fragend an. »Sie kennen mich doch gar nicht.«

»Ich habe viel von Ihnen gehört, seit ich hier bin, vor allem von Direktor Marks.« Er lächelte. »Wenn Sie möchten, würde ich Ihnen gern das Material zeigen, an dem ich arbeite.«

Sie setzte ein Lächeln auf, bis er ihnen schließlich zunickte und zurück an seinen Arbeitsplatz ging. Soraya wandte sich Peter zu. »Dick Richards? Heißt er wirklich so?«

»Klingt komisch, aber sein Name ist tatsächlich Richard Richards.«

»Was hat sich Hendricks dabei gedacht?«

»Richards ist nicht auf Hendricks' Mist gewachsen. Der Präsident hat ihn uns geschickt.«

Soraya blickte zu Richards hinüber, der schon wieder an seinem Computer saß. »Dann haben wir wohl einen Spion im Haus?«

»Mag sein«, meinte Peter. »Immerhin scheint er eine Kanone im Aufspüren und Eliminieren von Spionagesoftware zu sein.«

Ihre Bemerkung war eigentlich als Scherz gemeint, doch Peters Antwort war durchaus ernst. »Heißt das, der Präsident vertraut Hendricks nicht mehr?«

»Nach allem, was passiert ist«, flüsterte Peter ihr ins Ohr, »sind wir dem Präsidenten anscheinend suspekt.«

Nach und nach überwanden Soraya und Peter das Trauma, das ihnen vor vier Monaten unabhängig voneinander widerfahren war. Es dauerte lange, bis sie imstande war, über Amun zu sprechen. Peter zeigte wie immer eine unendliche Geduld mit ihr; er wusste, sie würde ihm alles erzählen, wenn sie so weit war.

Sie hatten soeben einen Anruf von Hendricks erhalten, der in einer Stunde ein Briefing abhalten wollte. Ohne ein Wort zu sagen, griffen beide nach ihrer Jacke, um die Zeit bis dahin zu nutzen.

»Einsatzbesprechung in vierzig Minuten«, sagte die pummelige Blondine namens Tricia zu Peter, als sie zur Tür gingen. Peter brummte etwas, mit den Gedanken schon woanders.

Sie verließen das Gebäude, überquerten die Straße, besorgten sich Kaffee und Zimtschnecken und schlenderten in den Park mit seinen kahlen Bäumen, stets mit dem Rücken zum Treadstone-Gebäude.

»Das Schlimme ist«, begann sie, »dass Richards ein schlauer Bursche ist. Wir könnten ihn ganz gut gebrauchen.«

»Wenn wir ihm trauen könnten.«

Soraya nahm einen Schluck Kaffee, um sich innerlich aufzuwärmen. »Wir könnten versuchen, ihn auf unsere Seite zu ziehen.«

»Dann würden wir uns gegen den Präsidenten stellen.«

Sie zuckte die Achseln. »Ist das was Neues?«

Er lachte und nahm sie in die Arme. »Ich hab dich vermisst.«

Sie runzelte die Stirn und kaute nachdenklich einen Bissen Zimtschnecke. »Ich war lange in Paris.«

»Das wundert mich nicht. Die Stadt lässt einen nicht so schnell los.«

»Es war ein Schock, Amun zu verlieren.«

Peter war so einfühlsam, seine Meinung für sich zu behalten. Eine Weile schlenderten sie schweigend durch den Park. Ein Junge ließ mit seinem Vater einen Bat-Signal-Drachen steigen. Sie lachten ausgelassen, und der Vater legte dem Jungen den Arm um die Schultern. Der Drachen stieg immer höher.

Soraya betrachtete die beiden und hob den Blick zum Drachen hinauf. »Als es vorbei war«, sagte sie schließlich, »da fragte ich mich: Was tu ich eigentlich? Will ich mein ganzes Leben so verbringen – Freunde verlieren und …?« Einen Moment lang konnte sie nicht weitersprechen. Sie hatte starke, wenn auch widersprüchliche Gefühle für Amun. Eine Zeit lang hatte sie sogar geglaubt, ihn zu lieben, doch das hatte sich als Irrtum herausgestellt. Die Erkenntnis verstärkte ihre Schuldgefühle noch mehr. Wenn sie ihn nicht darum gebeten und er sie nicht geliebt hätte, wäre er nie nach Paris gekommen. Dann würde er jetzt noch leben.

Sie hatte ihren Appetit verloren und schenkte ihren Kaffee und den Rest der Zimtschnecke einem Obdachlosen auf einer Bank, der erstaunt aufblickte und sich dann mit einem Kopfnicken bedankte. Nachdem sie sich ein Stück von ihm entfernt hatten, sagte sie leise: »Peter, ich kann mich selbst nicht mehr leiden.«

»Du bist auch nur ein Mensch.«

»Oh, bitte.«

»Hast du vorher nie Fehler gemacht?«

»Nur ein Mensch, ja«, sagte sie mit gesenktem Kopf. »Aber ein so schwerer Fehler darf mir nicht wieder passieren.«

Erneut verfiel sie in tiefes Schweigen, so lange, dass Peter sich Sorgen zu machen begann. »Du hast doch nicht etwa vor, alles hinzuschmeißen?«

»Vielleicht gehe ich wieder nach Paris.«

»Im Ernst?«

Sie nickte.

Peters Gesichtsausdruck veränderte sich plötzlich. »Du hast jemanden kennengelernt.«

»Kann sein.«

»Kein Franzose. Sag nicht, du hast einen Franzosen kennengelernt.«

Schweigend beobachtete sie, wie der Drachen immer höher stieg.

Er lachte. »Okay, dann geh«, sagte er. »Nein, geh nicht. Bitte.«

»Es ist nicht nur das«, erklärte sie. »In Paris ist mir

klar geworden, dass es mehr gibt als dieses Leben im Schatten.«

Peter schüttelte den Kopf. »Wenn ich nur wüsste, was ich sagen soll …«

Plötzlich gab ein Bein unter ihr nach. Sie taumelte und wäre gefallen, hätte Peter nicht seinen Kaffeebecher fallen lassen und sie gestützt. Besorgt führte er sie zu einer Bank. Sie setzte sich, beugte sich vor und barg den Kopf in beiden Händen.

»Atme erst mal tief durch«, sagte er und legte ihr die Hand auf den Rücken. »Schön langsam.«

Sie nickte und folgte seinem Rat.

»Soraya, was hat das zu bedeuten?«

»Nichts.«

»Einen alten Schwindler kannst du nicht anschwindeln.«

Sie nahm einen tiefen Atemzug und ließ die Luft langsam entweichen. »Ich weiß es nicht. Seit dem Krankenhaus habe ich immer wieder diese Schwindelanfälle.«

»Warst du schon beim Arzt?«

»In letzter Zeit passierte es immer seltener. Das letzte Mal vor zwei Wochen.«

»Und jetzt wieder.« Er strich ihr mit der Hand über den Rücken, um sie zu beruhigen. »Du musst unbedingt zum …«

»Hör auf, mich wie ein Kind zu behandeln.«

»Dann hör auf, dich wie ein Kind zu benehmen.« Mit sanfterer Stimme fügte er hinzu: »Ich mach mir einfach Sorgen, und es wundert mich, dass du es nicht selbst ernst nimmst.«

»Na schön«, gab sie schließlich nach.

»Du kannst also jetzt nicht weg«, erwiderte er halb im Scherz. »Erst musst du …«

Sie lachte und hob endlich den Kopf. In ihren Augenwinkeln schimmerten Tränen. »Genau das ist mein Dilemma.« Sie schüttelte den Kopf. »Ich finde einfach keinen Frieden, Peter.«

»Du meinst, du verdienst gar keinen Frieden.«

Sie sah ihn an, und er zuckte mit den Achseln und lächelte ein wenig zögerlich. »Vielleicht sollten wir einander erklären, warum wir beide ein bisschen Glück verdienen.«

Sie stand auf, ohne sich von ihm helfen zu lassen, und sie gingen auf dem Weg zurück. Der Obdachlose war mit dem Frühstück fertig, das ihm Soraya spendiert hatte, und lag mit angezogenen Beinen auf der Bank, mit ein paar Blättern der *Washington Post* zugedeckt.

Im Vorbeigehen hörten sie ihn laut schnarchen, als könnte ihn nichts auf der Welt aus der Ruhe bringen. Und vielleicht war es auch so, dachte sie.

Sie wandte sich Peter zu. »Was würde ich nur ohne dich anfangen?«

Sein Lächeln wurde breiter, während er an ihrer Seite schlenderte. »Weißt du, das frag ich mich auch oft.«

»Weg?«, sagte der Direktor. »Wie weg?«

Über seinem Kopf prangte das aktuelle Mossad-Motto aus dem Alten Testament, Sprüche Salomos 11,14: *Wo nicht weiser Rat ist, da geht das Volk unter; wo aber viele Ratgeber sind, findet sich Hilfe.*

»Sie ist untergetaucht«, antwortete Dani Amit, der Leiter der Mossad-Abteilung für Informationsbeschaffung. »Niemand weiß, wo.«

»Wir müssen sie unbedingt finden.« Der Direktor schüttelte seinen Zottelkopf und schürzte die Lippen, ein Zeichen seiner Anspannung. »Rebekka ist eine zentrale Figur in dieser Angelegenheit.«

»Das ist mir klar, Sir. Uns allen.«

»Dann …«

Dani Amits blaue Augen wirkten unendlich traurig. »Wir sind einfach machtlos.«

»Wie kann das sein? Sie ist doch eine von uns.«

»Genau das ist das Problem. Wir haben ihr zu viel beigebracht.«

»Trotzdem müssten unsere Leute sie finden, schließlich sind sie genauso gut ausgebildet. Aber anscheinend ist sie besser.« Der Vorwurf war nicht zu überhören.

»Ich fürchte …«

»Ausreden helfen uns jetzt nicht weiter«, fiel ihm der Direktor ins Wort. »Ihr Job bei der Fluglinie?«

»Eine Sackgasse. Auch dort haben sie seit dem Vorfall in Damaskus vor sechs Wochen keinen Kontakt mehr mit ihr.«

»Was ist mit ihrem Telefon?«

»Sie hat es entweder weggeworfen oder das GPS abgestellt.«

»Freunde, Verwandte.«

»Haben wir alle befragt. Ich bin mir hundertprozentig sicher, dass Rebekka niemandem von uns erzählt hat.«

»Ein solcher Verstoß …«

Er brauchte den Satz nicht zu Ende zu sprechen. Die internen Regeln des Mossad waren wie die Zehn Gebote, und Rebekka hatte gegen das oberste verstoßen.

Der Direktor drehte sich um und starrte mürrisch

aus dem Fenster seines Satellitenbüros im obersten Stockwerk eines Bürogebäudes in Herzlia. Am anderen Ende der Stadt befanden sich die Mossad-Akademie und die Sommerresidenz des Ministerpräsidenten. Der Direktor kam oft hierher, wenn er melancholisch wurde und ihn die Atmosphäre im Hauptquartier im nahen Tel Aviv nervte. Hier stand ein Brunnen in der kreisförmigen Auffahrt, und duftende Blumen blühten das ganze Jahr über, ganz zu schweigen vom nahen Hafen mit seinen Segelbooten, die sich sanft auf ihren Liegeplätzen wiegten. Der Wald aus Masten hatte etwas Beruhigendes an sich, selbst für Amit. Die Boote vermittelten ein Gefühl von Beständigkeit in einer Welt, in der sich von einem Moment auf den anderen alles ändern konnte.

Der Direktor segelte für sein Leben gern. Wann immer er einen Mann verlor – was zum Glück nicht so oft vorkam –, fuhr er mit seinem Boot hinaus, allein mit dem Meer und dem Wind und den klagenden Rufen der Möwen. »Findet sie, Dani«, sagte er schroff, ohne sich umzudrehen. »Krieg raus, warum sie sich über die Anweisungen hinweggesetzt hat. Und auch, was sie weiß.«

»Ich glaube nicht …«

»Sie hat uns verraten.« Der Direktor wirbelte herum und beugte sich vor. Der Bürostuhl ächzte unter seiner massigen Gestalt. Er legte seine ganze Autorität in jedes einzelne Wort. »Sie ist eine Verräterin. Wir werden dementsprechend mit ihr verfahren.«

»*Memuneh*, ich weiß nicht, ob es klug ist, vorschnelle Entscheidungen zu treffen.« Amit hatte ihn mit dem internen Titel angesprochen, der so viel wie *Erster unter Gleichen* bedeutete.

Die kugel- und bombensicheren Fenster waren mit einer Schutzschicht gegen Spionagevorrichtungen versehen, sodass man sich in dem Raum ein bisschen vorkam wie unter Wasser. Die Augen des Direktors schimmerten im gedämpften Licht wie die eines Tiefseefisches im Schein der Kopflampe eines Tauchers. »Ich weiß, dass sie deine Lieblingsschülerin ist, aber es wird Zeit, deinen Irrtum einzugestehen. Wir haben vielleicht keinen hundertprozentigen Beweis für Rebekkas Verrat, aber uns läuft die Zeit davon. Die Ereignisse drohen uns zu überrollen. Wir sind alte Freunde und Waffenbrüder. Zwing mich nicht, die Duvdevan einzuschalten.«

Die Erwähnung der Eliteeinheit der israelischen Streitkräfte ließ Amit schaudern. Es zeigte Rebekkas enorme Bedeutung für die israelische Sicherheit, dass der Direktor mit der Duvdevan drohte, um Amit zu einer Vorgehensweise zu bewegen, die ihm zutiefst widerstrebte.

»Wen setzt du ein?« Es klang so beiläufig, als würde er Amit fragen, wie es der Familie ging.

»Was ist mit ihren einzigartigen Fähigkeiten, ihrer Vielseitigkeit …«

»Ihr Verrat wiegt schwerer als alles andere, Amit, auch als ihre außergewöhnlichen Fähigkeiten. Wir müssen davon ausgehen, dass sie etwas Brisantes herausgefunden hat. Was ist, wenn sie ihre Informationen an den Höchstbietenden verkauft?«

»Ausgeschlossen«, schoss Amit empört zurück.

Der Direktor musterte ihn einen Moment lang mit halb geschlossenen Augen. »Bis zum heutigen Tag hättest du wahrscheinlich auch gesagt, dass sie unmöglich spurlos verschwinden kann.« Er wartete. »Oder irre ich mich?«

»Nein«, gab Amit kopfschüttelnd zu.

»Also.« Der Direktor faltete seine Finger ineinander. »Wen setzt du dafür ein?«

»Ilan Halevy«, sagte Amit schweren Herzens.

»Den Babylonier.« Der Direktor nickte beeindruckt. Ilan hatte seinen Operationsnamen erworben, indem er fast im Alleingang das irakische »Babylon«-Waffenprojekt zu Fall brachte. Er hatte dabei mehr als ein Dutzend feindliche Sicherheitsleute getötet. »Okay, jetzt kommen wir zum Kern der Sache.«

Mit seiner eisernen Hand hatte der Direktor das Schiff in den letzten fünf Jahren durch die raue See der internationalen Spionage gesteuert, mit Operationen auf feindlichem Territorium und staatlich sanktionierten Exekutionen, während die eigenen Opfer auf ein Minimum beschränkt blieben. Der Tod eines eigenen Agenten bereitete ihm körperlichen Schmerz, weshalb er sich in diesem Fall in die Einsamkeit des Meeres zurückziehen musste. Dort verarbeitete er seine Trauer und klärte seine Gedanken.

»Wann gibst du ihm grünes Licht?«

»Sofort«, sagte Amit. »Er kennt Rebekka besser als die meisten.«

»Außer dir.«

Amit wusste, was der Direktor ihm damit nahelegen wollte. »Ich werde den Babylonier persönlich auf die Mission vorbereiten. Er wird alles wissen, was ich weiß.«

Das war gelogen, und Amit vermutete, dass sein alter Freund das auch wusste, doch zum Glück sagte der

Direktor nichts. Wie konnte er dem Babylonier alles über Rebekka sagen, was er wusste? Diesen Verrat würde er nicht begehen, auch nicht dem Direktor zuliebe. Er hatte gelogen, um einem eventuellen Befehl zuvorzukommen, alles, was er wusste, an den Babylonier weiterzugeben. Diesem moralischen Dilemma wollte er ausweichen.

Der Bürostuhl ächzte erneut, als sich der Direktor wieder dem Panorama der Stadt zuwandte. Wer wusste, was er in diesem Moment dachte? »Dann haben wir das geklärt.« Wie zu sich selbst fügte er hinzu: »Es ist erledigt.«

Amit stand auf und ging schweigend hinaus. Es waren keine weiteren Worte nötig.

Draußen auf dem Flur blieb er stehen, als wüsste er nicht, wohin. Manchmal lud ihn der Direktor ein, mit ihm hinauszusegeln, wenn es wieder einmal einen Mann oder eine Frau zu betrauern gab, die ihr Leben für die Sicherheit ihres Landes geopfert hatten. Amit stellte sich vor, dass sich dieses Ritual wiederholen würde, wenn Rebekka tot war.

ZWEI

Als er zu sich kam, schwamm er immer noch durch das eiskalte, pechschwarze Wasser. Er spürte es brennend in der Nase, und es drohte bereits in die Lunge einzudringen. Er ging hilflos unter. Verzweifelt streifte er die Schuhe ab, zog Schlüssel, Brieftasche und eine dicke Rolle schwedische Kronen heraus, um sich zu erleichtern. Dennoch zog es ihn weiter in die Tiefe.

Er schrie nur deshalb nicht, weil er Angst hatte, den Mund zu öffnen und das Eindringen des Wassers nicht mehr verhindern zu können. Er schreckte hoch, am ganzen Körper zitternd, während er sich immer noch in dem eiskalten Wasser an die Oberfläche kämpfte.

Etwas packte ihn an den Armen, wollte ihn festhalten, und er öffnete die Augen in dem verschwommenen Halbdunkel. Erneut stieg die Angst in ihm auf. Er war auf dem Meeresgrund und halluzinierte, während er ertrank.

»Ist schon gut«, sagte jemand. »Sie sind in Sicherheit. Jetzt ist alles gut.«

Es kam ihm vor wie eine Ewigkeit, bis er anfing, sich zu beruhigen – zu fest hatte ihn die Angst im Griff. Wieder hörte er die Worte, doch sie ergaben immer noch keinen Sinn – ebenso wenig die Tatsache, dass es nicht mehr so dunkel war und er plötzlich atmen konnte, und schon gar nicht die beiden Gesichter vor ihm, die ganz normal sprachen und atmeten, obwohl sie doch alle unter Wasser waren.

»Das Licht«, sagte eine zweite Stimme. »Er glaubt ... Schalten Sie das Licht ein.«

Grelles Licht ließ ihn die Augen zusammenkneifen. War eine solche Helligkeit auf dem Meeresgrund möglich? Ein drittes Mal hörte er die Worte, ehe sie durch die Risse im Panzer seiner Angst einsickerten, und er begriff, dass er ganz normal atmete, so wie die beiden Männer vor ihm. Das konnte nur eines bedeuten: Er würde doch nicht ertrinken.

Mit dieser Erkenntnis begann er die Schmerzen im Kopf zu spüren und zuckte zusammen. Doch wenigstens sein Körper begann sich zu entspannen; er kämpfte nicht mehr gegen die Hände an, die ihn festhielten. Er ließ sich von ihnen zurück aufs Bett legen. Er fühlte etwas Weiches unter sich, trocken und fest – eine Matratze –, und ihm war endlich klar, dass er sich nicht auf dem Meeresgrund befand, auf den Tod wartend.

Er seufzte tief, und seine Beine lockerten sich, seine Arme sanken an den Körper herunter und wurden losgelassen. Er starrte in die Gesichter, die über ihm verschwammen, und schauderte bei dem Gedanken, in den Wassermassen zu versinken. Nie wieder würde er in ein Boot steigen oder durch die Wellen tauchen, wie er es als Kind geliebt hatte. Er runzelte die Stirn. Hatte er das wirklich getan? Er versuchte, seine Gedanken darauf zu konzentrieren, und stellte fest, dass er sich nicht mehr an seine Kindheit erinnern konnte. Wie war das möglich?

Die Stimme über ihm riss ihn aus seinen Gedanken. »Mein Name ist Christien. Wie heißen Sie?« Christien wiederholte die Frage in mehreren Sprachen, die er alle verstand, wenngleich er keine Ahnung hatte, wie das möglich war. Er konnte sich nicht erinnern, Sprachen gelernt zu haben.

Er antwortete, ohne lange zu überlegen, auf Christiens Frage: »Ich heiße …« Er verstummte.

»Was ist?«, fragte Christien. »Was ist los?«

»Ich weiß nicht.« Er blickte sich fast panisch im Zimmer um. »Ich kann mich nicht an meinen Namen erinnern.«

Christien, der sich über ihn gebeugt hatte, richtete sich auf, drehte sich um und sagte etwas, das er nicht verstand, zu einer schattenhaften Gestalt hinter ihm. Das Gesicht war im Dunkeln nicht zu erkennen, doch dann trat die Gestalt ins Licht.

»Sie können sich nicht an Ihren Namen erinnern?«, fragte der zweite Mann.

Er schüttelte den Kopf, was den Schmerz im Schädel erneut aufflammen ließ.

»Können Sie sich denn an irgendetwas erinnern?«

Er versuchte es, krampfhaft, bis ihm der kalte Schweiß ausbrach.

»Entspannen Sie sich«, sagte der zweite Mann, während Christien in den Hintergrund trat.

»Wer sind Sie?«, fragte er.

»Ich heiße Jason. Sie sind hier in einer Privatklinik in Stockholm. Christien und ich waren gerade angeln, als Sie an die Oberfläche kamen. Wir haben Sie ins Boot gezogen und Sie hierher geflogen. Sie hatten eine Hypoxie und Hypothermie erlitten.«

Ich sollte diesen Jason fragen, was die Worte bedeuten, dachte er und erschrak fast, als er feststellte, dass er es wusste. Er leckte sich über die Lippen, und Christien beugte sich vor, goss Wasser aus einer Flasche in einen Plastikbecher und steckte einen gekrümmten Strohhalm hinein.

Christien trat auf ein Pedal, und sein Kopf und Oberkörper wurden in die Sitzposition gehoben. Er nahm dankbar den Becher und trank etwas Wasser. Er fühlte sich völlig ausgetrocknet, als könnte er den Durst nie mehr löschen.

»Was … was ist mit mir passiert?«

»Jemand hat auf Sie geschossen«, sagte Jason. »Eine Kugel hat Sie links am Kopf gestreift.«

Automatisch hob sich seine linke Hand und spürte den dicken Kopfverband. Die Ursache seiner Kopfschmerzen.

»Wissen Sie, wer auf Sie geschossen hat? Und warum?«

»Nein«, sagte er, leerte den Becher und hielt ihn Christien hin. Der füllte ihn erneut, während Jason sagte: »Wissen Sie vielleicht, *wo* Sie angeschossen wurden, wo Sie ins Wasser gestürzt sind?«

Die Vorstellung, ins Wasser einzutauchen, ließ ihn erschaudern. »Nein.«

Christien reichte ihm den Becher. »Es war auf Sadelöga.«

»Erinnern Sie sich an Sadelöga?«, fragte Jason. »Sagt Ihnen der Name etwas?«

»Überhaupt nicht.« Er wollte schon den Kopf schütteln, hielt aber rechtzeitig inne. »Tut mir leid, aber ich erinnere mich an gar nichts.«

Das schien diesen Jason zu interessieren. »Überhaupt nichts?«, fragte er.

Er setzte den Becher ab. »Nicht, wo ich geboren wurde, wer meine Eltern sind, wer ich bin, oder was ich dort getan habe, in … wo haben Sie gesagt?«

»Sadelöga«, warf Christien ein.

»Vielleicht habe ich auch geangelt«, meinte er, »so wie Sie.«

»Ich glaube kaum, dass man beim Angeln angeschossen wird, und gejagt wird in der Gegend kaum«, erwiderte Jason. »Nein, Sie waren aus einem ganz anderen Grund dort.«

»Wenn ich nur wüsste, aus welchem«, sagte er ehrlich.

»Da ist noch etwas«, fuhr Jason fort. »Sie hatten nichts bei sich – keine Brieftasche, keinen Pass, keine Schlüssel, kein Geld.«

Er überlegte einen Augenblick. »Das hab ich alles weggeworfen, auch die Schuhe, um nicht unterzugehen. Das muss alles auf dem Meeresgrund liegen.«

»Sie erinnern sich daran, dass Sie die Sachen weggeworfen haben«, sagte Jason.

»Ich … ja, daran erinnere ich mich.«

»Sie haben gesagt, Sie erinnern sich an nichts.«

»*Daran* schon. Aber an sonst nichts.« Er sah Jason an. »Auch nicht, dass Sie mich aus dem Wasser gezogen haben, oder an den Flug hierher. Nur an diese Momente der Panik, als ich unterging, sonst nichts.«

Jason wirkte plötzlich gedankenverloren. »Wenn Sie sich erholt haben, könnten wir zurück nach Sadelöga fahren.«

»Wäre das für Sie in Ordnung?«, fragte Christien.

Er dachte darüber nach. Einerseits hatte er höllische Angst, an den Ort zurückzukehren, wo er fast ertrunken wäre, doch andererseits verspürte er den überwältigenden Wunsch, zu wissen, wer er war.

»Wann können wir los?«, fragte er.

»Was denken Sie?«

Bourne sah Christien an. Sie saßen unten in der Lounge der Privatklinik, die Christiens Unternehmen gehörte. Der Verkehr draußen auf der Stallgatan war stark, doch die dicken Fenster des Krankenhauses dämpften alle Geräusche. Die Wolken sammelten sich wie vor der Schlacht. Es sah einmal mehr nach Schnee aus.

»Er erinnert mich an mich«, meinte Bourne.

Christien nickte. »Das habe ich mir gedacht, obwohl es bei ihm so aussieht, als hätte er eine totale Amnesie.«

»Wenn er uns die Wahrheit sagt.«

»Jason, er war in einer Notsituation. Gibt es irgendeinen Grund, an ihm zu zweifeln?«

»Die Kugel, die ihn am Kopf gestreift hat«, sagte Bourne. »Er ist kein Tourist. Außerdem hat er augenscheinlich alle fünf Sprachen verstanden, in denen Sie ihn angesprochen haben.«

»Dann hat er vielleicht beruflich mit Sprachen zu tun. Na und?«

»Das hatte ich auch.«

»Genau. Vielleicht ist er ja auch Linguistik-Professor, wie Sie.«

»Was hat er dann hier gemacht, und warum wurde er angeschossen?«

»Das ist wirklich merkwürdig.«

»Ich will herausfinden, ob er in unserem Geschäft aktiv ist.«

Christien sah ihn skeptisch an. »Nur weil er mehrere Sprachen spricht?«

»Hören Sie, wenn er kein Spion ist, dann brauchen wir uns keine Sorgen zu machen. Aber wenn ich daran denke, was Sie mir erzählt haben …«

Christien breitete die Hände aus. »Okay, was schlagen Sie vor?«

»Wir haben noch ein bisschen Zeit, bis wir mit ihm nach Sadelöga zurückkehren können.«

»Was spielt das für eine Rolle? In seinem momentanen Zustand kriegen wir sicher nichts aus ihm raus.«

»Vielleicht doch. Wir können ein paar Tests durchführen.«

Christien schüttelte den Kopf. »Tests? Was meinen Sie?«

Bourne rückte auf die Sofakante vor. »Sie haben ja gesehen, dass der Mann mindestens fünf Sprachen spricht und sich selbst nicht erklären kann, warum. Finden wir raus, was er noch alles weiß, ohne es zu wissen.«

Soraya und Peter verließen das Briefing mit Hendricks mit gemischten Gefühlen.

»Dieser Nicodemo hat irgendwie nichts Greifbares«, meinte Soraya. »Ich jage nicht gern einem Geist hinterher.«

»Aus irgendeinem Grund ist Hendricks richtig besessen davon, Nicodemo zu finden und zu eliminieren«, sagte Peter. »Das hat für ihn oberste Priorität. Dabei hat er keine handfesten Informationen, dass Nicodemo einen Angriff auf amerikanische Staatsbürger im Ausland oder hier zu Hause plant. Ich glaube, da stecken politische Gründe dahinter.«

»So habe ich das noch gar nicht gesehen.«

Peter lachte. »Das liegt daran, dass du mit den Gedanken noch in Paris bist.«

Sie wandte sich ihm zu. »Glaubst du das wirklich?«

Er zuckte die Achseln. »Nach dem, was du gesagt hast ...«

Es war still draußen auf dem Flur, abgesehen vom Summen der Heiz- und Lüftungsanlage in den Wänden. Am anderen Ende des Flurs tauchte Dick Richards auf, er wollte offenbar zu ihnen. Der Kerl war eine richtige Klette.

Sie deutete mit dem Kopf in seine Richtung. »Wenn wir einander nicht mehr trauen können, sind wir im Arsch.«

»Ganz meine Meinung. Sag, hast du wirklich vor, nach Paris ...«

»Nicht jetzt, Peter.« Sie seufzte. »Wie wichtig ist es wirklich für uns, Nicodemo zu finden?«

»Falls es sich um eine politische Sache handelt, nicht allzu wichtig. Ich habe den Job nicht übernommen, um für Hendricks den Laufburschen zu spielen.«

»Ich glaube, ich habe genau den richtigen Job für unseren neuen Freund.«

Sie lächelte breit, als sie in der Mitte des Flurs mit Dick Richards zusammentrafen.

Richards reichte Peter ein Dossier. »Ich habe hier ein paar Informationen, die Sie vielleicht interessieren«, sagte er.

»Danke.« Peter öffnete die Akte und blätterte sie ohne großes Interesse durch.

Soraya drückte Richards die wenig aussagekräftigen Unterlagen über Nicodemo in die Hand, die ihnen Hendricks in der Besprechung gegeben hatte.

»Peter und ich möchten, dass Sie diese Person ausfindig machen«, sagte sie. »Finden Sie so viel wie möglich über ihn heraus – vor allem, ob er eine Gefahr für die Interessen unseres Landes darstellt.«

Peter sah sie überrascht an, während Richards nickte.

»Wir wüssten es zu schätzen, wenn Sie alles andere, an dem Sie arbeiten, zurückstellen und sich ganz auf diese Sache konzentrieren würden, bis Sie uns sagen können, mit wem wir's zu tun haben«, fügte sie mit ihrem freundlichsten Lächeln hinzu. »Falls Sie Hilfe brauchen, wenden Sie sich an Tricia.« Sie deutete auf das Büro der pummeligen Blondine.

»Okay«, sagte Richards, obwohl er keinesfalls die Absicht hatte, sich von irgendjemandem helfen zu lassen. »Ich kümmere mich gleich darum.«

»Machen Sie es so, Nummer Eins.«

»Star Trek, The Next Generation, stimmt's?«, sagte er mit einem schiefen Lächeln. »Ich werde Sie nicht im Stich lassen, Captain.« Richards drehte sich um und kehrte an seinen Arbeitsplatz zurück, um mit der Suche zu beginnen.

Peter runzelte die Stirn. »Das war nicht gerade nett.«

Sie zuckte die Achseln. »Es erspart uns sinnlose Arbeit und hält ihn uns vom Leib. Was ist dran verkehrt?«

Als Dick Richards ihr leises Lachen hinter sich hörte, beschlich ihn wieder einmal das Gefühl, nicht wirklich dazuzugehören. Aber vielleicht bildete er sich auch nur ein, dass sie über ihn lachten. Es bestand jedoch kein Zweifel daran, dass sie ihn ziemlich herablassend behandelten. Direktor Marks hatte sich noch recht anständig verhalten – etwas kühl, aber hilfsbereit –, als er auf Wunsch des Präsidenten zum Team gestoßen war. Das Klima hatte sich jedoch spürbar verschlechtert, seit die Direktorin Moore aus Paris zurückgekehrt war. Richards wusste einfach nicht, wie er bei den Chefs von Treadstone dran war.

Die Anweisungen des Präsidenten waren klar und eindeutig. Richards hatte die hohen Herren in Washington durch seine Tätigkeit bei der NSA auf sich aufmerksam gemacht, wo er seine Fähigkeiten im Kampf gegen gefährliche Cyber-Attacken unter Beweis gestellt hatte. Bei einem dieser Angriffe waren mithilfe eines Wurms Informationen über neue US-Waffensysteme, über geplante Operationen im Irak und in Afghanistan und über Drohnen-Angriffsziele in Westpakistan gestohlen worden. Außerdem hatte Richards herausgefunden, dass die SecurID Tokens verschiedener Angehöriger der US-Geheimdienste gehackt worden waren. Er hatte die Sicherheitslücke aufgespürt und geschlossen.

Seine Leistung sei vergleichbar mit Einsteins Beschreibung der Lichtgeschwindigkeit – so hatte ihn Mike Holmes, sein ehemaliger Chef bei der NSA, gegenüber dem Präsidenten gepriesen. Jetzt arbeitete er ausschließlich für den Präsidenten und war nur noch ihm Rechenschaft schuldig. Ein bislang einzigartiges Arbeitsverhältnis, das zwangsläufig Eifersucht und Neid unter den Mitarbeitern des Präsidenten hervorrief. Er musste sich damit abfinden, dass ihn die anderen nicht verstanden, dachte Richards, als er sich an seinen Computer setzte. Und die Menschen hassten und fürchteten nun einmal alles, was sie nicht verstanden.

Leider verhielten sich auch seine neuen Direktoren nicht anders. Schade. Er hatte angefangen, Direktor Marks zu mögen, und Moore schien ihm auf den ersten Blick auch nicht unsympathisch, doch sie gaben ihm überhaupt keine Chance. Ein anderer hätte ihnen diese ablehnende Haltung sehr übel genommen, doch Richards war da anders. Er wusste aus Erfahrung, dass er hier bei Treadstone am ehesten überleben und eine Zukunft haben würde, wenn es ihm gelang, die Meinung der beiden Direktoren über ihn zu verändern.

Er öffnete die dünne Akte, die Moore ihm gegeben hatte, und erkannte schon nach wenigen Absätzen, dass es sich nur um Stückwerk handelte, Hinweise aus unzuverlässigen Quellen, hier und dort aufgeschnappt. Dennoch bestand die Möglichkeit – mochte sie auch noch so gering erscheinen –, dass sich hinter diesen nichtssagenden Informationen eine große Sache verbarg. Und er wusste, wenn er diese Sache für die beiden Direktoren ans Licht brachte, würden sie ihn mit ganz anderen Augen ansehen. Und das war unbedingt notwendig, wenn er seine Aufgabe erfüllen wollte.

Er öffnete den Browser, und seine Finger flogen über die Tastatur, während er mit der Suche begann.

Rebekka blickte auf die wunderschöne Bucht Hemviken hinaus. Sie saß an einem Tisch im Utö Värdshus, dem einzigen Restaurant in diesem Teil der Schäreninseln.

Sie hatte durch den überraschenden Angriff ihres Opfers nur eine Fleischwunde davongetragen. Jeder andere hätte sich selbst Vorwürfe gemacht, die Attacke nicht abgewehrt zu haben, nicht aber Rebekka. Sie hatte es sich angewöhnt, was geschehen war, hinter sich zu lassen, ohne Reue, ohne Selbstvorwürfe. Sie lebte ganz in der Gegenwart, den Blick stets nach vorn gerichtet und darauf, ihre gefährlichen Aufgaben zu meistern und möglichst unbeschadet daraus hervorzugehen.

Beim Betreten des Restaurants hatte sie mit ihrem geschulten Auge alle sechzehn Tische überblickt, von denen nur drei besetzt waren: an einem saßen zwei alte Männer – einer im Rollstuhl – und spielten Schach, an einem anderen las ein alter Seemann mit rauen geröteten Händen eine Lokalzeitung, während er seine Pfeife rauchte, und am dritten Tisch saß eine schwangere Frau mit ihrer etwa fünfjährigen Tochter. Ihr professioneller Blick sagte ihr, dass von diesen Leuten keine Gefahr drohte, und so vergaß sie sie augenblicklich.

Nachdem sich ihre Zielperson ins Meer geflüchtet hatte, war Rebekka fast eine Stunde durch das Wasser gewatet, um nach dem Mann zu suchen. Ihre Zehen waren völlig durchgefroren, doch gefunden hatte sie ihn nicht. Sie war sich ziemlich sicher, dass ihre Kugel ihn nur am Kopf gestreift hatte. Die bange Frage war jedoch, ob er das eiskalte Wasser überlebt hatte. Sie musste unbedingt an sein Wissen herankommen und verfluchte sich selbst dafür, dass sie überhaupt auf ihn geschossen hatte. Sie hätte einfach hinterherspringen sollen. Es wäre ihr bestimmt nicht schwergefallen, ihn im Wasser zu überwältigen. Doch jetzt war er verschwunden, und mit ihm die Informationen, die sie so dringend gebraucht hätte.

Geistesabwesend rührte sie noch etwas Zucker in ihren Kaffee und nahm einen Schluck. Ihre eigenen Leute waren jetzt hinter ihr her. Niemand wusste besser als sie, wie hartnäckig und rücksichtslos der Mossad sein konnte, wenn die Verantwortlichen überzeugt waren, dass einer der Ihren sie verraten hatte. Wie gern hätte sie sich an Oberst Ari Ben David gewandt und ihm alles erklärt, doch er würde ihr ihre abenteuerliche Geschichte niemals glauben. Vielleicht gab es einen Menschen, dem sie ihr Problem anvertrauen konnte, doch ihre Ausbildung hinderte sie daran, jemanden außerhalb des Mossad einzuweihen.

Sie hörte die Stimme der Kellnerin, drehte sich um und zuckte zusammen. Die Stichverletzung, die sie in Damaskus erlitten hatte, war noch nicht ganz verheilt, wie ihr jede jähe Bewegung des Oberkörpers in Erinnerung rief.

»Möchten Sie noch einen Kaffee?«

Die Kellnerin lächelte ihr zu. Sie sah aus wie eine Walküre. Rebekka stellte sich die Frau beim Ritt über das Schlachtfeld vor, oder – etwas realistischer – bei der morgendlichen Ausfahrt mit dem Fischerboot. Sie nickte und erwiderte ihr Lächeln.

Als sie sich wieder der Bucht zuwandte, sah sie, dass ein Sturm aufzog. Gut so. Das Wetter passte zu ihrer Stimmung. Sie trank ihren Kaffee, gab noch etwas Zucker hinein und dachte darüber nach, wie ihr Leben seit der Begegnung mit Jason Bourne auf einem ihrer Flüge nach Damaskus verlaufen war. Es war zwar erst sechs Wochen her, doch ihre Tarnung als Flugbegleiterin schien hundert Jahre zurückzuliegen. Wie sich ihr Leben seither geändert hatte! Sie und Bourne waren hinter demselben Terroristen her gewesen: Semid Abdul-Qahaar. Beim Showdown waren sie beide verwundet worden. Mit einer Kugel in der Schulter war Bourne mit einem gestohlenen Hubschrauber über die Grenze in den Libanon geflogen und – ihren geflüsterten Anweisungen folgend – im Mossad-Lager in Dahr El Ahmar gelandet.

Sie hatte keine Ahnung, wo er sich zurzeit aufhielt und ob er überhaupt noch mit ihr sprechen würde. Schließlich hatte sie ihn in das Lager geführt, das Ben David leitete. Sie musste davon ausgehen, dass er ihr die Schuld an dem gab, was danach passiert war.

Nein, selbst wenn sie Bourne finden würde, könnte sie ihm nicht von ihrem Verdacht erzählen, der ihr in Dahr El Ahmar gekommen war. Für ihn gehörte sie zum Feind. Bestimmt dachte er, dass sie ihn verraten hatte. Wie sollte er es anders sehen, nach allem, was geschehen war?

Dabei hatte sie sich selbst verdächtig gemacht, indem sie Bourne ins Lager brachte. Oberst Ben David war kein nachsichtiger Mensch, und im Grunde konnte er sich das auch nicht leisten. Dennoch traf es sie tief, dass er sie als Verräterin ansah. Sie wusste, wie es in diesem Geschäft zuging, dennoch war sie nicht darauf vorbereitet, wie hart und verbissen er sich mit einem Mal gegen sie wandte. Er hatte sich fast wie ein verschmähter Liebhaber benommen. Erst später, nachdem sie beschlossen hatte, den Informationen nachzugehen, die sie im Lager zufällig mitgehört hatte, wurde ihr klar, welche Gefühle Ben David für sie hegte und dass sie für ihn immer schon mehr als nur eine Agentin gewesen war. Doch das alles ließ sich jetzt ohnehin nicht mehr ändern, selbst wenn sie es gewollt hätte.

Draußen wehte der aufkommende Sturm den Schnee mit erstaunlicher Wucht gegen das Fenster. Das Glas zitterte und ächzte im Wind. In diesem Augenblick sah sie den dünnen Mann, der allein an seinem Tisch saß, und wusste, dass alles verloren war.

»Es geht um einen ganz bestimmten Mann.« Christien wandte sich Bourne zu. »Sein Name ist Nicodemo, auch bekannt als der ›unsichtbare Wegbereiter‹.«

»Der die Dinge in die Hand nimmt.«

Christien nickte.

Bourne blickte schweigend aus dem Fenster. Es war später Vormittag. Die Wolken rollten von Norden heran wie Wellen gegen die Küste. Der Wind wirbelte den Schnee gegen das Fenster. Der namenlose Mann, den Bourne für sich Alef nannte, war in tiefen Schlaf gesunken. Bourne und Christien hatten widerstrebend beschlossen, die Befragung zu unterbrechen.

»Erzählen Sie mir mehr über Nicodemo«, sagte Bourne. »Warum macht er Ihnen und Don Fernando solche Sorgen?«

Das Restaurant befand sich im obersten Stockwerk eines ultramodernen Gebäudes aus Chrom und Glas in der Kommendörsgatan im schicken Östermalm-Viertel von Stockholm, in der Nähe von Christiens Wohnhaus.

Christien zuckte die Achseln. »Ich erzähle Ihnen, was ich weiß – das ist leider nicht sehr viel. Seine Herkunft liegt im Dunkeln. Manche meinen, er sei Portugiese, andere halten ihn für einen Bolivianer, und wieder andere schwören, er sei Tscheche. Er ist jedenfalls wie aus dem Nichts aufgetaucht. Vor etwa zehn Jahren noch schien er für Core Energy tätig zu sein, als das Unternehmen sich zu einem multinationalen Konzern entwickelte, der mit verschiedenen Energieträgern handelt. Niemand weiß, ob er noch für das Unternehmen aktiv ist. Gegen ihn ist der Generaldirektor von Core Energy, Tom Brick, ein offenes Buch. Er wurde in London geboren und hat die London Business School absolviert. Ein verdammt cleverer Bursche.«

»Bleiben wir bei Nicodemo.«

»Das ist das Problem. Nicodemo scheint mit Core Energy untrennbar verbunden zu sein.«

»Nicodemo ist ein Terrorist«, erwiderte Bourne, »und Core Energy ein führendes Unternehmen im boomenden Energiemarkt.«

»Trotzdem gibt es da eine beunruhigende Entwicklung, die Don Fernando und ich seit Monaten verfolgen. Wir glauben, dass Core Energy drauf und dran ist, einen Deal abzuschließen, der alles auf den Kopf stellen würde; der Deal würde dem Unternehmen einen solchen Vorsprung in den wachsenden Märkten für neue Energien verschaffen, dass seine Gewinne explodieren würden.«

Bourne zuckte die Achseln. »Das ist noch kein Verbrechen.«

»Wenn es Tod und Verderben mit sich bringt, dann schon.«

»Da kommt vermutlich Nicodemo ins Spiel.«

Christien nickte. »Genau das befürchten wir.«

»Sind Sie sicher, dass der Mann existiert?«

»Wie meinen Sie das?«

»Haben Sie schon mal von Domenico Scarfo gehört?«

Christien schüttelte den Kopf.

»Er war in den Vierziger- und Fünfzigerjahren ein berüchtigter Mafiaboss in Philadelphia. Hinter seinem Rücken nannten ihn die Leute ›Little Nicky‹, weil er nur eins achtundsechzig groß war, aber sein voller Name war Nicodemo Domenico Scarfo.«

»Was wollen Sie damit sagen?«

Bourne legte die Speisekarte weg. »So etwas ist mir schon öfter untergekommen. Ein Name wird verbreitet, um den sich bald alle möglichen Gerüchte ranken. Die Leute, die den Mythos ins Leben rufen, begehen manchmal sogar Morde, um der Figur übermenschliche Dimensionen zu verleihen.«

Christien nahm sich ein warmes Brötchen aus einem Korb auf dem Tisch und strich Butter darauf. »In Ihrem Fall war es ja auch nicht anders, wenn ich richtig informiert bin.«

»Stimmt. Die Jason-Bourne-Identität wurde auch so geschaffen.« Bourne nahm einen Schluck frischen Orangensaft.

Christien häufte mit einem Löffel etwas Preiselbeermarmelade auf sein Brötchen. »Und jetzt *sind* Sie Jason Bourne.«

Bourne nickte. »Genau. Eine solche Identität kann ein Eigenleben entwickeln und unbeabsichtigte Konsequenzen haben. Aber wenn ich nicht mein Gedächtnis verloren hätte …«

Christien nickte nachdenklich. »Womit wir wieder bei Alef wären.« Er biss in sein Brötchen und blickte zur Kellnerin auf, die am Tisch erschienen war. Er sah

Bourne fragend an, der Rühreier, Graved Lachs, Toast und noch etwas Kaffee bestellte. »Ich nehme das Gleiche«, sagte er.

Als die Kellnerin gegangen war, sagte Bourne: »Glauben Sie, dass Nicodemo eine Identität ist, die Tom Brick geschaffen hat, um sich über die Gesetze hinwegzusetzen, ohne Konsequenzen fürchten zu müssen?«

»Nicodemo existiert, glauben Sie mir«, beharrte Christien.

Bourne blickte überrascht auf. »Sind Sie ihm begegnet?«

»Nein, aber Don Fernando. Er ist sich jedenfalls ziemlich sicher, dass es Nicodemo war.« Er sprach von Don Fernando Herrera, seinem Partner und guten Freund, der seinerseits ein erfolgreicher Industrieller und Banker war, mit dem Bourne schon früher zu tun gehabt hatte.

»Aber dass jemand als Nicodemo auftritt, ist noch kein Beweis, dass es ihn wirklich gibt.«

»Sie sind extrem skeptisch.«

»Ich bin nur nicht bereit, voreilige Schlüsse zu ziehen«, beharrte Bourne. »Apropos Don Fernando, wo ist er jetzt? Es wäre hilfreich, mit ihm zu sprechen.«

»Er ist unterwegs.«

»Ein bisschen genauer wüsste ich es schon gern«, sagte Bourne schroff.

Das Essen kam. Sie schwiegen, bis die Kellnerin gegangen war.

»Die Wahrheit ist«, begann Christien, »er hat mich gebeten, niemandem zu sagen, wo er sich aufhält.«

Bourne legte seine Gabel weg und lehnte sich zurück. »Hören Sie, Sie müssen sich entscheiden. Wollen Sie und Don Fernando meine Hilfe oder nicht?«

»Sie müssen sich so oder so um diese Bedrohung kümmern. Core Energy hat uns zu einer List gezwungen, mit der wir uns in die Seltenerd-Mine von Indigo Ridge in Kalifornien eingekauft haben. Hätten wir das nicht getan, hätte Core Energy zugeschlagen, und die USA hätten ihre wertvollen Rohstoffe verloren. Das konnten wir nicht zulassen. Aber Core Energy war auch anderweitig aktiv: Sie haben mehrere Minen mit seltenen Erden, Uran, Gold, Silber, Kupfer und verschiedenen anderen Metallen aufgekauft – in Kanada, Afrika und Australien. Diese Rohstoffe werden in den kommenden Jahrzehnten dramatisch im Wert steigen, während die Bedeutung von Erdöl, Kohle und Erdgas sinkt. Das Erdöl geht zur Neige. Kohle ist zwar vorhanden, aber ein absoluter Umweltkiller, das macht sich derzeit in den Städten in China, Indien und Thailand besonders bemerkbar. Die Solartechnik ist nicht effizient genug, und die viel gepriesenen Windkraftwerke brauchen Unmengen an seltenen Erden. Das Gleiche gilt für Hybridautos, und der Strom für Elektroautos muss ja auch von irgendwoher kommen.« Christien schüttelte den Kopf. »Nicodemo hat erkannt, wo die Zukunft der Energieversorgung liegt.«

»Aber Core Energy wird von Tom Brick geleitet.«

»Stimmt. Brick repräsentiert das Unternehmen in der Öffentlichkeit. Aber es ist durchaus möglich, dass er seine Anweisungen von Nicodemo bekommt. Genau das versucht Don Fernando herauszufinden. Wenn es stimmt, hätte Nicodemo damit die Möglichkeit, jenseits der Gesetze zu operieren. Don Fernando meint, dass er der Erste einer neuen Generation von Terroristen ist. Er betreibt seine Geschäfte im Verborgenen, in der Grauzone, mit Methoden wie Bestechung oder Erpressung, was einem Unternehmen wie Core Energy selbst nicht möglich ist. Sein Vorgehen ist weder religiös noch ideologisch motiviert. Wenn es ihm gelingt, den Markt der kommenden Energiequellen zu beherrschen, verfügt er damit auch über enormen politischen Einfluss. Er könnte den Welthandel lenken und die Volkswirtschaften nach Belieben beeinflussen. Heutzutage kann kein Land mehr eine schlagkräftige Armee ausrüsten, ohne auf Waffen zurückzugreifen, zu deren Herstellung man seltene Erden braucht.«

»Wohin ist Don Fernando unterwegs?«

Christien legte ebenfalls die Gabel weg und wischte sich den Mund ab. »Jason, es hat einen guten Grund, warum mich Don Fernando gebeten hat, seinen Aufenthaltsort für mich zu behalten. Er fürchtet, Sie würden ihm folgen.«

»Warum?« Bourne beugte sich vor. »Wo ist er hin? Sagen Sie's mir.«

Christien seufzte. »Jason, wir haben hier unser eigenes Rätsel zu lösen.«

»Es gibt kein Zurück. Ich will es wissen.«

Sie starrten einander unnachgiebig in die Augen, bis Christien schließlich den Blick senkte. Er nahm Messer und Gabel zur Hand und wandte sich wieder seinem Essen zu, ohne noch einmal aufzublicken. Zwischen zwei Bissen sagte er: »Don Fernando ist hinter Nicodemo her.«

Rebekka bezahlte ihre Rechnung, stand auf und ging zur Tür. Im letzten Moment wandte sie sich zur Seite und setzte sich zu dem dünnen Mann an den Tisch.

»Der Rand der Welt«, sagte er trocken.

Sie musterte ihn. »Nicht annähernd.«

»Für uns jedenfalls.«

»Sie meinen, für uns Juden?«

»Das auch.«

Er hatte erstaunlich zierliche Hände, die Knöchel traten aus der weißen Haut hervor. Seine Augen waren schwarz, sein schütteres Haar von undefinierbarer Farbe. Seine Gesichtszüge waren scharf geschnitten, mit einer Nase wie ein Messer. Sie hatte ihn erst ein Mal gesehen, vor Jahren, als sie gerade ihre Ausbildung absolviert hatte und ins Hauptquartier des Mossad in Tel Aviv beordert wurde. Er hatte zugesehen, still wie der Tod, während Dani Amit, der Leiter der Abteilung für Informationsbeschaffung, ihr den ersten Auftrag anvertraute. Sein Gesicht hatte sich ihr jedoch unauslöschlich eingeprägt. Sein Name war Ze'ev – das hebräische Wort für *Wolf* –, obwohl sie nicht glaubte, dass das sein richtiger Name war.

»Sie haben Glück, dass ich Sie gefunden habe«, sagte Ze'ev.

»Wieso das?«, fragte sie misstrauisch.

Er nahm einen kleinen Schluck Kaffee. »Die Verantwortlichen haben den Babylonier aktiviert.«

Unter ihrem ruhigen Äußeren kämpfte Rebekka gegen die Angst an, die sich in ihr zu regen begann. »Warum sollten sie das tun?«

»Was zum Teufel haben Sie vor?«, fragte er.

Zuerst dachte sie, er hätte ihre Frage absichtlich ignoriert, ehe ihr klar wurde, dass die Gegenfrage seine Antwort war. Die Reaktion ihrer Vorgesetzten zeigte, wie sehr Rebekka sie mit ihrem Vorgehen geschockt hatte.

Sie schüttelte den Kopf.

»Ich verstehe Sie nicht, Rebekka. Sie hatten bis jetzt eine steile Karriere. Dann bringen Sie Jason Bourne nach Dahr El Ahmar, mitten ins Herz des ...«

»Er hat mir das Leben gerettet. Ohne ihn wäre ich verblutet. Ich wusste einfach nicht, wohin.«

Ze'ev lehnte sich zurück und musterte sie mit seinen schwarzen Augen. Sie fragte sich, was er wohl denken mochte.

»Sie wussten, dass Dahr El Ahmar geheim bleiben muss.«

Sie erwiderte seinen Blick und schwieg.

»Und trotzdem ...«

»Ich habe es Ihnen erklärt.«

Er schüttelte den Kopf. »Oberst Ben David ist hinter Ihnen her – und natürlich hinter Bourne.«

»Ich hatte keine Ahnung, dass der Oberst eine solche Abneigung gegen Bourne hat.«

»Wollen Sie damit sagen, er ist nicht im Recht?«

Sie überlegte einen Augenblick. »Ich glaube nicht. In dem Moment hatte ich jedenfalls keine Ahnung ...«

»Eines wussten Sie aber ganz genau: dass Dahr El Ahmar absolut geheim bleiben muss. Bourne ist entkommen. Er weiß ...«

»Was kann er denn schon wissen«, versetzte sie. »Er war keine fünfzehn Minuten im Lager. Er war schwer verwundet, kämpfte um sein Leben. Ich glaube kaum, dass er Zeit hatte, sich ...«

»Erstens ist Bourne ein ausgebildeter Agent: Er hört und sieht alles. Zweitens weiß er zumindest, dass Dahr El Ahmar existiert. Drittens ist er mit dem Hubschrauber entkommen, das heißt, er hat die Anlage überflogen.«

»Trotzdem wird er kaum erkannt haben, worum es sich handelt. Er war viel zu beschäftigt damit, den Raketen auszuweichen, die Ben David auf ihn abfeuerte.«

»Oberst Ben David – und ich glaube, auch Dani Amit – sind äußerst beunruhigt, dass sich Bourne in Dahr El Ahmar aufgehalten hat. Ein gravierender Sicherheitsbruch. Und kurz darauf verschwinden Sie von der Bildfläche. Rebekka, Sie müssen doch erkennen, welche Schlussfolgerung sich daraus ergibt.«

»Die beiden Dinge haben nichts miteinander zu tun.«

»Natürlich sagen Sie das.«

»Es ist die Wahrheit.«

Er schüttelte den Kopf. »Die kaufen es Ihnen aber nicht ab, und ich, ehrlich gesagt, auch nicht.«

»Schauen Sie …«

»Der Babylonier wird Sie finden, Rebekka.« Er seufzte. »Es gibt nur einen Weg, ihn aufzuhalten.«

»Vergessen Sie's«, erwiderte sie. »Sie brauchen mich gar nicht zu fragen.«

Er zuckte die Achseln. »Dann spreche ich mit einer toten Frau. Schade.« Er warf etwas Geld auf den Tisch und stand auf.

»Warten Sie.«

Er blieb stehen und sah ihr unnachgiebig in die Augen.

Rebekkas Gedanken arbeiteten fieberhaft. »Setzen Sie sich.«

Er zögerte, kam aber der Bitte nach.

»Es gibt da etwas …« Sie stockte, von plötzlicher Angst erfüllt. Sie hatte versprochen, niemandem zu erzählen, was in Dahr El Ahmar vorgefallen war. Sie blickte zur Seite und biss sich unsicher auf die Unterlippe.

»Was?«, fragte Ze'ev und beugte sich vor.

Der versöhnliche Unterton in seiner Stimme – so als wäre er wirklich um sie besorgt – gab den Ausschlag. *Das ist der Moment,* dachte sie. *Vertrauen oder nicht vertrauen. Jetzt oder nie.* Natürlich hätte es auch einen ganz anderen Weg gegeben.

Sie holte tief Luft, um sich zu beruhigen, doch das schmerzhafte Hämmern ihres Herzens konnte sie nicht aufhalten. Die nicht ganz verheilte Wunde in der Seite begann zu pulsieren.

»Rebekka, hören Sie, es gibt zwei Gründe, warum jemand in Ihrer Position abhauen kann. Ideologie können wir in diesen Zeiten vergessen. Was bleibt also? Geld und Sex.« Er betrachtete sie voller Mitgefühl, obwohl sie weiter schwieg. »Lassen Sie mich raten. In letzter Zeit hat es nur eine Veränderung in Ihrem Leben gegeben: Jason Bourne. Habe ich recht?«

O mein Gott, dachte sie. *Er glaubt, ich hätte den Mossad wegen Bourne verraten.* Aber vielleicht konnte sie diese Fehleinschätzung für ihre Zwecke nutzen.

Sie stand abrupt auf und schritt zur Tür hinaus. Der Schneesturm peitschte ihr ins Gesicht. Sie stand unter dem Dachvorsprung, teilweise vor dem Schnee geschützt, aber nicht vor dem beißenden Wind.

Es dauerte nicht lange, bis sie Ze'ev neben sich spürte.

»Sehen Sie«, sagte er in das schaurige Heulen des Windes, »wo wollen Sie von hier aus noch hin?«

Sie schwieg eine ganze Weile und seufzte schließlich. »Sie haben recht«, sagte sie, als würde sie sich schämen. »Es ist wegen Bourne.«

Ze'ev zog die Augenbrauen zusammen. »Womit hat er Sie überredet? Was hat er getan?«

»Ich war in Damaskus zwei Nächte mit ihm zusammen.« Sie schaute ihm in die Augen. »Was haben Sie gedacht?«

Dick Richards hatte kein leichtes Leben bei Treadstone. Hatte er bei der NSA noch höchste Anerkennung genossen, so war er hier ein Nobody. Das war schwer genug zu verkraften, aber das Doppelspiel im Dienste des Präsidenten stellte noch eine zusätzliche Belastung dar. Er war einfach nicht geschaffen für dieses tückische Terrain, er war nicht so wie diese Agenten, die überhaupt keine Nerven zu haben schienen. Für so etwas musste man geboren sein, das konnte man sich auch nicht mit noch so viel Training aneignen. Wenn es hart auf hart ging, war er nun mal eher ein Feigling. Diese beschämende Gewissheit begleitete ihn seit seinem dreizehnten Lebensjahr, als er ein Sommercamp besucht hatte, in dem ihn ein rücksichtsloser Fiesling gnadenlos terrorisierte. Statt sich zu wehren, hatte Richards die Erniedrigungen still erduldet. Am Ende des schrecklichen Sommers hatte er seinem Peiniger noch die Hand hingestreckt und gesagt: *»Nichts für ungut, okay?«* Der andere reagierte nur mit einem höhnischen Grinsen. Das Erlebnis blieb ihm noch lange in Erinnerung und wiederholte sich in seinem Erwachsenenleben in anderen Formen. Seine intellektuellen Leistungen überdeckten manchmal diese Schwäche, doch sie machte sich immer wieder bemerkbar, auch in Momenten wie diesen, wenn er mitten in der Nacht allein an seinem Computer saß und sich zutiefst hilflos fühlte.

Er hatte den ganzen Tag gearbeitet, bis spät in die Nacht, war nur kurz auf die Toilette gegangen und hatte sich eine Kleinigkeit zu essen geholt, doch das Fast Food lag ihm jetzt bleischwer im Magen. Er zog eine Schublade auf, ohne den Blick vom Bildschirm zu wenden, öffnete ein Fläschchen mit Säureblockern und steckte ein paar Tabletten in den Mund, während er weiter so tat, als würde er diesem Phantom nachjagen, anhand der vagen Informationen, die ihm seine Direktoren übergeben hatten – wahrscheinlich auch nur, um ihm irgendeine Arbeit aufzuhalsen. Wieder eine Erniedrigung mehr. Ermutigend war immerhin, dass sie selbst kaum an diesem Nicodemo interessiert waren. Die Anweisung musste von oben gekommen sein, wahrscheinlich vom Verteidigungsminister. Richards hatte keine Ahnung, wer dieser Nicodemo war, und doch wusste er viel mehr über ihn als sonst jemand von Treadstone.

Was ihn wirklich interessierte, war die Flut der chinesischen Cyber-Attacken auf Regierungen, Militärs, Unternehmen und Organisationen. Damit hatte er sich den ganzen Tag beschäftigt. Es hatte einige Momente gegeben, in denen er sich sicher war, etwas entdeckt zu haben auf seinem Weg durch alle möglichen Firewalls und verschlüsselte Dateien. Mithilfe seiner privaten Armee von Trojanern und Würmern verschaffte er sich Zugang zu Webseiten in Russland, Rumänien, Serbien und nun auch in China. Immer wieder China. Doch alle Spuren, denen er folgte, alle Pfade, die er einschlug, stellten sich am Ende als Sackgasse heraus, sodass er nach acht Stunden wieder am Anfang stand. Oder nicht ganz am Anfang. Denn zu wissen, wo man *nicht* suchen musste, war immerhin auch ein hilfreicher Hinweis für die weitere Arbeit.

Er stand auf, streckte sich und trat an das kugelsichere Fenster seines Büros. Das Glas war mit kleinen Sensoren versehen, deren elektronische Signale gegen alle Arten von Lauschangriffen schützten. Er blickte auf die verlassenen Straßen hinunter. Hin und wieder rollte ein Auto oder ein Truck vorbei. Ungewollt drängten sich Gedanken an seinen Vater und Stiefvater auf. Sein Vater hatte die Familie verlassen, als Richards' Mutter erblindete. Er war damals vier Jahre alt gewesen. Jahre später hatte er sein Computerwissen genutzt, um seinen Vater zu finden – doch der bestritt, ihn überhaupt gezeugt zu haben. Richards' Stiefvater wiederum hatte keine andere Absicht verfolgt, als vom Geld der Mutter zu leben. Er hatte sich über sie lustig gemacht und sie nach Strich und Faden betrogen. Als Richards es seiner Mutter erzählte, weigerte sie sich, ihm zu glauben, und wurde regelrecht wütend. Sie warf ihm vor, ihren neuen Ehemann nicht zu akzeptieren. Da erkannte er, dass sie alles wusste, aber solche Angst vor dem Alleinsein hatte, dass sie sich immer tiefer in ihrer eigenen Realität vergrub.

Abrupt wandte er sich wieder dem Schreibtisch zu. Wenn er am Fenster stand, fühlte er sich wie ein Tier im Käfig, wie in einem Kerker der modernen Treadstone-Burg. Ihm war vage bewusst, dass es in Wahrheit sein eigenes Leben war, in dem er sich eingesperrt fühlte. Unbewusst hatte er die Einsamkeit seiner Mutter gewählt. Das vielfältige, faszinierende Internet war für ihn längst realer als irgendetwas in seinem Leben.

Er beugte und streckte die Finger und legte die Fingerspitzen auf die Tasten. Er musste sich etwas Konstruktiveres einfallen lassen. Sollte er Informationen über Nicodemo fabrizieren, die er seinen Direktoren präsentieren konnte, um ihre Gunst zu gewinnen? Er spürte seine alte Sehnsucht nach Vorgesetzten, die ihn wirklich verstanden, und schämte sich dieses Gefühls.

Er atmete tief durch. *Konzentration*, dachte er. *Tu, was du am besten kannst, dann geht's dir gleich besser.* Im Labyrinth des Internets nach einem einzelnen Mann zu suchen war immer schwierig. Andererseits wusste er, dass niemand – nicht einmal ein Phantom – als einsame Insel existieren konnte. Er musste Partner haben, Freunde, Verwandte, wie jeder andere auch. Er selbst existierte vielleicht noch nicht im Web, doch sein Umfeld sehr wohl. Außerdem machte der Mann lukrative Geschäfte, wie aus den spärlichen Informationen hervorging, mit denen Richards arbeiten musste. Und Geld existierte nicht im luftleeren Raum: Es kam von irgendwoher und floss irgendwohin. Die Transaktionen mochten im Verborgenen ablaufen, aber sie existierten, und zwar online genauso wie in der wirklichen Welt. Doch dieser Nicodemo war ein Sonderfall, das war Richards inzwischen klar.

Aber das macht nichts, dachte er, während sein Herz schneller zu schlagen begann. Er würde einen ganz anderen Zugang finden zu diesem »unsichtbaren Wegbereiter«. Mit diesem Vorsatz wandte er sich wieder den dürftigen Informationshappen in der Akte zu und ging sie noch einmal durch, um einen Ansatz für seine Fantasiereise durch die Cyberwelt zu finden.

Wie von selbst begannen seine Finger über die Tasten zu fliegen. Wenige Augenblicke später war er in sein geliebtes virtuelles Universum eingetaucht.

DREI

»Das Problem ist, dass Sie geflogen sind.«

»Wie meinen Sie das?«, fragte Soraya kopfschüttelnd.

Dr. Steen blickte von den Unterlagen auf, die die Ergebnisse von Sorayas EEG und Kernspintomografie enthielten. »Sie haben sich in Paris verletzt, ist das richtig?«

»Ja.«

»Und Sie wurden auch dort behandelt.«

Sie nickte. »Das stimmt.«

»Hat man Ihnen nicht gesagt, dass es riskant ist, in ein Flugzeug zu steigen?«

Soraya spürte, wie ihr Herz galoppierte, als wäre es aus dem Brustkorb ausgebrochen und hinauf in die Kehle gestiegen. »Ich dachte, das wäre kein Problem.«

»Leider doch.« Dr. Steen drehte sich auf seinem Stuhl und schaltete einen LED-Monitor ein. Das Ergebnis der Kernspintomografie erschien auf dem Bildschirm. »Sie haben ein subdurales Hämatom«, erklärte der Arzt. »Eine Hirnblutung, Miss Moore.«

Soraya durchfuhr es eiskalt. »Ich hab doch schon eine Kernspintomografie gemacht, und da war nichts zu sehen.«

»Noch einmal«, sagte Dr. Steen, »es war das Fliegen.«

Er wandte sich wieder ihr zu, doch die Abbildung ihres Gehirns blieb auf dem Bildschirm, als beängstigende Erinnerung an ihren schlechten Gesundheitszustand.

Dr. Steen faltete die Hände auf dem Schreibtisch ineinander. Er war ein Mann mittleren Alters, der dem Haarausfall zuvorkam, indem er sich den Kopf glatt rasierte. »Vermutlich war dieser Riss sehr fein und deshalb auf der früheren MRT nicht zu sehen. Dann sind Sie geflogen, und …« Er öffnete die Hände.

Sie beugte sich vor, der Zorn verdrängte ihre Angst. »Wollen Sie damit andeuten, dass das alles meine Schuld ist?«

»Sie hätten nicht …«

»Hören Sie auf mit dem Scheiß.« Sie sagte es nicht laut, doch der Nachdruck in ihren Worten ließ ihn verstummen. »Reden Sie mit Ihren Patienten immer so? Was sind Sie für ein Mensch?«

»Ich bin Arzt. Ich …«

»Stimmt«, fiel sie ihm ins Wort. »Ein Arzt – kein Mensch. Mein Fehler.«

Er sah sie an und ließ ihr einige Augenblicke, um sich zu beruhigen. »Miss Moore, meine Erfahrung in der Neurochirurgie hat mich gelehrt, meine Diagnose nicht zu beschönigen. Je schneller ein Patient begreift, wie es um ihn steht, umso schneller können wir zusammenarbeiten, damit er oder sie wieder gesund wird.«

Sie versuchte sich zu beruhigen, doch ihr Herz raste immer noch wie ein Schnellzug. Sie zuckte zusammen, als sie einen plötzlichen Stich im Kopf verspürte. Dr. Steen stand sofort auf und trat zu ihr.

»Miss Moore?«

Sie rieb sich die Schläfe.

»Es ist höchste Zeit.« Er griff zum Telefon. »Sie müssen sofort ins Krankenhaus.«

»Nein.« Sie fasste ihn am Arm. »Nein, bitte.«

»Ich glaube, Sie verstehen nicht, wie ernst …«

»Meine Arbeit ist mein Leben«, sagte sie.

»Miss Moore, der Druck in Ihrem Gehirn nimmt ständig zu. Sie werden kein Leben mehr haben, wenn wir nicht schnell etwas unternehmen. Ich kann es nicht zulassen …«

»Ich bin okay. Der Schmerz ist weg.« Sie zwang sich zu einem Lächeln. »Mir geht's gut. Alles in Ordnung.«

Dr. Steen nahm sich einen Stuhl und setzte sich neben sie. »Okay«, sagte er. »Was ist wirklich los?«

»Wo ist der Arzt geblieben, der alles nach dem Lehrbuch macht?«

»Den hab ich kurz weggeschickt«, sagte er mit einem dünnen Lächeln. »Eine Patientin braucht mich.«

»Deswegen bin ich, glaube ich, zu Ihnen gekommen.«

Sie schwieg einige Augenblicke. Im Empfangszimmer klingelte das Telefon, eine Stimme sagte etwas, dann kehrte wieder Stille ein.

Dr. Steen tippte ihr sanft auf das Handgelenk. »Wir müssen Ihr körperliches Problem lösen. Aber das können wir nicht tun, bevor nicht Ihr anderes Problem geklärt ist.«

Ganz langsam, fast unmerklich, hob sie den Blick zu ihm. »Ich habe Angst«, sagte sie.

Er schien in gewisser Weise erleichtert. »Das ist ganz normal und fast zu erwarten unter diesen Umständen. Ich kann Ihnen helfen …«

»Nicht um mich.«

Er sah sie verdutzt an.

»Um mein Baby«, fügte Soraya hinzu. »Ich bin schwanger.«

»Wie fühlen Sie sich?«, fragte Bourne, als er in das Zimmer trat, in dem sich Alef erholte.

»Besser, zumindest körperlich.«

Der Mann hatte sich aufgesetzt. Er versuchte, die *International Herald Tribune* zu lesen, die ihm jemand gegeben hatte, doch es schien ihm schwerzufallen.

Bourne stellte einen schwarzen Aktenkoffer ab und warf einen Blick auf die Seite, die der Mann aufgeschlagen hatte: Aktienkurse, Informationen über Firmenfusionen, Quartalsergebnisse und dergleichen mehr. »Sehen Sie nicht scharf?«

Alef zuckte die Achseln. »Es wechselt. Die Ärzte sagen, das wäre normal.«

»Steht da etwas über Firmen, die Ihnen gehören?«

»Was?« Alef lachte etwas irritiert. »Nein, ich habe nur versucht, die kleine Schrift zu lesen.«

Bourne nahm ihm die Zeitung aus den Händen, öffnete den Aktenkoffer und legte Alef eine Pistole in den Schoß. Bevor der Mann den Mund öffnen konnte, fragte Bourne: »Was ist das?«

Alef nahm die Waffe zur Hand. »Eine 9-mm-Glock.« Er überprüfte das Magazin und stellte fest, dass sie ungeladen war. Er hob sie, wie um zu zielen. Ein Profi.

Bourne nahm die Waffe an sich und reichte ihm eine andere. »Und das?«

»Eine CZ-USA 75B.«

»Wie viele Patronen im Magazin?«

»Zehn.«

Bourne nahm ihm die CZ aus der Hand und ersetzte sie durch eine viel kleinere Waffe. »Kennen Sie die auch?«

Alef betrachtete die Pistole. »Das ist eine Para-Ordnance Warthog WHX1045R, Kaliber .45 ACP.« Er sah erstaunt zu Bourne auf. »Woher weiß ich das alles?«

Statt einer Antwort nahm Bourne die Warthog an sich und legte ihm eine aufgeschlagene Zeitschrift in den Schoß, in der eine andere Waffe abgebildet war. Auf Russisch sagte er: *»Pozhalujsta skazhite mne, chto izobrahzeno tam.« Sagen Sie mir bitte, was hier abgebildet ist.*

»Ein Dragunow-SVD-S-Gewehr mit beiklappbarem Kolben.« Er strich mit dem Zeigefinger über das Foto. »Ein Scharfschützengewehr.«

»Wie gut?«, fragte Bourne.

»Sehr gut«, antwortete Alef. »Eins der besten.«

»Was können Sie mir noch darüber sagen?«, fragte Bourne nun wieder auf Englisch. »Haben Sie schon mal damit geschossen?«

»Damit geschossen?« Alef wirkte verwirrt. »Ich … ich weiß nicht.«

»Und mit der Glock oder der Warthog?«

Alef schüttelte den Kopf. »Das weiß ich nicht.«

»Sie haben sie sofort erkannt.«

»Ja, aber … wie kann das sein?« Er rieb sich die Schläfen, während Bourne die Waffen einpackte. »Was zum Teufel hat das zu bedeuten?«

»Es bedeutet«, sagte Bourne, »dass wir nach Sadelöga fahren sollten. Mal sehen, ob das Ihrem Gedächtnis auf die Sprünge hilft.«

»Es gibt Neuigkeiten«, sagte Peter Marks, als Soraya durch die Sicherheitstür von Treadstone trat. »Unser neuer Mann behauptet, dieser Nicodemo ist kein Phantom, sondern sehr real.«

»Wirklich?« Soraya schlüpfte aus der Jacke, während sie zu ihrem Büro ging und sich an den Schreibtisch setzte. »Vielleicht sollten wir uns mit Richard Richards unterhalten.«

»Nicht jetzt. Ich will ihn nicht stören, er arbeitet gerade mit Volldampf.« Er blickte zu Richards' Büro hinüber. »Ich glaube, er hat die Nacht durchgemacht.«

Sie zuckte die Achseln und wandte sich den neu eingegangenen Unterlagen zu. Darunter fanden sich Abschriften der mündlichen Berichte ihrer Agenten im Nahen und Mittleren Osten: aus Syrien, dem Libanon und einigen anderen Ländern. Sie öffnete die erste Akte und begann zu lesen.

Peter räusperte sich. »Wie war's beim Arzt?«

Sie blickte auf und zwang sich zu einem Lächeln. »Die Tests waren alle negativ. Es ist nur Müdigkeit.« Sie zuckte die Achseln. »Er meint, ich hab ein bisschen zu früh mit der Arbeit begonnen.«

»Da gebe ich ihm recht«, sagte Peter. »Du siehst gar nicht wie du selbst aus.«

»Wie wer sehe ich denn aus?«

Er lachte nicht über ihren matten Scherz. »Geh nach Hause, Soraya. Ruh dich ein bisschen aus.«

»Ich will nicht nach Hause gehen. Nach allem, was passiert ist, tut mir die Arbeit gut.«

»Das glaube ich nicht, und dein Arzt auch nicht. Nimm dir ein paar Tage frei. Und bleibe am besten im Bett.«

»Peter, zu Hause würde ich durchdrehen.«

Er legte eine Hand auf ihre. »Zwing mich nicht, mit Hendricks zu sprechen.«

Sie sah ihn einen Moment lang an und nickte schließlich. »Okay, aber das muss unter uns bleiben.«

Er lächelte. »Sicher.«

»Wenn sich irgendwas Wichtiges tut, rufst du mich an.«

»Natürlich«, versprach er erleichtert.

»Okay.« Sie atmete durch. »Ich geh nur noch schnell diesen Bericht durch, dann überlass ich dir den ganzen Stapel.« Als er aufstand, fügte sie hinzu: »Und behalte Richards im Auge, ja?«

»Klar.« An der Tür drehte er sich noch einmal um. »Tu, was dein Arzt dir sagt, okay?«

»Okay.«

Soraya sah Peter nach, als er über den Flur zu seinem Büro ging, dann wandte sie sich wieder ihrem Bericht zu. Sie kritzelte ein paar Anmerkungen für Peter an den Rand, dann nahm sie die Akten, um sie ihm hinüberzubringen. Ihr Blick fiel auf die Akte mit den Berichten aus Ägypten. Amuns Bild erschien in ihren Gedanken, und ihre Augen begannen zu brennen. Zornig und gleichzeitig betrübt wischte sie sich die Tränen mit dem Handrücken ab.

Sie atmete einige Male durch, stand auf und brachte die Unterlagen zu Peter hinüber. Auf dem Weg hinunter ins Erdgeschoss schaute sie auf ihre Uhr. Kurz vor Mittag. Sie zog ihr Handy hervor und tippte eine Kurzwahlnummer ein, um Delia Trane anzurufen, eine Sprengstoffexpertin beim ATF, der amerikanischen Sicherheitsbehörde für Alkohol, Tabak, Schusswaffen und

Sprengstoff. Sie hatte bei mehreren Fällen mit Delia zusammengearbeitet, als Soraya noch der Central Intelligence angehört hatte. Seither waren sie eng befreundet.

»Raya, wie geht's dir?«

»Ich muss dich sehen«, sagte Soraya. »Kannst du's zum Mittagessen einrichten?«

»Heute? Moment, ich habe zwar zu tun, aber das kann ich verschieben. Bist du okay?«

Soraya sagte ihr, wo und wann sie sich treffen würden, und beendete das Gespräch. Sie wollte am Telefon nicht mehr sagen. Vierzig Minuten später betrat sie das Jaleo, ein Tapas-Restaurant in der Seventh Street, und sah Delia bereits an einem Fenstertisch sitzen. Sie lächelte breit, als sie Soraya erblickte, und winkte ihr zu.

Delias Mutter war eine aristokratische Kolumbianerin aus Bogotá, und die Tochter hatte das feurige Blut ihrer Vorfahren mütterlicherseits geerbt. Ihre Haut war so dunkel getönt wie die von Soraya, doch das war auch schon die einzige Ähnlichkeit zwischen den beiden Freundinnen. Delia hatte ein unscheinbares Gesicht, eine jungenhafte Figur, kurz geschnittenes Haar und kräftige Hände. In ihrem Job war sie für ihre direkte, bisweilen auch schroffe Art bekannt, doch mit Soraya war sie ganz anders.

Delia stand auf, und die beiden Frauen umarmten sich.

»Erzähl mir alles, Raya.«

Sorayas Lächeln schwand. »Deswegen habe ich dich angerufen.«

Sie setzten sich einander gegenüber. Soraya bestellte eine Virgin Mary. Delia trank einen Caipirinha, einen

Cocktail mit Cachaça, einem brasilianischen Zuckerrohrschnaps.

Soraya blickte sich im Restaurant um, dankbar, dass es sich zunehmend füllte und das Gemurmel der Gäste sie wie eine Wand umgab. »Der Arzt war überrascht, dass er's mir nicht angesehen hat, obwohl ich schon im vierten Monat bin. Er sagt, normalerweise sieht er es.«

Delia brummte verächtlich. »Männer würden nie was merken, wenn man's ihnen nicht sagt.«

»Vielleicht ist es bei mir so wie bei meiner Mutter, dass man erst im fünften oder sechsten Monat etwas sieht.«

Sie schwiegen einige Augenblicke, während die Gäste um sie herum immer ausgelassener wurden. Ihr Lachen klang für Soraya hässlich und schrill.

Delia spürte, dass ihre Freundin sich nicht wohlfühlte, und griff nach Sorayas Hand. »Hör zu, Raya, ich werde nicht zulassen, dass dir oder dem Baby etwas passiert.«

Sorayas dankbares Lächeln kam etwas zögernd. »Das ist nicht alles. Es hat sich herausgestellt, dass ich ein subdurales Hämatom habe.«

Delia hielt den Atem an. »Wie schlimm ist es?«

»Wie ein kleines Loch in einem Reifen. Aber der Druck …« Sorayas Blick schweifte kurz zur Seite. »Dr. Steen meint, es muss operiert werden. Er will mir ein Loch in den Kopf bohren.«

Delia drückte ihre Hand noch fester. »Das wundert mich nicht. Chirurgen greifen immer gleich zum Messer.«

»In diesem Fall könnte er recht haben.«

»Wir holen eine zweite Meinung ein. Und eine dritte, wenn es sein muss.«

»Die Kernspintomografie ist eindeutig«, sagte Soraya. »Sogar ich sehe das Problem.«

»Hämatome können von allein heilen.«

»Das wäre vielleicht auch passiert. Leider bin ich dann geflogen. Der Flug von Paris hat es verschlimmert, und jetzt …«

Delia sah die Angst in Sorayas Augen. »Was jetzt?«

Soraya holte tief Luft. »Schwangere Frauen werden nur in Notfällen operiert, weil dabei ein doppeltes Risiko für den Fötus besteht: die Narkose und die Operation selbst.« Tränen schimmerten in ihren Augen. »Delia, wenn etwas passiert …«

»Es wird nichts passieren.«

»Aber wenn doch«, beharrte Soraya, »dann geht die Gesundheit der Mutter vor. Falls es Komplikationen gibt, wird das Baby abgetrieben.«

»Oh, Raya.« Es war ein hilfloser Aufschrei, der halb im Stimmengewirr unterging.

Dann klärte sich Delias Gesicht. »Man muss nicht immer an das Schlimmste denken.«

»Doch, ich *muss* so denken. Du weißt, warum.«

Delia beugte sich vor. »Bist du hundertprozentig sicher?«

»Ich hab nachgerechnet. Es gibt keinen Zweifel, wer der Vater ist.«

»Okay, dann …«

»Genau.«

Die beiden Frauen blickten auf, als der Kellner zu ihnen kam. »Haben Sie schon gewählt, Ladys?«

Nachdem er einen neuen Auftrag von Dani Amit erhalten hatte, flog Ilan Halevy, besser bekannt als der Babylonier, von Tel Aviv nach Beirut, mit einem argentinischen Pass, der zu einer vom Mossad geschaffenen Legende gehörte. Von Beirut reiste er mit einer Privatmaschine nach Sidon, und von dort mit dem Jeep zum Lager von Dahr El Ahmar.

Oberst Ben David rasierte sich gerade, als der Babylonier in sein Zelt geführt wurde. Ben David drehte sich nicht um, sondern sah den Killer im Spiegel an, ehe er sich wieder seiner Rasur zuwandte. Eine feuerrote, schlecht verheilte Narbe verlief vom äußeren Winkel seines linken Auges bis hinunter zum Ohrläppchen. Auf eine kosmetische Operation hatte er verzichtet.

»Wer weiß, dass du hier bist?«, fragte Ben David ohne Umschweife.

»Niemand«, sagte der Babylonier.

»Nicht einmal Dani Amit?«

Der Babylonier sah ihn schweigend an: Er hatte die Frage bereits beantwortet.

Ben David nickte und wusch Rasierseife und Barthaare vom Rasiermesser. »Gut. Wir können reden.«

Er trocknete das Rasiermesser sorgfältig ab, bevor er es weglegte, griff nach einem Handtuch und rieb sein Gesicht trocken. Erst jetzt drehte er sich zum Babylonier um.

»Das Töten bekommt dir gut.«

Ein langsames Lächeln breitete sich auf dem Gesicht des Babyloniers aus. »Freut mich auch, dich zu sehen.«

Die beiden Männer umarmten sich kurz, aber herzlich, dann traten sie zurück, als wäre diese persönliche

Geste nie geschehen. Sie waren ganz bei der Sache, einer todernsten Sache.

»Dani Amit hat mich auf Rebekka angesetzt.«

Etwas Dunkles huschte über Ben Davids Augen und war gleich wieder verschwunden.

»Ich weiß, was das für dich bedeutet«, fügte der Babylonier hinzu.

»Dann bist du der Einzige.«

»Darum bin ich hier.« Der Babylonier musterte Ben David neugierig. »Was willst du von mir?«

»Ich will, dass du deinen Auftrag ausführst.«

Der Babylonier legte den Kopf auf die Seite. »Wirklich?«

»Ja«, sagte Ben David. »Wirklich.«

»Ich weiß, wie wichtig dir das Mädchen ist.«

»Weißt du auch, wie wichtig mir dieses Projekt ist?«

»Ja«, antwortete der Babylonier. »Natürlich weiß ich das.«

»Dann kennst du auch meine Prioritäten.«

Der Babylonier musterte ihn nachdenklich. »Sie muss dich verdammt wütend gemacht haben.«

Ben David wandte sich ab und begann sein Rasierzeug säuberlich zu ordnen.

»So besessen bist du nur, wenn dich etwas extrem aufregt.«

Der Oberst erstarrte und nahm die Hände vom Rasierzeug.

»Du brauchst es nicht abzustreiten«, fügte der Babylonier hinzu. »Ich kenne dich zu gut.«

»Und ich kenne dich«, sagte Ben David und drehte sich zu ihm um. »Du hast noch jeden Auftrag ausgeführt.«

»Genau genommen ist das nicht ganz richtig.«

»Das wissen aber nur wir zwei.«

Der Babylonier nickte. »Auch wieder wahr.«

Ben David machte einen Schritt auf ihn zu. »Rebekka hat sich mit Jason Bourne eingelassen.«

»Ah«, sagte der Babylonier. »Von dem Problem hat mir Dani Amit nichts erzählt.«

»Er weiß es nicht.«

Der Babylonier musterte Ben David aufmerksam. »Warum hast du's ihm nicht gesagt?«

»Bourne geht ihn nichts an.«

»Mit anderen Worten: Bourne ist *deine* Sache.«

Ben David trat noch einen Schritt auf den Killer zu. »Und ab jetzt auch deine.«

»Und deshalb hast du mich rufen lassen.«

»Sobald ich von deinem Auftrag erfahren habe.«

»Ja«, sagte der Babylonier. »Woher weißt du eigentlich davon? Soweit mir bekannt ist, haben nur Dani Amit und der Direktor davon gewusst.«

Ein langsames Lächeln breitete sich auf Oberst Ben Davids Gesicht aus. »Es ist besser so«, erwiderte er, »für uns alle.«

Der Babylonier schien die Antwort zu akzeptieren. »Dann geht es dir also um Bourne.«

»Ja.«

»Und Rebekka?«

»Was ist mit ihr?«, fragte Oberst Ben David scharf.

»Ich weiß, was du für sie …«

»Konzentriere dich auf das Wesentliche. Du darfst Dani Amit nicht den kleinsten Grund geben, Verdacht zu schöpfen. Du musst deinen Auftrag ausführen.«

Der Babylonier betrachtete ihn mit einem gewissen Mitgefühl. »Das fällt dir sicher nicht leicht.«

»Mach dir wegen mir keine Sorgen«, versetzte Ben David. »Mir geht's gut.«

»Und wir sind im Zeitplan.«

»Absolut.«

Der Babylonier nickte. »Dann gehe ich.«

»Das wäre klug.«

Nachdem der Killer gegangen war, betrachtete sich Oberst Ben David im Spiegel. Dann griff er nach dem Rasiermesser und schleuderte es gegen den Spiegel. Das Glas zersplitterte und mit ihm Ben Davids Spiegelbild.

VIER

Mit seiner massigen Statur und den kräftigen Schultern glich der Mann einem Bären. Bekleidet mit einem Maßanzug, der mehr kostete, als viele seiner Untergebenen im Jahr verdienten, stand er auf der sonnendurchfluteten Place de la Concorde. Die Geräuschkulisse der Touristen um ihn herum klang für ihn wie das Hämmern von Spechten. Das endlose Kreisen des Verkehrs um die Betoninsel, auf der er stand, kam ihm vor wie der Tod: immer in einiger Entfernung, bis zu dem Moment, da er einen erfasste und überrollte. Er dachte an die vergeudeten Tage seiner Jugend, bevor er zu sich gefunden hatte, zu seiner inneren Kraft. Verschwendete Zeit, für immer verloren.

Die Place de la Concorde war sein bevorzugter Treffpunkt in Paris – gerade wegen dieser Nähe zum Tod, in Gegenwart und Vergangenheit. Hier war einst Marie Antoinette durch die Guillotine gestorben, und noch viele andere, schuldig und unschuldig, in den Tagen der berüchtigten Schreckensherrschaft. Ein Ausdruck, den er mochte, auch im Französischen: *Règne de la Terreur.*

Er drehte den Kopf und sah sie über die breite Straße schreiten mit ihren unglaublich langen Beinen. Sie war von einem Schwarm Touristen umgeben, erblickte ihn, ließ es sich jedoch nicht anmerken, bis sie den 3200 Jahre alten Obelisken erreichte. Frankreich hatte das Monument 1829 von dem ägyptischen Vizekönig Muhammad Ali erhalten, nachdem es ursprünglich den Eingang zum Luxor-Tempel geziert hatte. Ein wirklich bemerkenswerter historischer Schatz. Diese Gedanken gingen dem Mann durch den Kopf, während sich die Touristenströme vorbeiwälzten und höchstens einen flüchtigen Blick darauf warfen. Die Geschichte der Welt kam immer mehr unter die Räder, wurde zugeschüttet von dem unendlichen Datenstrom aus dem Internet, den die Leute mit ihren Smartphones oder iPads aufnahmen. Das Leben von Britney Spears, Angelina Jolie und Jennifer Aniston war für diese Massen interessanter als das von Marcel Proust, Richard Wagner oder Victor Hugo, falls sie überhaupt wussten, wer diese herausragenden Persönlichkeiten waren.

Der Mann musste sich beherrschen, um nicht verächtlich auszuspucken, und zwang sich zu einem Lächeln, während er sich durch die Menge an der Westseite des Obelisken schlängelte, wo Martha Christiana stand, die Hände in den Taschen ihrer schwarz-roten L'Wren-Scott-Jacke, unter der ein pflaumenblauer Bleistiftrock derselben Designerin ihre wohlgeformte untere Körperhälfte zur Geltung brachte. Sie wandte sich ihm nicht zu, als sie ihn zu ihrer Linken spürte, sondern neigte nur den Kopf in seine Richtung.

»Schön, dich zu sehen, mein Freund«, sagte sie. »Es ist lange her.«

»Zu lange, Chérie.«

Ihre vollen Lippen krümmten sich zu ihrem Mona-Lisa-Lächeln. »Du schmeichelst mir.«

Er lachte kurz auf. »Das hast du nicht nötig.«

Er hatte recht: Sie war eine auffallend schöne Frau, mit dunklen Augen und Haaren, mit südländischen Gesichtszügen und entsprechend feurigem Temperament. Und sie war immer sie selbst, was er bewunderte, auch wenn er oft versucht hatte, sie zu zähmen. Bis jetzt jedoch ohne Erfolg, wofür er insgeheim sogar dankbar war. Martha wäre ihm nicht halb so nützlich gewesen, wenn es ihm gelungen wäre, ihr Temperament zu bändigen. In seinen seltenen ruhigen Momenten fragte er sich, warum sie immer wieder zu ihm zurückkam. Er hatte nichts gegen sie in der Hand; außerdem hätte sie sich ohnehin nie erpressen lassen, das hatte er schon bei ihrer zweiten Begegnung festgestellt. Er wandte seine Gedanken von diesen dunklen Zeiten ab, um ganz ins Hier und Jetzt zurückzukehren.

Martha lehnte sich gegen den massiven Obelisken, die schmalen Fußknöchel überkreuzt.

»Als ich jünger war«, sagte er, »glaubte ich, dass man für seine Anstrengungen belohnt würde, so als wäre das Leben gerecht und würde einem nicht ständig unerwartete Hindernisse in den Weg legen. Und was hatte ich davon? Einen Misserfolg nach dem anderen. Bis ich einsah, dass ich mir etwas vorgemacht hatte. Ich hatte das Leben falsch verstanden.«

Er schüttelte eine Zigarette aus der Packung, bot ihr eine an und nahm sich selbst eine. Als er sich vorbeugte, um ihr Feuer zu geben, stieg ihm ihr Parfum in die Nase, das nach Zitrusfrüchten und Zimt duftete. Tief in seinem Inneren erbebte etwas. Vor allem Zimt hatte eine starke erotische Wirkung auf ihn. Intime Gedanken stiegen in ihm hoch, die er jedoch rasch verdrängte.

Er richtete sich auf, zündete seine eigene Zigarette an und sog das Nikotin ein, während er sich innerlich von der Vergangenheit entfernte.

»Mir wurde klar, dass mir das Leben beibringen wollte, wie man nicht bloß überlebt, sondern Erfolg hat. Ich begriff, dass ich meinen Stolz ablegen und die unerwarteten Hindernisse annehmen muss, um sie zu überwinden, statt mich von ihnen abzuwenden. Denn nur über sie führt der Weg zum Erfolg.«

Martha Christiana hörte ihm schweigend und aufmerksam zu. Er mochte das an ihr. Sie war nicht so von sich eingenommen, dass ihr wichtige Dinge entgingen. Das allein hob sie aus der Masse heraus. Sie war wie er.

»Jedes Mal, wenn man das Inakzeptable annimmt, verändert sich etwas«, sagte sie schließlich. »Verändere dich oder stirb, das ist die Lektion, die wir beide gelernt haben, stimmt's? Und nach all den kleinen Veränderungen sind wir irgendwann nicht mehr die, die wir einmal waren.«

»Auf eine Weise, wie wir es uns nie hätten vorstellen können.«

Sie nickte, den Blick auf die Rosskastanien gerichtet, die den weiten Platz säumten. »Und da stehen wir nun und warten wieder einmal, dass die Schatten fallen.«

»Im Gegenteil«, sagte er, »wir sind die Schatten.«

Martha Christiana nickte lachend. »Stimmt.«

Sie rauchten einige Minuten schweigend, während die Leute an ihnen vorüberströmten. In der Ferne sah er den Arc de Triomphe, er schimmerte wie Marthas Louboutin-Schuhe.

Schließlich warf er die Kippe auf den Boden und trat sie aus. »Hast du ein Auto?«

»Wie immer.«

»Gut.« Er nickte und leckte sich über die Lippen. »Ich habe ein Problem.«

Er leitete den geschäftlichen Teil ihrer Gespräche immer auf die gleiche Weise ein. Ein Ritual, das ihn beruhigte. Er hatte immer irgendwelche Probleme, doch er wandte sich selten an Martha Christiana, um sie aus der Welt zu schaffen. Ihre speziellen Fähigkeiten hob er sich für diejenigen auf, die sonst niemand bewältigen konnte.

»Mann oder Frau?«, fragte Martha Christiana.

Er zog ein Foto aus einer Innentasche und reichte es ihr.

»Ah, was für ein gut aussehender Teufel!« Sie lächelte. »Den übernehme ich gerne.«

»Gut.« Er lachte und gab ihr einen USB-Stick. »Darauf findest du alle relevanten Informationen über das Ziel, obwohl ich weiß, dass du gern deine eigenen Nachforschungen anstellst.«

»Hin und wieder, ja. Mich interessieren auch banale Kleinigkeiten.« Sie sah ihm in die Augen. »Und wo hält sich dieser Don Fernando Herrera zurzeit auf?«

»Er ist unterwegs.« Er entblößte seine Zähne zu einem angedeuteten Lächeln. »Er sucht mich.«

Martha Christiana hob erstaunt die Augenbrauen. »Er sieht nicht aus wie ein Killer.«

»Ist er auch nicht.«

»Was will er dann? Und warum willst du ihn ausschalten?«

Er seufzte. »Er will alles. Don Fernando will etwas Wertvolleres als mein Leben von mir.«

Jetzt wandte sich Martha Christiana ihm ganz zu, ihr Gesicht voller Sorge. »Was sollte das sein, *Guapo?*«

»Mein Erbe.« Er atmete langsam aus. »Er will mir alles wegnehmen, was ich besitze.«

»Das werde ich nicht zulassen.«

Er lächelte strahlend und berührte ihren Handrücken so sanft wie der Flügel eines Schmetterlings. »Martha, wenn du fertig bist, schicke ich jemanden zu dir, um dich zu holen. Ich brauche dich für einen ganz besonderen Auftrag.«

Martha Christiana erwiderte sein Lächeln, als sie sich von dem Obelisken abstieß. »Ich kümmere mich um den Don.«

Er lächelte. »Ich weiß.«

»Diese Sache mit Bourne, diese Liaison«, sagte Ze'ev, »das ist eine Riesendummheit, ist es das denn wert? Das ist Ihr Tod, dafür wird Ben David sorgen.«

Rebekka schnalzte mit der Zunge. »Deshalb sind Sie von Tel Aviv hierher gereist, um mir das zu sagen?«

»Ich will Ihnen helfen. Warum wollen Sie das nicht einsehen?«

Der Sturm war weitergezogen, zwischen den sich auflösenden Wolken trat die Sonne hervor, und Rebekka musste die Augen vor dem grellen Licht zusammenkneifen. Sie stapften durch den tiefen Neuschnee – im Kreis, so kam es ihr zumindest vor. Kleine Häuser mit blauen Dächern standen hier und dort in der Winterlandschaft, davor schaufelten Männer die Zugangswege frei.

Sie wollte zurück nach Sadelöga, doch Ze'ev machte es ihr schwer. Sie musste einen Weg finden, seine Anwesenheit zu ihrem Vorteil zu nutzen, und dafür blieb ihr nur wenig Zeit.

»Mich interessiert, was Sie davon haben.«

Er ließ seine vorstehenden Fingerknöchel knacken. Er trug keine Handschuhe. Seine Hände waren so weiß wie die einer Leiche. Obwohl er in Tel Aviv stationiert war, gehörte er zu Oberst Ben Davids Leuten. Das allein schon machte ihn gefährlich. Doch es gab auch noch andere Gründe, um sich vor ihm in Acht zu nehmen, wenn es stimmte, was sie in Dahr El Ahmar gehört hatte.

»Wovon?«, fragte er.

»Ich wette, Amit oder der Direktor werden nicht begeistert sein, dass Sie mir helfen.«

Er beugte und streckte seine schneeweißen Finger. Eine drohende Geste? »Keiner der beiden wird es je erfahren.«

Sie musterte ihn argwöhnisch, und er seufzte.

»Also gut, es ist so: Ilan Halevy hat es auf mich abgesehen, seit er in der Hierarchie aufgestiegen ist.« Ilan Halevy, der Babylonier.

»Warum das?«

Ze'ev ließ den Atem durch die Nase entweichen wie ein schnaubendes Pferd. »Ich habe versucht, ihn aus dem Mossad zu drängen. Das war am Beginn seiner Laufbahn; er war ein Sicherheitsrisiko, lernte zwar schnell, machte aber alles, wie es ihm passte, nicht wie es der Mossad ihm vorgab.«

»Wie man sieht, hat er trotzdem seinen Weg gemacht.«

Ze'ev nickte. »Und er hat nicht vergessen, dass ich gegen ihn war. Er tut, was er kann, um mir zu schaden.«

Sie nickte. »Okay, Sie beide hassen einander. Was hat das mit mir zu tun?«

»Ich will, dass er versagt.«

»Ein bisschen mehr als das, nehme ich an.«

»Stimmt. Ich will, dass er auf der ganzen Linie scheitert, dass er eine Niederlage einsteckt, von der er sich nicht mehr erholt.«

Rebekka überlegte einen Augenblick. »Sie haben einen Plan.«

Ein geisterhaftes Lächeln huschte für einen kurzen Moment über sein Gesicht.

»Er ist hinter mir her, daran lässt sich nichts mehr ändern. Das haben Sie selbst gesagt.«

»Das will ich auch gar nicht verhindern, im Gegenteil: Wir müssen ihn nach Sadelöga locken.«

»Und was dann?«

»Dann warten wir.«

Das Washingtoner Büro von *Politics As Usual* befand sich in der E Street NW. Soraya versuchte, an nichts zu denken, während sie zusammen mit einer Handvoll Anzugtypen in den sechzehnten Stock hinauffuhr. Die Männer unterhielten sich über Chancen und Risiken auf den Finanzmärkten. Als die Fahrstuhltür aufging, schritt sie direkt zum geschwungenen Empfangstisch aus Ahorn und Stahl.

»Ist Charles da?«, fragte sie Marsha, die Empfangsdame.

»Er ist hier, Miss Moore«, antwortete Marsha mit einem professionellen Lächeln. »Nehmen Sie doch kurz Platz, während ich ihn rufe.«

»Ich warte lieber hier.«

Marsha nickte kurz und rief Charles an. Während Soraya wartete, blickte sie sich im Empfangsbereich um, obwohl sie ihn gut kannte. Laminierte Urkunden erinnerten an die Berichte des Online-Nachrichtendienstes, für die er mit dem Peabody Award und dem Pulitzer-Preis ausgezeichnet worden war. Ihr Blick fiel unweigerlich auf den brillanten Artikel, den Charles vor zwei Jahren geschrieben hatte, in dem es um eine einflussreiche, aber wenig bekannte arabische Terrorzelle in Syrien ging. Dadurch war sie auf ihn aufmerksam geworden. Sie hatte sich an ihn gewandt, damit er ihr wenigstens einige seiner Quellen verriet, ohne großen Erfolg.

Sie spürte seine Präsenz, noch ehe sie ihn sah, und hob lächelnd den Kopf. Er war groß und schlank, mit einem wirren, frühzeitig ergrauten Haarschopf. Wie immer makellos gekleidet, mit einem mitternachtsblauen Anzug, einem taubengrauen Hemd und einer Krawatte in gedämpften Farben.

Er winkte ihr, als er sie sah, doch sein Lächeln wirkte ein klein wenig gequält, was sie augenblicklich beunruhigte. Sie fragte sich, ob es klug gewesen war, herzukommen. Einen Moment lang verspürte sie den Wunsch, aufzustehen, mit dem Fahrstuhl hinunterzufahren und ihn nie wiederzusehen. Doch sie trat auf ihn zu, und er legte ihr die Hand an den Rücken und geleitete sie zu seinem Eckbüro. Bevor sie eintrat, sah sie das Schild rechts neben der Tür: CHARLES THORNE, STELLVERTRETENDER CHEFREDAKTEUR.

Er trat nach ihr ein und schloss die Tür.

Ich muss das so schnell wie möglich hinter mich bringen, dachte sie, *bevor ich nicht mehr den Nerv dafür habe.*

»Charles«, sagte sie und setzte sich.

»Es trifft sich gut, dass du kommst.« Er hob eine Hand, um sie am Sprechen zu hindern, und ließ die Jalousien herunter. »Soraya, bevor du etwas sagst …«

O nein, dachte sie. *Jetzt kommt gleich »Ich liebe meine Frau« oder so was. Nicht jetzt, bitte nicht jetzt.*

»Ich muss dir etwas ganz im Vertrauen sagen. Okay?«

Jetzt kommt's. Sie schluckte schwer. »Ja, sicher.«

Er holte tief Luft und ließ sie mit einem leisen Pfeifen entweichen. »Das FBI ermittelt gegen uns.«

Ihr Herz blieb für einen Moment stehen. »Gegen wen?«

»Gegen *Politics As Usual.* Marchand.« Der Herausgeber. »Davidoff.« Der Chefredakteur. »Und gegen mich.«

»Ich … ich verstehe nicht.« Ihr Puls hämmerte in den Schläfen. »Weswegen?«

Charles fuhr sich mit der Hand über das Gesicht. »Abhören von Verbrechensopfern, Prominenten, Politikern, der New Yorker Polizei.« Er zögerte mit einem gequälten Ausdruck in den Augen. »9/11-Überlebende.«

»Machst du Witze?«

»Leider nein.«

Ihr war plötzlich unerträglich heiß, als hätte sie hohes Fieber. »Aber … stimmt es denn?«

»Du und ich, wir müssen …« Er hustete, räusperte sich. »Wir müssen getrennte Wege gehen.«

»Aber du …« Sie schüttelte den Kopf, ihre Ohren dröhnten. »Wie konntest du nur …«

»Nicht ich, Soraya. Ich schwöre, ich war das nicht.«

Er wird nicht antworten, wenn ich ihn jetzt frage, dachte sie. *Er wird es mir nicht sagen.* Als sie aufblickte und ihm in die Augen sah, hörte sie wieder seine Stimme. *»Wir müssen getrennte Wege gehen.«*

Sie stolperte rückwärts, stieß mit den Kniekehlen gegen einen Stuhl und setzte sich hart.

»Soraya?«

Sie wusste nicht, was sie sagen sollte, nicht einmal, was sie denken sollte. Sie bemühte sich einfach nur, möglichst ruhig zu atmen. Innerhalb einer Sekunde war ihre Welt auf den Kopf gestellt worden. Sie konnten sich nicht trennen, nicht jetzt. Es war undenkbar. Sie erinnerte sich an ein Abendessen mit Delia, am Tag nachdem sie Charles kennengelernt hatte.

»Bist du verrückt?«, hatte Delia schockiert gesagt. »Charles Thorne? Im Ernst? Weißt du, mit wem er verheiratet ist?«

»Ja«, hatte Soraya geantwortet. »Natürlich weiß ich es.«

»Und trotzdem hast du …«

»Wir konnten nicht anders.«

»Man kann immer anders«, hatte Delia zornig erwidert. »Ihr seid erwachsene Menschen.«

»So was machen Erwachsene nun mal, Dee …«

»Hör auf«, hatte Delia gesagt. »Ich will nichts mehr hören.«

»Es war kein One-Night-Stand, falls das etwas ändert.«

»Und ob das was ändert!«, hatte Delia etwas zu laut geantwortet. Sie bremste sich und zischte: »Verdammt, Raya, je länger das dauert, umso schlimmer wird es!«

Soraya erinnerte sich, dass sie die Hand ihrer Freundin genommen hatte. »Sei nicht wütend, Dee.« Delia hatte sich nicht wirklich überzeugen lassen. »Freu dich für mich.«

»Je länger das dauert, umso schlimmer wird es.«

»Soraya?«, wiederholte Thorne erschrocken, als er ihr Gesicht sah.

Und jetzt, dachte Soraya, in die bittere Gegenwart zurückkehrend, jetzt war das Schlimmste eingetreten. Jetzt musste sie es ihm sagen. Es war der einzige Weg, die Beziehung weiterzuführen.

Sie öffnete den Mund, doch etwas in ihr sperrte sich dagegen, es auszusprechen. *Soll ich das Baby wirklich benutzen, um mein Ziel zu erreichen?* Sie empfand einen solchen Ekel, dass sie sich abrupt vorbeugte und in den Papierkorb übergab.

»Soraya?« Er eilte zu ihr. »Ist dir nicht gut?«

»Mir ist ein bisschen schlecht«, flüsterte sie.

»Ich ruf dir ein Taxi.«

Sie winkte rasch ab. »Es geht gleich wieder.« Sie musste es ihm sagen, ihr blieb nichts anderes übrig, doch die Übelkeit stieg schon wieder in ihr hoch. *Nicht heute,* dachte sie. *Ich brauche erst mal einen Tag Ruhe.*

Eine Stunde bevor er mit Alef nach Sadelöga aufbrechen wollte, hatte Bourne einen Traum. Er wurde angeschossen und fiel in das dunkle Wasser des Mittelmeers, doch anstatt das Bewusstsein zu verlieren, wie es ihm vor vielen Jahren tatsächlich passiert war, spürte er die schmerzhaften Stiche im Kopf.

Während er um sein Leben kämpfte, merkte er, dass er nicht allein war. Etwas stieg aus der dunklen Tiefe empor, lang und dünn, eine riesige Schlange. Sie wand sich um ihn und schnappte mit ihren Fangzähnen nach ihm. Er wehrte sich verzweifelt, doch mit jeder Sekunde schwanden seine Kräfte, während das Ungeheuer immer stärker zu werden schien. Plötzlich hob es den Kopf, öffnete das Maul und sagte: *»Du wirst nie erfahren, wer ich bin. Warum lässt du es nicht sein?«*

Das Monster ließ ihn los und verschwand. Er versuchte es aufzuhalten, von dem unerträglichen Wunsch getrieben, zu erfahren, wer sich dahinter verbarg … und erwachte.

Schweißgebadet schlug er die Decke zurück und tappte ins Badezimmer, stieg in die Dusche und drehte das Wasser auf. Es war eiskalt und traf ihn wie eine Faust, doch genau das wollte er, um die Überreste des Traums wegzuspülen. Er hatte das nicht zum ersten Mal geträumt. Er wusste, dass die Seeschlange nichts anderes als seine Vergangenheit war, die in den Tiefen seines Unterbewusstseins lauerte, ohne sich je zu erkennen zu geben.

Nachdem er sich rasiert und angezogen hatte, setzte er sich auf die Bettkante und rief Soraya mit seinem neuen Satellitentelefon an. Sie hatten vereinbart, einigermaßen regelmäßig Kontakt zu halten und ihre Informationen auszutauschen, was beiden nützte.

Es war mitten in der Nacht in Washington – er hörte an ihrer Stimme, dass er sie geweckt hatte. Sie klang abgespannt, erschöpft.

»Geht's dir gut?«, fragte er.

»Ja, bestens. Ich hatte einfach einen langen, harten Tag.«

Er spürte sofort, dass sie ihm nicht die ganze Wahrheit sagte. Er hakte nach, bis sie zugab, dass die Gehirnerschütterung, die sie in Paris erlitten hatte, schlimmer geworden war. Mehr war sie nicht bereit zu sagen, nur dass sie in ständiger ärztlicher Betreuung sei. Dann erwähnte sie Nicodemo, und Bourne erzählte ihr von seinem Gespräch mit Christien, dass Nicodemo irgendwie mit Core Energy zu tun habe, vor allem mit dem Chef des Unternehmens Tom Brick.

»Du glaubst also, Nicodemo existiert wirklich?«, fragte sie, nachdem er ihr alles geschildert hatte.

»Christien und Don Fernando sind jedenfalls davon überzeugt. Kannst du dir Core Energy und Tom Brick ein bisschen genauer ansehen?«

»Sicher.«

»Pass auf dich auf, Soraya.«

Sie zögerte einen Augenblick. »Du auch«, gab sie zurück.

Als eineinhalb Stunden später die Sonne aufging, saßen er und Alef in einem von Christiens Autos und verließen Stockholm in Richtung Sadelöga.

»Sie sind so angespannt, gibt es ein Problem?«, fragte Alef, als sie auf der Autobahn in halsbrecherischem Tempo dahinrasten.

Bourne schwieg. Alle paar Minuten sprangen seine Augen zum Rückspiegel, um sich die Autos hinter ihnen einzuprägen.

Alefs Blick ging automatisch zum Außenspiegel. »Erwarten Sie jemanden?«

»Man kann nie wissen.«

Alef lachte kurz auf. »Ja, ich weiß, was Sie meinen.«

Bourne musterte ihn eindringlich. »Wirklich?«

»Was?«

»Sie haben gesagt, Sie wissen, was ich meine. *Woher* wissen Sie es?«

Alef erwiderte seinen Blick und schüttelte hilflos den Kopf. »Ich habe keine Ahnung.«

»Denken Sie nach!«

Bourne sagte es so scharf, dass Alef zusammenzuckte.

»Ich weiß nicht. Es ist eben so.« Sein Blick ging zum Außenspiegel zurück. »Nichts Verdächtiges.«

»Jedenfalls noch nicht.«

Alef nickte. »Ich habe ein gutes Gefühl wegen Sadelöga. Dass ich zurückkehre, meine ich.«

»Sie glauben, es wird Ihnen helfen, sich zu erinnern.«

»Ja. Wenn irgendwas hilft …«

Er verstummte, und sie fuhren den Rest der Strecke schweigend. Christien hatte dafür gesorgt, dass ein Boot auf sie wartete; es war das Boot, mit dem er und Bourne zum Angeln hinausgefahren waren, als sie Alef aus dem Wasser gezogen hatten. Jemand hatte es gesäubert, es waren keine Blutspuren mehr zu sehen.

Bourne half Alef ins Boot, machte die Leinen los und sprang ebenfalls hinein. Langsam tuckerten sie nach Sadelöga hinüber. Die Luft war feucht und schwer, Nebel hing tief über dem Wasser. Als sie sich der Insel näherten, begann sich Alef umzublicken.

»Kommt Ihnen irgendwas bekannt vor?« Bournes Atem bildete kleine Wölkchen in der eiskalten Luft.

Alef schüttelte den Kopf.

Wenige Minuten später verlangsamte Bourne das Boot. »Hier haben wir Sie aus dem Wasser gezogen. Sie können nicht lang drin gewesen sein, also wurden Sie wohl hier irgendwo angeschossen.«

Er ließ das Boot langsam am Ufer entlanggleiten.

»Sagen Sie's, wenn Ihnen etwas auffällt.«

Alef nickte. Er wirkte zunehmend aufgewühlt, wie jemand, der sich seinem eigenen Tod näherte. Bourne kannte das Gefühl. Unter den Nebelfetzen trieben Eisschollen zum Ufer. In den letzten Tagen war es noch einmal deutlich kälter geworden. Sogar die sonst so geschwätzigen Möwen waren verstummt. Es tat weh, die kalte Luft einzuatmen.

»Ich weiß es nicht«, sagte Alef betrübt. »Ich weiß es einfach nicht.« Und dann hob er plötzlich den Kopf, wie ein Jagdhund, der Witterung aufgenommen hatte. »Da!« Er zitterte vor Aufregung. »Dort drüben!«

Bourne lenkte das Boot zum Ufer.

»Du hast ihr nachspioniert!?« Delia sah Peter ungläubig an. »Sie ist deine Freundin, um Himmels willen.«

»Ja, aber ...«

»Ihr Spione seid unglaublich.« Sie schüttelte den Kopf. »Was seid ihr für Menschen.«

»Delia, gerade *weil* Soraya meine Freundin ist, bin ich ihr gefolgt.«

Delia schnaubte skeptisch. Sie saßen in ihrem Büro, wo Peter sie aufgesucht hatte. Sie hatte die Tür mit einem Tritt geschlossen, als er seine erste Frage stellte.

»Was wollte sie bei *Politics As Usual?*«

»Mann!«, rief Delia. »Willst du vielleicht auch wissen, worüber sie mit mir beim Mittagessen gesprochen hat?«

»Vermutlich hatte es etwas mit ihrem Besuch bei Dr. Steen zu tun.«

Delia trat kopfschüttelnd hinter ihren Schreibtisch. »Ich weiß nicht, was du glaubst ...«

»Ich wollte dich bitten, mir zu sagen, was los ist.«

»Das musst du Soraya fragen, nicht mich.«

»Sie will nicht mit mir darüber reden.«

»Dann hat sie wohl einen guten Grund, es nicht zu tun.«

»Genau das ist es eben«, sagte Peter und machte einen Schritt auf sie zu. »Ich glaube nicht, dass das klug von ihr ist.«

Delia breitete die Hände aus. »Ich weiß nicht, was …«

»Ich glaube, sie steckt in Schwierigkeiten«, sagte er. »Bitte hilf mir, ihr zu helfen.«

»Nein, Peter. Du willst von mir, dass ich ihr Vertrauen missbrauche.« Sie verschränkte die Arme vor der Brust. »Das werde ich nicht tun, auf keinen Fall.«

Er sah sie einen langen Augenblick an. »Sie bedeutet mir viel, Delia. Wirklich.«

»Dann geh zurück an deine Arbeit. Soraya weiß, was sie tut.«

»Ich will ihr helfen.«

»Hilfe ist etwas Relatives. Wenn du so weitermachst, verspreche ich dir, dass nichts Gutes dabei herauskommen wird.«

Er schüttelte den Kopf. »Ich weiß nicht, was du …«

»Was immer sie gerade durchmacht, sie will es nicht mit dir teilen«, fügte Delia mit einem kühlen Lächeln hinzu. »Es wäre das Ende eurer Freundschaft, Peter.«

Alef hastete an Land, noch bevor das Boot das schneebedeckte Ufer erreicht hatte.

»Warten Sie!«, rief ihm Bourne nach, während er den Motor abstellte. Fluchend sprang er an Land und sprintete hinter Alef her.

»Da stehen Kiefern an einem See«, sagte Alef wie zu sich selbst. »Hier irgendwo.« Seine Augen waren geweitet, und sein Kopf ruckte vor und zurück.

Bourne war fast bei ihm, als er zwischen den Kiefern den See erblickte. Er sah zugefroren aus.

»Ich habe ihn überquert«, erinnerte sich Alef.

»Eins nach dem anderen«, sagte Bourne. »Warum waren Sie hier?«

Alef schüttelte den Kopf. »Ich habe den See überquert, oder …« Er trat auf die Eisdecke. »Ich bin geflüchtet.«

»Geflüchtet? Vor wem?«, drängte Bourne. »Wer hat Sie verfolgt?«

»Dieser See.« Alef begann zu zittern. »Dieser verdammte See.«

Ein elektrischer Sturm bricht in seinem Gehirn los, als Erinnerungsfetzen aus dem Nebel seiner Amnesie hochsteigen. Er sieht sich selbst, hört seinen keuchenden Atem, sieht die schlanke Gestalt, die geschmeidig hinter ihm hergleitet wie auf Schlittschuhen. Dann wird es dunkel, das Licht der Erinnerung erlischt, er spürt, wie er stolpert. Im nächsten Augenblick ist er auf den Knien, die Gestalt eilt auf ihn zu, und er dreht sich um, zielt mit seiner Pistole, und sie fliegt ihm aus der Hand. Er will sie zurückholen, doch er hat nicht genug Zeit, springt auf und rennt um sein Leben.

Diese Erinnerungen stürmen auf ihn ein wie eine Armee, verschwimmen kurz und kommen zurück. Dazwischen liegt der dunkle Abgrund, in den sein Leben gestürzt ist, unerreichbar für ihn. Immer neue Erinnerungsfetzen wirbeln in ihm hoch, so schnell, dass er die

Orientierung, den Halt und für einen Moment den Verstand verliert.

Alef blinzelte und kehrte in die Gegenwart zurück.

»Okay.« Bourne führte ihn zwischen den Kiefern zum Meeresufer zurück. »Ich glaube, das reicht für heute.«

»Nein! Hier irgendwo ist meine Vergangenheit, mein Leben! Ich will es zurückhaben!« Alef riss sich los, doch bevor er weglaufen konnte, packte ihn Bourne und zog ihn zurück in den Schutz der Bäume.

»Sie können nicht hinaus auf den See«, sagte Bourne. »Da ist es völlig ungeschützt, zu gefährlich.«

»Gefährlich?«

Bourne schüttelte ihn kurz, um seine Aufmerksamkeit zu gewinnen. »Jemand hat auf Sie geschossen, wissen Sie nicht mehr? Jemand ist hinter Ihnen her?«

»Ich bin tot, Jason.« Er starrte ihn mit geweiteten Augen an. »Verstehen Sie? Niemand ist mehr hinter mir her.«

Bourne erkannte, dass es ein Fehler gewesen war, so früh hierher zurückzukommen. Alef war völlig überfordert, verlor jeden Sinn für die Wirklichkeit. »Gehen wir zurück zum Boot und sprechen wir in aller Ruhe darüber.«

Alef zögerte und blickte auf die vereiste Fläche des Sees hinaus, dann nickte er. »Okay.«

Doch kaum ließ Bourne ihn los, sprintete er los und glitt auf den See hinaus, die Arme wie Flugzeugflügel ausgebreitet, um nicht das Gleichgewicht zu verlieren.

Bourne stürmte hinterher, mit einem Auge auf Alef und dem anderen auf die Bäume rund um den See, die so dicht standen, dass sich ein ganzes Regiment darin hätte verbergen können. Der Wind peitschte ihm Eissplitter ins Gesicht. Er hob eine Hand, um seine Augen zu schützen, und hörte den lauten Knall wie ein Echo, das schon wieder verklungen war, bevor es ihm so richtig bewusst wurde. Dicke Eissplitter sprühten empor, als der Scharfschütze noch zwei Schüsse abgab und eine tiefe Furche in die Eisdecke schlug, direkt vor der Stelle, an der Alef stand.

Bourne krachte gegen Alef und schützte ihn, glitt jedoch mit ihm auf die Furche zu. Das Eis barst unter ihnen. Bourne warf sich nach hinten, zog Alef mit sich, doch weitere Kugeln schlugen hinter ihm in die Eisdecke ein, bis das Eis knirschend unter ihnen nachgab. Sie landeten beide im Wasser und wurden von einer starken Strömung in die eisige Dunkelheit gezogen.

FÜNF

Das Wasser drang Bourne brennend in die Nase. Kein Wunder, dass die Eisdecke nicht gehalten hatte – dies war ein Salzwassersee und das Eis deshalb nicht so hart. Er musste die Pistole loslassen, um Alef zu retten, der schnell nach unten sank. Bourne tauchte mit kräftigen Zügen hinunter, um ihn einzuholen.

Sein Herz hämmerte immer schneller, während die Kälte durch Jacke und Stiefel drang. Wenn seine Körperkerntemperatur sank, war es vorbei. Er würde nicht mehr die Kraft haben, in dem eisigen Wasser nach oben zu kommen, geschweige denn, Alef zu retten.

Außerdem wusste er in der Dunkelheit, die ihn umgab, nicht, wohin. Selbst erfahrene Taucher verloren in der Nacht leicht die Orientierung. Außerdem beeinträchtigte die extreme Kälte das Denkvermögen, sodass man leicht das Falsche tat. In dieser eisigen Tiefe bedeutete eine falsche Entscheidung den Tod.

Bournes Lunge drohte zu bersten, er spürte seine Zehen nicht mehr, und seine Finger fühlten sich dick und ungelenk an. Mit hämmerndem Kopf tauchte er noch etwas tiefer hinunter, spürte Alefs Kragen und zog ihn hoch. Dann drehte er sich im Wasser und stieg mit rhythmischen Beinstößen höher. Er zwang sich zur

Konzentration, während kurze Erinnerungsfetzen an jenen Tag in ihm aufblitzten, als er schon einmal beinahe ertrunken wäre und sein Gedächtnis verlor.

Es fiel ihm immer schwerer, im Hier und Jetzt zu bleiben und alles aus seinem Körper herauszuholen. Diesmal trieb er jedoch nicht im Mittelmeer, sondern kämpfte sich durch einen See im hohen Norden. Trotz der dramatischen Situation breitete sich eine friedliche Wärme in ihm aus, die ihn lethargisch zu machen drohte, während seine Beine weiter pumpten und er Alef mit sich zog. Aber ihm war warm: War er doch im Mittelmeer? So musste es sein. Er war angeschossen worden und irgendwo vor Marseille ins Wasser gestürzt … und plötzlich sah er sich von dichtem Dschungel umgeben. Er stand hinter einem Mann, der am Boden kniete, die Hände am Rücken gefesselt. Er hielt eine Fünfundvierziger in der Hand, setzte dem Mann den Lauf an die Schädelbasis und drückte den Abzug. Und er sah Jason Bourne auf den Waldboden sinken, tot …

Er wollte aufschreien. Ein eisiger Schauer kroch ihm über den Rücken, und er wand sich verzweifelt, um sich von den albtraumhaften Bildern zu befreien. Dann blickte er auf und sah einen helleren Fleck in der endlosen Dunkelheit, einen Ausweg!

Er schaute hinunter und sah Alefs lebloses weißes Gesicht, und der Anblick vertrieb seine Lethargie. Mit neuer Energie kämpfte er sich nach oben, der helle Fleck wurde breiter und heller, bis er schließlich die Oberfläche durchbrach und Luft in seine brennende Lunge sog. Doch er war immer noch im Wasser, und der bewusstlose Alef wurde immer schwerer und drohte ihm zu entgleiten.

Quälend langsam kletterte Bourne aus dem Wasser, drehte sich um und hievte Alef herauf, zuerst am Kragen, dann unter den Armen, um ihn schließlich am Gürtel herauszuziehen.

Er war völlig erledigt. Die Kälte und die traumatischen Erinnerungen, die so lange in ihm vergraben waren, hatten ihm das letzte bisschen Kraft aus dem Körper gesaugt. Er sank rücklings zu Boden und konzentrierte sich auf seine Atmung, obwohl eine leise Stimme im Hinterkopf ihn drängte, einen Unterschlupf zu finden und die nassen Sachen auszuziehen, bevor sie an ihm festfroren.

Im nächsten Augenblick fiel ein Schatten auf ihn, und er sah einen Mann vor sich stehen, mit einer Pistole in der Hand. Der Scharfschütze? Aber wo war dann sein Gewehr? Hatte er es im Wald gelassen? Bourne war zu benommen und erschöpft, um klar zu denken.

»Sie brauchen sich nicht vorzustellen, Bourne«, sagte der Mann und ging in die Hocke. »Ich weiß, wer Sie sind.«

Lächelnd drückte er Bourne die Pistole an die Schläfe. Bourne versuchte, den Arm zu heben, doch seine Kleider waren teilweise gefroren und lasteten wie eine Rüstung auf ihm. Seine Finger waren wie erstarrt.

Der Mann entsicherte seine Waffe. »Schade, dass wir keine Zeit haben, uns besser kennenzulernen.«

Der Knall des Pistolenschusses hallte über den See wie ein lauter Schrei. Ein paar Möwen flogen kreischend auf, dem grauen Himmel entgegen.

»Ich komme nicht an die beiden heran.«

»Was soll das heißen?«, fragte der Präsident. »Sie sind meine Augen und Ohren in Treadstone.«

Dick Richards schlug die Beine übereinander. »Mir scheint, Ihr Problem liegt nicht bei Marks und Moore, sondern bei Minister Hendricks.«

Der Präsident starrte ihn über den Schreibtisch hinweg an. Es war ganz still im Oval Office; sogar die gelegentlichen Schritte und die Stimmen der Sekretärinnen und Assistenten klangen gedämpft, als kämen sie aus weiter Ferne und nicht aus den Büros draußen vor der Tür.

»Sie brauchen mir nicht zu sagen, wo mein Problem liegt, Richards.«

»Nein, Sir, natürlich nicht. Trotzdem ist Treadstone Hendricks' Werk.«

Der Präsident hob die Augenbrauen. »Worauf wollen Sie hinaus?«

»Marks und Moore bekommen ihre Befehle von ihm.«

Der Präsident drehte sich mit seinem Stuhl und blickte aus dem Fenster. »Was *haben* Sie über sie herausgefunden?«

Richards nahm sich einen Augenblick, um seine Gedanken zu sammeln. »Sie sind beide klug genug, um mich auf Distanz zu halten. In einem Punkt haben sie sich allerdings geirrt: Sie glauben, der Auftrag, den sie mir übertragen haben, wäre bloße Beschäftigungstherapie.«

Der Präsident wandte sich mit seinem Stuhl wieder ihm zu und musterte seinen Maulwurf. »Das heißt was?«

»Haben Sie gewusst, dass die Identität des Jason Bourne von Treadstone-Leuten geschaffen wurde?«

»Richards, Sie strapazieren meine Geduld.«

»Die Identität stammt von einem tatsächlich existierenden Jason Bourne. Er war ein Söldner, der getötet wurde, weil er seine Einheit verraten hatte.«

Der Präsident runzelte irritiert die Stirn. »Wie zum Teufel sind Sie zu dieser Information gekommen? Haben Sie etwa Zugang zum Omega-Archiv?«

Einen Moment lang fragte sich Richards, ob er es im Bemühen, seinen Gedankengang zu erklären, ein wenig übertrieben hatte. »Es gibt keine Sicherheitslücke, falls Sie das meinen. Der Leiter hat mich gebeten, einen neuen Algorithmus für alle Archivdaten auf Sicherheitslücken zu überprüfen.« Er winkte mit der Hand ab, um die Bedeutung seiner Entdeckung herunterzuspielen. »Was ich damit sagen will: Ich komme der Antwort auf die Frage näher, ob dieser Nicodemo eine reale Person oder eine Erfindung ist. Eines kann ich Ihnen mit Sicherheit sagen: Ein Mann allein kann nicht für den ganzen Einfluss verantwortlich sein, den man ihm zuschreibt.«

Der Präsident beugte sich vor. »Hören Sie, Richards, Sie verstehen mich nicht.«

»Mit hoher Wahrscheinlichkeit handelt es sich bei diesem Nicodemo um mehrere Personen.«

»Scheiß auf Nicodemo«, erwiderte der Präsident schroff. »Der Kerl interessiert mich nicht, er ist Hendricks' Problem. Mich interessieren Peter Marks und Soraya Moore.«

Richards schüttelte den Kopf. »Ich verstehe nicht.«

»Soraya Moore musste die CI verlassen, weil sie sich nicht an ihre Anweisungen gehalten hat. Und jetzt sind die beiden bei Treadstone, und keiner weiß genau, was sie anstellen.«

»Sie sind aber bestimmt kein Sicherheitsrisiko. Ich verstehe immer noch nicht …«

»Sie stehen beide Jason Bourne nahe, Sie Idiot! Es ist sein schädlicher Einfluss, der sie unzuverlässig macht.« Der Präsident schien genauso geschockt von seiner Feststellung wie Richards. Er trommelte mit den Fingern auf den Schreibtisch, atmete tief ein und ließ die Luft langsam entweichen. »Moore und Marks stehen Bourne nahe«, fuhr er mit ruhigerer Stimme fort. »Bestimmt stehen sie mit ihm in Kontakt.«

Richards nahm sich einen Moment, um seine Gedanken zu sortieren. »Sie sind hinter Bourne her.«

»Warum glauben Sie, habe ich Sie zu Treadstone geschickt, Richards? Bourne hält sich an keine Regeln. Er tut, was er will. Das kann ich nicht zulassen.«

»Ich habe gehört, dass er uns des Öfteren geholfen hat.«

Der Präsident winkte ungeduldig ab. »Das sind Gerüchte, von denen keiner weiß, ob was dran ist. Das Problem ist, dass niemand sagen kann, welche Ziele Bourne wirklich verfolgt. Ich will wissen, was er im Schilde führt. Er entzieht sich unserer Kontrolle und ist nicht nur ein Sicherheitsrisiko, sondern eine Gefahr für unser gesamtes außenpolitisches Programm. Dazu kommt noch seine instabile geistige Verfassung. Er leidet an Amnesie, um Himmels willen! Wer zum Teufel weiß, was er als Nächstes tun wird? Nein.« Er schüttelte mit Nachdruck den Kopf. »Wir müssen das Problem ein für alle Mal lösen. Der direkte Zugang hat nicht funktioniert, so finden wir ihn nie. Und Hendricks teilt meine Sorge nicht, deshalb kann ich mich in dieser Sache nicht auf ihn verlassen.«

Sie liegen mit Hendricks über Kreuz, dachte Richards. *Hendricks denkt nicht nach Schema F, was man von Ihnen nicht sagen kann.* Plötzlich wurde ihm klar, dass er auf der Seite der Sieger stehen wollte. Ein Mal in seinem Leben.

Der Präsident erhob sich abrupt und trat zu der amerikanischen Flagge beim Fenster. »Vergessen Sie Nicodemo. Er ist wahrscheinlich nur ein Trugbild, von unseren Feinden ins Leben gerufen, um uns irrezuführen. Haben Sie mich verstanden?«

»Ja, Sir, aber ich kann meine Suche nach Nicodemo nicht so einfach einstellen. Die Direktoren würden Verdacht schöpfen.«

»Dann schnüffeln Sie weiter ein bisschen im Internet herum, damit niemand was merkt, aber konzentrieren Sie sich ab jetzt darauf, Bourne zu finden.«

Sein Plan, das Vertrauen von Peter und Soraya zu gewinnen, indem er den Auftrag erfolgreich ausführte, war damit hinfällig. Es war ernüchternd und ärgerlich, wie der Präsident mit ihm umsprang, nachdem er ihn persönlich aus der NSA ausgewählt hatte. Es machte ihn zornig, dass ihn der Präsident benutzt hatte und ihm jetzt erst sagte, was er wirklich wollte. *Scheiße*, dachte er, *ab jetzt ist sich jeder selbst der Nächste.*

Aber so war es ohnehin schon immer, dachte er bitter.

Für den Rest des Briefings setzte er ein Lächeln auf, nickte gelegentlich und sagte, was der Präsident von ihm hören wollte. Doch mit seinen Gedanken war er schon woanders. Er bastelte bereits an einer neuen Strategie: einer, die nur ihm nutzte. Er hätte von Anfang an so denken sollen.

Als er zu Treadstone zurückkehrte, ging Richards direkt zu Peter Marks' Büro, doch an seinem Schreibtisch saß Soraya Moore und arbeitete an seinem Computer. Richards war irritiert und musste an die Behauptung des Präsidenten denken, dass die beiden Direktoren im Grunde taten, was sie wollten. Selbst in der Privatwirtschaft war es nicht üblich, den Computer eines anderen zu benutzen; im Geheimdienstwesen hatte er davon noch nie gehört. So gesehen wunderte es ihn nicht, dass sie engen Kontakt zu Bourne hielten.

Soraya blickte auf, als er zögernd in der Tür stand. »Ja? Was gibt's, Richards?«

»Ich … ich habe Direktor Marks gesucht.«

»Und mich gefunden.« Sie zeigte auf einen Stuhl. »Setzen Sie sich. Was haben Sie auf dem Herzen?«

Immer noch zögernd, wurde ihm wieder einmal bewusst, wie sehr ihn ihre Präsenz einschüchterte. Er war noch nie einer Frau wie ihr begegnet, und das machte ihn zutiefst unsicher.

Soraya seufzte. »Setzen Sie sich. Na los.«

Er ließ sich mit einem unangenehmen Gefühl auf der Stuhlkante nieder.

»Wollen Sie auch was sagen oder einfach nur stumm dasitzen?«

Er beäugte sie argwöhnisch, bis ihm wieder einfiel, dass er eine Mappe in den Händen hielt, in der er seine bisherigen Fortschritte bei seiner Suche nach Nicodemo zusammengefasst hatte. Er legte die Akte auf Marks' Schreibtisch und schob sie ihr zu. Er fand es seltsam, dass sie mit keinem Wort erwähnte, was sie am Computer ihres Kodirektors machte. Kannte sie etwa sein Passwort? Jeder bei Treadstone hatte seinen eigenen persönlichen Code, um sich in seinen Computer einzuloggen. Dazu einen zweiten Code für den Laptop, und einen dritten, falls man über einen der neuen Tablet-Computer verfügte.

Soraya betrachtete ihn mit ihren großen dunklen Augen. Es machte ihn wütend, dass sie so schön war, so begehrenswert und eine solche Macht über ihn besaß. Sie nahm die Akte zur Hand, ohne den Blick von ihm zu wenden, und öffnete sie.

»Was ist das?«

Die unerwartete Frage verwirrte ihn noch mehr. Warum fragte sie ihn das, wo ihr doch ein kurzer Blick auf die Unterlagen die Antwort geliefert hätte?

Er holte tief Luft. »Ich bin mit der Aufgabe, die Sie mir übertragen haben, einen großen Schritt vorangekommen.«

»Sprechen Sie weiter.«

Warum schaute sie nicht in die Unterlagen? Richards schob die Frage beiseite und fuhr fort. »Wenn Sie einen Blick in die …«

»Bedrucktes Papier ist nie so aussagekräftig«, erwiderte sie. »Ich würde es gern mit Ihren eigenen Worten hören.«

Das war's also, dachte er. Er räusperte sich, ehe er weitersprach. »Es deutet vieles darauf hin, dass die Person Nicodemo so nicht existiert. Allem Anschein nach dürfte es sich um eine clevere Konstruktion handeln, wie zum Beispiel die Bourne-Identität.«

»›Es deutet vieles darauf hin‹, ›allem Anschein nach‹ – solche Phrasen mag ich nicht besonders, das ist mir zu wenig konkret.«

»Ich werde mich bemühen, es konkreter zu formulieren«, sagte Richards und fragte sich, wie er sie dazu bringen konnte, über Bourne zu sprechen.

»Sagen Sie, Richards, warum wollten Sie eigentlich damit zu Peter gehen und nicht zu mir?«

Landminen, dachte Richards. *Sie vermint das Gelände. Ich muss sehr vorsichtig vorgehen, darf mir nicht anmerken lassen, dass ich weiß, was sie vorhat.* Er hätte sagen können, Marks habe ihm erzählt, dass sie ein paar Tage freigenommen habe, aber das stimmte nicht ganz; er hatte es bloß mitgehört. Genau genommen hatte er *geschnüffelt.* Er durfte sich nicht bei einer Lüge oder auch nur einer Halbwahrheit ertappen lassen. »Direktor Marks war meine erste Kontaktperson hier. Ich habe einige Wochen mit ihm zusammengearbeitet, im Grunde sehr kollegial. Das war, bevor Sie zurückkamen …« Er zuckte die Achseln. Sie wusste selbst am besten, dass sie ihn nicht gerade mit offenen Armen aufgenommen hatte.

»Verstehe.« Soraya legte den Bericht weg, ohne einen Blick hineingeworfen zu haben, und lehnte sich auf Peter Marks' Stuhl zurück. »Sie beschweren sich also über mich, verstehe ich das richtig?«

Er erkannte seinen Fehler augenblicklich und verfluchte sich selbst dafür. Doch er spürte, dass jedes Leugnen es nur noch schlimmer gemacht hätte. Es war klar, dass sie jede Art von Schwäche verachtete, egal ob nur scheinbar oder real. »Direktor, wenn Sie erlauben, will ich ganz offen sprechen.« Mit einer gewissen Erleichterung sah er ein kurzes Lächeln über ihr Gesicht huschen. »Ich habe eine dicke Haut. Das war nicht immer so, aber Sie kennen ja die NSA.«

»Tu ich das?«

»M. Errol Danziger, heute Direktor der CI, wurde in der NSA ausgebildet, von daher wissen Sie wahrscheinlich, was das bedeutet.«

»Haben Sie sich in Ihrer Zeit bei der NSA eine Meinung über Direktor Danziger gebildet?«

»Er ist ein Arschloch, meiner bescheidenen Meinung nach.« Die Antwort schien ihr zu gefallen, und seine Anspannung legte sich ein wenig. »Wenn ich in meiner Zeit bei der NSA eines gelernt habe, dann dass man nicht zimperlich sein darf, wenn man überleben will. Damit will ich sagen, es ist Ihre Sache, wie Sie mich behandeln.«

»Danke.«

Ihr sarkastischer Ton entging ihm nicht. »Mir geht's nur darum«, fügte er hinzu, »die Aufgaben, die Sie mir übertragen, so gut wie möglich auszuführen.«

»Und was ist mit den Anweisungen, die Ihnen der Präsident gibt?«

»Ich verstehe ja, dass Sie mir nicht vertrauen. Ich an Ihrer Stelle würde wahrscheinlich auch nicht anders reagieren.«

»Warum hat der Präsident Sie uns wirklich vor die Nase gesetzt?«

»Die Black-Ops-Organisationen sind in der Vergangenheit oft zu eigenmächtig vorgegangen. Er hat mir aufgetragen, darauf zu achten …«

»Uns auszuspionieren.«

»Ich glaube nicht, dass er etwas gegen Sie hat.«

»Was ist es dann?«

»Er ist einfach vorsichtig, würde ich sagen.«

Soraya lächelte spöttisch. »Und Sie teilen seine Ansicht, nehme ich an.«

»Das hab ich wohl getan, bevor ich hierherkam. Aber

jetzt, wo ich sehe, was Treadstone leistet …« Er ließ seine Worte in der Luft hängen, um ihnen Nachdruck zu verleihen.

»Ich bin ganz Ohr.«

»Jetzt mach ich meinen Job, so gut ich kann, damit Sie sehen, dass Sie mir vertrauen können.«

»Schön – und wie kommen Sie voran?«

»Je tiefer ich in der Nicodemo-Sache bohre, umso verworrener wird es. Und ich bin immer mehr davon überzeugt, dass das kein Zufall ist. Dieses Wirrwarr ist Absicht.«

»Es wäre ja auch verdächtig, wenn Sie Nicodemo leicht finden könnten.«

»Genau! Das war auch mein erster Gedanke, als ich mich durch die ersten Schichten arbeitete. Aber wie Sie in dem Bericht sehen werden, handelt es sich hier nicht um das übliche Verwirrspiel, wie Hacker es gern betreiben. Das Ganze ist ein richtiger gordischer Knoten. Je mehr ich an einem Ende ziehe, umso fester zieht er sich zusammen.«

»Sind das nicht einfach besondere Sicherheitsvorkehrungen?«

»Nein«, erwiderte Richards. »Das ist nur Schein.«

»Wie meinen Sie das?«

»Der gordische Knoten soll nach besonderen Sicherheitsvorkehrungen *aussehen*, damit sich die Hacker darauf stürzen und ihr Glück versuchen. In Wahrheit ist das alles Bullshit. Der gordische Knoten ist das Produkt irgendeines teuflischen Genies, hat aber keine wirkliche Bedeutung.«

»Was wollen Sie damit sagen? Dass Nicodemo nicht existiert?«

»Jedenfalls nicht so, wie Sie und ich ihn uns vorstellen, vielleicht auch gar nicht.«

»Okay.« Soraya breitete die Hände aus. »Angenommen, Sie haben recht.«

»Ich *habe* recht.«

»Wer zum Teufel leitet dann Core Energy?«

Richards blinzelte. »Wie bitte?«

»Ich habe aus zuverlässiger Quelle, dass Nicodemo bei Core Energy die Fäden zieht.«

»Von wem haben Sie das gehört? Der Generaldirektor von Core Energy ist Tom Brick.«

Es war Jason Bourne, der Soraya von der Verbindung zwischen Core Energy und Nicodemo erzählt hatte, aber das würde sie Richards nicht anvertrauen. »Nach dieser Quelle besitzt Core Energy einen ganzen Haufen getarnter Tochtergesellschaften, die Minen und Energieproduzenten weltweit aufkaufen und Geschäfte machen, die sich Tom Brick oder sonst irgendein Firmenchef niemals erlauben könnte. Wenn, wie Sie behaupten, Nicodemo nicht existiert – wer steckt dann hinter diesen korrupten Geschäften?«

»Ich … ich weiß es nicht.«

»Ich auch nicht, obwohl ich wirklich versucht habe, es herauszufinden.« Sie schloss die Akte und schob sie ihm über den Schreibtisch zu. »Zurück an die Arbeit, Richards. Wenn Sie mich beeindrucken wollen, finden Sie ein paar nützliche Informationen.«

Blut sprühte Bourne ins Gesicht, während der Schuss in seinem Kopf widerhallte. Hilflos starrte er in das verblüffte Gesicht des Mannes vor ihm. Im nächsten Augenblick wurden die Augen des Mannes glasig, und er fiel auf die Seite. Ein zweiter Schatten schob sich in Bournes Gesichtsfeld. Er drehte den Kopf und sah noch eine Gestalt mit einer Pistole in der Hand. Als die Gestalt neben ihm in die Knie ging, erkannte er das Gesicht.

»Rebekka«, sagte er.

Sie lächelte. »Willkommen zurück unter den Lebenden, Bourne.«

Er versuchte sich zu bewegen und knackte wie ein Eisberg, der sich zu spalten drohte. Sie drehte ihre Glock um und schlug mit dem Griff die Eisschicht ab, die seine Jacke und Hose zu einer Rüstung gefroren hatte.

»Du musst das ausziehen, bevor es sich nicht mehr von der Haut lösen lässt.« Während sie ihm half, sagte sie: »Freut mich wirklich, dich zu sehen. Ich hab mich nie dafür bedankt, dass du mir das Leben gerettet hast.«

»Kein Problem«, sagte er. »Ist Alef okay?«

Sie runzelte die Stirn. »Wer?«

»Der Mann neben mir. Ich hab ihn vor einigen Tagen aus dem Wasser gezogen.«

»Oh, du meinst Manfred Weaving. Ja, dem fehlt nichts. Dank dir. Aber er muss auch schnell in die warme Stube.«

Bourne konnte seine Glieder wieder ein wenig bewegen, doch er war immer noch stark unterkühlt. »Woher kennst du ihn?«, fragte er, auch damit seine Zähne nicht so laut klapperten. »Was machst du hier?«

»Ich bin seit Wochen hinter ihm her, schon seit dem Libanon.« Sie lachte. »Du erinnerst dich doch an den Libanon, oder?«

»Wie geht's Oberst Ben David?«

»Ist ziemlich sauer.«

»Gut.«

»Er hasst dich wie die Pest.«

»Noch besser.«

Mit einem verschlagenen Lächeln half sie ihm, sich aufzusetzen. »Ihr zwei müsst euch aufwärmen.«

Er drehte sich zur Seite und blickte auf den Mann hinunter, der in seinem eigenen Blut im Schnee lag. »Wer zum Teufel ist das?«

»Er heißt Ze'ev Stahl. Er hat für Ari Ben David gearbeitet.«

Bourne sah sie an. »Du hast einen von euch umgebracht?«

»Das ist eine lange Geschichte.« Sie deutete mit einem Kopfnicken auf Manfred Weaving. »Wir gehen besser.« Sie sah ihn mit einem ironischen Lächeln an. »Bei dir bin ich mir nicht sicher, aber er ist mir viel zu wertvoll, um ihn hier erfrieren zu lassen.«

Peter Marks saß in seinem Wagen und genoss einen Snickers-Riegel. Er hasste Observierungen und ertrug sie nur mit ausreichend Süßigkeiten. Es war ein ausgesprochen milder Tag, er hatte alle Fenster unten und atmete die Luft des beginnenden Frühlings ein. Während er wartete, hörte er sich noch einmal den wichtigen Satz an, der in seinem Büro aufgezeichnet worden war:

Soraya: *»Ich habe aus zuverlässiger Quelle, dass Nicodemo bei Core Energy die Fäden zieht.«*

Richards: *»Von wem haben Sie das gehört?«*

Peter nickte zufrieden. Soraya war wirklich eine verdammte Expertin. Als sie ihm ihren Plan geschildert hatte, wollte er selbst mit Richards sprechen, doch sie hatte ihm erklärt, warum das besser sie übernahm. *»Erstens wird er mich nicht in deinem Büro erwarten, schon gar nicht an deinem Schreibtisch«*, hatte sie gemeint. *»Zweitens hat er einen Horror vor mir, das spüre ich. Ich seh's in seinen Augen, wie es in ihm arbeitet, wenn er mich anschaut. Das wird mir helfen, ihn zu verunsichern.«* Es stellte sich heraus, dass sie Dick Richards völlig richtig eingeschätzt hatte.

Er nahm noch einen letzten genüsslichen Bissen und blickte auf die Uhr am Armaturenbrett. Seit der spontanen Sitzung in seinem Büro waren fünfzehn Minuten vergangen. Am Eingang zum Treadstone-Gebäude rührte sich etwas, und er blickte auf. Bingo! Da kam Richards die Treppe heruntergeeilt. Er wandte sich nach links, auf den bewachten und elektronisch gesicherten Parkplatz.

Peter beobachtete, wie er in sein Auto stieg, den Motor startete und losfuhr. Peter fädelte sich hinter ihm in den Verkehr ein.

Er hatte erwartet, dass Richards über die Key Bridge nach Washington fahren würde, doch er nahm die entgegengesetzte Richtung und fuhr von der Stadt weg, in die hügelige Landschaft von Virginia hinaus, mit ihrem üppigen Grün im Frühling und Sommer und ihren leuchtenden Farben im Herbst, doch jetzt noch in winterlichem Grau und Braun.

Sie verließen den Highway und kamen durch verschlafene Ortschaften und schicke Wohngegenden, dazwischen ausgedehnte Parklandschaften, Golfplätze und Tenniscourts.

Es ging die alte Blackfriar Pike hoch, anschließend hinunter in ein breites Tal, ehe die Straße erneut anstieg. *Was?*, dachte Peter auf der Hügelkuppe. *Da will er hin?*

Zur Linken sah er die dicken Backsteinwände von Blackfriar, dem ältesten und immer noch exklusivsten Countryklub in der Gegend. Blackfriar akzeptierte nur die einflussreichsten Politiker, Lobbyisten, Medienleute und Anwälte, unter ihnen der Präsident und sein Vize.

Soraya: *»Ich habe aus zuverlässiger Quelle, dass Nicodemo bei Core Energy die Fäden zieht.«*

Richards: *»Von wem haben Sie das gehört?«*

Peter spielte das aufgezeichnete Gespräch noch einmal ab, bis zu der Bemerkung, mit der Soraya ihn auf dem falschen Fuß erwischt hatte. Mit seiner Frage hatte sich Dick Richards verraten. *»Von wem haben Sie das gehört?«* Er hatte bereits von dem Zusammenhang mit Core Energy gewusst, die Information jedoch für sich behalten. Peter folgte ihm, um herauszufinden, warum. Laut Soraya vermutete Bourne eine Verbindung zwischen Nicodemo und Core Energy. Er schien wieder einmal recht zu behalten.

Richards' Wagen bog in die Auffahrt ein und hielt beim Wachhaus neben dem Zufahrtstor, das allen verschlossen blieb, die nicht dazugehörten oder eingeladen waren.

Peter war kein Mitglied von Blackfriar – er wäre auch niemals aufgenommen worden –, dennoch musste er irgendwie hinein. Seinen Ausweis zu zeigen kam nicht infrage; genauso gut hätte er sein Kommen mit dem Lautsprecher ankündigen können.

Er fuhr weiter, bis er vom Wachhaus aus nicht mehr zu sehen war, und hielt auf dem Grasstreifen zwischen Mauer und Straße. Die dicke Ziegelmauer wurde in regelmäßigen Abständen von schmiedeeisernen Spitzen in der Form der Fleur-de-Lys gekrönt.

Peter stieg aus, stieg auf das Autodach und von dort auf die Mauer. Seitwärts schlüpfte er zwischen den Spitzen hindurch und sprang auf der anderen Seite hinunter. Er landete hinter einem Kanadischen Judasbaum, einem Frühlingsboten, der zu den ersten Pflanzen gehörte, die nach dem Winter blühten.

Peter fühlte sich nicht wohl in diesen Mauern. Er verspürte kein Verlangen, zu diesem elitären Zirkel zu gehören, der eine tief sitzende Verachtung gegenüber Leuten wie ihm hegte. Blackfriar war für ihn eindeutig feindliches Territorium.

Mit diesen Gedanken eilte er zu dem Bereich zurück, wo Richards hereingefahren sein musste. Er kam an einigen Tennisspielern vorbei, die von den Hallenplätzen kamen, und erblickte zu seiner Erleichterung das Auto fast augenblicklich. Richards war offenbar beim Wachhaus aufgehalten worden, wahrscheinlich weil er weder Mitglied war noch vom Präsidenten erwartet wurde.

Er befand sich in der Nähe der Sportanlage. Golfkarts warteten fein säuberlich aufgereiht auf die ersten warmen Frühlingstage, an denen sich die alten Knacker auf den Platz wagten. Er sprang auf einen der Karts, startete den Motor und fuhr parallel zu Richards' Wagen, der gemächlich die gewundene zweispurige Straße hinunterrollte, die quer durch das Gelände führte. Als er sicher war, dass Richards zum Klubhaus wollte, scherte er aus und nahm eine Abkürzung über den Kies, der das Haus wie ein Burggraben umgab. Er ließ den Golfkart stehen, schritt ins Klubhaus und nickte dem einen oder anderen zu, der in seine Richtung blickte.

Drinnen sah es in etwa so aus, wie er es erwartet hatte: großzügig angelegt, edle Holzbalkendecken und Kristalllüster, tiefe, wuchtige Sessel in einem großen Raum, der zu seiner Linken in einen Speisesaal überging. Geradeaus gelangte man durch eine Reihe von Glastüren auf eine riesige Veranda mit teuren Korbstühlen, Glastischen und livrierten Kellnern, die Highballs, Gin Tonics und Mint Juleps zu den Mitgliedern hinaustrugen, die über Aktienkurse und ihre Bentleys plauderten. Eine Atmosphäre, die Peter Übelkeit verursachte.

Er sah Richards hereineilen und trat hinter eine Zimmerpalme, wie in einem Filmklassiker mit Sydney Greenstreet aus den Vierzigerjahren. Er blickte sich im Saal um, doch er sah weder den Präsidenten noch die Agenten des Secret Service, die sich – wären sie anwesend – diskret im Raum verteilt hätten.

Er folgte Richards und beobachtete, wie er sich in einen Ohrensessel setzte, einem Mann gegenüber, von dem Marks nur das silbergraue Haar sah. Er ging ein Stück die Wand entlang, doch gerade als das Gesicht des Mannes, dem Richards gegenübersaß, in sein Sichtfeld trat, tippte ihm jemand auf die Schulter. Er drehte sich um und blickte in stahlgraue Augen, eine spitze Nase und schmale Lippen, die kein bisschen Freundlichkeit ausstrahlten. Als Peter sich losreißen wollte, drückte ihm der Mann etwas Scharfes in die Seite: die Spitze eines Springmessers.

»Die Atmosphäre hier drin ist ungesund für Sie«, sagte der Mann. Er hatte dunkles, glatt zurückgekämmtes Haar, das bis zum Kragen reichte. Sein Englisch verriet einen leichten Akzent, den Peter nicht auf Anhieb zuordnen konnte. »Was halten Sie davon, wenn wir ein bisschen rausgehen?«

»Ich bleibe lieber hier«, sagte Peter und zuckte zusammen, als sich die Messerspitze durch die Kleider bohrte und seine Haut ritzte.

Die stahlgrauen Augen nahmen einen eisigen Ausdruck an. »Ich fürchte, das entscheiden nicht Sie.«

SECHS

»Eine Geschichte hat immer zwei Seiten«, sagte Rebekka.

»Manchmal auch drei oder vier«, meinte Bourne.

Sie lächelte. »Trink deinen Grog.«

Bourne saß in trockenen Kleidern am Kamin und sah Alef an – oder Manfred Weaving, wie Rebekka meinte. Weaving lag auf einer Matratze, die Rebekka aus einem Nebenzimmer geholt hatte. Sie hatte ihm die gefrorenen Kleider heruntergeschnitten, wie sie es zuvor bei Bourne gemacht hatte. Dann hatte sie ihm Hemd und Hose angezogen und ihn in eine Wolldecke gehüllt. Er atmete gleichmäßig, war jedoch immer noch bewusstlos.

Bevor sie von dem zugefrorenen See aufgebrochen waren, hatte Rebekka noch Ze'ev vom Eis ins Wasser gerollt. Er sank so entschlossen in die Tiefe wie ein Taucher mit einem Bleigürtel.

»Wir sollten ihn ins Krankenhaus bringen.«

Rebekka saß mit überkreuzten Beinen neben Bourne. »Das wäre nicht klug.«

»Lass mich wenigstens einen Freund von mir in Stockholm anrufen. Er kann uns …«

»Nein«, erwiderte sie, keinen Widerspruch duldend.

In dieser Situation würde sie entscheiden, wie sie vorgingen.

Bourne nahm einen kräftigen Schluck von dem heißen Grog. Der Aquavit, mit dem Rebekka nicht gespart hatte, brannte sich durch die Kehle und in den Magen hinunter. Er wärmte ihn augenblicklich. Bourne hätte am liebsten auch Weaving etwas davon eingeflößt. »Was ist, wenn er es nicht schafft?«

»Ich habe ihm Antibiotika gegeben.« Sie beugte sich vor und hob die Decke von den Beinen. »Ein paar Zehen müssen vielleicht abgenommen werden.«

»Wer soll das machen?«

»Ich mache das.« Sie deckte den Mann wieder zu. »Ich habe großes Interesse daran, ihn am Leben zu erhalten.«

»Ich wollte dich schon danach fragen.«

Sie befanden sich in einem Fischerhaus, nur einen Steinwurf vom Meer entfernt. Rebekka hatte es für einen Monat gemietet und sich mit einer stattlichen Summe nicht nur das Schweigen des Besitzers erkauft, sondern auch dessen Mithilfe: Jeden Tag füllte er den Kühlschrank und die Speisekammer, machte das Bett und wischte die Fußböden. Weder seine Frau noch seine Kinder wussten etwas über sie. Dennoch hatte Ze'ev sie gefunden, und dem Babylonier würde es ebenso gelingen.

»Hier können wir nicht bleiben«, sagte sie und reichte ihm einen Teller mit Brot, Käse und kaltem Braten. »Nur so lange, bis du dich erholt hast.«

»Und Weaving?«

»Er wird länger brauchen.« Sie betrachtete ihn fast sehnsüchtig. »Aber wenn wir warten, bis er wieder bei Bewusstsein ist, kann es uns das Leben kosten.«

Bourne sah sie an, während er aß. Er war völlig ausgehungert. »Wen erwartest du?«

»Ben David hat jemanden gesandt. Laut Ze'ev ist er schon unterwegs.«

»Ich hab gesehen, wie sehr du Ze'ev vertraut hast«, sagte er.

Sie lachte kurz auf. »Ja. Ze'ev war ein verdammter Lügner.« Sie hob einen Zeigefinger. »Aber es ist nur logisch, dass Ben David jemanden auf mich ansetzt – und auf dich. Und wenn es wirklich der Babylonier ist, dann bekommen wir's mit dem besten Mann zu tun, den der Mossad zur Verfügung hat.«

Bourne aß weiter und nahm sich einige Augenblicke, um die Information zu verarbeiten. »Was wollte Ze'ev?«

»Er sagte, er will mir helfen, aber ich hatte von Anfang an den Verdacht, dass es ihm um Weaving ging. Ich hielt ihn für tot, aber …« Sie schüttelte den Kopf. »Ich habe es vermasselt, Jason. Weaving ist mir entwischt, und ich hab auch noch auf ihn geschossen. Ich hab auf die Schulter gezielt.«

»Du hast danebengeschossen.« Bourne wischte sich den Mund ab und blickte zu dem Bewusstlosen hinüber. »Ich hab ihn aus dem Wasser gezogen. Ich hab ihn hierher zurückgebracht, weil ich dachte, es würde seiner Erinnerung auf die Sprünge helfen.«

Rebekka hob abrupt den Kopf und sah ihn eindringlich an. »Was meinst du damit?«

»Die Kugel hat ihn am Kopf gestreift. Zusammen mit dem Kälteschock hat das eine Amnesie verursacht.«

»Amnesie?«, sagte Rebekka geschockt. »Mein Gott, wie … wie schlimm?«

»Er erinnert sich an nichts mehr, nicht mal an seinen Namen.« Bourne stellte die Tasse ab. »Er hat sich aber an den See erinnert, als er ihn sah. Und daran, dass du ihn verfolgt hast, aber dann begann Ze'ev zu schießen.«

Er sah sie an. »Wenn es Ze'ev um Weaving ging, warum wollte er ihn dann töten?«

»Das habe ich mich auch schon gefragt.«

»Könnte es nicht sein, dass er das von Anfang an vorhatte?«

Sie kniff die Augenbrauen zusammen und nickte langsam. »Ja, das wäre möglich. Aber dann muss ich die Zusammenhänge neu überdenken. Da gibt es welche, die ihre eigenen Ziele verfolgen.«

»Aber hat sich das nicht schon in Dahr El Ahmar gezeigt? Du hast doch sicher auch gesehen, was dort vor sich geht.«

Ein Schatten der Angst huschte über ihr Gesicht. »Du hast gesehen …?«

»Als ich mit dem Hubschrauber flüchtete und der Rakete auswich, habe ich das Lager noch einmal überflogen.«

»Hast du es irgendjemandem erzählt?«

Bourne schüttelte den Kopf. »Ich bin niemandem Rechenschaft schuldig, Rebekka, das weißt du doch.«

»Ein Ronin, ein herrenloser Samurai. Aber du hast doch sicher Freunde, denen du vertraust.«

Er stand abrupt auf und trat zu Manfred Weaving. »Was macht ihn so wertvoll für dich?«

»Sein Kopf.« Rebekka erhob sich ebenfalls und stellte sich neben ihn. »Er weiß Dinge, die für uns enorm wichtig sein können.«

Bourne sah sie an. »Was zum Beispiel?«

Sie zögerte einen Augenblick. »Ich glaube, Weaving gehört zu einem Terrornetzwerk namens Dschihad bis-sayf.«

»Dschihad des Schwertes«, sagte Bourne. »Von einer solchen Gruppe hab ich noch nie gehört.«

»Ich habe auch nur vage Hinweise.« Sie berührte den Bewusstlosen, der wie ein Baby eingehüllt am Feuer lag. »Auch von ihm selbst: Ich habe mit ihm gesprochen.«

»Wann?«

»Hier, im Wald. Ich hatte ihn eingeholt, wir haben kurz geredet.« Sie berührte seine Schulter. »Bevor er mich mit dem Messer angriff.«

Bourne stand auf und trug den leeren Teller in die Küche. »Rebekka, das sind nichts als Mutmaßungen.«

»Weaving hat rausgefunden, was der Mossad in Dahr El Ahmar macht.«

»Grund genug für Ben David, ihn von Ze'ev ausschalten zu lassen.«

»Aber er weiß noch viel mehr.«

Bourne kehrte zu ihr ans Feuer zurück. »Das ergibt doch alles keinen Sinn. Manfred Weaving ist vielleicht gar nicht sein richtiger Name. Das ist wahrscheinlich nur eine Legende.«

»So wie Jason Bourne.«

»Nein. Ich *bin* jetzt Jason Bourne.«

»Und vorher?«

Bourne dachte an die monströse Seeschlange, die in den Tiefen seines Unterbewusstseins lauerte. »Ich war einmal David Webb, aber ich weiß nicht mehr, wer er war.«

Während Peter aus dem Klubhaus hinausgeführt wurde, spürte er etwas Blut an seiner Seite hinunterlaufen.

»Ein bisschen schneller«, flüsterte der Mann mit den stahlgrauen Augen, »sonst fließt noch mehr Blut.«

Peter war erst vor Kurzem fast von einer Autobombe in die Luft gejagt und danach entführt und beinahe getötet worden – er hatte genug von den ständigen Attacken auf sein Leben. Doch er wehrte sich nicht, als ihn der Mann aus dem Haus und die breite Treppe hinunter führte, zwischen dicht stehenden Azaleen hindurch und schließlich hinter eine mannshohe Buchsbaumhecke. Selbst zu dieser Jahreszeit verströmte der Buchsbaum schon seinen charakteristischen Geruch nach Katzenpisse.

Als sie vor den Blicken der Klubmitglieder verborgen waren, sah ihn der Mann mit den stahlgrauen Augen an und fragte mit seinem merkwürdigen Akzent: »Was wollen Sie hier?«

Peter neigte den Kopf zurück, als starrte er eine Schlange an, die sich vom Waldboden aufrichtete. »Wissen Sie, wer ich bin?«

»Es ist nicht wichtig, wer Sie sind.« Der Mann mit den stahlgrauen Augen drückte ihm das Messer in die Seite. »Mich interessiert nur, was Sie hier tun.«

»Ich möchte Tennisstunden.«

»Ich bring Sie hin.«

»Da wäre ich Ihnen sehr dankbar.«

Der Mann fletschte die Zähne. »Fick dich. Du bist Richards gefolgt.«

»Ich weiß nicht, was …« Peter verzog das Gesicht vor Schmerz, als die Messerspitze eine Rippe streifte.

»Du wirst bald keine Tennisstunden mehr brauchen«, flüsterte ihm der Mann ins Ohr. »Eher ein Krankenhaus.«

»Machen Sie keine Dummheiten.«

»Und wenn ich die Lunge erwische, hilft dir nicht mal mehr ein Krankenhaus.« Das Messer stieß auf einen Knochen. »Verstanden?«

Peter zuckte zusammen und nickte.

»Also, warum folgst du diesem Mann, den du angeblich nicht kennst?«

Peter atmete langsam und tief ein und aus. Sein Herz raste, das Adrenalin strömte durch seine Adern. »Richards arbeitet für mich. Er hat sein Büro frühzeitig verlassen.«

»Und deshalb beschattest du ihn?«

»Richards' Arbeit ist streng geheim. Es ist mein Job, dafür zu sorgen …«

»Nicht heute«, sagte der Mann. »Du schnüffelst ihm nicht länger hinterher.«

»Wie Sie wollen.« Peter bereitete sich innerlich vor, während er seinen Körper zwang, locker zu bleiben. Er verlangsamte seine Atmung, bemühte sich, den Schmerz auszublenden und die Tatsache, dass er immer mehr Blut verlor. Er konzentrierte seine Gedanken ganz auf das, was zu tun war. Und dann tat er es.

Blitzartig schlug er mit dem linken Unterarm gegen das Handgelenk des Mannes. Gleichzeitig wirbelte er herum und rammte ihm den rechten Ellbogen gegen die Nase. Kurz spürte er das Brennen in der Seite, als das Messer an einer Rippe kratzte und eine waagrechte Wunde riss. Dann war da nur noch die Hitze des Kampfes, und er vergaß die Schmerzen.

Der Mann musste das Messer loslassen und stieß

Peter die Fingerspitzen in den Solarplexus. Peter atmete kurz durch und versetzte seinem Gegner einen Hieb, der ihn zurücktaumeln ließ. Blut spritzte aus der zertrümmerten Nase des Mannes, und Peter setzte nach und rammte ihm das Knie zwischen die Beine. Der Mann krümmte sich, und Peter hämmerte ihm die Faust in den Nacken. Der Fremde sank zu Boden und stand nicht mehr auf.

Peter hob das Messer auf, drehte den Mann um und setzte ihm die blutige Klinge an die Halsschlagader. Rasch durchsuchte er seine Taschen, fand Autoschlüssel, eine dünne Brieftasche mit achthundert Dollar in bar, einem Führerschein und zwei Kreditkarten, alles auf den Namen Owen Lincoln. Dazu zwei rumänische Pässe auf den Namen Florin Popa. Peter musste lachen. Popa, was auf Rumänisch so viel wie Pfarrer hieß, war in Rumänien ein weit verbreiteter Nachname, etwa so häufig wie in den USA *Smith*.

Er blickte auf den Mann mit den stahlgrauen Augen hinunter und wusste nur zwei Dinge sicher: Der Mann hieß weder Owen Lincoln noch Florin Popa. Und er arbeitete für den Mann, mit dem sich Richards hier traf. Das war nicht genug, bei Weitem nicht.

Soraya fand Minister Hendricks in einer Besprechung mit Mike Holmes, dem Nationalen Sicherheitsberater und Heimatschutzminister. Eine Sitzung auf höchster Ebene. Mit ihren Papieren gelangte sie auf das Gelände des Weißen Hauses, durch mehrere Sicherheitskontrollen und schließlich in den Westflügel, wo sie auf einem kleinen, exquisiten Queen-Anne-Stuhl Platz nahm, gegenüber einem von Holmes' Medienleuten – einem Redenschreiber, genau gesagt –, den sie vom Sehen kannte. Der Mann hämmerte mit gesenktem Kopf auf seine Tastatur ein. Sie stand kurz auf, um sich eine Tasse Kaffee von einem Sideboard zu holen, und setzte sich wieder hin. Kein einziges Wort wurde gesprochen.

Nach vierzig Minuten öffnete sich die Tür, und einige Anzugtypen traten mit glasigen Augen heraus, sichtlich beeindruckt von der Ausstrahlung des Oval Office. Hendricks sprach leise mit Holmes. Hendricks war von der Position, die Holmes jetzt innehatte, zum Verteidigungsminister aufgestiegen und hatte Holmes als seinen Nachfolger empfohlen. Soraya stand von ihrem Platz auf, und Hendricks wirkte etwas überrascht, sie hier zu sehen. Er hob einen Zeigefinger, um ihr zu signalisieren, dass er noch kurz sein Gespräch mit Holmes zu Ende führen wollte.

Soraya beugte sich vor und stellte ihre Kaffeetasse auf das Sideboard. Als sie sich wieder aufrichtete, zuckte sie zusammen, als sie einen schmerzhaften Stich im Kopf spürte. Augenblicklich brach ihr der kalte Schweiß aus, sie wandte sich von den beiden Männern ab und wischte sich mit dem Handrücken über Stirn und Oberlippe. Ihr Herz pochte, sie hätte selbst nicht sagen können, ob aus Angst um ihr eigenes Leben oder um das ihres ungeborenen Kindes. Instinktiv legte sie eine Hand auf ihren Bauch, wie um den Fötus vor dem zu schützen, was in ihrem Kopf vor sich ging. Doch sie wusste, es gab keinen wirklichen Schutz, keine Sicherheit. Jede Option, die ihr offenstand, war mit Gefahren verbunden.

»Soraya?«

Sie erschrak, als sie Hendricks' Stimme so nah neben

sich hörte. Als sie sich zu ihm umdrehte, fürchtete sie, ihr Chef könnte ihr an ihrem blassen Gesicht ansehen, wie es ihr ging. Doch in seinem Lächeln war kein Schatten eines Zweifels zu erkennen. Er wirkte nur ein wenig überrascht und neugierig.

»Was tun Sie hier?«

»Ich warte auf Sie.«

»Sie hätten anrufen können.«

»Nein«, sagte sie. »Konnte ich nicht.«

Er zog die Stirn kraus. »Ich fürchte, ich kann Ihnen nicht ganz folgen.«

»Ich muss mit Ihnen sprechen, an einem sicheren Ort.« Sie erschrak selbst, wie atemlos ihre Stimme klang.

»Fahren Sie mit mir zu meiner nächsten Sitzung.« Er führte sie am Ellbogen aus dem Westflügel und zu seinem gepanzerten Cadillac Escalade. Ein Secret-Service-Agent öffnete die hintere Tür. Hendricks forderte Soraya mit einer Geste auf einzusteigen und setzte sich zu ihr. Als die Autotür geschlossen war, drückte er einen verborgenen Knopf. Eine Wand ging nach oben, die sie vom Fahrer und dem Beifahrer, einem Bodyguard der Sondereinsatzkräfte, abschottete.

Sie rollten durch das Tor hinaus. Die Welt wirkte verschwommen und unscharf durch die verdunkelten kugelsicheren Fenster.

»Hier drin ist es absolut sicher«, sagte Hendricks. »Also, was haben Sie auf dem Herzen?«

Soraya atmete erst einmal tief durch, um ihren Puls zu beruhigen, der galoppierte wie ein verschrecktes Pferd. »Sir, bei allem Respekt, ich muss wissen, was zum Teufel hier vorgeht.«

Hendricks schien einen Moment über ihre Worte nachzudenken. Sie hatten das Gelände des Weißen Hauses verlassen und rollten durch den Verkehr der Washingtoner Straßen. »Abgesehen von Ihrer drastischen Wortwahl müssen Sie sich schon ein bisschen genauer ausdrücken.«

Sie hatte ihn ein bisschen vor den Kopf gestoßen, aber immerhin hatte sie seine volle Aufmerksamkeit, und nur darum ging es. »Okay, also geradeheraus, Mr. Secretary: Seit Sie Peter und mich über diesen Nicodemo informiert haben, passieren ständig irgendwelche merkwürdigen Dinge.«

»Was für merkwürdige Dinge, Direktor?« Er schnippte mit den Fingern. »Details, bitte.«

»Erstens habe ich rausgefunden, dass es einen Zusammenhang zwischen Nicodemo und Core Energy zu geben scheint. Ich weiß nur noch nicht, welchen. Der Generaldirektor von Core Energy ist Tom Brick.«

Hendricks blickte aus dem Fenster auf die aschgraue Stadt hinaus. »Brick. Nie gehört«, sagte er. »Genauso wenig von … wie heißt die Firma noch mal?«

»Core Energy.«

Das war's, dachte Soraya. Hendricks log. Er hatte einen messerscharfen Verstand; er hätte es bestimmt nicht nötig gehabt, sie noch einmal nach dem Namen der Firma zu fragen. Er kannte Core Energy. Auch Tom Brick? Und wenn es so war – warum verheimlichte er es ihr?

Sie überquerten die Key Bridge nach Virginia, und der Escalade beschleunigte. Soraya fragte sich, wo Hendricks hinfuhr.

Der Verteidigungsminister seufzte. »Ist das alles?«

»Da wäre dann noch Richards.«

»Vergessen Sie Richards.« Die Verachtung in seiner Stimme war überdeutlich. »Er ist ein Niemand.«

»Ein Niemand, der dem Präsidenten Bericht erstattet.«

Hendricks wandte sich ihr zu. »An was schnüffelt er herum?«

»Das ist es gar nicht so sehr, sondern …«

»Was?« Erneut schnippte er ungeduldig mit den Fingern. »Etwas deutlicher, Direktor.«

Soll ich es ihm sagen?, fragte sie sich. *Es wäre vielleicht interessant, seine Reaktion zu beobachten.* Sie wollte schon etwas sagen, als der Escalade langsamer wurde und in die Einfahrt zu einem Friedhof einbog. Sie rollten durch ein hohes Eisentor, über eine schmale asphaltierte Straße, die mitten durch den Friedhof führte. Ganz hinten bogen sie rechts ab, fuhren noch ein Stück und hielten schließlich an.

Peter packte den toten Florin Popa an den Füßen, schleifte ihn tiefer ins Gebüsch und legte ihn hinter eine dichte Buchsbaumhecke. Während er ihn noch etwas zurechtrückte, löste sich ein Schuh vom Fuß. Als der Schuh am Boden landete, fiel etwas heraus. Peter bückte sich, hob es auf und betrachtete es eingehend. Ein Schlüssel, aber nicht für ein Hotelzimmer oder ein Auto, sondern kleiner: der Schlüssel eines Schließfachs.

Peter steckte ihn ein, zog dem Toten den Schuh wieder an und sah sich noch einmal um, ehe er das Labyrinth der Hecken verließ und zur Sportanlage ging. Drinnen sah er eine Tafel mit den Namen der Tennislehrer und den Tagen, an denen sie hier arbeiteten.

Peter ging um das Gelände herum und betrat den Umkleidebereich. Jeder Spind war mit einem Namensschild versehen. Der kleine fensterlose Raum war leer. Peter wandte sich dem Spind eines Sportlers zu, der laut Plan heute nicht arbeitete, und knackte das Schloss. Rasch zog er sich um, heftete sich das Namensschild an und verschwand durch den Mitarbeitereingang.

Er ging den kurzen Weg zurück zum Klubhaus, schritt mit aller Selbstverständlichkeit die Treppe zur Veranda hinauf und betrat den großen Saal, der ihm inzwischen vertraut war. Sofort wandte er sich der Stelle zu, wo er Richards mit seinem unbekannten Gesprächspartner gesehen hatte, doch die beiden Stühle waren leer. Er griff zu einem Telefon und fragte im Wachhaus nach. Es stellte sich heraus, dass Richards weggefahren war, während er sich umgezogen hatte. Peter legte den Hörer auf. Bestimmt würde Richards' geheimnisvoller Gesprächspartner nach Florin Popa suchen: Solche Leute fühlten sich irgendwie nackt ohne Leibwächter. Während Peter den Raum durchquerte, hielt er Ausschau nach einem Mann, der sich beunruhigt umblickte. Ein älterer Gentleman stand bei den Toiletten und wartete. Er hatte silbergraues Haar, wie der Unbekannte, den Peter von hinten gesehen hatte. Vielleicht … aber nein, eine ältere Frau kam aus der Damentoilette und lächelte ihm zu: seine Frau. Plaudernd schlenderten sie davon. Sonst war niemand zu sehen.

Peter schlängelte sich an den Klubmitgliedern vorbei auf die großzügige Terrasse hinaus. Ein Drittel der Tische stand in der Sonne, alle besetzt. Die Tische im Schatten waren leer. Er ging weiter und sah einen

Mann, der mit dem Rücken zu ihm am schmiedeeisernen Geländer stand. Er hatte ebenfalls silbriges Haar.

Peter hob den Kopf wie ein Bluthund, der Witterung aufnahm. Er nahm das Namensschild ab und wandte sich an einen livrierten Kellner, der mit einem Tablett voll leerer Gläser vorbeiging.

»Ist mein erster Tag hier, bin auf der Suche nach Kunden. Sehen Sie den Mann da drüben? Wissen Sie zufällig, wie er heißt?«

Der Kellner schaute in die Richtung, in die Peter zeigte. »Sicher. Das ist Tom Brick. Bei dem sitzt das Geld extrem locker. Die Leute reißen sich darum, für ihn zu arbeiten. Der gibt fünfundzwanzig Prozent Trinkgeld. Wenn Sie für ihn arbeiten, sind Sie fein raus, Mann.«

Peter dankte ihm und heftete sich das Namensschild wieder an. Er ging in einem weiten Bogen zum Geländer, um Brick noch kurz beobachten zu können, bevor er zu ihm trat. Er war jünger, als Peter gedacht hatte, etwa Anfang dreißig. Er war weder gut aussehend noch hässlich, doch seine Gesichtszüge schienen irgendwie nicht recht zusammenzupassen, als wäre das Gesicht aus lauter Ersatzteilen zusammengesetzt. Den linken Handrücken zierte eine Tätowierung: ein verknotetes Seil.

Er musste Peters Nähe gespürt haben, denn er drehte sich zu ihm um, bevor Peter beim Geländer war. Brick hatte ein schielendes Auge, das Peter von allen Seiten gleichzeitig zu mustern schien.

Peter nickte. »Ein idealer Tag zum Tennisspielen, finden Sie nicht auch?«

Bricks gesundes Auge wandte sich seinem Namensschild zu, während das andere ihn weiter seinem prüfenden Blick unterzog. »Das wissen Sie sicher besser als ich.« Wie der tote Florin Popa sprach auch er mit einem leichten Akzent, jedoch mit einem britischen. »Sind Sie neu in Blackfriar?«

»Sie spielen wohl nicht Tennis?«

Brick blickte auf das verlassene achtzehnte Loch hinaus. »Mein Sport ist Golf. Finden Sie das nicht ein bisschen aufdringlich, was Sie hier machen, Mr. …« – erneut ein harter Blick auf Peters Schild – »… Bowden? So was kommt hier nicht gut an.«

Peter verfluchte sich selbst dafür, dass er es vermasselt hatte. Er schwieg und dachte fieberhaft über einen Plan B nach.

Er wollte gerade einen zweiten Anlauf nehmen, als sich Brick ihm zuwandte und leise fragte: »Wer zum Teufel sind Sie?«

Etwas irritiert zeigte Peter auf sein Namensschild. »Dan Bowden.«

»Einen Scheiß sind Sie«, beharrte Brick. »Ich kenne Bowden.« Er wandte sich Peter ganz zu, seine Augen nun stahlhart. »Zeit, Farbe zu bekennen, Freundchen. Entweder Sie sagen mir jetzt sofort, wer Sie sind, oder ich rufe den Sicherheitsdienst und lasse Sie festnehmen.«

»Warten Sie hier«, sagte Hendricks mürrisch, dann stieg er aus und ging in Begleitung seines Bodyguards zwischen den Grabsteinen hindurch, bis er schließlich vor einem Grab stehen blieb. Er stand mit gesenktem Kopf da, während der Leibwächter wie immer ein paar Schritte Abstand hielt und sich nach potenziellen Bedrohungen umsah.

Soraya drückte die Tür des SUVs auf und stieg aus. Ein milder Wind trug den ersten würzigen Frühlingsduft mit sich. Sie ging um das Heck des Wagens herum, zu dem Grab hinüber. Der Leibwächter sah sie und schüttelte den Kopf, doch sie ließ sich nicht aufhalten und konnte bereits die Inschrift auf dem Grabstein erkennen, vor dem Hendricks stand: AMANDA HENDRICKS, LIEBEVOLLE EHEFRAU UND MUTTER.

Der Bodyguard trat einen Schritt vor und murmelte seinem Schützling etwas zu. Hendricks drehte sich um, sah Soraya und nickte. Der Bodyguard winkte sie weiter.

Als sie neben Hendricks stand, sagte er: »Friedhöfe haben einfach etwas Friedliches. Hier kommt es mir vor, als hätte man alle Zeit der Welt, um über Dinge nachzudenken, zu Entscheidungen zu kommen.«

Soraya schwieg, sie spürte, dass er keine Antwort erwartete. An einen lieben Verstorbenen zu denken war ein sehr privater, geheimnisvoller Moment. Unweigerlich musste sie an Amun denken. Sie fragte sich, wo er begraben war – bestimmt irgendwo in Kairo. Ob sie je Gelegenheit haben würde, sein Grab zu besuchen? Und was würde sie dabei empfinden? Wenn sie ihn am Ende geliebt hätte, wäre es sicher etwas anderes gewesen. Dann hätte sie sich nicht so schrecklich schuldig gefühlt. Doch sie hatte sich zuletzt innerlich von ihm abgewandt, ihn sogar einen Moment lang verachtet wegen seiner hässlichen Vorurteile gegenüber Juden, gegen Aaron im Besonderen, und das machte ihre Schuldgefühle unerträglich.

Als würde er ihre Gedanken erahnen, sagte Hendricks: »Sie haben in Paris auch jemanden verloren, nicht wahr?«

»Es hätte nie so weit kommen dürfen«, erwiderte sie, von Selbstvorwürfen und Scham gepeinigt.

»Was meinen Sie? Sein Tod oder Ihre Beziehung?«

»Beides, Sir.«

»Paris ist Vergangenheit, Soraya. Lassen Sie sie ruhen.«

»Gelingt Ihnen das denn, Sir?«

»Meistens schon.« Er überlegte einen Augenblick. »Sicher gibt es manchmal Tage ...«

Seine Stimme verebbte, doch er musste seinen Gedanken auch nicht zu Ende führen. Es war klar, was er sagen wollte.

Er räusperte sich. »Es ist nicht so leicht, es ruhen zu lassen. Aber es muss sein – anders gibt es keinen Frieden.«

»Haben Sie Frieden gefunden, Sir?«

»Hier finde ich ihn, Direktor. Nur hier.«

Als er sich schließlich vom Grab seiner Frau abwandte, sagte sie: »Danke, Sir, dass Sie mich hierher mitgenommen haben.«

Er winkte ab, und sie gingen langsam zum Auto zurück, vom Bodyguard begleitet: »Haben wir alles besprochen, Soraya?«, fragte er.

»Nicht ganz, Sir.« Sie warf ihm einen Seitenblick zu. »Noch mal zu Richards. Ich habe ihm gegenüber die Verbindung zu Core Energy erwähnt, und er tat so, als hätte er keine Ahnung. Aber das ist gelogen: Er weiß etwas darüber, dass Nicodemo mit dem Unternehmen zu tun hat.«

Hendricks blieb abrupt stehen. »Woher zum Teufel soll er davon wissen?«

Soraya zuckte die Achseln. »Wer weiß, er ist schließlich ein Internet-Experte.« Sie hielt kurz inne, ehe sie hinzufügte: »Vielleicht hat es aber auch einen anderen Grund.«

Hendricks stand steif wie eine Statue da. »Welchen anderen Grund?«, fragte er langsam, jedes Wort betonend.

Soraya wollte schon antworten, als ein jäher Stich im Kopf alles um sie herum verschwimmen ließ. Sie beugte sich vor und drückte den Handballen gegen die Schläfe, wie um zu verhindern, dass ihr Gehirn hervorquoll.

»Direktor?« Hendricks fasste sie am Arm und stützte sie. »Soraya?«

Doch sie hörte ihn nicht mehr. Der Schmerz zuckte durch ihren Kopf wie ein Gewitter, bis völlige Dunkelheit sie umfing.

SIEBEN

»Wir müssen hier weg«, sagte Rebekka, während sie aus dem Fenster des Fischerhauses blickte. Die Dunkelheit senkte sich rasch herab, mit geisterhaften Schatten, die der Welt etwas Unsicheres, Flüchtiges verliehen.

»Er ist erst transportfähig, wenn er zu sich kommt.« Bourne hockte neben Weaving, dessen Gesicht blass und wächsern aussah. Er fühlte seinen Puls. »Wenn wir ihn jetzt wegbringen, kann es sein, dass wir ihn verlieren.«

»Wenn wir nicht schnell aufbrechen«, erwiderte sie und wandte sich vom Fenster ab, »wird uns der Babylonier finden.«

Bourne blickte zu ihr auf. »Fürchtest du ihn?«

»Ich habe gesehen, wie er arbeitet.« Sie trat zu ihm. »Er ist anders als du und ich, Bourne. Er lebt jeden Tag mit dem Tod; er ist sein einziger Begleiter.«

»Erinnert mich irgendwie an Gilgamesch.«

»Das kommt hin. Nur dass der Babylonier den Tod liebt.«

»Mir macht Weaving mehr Sorgen als der Babylonier.«

»Du hast recht, Bourne. Und gerade deshalb müssen wir ihn sofort wegbringen. Den Transport kann er überleben – den Babylonier sicher nicht.«

Bourne nickte und schlug dem Bewusstlosen fest auf die Wange. Weaving nahm wieder etwas Farbe an, als das Blut in sein Gesicht zurückströmte. Seine Arme zuckten, und er begann zu husten. Er zitterte am ganzen Körper, seine Augen sprangen auf, und nach einem Moment der Verwirrung wurde sein Blick klarer.

»Jason?«, sagte er mit schwacher Stimme.

Bourne nickte. Gleichzeitig winkte er Rebekka weg. Er fürchtete, Weaving könnte hyperventilieren und wieder das Bewusstsein verlieren, wenn er sie sah.

»Sie sind in Sicherheit.«

»Was ist passiert?«

»Sie sind auf dem See eingebrochen.«

Weaving blinzelte und leckte sich über die aufgesprungenen Lippen. »Da waren Schüsse, ich …«

»Der Mann, der auf Sie geschossen hat, ist tot.«

»Ein Mann?«

»Er hieß Ze'ev Stahl.« Bourne musterte Weavings Gesicht. »Sagt Ihnen der Name etwas?«

Weaving starrte Bourne einen langen Moment an, doch sein Blick war nach innen gerichtet. Bourne spürte förmlich, was in dem Mann vorging: Er versuchte verzweifelt, irgendeine Erinnerung aus dem Sumpf der Amnesie herauszuziehen. Es war eine unglaubliche Belastung, weil man völlig allein war, abgetrennt von der Welt wie mit dem Skalpell eines Chirurgen. Bourne schauderte bei dem Gedanken.

»Ja, ich glaube schon«, sagte Weaving schließlich und griff nach Bournes Arm. »Helfen Sie mir auf.«

Bourne half ihm, sich aufzusetzen. Wieder leckte sich der Mann über die Lippen und starrte ins Feuer.

»Wo bin ich hier?«

»In einem Fischerhaus, einen Kilometer vom See entfernt.« Bourne bedeutete Rebekka, ein Glas Wasser zu bringen.

»Sie haben mir schon zweimal das Leben gerettet, Jason. Ich weiß nicht, wie ich Ihnen danken soll.«

Bourne nahm das Glas, das Rebekka ihm reichte. »Erzählen Sie mir von Ze'ev Stahl.«

Weaving blickte sich um, doch Rebekka war schon wieder aus dem Zimmer verschwunden. Mit zitternder Hand nahm er das Glas entgegen und leerte es zur Hälfte.

»Langsam«, sagte Bourne. »Sie sind zweimal von den Toten zurückgekommen. Das muss man erst einmal verkraften.«

Weaving nickte. Er starrte ins Feuer, als könnte es ihm helfen, sich zu erinnern. »Ich war in Dahr El Ahmar, das weiß ich wieder.«

Aus dem Augenwinkel sah Bourne, wie sich Rebekka bewegte. *Frag ihn, warum er dort war*, formte sie lautlos mit den Lippen.

»Wo waren Sie genau?«

Weaving verzog das Gesicht. »Ich glaube, es war eine Bar. Ja, eine Bar. Sehr voll, verraucht, mit Rockmusik.«

»Ist Ze'ev Stahl auf Sie zugegangen? Haben Sie mit ihm gesprochen?«

Weaving schüttelte den Kopf. »Ich glaube, er hat mich gar nicht gesehen.«

»War er allein dort?«

»Nein … ja.« Weaving zog die Stirn kraus und konzentrierte sich. »Er hat jemanden beobachtet. Heimlich, ohne direkt hinzusehen.« Er wandte sich Bourne zu. »Sie wissen schon.«

»Ja«, nickte Bourne.

»Ich … ich hab mich ihm irgendwie verwandt gefühlt. Wir lebten ja beide am Rand, im Schatten.«

»Wen hat er beobachtet, erinnern Sie sich daran?«

»O ja. Ganz genau. Eine sehr schöne Frau. Sehr sinnlich.« Er trank das Wasser aus, diesmal etwas langsamer. »Sie war … sie hat mich irgendwie magisch angezogen.« Ein leises Lächeln huschte über seine Lippen. »Ja, so war es. Und Stahl hat sich für sie interessiert.«

»Sie haben Stahl also schon gekannt?«

»Gekannt nicht, nein.« Weaving zog die Stirn in Falten. »Ich glaube, ich war in der Bar, um ihn zu beobachten. Und durch diese Frau glaubte ich, mehr über ihn zu erfahren. Dann … ich weiß nicht … hat sie mich irgendwie verhext.«

Bourne lehnte sich zurück und dachte über die Information nach. Er hielt den Moment für gekommen, um die Frage anzuschneiden, die ihn jetzt am meisten interessierte. »Sie konnten sich bis jetzt nicht an Ihren Namen erinnern. Ist er Ihnen eingefallen?«

»Sicher«, sagte er. »Harry Rowland.«

»Sie kollabiert!«, rief der Sanitäter dem Team zu, das sie bereits im Virginia Hospital Center in Arlington erwartete. Hendricks hatte vorher angerufen und dank seines Einflusses ein Notfallteam mobilisiert, noch bevor der Krankenwagen die Auffahrt entlangbrauste, dicht gefolgt vom Escalade.

Hendricks sprang aus dem Wagen und folgte der fahrbaren Trage durch die Schiebetüren, über Korridore, in denen es nach Desinfektionsmitteln, Krankheit,

Hoffnung und Angst roch. Er beobachtete, wie das Ärzteteam mit der ersten Untersuchung begann. Sie murmelten untereinander, und Hendricks trat näher heran, doch ihr Fachjargon machte es ihm unmöglich, zu verstehen, was sie meinten.

Sie trafen eine Entscheidung und rollten Soraya einen weiteren Gang entlang. Er eilte hinterher, wurde jedoch an einer Tür aufgehalten, die, wie ihm das Schild sagte, zum OP führte.

Er hielt einen der Ärzte am Ärmel zurück. »Was haben Sie vor? Wie geht es ihr?«

»Sie hat eine Hirnschwellung.«

Es durchfuhr ihn eiskalt. »Wie ernst?«

»Das wissen wir erst im Laufe der Operation.«

Hendricks war entsetzt. »Sie schneiden sie auf? Aber was ist mit einer Kernspintomografie?«

»Keine Zeit«, erwiderte der Arzt. »Wir müssen auch an den Fötus denken.«

Hendricks hatte das Gefühl, den Boden unter den Füßen zu verlieren. »Fötus? Sie meinen, sie ist schwanger?«

»Tut mir leid, Mr. Secretary, aber ich werde drinnen gebraucht.« Er drückte die Tür auf. »Ich informiere Sie, sobald ich mehr weiß. Ihre Handynummer?«

»Ich warte hier«, sagte Hendricks geschockt. »So lange, bis ich weiß, dass sie in Sicherheit ist.«

Der Arzt nickte und verschwand im OP. Nach einem langen Augenblick drehte sich Hendricks um und ging zurück zu Willis, seinem Leibwächter von den Special Forces, der mit Kaffee und Sandwich auf ihn wartete.

»Hier lang, Sir«, sagte Willis und geleitete Hendricks zum Warteraum. Wie üblich, hatte er vorher den Raum evakuiert, sodass ihn er und sein Chef für sich allein hatten.

Hendricks versuchte Peter Marks zu erreichen, wurde jedoch sofort mit der Voicemail verbunden. Peter musste gerade im Einsatz sein, sonst hätte er das Handy nicht ausgeschaltet. Er überlegte einen Augenblick, dann bat er Willis, ihm die Telefonnummer des Washingtoner Büros der Behörde für Alkohol, Tabak, Schusswaffen und Sprengstoff zu besorgen. Als Willis ihm die Nummer nannte, rief Hendricks dort an und verlangte Delia Trane. Er berichtete ihr kurz, was geschehen war, und sie sagte, sie würde sofort losfahren. Sie klang ruhig und gefasst – genau das, was Soraya jetzt brauchte. Auch was er selbst brauchte, wenn er ganz ehrlich war. Er machte noch ein paar wichtige Anrufe und war fürs Erste beruhigt.

Er setzte sich an den billigen Resopaltisch, und Willis stellte ihm den Kaffee und das Sandwich hin und zog sich – wachsam wie immer – zur Tür zurück. Hendricks hatte keinen Appetit. Er sah sich in dem Raum um, der von dem kläglichen Versuch geprägt war, ihn ein bisschen wohnlich zu gestalten. Zwischen gepolsterten Stühlen und einem Sofa standen Beistelltische mit Lampen. Aber alles so billig und schäbig, dass einen eine gewisse Traurigkeit überkam. *Wie im Warteraum zur Hölle,* dachte er.

Er nahm einen Schluck Kaffee und verzog das Gesicht: eine bittere Brühe.

»Tut mir leid, Sir«, sagte Willis, aufmerksam wie immer. »Ich habe einem der Jungs gesagt, er soll richtigen Kaffee besorgen.«

Hendricks nickte zerstreut. Er war immer noch geschockt von den beiden Bomben, die der Arzt hatte platzen lassen. Soraya litt an einer schweren Gehirnerschütterung und war außerdem schwanger. Wie zum Teufel war das geschehen? Und warum hatte er nichts gewusst?

Aber er wusste natürlich, woran es lag. Er war zu beschäftigt gewesen mit dem mysteriösen Nicodemo – es hatte sich fast bis zur Besessenheit gesteigert. Der Präsident glaubte nicht an seine Existenz und verstand nicht, warum Hendricks dafür Zeit und Geld aufwandte. Der Verteidigungsminister war überzeugt, dass die ablehnende Haltung des Präsidenten auch auf den Einfluss von Mike Holmes zurückzuführen war. Hendricks bereute inzwischen, den Mann bei seinem Aufstieg auf der Karriereleiter unterstützt zu haben.

Holmes hatte entdeckt, dass Nicodemo so etwas wie Hendricks' Achillesferse war, der Ansatzpunkt, mit dem es ihm gelingen konnte, seinem Rivalen die Kontrolle über Treadstone zu entreißen. Holmes hatte sich seit seiner Ernennung zum Nationalen Sicherheitsberater als äußerst machthungrig erwiesen. *Wachsen und konsolidieren*, lautete das Motto seiner Karriere. Heute war das einzige Hindernis auf seinem Weg Hendricks' Kontrolle über Treadstone. Er wollte die Organisation unbedingt. Holmes und Hendricks waren sich nicht einmal unähnlich: beide Besessene, doch mit völlig unterschiedlichen Zielen. Hendricks wusste, wenn es ihm gelang, Nicodemo das Handwerk zu legen, brauchte er Holmes' Einfluss nicht mehr zu fürchten. Dann hatte er diesen harten Kampf gewonnen. Der Präsident würde nicht länger auf Holmes hören.

Aber wenn ihn sein Gefühl täuschte, wenn Nicodemo wirklich nur ein Mythos oder eine gezielte Fehlinformation war, dann würde seine Laufbahn nach unten führen. Holmes würde bekommen, was er sich so sehnlich wünschte, und Treadstone würde für ganz andere, dunklere Ziele benutzt werden.

Die Suche nach Nicodemo war in gewisser Weise auch ein Kampf um die Seele von Treadstone.

»Harry«, sagte Bourne, »erinnern Sie sich, wo Sie geboren wurden?«

Alef nickte. Bourne nannte ihn für sich wieder Alef. »In Dorset, England. Ich bin vierunddreißig.«

Bourne sprach nun in umgänglicherem Ton mit ihm, so als wären sie zwei alte Freunde, die sich nach langer Zeit wieder getroffen hatten. »Für wen arbeiten Sie, Harry?«

»Ich …« Er sah Bourne hilflos an. »Ich weiß es nicht.«

»Aber Sie wissen, dass Sie im Libanon waren, in Dahr El Ahmar, um Informationen über Ze'ev Stahl zu sammeln.«

»Das stimmt. Vielleicht habe ich ein bisschen Industriespionage betrieben?«

»Stahl ist vom Mossad.«

»Was? Mossad? Warum sollte ich …?«

»Harry, erzählen Sie mir von Manfred Weaving.«

Alefs Augen trübten sich, er schüttelte den Kopf. »Der Name sagt mir nichts.« Er sah Bourne an. »Warum? Sollte ich ihn kennen?«

Bourne riskierte einen kurzen Blick zu Rebekka, doch Alef bemerkte es. Er musste sich umdrehen, um sie zu sehen, und als er es schließlich tat, weiteten sich seine Augen, und er begann zu zittern.

»Was zum Teufel tut *sie* hier?«

Bourne legte ihm eine Hand auf den Arm, als Rebekka zu ihnen trat. »Sie tut Ihnen nichts. Sie hat Stahl draußen auf dem See erschossen, als wir beide fast erfroren wären.«

»Hallo, Manny«, sagte sie.

Sie schaute ihn an, doch er blickte sich im Zimmer um, als suche er jemanden. »Wovon redet sie? Wer ist dieser Weaving?«

»Du«, sagte sie. »Manfred Weaving.«

»Ich weiß nicht, wovon Sie sprechen.« Seine Verwirrung schien echt zu sein. »Mein Name ist Harry Rowland. Schon immer, seit meiner Geburt.«

»Möglicherweise doch nicht«, sagte Bourne.

»Was? Wie …?«

»Dein Netzwerk, Dschihad bis-sayf.« Rebekka war neben ihm in die Hocke gegangen. »Erzähl uns von euren Zielen.«

Rowland öffnete den Mund, um etwas zu sagen, als alle drei ein Geräusch von draußen hörten. Es wurde vom Rauschen der Brandung gedämpft, doch es klang wie das Knirschen von Schuhen.

Es kam jedenfalls von draußen vor dem Haus, und Rebekka formte lautlos mit den Lippen die Worte: *Er hat uns gefunden.*

»Wer hat uns gefunden?«, fragte Rowland.

In diesem Augenblick flog die Tür auf.

ACHT

Martha Christiana fand Don Fernando Herrera ohne große Mühe. Sie hatte sich sofort, nachdem sie den Auftrag übernommen hatte, in ihrer Pariser Hotelsuite mit ihrem Laptop hingesetzt und die nächsten acht Stunden nach jeder noch so kleinen Information über den Bank-Mogul gesucht. Die grundlegenden Fakten hatte sie schon nach wenigen Minuten zusammengetragen: Herrera wurde 1946 in Bogotá als jüngstes von vier Kindern geboren und ging als junger Mann nach England, um in Oxford Wirtschaftswissenschaften zu studieren. Nach seiner Rückkehr nach Kolumbien hatte er in der Erdölindustrie begonnen und sich in der Hierarchie nach oben gearbeitet, bis er sich auf eigene Beine stellte und die Firma seiner ehemaligen Chefs kaufte. Damit verdiente er ein Vermögen. Es war unklar, wie er zum Bankgeschäft kam, doch nach Marthas Informationen war die Aguardiente Bancorp heute eine der drei größten Banken außerhalb der Vereinigten Staaten.

Weitere Nachforschungen förderten noch mehr zutage. Vor fünf Jahren hatte Herrera seinem einzigen Sohn Diego die Leitung der renommierten Londoner Filiale von Aguardiente übertragen. Diego war unter mysteriösen Umständen ums Leben gekommen; Martha fand beim besten Willen keine näheren Informationen, doch es deutete alles auf einen Mord hin, hinter dem möglicherweise Herreras Feinde steckten. Gegenwärtig befand sich Herreras Hauptwohnsitz im Santa-Cruz-Viertel von Sevilla, daneben besaß er Häuser und Wohnungen in London, Cádiz und Paris.

Nachdem sie alle Informationen gesammelt hatte, die im Internet zu finden waren, stand sie auf und ging ins Badezimmer, um sich eine heiße Dusche zu gönnen. Als sie ins Wohnzimmer zurückkehrte, hatte sie sich die Umrisse ihres Plans zurechtgelegt. Nachdem sie sich abgetrocknet, geschminkt und angezogen hatte, waren auch die meisten Details klar. Sie nahm ihre Jacke und verließ das Hotel. Ihr Wagen wartete auf sie, der bullige Motor brummte munter in der kalten Luft. Ihr Fahrer öffnete ihr die Tür, und sie stieg ein.

Herrera lebte in einer Wohnung auf der Île Saint-Louis, mitten in der Seine. Das Haus lag an der Westspitze der Insel, seine Wohnung hoch oben mit einer atemberaubenden Aussicht auf den Eiffelturm am linken Ufer, auf Notre Dame auf der Île de la Cité und die herausragenden Gebäude am rechten Ufer.

Martha Christiana hatte herausgefunden, dass Herrera ein Gewohnheitsmensch war. Er besuchte immer die gleichen Bars, Cafés, Bistros und Restaurants der Stadt, in der er sich gerade aufhielt. In Paris war das zum Frühstück das le Fleur en Ile, zum Mittagessen das Yam'tcha und zum Abendessen das L'Agassin. Da es zu spät für das Mittagessen und zu früh für das Abendessen war, ließ sie den Fahrer am Haus der Aguardiente Bancorp vorbeifahren. In der Dusche hatte sie über die verschiedenen Orte nachgedacht und sie schließlich allesamt verworfen. Sie hatte in der Zeitung von einem Konzert heute Abend in der Sainte-Chapelle auf der Île de la Cité gelesen: Kammermusik von Bach. Das Konzert fand relativ früh statt, sodass noch die letzten Strahlen der Wintersonne durch die wunderbaren Buntglasfenster hereinfallen würden.

Martha Christiana hatte sich aus verschiedenen Gründen für das Konzert entschieden. Erstens liebte Herrera Bach, so wie sie auch. Sie vermutete, dass er als Banker die mathematische Ordnung der Musik mochte. Zweitens war die Sainte-Chapelle sein Lieblingsort, um Musik zu hören. Drittens war die Kapelle nicht sehr groß, das Publikum dicht zusammengedrängt. Das würde es ihr leichter machen, ihn zu finden und sich einen möglichst natürlichen Zugang zu überlegen. Außerdem lieferte ihr das Konzert eine Reihe von Themen – Musik, Architektur, Bach, Religion –, sodass es ihr nicht schwerfallen sollte, ein anregendes Gespräch anzuknüpfen.

Ja, dachte sie, als sie aus dem Auto stieg und die letzten paar Blocks zur Sainte-Chapelle ging, der Ort war genau richtig. Sie stellte sich draußen auf dem Bürgersteig an und erblickte ihn wenig später, als er die Kapelle betrat. Zum Glück waren nur sechs Leute zwischen ihnen. Sie hatte sich für ein Outfit von Alexander McQueen entschieden, das sie besonders mochte: ein Pencil Dress im Marinestil mit V-Ausschnitt und Gürtel, dazu schwarze Stiefeletten mit Keilabsatz. Sie wollte auffallen, aber nicht zu sehr.

Drinnen waren die Klappstühle in fein säuberlichen Reihen aufgestellt, und die Leute nahmen fast andächtig ihre Plätze ein, als besuchten sie eine Messe und nicht ein klassisches Konzert. Vielleicht lag das gar nicht so weit auseinander, wenn es sich um Musik von Bach handelte. Sie hatte einmal gelesen, dass Leute, die Bach mehr schätzten als jede andere Musik, sich beim Hören Gott so nahe fühlten, wie man es in diesem Leben nur sein konnte.

Ihr Platz lag drei Reihen hinter Herrera, was durchaus günstig war: So hatte sie ihn immer im Blick. Er saß zwischen einem Mann, der älter war als er selbst, und einer Frau, die Martha auf etwa vierzig schätzte. Es war unklar, ob er eine der beiden Personen kannte, doch das spielte im Moment keine Rolle, zumindest nicht, während das Quartett Bach spielte. Dieser nahezu mystische Komponist rief die unterschiedlichsten Empfindungen in den Zuhörern hervor. Martha Christiana fühlte sich an ihre Vergangenheit erinnert: an den Leuchtturm im Nebel vor der Küste von Gibraltar, in dem sie zur Welt gekommen war, an ihren Vater, einen schroffen, wettergegerbten Mann, der stets dafür sorgte, dass der rotierende Lichtstrahl übers Meer geschickt wurde, an ihre blasse, zerbrechliche Mutter, die so sehr an Agoraphobie litt, dass sie den Leuchtturm nie verließ.

Die Musiker spielten ihr Stück, die Musik entfaltete sich in der vorgegebenen geheimnisvollen Ordnung, und Martha Christiana sah sich selbst, wie sie aus dem Leuchtturm flüchtete, ihre überforderten Eltern hinter sich ließ, sich an Bord eines Frachters schlich und von Gibraltar nach Nordafrika gelangte. Dort zog sie neunzehn Monate lang durch die Straßen von Marrakesch, verkaufte sich an dumme Touristen als Jungfrau, immer wieder, indem sie Ziegenblut vom Metzger verwendete, bis ein unermesslich reicher Marokkaner sie von der Straße holte und sie zu seiner unfreiwilligen Konkubine machte. Er schloss sie in seinem Haus ein, nahm sie mit brutaler Gewalt, wann immer ihm danach war, und das war oft.

Er kümmerte sich auch um ihre Bildung – sie beschäftigte sich mit Literatur, Mathematik, Philosophie und Geschichte. Außerdem lehrte er sie, nach innen zu schauen, zu meditieren, sich von allen Gedanken zu befreien, von allen Sehnsüchten, und in diesem Zustand der Transzendenz Gott zu sehen. Schließlich half ihr das Wissen, das sie bei ihm erwarb, zu erkennen, welch hohen Preis sie für das alles bezahlte. Dreimal versuchte sie aus ihrem goldenen Käfig zu entfliehen, und dreimal fing er sie wieder ein. Und die Strafe fiel jedes Mal grausamer aus, doch sie härtete sich ab und ließ sich nicht einschüchtern. Eines Nachts, als er sie wieder einmal nahm, wollte sie ihm mit einer Glasscherbe, die sie heimlich aufbewahrte, die Kehle durchschneiden. Seine Augen trübten sich, als sähe er seinen Tod in ihrem Gesicht gespiegelt. Seine Finger krallten sich an ihren Unterarmen fest, als wollte er sie mit sich nehmen, als er an einem Herzanfall starb. Sie nahm alles Geld, das sie finden konnte, und floh aus Marrakesch, um nie wieder zurückzukehren.

Es waren keine angenehmen Erinnerungen, doch sie gehörten zu ihr, und nach vielen Jahren, in denen sie versucht hatte, sie zu verdrängen, lernte sie sie anzunehmen, als einen Teil von sich, den nur sie kannte. Hin und wieder, wenn sie allein im Dunkeln war, spielte sie Bach auf ihrem iPod und dachte an die Zeit in Marrakesch zurück, um sich daran zu erinnern, wer sie war und woher sie kam. Dann meditierte sie und machte sich von allem frei, damit Gott sie erfüllte. Sie hatte lange gebraucht und vieles erdulden müssen, um so weit zu kommen. Immer ging sie erneuert von diesen Reisen zu ihrem früheren Ich hervor, bereit für die Aufgaben, die vor ihr lagen.

Als das Konzert vorbei war, klatschten die Leute, erhoben sich von ihren Plätzen und verlangten eine Zugabe. Die vier Musiker kamen zurück, nachdem sie den wohlverdienten Beifall genossen hatten, nahmen ihre Instrumente zur Hand und spielten ein kurzes, rhythmisches Stück. Wieder wurde applaudiert, als das Konzert – diesmal endgültig – zu Ende ging.

Martha beobachtete, wie sich die Frau neben Herrera ihm zuwandte, etwas zu ihm sagte und er antwortete. Sie war nicht hübsch, aber eine stattliche Erscheinung, gut gekleidet, wahrscheinlich eine Pariserin.

Die Zuschauer schoben sich auf die Gänge hinaus und tauschten ihre Eindrücke vom Konzert aus. Martha Christiana folgte den Leuten in ihrer Reihe und wartete ein wenig, sodass sie genau neben der Frau an Herreras Seite auf den Mittelgang hinaustrat.

»Le concert vous a-t-il plu?«, fragte sie die Frau. *Hat Ihnen das Konzert gefallen? »J'aime Bach, et vous?« Ich liebe Bach, Sie auch?*

»En fait, non«, gab die Frau zurück. *Eigentlich nicht. »Je préfère Satie.«*

Martha dankte Gott für die Gelegenheit und sprach schließlich Herrera an. *»Et vous, Monsieur, préférez-vous aussi Satie?«*

»Non«, antwortete Herrera mit einem nachsichtigen Lächeln in Richtung seiner Begleiterin. »Für mich gibt

es keinen Größeren als Bach, obwohl mein absoluter Lieblingskomponist Stephen Sondheim ist.«

Martha ließ ein glockenhelles Lachen ertönen, warf den Kopf zurück und zeigte ihren langen makellosen Hals.

»Ja«, sagte sie. »*Follies* ist schon ein tolles Musical.«

Nun blickte Herrera mit echtem Interesse an seiner Begleiterin vorbei und betrachtete Martha genauer. Sie hatten inzwischen den hallenden, in Marmor gehaltenen Vorraum erreicht, der zur Straße führte. Für Martha war das der Moment, um freundlich zu nicken und den beiden vorauszugehen.

Draußen glänzten die Straßen von dem leichten Nieselregen. Martha blieb stehen und schlug den Mantelkragen hoch, nahm eine Zigarette heraus und kramte nach ihrem Feuerzeug. Bevor sie es fand, erschien eine Flamme vor ihr, und sie beugte sich vor und zog den Rauch tief ein. Als sie ihn ausblies, blickte sie zu Herrera auf. Er war allein.

»Wo ist Ihre Begleiterin?«

»Sie hat einen Termin.«

Martha hob die Augenbrauen. »Wirklich?«

Sie mochte sein tiefes, wohlklingendes Lachen. »Nein. Aber ich habe schon etwas vor.«

»Eine Mitarbeiterin?«

»Nur eine flüchtige Bekannte, nicht mehr.«

Es gefiel ihr, wie er »nicht mehr« sagte: nicht abfällig, sondern klar und deutlich, wie um auszudrücken, dass sich die Umstände geändert hatten, dass er sich rasch an die neue Situation anpasste.

Herrera zog eine Zigarre hervor und hielt sie hoch. »Stört es Sie?«

»Überhaupt nicht«, sagte Martha. »Ich mag den Duft einer guten Zigarre.«

Sie stellten einander vor.

Herrera vollzog das einleitende Ritual, schnitt das Ende der Zigarre ab und zündete sie an, so präzise wie eine Toccata von Bach. »Sagen Sie, Don Fernando«, fragte sie, »waren Sie schon einmal in Eisenach?« Eisenach war die Geburtsstadt von Johann Sebastian Bach.

»Ich muss gestehen, nein.« Er nahm einen Zug von seiner Zigarre. »Sie?«

Sie nickte. »Als Doktorandin besuchte ich die Wartburg, wo Martin Luther das Neue Testament ins Deutsche übersetzt hat.«

»Haben Sie Ihre Doktorarbeit über Luther geschrieben?«

Sie lachte wieder ihr glockenhelles Lachen. »Sie ist nie fertig geworden. Ich war wohl ein bisschen zu rebellisch.« Er war in seiner Jugend ebenfalls ein Rebell gewesen. Sie dachte, es würde ihn vielleicht freuen, eine verwandte Seele zu finden. Sie täuschte sich nicht.

»Mademoiselle Christiana.«

»Martha, bitte.«

»Also gut, Martha. Darf ich Sie heute Abend zum Essen einladen?«

»Monsieur, ich kenne Sie kaum.«

Er lachte. »Das lässt sich leicht ändern, meinen Sie nicht?«

»Mein Name ist nicht wichtig«, sagte Peter. »Jemand ist Richards hierher gefolgt.«

Bricks Augen waren stahlhart. »Ich weiß nicht, wovon Sie sprechen.«

»Wirklich nicht?« Peter blickte sich auf der Terrasse um. »Haben Sie eine Ahnung, wo Ihr Mann steckt?«

»Mein Mann?«

»Owen.« Peter schnippte mit den Fingern. »Wie war doch gleich sein Nachname?«

Ein Schatten huschte über Bricks Augen. »Was ist mit Owen?«

»Ich kann's Ihnen zeigen.« Peter trat einen Schritt von ihm weg.

Brick trat widerstrebend vom Geländer weg. »Was soll das alles?«

Ohne ein weiteres Wort führte ihn Peter aus dem Klubhaus und durch das Labyrinth der hohen Buchsbaumhecken zu der Stelle, an der Florin Popa lag.

Brick blieb wie angewurzelt stehen. »Was zum Teufel?«

»Mausetot«, sagte Peter knapp, während Brick sich über Popas Leiche beugte. »Mr. Brick, Sie werden eindeutig bedroht. Ich glaube, es ist besser, wir verschwinden von hier.«

Brick legte eine Hand an Popas Schulter und blickte zu ihm auf. »Verschwinden Sie, Freundchen, ich gehe nirgendwohin mit Ihnen.«

Peter nickte ernst. »Okay. Dann lass ich Sie allein mit dem Schlamassel.«

Während er zwischen den Hecken zurückging, rief ihm Brick nach.

»Warten Sie mal. Wer zum Teufel sind Sie überhaupt und für wen arbeiten Sie?«

Bourne griff ins Feuer, schnappte sich ein brennendes Holzscheit und warf es nach dem Eindringling. Die

Fackel zischte und flackerte und sprühte Funken, als sie den Mann an der Schulter traf. Er riss einen Arm hoch, um das brennende Scheit abzuwehren. Doch auf Bournes Angriff war er nicht vorbereitet. Hinter sich hörte Bourne hastige Bewegung, als Rebekka Rowland aus der Gefahrenzone brachte.

Der Eindringling reagierte mit einem mächtigen Hieb gegen Bournes Rücken, befreite sich aus seinem Griff und ließ einen Schlag in den Solarplexus folgen. Er packte Bourne am Kragen und warf ihn gegen die Wand. Bourne riss ein Bild hinter Glas von der Wand und zertrümmerte es, während der Angreifer auf ihn losging. Bourne griff sich eine lange schmale Scherbe und stach damit zu.

Er zielte auf den Nacken des Mannes, verfehlte ihn jedoch, und die Scherbe bohrte sich in den Rücken seines Gegners. Der Schwung des Angriffs riss beide Männer zu Boden. Der Eindringling ignorierte die Glasscherbe, zog ein Messer und stach zu. Bourne rollte sich zur Seite, und das Messer blieb in einem Spalt zwischen den alten Fußbodenbrettern stecken. Der Angreifer verschwendete keine Zeit damit, das Messer herauszuziehen, und zog stattdessen eine andere Waffe.

Rebekka erkannte Ilan Halevy sofort. Noch während Bourne sich auf den Babylonier stürzte, zog sie Weaving um die Ecke in die Küche.

»Bleib um Himmels willen hier«, flüsterte sie ihm zu und griff sich zwei Schuppenmesser; eines steckte sie in den Hosenbund, das andere hielt sie in der Hand, als sie ins Wohnzimmer zurückkam – im selben Augenblick, als der Babylonier wütend mit einem Klappdolch zustieß.

Schnell und lautlos sprang sie auf ihn zu, das Schuppenmesser in der Hand, das an der Spitze mit einem Haken versehen war. Wenn sie tief genug zustieß und zurückzog, konnte sie ihm eine schlimme Wunde zufügen.

Die Kraft und Ausdauer des Mannes waren legendär. Sie sah die Glasscherbe in seinem Rücken – er schien sie kaum zu spüren. Auch ihr Messer würde ihn nicht aufhalten, es sei denn, sie traf ein lebenswichtiges Organ.

Doch er spürte ihren Angriff und wirbelte im letzten Moment herum, was Bourne für zwei mächtige Hiebe nutzte. Der Babylonier packte Rebekka und verdrehte ihr das Handgelenk, dass ihr der Schmerz den Atem nahm. Er entriss ihr das Messer und schwang es seitwärts, um ihr die Kehle durchzuschneiden, doch ein Reflex bewahrte sie vor dem tödlichen Angriff. Die Klinge schnitt sich durch Pullover und Hemd und riss eine waagrechte Wunde knapp oberhalb der Brüste. Sie atmete scharf ein und fiel rücklings zu Boden.

Als Harry Rowland – denn er war sich jetzt absolut sicher, dass er so hieß – das Stöhnen und Keuchen und all die Geräusche des erbitterten Kampfes hörte, machte in seinem Kopf etwas »Klick«. Er ignorierte Rebekkas Aufforderung, in der Küche zu bleiben, und kroch zur Ecke, um einen Blick ins Wohnzimmer zu werfen. Mit dem Blick des Profis erfasste er augenblicklich die Situation. Der Schleier fiel von ihm ab. Es kam ihm vor, als wäre er in einer nebelverhangenen Traumwelt gefangen gewesen, seit er in dem Krankenhaus in Stockholm aufgewacht war, doch jetzt sah er alles wieder klar und scharf.

Ohne zu überlegen, sprang er auf, rannte zum Kamin und griff sich die Feuerzange. Geschickt wich er Rebekka aus und wandte sich sogleich Bourne und dem Eindringling zu, die in einen tödlichen Kampf verstrickt waren. Er sah die beiden wie in Zeitlupe, obwohl sein Denken, nachdem es wieder zum Leben erwacht war, auf vollen Touren arbeitete. Erinnerungen blitzten auf, in schneller Aufeinanderfolge, doch klar und geordnet. So viele Rätsel waren plötzlich gelöst, als hätte jemand einen dicken Vorhang zurückgezogen, um ihm den Blick auf sein Leben freizulegen, bevor er angeschossen worden war. Noch war nicht alles da – das Gewebe wies noch Löcher auf, es gab noch das eine oder andere Fragezeichen, manches passte einfach nicht zusammen –, doch es war genug, um rasch zu handeln.

Entschlossen hob Harry Rowland die Feuerzange über den Kopf, um Bourne den Schädel einzuschlagen.

ZWEITES BUCH

NEUN

»Wir leben in einer Welt, in der die Informationen ständig fließen, über Server, Netzwerke, Intranets, das Internet.«

Charles Thorne tippte Notizen in sein iPad 3 und nickte, während eine App jedes Wort aufzeichnete, das Maceo Encarnación sprach.

»Wir bewegen uns immer mehr in einer Cloud Culture«, fuhr Encarnación fort. »Mit jeder Stunde nimmt der Informationsumfang zu, und diese ganze Informationsflut kann theoretisch immer auch von Außenstehenden abgefangen, gelesen und genutzt werden – durch Abhören, Wanzen oder Hacken.«

Während Thorne zusammen mit Encarnación im Büro von *Politics As Usual* saß, summte plötzlich sein Handy in der Hosentasche. Er ignorierte es und nickte Encarnación zu, um ihn zum Weitersprechen aufzufordern. Nach monatelangen schwierigen Verhandlungen war es endlich gelungen, den Generaldirektor von SteelTrap zu einem Interview zu bewegen. SteelTrap, der weltgrößte Anbieter auf dem Gebiet der Internet-Sicherheit, stellte eine Anomalie in der Wirtschaftswelt dar: Trotz seiner Größe und seines Erfolgs war das Unternehmen in privaten Händen und damit niemandem verpflichtet. Die inneren Strukturen waren völlig undurchsichtig.

Letztlich hatte Thorne doch noch Glück gehabt: Encarnación war gerade von Paris nach Mexico City unterwegs gewesen, wo er einen palastartigen Wohnsitz besaß, als er sich zu einem Interview bereit erklärte, während sein Privatjet aufgetankt wurde. Er hatte jedoch darauf bestanden, dass keine Fotos gemacht wurden. Das überraschte Thorne nicht wirklich, nachdem er bei der Vorbereitung auf das Interview auf eine merkwürdige Tatsache gestoßen war: Es gab im Internet nirgends ein Foto von Encarnación. Er war ein Bär von einem Mann und sah irgendwie eigenartig aus, vor allem weil er völlig haarlos war. Thorne fragte sich, ob das gewollt oder auf eine Krankheit zurückzuführen war. Noch etwas Auffälliges hielt er auf seinem iPad fest: Encarnación sah ihn nie direkt an. Seine Augen waren ständig in Bewegung.

»Heutzutage«, fuhr Encarnación fort, »ist keine noch so kleine Information mehr sicher, mag sie auch noch so gut verborgen sein. Alles kann gehackt werden. Das ist eine unbestreitbare Tatsache. Jede Stunde wird irgendwo eine verschlüsselte Webseite hinter einer sogenannten Firewall geknackt. Die jüngste und verheerendste Form des Terrorismus. Dieser Cyberkriminalität zu begegnen ist fast so etwas wie ein göttlicher Auftrag. Das ist mein Job.« Er hielt inne, um mit seinen farblosen Augen alles um sich herum aufzunehmen. Er hielt seine Sonnenbrille zwischen Daumen und Zeigefinger, als würde er sie jeden Moment aufsetzen. »So macht man im Internet-Zeitalter ein Vermögen.«

Thornes Handy summte erneut. Er ignorierte es

auch diesmal und fragte: »Mr. Encarnación, wie wurde eigentlich Ihr Interesse für die Internet-Sicherheit geweckt?«

Encarnación reagierte mit einem dünnen Lächeln, das für Thorne seltsam beunruhigend wirkte. »Ich habe alles verloren, das ganze Geld, das ich mit Online-Trading verdient hatte. Mein Konto wurde gehackt, mein hart verdientes Geld war weg.« Wieder dieses mysteriöse Lächeln, das etwas Bedrohliches hatte, als würde man einem hungrigen Raubtier ins Gesicht blicken. »Es ist irgendwo in den unendlichen Weiten Russlands verschwunden.«

»Ah, verstehe.«

»Nein«, sagte Encarnación, »das verstehen Sie nicht. Ich wollte dorthin fahren, wo mein Geld verschwunden war, die Leute finden, die es gestohlen hatten, doch ich tat es nicht, weil Russland mein Untergang gewesen wäre.«

Thorne schürzte die Lippen, als sein Handy zum dritten Mal summte. »Wie meinen Sie das?«

»Wäre ich damals – unwissend, wie ich war – nach Russland gegangen, so wäre ich nicht zurückgekehrt.«

Thorne lachte kurz auf. »Das klingt ein bisschen, ich weiß nicht … melodramatisch.«

»Ja«, stimmte Encarnación zu. »So klingt es.« Wieder dieses Lächeln, genauso eindringlich wie das Summen von Thornes Handy. »Und doch ist es die reine Wahrheit. Waren Sie schon mal in Moskau, Mr. Thorne?«

Thorne wollte nicht selbst zum Interviewten werden. »Ja.«

»Geschäftlich?«

»Äh, nein. Aber ich habe gehört …«

»Sie haben gehört«, schleuderte ihm Encarnación ins Gesicht. »Wenn Sie nicht selbst Geschäfte in Moskau gemacht haben, dann waren Sie nicht wirklich dort, dann haben Sie absolut keine Ahnung.« Er schüttelte seinen kahlen Kopf. »Geld, Korruption, verkommene Politiker, Zwang, Erpressung. Das ist Moskau.«

»Das kann man wahrscheinlich über jede größere Stadt sagen.«

Unter Encarnacións Blick fühlte sich Thorne irgendwie klein und schwach. »Moskau ist anders. Besonders. Geld zu haben reicht dort nicht aus. Diese Leute, mit denen man gezwungen ist, Geschäfte zu machen, wollen mehr von Ihnen. Wissen Sie, was dieses Etwas ist, Mr. Thorne? Sie wollen in den Augen des Präsidenten glänzen. Seine Gunst ist ihnen so wichtig, dass sie alles tun würden, damit die Geschäfte in ihrem Sinn verlaufen. Wenn das nicht der Fall ist, zögern sie nicht, Sie erschießen oder lange nachdem Sie dieses Rattennest Moskau verlassen haben, mit Plutonium vergiften zu lassen.«

»Plutoniumvergiftung – großer Gott!«, notierte Thorne auf seinem iPad.

Encarnación zuckte nicht mit der Wimper. »Ich beschloss jedenfalls, einen Weg zu finden, mein Geld zurückzuholen. Die Behörden haben mir nicht geholfen, die verstanden damals noch weniger vom Hacken als heute.«

Thorne hatte das Gefühl, einem wiedergeborenen Baron Münchhausen gegenüberzusitzen, jenem legendären Geschichtenerzähler, nur dass alles, was Encarnación erzählte, die Wahrheit zu sein schien. »So ist dann SteelTrap entstanden.«

»Das ist richtig.«

»Und das war vor …«

»Vor sieben Jahren.«

»Und haben Sie Ihr Geld zurückbekommen?«

Encarnacións Gesichtsausdruck hatte etwas Diabolisches. »Mit Zinsen.«

Thorne wollte schon nach Details fragen, als sich sein Handy zum vierten Mal meldete. Er runzelte die Stirn, doch seine Neugier überwog nun den Ärger. Er entschuldigte sich und ging auf den Flur hinaus. Vier Nachrichten von Delia Trane. Er war ihr einige Male begegnet. Zweimal hatte er mit ihr und Soraya zu Abend gegessen, und er war froh gewesen, dass sie es ihm und Soraya damit ermöglicht hatte, sich unverfänglich zu treffen.

Ruf mich sofort an!

Merkwürdig, dachte er. Vier Nachrichten – das musste etwas zu bedeuten haben. Er tippte ihre Nummer ein und hob das Handy ans Ohr. Sie meldete sich beim ersten Klingeln.

»Wo bist du?«

»Was glaubst du?«, erwiderte er gereizt. »Verdammt, Delia, ich bin mitten in einem …«

»Soraya steckt in Schwierigkeiten.«

Als er ihren Namen hörte, schaute er sich auf dem Gang um. Links und rechts von ihm schlenderten Leute vorbei. Sie wussten nichts von den bevorstehenden FBI-Ermittlungen. Er ging in ein leeres Konferenzzimmer.

»Charles?«

Sie nannte ihn nie Charlie, so wie Soraya. Er schloss die Tür, stand im Dunkeln.

»Was für Schwierigkeiten?« Er hatte seine eigenen Probleme. Das Letzte, was er jetzt brauchte, war …

»Sie ist im Krankenhaus.«

Sein Herz setzte einen Moment lang aus. »Im Krankenhaus?«, echote er belämmert. »Warum? Was ist denn los?«

»Sie wurde in Paris verletzt. Eine Gehirnerschütterung. Der Flug nach Hause hat es anscheinend verschlimmert.«

»Was? Delia, um Himmels willen …!«

»Sie hat ein subdurales Hämatom. Eine Hirnblutung.«

Thorne musste sich hinsetzen.

»Charles?«

»Wie …« Seine Stimmbänder versagten ihm den Dienst. Er räusperte sich und schluckte schwer. »Wie schlimm ist es?«

»Schlimm genug, dass sie eine Notoperation machen müssen.«

»Ist sie …?« Er konnte es nicht aussprechen.

»Ich weiß nicht. Ich bin im Virginia Hospital Center in Arlington, aber sie wird noch operiert.«

Seine Gedanken schweiften zurück zu Maceo Encarnación, der in seinem Büro saß und wartete, während Delia sein Leben noch komplizierter machte, als es ohnehin schon war. Er wollte es ihr nachsehen, doch es gelang ihm nicht ganz.

»Sie müssen den Druck senken und die Blutung stoppen«, fügte Delia hinzu. »Das ist normalerweise kein Problem, aber in Sorayas Fall kommt noch etwas dazu.«

Herrgott, was denn noch?, dachte er. »Was?«

»Sie ist schwanger, Charles.«

Thorne schreckte wie elektrisiert hoch. »Was?«

»Sie erwartet ein Kind von dir.«

Als Harry Rowland mit der Feuerzange zuschlug, riss Bourne reflexartig einen Arm hoch. Er packte die Feuerzange und lenkte sie ab, sodass sie den Eindringling an der Schulter traf. Bourne versetzte ihm noch einen Tritt gegen das Knie und rollte sich unter ihm weg. Rowland wollte die Feuerzange nicht loslassen, und Bourne hämmerte ihm die Faust gegen das Kinn, konnte ihm die Waffe jedoch nicht entreißen. Der Eindringling nutzte die Gelegenheit und traf Bourne mit einem Tritt am Knöchel, und er stürzte zu Boden und riss Rowland mit sich.

Rebekka hatte kurz das Bewusstsein verloren, und als sie zu sich kam, sah sie Bourne und Rowland im Kampf mit dem Babylonier. Sie rappelte sich auf, entriss Rowland die Feuerzange, packte ihn am Kragen und zog ihn von den beiden anderen weg.

»Idiot!«, stieß sie hervor. »Was soll der Unsinn?«

Er stürzte sich auf sie und hämmerte ihr die Faust ins Gesicht. »Halt dich raus!«, zischte er ihr zu.

Sie fasste sich und schlug zurück, doch er blockte den Hieb ab und konterte mit drei blitzschnellen Schlägen mit dem Handballen, und Rebekka ging in die Knie.

»Ich erinnere mich an alles«, sagte er und beugte sich über sie. »An alles, verstehst du?«

Sie versuchte auf die Beine zu kommen, doch er ließ es nicht zu. Mit der Erinnerung schien er auch seine

Kraft und seine Schlauheit wiedergewonnen zu haben. Er war wieder der Mann, mit dem sie in dem stickigen Hotelzimmer im Libanon zusammen gewesen war und mit dem sie sich auf ein tödliches Katz-und-Maus-Spiel eingelassen hatte.

Er verdrehte ihr schmerzhaft das Handgelenk. »In Dahr El Ahmar hast du gewonnen. Aber jetzt drehen wir den Spieß um.«

Da er sich mit Rowland nicht mehr auseinandersetzen musste, wandte Bourne seine ganze Aufmerksamkeit dem Eindringling zu, bei dem es sich nach allem, was Rebekka erzählt hatte, um den Babylonier handeln musste. Der reagierte einen Sekundenbruchteil schneller: er schlang seinen kräftigen Arm um Bournes Hals und versuchte, ihm mit einem Ruck das Genick zu brechen. Bourne ging mit der ruckartigen Drehung mit und verschaffte sich so einige Sekunden, die er nutzte, um dem Angreifer den Ellbogen in die Niere zu rammen.

Der Babylonier stöhnte auf, Bourne schlug erneut zu, befreite sich aus der tödlichen Umklammerung, griff sich einen steinernen Aschenbecher vom Tisch und knallte ihn seinem Gegner gegen den Hinterkopf. Blut spritzte aus der Wunde, und der Babylonier fiel rücklings zu Boden. Die Glasscherbe in seinem Rücken brach ab.

Bourne glaubte, ihn erledigt zu haben, und wollte aufstehen. In diesem Augenblick schnellte der Babylonier hoch und versetzte ihm einen Kopfstoß gegen die Stirn. Benommen ging Bourne in die Knie, und der Angreifer schleifte ihn zum Kamin. Der Babylonier verfügte über unglaubliche Kräfte, trotz seiner Wunden und der beiden Nierentreffer, die jeden anderen außer Gefecht gesetzt hätten.

Bourne spürte bereits die Hitze der Flammen am Kopf. Der Babylonier wollte ihn ins Feuer werfen. Er war nur noch Zentimeter vom offenen Kamin entfernt und wehrte sich mit verzweifelten Hieben, die der Babylonier jedoch allesamt abblockte. Die Funken flogen vor seinen Augen, und er wusste, ihm blieben nur noch wenige Augenblicke.

Er griff über den Kopf, schnappte sich ein brennendes Scheit und stieß es – den Schmerz in der Hand ignorierend – dem Babylonier gegen die Brust. Dessen Kleider fingen augenblicklich Feuer, und der Gestank des verbrannten Stoffs stieg ihm in die Nase.

Bourne rollte sich zur Seite und sprang hoch. In der Küche sah er Rebekka, die gerade Rowland bändigte. Er zeigte auf die Hintertür, trieb Rebekka und Rowland hinaus in die nächtliche Kälte und in ihr Boot. Bourne griff sich eine Handvoll Schnee, um seine Brandwunden zu kühlen, während Rebekka Rowland ins Boot zog und den Motor startete. Bourne löste die Leinen, und das eiskalte Wasser spritzte hoch, als sie in die Nacht hinausjagten.

»Ich arbeite für niemanden«, log Peter. »Jedenfalls nicht ständig.«

Brick musterte ihn eindringlich. »Sie arbeiten freiberuflich.«

»Genau.«

Sie saßen in Bricks brandneuem feuerroten Audi A8. Peter lenkte den Wagen anstelle von Florin Popa. Brick hatte ihn aufgefordert, sich ans Lenkrad zu setzen, damit er ihn im Auge behalten konnte: Nach allem, was geschehen war, hatte Brick noch keinen Grund, ihm zu trauen. Sie hatten bei der Tennisanlage haltgemacht, damit Peter sich umziehen konnte. Brick hatte ihn nicht aus den Augen gelassen, während er ein kurzes Gespräch mit seinem Handy führte.

»Woher soll ich wissen, dass nicht *Sie* Richards gefolgt sind?«, fragte Brick nun, als sie wieder im Auto saßen.

»Ich kann's Ihnen nicht beweisen«, sagte Peter, während er sich eine Strategie zurechtlegte.

»Wenn Sie es nicht waren, wer ist ihm dann gefolgt?«, drängte Brick, während Peter auf Nebenstraßen dem Weg folgte, den Brick ihm vorgab. »Wer hat meinen Mann umgebracht?«

»Peter Marks. Er arbeitet für dieselbe Organisation wie Richards.«

»Hatte er gegen Richards Verdacht geschöpft?«

Peter nickte und bog erst rechts und gleich darauf links ab. Sie entfernten sich von Arlington und gelangten immer tiefer ins ländliche Virginia, weg von den gepflegten Rasenanlagen und den teuren Wohnsiedlungen. Vor ihnen erstreckten sich sanfte Hügel und dichte Wälder.

»Sie müssen zurückschlagen«, sagte Peter. »Sonst lässt Sie diese Organisation nie mehr in Ruhe.«

»Das ist nicht Ihr Ernst.«

»Doch. Sie wollen wissen, was ich in Blackfriar gemacht habe? Okay. Ich habe Sie im Auge behalten.« Ihm entging nicht, wie Brick sich augenblicklich anspannte. »Und wissen Sie, warum? Weil ich für Sie arbeiten möchte. Ich hab genug davon, mich allein durchzuschlagen, ohne Sicherheit.«

»Die Zeiten sind rau«, meinte Brick nachdenklich.

»Und werden immer rauer.«

Brick schien ernsthaft darüber nachzudenken. »Halten Sie an«, sagte er schließlich.

Peter kam der Aufforderung nach, lenkte den Audi auf den Grasstreifen neben der zweispurigen Fahrbahn und hielt an.

Als der Wagen zum Stehen kam, schnippte Brick mit den Fingern. »Ihre Brieftasche.«

Peter griff in die Innentasche seiner Jacke.

»Vorsichtig, Freundchen.«

Peter hielt mitten in der Bewegung inne. »Dann ziehen Sie sie raus.«

Brick sah ihn mit eisigem Blick an. »Machen Sie schon.«

Mit Daumen und Zeigefinger zog Peter vorsichtig die zweite Brieftasche heraus, die er stets mit sich trug, während sich seine richtige in einer verborgenen Tasche befand. Er reichte sie ihm.

Brick hielt sie in der linken Hand und öffnete sie mit der rechten. Erst jetzt senkte er den Blick, um sich den Führerschein anzusehen. »Anthony Dzundza«, las er und blickte wieder auf. »Was zum Teufel ist das für ein Name?«

»Ein ukrainischer.« Es wirkte bisweilen realistischer, für eine Legende einen Namen zu verwenden, der einer Erklärung bedurfte. Auch in diesem Fall.

Brick kniff die Augen zusammen. »Sie sehen aber nicht wie ein Ukrainer aus, alter Knabe.«

»Hab die Schönheit meiner Amsterdamer Mutter geerbt.«

Brick brummte vor sich hin. »Werden Sie nicht übermütig. So hübsch sind Sie auch wieder nicht.« Fürs Erste zufrieden, nahm er den Rest der Brieftasche unter die Lupe: Kreditkarten, EC-Karte, Mitgliedskarten für Museen, sogar ein unbezahlter Strafzettel. Er gab ihm die Brieftasche zurück.

»Was ist Ihnen lieber: Anthony oder Tony?«

Peter zuckte mit den Achseln. »Kommt drauf an, ob Freund oder Feind.«

Brick lachte. »Okay, Tony, steigen Sie aus. Ich fahr Sie zurück. Sie kommen morgen um eins zum Klub.«

»Und was dann?«

»Dann«, sagte Brick mit todernstem Gesicht, »wird sich zeigen, ob Sie geeignet sind.«

Nachdem sich Thorne bei dem Mann entschuldigt hatte, den die Welt als Maceo Encarnación kannte, und das Büro von *Politics As Usual* verließ, nahm Encarnación seinen Mantel und schlenderte zu den Aufzügen hinüber.

Während er wartete, beobachtete er für einige Augenblicke den Arbeitsalltag in der Redaktion: die konzentrierten Gesichter, die zielstrebigen Schritte, die Überlegenheit und Unantastbarkeit, die diese Leute ausstrahlten. Er wusste, das alles würde bald zutiefst erschüttert werden und in Unsicherheit und Chaos enden.

Der Gedanke erinnerte ihn an das Ende seiner Geschichte über Moskau, die er erzählt hatte, bevor Charles Thorne das Interview so abrupt abbrach. Nun würde Thorne nie erfahren, wie die Geschichte ausging. Mithilfe der Algorithmen, die er mit seinem Team so schlau und sorgfältig entwickelt hatte, war es ihm gelungen, die Betrüger aufzuspüren, die seinen Internet-Account gehackt und sein Geld in die Abgründe der russischen Unterwelt transferiert hatten. Nach einer gründlichen Vorbereitung hatte er drei Tage in Moskau verbracht. Als er zurückflog, lagen zwei Leichen mit ungläubig geweiteten Augen am Grunde der Moskwa. Encarnación hatte sich das Seine zurückgeholt und das Ihre obendrein, und zwar auf die gleiche Weise, wie sie ihn ausgeraubt hatten.

Als sich die schimmernde Chromtür des Fahrstuhls öffnete, trat er ein und stellte sich neben eine Blondine mit langen Beinen und wunderbar runden Hüften. Er war immer schon auf schön geschwungene Hüften und einen tollen Hintern abgefahren.

»Guten Tag«, sagte er und genoss ihr strahlendes Lächeln.

In der Fischerhütte auf Sadelöga riss sich der Babylonier die brennenden Kleider vom Leib, um den Schaden durch das Feuer in Grenzen zu halten. Mit schmerzverzerrtem Gesicht taumelte er ins Badezimmer, sprang in die Dusche und drehte das kalte Wasser auf. Augenblicklich war er in eine dichte Rauchwolke gehüllt, in der er kaum noch atmen konnte. Immer noch besser, als sich die Haut verbrennen zu lassen. Bald verwandelte sich der Rauch in Wasserdampf.

Nachdem die Flammen gelöscht waren, entledigte er sich auch der halb verbrannten Unterwäsche und trat aus der Dusche. Er hatte einen schlanken Körper mit langen Armen, wie ein Langstreckenschwimmer, kein Gramm Fett, nur stählerne Muskeln unter der sonnengebräunten Haut.

Er wagte nicht, sich mit dem Handtuch dort abzutrocknen, wo die Verbrennungen besonders stark waren: an der Brust, am Hals und an den Händen. Im Spiegel über dem Waschbecken untersuchte er den Glassplitter in seinem Rücken, was nicht so einfach war, weil seine Augen noch stark tränten. Vermutlich würden Narben zurückbleiben, vor allem am Hals, doch er hatte gelernt, solche Gedanken einfach auszublenden. Er wandte sich ganz dem Notwendigen zu und untersuchte die Wunde mit chirurgischer Präzision und Sorgfalt.

Obwohl das Ende der Scherbe abgebrochen war, als er auf den Rücken gefallen war, stand noch genug heraus, um sie herauszuziehen. Er stützte sich auf das Waschbecken, atmete tief ein und ließ die Luft langsam entweichen, ehe er den Splitter mit einem kräftigen Ruck herauszog. Das Blut strömte aus der Wunde, doch sie war sauber und würde bald zu bluten aufhören.

Tropfnass ging er zurück in die Küche, öffnete die Hintertür und warf sich, nackt wie er war, mit dem Gesicht voraus in den Schnee. Die Kälte würde die Schwellung hemmen und die Schmerzen betäuben. Als er genug hatte, drehte er sich auf den Rücken und betäubte auch die Stichwunde.

Einige Minuten später rappelte er sich auf, ging wieder hinein und durchsuchte die Küchenschränke, bis er eine Packung Speisenatron fand. Er schüttete das Pulver in eine Schüssel, gab etwas Wasser dazu und verrührte es zu einem dicken Brei. Er stieß den Atem zischend zwischen den Zähnen hervor, während er die Paste auf seine Brandwunden auftrug wie eine Salbe, um die Wunden zu schützen und den Heilungsprozess zu fördern.

Im Badezimmer fand er eine Tube mit einer antibiotischen Salbe sowie den Rest der starken Antibiotika, die Rebekka zurückgelassen hatte. Auf dem Etikett stand ihr Name und eine Adresse in Stockholm. Der Schmerz ließ bereits nach, das Natron zog ihn förmlich heraus. Etwas später würde er sich noch einmal im Schnee kühlen.

Er spülte zwei Antibiotika-Tabletten mit einem Bier hinunter, das er im Kühlschrank gefunden hatte. Er zog sein Messer aus dem Holzfußboden und schritt im Zimmer auf und ab wie ein Tiger, bis er spürte, wie seine Kräfte zurückkehrten.

Lächelnd betrachtete er das Etikett auf dem Antibiotika-Fläschchen. Ihre Adresse in Stockholm. Er würde sie wiederfinden, und diesmal – das schwor er sich – würde keiner von ihnen überleben.

ZEHN

»Mögen Sie Filme?«, fragte Don Fernando bei Frühstückskaffee und Croissants im Le Fleur en Ile.

»Natürlich mag ich Filme«, antwortete Martha Christiana. »Wer nicht?«

Nach dem Abendessen am Vorabend hatten sie sich für heute Morgen verabredet. Er hatte sie nach dem Essen nicht in seine Wohnung eingeladen. Er fragte sich, ob sie deswegen von ihm enttäuscht war.

»Ich meine alte Filme. Klassiker.«

»Noch besser.« Sie nahm einen Schluck aus ihrer großen Kaffeetasse. Durch das Fenster hatte man einen wunderbaren Blick auf die prachtvolle Notre-Dame-Kathedrale, deren Strebebögen sich wie Flügel ausbreiteten. »Aber viele alte Filme sind nicht die Klassiker, als die sie gelten. Haben Sie zum Beispiel *Wenn die Gondeln Trauer tragen* gesehen? Der Streifen ist teilweise absurd und unverständlich.«

»Ich habe eher an Luis Buñuels *Der Würgeengel* gedacht.«

Sie schüttelte den Kopf. Ihre Augen leuchteten im morgendlichen Licht. »Hab ich nie gesehen.«

Nachdem er ihr kurz den Inhalt geschildert hatte, sagte sie: »Diese Leute sitzen in dem Haus fest und können es nicht verlassen, so wie wir selbst in unserem Leben gefangen sind. Sie streiten und lieben sich und sind am Ende müde und gelangweilt. Manche sterben.« Sie schnaubte verächtlich. »Das ist nicht Kunst, das ist das Leben!«

»Das stimmt wohl.«

»Ich dachte, Buñuel wäre ein Surrealist.«

»Im Grunde war er ein Satiriker.«

»Ehrlich gesagt kann ich an dem Film nichts Komisches erkennen.«

Don Fernando ebenfalls nicht, doch darum ging es nicht. Er hatte an den Film denken müssen, weil Martha ein Würgeengel war. Er wusste, wer und was sie war. Es war nicht das erste Mal, dass er einer Frau von ihrer Sorte begegnete. Und es würde wahrscheinlich nicht das letzte Mal sein, sofern er sie überlebte.

Er war sich absolut sicher, dass sie eine Sendbotin des Bösen war. Nicodemo hatte sie geschickt. Die Tatsache war ermutigend. Er kam seinem Ziel also näher, und deshalb sollte ihn diese Frau nun ausschalten.

Er lächelte seinem Würgeengel zu. »Als ich den Film zum ersten Mal sah, saß ich neben Salvador Dalí.«

»Wirklich?« Sie legte den Kopf auf die Seite. Sie trug ein Chanel-Kostüm von der Farbe des Sonnenaufgangs, dazu eine cremefarbene Seidenbluse. »Wie war das?«

»Ich sah fast nur seinen verdammten Schnurrbart.«

Ihr Lachen war so seidenweich wie ihre Bluse. »Hat er irgendwas gesagt?«

»Dalí sagte nie etwas, außer um die Leute zu schocken. Jedenfalls nicht in der Öffentlichkeit.«

Ihre Hand überschritt eine unsichtbare Grenze: Ihre

Finger griffen nach seinen. »Sie führen so ein faszinierendes Leben.«

Er zuckte mit den Achseln. »Vermutlich mehr als manche, aber weniger als andere.«

Das schräg hereinfallende Sonnenlicht ließ ihre Augen glänzen wie frisch geschliffene Edelsteine. »Ich würde Sie gern besser kennenlernen, Don Fernando. Viel besser.«

Er ließ sein Lächeln breiter werden. Sie war wirklich gut, dachte er. Besser als die meisten. Aber von Nicodemo war auch nichts anderes zu erwarten.

»Das würde mir gefallen«, gab er zurück. »Mehr als Sie glauben.«

Delia wartete bei der Aufnahme auf Charles Thorne. Zehn Minuten hatte sie die Leute beobachtet, wie sie durch den imposanten Eingang des Virginia Hospital Center kamen und gingen. Sie trank den schauderhaften Kaffee, den sie sich leichtsinnigerweise an einem Automaten geholt hatte.

Delia hatte Soraya vor neun Jahren kennengelernt, als diese noch für den mittlerweile verstorbenen Martin Lindros in der CI gearbeitet hatte. Damals hatte sich Delia sehr allein und unsicher gefühlt, auch was ihre sexuelle Orientierung betraf. Dies war der einzige Bereich ihres Lebens, der ihr wirklich Angst machte. Eine Zeit lang hatte sie sich für asexuell gehalten. Soraya hatte das geändert.

Delia hatte den Auftrag bekommen, eine Bombe zu entschärfen, die in der Nähe des Supreme Court Building entdeckt worden war. Soraya war zusammen mit einigen FBI-Agenten dort, um rauszufinden, wer die

Bombe gelegt hatte, ob es sich um einen in- oder ausländischen Terroristen handelte. Beide Möglichkeiten waren gleichermaßen beängstigend.

Der Mechanismus der Bombe erwies sich als schwer zu entschärfen, was auf einen professionellen Terroristen hindeutete. Alle außer Soraya hielten einen Sicherheitsabstand zur Bombe, während Delia daran arbeitete.

»Sie sollten auch in Sicherheit gehen«, hatte Delia gemeint.

»Niemand sollte allein sein«, hatte Soraya geantwortet.

»Und wenn ich's nicht schaffe, wenn das Ding hochgeht …«

Soraya hatte ihr kurz in die Augen geschaut. »Schon gar nicht am Ende.« Und mit einem entwaffnenden Lächeln fügte sie hinzu: »Aber Sie werden es schaffen.«

Thorne schritt durch die Tür und riss sie unsanft aus ihren Erinnerungen. Mit besorgtem Gesicht kam er auf sie zu. »Sie wurde operiert und hat eine ruhige Nacht verbracht«, sagte sie. »Mehr weiß ich auch nicht.«

Er folgte ihr über den Linoleumboden eines Korridors zu den geräumigen Aufzügen. »Was du da am Telefon gesagt hast …«

»Stimmt alles«, sagte sie, erahnend, was er meinte.

»Es gibt absolut keinen Zweifel?«

Seine Augen drückten Gefühle aus, die sie nicht recht zuordnen konnte.

»Was glaubst du, mit wie vielen Männern sie geschlafen hat, Charles?« Sie warf ihm einen zornigen Blick zu. »Du solltest dich jetzt auf sie konzentrieren und auf sonst nichts.«

»Ja, natürlich. Das weiß ich«, sagte er zerstreut.

Die Aufzugtür öffnete sich, Leute strömten heraus. Sie stiegen ein, und Delia drückte den Knopf für den dritten Stock. Sie fuhren schweigend hinauf. Die Fahrstuhlkabine roch nach Desinfektionsmittel, das den süßlichen Krankheitsgeruch nicht ganz zu überdecken vermochte.

Als sie im dritten Stock ausstiegen, sagte Delia: »Ich muss dich warnen: Minister Hendricks ist auch da.«

»Scheiße. Wie soll ich erklären, dass ich hier bin?«

»Ich habe mir was einfallen lassen«, sagte Delia. »Überlass das mir.«

Sie geleitete ihn über den stillen Gang zu der Stahltür, die in den Operationstrakt führte.

Thorne neigte den Kopf auf die Seite. »Hier ist sie operiert worden?«

Delia nickte.

Thorne leckte sich über die Lippen, sichtlich mitgenommen. »Und sie ist noch nicht wach? Das ist kein gutes Zeichen.«

»Du siehst das zu negativ«, erwiderte Delia unwirsch. »Das ist keine einfache Sache. Sie wird ständig überwacht.«

»Aber wenn sie …?«

»Sei still!«, fiel sie ihm ins Wort, als sie am Leibwächter des Verteidigungsministers vorbeigingen und den Warteraum betraten.

Hendricks saß in der Ecke gegenüber dem Flachbildfernseher, auf dem CNN ohne Ton lief. Er telefonierte und kritzelte etwas auf einen kleinen Notizblock, den er auf dem Knie liegen hatte. Bevor sie sich setzen konnten, hatte Hendricks sein Gespräch beendet; er sah auf und blickte zweimal hin, als er Thorne sah.

»Gibt's was Neues?«, fragte Delia, als er zu ihnen trat.

Er schüttelte den Kopf und wandte sich dem Mann neben ihr zu.

»Charles Thorne?«

»Schuldig«, bekannte Thorne, bevor ihm bewusst wurde, was das für die kommenden Wochen bedeuten konnte.

Die beiden Männer schüttelten einander kurz die Hand.

»Ich muss zugeben, es überrascht mich, Sie hier zu sehen«, sagte Hendricks.

»Wir drei sind Freunde«, warf Delia ein. »Wir sind uns heute Morgen begegnet, und er wollte sie unbedingt besuchen.«

»Das ist gut«, sagte Hendricks geistesabwesend. »Sie kann jede Unterstützung gebrauchen.«

»Ich will nicht, dass Soraya allein ist, wenn sie aufwacht«, fügte Delia hinzu.

Wie aufs Stichwort erschien ein Arzt im Warteraum. Er blickte zwischen ihnen hin und her. »Es gibt Neuigkeiten«, sagte er.

Tom Brick fuhr mit Peter auf dem Beifahrersitz immer tiefer ins ländliche Virginia hinein. Dunkle Wolken zogen über den Himmel; der Sonnenschein vom Tag zuvor war nur noch eine ferne Erinnerung. Schließlich bog Brick auf den Ridgeway Drive ab, der von dicht stehenden Bäumen gesäumt war. Hin und wieder sah man die Dächer großer Häuser durchschimmern. Nach einer letzten Linkskurve endete die Straße an einer Gabelung, von wo es zu vier Häusern weiterging, die durch Bäume getrennt waren.

Brick bog nach rechts in eine gekieste Auffahrt ein. Sie war zu beiden Seiten von Nadelbäumen gesäumt, sodass die Straße nach einer scharfen Linkskurve aus dem Blick verschwand, als hätte es sie nie gegeben. Man fühlte sich abgeschieden, wie in einer eigenen Welt.

Brick hielt an, stieg aus und streckte sich. Peter folgte ihm, betrachtete das stattliche Gebäude, das so wehrhaft wirkte wie eine Burg. Architektonisch war es im postmodernen Stil gebaut: zwei Geschosse mit ausgeprägtem Dachvorsprung, riesigen Fenstern und einer freitragenden Terrasse.

Brick stieg die Treppe hinauf, bis er unter dem Dachvorsprung stand. »Kommen Sie, Tony?«

Peter alias Anthony Dzundza nickte und folgte Brick hinauf und ins Haus. Das Erdgeschoss war lichtdurchflutet und großzügig angelegt. Die moderne Einrichtung – in blassen Farben gehalten – wirkte wie ein Knochengerüst ohne Fleisch.

»Möchten Sie einen Drink, Tony?«

Peter rief sich in Erinnerung, warum er hier war. Tom Brick war der Mann, den Dick Richards aufgesucht hatte, nachdem ihm Soraya anvertraut hatte, dass Nicodemo allem Anschein nach mit Core Energy verbunden war.

»Von wem haben Sie das gehört?«, hatte Richards gefragt. *»Der Generaldirektor von Core Energy ist Tom Brick.«*

Und da stand Peter – oder vielmehr Anthony Dzundza – nun in Bricks Haus. Peter und Soraya waren sich sicher gewesen, dass Richards zum Präsidenten rennen würde, der ihn zu Treadstone gebracht hatte. Aber nein, er hatte sich an Tom Brick gewandt. Was zum Teufel ging hier vor? War Richards ein Dreifachagent, der für den Präsidenten und Brick arbeitete?

Das Wohnzimmer war in L-Form angelegt. Peter folgte Brick um die Ecke zur Bar, blieb jedoch abrupt stehen, als er einen Mann mit leicht gespreizten Beinen am anderen Ende des Raumes stehen sah. Er hatte das Jackett ausgezogen, sodass man die Glock sah, die er unter der linken Achsel trug.

»Tony, das ist Bogdan.«

Peter schwieg. Seine Zunge schien am Gaumen festgewachsen. Der finster dreinblickende Bogdan stand neben einem einfachen Holzstuhl, der irgendwie fehl am Platz wirkte in diesem durchgestylten Haus. Ein Mann saß mit dem Rücken zu Peter an den Stuhl gefesselt.

»Was trinken Sie?«, fragte Brick, ohne sich zu Peter umzudrehen.

Peter brauchte das Gesicht des Mannes nicht zu sehen, um zu wissen, dass es Dick Richards war.

Da Peter schwieg, drehte sich Brick schließlich um, ein altmodisches Glas in der Hand. »Ich trinke einen irischen Whiskey. Ich mache zwei.«

Peter überlegte fieberhaft, was das zu bedeuten hatte, während Brick die Drinks einschenkte und ihm einen reichte.

Er stieß mit Peter an und nahm einen Schluck. »*Cent' anni*, wie sie in der Mafia sagen.« Er lachte. Als er sah, wohin Peter blickte, deutete er mit seinem Glas auf den Gefangenen. »Kommen Sie. Ich möchte Ihnen etwas zeigen.«

Widerwillig folgte ihm Peter zu Richards und Bogdan, seinem unerbittlichen Wächter, in einen Winkel der Wohnung, der von keinem Fenster einsehbar war. Als ob irgendjemand hier herumschnüffeln würde. Außer Peter natürlich.

»Sie sagen, Sie wollen für mich arbeiten«, sagte Brick in warmem, kollegialem Ton, wie man mit einem Freund auf dem Golfplatz plauderte. »Ich sehe mir genau an, wen ich engagiere, ich nehme nicht irgendwen. Und wissen Sie, das ist mein Dilemma, Tony. Sie haben mir zwar ein paar Dinge über sich verraten, aber sonst weiß ich gar nichts über Sie.«

Brick nahm noch einen Schluck und ließ den Whiskey im Mund kreisen, ehe er ihn schluckte. Dann lächelte er freundlich. »Aber ich mag Sie. Mir gefällt Ihre Art, darum sage ich Ihnen, was ich tun werde.« Er zog die Glock aus Bogdans Holster und hielt sie mit dem Griff voraus Peter hin. »Sie haben gesagt, Sie würden Peter Marks ausschalten, Dicks Chef. Mir gefällt zwar Ihr Tatendrang, aber ich glaube nicht, dass es klug wäre, einen solchen Mann anzugreifen. Wir wollen uns doch keinen Ärger einhandeln, oder?« Er wedelte auffordernd mit der Pistole, und Peter nahm sie widerstrebend. »Nein, ich halte es für besser, die Sache im Keim zu ersticken und den Mann zu beseitigen, der zu viel weiß. So machen wir's. Und da sitzt er und wartet auf die Exekution.« Mit einem Lächeln fügte er hinzu: »Wir wollen ihn doch nicht enttäuschen, oder?«

Am östlichen Horizont zeigte sich der erste rosige Schimmer, als sie sich Stockholm näherten.

Sie hatten die Überfahrt zum Festland in fast völliger Dunkelheit hinter sich gebracht, doch Bourne brachte sie sicher zu dem Wagen, in dem er mit Rowland gekommen war. Sie hatten Rowland gefesselt auf den Rücksitz gesetzt, und Rebekka ließ ihn nicht aus den Augen, während Bourne den Wagen lenkte.

Jetzt, Stunden später, näherten sie sich bereits der Stadt, und Bourne fuhr von der Autobahn ab. Sie rollten durch verschlafene Straßen und hielten bei einem verlassenen Grundstück an, auf dem irgendetwas gebaut werden sollte. Es war von einem löchrigen Maschendrahtzaun begrenzt.

Bourne drehte sich zu Rebekka um. »Bring ihn raus«, sagte er.

Rebekka zögerte einen Augenblick, ehe sie die Autotür öffnete und Rowland ins schwache Licht der Morgendämmerung zog. Bourne stellte den Motor ab, stieg aus, ging um den Wagen herum und packte Rowland am Kragen, um mit ihm zu einer klaffenden Lücke im Zaun zu gehen.

»Bourne«, sagte Rebekka, »was hast du vor?«

Er drückte Rowlands Kopf nach unten und zwängte ihn durch die Lücke, ehe er selbst durchschlüpfte. In diesem Augenblick rannte Rowland los. Bourne setzte sofort nach. Mit seinen zwei gefrorenen Zehen lief Rowland wie ein Spastiker, sodass Bourne ihn leicht einholte. Er schlug ihm auf den Hinterkopf, und Rowland sank in die Knie und wippte mit dem Oberkörper vor und zurück, als wäre er unfähig, das Gleichgewicht zu halten.

Rebekka schloss zu ihnen auf. »Bourne, tu ihm nichts. Jetzt, wo er sich wieder erinnert, müssen wir alles aus ihm rausholen, was er weiß.«

»Er wird uns nichts sagen.« Er schlug Rowland ein

zweites Mal auf den Kopf. »Oder, Rowland?« Rowland schüttelte den Kopf, und Bourne versetzte ihm einen mächtigen Hieb zwischen die Schulterblätter. Mit einem grunzenden Laut fiel der Mann auf die schneebedeckte Erde. Bourne packte ihn und zog ihn auf die Knie hoch.

»Bourne«, sagte Rebekka besorgt, »was hast du vor?«

»Sei still«, versetzte Bourne, von unbändiger Wut erfüllt, nicht nur, weil der Mann ihn hatte töten wollen, sondern weil er das Gedächtnis wiedererlangt hatte. Etwas, das Bourne verwehrt geblieben war. Seit dem Tag, an dem ihn Fischer aus dem Mittelmeer gezogen hatten, wusste er so gut wie nichts über sein Leben davor. Gewiss, er hatte noch seine Bourne-Identität – er *war* heute Jason Bourne –, doch er war trotzdem ein Mensch ohne Vergangenheit, ohne Heimat, ohne einen Ort, an dem er sich zu Hause fühlte. Er trieb ohne festen Halt dahin, immer auf der Suche nach etwas, das er selbst nicht hätte benennen können. Doch dieser Mann, der – wenn es stimmte, was Rebekka sagte – gesendet worden war, um ihn zu töten, hatte alles wiedererlangt, was er verloren hatte, als ihn Rebekkas Kugel am Kopf streifte. Er schlug Rowland erneut. Gerechtigkeit! Und noch einmal. Er wollte Gerechtigkeit!

»Bourne … Bourne, um Himmels willen!«

Rebekka packte ihn mit beiden Händen am Arm, um ihn aufzuhalten.

Er trat Rowland in die Niere und empfand eine gewisse Genugtuung, als der Mann zu Boden sank.

Schließlich legte sich die Wut, und er ließ es zu, dass Rebekka sich um den Mann kümmerte. Sie beugte sich hinunter und half Rowland auf die Beine. Das ließ in Bourne erneut die Wut hochkochen, und er trat ihm in die Kniekehle, sodass der Mann wieder auf die Knie sank. Rebekka richtete sich auf und wandte sich an Bourne.

»Er hatte den Auftrag, mich umzubringen«, rechtfertigte sich Bourne, bevor sie ein Wort sagen konnte.

»Da ist er nicht der Einzige, oder?« Sie sah ihm in die Augen und schüttelte den Kopf. »Mir ist schon klar, was in dir vorgeht.«

»Ich weiß nicht, was du meinst«, erwiderte er mürrisch. Er fühlte sich ausgepumpt und leer.

»Okay«, sagte sie und machte einen Schritt auf ihn zu. »Aber was nutzt es dir, ihn zu Brei zu schlagen? Das ist doch kontraproduktiv.«

Seine Augen klärten sich langsam auf, und er nickte. Sie lächelte zögernd. »Jetzt gehen wir zu ihm und versuchen es. Vielleicht schaffen wir's zu zweit, etwas aus ihm rauszukriegen.«

Sie hockten sich vor Harry Rowland hin, der sie mit rot geränderten Augen benommen ansah.

»Ich weiß, dass du für den Dschihad bis-sayf arbeitest«, begann Rebekka, weil sie sich nicht sicher war, ob Bourne in diesem Stadium des Verhörs die richtigen Worte finden würde. »Wir wissen jetzt, dass du den Auftrag hattest, Bourne zu töten.«

»Was wir nicht wissen«, übernahm Bourne, »ist, warum.«

Rowlands Kopf schwenkte leicht hin und her. Er leckte sich über die Lippen, die mit eingetrocknetem Blut bedeckt waren. »Warum will dich wohl jemand töten, Bourne?«

»Du bist eine Bedrohung für sein Netzwerk«, sagte Rebekka zu Bourne und wandte sich wieder Rowland zu. »Warum?«

Er starrte sie mit blutunterlaufenen Augen an. »Du hast mir das eingebrockt. Ich war vernarrt in dich. In diesen Nächten in Dahr El Ahmar habe ich meine Mission vergessen.« Er legte den Kopf auf die Seite. »Wie hast du das angestellt? Ich verstehe es nicht. Was war das für ein Zauber?«

»So läuft das nun einmal, Harry.« Rebekka legte eine Hand sanft auf seinen Oberschenkel. »Das Spiel beruht auf Gegenseitigkeit. Du hast mich getäuscht. Ich hatte keine Ahnung, dass du vom Dschihad bis-sayf bist. Bis zuletzt.«

Er leckte sich erneut über die Lippen. Er konnte den Blick nicht von ihr wenden. »Was ist passiert? Ich war so vorsichtig. Was hat mich verraten?«

Ihre Finger strichen über seinen Schenkel. Sein flehender Ton war ihr nicht entgangen. »Sag mir, warum Bourne eine Bedrohung für den Dschihad bis-sayf ist.«

»Dschihad bis-sayf«, erwiderte er spöttisch. »Du weißt gar nichts über den Dschihad bis-sayf.«

»Dann erzähl uns etwas«, warf Bourne auf Arabisch ein, dann noch einmal auf Paschtu. Als Rowland nicht reagierte, schüttelte Bourne den Kopf. »Es gibt gar keinen Dschihad bis-sayf, stimmt's?«

»O doch.«

Das selbstzufriedene Lächeln verschwand aus Rowlands Gesicht, als Bourne ihm die Faust gegen den Kiefer hämmerte. Bourne packte ihn, bevor er umfiel. Er schlug ihm auf die Wange, bis sich Rowlands Augen wieder klärten.

»Ich glaube dir nicht.« Er packte Rowland grob am Kinn. »Machen wir dem Ganzen ein Ende. Entweder du sagst uns, was du weißt, oder …«

In diesem Augenblick erschien ein Hubschrauber über den Dächern und zog in einem weiten Bogen über den Himmel.

»Bullen?«, fragte Rebekka, während sie mit zusammengekniffenen Augen in die Morgenröte spähte.

»Sieht nicht danach aus.« Bourne stand auf und riss Rowland hoch.

Der Hubschrauber schwenkte zu ihnen herüber. Er hatte es eindeutig auf sie abgesehen.

»Wir gehen besser in Deckung«, sagte Bourne. Doch bevor sie sich in Sicherheit bringen konnten, war der Hubschrauber bereits über ihnen. Knatterndes Maschinengewehrfeuer wirbelte den schmutzigen Schnee auf. Eissplitter und Erdklumpen flogen in alle Richtungen. Bourne wollte Rowland mit sich ziehen, doch das MG-Feuer trieb sie auseinander. Er und Rebekka flüchteten sich hinter einen Ziegelhaufen.

Bourne versuchte noch einmal, Rowland zu erwischen, doch die Kugeln ließen ihn wieder zurückweichen. Der Hubschrauber setzte sich in Bewegung, doch er stieg nicht hoch, sondern schoss nach vorne. Der Beschuss begann von Neuem, diesmal gezielt auf Bourne gerichtet. Er duckte sich unter einen Bretterstapel, der unter den Kugeln zersplitterte, rollte sich zur Seite, weg von Rebekka, um das Feuer von ihr fernzuhalten, während er neue Deckung suchte. Die Leute im Helikopter hatten es eindeutig auf ihn abgesehen, also mussten sie zu Rowlands Netzwerk gehören.

Der Hubschrauber kam wieder zum Stillstand und

schwebte etwa sechs Meter über dem Boden. Eine Tür öffnete sich, und eine Strickleiter wurde herausgeworfen. Rowland sprang auf und lief mühsam darauf zu. Während Bourne unter einem Bretterhaufen Schutz fand, hielt sich Rowland an der Strickleiter fest.

Die Männer im Hubschrauber zogen ihn hoch und packten ihn an den Armen, sobald er in Reichweite war. Der Hubschrauber schwebte zu der Stelle, an der Bourne in Deckung gegangen war. Erneut nahmen ihn die MGs mit kurzen, wütenden Feuerstößen aufs Korn. Die Bretter splitterten auseinander, und er sprang auf, um woanders Schutz zu finden.

Die Kugeln pfiffen um ihn herum, immer näher und näher. Da hörte Bourne die Sirenen. Jemand hatte die Polizei gerufen. Er sah die Streifenwagen um die Ecke biegen und auf das Gelände zurasen.

Die Männer im Hubschrauber sahen sie ebenfalls. Mit einem letzten Feuerstoß schraubte sich der Helikopter in die Luft und verschwand unter dem Sirenengeheul der Polizeiwagen in der aufgehenden Sonne.

ELF

»Miss Moore hat die Operation gut überstanden«, teilte ihnen der Arzt mit.

Ein kollektiver Seufzer der Erleichterung im Warteraum.

»Geht es ihr gut?«, fragte Minister Hendricks.

»Wir haben den Druck gesenkt und die Blutung gestoppt. In den nächsten vierundzwanzig Stunden werden wir mehr wissen.«

»Was zum Teufel heißt das?«, platzte Thorne heraus.

Delia trat rasch dazwischen. »Wie geht es dem Fötus?«, fragte sie.

»Wir behalten ihn ständig im Auge. Wir sind optimistisch.« Der Chirurg wirkte blass, erschöpft. »Aber noch einmal, die nächsten Stunden sind für Mutter und Kind entscheidend.«

Delia atmete tief durch. »Sie können also nicht ausschließen, dass es noch Komplikationen …«

»Zu diesem Zeitpunkt kann man gar nichts ausschließen«, erklärte der Chirurg. »Wenn sie aufwacht, würde es ihr wahrscheinlich helfen, ein vertrautes Gesicht zu sehen.«

Hendricks trat vor. »Ich sollte …«

»Bei allem Respekt«, sagte Delia. »Wenn sie Sie sieht,

wird sie sofort an Peter denken, und er ist nicht hier, oder?«

»Nein.« Hendricks wandte sich dem Arzt zu. »Ich würde sie sehr gerne sehen, wenn es Ihnen nichts ausmacht.«

Der Chirurg nickte. Er war zwar unsicher, doch Hendricks' Position ließ ihn nachgeben. »Aber nur ganz kurz, Mr. Secretary.«

»Es tut mir so leid«, sagte Hendricks, über Soraya gebeugt. »Ich fürchte, ich habe viel zu viel von Ihnen verlangt.«

Ihre großen dunklen Augen sahen ihn benommen an, und sie formte schließlich zwei Worte mit den Lippen: *Mein Job.*

Er lächelte und strich ihr eine feuchte Haarsträhne aus der Stirn. Am Kopf war ein Schlauch befestigt, und sie war an Maschinen angeschlossen, die Puls und Blutdruck überwachten. Sie wirkte schwach und war furchtbar blass, doch es schien ihr den Umständen entsprechend gut zu gehen.

»Es ist gut, dass Sie Ihren Job so ernst nehmen«, sagte Hendricks. »Aber *das* … Sie hätten sich schonen müssen.«

Unter dem Schleier der Narkose zeigten ihre Augen einen überraschten Ausdruck. »Sie wissen es.«

Er nickte. »Die Ärzte sagen, wir müssen uns keine Sorgen machen. Dem Baby geht es gut.«

Eine Träne trat aus ihrem Auge und rollte über die Wange.

»Soraya, ich hätte das nie von Ihnen verlangen dürfen … mit Charles Thorne …«

»Das hab *ich* getan«, flüsterte sie mit schwacher Stimme. »Ich allein.«

Er schüttelte reumütig den Kopf. »Soraya, ich …«

»Schon gut«, sagte sie, bevor der Chirurg hereinkam und den Besuch für beendet erklärte.

Als Hendricks zum Warteraum zurückkehrte, klingelte sein Handy. Er schaute auf das Display hinunter. »Ah, ja. Der Präsident braucht mich.«

»Wie geht es ihr?«, fragte Delia besorgt.

»Schwach, aber ganz okay, denke ich.« Er sah sich nach seinem Mantel um, als auch schon sein Leibwächter hereinkam und ihn ihm reichte. »Sie haben meine Handynummer. Halten Sie mich auf dem Laufenden.«

»Mach ich.«

»Okay.« Er schlüpfte in seinen Mantel. »Ich bin wirklich erleichtert.«

Wie schon den ganzen Tag kehrten Delias Gedanken wieder zu ihrer ersten Begegnung mit Soraya zurück. Nachdem sie die Bombe entschärft hatte, waren die beiden Frauen in ihre Büros zurückgekehrt. Doch einige Stunden später hatte Delias Telefon geklingelt. Soraya fragte, ob sie Lust auf einen Drink hatte.

Sie trafen sich in einer schummrigen, verrauchten Bar, in der es nach Bier und Bourbon roch.

Soraya nahm ihre Hand. »So etwas habe ich noch nie gesehen.« Sie blickte zu Delias Gesicht auf. »Sie haben die Finger einer Künstlerin.«

Delia war sprachlos. In dem Moment, als Soraya ihre Hand nahm, lief ihr ein Kribbeln den Arm hinauf, in den Oberkörper und weiter in eine Region, die ihr sagte, dass sie doch nicht asexuell war. Sie hätte nicht mehr sagen können, worüber sie sprachen, doch als sie ins Restaurant nebenan wechselten und einander mehr über sich erzählten, schaltete sich Delias Denken wieder ein. Ihr wurde klar, dass sie und Soraya beide Außenseiterinnen waren. Sie gehörten zu keiner Gruppe, obwohl es sich für eine steile Karriere in Washington empfahl, so vielen Klubs wie möglich anzugehören.

»Das sind wir alle«, sagte Delia zu Minister Hendricks, obwohl ihr bewusst war, dass sich ihre Angst um Soraya noch nicht gelegt hatte.

Stille im Raum, irgendwo in der Ferne bellte ein Hund. Alles schien stillzustehen, nur draußen startete ein Auto.

»Also?«

Peter spürte Bricks Blick auf sich wie einen Hammerschlag.

»Tun Sie etwas!«

Peter fasste Dick Richards am Kinn und hob seinen Kopf hoch, sodass sich ihre Blicke trafen. »Ja, es stimmt, ich will eine Stelle in Ihrer Firma.« Tief in Richards' Augen sah er, dass der Mann aufmerksam gelauscht hatte. Er wusste, dass Tom Brick Peter als Tony kannte. Wenn er schlau war, musste er wissen, dass Peter undercover hier war. Doch Peter blickte in die Augen eines mutmaßlichen Dreifachagenten. Auf welcher Seite wollte Dick Richards letztlich stehen? Jetzt war der Moment, um es herauszufinden.

Er ließ Richards' Kinn los, zog das Magazin aus der Pistole und stellte fest, dass es leer war. Er warf einen Blick in die Kammer: eine Kugel. Erwartete Brick, dass er Richards mit einem Schuss tötete?

Er schaute in Bricks interessiertes Gesicht. »Sie haben gesagt, ich soll etwas tun.« Er gab die Waffe Bogdan zurück, der sauer zu sein schien, weil man ihm verwehrt hatte, Gewalt anzuwenden. Wie ein Retriever seinen täglichen Auslauf benötigte, schien sich der Typ nicht wohlzufühlen, wenn er nicht täglich seine Brutalität ausleben konnte.

Peter wandte sich Tom Brick zu, der ihn einen Moment lang anstarrte. Plötzlich brach er in schallendes Gelächter aus. »Mann, der Kerl hat vielleicht Eier.«

Brick zeigte auf Richards. »Bogs, bind den kleinen Mistkerl los. Und dann sei so gut und schau dich draußen ein bisschen um. Wir wollen doch sichergehen, dass keiner unsere nette kleine Party stört.«

Richards saß reglos wie eine Statue, während Bogdan ihn losband, und blieb genauso ruhig sitzen, als der Bodyguard ein frisches Magazin in seine Glock schob. Erst als Bogdan draußen war und er hörte, wie die Haustür zugeknallt wurde, stand er langsam auf, mit wackligen Beinen.

Brick sah es und ging zur Bar, um ihm einen doppelten Whiskey einzuschenken. »Mit Eis, ja?«

»Ja.« Richards sah nicht ihn an, sondern Peter. Er hatte einen flehenden Ausdruck in den Augen, eine stille Entschuldigung.

Mit dem Rücken zu Brick formte Peter lautlos mit den Lippen: *Alles okay.* Zu seiner immensen Erleichterung nickte Richards kurz. Hieß das, er konnte Richards vertrauen? Es war zu früh, um das zu sagen. Doch sein Gesichtsausdruck bestätigte Peters Verdacht, dass Richards ein Doppelagent war, der sowohl für den Präsidenten als auch für Brick arbeitete. Peter unterdrückte den Drang, ihm seinen dünnen Hals umzudrehen. Er brauchte Antworten. Warum ließ sich Richards auf dieses gefährliche Spiel ein? Worauf hatte es Brick abgesehen?

Brick kam zurück und reichte Richards seinen Whiskey. »Hoch die Tasse, Junge!«, rief er gut gelaunt.

Zu Peter gewandt, sagte er: »Wissen Sie, ich hätte es nie zugelassen, dass Sie Dick eine Kugel in den Kopf jagen.« Richards verschluckte sich fast an seinem Whiskey. »Nö, der Bursche ist mir viel zu wertvoll.« Er sah Peter an. »Wissen Sie, als was?«

Peter sah ihn interessiert an.

»Er ist ein wahrer Zauberer im Erfinden und Knacken von Codes. Stimmt's, Dick?«

Richards nickte mit feuchten Augen.

»Macht er das für Core Energy? Codes knacken?«

»Es gibt heutzutage eine Menge Betriebsspionage, und auf unserem Niveau ist das eine ernste Sache, das kann ich Ihnen sagen.« Brick nahm einen winzigen Schluck von dem erstklassigen irischen Whiskey. »Wir brauchen einen Kerl mit seinen Fähigkeiten.« Er klopfte Richards auf den Rücken. »Jungs von seiner Klasse sind ein rares Gut.«

Richards zwang sich zu einem Lächeln.

»Also, darf ich vorstellen«, fuhr Brick fort. »Anthony Dzundza – Richard Richards.«

Die beiden Männer schüttelten einander feierlich die Hand.

Brick deutete auf die Sitzecke. »Dann wollen wir es uns mal gemütlich machen.«

Während sie zu den Sofas gingen, kehrte Bogdan von seinem Rundgang zurück. Er nickte Brick zu, der ihn fortan ignorierte.

»Ich hätte gern eine Entschuldigung«, sagte Richards, während sich die beiden anderen setzten.

»Jetzt seien Sie doch nicht so empfindlich«, erwiderte Brick und winkte ab.

Doch Richards blieb stehen, die Hände zu Fäusten geballt, und starrte seinen Chef – oder einen seiner Chefs – finster an.

Brick schnaubte verächtlich. »Na gut, in Teufels Namen.« Er wandte sich Peter zu. »Was tut man nicht alles, um seine Leute bei Laune zu halten.«

Lächelnd wandte er sich Richards zu. »Tut mir leid, dass Sie sich der Bogs-Methode unterziehen mussten. Ich wollte Tony nur ein bisschen Feuer unterm Hintern machen, um ihn zu testen. Da ist doch nichts dabei.«

»Ich fand es gar nicht lustig!«

»Sie sind echt ein schwieriger Fall.« Er seufzte. »Okay, Sie kriegen einen hübschen Bonus zusätzlich zu Ihrem monatlichen Salär, wie wär's damit als Entschädigung?«

Richards setzte sich schweigend, aber in einigem Abstand zu den beiden Männern, auf das Sofa.

»Wissen Sie, es ist schon eigenartig«, begann Brick, »aber Dick hat mich noch nie enttäuscht. Nicht ein einziges Mal. Und das ist wirklich eine Leistung.« Jetzt schaute er Peter direkt in die Augen. »Das wär doch auch was für Sie, Tony, oder?« Er lächelte. »Jeder braucht ein Ziel.«

»Ich bin immer motiviert, Tom.«

Bricks Gesicht verfinsterte sich. »Niemand nennt mich Tom.«

Peter schwieg. Eine Weile herrschte angespannte Stille im Raum.

Schließlich sagte Peter: »Ich entschuldige mich nur, wenn ich einen Fehler gemacht habe.«

»Das war ein Fehler.«

»Erst wenn die Regeln festgelegt sind.«

Brick starrte ihn an. »Sollen wir mal vergleichen, wer den Längeren hat?«

»Ich weiß schon, wer gewinnen würde.«

Auf die provokante Bemerkung folgte erneut Schweigen, dann lachte Brick laut auf und wedelte mahnend mit dem Zeigefinger. »Jetzt weiß ich, warum Sie mir gleich sympathisch waren.« Er hielt kurz inne und blickte zur hohen Decke hinauf, als würde er über das unendliche Mysterium des Nachthimmels sinnieren. Als er Marks ansah, hatte sich sein Gesichtsausdruck völlig verändert. Keine Spur mehr von dem britischen Spaßvogel, als der er sich gerade noch gegeben hatte.

»Die Zeiten haben sich geändert«, begann er. »Okay, die Zeiten ändern sich immer, aber jetzt ändern sie sich zu unserem Vorteil. Die Dinge spitzen sich immer mehr zu, der Wille zum Kompromiss ist verloren gegangen. Mit anderen Worten, die Gesellschaft besteht nur noch aus Tigern und Lämmern. Das war zwar schon immer so, aber eins ist heute anders: Die Tiger sind alle schwach. Die Tiger waren immer schon nachtragend und rachsüchtig. Man braucht sich nur die Geschichte der Kriege anzusehen, um das zu begreifen. Heute sind die Tiger auch noch stur und unflexibel, und das macht sie leicht manipulierbar. Dadurch sind all die Schafe in der Gesellschaft ohne Führung und lassen sich leicht scheren.« Er grinste. »Von uns.«

Großer Gott, dachte Peter. *In was bin ich da reingeraten?*

»Und wie funktioniert das genau?«, fragte er mit ausdrucksloser Miene. »Das Scheren, meine ich.«

»Wir wollen das Fell des Bären nicht verkaufen, bevor er erlegt ist – alte Weisheit. Erst müssen wir uns in Position bringen.«

Peter nickte. »Okay, das verstehe ich. Aber wen genau meinen Sie mit ›wir‹?«

Kaum hatte er die Frage ausgesprochen, wusste er, dass sie ein Fehler war.

»Warum fragen Sie?« Brick beugte sich auf dem Sofa vor wie ein Raubtier, das Beute wittert. Er wirkte plötzlich angespannt und argwöhnisch. Peter wusste, er musste etwas tun, um sein Misstrauen zu zerstreuen.

»Ich weiß gern Bescheid, für wen ich arbeite.«

»Sie arbeiten für mich.«

»Core Energy.«

»Sicher, Sie werden eine offizielle Position in der Firma haben.«

»Aber ich werde nicht dort arbeiten.«

»Warum sollten Sie?« Brick breitete die Hände aus. »Verstehen Sie etwas von Energie?« Er winkte mit der Hand ab. »Macht aber nichts, dafür engagiere ich Sie nicht.«

»Und Richards auch nicht, nehme ich an.«

Brick lächelte. »Mein Freund, ich fürchte, mit dieser Unverfrorenheit werden Sie noch auf dem Bauch landen.« Im nächsten Augenblick wurde sein Ton milder. »Ich möchte Sie etwas fragen, Tony. Wenn Sie Ihren Job ordentlich machen, werde ich Ihnen keine weiteren Fragen mehr stellen. Heiligt der Zweck die Mittel?«

»Manchmal ja«, sagte Peter. »Aber wer die Welt nur schwarz und weiß sieht, irrt sich. Das Leben besteht auch aus Grautönen – jeder Grauton mit seinen eigenen Regeln und Bedingungen.«

Brick tippte sich mit dem Zeigefinger an die Lippen. »Gefällt mir, wie Sie das ausdrücken. Aber hier in unserer Situation gilt das nicht. Hier zählen nur Resultate. Und wenn irgendein Mittel nicht zum gewünschten Ziel führt, wählen wir ein anderes. Verstehen Sie, was ich meine? Es geht darum, das richtige Mittel zu finden.«

»Philosophie ist schön und gut«, sagte Peter, »aber das alles sagt mir noch nicht, was wir überhaupt tun.«

»Sie wollen ein Beispiel?« Brick hob einen Finger. »Na schön. Nehmen wir das jüngste Erdbeben und den Tsunami in Japan. Das Land musste vier Kernreaktoren abschalten, die für die Stromversorgung des Landes wichtig waren. Tokio und andere große Städte müssen jetzt über Monate hinweg Strom sparen. Sogar in den Zentralen der renommiertesten Unternehmen dürfen die Klimaanlagen nur auf siebenundzwanzig Grad kühlen. Wissen Sie, wie es ist, bei siebenundzwanzig Grad zu arbeiten? In Anzug und Krawatte? Die Kleidervorschriften müssen gelockert werden, fast ein Tabu in Japan. Jetzt muss das Land zu teureren und schmutzigeren fossilen Brennstoffen zurückkehren, um die Stromversorgung zu gewährleisten. Ein wirtschaftliches Desaster. Da kommen wir ins Spiel und bieten eine billigere Energie-Alternative. Da kann die japanische Regierung gar nicht Nein sagen. Wie gesagt, nur ein Beispiel, aber sehr aufschlussreich. Core Energy wird eine kostengünstige, zuverlässige Energieversorgung bieten.«

»Okay, das verstehe ich«, sagte Peter. »Aber Sie profitieren hier von einem Naturereignis, das niemand vorhersehen konnte.«

»So könnte man meinen, nicht wahr? Aber an der Kernschmelze war nicht ein Naturereignis schuld, sondern menschliches Versagen. Die Reaktoren waren zwölf Jahre alt. Ihre Notkühlsysteme waren noch auf Strom angewiesen, während bei neueren Reaktoren die Schwerkraft genutzt wird, um die Brennstäbe mit Wasser zu kühlen, und das funktioniert auch ohne Strom.«

Peter schüttelte den Kopf. »Es ist mir immer noch nicht ganz klar, worauf Sie hinauswollen.«

»Wir profitieren von der menschlichen Gier, alter Junge. Inspektoren und wichtige Repräsentanten der Betreiberfirma bekamen … sagen wir mal, Anreize, um wegzuschauen.«

Peter brauchte einige Augenblicke, um die ganze Tragweite dessen zu begreifen, was Brick ihm da erzählte. Es war erschütternd, widerlich. »Wollen Sie …?« Er war so bestürzt, dass es ihm schwerfiel, es in Worte zu fassen. »Wollen Sie damit sagen, Core Energy war für die Katastrophe verantwortlich?«

»Also, so weit würde ich nicht gehen«, antwortete Brick, »aber wir haben sicher unseren Teil beigetragen, damit die Dinge in Gang kommen. Frankreich zum Beispiel bezieht auch achtzig Prozent seines Stroms aus der Kernkraft, aber wir haben noch keinen Weg gefunden, um ihre Kraftwerke lahmzulegen, wie wir's in Japan gemacht haben. Interessant ist aber, dass das Land – so wie übrigens ganz Europa – sein wichtiges Erdgas über eine Pipeline aus Russland bezieht. Was glauben Sie, wird passieren, wenn diese Pipeline irgendwo bricht, vielleicht durch einen Anschlag? Was wäre, wenn die sorgfältig geschürten Aufstände des sogenannten Arabischen Frühlings zur Blockade des Sueskanals oder des Golfs von Akaba führen? Katastrophe oder Chance – verstehen Sie, worauf ich hinauswill? Jede andere Firma auf der Welt versucht, das Angebot zu beherrschen. Wir konzentrieren uns auf die Nachfrage. So kontrollieren wir das Geschehen.«

Peters Bestürzung musste ihm ins Gesicht geschrieben sein, denn Brick fügte hinzu: »Oh, man kann niemandem von Core Energy irgendetwas nachweisen, falls es das ist, was Ihnen Sorgen macht. Es gibt da eine – wie nennt man das? – eine Black-Ops-Abteilung, die sich um solche Sachen kümmert, die Nachfrage fördert und uns Gelegenheit gibt, gute Geschäfte zu machen. Und da kommen Sie ins Spiel, alter Knabe. Was glauben Sie, warum ich Sie angeheuert habe?«

Von seinem Versteck unter einem Bretterhaufen sah Bourne die meisten Polizeiwagen wegfahren, um dem Hubschrauber zu folgen. Ein Streifenwagen und ein Rettungswagen fuhren jedoch weiter auf das Baugelände zu.

Aus dem Augenwinkel nahm er Bewegung wahr: Rebekka kam hinter dem Schutthaufen hervor, hinter dem sie sich verschanzt hatte. Er richtete sich auf und zeigte, als sie ihn sah, auf die Holzbretter. Sie verstand, kroch zwischen den alten Ziegeln hervor und blickte sich um. Bourne tat das Gleiche und wühlte in dem Schutt und den Abfällen unter den Brettern. Schließlich fanden seine Finger zwei Dosen, und er zog sie heraus.

Die Einsatzfahrzeuge kamen rasch näher; es würde

nicht mehr lange dauern, bis die Bullen das Gelände durchkämmten. Sie konnten es sich nicht leisten, als Zeugen oder gar Verdächtige in die polizeilichen Ermittlungen verwickelt zu werden. Die schwedische Polizei nahm es sehr ernst, wenn irgendwo geschossen wurde. Die Sache würde endlose Befragungen und Verhöre nach sich ziehen.

Rebekka eilte zu ihm. »Ich hab nichts Brennbares gefunden«, flüsterte sie.

»Ich schon.« Er hielt die beiden verbeulten Farbdosen hoch. Sie waren zu zwei Dritteln geleert, doch für ein Feuer würde es ausreichen.

Er öffnete die Dosen, und sie zog ihr Feuerzeug hervor. Bourne stellte die Dosen direkt unter einen Kamin aus Brettern. Rebekka zündete die Farbe an, und sie krochen rasch unter dem Holz hervor. Die Bretter waren unten trocken und fingen schnell Feuer.

Die Polizisten und Rettungsleute erblickten die Flammen und den Rauch, schlüpften durch das Loch im Maschendrahtzaun und liefen auf das Feuer zu. Bourne und Rebekka hatten sich bereits fünfzig Meter entfernt.

»Nettes Ablenkungsmanöver«, sagte sie, »aber draußen sind wir noch nicht.«

Bourne eilte mit ihr zum Zaun und drückte ihr ein Holzstück in die Hand. »Grab ein Loch«, forderte er sie auf.

Während sie sich an die Arbeit machte, versuchte er, das untere Ende des Zauns hochzudrücken. Der Zaun gab nicht nach.

»Hör auf«, sagte er.

Er stellte sich vor einen Zaunpfosten und trat zweimal mit voller Wucht dagegen, bis der Zaun sich neigte und zu einer Rampe wurde. Rasch kletterten sie hinauf und sprangen auf den Asphalt dahinter.

Und dann liefen sie los.

»Das Problem ist, dass Soraya so lange gewartet hat«, sagte Dr. Steen zu Delia und sah sie an, als wäre sie ein bisschen zurückgeblieben. »Sie hat gewartet, bis etwas passiert ist. Hätte sie auf mich gehört …«

»Hat sie aber nicht«, fiel ihm Delia ins Wort. Sie hasste es, wenn Ärzte so von oben herab sprachen. »Die Situation ist jetzt nun mal so.«

Dr. Santiago, der Chefchirurg von Sorayas Team, räusperte sich. »Besprechen wir das doch an einem Platz, wo wir ungestört sind.«

Eine Schwester hatte Delia und Thorne in den abgeschiedenen Bereich der Operationssäle und Aufwachräume geführt, wo man sich vorkam wie in einer eigenen Welt. Dr. Santiago ging mit ihnen in einen freien Aufwachraum: ein enges Kämmerchen mit einem penetranten Desinfektionsgeruch.

»Also gut«, sagte Delia, die langsam genug hatte von all den widersprüchlichen Prognosen. »Wie sieht es aus?«

»Wir haben das Ödem im Griff«, begann Dr. Santiago. »Die Flüssigkeit wird aus dem Gehirn abgeleitet. Wir tun, was wir können. Jetzt müssen wir warten, dass ihr Körper den Rest erledigt.«

»Gibt es Probleme wegen des Fötus?«

»Das Gehirn ist ein äußerst komplexes Organ.«

»Um Himmels willen, sagen Sie's mir!«

»Ich fürchte, ja.«

»Wie schlimm?«

»Das kann man unmöglich sagen.« Dr. Santiago zuckte mit den Achseln. Er war ein gut aussehender Mann mit schwarzen Augen und Hakennase. »Leichter wäre es ohne diese … Komplikation.«

»Ich bin mir sicher, Soraya sieht das anders.« Sie hielt kurz inne, um ihren Worten Nachdruck zu verleihen, ehe sie hinzufügte: »Ich will sie sofort sehen.«

»Natürlich.« Beide Ärzte schienen erleichtert, das Gespräch beenden zu können. Ärzte fühlten sich nicht gern hilflos, und noch schwerer fiel es ihnen, es zuzugeben.

Im Hinausgehen wandte sie sich an Thorne. »Ich gehe zuerst rein.«

Er nickte. »Delia«, sagte er, als sie sich abwandte. »Ich will, dass du weißt …« Er brach ab, unfähig weiterzusprechen.

»Was immer du ihr zu sagen hast, Charles, sag es ihr, okay?«

Er nickte erneut.

Dr. Santiago wartete auf sie. Er lächelte schwach und streckte den Arm aus. »Hier lang.«

Sie folgte ihm durch einen Korridor zu einem Raum, der durch einen Vorhang abgetrennt war. Er blieb stehen und trat zur Seite.

»Fünf Minuten«, mahnte er. »Nicht länger.«

Delia stellte fest, dass ihr Herz hämmerte. Sie hatte sich so danach gesehnt, ihre Freundin zu sehen. Sie hatte keine Ahnung, was sie hinter dem Vorhang erwartete, als sie ihn zurückzog und eintrat.

ZWÖLF

»Dein Auto.«

»Es ist auf die Firma meines Freundes gemeldet«, sagte Bourne. »Er kümmert sich um eventuelle Fragen der Polizei.«

Rebekka blickte nach hinten. Niemand folgte ihnen.

»Ich habe eine kleine Wohnung hier«, sagte sie. »Da können wir uns verkriechen, bis wir wissen, wie es jetzt weitergeht.«

»Ich hab eine bessere Idee.«

Der Verkehr in dem Wohnviertel wurde stärker, immer mehr Leute fuhren zur Arbeit. Bourne zog sein Handy heraus und rief trotz der frühen Stunde Christien an.

»Was zum Teufel haben Sie und Alef gemacht?«, hörte er Christiens aufgeregte Stimme. »Die Polizei hat schon angerufen.«

»Er hat sein Gedächtnis wiedererlangt. Er heißt Harry Rowland, behauptet er zumindest.« Bourne schilderte ihm kurz, was in Sadelöga vorgefallen war. Er erwähnte Rebekka als bloße Freundin von ihm, um die Dinge nicht noch komplizierter zu machen.

»Verdammt«, sagte Christien. »Aber Sie sind unverletzt?«

»Ja. Wir müssen irgendwie den Helikopter finden, der Rowland herausgeholt hat.«

»Sind Sie an einem sicheren Ort?«

Bourne erblickte ein kleines Café, das geöffnet hatte. »Jetzt ja«, sagte er.

Christien forderte Bourne auf zu warten, damit er sie beide abholen konnte.

Angespannt betraten sie das Café. Drinnen sahen sie sich erst einmal um, entdeckten einen Hintereingang durch die Küche und setzten sich an einen Tisch ganz hinten, von wo sie das Kommen und Gehen im Auge behalten konnten.

Nachdem sie bestellt hatten, wandte sich Bourne an Rebekka. »Sag mir, wie die israelische Regierung eine Forschungsanlage in Dahr El Ahmar errichten konnte.«

Rebekka erstarrte, als sie das Wort *Forschungsanlage* hörte. »Dann weißt du es also.«

»Ich dachte, du würdest mich zu einem provisorischen Stützpunkt im Libanon bringen.«

Er wartete, während die Kellnerin ihnen den Kaffee und die Brötchen hinstellte.

»Als ich mit dem Hubschrauber entkam, den ich in Syrien gestohlen hatte, sah ich, dass Dahr El Ahmar kein Militärlager ist. Der Mossad ist dort, um eine Forschungsanlage zu schützen.«

Rebekka rührte Zucker in ihren Kaffee. »Was hast du gesehen?«

»Das Tarnnetz, und auch das Gebäude darunter. Da drin werden Experimente durchgeführt – die Frage ist, warum ausgerechnet im Libanon und nicht in Israel, wo es doch viel sicherer wäre?«

»Wäre es das wirklich?«, fragte Rebekka. »Würden unsere Feinde eine israelische Anlage auf libanesischem Boden vermuten?«

Bourne starrte sie verblüfft an. »Eher nicht.«

»Genau«, bestätigte sie. »Eher nicht.«

»Was geht in dem Labor vor sich? Woran wird dort gearbeitet?«

Drei Leute kamen herein und gingen wieder. Rebekka gab noch etwas Zucker in ihren Kaffee und nahm einen Schluck. Sie blickte eine Zeit lang schweigend vor sich hin.

»Hast du schon mal von SILEX gehört?«, fragte sie schließlich.

Er schüttelte den Kopf.

»In der Atomindustrie beschäftigt man sich schon seit Jahrzehnten mit der Idee, Uran für Kernkraftwerke durch Lasertechnik anzureichern. Aber alle Pläne erwiesen sich entweder als ineffizient oder zu teuer. Bis im Jahr 1994 zwei Kernphysiker SILEX erfanden, die Isotopentrennung durch Laseranregung. Die Amerikaner beherrschen den Prozess und betreiben bereits ein Projekt mit dieser Technologie. In Dahr El Ahmar wird eine ähnliche Methode entwickelt. Sie wird streng geheim getestet, aus Angst, sie könnte gestohlen und von Terrorzellen oder Staaten wie Iran benutzt werden, um ihre Kernwaffenpläne voranzutreiben.«

Bourne überlegte einen Augenblick. »Rowland wollte die Technologie in Dahr El Ahmar stehlen.«

»Das dachte ich auch. Aber Harry wusste nichts von den Experimenten dort. Nein, er hat dich gesucht, und als ich ihn verfolgte, habe ich ihn am Ende zu dir geführt.«

»Das konntest du nicht wissen.«

Sie verzog das Gesicht.

Draußen auf der Straße sahen sie ein langes schwarzes Auto vorbeirollen, langsamer als der übrige Verkehr. Es konnte etwas zu bedeuten haben oder auch nicht. Sie behielten die Glastür im Auge. Zwei ältere Damen traten ein und setzten sich an einen Tisch. Ein Anzugtyp mit iPad unter dem Arm stand auf und ging. Eine junge Mutter mit Kind kam ins Lokal und sah sich nach einem freien Tisch um. Die drei Kellnerinnen gingen ihrer Arbeit nach. Als mehrere Minuten vergingen und nichts Ungewöhnliches passierte, entspannte sich Rebekka wieder.

»Ich gehe ein Risiko ein, indem ich dir das erzähle«, sagte sie.

»Oberst Ben David ist sowieso überzeugt, dass ich es weiß. Die Frage ist, warum Harry Rowland mich töten sollte.«

»Glaubst du, es gibt da einen Zusammenhang?«

»Wir können nichts ausschließen, solange wir die Ziele des Netzwerks nicht kennen.«

»Dafür brauchen wir Harry.«

Er nickte. »Unsere einzige Spur ist der Helikopter, der ihn rausgeholt hat.«

Rebekka zog die Stirn kraus. »Was schlägst du vor, wie wir …?«

Sie brach mitten im Satz ab, als zwei uniformierte Polizisten hereinkamen und die Gäste musterten.

Martha Christiana saß neben Don Fernando Herrera in einem Privatjet. Sie war es gewohnt, dass sich ihre Operationen zu einem Drahtseilakt entwickelten, ja sie genoss es sogar. Doch nun war sie sich zum ersten Mal, seit sie in diesem Geschäft arbeitete, ihrer Sache nicht ganz sicher. Don Fernando erwies sich als größere Herausforderung, als sie erwartet hatte.

Zum einen war ihr der Mann ein Rätsel. Zum anderen benahm er sich wie kein anderer älterer Mann, dem sie je begegnet war. Er war immer noch voller Energie und lebte auch geistig nicht in der Vergangenheit. Er hatte keine Vorbehalte gegen die Errungenschaften der Gegenwart und keinerlei Angst vor den Herausforderungen der Zukunft. Die Erfahrung hatte sie gelehrt, dass ältere Männer, wenn ihre Schaffenskraft erschöpft war, es sich bequem machten und die Gegenwart wie einen unverständlichen Film an sich vorbeiziehen ließen. Es war erstaunlich, wie Don Fernando auch mit der allerneuesten Technologie umging.

Martha fand ihn charmant, gebildet und scharfsinnig. Er zog sie auf eigentümliche Weise an, und es ließ alle ihre Alarmglocken schrillen, wie gut sie sich fühlte, wenn sie mit ihm zusammen war.

Außerdem rief Don Fernando die Erinnerung an eine Zeit vor Marrakesch in ihr wach, bevor sie aus dem Leuchtturm geflüchtet war. Eine Zeit der Stürme, die die Wellen gegen die Felsklippe peitschten, auf der ihr Zuhause errichtet war. Oder waren ihre Gedanken in diese Richtung gelenkt worden, weil Don Fernando mit ihr nach Gibraltar flog?

»Ich würde gern mit dir essen gehen«, hatte er vor einigen Stunden zu ihr gesagt.

»Welches Restaurant?«, hatte sie gefragt. »Was soll ich anziehen?« Sie trug einen schwarzen Etuirock und eine dazu passende Bolero-Jacke, darunter eine perlweiße Seidenbluse mit einer Onyx-Brosche am Kragen.

»Das ist eine Überraschung.« Seine Augen funkelten. »Und was du anhast, ist absolut passend.«

Die Überraschung war der Jet, der auf einem Privatflugplatz außerhalb von Paris wartete. Erst als sie in der Luft waren, verriet er ihr, wo die Reise hinging.

»Warum Gibraltar?«, hatte sie mit pochendem Herzen gefragt.

»Du wirst es schon sehen.«

Jetzt waren sie gelandet. Ein Auto mit Chauffeur erwartete sie. Sie stiegen ein und fuhren die Küste entlang, die ihr allzu vertraut war. Zwanzig Minuten später kam der Leuchtturm in Sicht, auf der Landspitze, wo sie ihre Kindheit verbracht hatte.

»Ich verstehe nicht.« Sie wandte sich ihm zu. »Warum wolltest du hierher?«

»Bist du mir böse?«

»Ich weiß nicht, wie du … ich weiß nicht … nein, ich …«

Das Auto hielt an. Der Leuchtturm ragte hoch vor ihnen auf.

»Er ist jetzt automatisiert, schon seit Jahren«, erklärte Don Fernando, während sie ausstiegen. »Aber er ist noch in Betrieb und erfüllt noch denselben Zweck wie früher.«

Er führte sie zur Westseite des Leuchtturms und ging mit ihr einige Hundert Meter, bis sie zu einem Grab kamen. Sie blieb stehen, las die Inschrift des Grabsteins. Es war das Grab ihres Vaters.

»Warum hast du das getan, Don Fernando?«

»Du bist mir doch böse. Vielleicht war es ein Fehler.« Er fasste sie sanft am Ellbogen. »Komm, wir gehen.«

Doch sie rührte sich nicht und schüttelte seine Hand ab, als er nach ihr griff. Sie ging näher zum Grab. Jemand hatte Blumen in eine Zinkvase gestellt, wenn auch schon vor längerer Zeit. Die Blumen waren vertrocknet, viele Blütenblätter abgefallen.

Martha Christiana starrte auf den Stein hinunter, unter dem ihr Vater begraben lag. Zu ihrer eigenen Überraschung kniete sie nieder und berührte die Erde. Über ihr zogen die Wolken über den azurblauen Himmel. Meeresvögel stießen laut rufend zum Wasser herab. Sie hob den Kopf und sah das Nest eines Seeadlers, dachte an ihre Familie, ihr Zuhause.

Unwillkürlich tasteten ihre Finger zu ihrer Brosche am Kragen. Sie nahm sie ab, grub ein kleines Loch in die Erde des Grabes und legte die Brosche hinein. Langsam, fast ehrerbietig, deckte sie sie zu und legte ihre Hand auf die Erde, als könnte sie die Brosche noch fühlen, wie ein schlagendes Herz.

»Möchtest du reingehen?«, fragte Don Fernando, als sie aufstand.

Sie schüttelte den Kopf. »Ich bleibe lieber hier draußen.«

Er nickte, als verstehe er sie voll und ganz. Dass sie diesen intimen Augenblick zusammen erlebten, empfand sie als überaus tröstlich. Sie hakte sich bei ihm unter und ging mit ihm zum Ende der Landspitze. Tief unter ihnen schlug das Meer schäumend gegen den Kalksteinfels.

»Als kleines Mädchen stand ich oft hier«, erzählte sie. »Das Meer sah aus wie Glas, das an den Felsen zerbricht. Es erinnerte mich an meine Familie und machte mich traurig.«

»Darum bist du weggegangen.«

Sie nickte. Sie gingen zurück zum Wagen und fuhren langsam weg von der Küste und dem Leuchtturm. »Wie hast du es herausgefunden?«, fragte sie schließlich.

»Heutzutage lässt sich alles herausfinden«, sagte er lächelnd.

Sie schwieg. Es war unwichtig, wie er ihre Geschichte herausbekommen hatte. Es zählte allein, dass er es wusste. Was sie erstaunte: sie war nicht unglücklich darüber. Irgendwie, ohne dass sie ihn fragen musste, wusste sie, dass es ihr beider Geheimnis bleiben würde.

Sie blickte in die Landschaft hinaus, und wie ein Schläfer aus einem schönen Traum erwacht, wurde ihr plötzlich wieder klar, dass sie hier war, um ihn zu töten. Die Vorstellung erschien ihr nun absurd, und doch wusste sie, dass sie keine Wahl hatte. Es gab kein Zurück, wenn sie einen Auftrag von Maceo Encarnación übernommen hatte.

Sie tauchte aus ihren schweren Gedanken auf und sah, dass ihr der Teil von Gibraltar, durch den sie gerade fuhren, unbekannt war. Auf Seitenstraßen gelangten sie zu einer Parklandschaft mit Palmen und Zypressen. Martha ließ das getönte Fenster herunter, hörte das Rauschen der Palmwedel. Ein Schwarm Möwen flog im Sonnenlicht vorüber, während sie in eine Auffahrt einbogen, bis sie schließlich vor einem Säulenvorbau anhielten.

»Wo sind wir?«, fragte Martha.

Ohne ein Wort zu sagen, geleitete Don Fernando sie

die Steintreppe hinauf, zwischen den Säulen hindurch zu einer hohen Mahagonitheke, hinter der eine junge Frau Anrufe entgegennahm und gleichzeitig an ihrem Computer tippte.

Eine Firma, dachte Martha. *Vielleicht gehört sie ihm.*

Don Fernando beugte sich vor und reichte der Frau ein zusammengefaltetes Blatt Papier. Sie faltete es auseinander, als wäre es ein wichtiges Dokument, und betrachtete es mit ihren klaren Augen, ehe sie kurz zu Don Fernando und Martha Christiana aufblickte. Sie griff nach dem Telefon und sprach ein paar Worte. Dann nickte sie ihnen zu und deutete lächelnd auf eine Doppelpendeltür.

Dahinter erwartete sie eine freundliche ältere Frau in Schwesterntracht. Sie führte die beiden durch einen breiten, mit einem dicken Teppich ausgelegten Gang mit mehreren verschlossenen Türen, zwischen denen Fotos von Gibraltar im Wandel der Zeit hingen. Das Einzige, was sich nicht verändert hatte, war der uralte Felsen.

Die Frau blieb schließlich vor einer Tür stehen. »Nehmen Sie sich ruhig so viel Zeit, wie Sie möchten«, sagte sie und zog sich zurück, ehe Martha fragen konnte, was das alles zu bedeuten hatte.

Don Fernando sah sie mit einem Ausdruck an, den sie nicht deuten konnte.

»Ich warte hier, falls du mich brauchst.«

So viele Fragen gingen ihr durch den Kopf, doch sie wusste augenblicklich, dass es keinen Sinn gehabt hätte, sie auszusprechen. Schließlich drückte sie die schwere Tür auf und trat ein.

»Wie kann es sein, dass sie uns suchen?«, fragte Rebekka. »Sie können doch nicht wissen, wie wir aussehen.«

»Trotzdem sind sie hier. Sie suchen jedenfalls nach den Leuten, die von der Baustelle geflüchtet sind.«

»Nach jemandem, der schuldig aussieht oder sich verdächtig benimmt.«

Bourne sah sie an. »Schlag mich.«

Sie sah ihn an und erkannte in seinen Augen, was er meinte. Sie beugte sich über den Tisch und gab ihm eine schallende Ohrfeige. »Du Mistkerl!«, rief sie und sprang auf.

Die Polizisten sahen sie an, ebenso wie alle anderen im Café, auch die Kellnerinnen, die wie erstarrt dastanden.

»Jetzt beruhig dich doch«, sagte Bourne laut.

»Ich soll mich beruhigen? Wie konntest du mir das antun! Mit meiner eigenen Schwester!«

Er stand auf und begann die nächste Szene des Schauspiels. »Beruhig dich, hab ich gesagt!«

»Du hast mir überhaupt nichts zu sagen!«, schleuderte sie ihm entgegen. »Du nicht!«

»Und ob!«, gab er zurück und packte sie am Handgelenk.

Rebekka wollte sich losreißen, doch er hielt sie fest. »Lass mich los, du Mistkerl!«

Das genügte den beiden Polizisten, um einzugreifen. »Sir«, sagte der Ältere, »die Dame will, dass Sie sie loslassen.«

»Halten Sie sich da raus«, knurrte Bourne.

»Haben Sie nicht gehört!«, warf der Jüngere drohend ein, und Bourne ließ Rebekkas Handgelenk los.

»Alles in Ordnung, Ma'am?«, fragte der ältere Polizist. »Wollen Sie Anzeige erstatten?«

»Ich will nur weg hier«, sagte Rebekka mit funkelnden Augen. Sie nahm Mantel und Tasche und stakste unter den Blicken der Anwesenden aus dem Café.

Der ältere Polizist wandte sich Bourne zu. »Zahlen Sie und verschwinden Sie. Und halten Sie sich von der Frau fern, verstanden?«

Bourne senkte den Kopf, warf ein paar Kronen auf den Tisch und ging. Er traf Rebekka gleich um die Ecke. Sie lachte.

»Wie geht's deiner Wange?«

»Ich halte gern auch die andere hin.«

Sie lachte schallend. Es war einer der seltenen unbeschwerten Momente zwischen ihnen. Auf der anderen Straßenseite sah er Christien neben einem schwarzen Volvo stehen. Er rauchte einen Zigarillo und betrachtete scheinbar sorglos die vorbeigehenden jungen Frauen in ihren Winterjacken.

Bourne und Rebekka überquerten die stark befahrene Straße. Er lächelte ihnen zu – besonders Rebekka, als er ihr die hintere Autotür öffnete. Bourne setzte sich neben ihn auf den Beifahrersitz. Christien wartete auf eine Lücke im Verkehr und fuhr los.

»Ich habe den Helikopter gefunden«, sagte Christien. Er war klug genug, Bourne keine Fragen über Rebekka zu stellen. »Das war nicht so schwer. Es gibt nicht so viele mit einem solchen Kennzeichen – eigentlich nur einen.«

»Welches Kennzeichen?«, fragte Rebekka.

Christien betrachtete sie im Rückspiegel. »Hier wird die Sache interessant.«

Er reichte Bourne eine Mappe mit hochauflösenden Fotos. Rebekka beugte sich zwischen den Sitzen vor, um besser sehen zu können.

»Wir haben Zugang zu einigen Überwachungskameras der Stadt.« Christien fuhr etwas langsamer im immer dichter werdenden Verkehr. »Ich habe sie vergrößern und eine Bildoptimierung durchführen lassen. Sehen Sie sich die Fotos genau an, dann wissen Sie, warum.«

Es waren vier Aufnahmen. Die Vergrößerung und Bildoptimierung hatte die Farben verblassen lassen, doch Bourne und Rebekka erkannten den Hubschrauber, der sie unter Beschuss genommen und ihnen Harry Rowland entrissen hatte. Wie zur Bestätigung zeigte das zweite Bild Rowland durch ein Seitenfenster. Bourne blätterte zum dritten Foto weiter.

»Kungliga Transport«, las Rebekka. »Ein ganz normaler Verkehrshubschrauber.«

»So sieht's aus«, bestätigte Christien. »Aber das letzte Bild sagt etwas anderes. Sehen Sie sich den Heckrotor an.«

Bourne nahm das vierte Foto, das die besagte Stelle noch stärker vergrößerte. Er hielt es ins Licht, um besser sehen zu können.

»Das ist ein Firmenlogo«, sagte er, »aber ich kann den Namen nicht erkennen.«

»Er ist zu klein, auch in der Vergrößerung.« Sie hielten an einer roten Ampel. Christien tippte auf das Logo. »Sehen Sie die Form? Ziemlich ungewöhnlich, deshalb haben wir die Umrisse durch unsere Erkennungsprogramme laufen lassen. Und wir wurden tatsächlich fündig. Dieser Helikopter gehört SteelTrap.«

»Internet-Sicherheit«, warf Rebekka ein. »Das Beste vom Besten.«

Christien nickte. »Die Software von SteelTrap ist den anderen um Lichtjahre voraus.«

»Aber wie kommt es«, warf Bourne ein, »dass SteelTrap mich töten will und Harry Rowland rettet?« Er wandte sich Rebekka zu. »Du hast doch gesagt, Rowland arbeitet für ein Terrornetzwerk?«

»Welches?«, fragte Christien.

»Dschihad bis-sayf«, erklärte Rebekka. »Oberst Ben David hat es in Dahr El Ahmar erwähnt, als er dachte, ich wäre noch bewusstlos.«

»Mit wem hat er darüber gesprochen?«, wollte Bourne wissen.

Rebekka schüttelte den Kopf. »Ich weiß es nicht.« Sie lehnte sich zurück und verschränkte die Arme. »Eins dürfte jedenfalls klar sein: SteelTrap hat es nicht nur auf Viren und Trojaner abgesehen.«

»Sondern?«, fragte Christien.

»Auf uns«, brummte Bourne.

DREIZEHN

Als Martha Christiana die alte Frau vor dem großen Panoramafenster sitzen sah, sah sie sich einen Moment lang selbst. Das Zimmer war sparsam und schmucklos eingerichtet. Es gab nur wenige persönliche Gegenstände: einen Kamm, eine Haarbürste mit silbernem Griff. Einen kleinen Leuchtturm, aus einem Walrosszahn gefertigt, auf einer Landspitze. Ein verblichenes Foto einer schönen, aber zerbrechlich wirkenden Frau mit einem kleinen Mädchen. Das war alles. Das Zimmer strahlte eine so tiefe Einsamkeit aus, dass es Martha den Atem nahm.

Die alte Frau drehte sich nicht um, als sie durch das Zimmer schritt und das Foto von ihr und ihrer Mutter in die Hand nahm. Erst jetzt sah sie, dass dahinter noch ein zweites Bild stand. Es zeigte einen schlanken Mann in einer Kapitänsjacke im Leuchtturm, vom hereinflutenden Sonnenlicht erhellt.

Martha Christiana betrachtete das Bild ihres Vaters, ohne es jedoch aufzuheben. Aus irgendeinem Grund hätte sie es als Entweihung empfunden, das Bild zu berühren. Schließlich stellte sie das Foto zurück und wandte sich der alten Frau zu. Die blickte aus dem Fenster auf den Rasen hinaus, auf die Palmen dahinter und die nichtssagenden Gebäude auf der anderen Straßenseite. Es gab nicht viel zu sehen, doch ihr Blick war unglaublich konzentriert. Martha glaubte nicht, dass sie wirklich das Gras, die Bäume oder die Häuser betrachtete: Das alles war für sie wohl bedeutungslos. Sie saß leicht nach vorne gebeugt, angespannt, und spähte wie durch ein Fernrohr in ihre Vergangenheit.

»Mama«, sagte Martha mit zitternder Stimme, »was siehst du?«

Als sie die Stimme hörte, begann ihre Mutter vor- und zurückzuwippen. Sie war furchtbar dürr, an manchen Stellen schimmerten die Knochen weiß durch die papierdünne Haut. Sie war so blass wie die Wintersonne.

Martha trat vor die alte Frau hin. Ihre Wangen waren von Furchen durchzogen, ihr ganzes Gesicht vom Alter, von Kummer und Verlust gezeichnet, doch etwas in ihr war unverändert geblieben. Es gab Martha einen Stich tief in ihrem Inneren.

»Mama, ich bin's, Martha. Deine Tochter.«

Die alte Frau blickte nicht auf, vielleicht konnte sie es auch nicht. So als wäre sie in der Vergangenheit eingeschlossen. Martha zögerte, dann nahm sie die knochige Hand in ihre. Sie war so kühl wie Marmor, mit hervortretenden blauen Adern, die, so schien es, jeden Moment durch die Haut brechen konnten. Schließlich blickte Martha in die Augen ihrer Mutter, grau und flüchtig wie vorbeiziehende Wolken, die der Wind verwehte.

»Mama?«

Die Augen bewegten sich unmerklich, doch da war kein Wiedererkennen in ihnen. Es war, als würde sie gar nicht existieren. Für so viele Jahre hatten ihre

Eltern für sie nicht mehr existiert. Und jetzt? Ihr Vater tot. Und ihre Mutter am Ende ihres Lebens. Sie selbst ein Stein, der – ins Meer geworfen – unbemerkt in die Tiefe sank.

Eine ganze Weile stand sie so still wie der Fels von Gibraltar und hielt die kühle Hand ihrer Mutter. Plötzlich bewegten sich die Lippen der alten Frau, sie flüsterte etwas, das Martha nicht verstand. Und sie wiederholte es nicht, auch nicht auf Marthas inständiges Drängen. Stille legte sich über sie beide. Die Jahre waren verflogen, wie gefallene Blätter, welk und tot.

Als sie wieder atmen konnte, ließ Martha Christiana die Hand ihrer Mutter los. Sie ging zur Tür, ohne selbst so recht zu wissen, was sie tat. Sie öffnete die Tür und sah Don Fernando geduldig draußen warten.

»Komm rein«, sagte sie. »Bitte.«

»So, alter Junge.« Brick biss herzhaft in die riesige Olive und kaute genüsslich. »Ich hab ein bisschen Arbeit für Sie. Sind Sie bereit?«

»Klar«, sagte Peter. »Warum nicht?«

»Das ist ein Wort.«

Sein Herzschlag beschleunigte sich. Er hatte keine Ahnung, was Brick von ihm verlangen würde, doch es war bestimmt nichts Gutes. *Wer A sagt, muss auch B sagen*, dachte er.

Die beiden Männer saßen in der Küche von Bricks sicherem Haus in Virginia. Auf dem Tisch zwischen ihnen standen Teller mit italienischer Salami, Mortadella und mit Pecorinokäse, Schalen mit Olivenöl, knuspriges Brot, ein Olivengericht und vier große Flaschen mit dunklem belgischem Bier, zwei davon bereits geleert. Dick Richards war schon vor einer Stunde mit Bogs aufgebrochen, der ihn zurück zum Treadstone-Hauptquartier brachte.

Brick wischte sich die Lippen ab, ging zu einer Schublade und wühlte darin, bis er gefunden hatte, was er suchte, und sich wieder zu Peter setzte.

»Also«, sagte Peter, »wo soll ich hin?«

»Nirgends.«

»Was?«

»Sie bleiben hier.« Brick schob ihm ein winziges Päckchen über den Tisch zu.

»Was ist das?«

»Rasierklingen.«

Peter hob das Päckchen auf und öffnete es. Tatsächlich fand er darin vier Rasierklingen. Vorsichtig nahm er eine heraus. »Ich kann mich nicht erinnern, wann ich die zum letzten Mal gesehen habe.«

»Ja«, sagte Brick, »die sind noch aus dem letzten Jahrhundert.«

Peter lachte.

»Kein Witz, mein Freund. Die schneiden dir den Finger ab, wenn du sie nur schief anschaust. Die sind extrem scharf.«

Peter ließ die Klinge auf die anderen fallen. »Ich verstehe nicht.«

»Ganz einfach, alter Knabe. Sie bleiben hier und warten. Bogs wird jemanden herbringen. Ihr plaudert ein bisschen, alles ganz nett, bis Bogs Ihnen das Signal gibt …« Er deutete mit dem Kopf auf die Rasierklingen.

»Was?« Es schnürte ihm die Kehle zu. »Sie meinen, ich soll diese Person mit einer solchen Klinge umbringen?«

»Sie können auch alle vier nehmen, wenn Sie wollen.«

Peter schluckte. »Ich glaube nicht …«

Brick beugte sich ruckartig vor und packte Peters rechtes Handgelenk mit eisernem Griff. »Es ist mir scheißegal, was Sie glauben. Tun Sie's einfach.«

»Herrgott.« Peter kämpfte die Panik nieder, die in ihm aufstieg. *Denk nach,* sagte er sich. »Wir sind völlig abgeschieden hier draußen. Wäre eine Pistole nicht einfacher?«

»Jeder Hosenscheißer kann einen Kerl aus nächster Nähe umnieten.« Er formte seine freie Hand zur Pistole und drückte ihm den Zeigefinger an die Schläfe. Im nächsten Augenblick lächelte er und ließ ihn los. »Ich will sehen, aus welchem Holz Sie geschnitzt sind. Ob ich Ihnen größere Sachen anvertrauen kann.« Er stand auf. »Sie wollten für mich arbeiten. Das ist der Weg, den Sie gewählt haben. Ihre Chance, sich hochzuarbeiten.« Er zwinkerte, und sein Lächeln verschwand. »Vermasseln Sie's nicht.«

Die einzige regelmäßige Zusammenkunft, an der Soraya teilnahm, war eine wöchentliche Pokerrunde im Haus des Bürgermeisters. Und auch das war etwas, das sie mit Delia verband: Beide Frauen waren von Natur aus zurückhaltend, scheuten aber keine Herausforderung, schon gar nicht beim Pokern. In diesen besonderen Stunden am grünen Spieltisch inmitten der Elite der Washingtoner Politik war sich Delia über ihre Gefühle für Soraya klar geworden. Die irritierende sexuelle Spannung hatte sich nach und nach in dem warmen Gefühl einer tiefen Freundschaft aufgelöst. Sie erkannte, dass sie sich zu Soraya hingezogen fühlte, aber nicht im körperlichen Sinn. Zu ihrer Erleichterung stellte sie fest, dass Soraya weder lesbisch noch bisexuell war. Es gab also nichts, was ihre Freundschaft komplizieren könnte. Und Soraya nahm Delia als Freundin genau so an, wie sie war. Zum ersten Mal in ihrem Leben schämte sich Delia nicht, sich einem anderen Menschen zu öffnen. Nie fühlte sie sich beurteilt, deshalb fiel es ihr leicht, Soraya an ihren Gedanken und Gefühlen teilhaben zu lassen.

Delia nahm sich einen Stuhl, setzte sich zu ihrer Freundin ans Bett und nahm ihre Hand. Sorayas Augen flatterten auf. Ihre Lider schimmerten bläulich, dazu passte der benommene Blick, als wäre sie schlimm verprügelt worden.

»Hallo, Raya.«

»Deel …«

Am Kopf und an beiden Armen hingen Schläuche. *Scheußliche Dinger*, dachte Delia und versuchte vergeblich, nicht hinzusehen.

»Ich schätze, du lässt mich lieber nicht in den Spiegel schauen.« Soraya versuchte zu lächeln, doch es wollte nicht recht gelingen. Ihr Lächeln wirkte seltsam verzerrt, und einen atemlosen Moment lang fürchtete Delia, die Operation könnte die Nerven dieser Gesichtshälfte irgendwie beeinträchtigt haben. Doch als Soraya zu sprechen begann, wurde ihr klar, dass es nur an der Müdigkeit und den Nachwirkungen der Narkose lag.

»Wie fühlst du dich, Raya?«

»So schlecht, wie ich aussehe. Vielleicht sogar noch schlechter.«

Jetzt war es Delia, die lächelte. »Aber es ist alles in Ordnung.«

»Hendricks hat gesagt, dem Baby geht's gut.«

Delia nickte. »Das stimmt. Keine Probleme.«

Soraya seufzte, sichtlich erleichtert. »Was haben die Ärzte gesagt, wann ich hier rauskann?«

Delia lachte. »Warum? Hast du's so eilig, wieder zu arbeiten?«

»Ich habe einen Job zu machen.«

Delia beugte sich zu ihr. »Im Moment ist es dein Job, gesund zu werden – für dich selbst und das Baby.« Sie nahm die Hand ihrer Freundin. »Hör zu, Raya, ich habe etwas getan … etwas, das du nicht wolltest. Aber unter den Umständen dachte ich … ich habe Charles von dem Baby erzählt.«

Von Schuldgefühlen überwältigt, schloss Soraya die Augen. Doch sie wusste, dass sie bei diesem Weg bleiben musste, auch wenn es ihr noch so schwerfiel.

»Es tut mir leid, Raya. Wirklich. Aber ich hab mir solche Sorgen um dich gemacht. Ich dachte, er sollte es wissen.«

»Du bist nun mal ein anständiger Mensch, Deel«, sagte Soraya. »Ich konnte nicht mehr klar denken. Ich hätte es wissen müssen.« In Wahrheit *hatte* sie es gewusst. Sie hatte darauf vertraut, dass Delia so reagieren würde.

»Wo ist Charles jetzt?«

»Er ist schon eine ganze Weile hier«, sagte ihre Freundin. »Es überrascht mich ein bisschen, dass er so lange wartet.«

»Weiß seine Frau, dass er hier ist?«

Delia verzog das Gesicht. »Ann Ring verbringt Tag und Nacht in irgendwelchen Senatssitzungen über die Ausgaben der Homeland Security für das nächste Jahr.«

»Woher weißt du das?«

»Ich lese *Politico.* Die mögen sie auch nicht.«

»Wer mag sie eigentlich, außer ihren Wählern? Und natürlich dem *Beltway Journal.*«

»Jetzt sagst du sicher gleich, du verstehst nicht, warum er sie geheiratet hat.«

Sorayas Lippen verzogen sich zu einem angedeuteten Lächeln. »*Sie* hat *ihn* geheiratet. Sie wollte ihn, und er konnte nicht Nein sagen.«

»Jeder Erwachsene kann Nein sagen, wenn er will.«

»Nicht Charlie. Er war irgendwie geblendet.«

»Die Senatorin wirkt auf viele konservative Republikaner so. Sie könnte sich für den *Playboy* fotografieren lassen.«

»Wenn sie's bloß täte«, meinte Soraya. »Dann wären wir sie los.«

»Ich weiß nicht. Ich glaube, sie könnte sogar das irgendwie zu ihrem Vorteil nutzen.«

Soraya lachte und drückte ihrer Freundin die Hand. »Was täte ich nur ohne dich, Deel?«

Delia erwiderte den Händedruck. »Das weiß nur der Himmel.«

»Hör zu, Deel. Ich möchte Charlie sehen.«

Delias Gesicht trübte sich. »Raya, hältst du das wirklich für eine gute Idee?«

»Es ist wichtig. Ich …«

Plötzlich weiteten sich ihre Augen, und sie atmete scharf ein. Ihre Hand krallte sich zusammen, und ihr Körper krümmte sich auf dem Bett. Die Monitore, an die sie angeschlossen war, begannen verrücktzuspielen. Delia schrie auf, und Thorne stürmte herein, sein Gesicht weiß und abgezehrt.

»Was ist?« Er blickte zwischen ihr und Soraya hin und her. »Was ist passiert?«

Delia hörte bereits das Knirschen von Gummisohlen und aufgeregte Stimmen. »Hilfe!«, rief sie. »Sie braucht Hilfe! Schnell!«

Bourne und Rebekka betraten leise die Wohnung in der Sankt Eriksgatan im Kungsholmen-Viertel, die sie gemietet hatte. Christien wartete unten im Volvo, zusammen mit einem Leibwächter aus seinem Büro, den er an einer Straßenecke in Gamla Stan aufgegabelt hatte.

Die beiden durchkämmten lautlos die Zimmer, sahen in den Schränken nach, unter dem Bett und hinter dem Duschvorhang. Nachdem sie sich vergewissert hatten, dass die Wohnung sicher war, kniete sich Rebekka auf den Fliesenboden im Badezimmer.

»Wie viel Geld hast du hier versteckt?«, fragte Bourne.

»Ich habe immer einen Privatsafe an einem sicheren Ort. Ich trage nicht gern so viel mit mir herum.«

Bourne kniete sich neben sie und half ihr, die Fugen um eine Fliese zu entfernen. Rebekka hob die Fliese an und nahm das dicke Bündel Geldscheine heraus: Kronen, Euro, Dollar.

Sie steckte das Geldbündel ein und stand auf. »Komm«, sagte sie. »Das Haus ist mir irgendwie nicht geheuer.«

Sie verließen die Wohnung und eilten die dunkle Treppe hinunter.

Ilan Halevy, Deckname der Babylonier, saß am Lenkrad eines Mietwagens, den er strategisch günstig ein

Stück von dem Haus entfernt postiert hatte, in dem Rebekka ihre Wohnung gemietet hatte. Er hatte stundenlang gewartet, doch für ihn fühlten sich die Stunden wie Minuten an. Es kam ihm vor, als hätte er sein ganzes Leben auf irgendetwas gewartet. Als Zehnjähriger hatte er darauf gewartet, dass sich seine Eltern scheiden ließen, mit vierzehn hatte er darauf gewartet, dass der Schultyrann, den er ins Krankenhaus befördert hatte, starb; kurz darauf hatte er auf den Zug in die Hauptstadt gewartet, um dort unterzutauchen. Das nächste Mal tötete er nicht mehr im Affekt, sondern mit einem bestimmten Plan im Kopf. Er hatte sich einen reichen amerikanischen Geschäftsmann ausgesucht, mit dem er in der Bar des nobelsten Hotels in der Stadt ins Gespräch gekommen war. Nachdem er auf diese Weise zu Geld und einer zweiten Identität gekommen war, rasierte er sich und kaufte sich die besten westlichen Kleider, die in der Brioni-Boutique im selben Hotel zu bekommen waren. Er bezahlte mit der Kreditkarte des Geschäftsmannes. Bis dahin hatte er noch nie eine Kreditkarte gesehen, geschweige denn damit bezahlt.

Wenig später hatte er sich in der Unterwelt von Tel Aviv etabliert, als jemand, der schnell und rücksichtslos zupacken kann. Auf diese Weise war – so vermutete er – Oberst Ben David auf ihn aufmerksam geworden. Er hatte zunächst misstrauisch reagiert, als sich Ben David an ihn wandte. Doch mit der Zeit entwickelte sich ein gewisses Vertrauensverhältnis zwischen den beiden Männern, das jedoch niemand – schon gar nicht die beiden Beteiligten – mit Freundschaft verwechselte.

Halevy seufzte vor Sehnsucht nach einem leckeren

Schawarma, am besten mit israelischem Couscous. Er hasste die nordischen Länder, Schweden ganz besonders. Er hasste die Frauen hier, die – blond und blauäugig – dem widerlichen arischen Ideal entsprachen. Wenn er eines dieser schwedischen Models sah, verspürte er den Drang, ihr in ihr perfektes Gesicht zu treten. Sein Geschmack waren dunkelhäutige, dunkelhaarige Amazonen mit mediterranen Gesichtszügen.

Er war ganz in seine trüben Gedanken versunken, als er den schwarzen Volvo vor dem Haus anhalten sah. Rebekka stieg aus und trat über den Bürgersteig zur Haustür. Er wollte schon aussteigen, als er Bourne sah, der ihr ins Haus folgte.

Warum zum Teufel sind sie immer noch zusammen? Arbeitet sie jetzt mit ihm zusammen? Zähneknirschend lehnte er sich auf dem Sitz zurück und zwang sich abzuwarten. So gewohnt er es war, manchmal machte ihn das Warten verrückt.

An der Autobahn E4 machte Christien an einer Raststätte halt. Nach dem kurzen Zwischenstopp bei Rebekkas Wohnung waren sie immer weiter nach Norden gefahren. Bourne fragte sich, wo die Reise hinging.

Sovard, der Leibwächter und Bote, gab seinem Chef ein schmales Paket, sobald der den Wagen etwas abseits der anderen Autos abgestellt hatte.

»Zwei Tickets«, sagte Christien und reichte das Päckchen an Bourne weiter.

Rebekka nahm ihr Ticket etwas zögernd entgegen. »Wohin?«

Christien zog ein iPad aus Sovards Aktentasche und startete ein Video auf dem Touchscreen. »In diesem

Fall kommt uns der schwedische Hang zur Überwachung zugute«, meinte er.

Sie verfolgten das Video, das augenscheinlich aus dem Bildmaterial mehrerer Kameras an verschiedenen Plätzen zusammengestellt war. Zunächst sah man nichts Interessantes: einen Asphaltstreifen, Arbeiter im Overall mit Gehörschutzkopfhörern, die mit kleinen motorisierten Fahrzeugen hin und her rollten. Der Flughafen Stockholm-Arlanda.

Dann plötzlich Leute, die nach oben blickten und sich hastig entfernten, als sich der getarnte SteelTrap-Helikopter herabsenkte und landete. Fast augenblicklich glitt die Seitentür auf, und drei Männer sprangen heraus. Einer von ihnen war eindeutig Harry Rowland. Er eilte mit den beiden anderen aus dem Blickfeld der Kamera.

Im nächsten Augenblick sah man die drei Männer aus der Ferne, von einer anderen Kamera aufgenommen, wie sie auf einen Privatjet zustrebten. Ein Flughafenbeamter überprüfte ihre Pässe und nickte ihnen zu.

Wieder ein Schnitt: Die drei Männer, mit dem Teleobjektiv aufgenommen, wie sie nacheinander im Flugzeug verschwanden.

Die letzte Einstellung zeigte den Jet, wie er über die Startbahn rollte. Als die Maschine abhob, stoppte Christien das Video und steckte das iPad in die Tasche.

»Der Pilot musste einen Flugplan im Tower vorlegen. Die Maschine fliegt nach Mexico City, über Barcelona.« Christien lächelte. »Zufällig hat Maceo Encarnación seinen Hauptwohnsitz in Mexico City.«

»Gute Arbeit«, sagte Bourne anerkennend.

Christien nickte. »Ihr Aeroméxico-Flug nimmt die gleiche Route wie der Jet von SteelTrap, aber sie haben zwei Stunden Vorsprung. Jason, ich weiß, dass Sie einen Pass haben. Rebekka?«

»Ich geh nie ohne Pass aus dem Haus«, sagte sie lächelnd.

Er nickte. »Gut. Dann kann's losgehen.«

Er startete den Volvo und fuhr zurück auf die E4 und zum Flughafen Arlanda.

Sovard war auf dem Weg zurück von der Sicherheitskontrolle, zu der er Christiens Gäste begleitet hatte, als ihn ein Mann nach der Uhrzeit fragte. Als er auf seine Uhr schaute, spürte er plötzlich einen stechenden Schmerz im Nacken. Als er nach vorne sank, fing ihn der Mann auf und schleifte ihn ins Gepäckbüro der Fluglinie. Es hatte noch nicht geöffnet und war unbeleuchtet und leer. Halb gelähmt, wie er war, hatte Sovard keine Ahnung, wie er in diesen Raum gekommen war. Er saß an einen Stapel Koffer und Rucksäcke gelehnt und hatte Mühe, sich aufrecht zu halten. Einen Moment lang sah er die Narben am Hals des Mannes. Als er sich aufrichten wollte, versetzte ihm der Typ einen kräftigen Schlag auf beide Ohren, und Sovards Augen verdrehten sich nach oben. Ihm war übel, er konnte keinen klaren Gedanken fassen, geschweige denn einen Weg finden, sich aus seinem Gefängnis zu befreien.

»Ich habe nicht viel Zeit.« Der Mann drückte auf den empfindlichen Nervenknoten hinter Sovards rechtem Ohr, und ein schmerzhaftes Feuerwerk explodierte in seinem Gehirn. »Wohin fliegen sie?«

Sovard starrte ihn ausdruckslos an. Ein Speichelfaden lief ihm aus dem Mundwinkel, tropfte auf sein Hemd. Der Speichel war rötlich.

»Ich frage nur noch ein Mal.« Wieder setzte der Babylonier nur einen Finger ein und stoppte diesmal den Blutfluss in Sovards Halsschlagader. Als er losließ, sagte er: »Du hast zehn Sekunden, um meine Frage zu beantworten, danach wirst du vor Schmerz das Bewusstsein verlieren, immer wieder und wieder, bis du mich anflehst, dich zu töten. Das würd ich auch gerne tun, aber ich denke altruistisch. Ich denke an dich.«

Er wiederholte die Prozedur noch zweimal, bis Sovard seine zitternde Hand hob. Er hatte genug. Der Babylonier beugte sich vor. Sovard öffnete den Mund und sagte zwei Worte.

Achtzig Minuten später saßen Bourne und Rebekka in ihren Sitzen der ersten Klasse und nahmen Champagnerflöten von der Flugbegleiterin entgegen.

»Macht dich das nicht ein bisschen nostalgisch?«, fragte Bourne, während er der Flugbegleiterin nachsah, die sich auf dem Mittelgang entfernte.

Rebekka lachte. »Überhaupt nicht. Es kommt mir vor, als wäre mein Leben als Flugbegleiterin eine Ewigkeit her.«

Bourne blickte aus dem Fenster, während die Crew die letzten Startvorbereitungen traf, dann schnallten sie sich an. Die Triebwerke heulten auf, als der Jet ans Ende der Startbahn rollte. Über die Sprechanlage verkündete der Pilot, dass ihre Maschine als übernächste starten würde.

»Jason«, sagte sie leise, »was denkst du gerade?«

Sie sprach ihn nur ganz selten mit dem Vornamen an, deshalb wandte er sich ihr etwas erstaunt zu. Da war etwas Weiches – fast Verletzliches – in ihren Augen, das er noch nie an ihr gesehen hatte.

»Nichts.«

Sie betrachtete ihn einen Augenblick. »Fragst du dich nicht manchmal, ob es Zeit ist, auszusteigen?«

»Aussteigen wovon?«

»Das weißt du genau. Aus diesem großen Spiel.«

»Um was zu tun?«

»Vielleicht eine sonnige Insel finden, Bier trinken, frischen Fisch essen, lieben, schlafen.«

Das Flugzeug wurde langsamer und wendete auf der Startbahn.

»Und dann?«

»Dann«, sagte sie, »machst du das Gleiche am nächsten Tag wieder.«

»Du machst Witze.«

Einige Augenblicke herrschte Stille, nur von den Geräuschen des Flugzeugs durchbrochen, als die Bremsen gelöst wurden und der Jet immer schneller über die Startbahn rollte. Sie hoben ab, das Fahrwerk wurde eingezogen, und sie stiegen höher und höher.

Rebekka lehnte sich in ihrem Sitz zurück und schloss die Augen. »Natürlich. War nur ein Scherz.«

Während der Mahlzeit schob sie ihr Tablett plötzlich beiseite, öffnete den Gurt, stand auf und ging nach vorne. Als sie nicht in die Toilette trat, obwohl das »Besetzt«-Licht erlosch und eine Frau im mittleren Alter heraustrat, folgte ihr Bourne. Rebekka schien von einer seltsamen Melancholie ergriffen.

Sie standen nebeneinander, Schulter an Schulter in der Enge der Toilette, und schwiegen, bis Rebekka schließlich fragte: »Warst du schon mal in Mexico City?«

»Ein Mal, soweit ich mich erinnere.«

Sie hatte die Arme um sich geschlungen, wie um sich zu schützen. »Es ist eine verdammte Schlangengrube. Eine tolle Schlangengrube, das muss ich zugeben, aber eine Schlangengrube ist es trotzdem.«

»In den letzten Jahren ist es schlimmer geworden.«

»Ja, und es ist inzwischen so viel Geld im Spiel, dass alle Behörden, auch die Polizei, mit dabei sind. Der Drogenhandel ist völlig außer Kontrolle geraten. Er droht das ganze Land zu überschwemmen, und die Regierung hat den Kampf praktisch aufgegeben. Jedes Mal, wenn einer kommt und etwas dagegen unternehmen will, wird er einen Kopf kürzer gemacht.«

»Kein großer Anreiz, um gegen den Strom zu schwimmen.«

»Wenn man nicht gerade über die Waffen eines Gottes verfügt.«

Wieder senkte sich Stille über sie, wie von oben aus dem klaren Himmel, durch den sie flogen. Bourne lauschte ihrem leisen, gleichmäßigen Atem, so als würde er im Bett neben ihr liegen. Dennoch war ihm auch jetzt bewusst, wie viel ihn von ihr – und von allen anderen Menschen – trennte. Und plötzlich begriff er, was sie ihm hatte entlocken wollen. War er nicht mehr fähig, ein tiefes Gefühl für jemanden zu empfinden? Vielleicht hatte ihn jeder Tod, jeder Abschied ein bisschen unempfindlicher gemacht, bis er am Ende nichts mehr spürte und nichts anderes mehr tun konnte, als im

Dunkeln einen Fuß vor den anderen zu setzen. Es gab keinen Ausweg für ihn, und Rebekka wusste das. Deshalb hatte sie von einer sonnigen Insel gesprochen. Doch es kam für ihn nicht infrage, die Dunkelheit zu verlassen. Er hatte so viele Jahre in dunklen Labyrinthen zugebracht, dass ihn das Sonnenlicht nur blenden würde. Und diese Erkenntnis hatte sie traurig und melancholisch gemacht. Vielleicht hatte sie sich selbst in ihm wiedererkannt. Oder sie wünschte sich im Gegensatz zu ihm wirklich, auszubrechen und irgendwo neu anzufangen.

»Wir sollten uns wieder hinsetzen«, schlug er vor.

Sie nickte zerstreut. Sie verließen die Toilette und kehrten zu ihren Plätzen zurück. Da sah er Ilan Halevy, den Hut tief ins Gesicht gezogen, in der letzten Reihe der ersten Klasse. Der Babylonier blickte kurz von seiner *Financial Times* auf, ein grimmiges Lächeln im Gesicht.

VIERZEHN

»Wieso kann ich nicht zu ihr?«

»Sie ist kollabiert, Charles.« Delia schob Thorne mit sanftem Nachdruck aus dem Aufwachraum.

Bestürzt stand er da und sah den Ärzten und Schwestern nach, die an ihm vorbeieilten. Sein Mund war halb geöffnet, und er schien kaum noch atmen zu können. »Was ist passiert, Delia?«

»Ich weiß es nicht.«

»Du warst bei ihr.« Sein ruheloser Blick fixierte sie. »Du musst doch irgendwas wissen.«

»Wir haben geredet, auf einmal ist sie kollabiert. Mehr weiß ich auch nicht.«

»Das Baby.« Er leckte sich über die trockenen Lippen. »Was ist mit dem Baby?«

Delia zuckte zurück. »Ah, jetzt verstehe ich.«

»Wie meinst du das?«

»Warum du hier bist. Jetzt ist mir alles klar. Das Baby macht dir Sorgen.«

Thorne wirkte verwirrt – oder war er erschrocken? »Wovon redest du …?«

»Wenn das Baby stirbt, bist du alle Sorgen los.«

»Was zum Teufel …?«

»Wenn das Baby stirbt, hast du kein Problem mit

Ann, stimmt's? Du brauchst nichts zu erklären, so als hätte das Baby nie existiert. Deine Affäre mit Soraya ist nur noch eine ferne Erinnerung, und du brauchst nicht mehr zu befürchten, von den Medien und Bloggern verfolgt zu werden, die sich auf solche Geschichten stürzen.«

»Du bist verrückt, weißt du das? Soraya ist mir wirklich wichtig. Warum kannst du das nicht akzeptieren?«

»Weil du ein zynischer, egoistischer Mistkerl bist.«

Thorne holte tief Luft und sammelte sich. Er kniff die Augen zusammen. »Und ich hab gedacht, wir könnten Freunde sein.«

»Du dachtest, du kannst mich für deine Zwecke benutzen.« Mit einem harten Lachen fügte sie hinzu: »Scher dich zum Teufel.«

Delia kehrte ihm den Rücken zu, um mit Dr. Santiago zu sprechen, der gerade aus Sorayas Zimmer kam.

»Wie geht's ihr?«

»Stabil«, sagte Dr. Santiago. »Wir verlegen sie auf die Intensivstation.«

Delia spürte, dass Thorne hinter ihr stand. Sie konnte ihn fast lauschen hören. »Was ist passiert?«, fragte sie.

»Eine leichte Verstopfung an der operierten Stelle. So etwas kommt manchmal vor. Das Problem ist behoben, sie bekommt ein niedrig dosiertes Blutverdünnungsmittel. Wir setzen es so bald wie möglich ab.«

»Für das Baby ist das wahrscheinlich nicht so gut.«

»Miss Moore ist unsere vorrangige Patientin, ihr Leben hat Vorrang. Außerdem hat der Fötus …«

»Ihr Baby«, sagte Delia.

Dr. Santiago betrachtete sie einen Moment lang mit

einem rätselhaften Ausdruck. »Ja. Entschuldigen Sie mich.«

Bestürzt sah ihm Delia nach, als er auf dem Gang verschwand.

Thorne seufzte. »Nachdem du so klar gesagt hast, was du denkst, will ich auch ganz offen mit dir reden.«

»Das kannst du dir schenken, es interessiert mich nicht.«

»Ich frage mich, ob Amy das genauso sieht.«

Delia wirbelte zu ihm herum. »Was hast du gesagt?«

»Du hast mich schon richtig verstanden.« Der herausfordernde Ton war nicht zu überhören. »Ich habe Abschriften der Voicemail-Nachrichten, die du mit Amy Brandt ausgetauscht hast.«

»Was?«

»Überrascht? Das ist nicht schwer zu hacken. Wir haben da ein Programm, das die ID eines Anrufers imitiert. So kriegen wir Zugang zu deinem Handy – zu jedem Handy, das uns interessiert.«

»Du hast …«

»Jede Nachricht, die du mit Amy ausgetauscht hast.« Er konnte sich ein höhnisches Grinsen nicht verkneifen. »Manche sind echt heiß.«

Sie schlug ihm so kräftig ins Gesicht, dass er zurückwippte.

»Du schlägst zu wie ein Kerl, weißt du das?«

»Wie hältst du dich bloß selbst aus?«

Er lachte dünn. »Es ist ein schmutziger Job, aber irgendjemand muss ihn machen.«

Sie musterte ihn argwöhnisch. »Wenn du mir etwas sagen willst, dann tu's.«

»Wir haben jeder etwas gegen den anderen in der Hand«, sagte er achselzuckend. »Nur damit du's nicht vergisst.«

»Es ist mir egal ...«

»Aber Amy vielleicht nicht, hast du dir das schon mal überlegt? In ihrem Job muss man sehr aufpassen. Viele Eltern wollen ihre Kinder nicht von einer Lesbe unterrichten lassen.«

Delia überlegte, was sie sagen sollte, doch in diesem Augenblick rollten ein paar Schwestern mit ernsten Gesichtern Soraya aus dem Aufwachraum und den Gang hinunter zur Intensivstation. Danach herrschte einige Augenblicke Stille.

»Also Waffenstillstand«, sagte Thorne schließlich.

Delia wandte sich ihm zu. »Hast du es irgendwann auch nur einen Moment lang ehrlich mit Soraya gemeint?«

»Sie ist eine echte Kanone im Bett.«

»Was soll das? Reicht dir Ann nicht?«

»Ann hat Sex mit ihrem Job. Ansonsten ist sie kalt wie ein Fisch.«

»Du tust mir wirklich leid«, ätzte sie.

Er sah sie mit einem wölfischen Lächeln an. »Du mir auch.« Er fasste sich zwischen die Beine. »Du weißt gar nicht, was du verpasst.«

Maceo Encarnación blickte aus dem Fenster seines Jets, der vor der Landung über Mexico City kreiste, auf die braune Dunstglocke hinaus, die stets wie ein schmutziger Teppich über der Großstadt hing: eine Folge der geografischen Lage sowie der ungezügelten Emissionen der modernen Industriegesellschaft. Auf den Ruinen der großen Azteken-Stadt Tenochtitlán erbaut, schien die Stadt an ihrer eigenen Zukunft zu ersticken.

Das Erste, was er einatmete, als er aus dem Flugzeug stieg, war der Geruch von menschlichen Ausscheidungen, die als Dünger eingesetzt wurden. Auf den Straßenmärkten, wo Obst und Gemüse auf dem Boden ausgelegt waren, pinkelten und schissen Hunde und Kleinkinder auf die dargebotenen Waren.

Encarnación stieg in einen schwarzen SUV, der losbrauste, kaum dass er es sich auf dem Rücksitz bequem gemacht hatte. Sein prächtiges Haus im kalifornischen Kolonialstil, mit seinem Vorgarten und seinen kunstvoll getäfelten Treppenhäusern und Fluren, stand in der Calle Emilio Castelar im noblen Viertel Polanco. Nur etwa einen Kilometer vom Bosque de Chapultepec entfernt, war es aus blassgelbem Stein und *Tezontle* gebaut, dem einheimischen rötlichen Vulkanstein, der so vielen großartigen Gebäuden der Stadt ihren Charakter verlieh.

Der Boden, auf dem seine städtische Estanzia stand, war der teuerste in ganz Mexico City, doch das einflussreiche Nationale Institut der Schönen Künste, dem Encarnación nicht zufällig angehörte, verhinderte den Bau von Hochhäusern in der Gegend.

»Willkommen zu Hause, Don Maceo. Wir haben dich vermisst.«

Der Mann, der neben Encarnación saß, war klein und gedrungen, mit dunkler Haut, einer aztekischen Hakennase und mit Pomade geglättetem schwarzem Haar, das wie eine Pferdemähne aus seiner breiten Stirn nach hinten gekämmt war. Tulio Vistoso war einer der mächtigsten Drogenbarone in Mexiko, fast jeder außer Encarnación nannte ihn den »Azteken«.

»Es gibt einiges zu besprechen, bei einem guten Tequila, Don Tulio«, sagte Encarnación freundlich, »und auch ein paar Neuigkeiten zu verdauen.«

Der Azteke war augenblicklich alarmiert. »Probleme?«

»Probleme gibt es immer. Die Frage ist, wie schwer sie zu beheben sind.«

Der Azteke brummte zustimmend. Er trug einen schwarzen Leinenanzug über einem kunstvoll gearbeiteten Guayabera-Hemd. An den Füßen trug er mahagonifarbene Huarache-Sandalen. Der Fahrer war Encarnacións Leibwächter, der bewaffnete Mann neben ihm gehörte zum Azteken.

Die Fahrt zu Encarnacións Haus brachten sie schweigend hinter sich. Beide Männer wussten um den Wert des Schweigens und hatten es sich angewöhnt, immer zur richtigen Zeit und am richtigen Ort über ihre Geschäfte zu sprechen. Sie waren beide keine impulsiven Menschen und handelten nie voreilig oder unüberlegt.

Die vertrauten Straßen und Plätze zogen laut und farbenfroh an ihnen vorüber. An den Stuckfassaden von Restaurants und Tavernen rankten sich Bougainvilleen hoch, die Busse spien ihre Abgase in die verschmutzte Luft. Sie kamen am Santo-Domingo-Platz vorbei, wo Lohnschreiber – *Evangelistas* genannt – auf alten Schreibmaschinen Liebesbriefe oder Beileidsbekundungen für die Analphabeten der Stadt schrieben. Der gepanzerte SUV schlängelte sich geschickt durch das Meer aus bunten Taxis, Lastwagen und Bussen voller stinkender Männer, Frauen, Kinder und Tiere. Unter dem Glockengeläut von Kirchen und Kathedralen rollten sie durch den Sumpf der Stadt, bis sie ins saubere Viertel Polanco gelangten, in dessen Herz die Villa stand, von hohen Mauern und Kiefern umgeben und mit elektrischen Zäunen gesichert.

Encarnacións Haus war tatsächlich ein Prunkstück mit seinen kunstvollen Details und Schnörkeln, und gleichzeitig wie eine Festung ausgebaut, in dieser Stadt des grassierenden Verbrechens eine absolute Notwendigkeit. Es waren jedoch nicht die immer mächtiger werdenden Drogenbosse, gegen die das Anwesen gesichert war, sondern die wechselnde politische Landschaft, die so tückisch wie Treibsand war. Im Laufe der Jahre hatte Encarnación immer wieder miterlebt, wie vermeintlich unverwundbare Freunde einem Regierungswechsel zum Opfer fielen. Er hatte sich geschworen, dass ihm das nicht passieren würde.

Es war die Zeit von *La Comida*, dem großen Mittagsmahl, das in der Stadt der Azteken mit fast religiösem Eifer zelebriert wurde. Die Mahlzeit begann für gewöhnlich um zwei Uhr und zog sich manchmal über den ganzen Nachmittag. Der lange Tisch in Encarnacións Esszimmer war reich gedeckt: Es gab gegrilltes Fleisch mit Pasilla-Chilis, winzige Baby-Aale, gegrillten Fisch, heiße Tortillas, Mole und natürlich gut gereiften Tequila.

Die beiden Männer setzten sich einander gegenüber und hoben das Tequilaglas, ehe sie darangingen, ihren gewaltigen Appetit zu stillen. Bedient wurden sie von Anunciata, der hübschen Tochter von Maria-Elena, Encarnacións langjähriger Köchin. Er hatte sehr bald etwas Besonderes in ihr gesehen und sie von den Pflichten der Küche entbunden, um ihr beizubringen, wie man Internet und moderne Technologie einsetzt, um seine Ziele zu erreichen. Ihr Geist war genauso eifrig und rege wie ihr Körper.

Als sie satt waren, das Geschirr abgeräumt und Espressos und Zigarren serviert waren, brachte Anunciata außerdem riesige Tassen mit heißer Schokolade, mit Chili gewürzt und einem traditionellen hölzernen Quirl schaumig geschlagen. Dies war der wichtigste Teil des Rituals. Die Mexikaner glauben, dass der mächtige Geist des Getränks im Schaum liegt. Anunciata verschwand so lautlos, wie sie gekommen war, und überließ die beiden Männer dem Gespräch über ihre kühnen Pläne.

Der Azteke war guter Laune. »Der Präsident überlässt uns nach und nach immer mehr Macht.«

»Wir kontrollieren diese Stadt.«

»Wir haben die Kontrolle, ja.« Don Tulio legte den Kopf auf die Seite. »Freut dich das nicht, Don Maceo?«

»Doch.« Encarnación schlürfte fast andächtig seine heiße Schokolade. Erst wenn er dieses wunderbare Getränk genoss, hatte er das Gefühl, zu Hause zu sein. »Aber die Kontrolle zu erlangen und sie zu behalten sind zwei Paar Schuhe. Das eine garantiert nicht zwangsläufig das andere. Dieses Land wird alles überdauern, Don Tulio. Wenn wir schon längst Staub sind, ist Mexiko immer noch da.« Wie ein dozierender Professor hob er mahnend den Finger. »Mach nicht den Fehler, dich mit dem Land anzulegen, Don Tulio. Regierungen kann man stürzen, aber Mexiko selbst, das Land, darf man sich nicht zum Feind machen. Das wäre sträfliche Hybris, ein fataler Fehler, für den man mit Sicherheit bezahlt, egal wie viel Macht man in den Händen hält.«

Der Azteke wusste nicht so recht, worauf Encarnación hinauswollte. Außerdem war er sich nicht sicher, was *Hybris* bedeutete. »Ist das das Problem?«

»Das ist *ein* Problem, aber darüber unterhalten wir uns ein andermal. Es ist nicht *das* Problem.«

Er zog Kugelschreiber und Notizblock aus seiner Brusttasche, kritzelte etwas auf das oberste Blatt, riss es ab, faltete es in der Mitte und schob es über den Tisch. Der Azteke sah ihn einen Moment lang an, dann senkte er den Blick, nahm das Blatt und faltete es auseinander.

»Dreißig Millionen Dollar?«, sagte er.

Encarnación fletschte die Zähne.

»Wie konnte das passieren?«

Encarnación ließ die heiße Schokolade im Mund kreisen und blickte zur Decke hinauf. »Darum habe ich dich gebeten, mich vom Flughafen abzuholen. Irgendwo zwischen Comitán de Dominguez und Washington, D.C., sind die dreißig Millionen verschwunden.«

Der Azteke stellte bestürzt seine Tasse auf den Tisch. »Ich verstehe nicht.«

»Unser Partner behauptet, die dreißig Millionen wären gefälscht. Ich weiß, ich konnte es auch nicht glauben, darum habe ich zwei Experten hingeschickt, nicht einen. Unser Partner hat recht. Die echten dreißig Millionen aus Comitán de Dominguez haben sich irgendwo in gefälschtes Geld verwandelt.«

Der Azteke brummte missmutig. »Wie hat es der Partner überhaupt gemerkt?«

»Diese Leute sind anders, Don Tulio. Unter anderem haben sie selbst große Erfahrung im Geldfälschen.«

Don Tulio befeuchtete seine Lippen und runzelte die Stirn in konzentriertem Nachdenken. »Die dreißig Millionen sind über viele Tausend Meilen gewandert, von einer Hand zur anderen.« Comitán de Dominguez im Süden von Mexiko war die erste Verteilerstelle für die Drogenlieferungen aus Kolumbien, die über Guatemala nach Mexiko gelangten. »Das heißt, wir haben einen Dieb in den eigenen Reihen.«

Encarnación knallte die Faust auf den Tisch, dass seine Tasse umkippte und sich die heiße Schokolade über das gestickte Tischtuch ergoss, ein Geschenk, das seine Großmutter an ihrem Hochzeitstag bekommen hatte. Der Azteke erstarrte, seine Augen weiteten sich.

»Ein Dieb in den eigenen Reihen«, gab Encarnación zurück. »Ja, Don Tulio, du hast den Kern des Problems erfasst. Ein sehr cleverer Dieb sogar. Ein Verräter!« Seine Augen funkelten, seine Hand zitterte vor mühsam unterdrückter Wut. »Du weißt, wem die dreißig Millionen gehören, Don Tulio. Es hat fünf Jahre mühsamer, nervenaufreibender Verhandlungen gebraucht, um so weit zu kommen. Unsere Partner müssen das Geld innerhalb von achtundvierzig Stunden haben, sonst ist das ganze Geschäft geplatzt, die ganze Mühe umsonst. Hast du eine Ahnung, wie schwer es zu erreichen war, dass mir diese Leute vertrauen? *Dios de diablo*, Don Tulio! Diese Leute dulden nicht die kleinste Abweichung. Es muss alles geschehen, wie vereinbart. Wir sind an sie gebunden, und sie an uns. Bis der Tod uns scheidet, *comprende, hombre*?«

Erneut krachte seine Faust auf den Tisch und ließ

Tassen und Untertassen klirren. »So etwas lasse ich in meinem Haus nicht zu. Es darf einfach nicht sein. Habe ich mich klar ausgedrückt?«

»Absolut, Don Maceo.« Der Azteke wusste, dass seine Anwesenheit nicht mehr erwünscht war. Er stand auf. »Glaub mir, das Problem wird schnell gelöst sein.«

Encarnacións Augen folgten dem Azteken, wie ein Raubtier seine Beute beobachtete. »Innerhalb der nächsten vierundzwanzig Stunden bringst du mir die dreißig Millionen und den Kopf des Verräters. Das ist die Lösung, die ich haben will, Don Tulio. Die einzig mögliche Lösung.«

Die Augen des Azteken waren so trüb wie die eines toten Fisches, als er den Kopf neigte. »Ich werde dafür sorgen, Don Maceo.«

Bogs parkte den Wagen nicht weit vom Treadstone-Hauptquartier, hielt jedoch Dick Richards zurück, als dieser aussteigen wollte.

»Wo willst du hin?«, sagte Bogs.

»Zurück an die Arbeit«, antwortete Richards. »Ich bin schon viel zu lange von meinem Schreibtisch weg.« Er blickte auf Bogs' Pranke an seinem Arm hinunter. »Lass mich los.«

»Du gehst, wenn ich es dir sage, nicht früher.« Bogs sah Richards eindringlich an. »Es ist Zeit, dass du dich an die Arbeit machst.«

»An die Arbeit? Ich habe die ganze Zeit gearbeitet.«

»Nein«, sagte Bogs. »Du hast geschlafen. Jetzt wirst du aktiv werden. Ich gebe dir spezielle Anweisungen. Du wirst genau das tun, was ich dir sage, nicht mehr und nicht weniger, verstanden?«

Richards nickte verunsichert.

»Was wir vorhaben, ist nicht einfach.« Er beugte sich zu Richards. »Aber was ist im Leben schon einfach?«

Richards nickte mit einem Anflug von Verzweiflung. Bis jetzt war sein Leben als Dreifachagent relativ glatt verlaufen, doch jetzt wurde ihm klar, dass er sich in einer trügerischen Sicherheit gewiegt hatte. Bogs hatte recht: Er hatte geschlafen. Jetzt kam das dunkle Unbekannte, mit Ungeheuern, die ihn zu verschlingen drohten.

»Was …« Die Worte blieben ihm im Hals stecken. Er leckte sich über die trockenen Lippen. »Was wollt ihr von mir?«

»Wir wollen, dass du einen Trojaner im Treadstone-Intranet platzierst.«

»Treadstone hat Sicherheitsvorkehrungen, die den Trojaner schnell aufspüren werden.«

Bogs nickte. »Ich weiß.« Ein raubtierhaftes Funkeln erschien in seinen Augen. »Und wenn du es clever anstellst, werden dir deine Bosse den Auftrag geben, den Trojaner zu beseitigen.«

Der Gedanke gefiel Richards ganz und gar nicht. »Und?«

»Und du machst deinen Job, Richards, so schnell und gründlich wie immer. Deine Bosse werden beeindruckt sein. Du beseitigst den Trojaner.« Er beugte sich so nah herüber, dass Richards den Zwiebelgeruch seines Atems roch. »Und dabei pflanzt du einen Virus ein, der die Treadstone-Server lahmlegt.«

Richards schüttelte stirnrunzelnd den Kopf. »Wozu soll das gut sein? Ich komme nie an die Archive ran, die von den Servern isoliert sind. Das Server-System wird gereinigt, und die Daten werden aus den Archiven zurückgeholt. Binnen zwölf Stunden läuft das System wieder.«

»Du musst dafür sorgen, dass es vierundzwanzig Stunden dauert.«

»Ich …« Richards schluckte. Er fühlte sich wie zu Eis erstarrt und gleichzeitig wie im Fieber. »Das kann ich schaffen.«

»Klar kannst du das.« Bogs sah ihn mit einem breiten Grinsen an. *Damit ich dich besser fressen kann.* »Genau so viel Zeit brauchen wir.«

FÜNFZEHN

Peter hatte erwartet, dass Tom Brick im Haus bleiben würde, doch er war gegangen, nachdem er ihm die mörderische Anweisung gegeben hatte. Allein in dem riesigen Haus, ging Peter eine Weile auf und ab und setzte sich schließlich in einen Stuhl. Er nahm den Schlüssel heraus, den er in Florin Popas Schuh gefunden hatte, als er ihn in das Buchsbaumlabyrinth im Blackfriar-Klub geschleift hatte.

Er hielt ihn ins Licht und betrachtete ihn von allen Seiten: ein kleiner Schlüssel mit einem blauen gummierten Überzug. Es war nichts eingraviert, nicht der kleinste Hinweis, doch Peter ging davon aus, dass der Schlüssel irgendetwas an sich haben musste, das seinen Zweck verriet.

Mit einer der superscharfen Rasierklingen, die Brick ihm gegeben hatte, kratzte er den blauen Überzug ab. Enttäuscht stellte er fest, dass die Fläche darunter völlig blank war. Als er den Schlüssel umdrehte, sah er jedoch ein eingraviertes Wort am Ende: *RECURSIVE.*

Peter sah den Schlüssel in einem neuen Licht: Er war vielleicht gar nicht für ein Türschloss gedacht.

Da er nun eine handfeste Spur hatte, der er folgen konnte, wollte er nicht länger in dem Haus bleiben und sich überlegen, wie er vermeiden konnte, jemanden umzubringen, den er mit ziemlicher Sicherheit nicht umbringen wollte. Er stand auf und ging zur Haustür: verschlossen. Hintertür und Fenster ebenso. Er sah die feinen Drähte, die sofort einen Alarm auslösen würden, sobald eine Scheibe brach.

Das Gleiche galt für die Fenster im ersten Stock, doch hier oben in den Schlafzimmern waren die Fenster kleiner. Er ging wieder nach unten und kramte in den Küchenschubladen, ohne jedoch zu finden, was er suchte. In einem Schrank stieß er schließlich auf einen Werkzeugkasten. Darin fand er einen Glasschneider. Er eilte die Treppe hinauf, wählte ein Fenster, vor dem eine große Eiche stand, und ritzte eine Linie entlang des Rahmens. Die superscharfe Klinge schnitt sich tief ins Glas. Genauso markierte er das Fenster an zwei anderen Seiten. Er legte den Glasschneider weg, ging zum Bett, entfernte den Überzug von einem Kissen, umwickelte damit seine linke Hand und wandte sich wieder der Fensterscheibe zu. Langsam und vorsichtig schnitt er die vierte Seite entlang.

Mit den Fingerspitzen der rechten Hand am Glas stieß er mit seiner geschützten linken Hand dagegen, und die Scheibe bewegte sich ein wenig. Er stieß noch einmal dagegen, diesmal etwas fester, und drückte die Scheibe aus dem Rahmen. Er hielt sie mit der rechten Hand fest, bevor sie herausfallen und zerbrechen konnte. Dann neigte er sie, legte sie flach vor sich und achtete darauf, nicht den Alarm auszulösen. Unendlich vorsichtig stieg er durch die Öffnung, drehte sich um und sprang in eine Astgabel der Eiche. Er drohte das Gleichgewicht zu verlieren und hielt sich gerade noch an einem dicken Ast fest. Schließlich kletterte er bis zum niedrigsten Ast und sprang den letzten Meter hinunter.

Er zog sein Handy aus dem Versteck zwischen den Beinen und rief Treadstone an, um ein Auto anzufordern, das ihn abholte. Er eilte aus der Sackgasse auf eine Straße zu, deren Namen er dem Fahrer nennen konnte.

Nach drei Anrufen hatte er herausgefunden, dass es tatsächlich ein Boot namens *Recursive* gab, auf Liegeplatz 31 des Dockside-Jachthafens in der Water Street 600. Inzwischen hatte ihn sein Fahrer vor dem Blackfriar-Klub abgesetzt, wo er seinen Wagen geparkt hatte. Vierzig Minuten später erreichte er den Jachthafen und stellte seinen Wagen auf dem Parkplatz ab.

Einen Moment lang saß er da und drehte den Schlüssel zwischen den Fingern hin und her. Schließlich stieg er aus und ging zur Anlegestelle hinunter. Die meisten Boote waren schon für den Winter abgedeckt. Manche Plätze waren frei, die dazugehörigen Boote im Trockendock. Auf einigen Fahrzeugen wurde gearbeitet – Angelausrüstung wurde verstaut, die Decks mit Schläuchen abgespritzt, Sitze und Relings geputzt. Peter nickte den Leuten im Vorbeischlendern lächelnd zu. Er rief sich in Erinnerung, dass es in einem Jachthafen eher gemächlich zuging, hier würde jede Hektik und Eile auffallen.

Es erschien ihm merkwürdig, dass ein Leibwächter wie Florin Popa ein Boot besitzen sollte. Doch wenn man bedachte, wie gut er den Schlüssel versteckt hatte, war es durchaus denkbar, dass ihm die *Recursive* nicht gehörte. Vielleicht hatte er sie nur benutzt.

Peter folgte den Nummern der Liegeplätze, bis er zur

31 gelangte. Die *Recursive* war eine elf Meter lange Cobalt mit Innenbordmotor – ein Vergnügungsboot, nach dem offenen Deck und der Anordnung der Sitze zu schließen. Er sprang an Bord und vergewisserte sich zunächst, dass sich niemand auf dem Boot befand. Das war schnell erledigt, da das Boot über keine geschlossene Kabine verfügte.

Er zog den Schlüssel hervor und steckte ihn ins Zündschloss, doch er passte nicht ganz hinein: Das Boot ließ sich damit nicht starten. Peter machte sich auf die Suche, hob jedes Kissen auf und öffnete das kleine Handschuhfach vor dem Beifahrersitz sowie einen etwas größeren Stauraum, ohne etwas zu finden. Es gab keinen Schlitz und kein Schloss, zu dem der Schlüssel passte.

Inzwischen hatte sich die Abenddämmerung über Washington gesenkt, und ein kühler Wind strich über das Wasser. Peter saß auf einem Kissen, starrte ins Nichts hinaus und dachte nach, was er übersehen hatte. Auf dem Schlüssel war der Name *Recursive* eingraviert. Er befand sich an Bord der *Recursive.* Warum fand er nicht, was sich mit dem Schlüssel öffnen ließ?

Er dachte noch eine Viertelstunde über das Rätsel nach. Inzwischen war es dunkel geworden, die Lichter waren eingeschaltet, und er musste sich – zumindest vorläufig – mit der Niederlage abfinden. Nach kurzem Überlegen rief er Soraya an, wurde jedoch sofort mit der Voicemail verbunden. Er hinterließ ihr eine kurze Nachricht, die natürlich vieles offen ließ, und bat sie um einen Rückruf.

Zu Hause bereitete er sich eine Mahlzeit aus Resten zu und aß ohne großen Appetit. Danach ging er in der

Wohnung auf und ab, strich mit der Hand geistesabwesend über den einen oder anderen Gegenstand, während seine Gedanken auf Hochtouren liefen. Schließlich gab er es auf, legte eine DVD ein und sah sich einige Episoden von *Mad Men* an, was ihn etwas beruhigte. Er ließ seine Gedanken schweifen und stellte sich vor, er wäre Don Draper, auch wenn er zurzeit Anthony Dzundza war. In seiner Fantasie stellte Tom Brick den Roger Sterling aus der Serie dar, Soraya war Peggy, und Joans Rolle übernahm der Fitnesstrainer, an den Peter seit Monaten ranzukommen versuchte.

Martha Christiana betrachtete die erschütternd reglose Gestalt, zu der ihre Mutter geworden war. »Geht es so zu Ende?«, fragte sie.

»Für manche«, sagte Don Fernando, der dicht bei ihr stand. »Für Menschen mit einem unheilbaren Leiden.«

»Sie war nicht immer so.«

»Im Grunde schon.« Als sie sich ihm zuwandte, lächelte er mitfühlend. »Sie wurde mit einem Gehirndefekt geboren. Damals wurde so etwas nicht einmal diagnostiziert, aber auch heute kann man nicht viel dagegen tun.«

»Medikamente.«

»Medikamente hätten aus der jungen Frau, die sie war, einen Zombie gemacht. Wäre das besser gewesen?«

Marthas Mutter rührte sich und gab einen klagenden Laut von sich. Martha ging zu ihr und half ihr auf die Toilette. Sie blieb mehrere Minuten bei ihr. Don Fernando ging zur Kommode hinüber und betrachtete die beiden Fotos. Vor allem betrachtete er das junge Mädchen, das Martha Christiana war. Er verfügte über die ungewöhnliche Gabe, aus alten Fotos gewisse Eigenheiten eines Menschen ablesen zu können.

Hinter ihm öffnete sich die Tür, er stellte die Bilder zurück und half Martha, ihre Mutter zum Bett zu bringen. Die alte Frau wirkte erschöpft, fast, als würde sie bereits schlafen.

Die Schwester kam herein, doch Martha winkte sie weg. In stiller Übereinkunft legten sie und Don Fernando die alte Frau ins Bett. Als ihr Kopf auf dem Kissen ruhte und Martha ihr Haar rund um das abgezehrte Gesicht zurechtstrich, blitzte ein winziger Funke in ihren Augen auf, als hätte sie ihre Tochter für einen kurzen Augenblick erkannt. Doch das flüchtige Lächeln verschwand so schnell, als wäre es nie da gewesen.

Martha setzte sich auf die Bettkante, während ihre Mutter die Augen schloss und noch tiefer in den undurchdringlichen Dschungel ihrer Gedanken sank. »Wir enden alle einmal hier.«

»Oder wir sterben jung.« Don Fernandos Mund zuckte. »Das habe ich verpasst.« Er nickte. »No one here gets out alive.«

»Five to One.« Martha erkannte die Zeile aus dem Song von Jim Morrison.

Er lächelte. »Ich kenne nicht nur Bach und Jacques Brel.«

Martha wandte sich ihrer Mutter zu. »Wie kann ich sie einfach so hierlassen?«

»Du hast sie damals auch verlassen.« Sie drehte sich zu ihm um, doch bevor sie etwas sagen konnte, fügte er hinzu: »Das ist keine Kritik, Martha, nur eine Feststellung.« Er trat zu ihr. »Und Tatsache ist nun mal, dass sie hier am besten aufgehoben ist. Sie braucht Pflege, und die Leute hier kümmern sich gut um sie.«

Sie blickte auf das schlafende Gesicht ihrer Mutter hinunter. Etwas war geschehen. Sie sah sich nicht mehr selbst in der Frau.

Schließlich schlief Peter ein und träumte von dem Boot, das in vollem Tempo auf ihn zubrauste, während er um sein Leben schwamm. Als er am nächsten Morgen geistesabwesend Haferflocken in eine bunte Schüssel schüttete, kam ihm plötzlich eine Idee.

Er schaltete seinen Laptop ein, googelte nach *Recursive* und wurde auf das Substantiv *Rekursion* verwiesen, das in der heutigen Welt vor allem »die Technik in der Mathematik und Informatik, eine Funktion durch sich selbst zu definieren« bedeutete. Das sagte ihm nichts, doch als er zum Ursprung des Wortes ging, dem lateinischen *recursio*, fand er »Rücklauf, Wiederkehr«, was ihn auf den Gedanken brachte, zur *Recursive* zurückzukehren. Das Problem war nur, er hatte auf dem Boot alles gecheckt und nichts gefunden. Aber was war mit der Umgebung des Bootes?

Er duschte, zog sich in Rekordzeit an und fuhr schnell zum Jachthafen hinaus. Das Boot sah genauso aus wie gestern. Er durchsuchte es noch einmal systematisch und blickte über die Reling hinaus. Doch da war nichts, weder an Backbord noch am Bug oder Heck, und auf der Steuerbordseite schien es nicht anders zu sein, bis er ein Seil fand, das am Fender befestigt war.

Mit wachsender Erregung zog er das Seil hoch, bis er sah, was am Ende befestigt war: eine große wasserdichte Tasche. Mit etwas Mühe legte er die schwere Tasche auf die Kissen am Heck. Sie war natürlich verschlossen. Als er den Schlüssel hineinsteckte und nach rechts drehte, sprang das Schloss auf.

Er zog den Schlüssel heraus und öffnete die Tasche. Drinnen fand er gebündelte Fünfhundert- und Tausend-Dollar-Scheine. Er hielt den Atem an. Instinktiv blickte er sich im Licht der Morgensonne um, ob ihn jemand beobachtete. Niemand weit und breit. Die wenigen Leute, die er zuvor gesehen hatte, waren inzwischen mit ihren Booten hinausgefahren. Der Jachthafen lag völlig verlassen.

Die folgende halbe Stunde verbrachte er damit, das Geld zu zählen. Er stellte schnell fest, dass die Bündel gleich viele Banknoten enthielten. Die Summe war gewaltig.

Großer Gott, dreißig Millionen Dollar!

Bourne und Rebekka stiegen in Mexico City aus, mit dem Babylonier im Nacken.

»Hier sitzen wir in der Falle«, meinte Rebekka.

»Wir müssen immer noch durch den Zoll und die Einreisekontrolle.« Bourne hatte den Babylonier im Auge, der sich fünf oder sechs Leute hinter ihnen befand. Größer durfte er den Abstand nicht werden lassen, wenn er sie im Auge behalten wollte.

»Wir sollten uns trennen«, schlug Rebekka vor, den offenen Reisepass in der Hand, während sie sich in die Schlange der ersten Klasse einreihten.

»Genau das erwartet er von uns«, meinte Bourne.

»Hast du eine bessere Idee?«, fragte Rebekka.

»Noch nicht«, sagte er. »Lass mich überlegen.«

Er blickte sich um, unter den Männern, Frauen und Kindern, den Familien mit ihren Kinder-Sportwagen und all dem Krimskrams, den man für Babys und kleine Kinder brauchte. Drei junge Mädchen mit Teddybär-Rucksäcken kicherten und tanzten, eine Frau saß in einem Rollstuhl der Fluglinie, eine Dreijährige lief von ihrer Mutter weg und irrte zwischen den Leuten umher, die lachten und die Kleine am Kopf tätschelten.

»Es gibt einen Weg«, sagte Bourne schließlich.

»Was?« Etwas irritiert folgte sie ihm, als er zu der längeren Schlange der Economy-Passagiere hinüberwechselte, die sich durch die ganze Halle zog.

Er trat zu der Frau im Rollstuhl. Sie war mit einem schicken Chanel-Anzug bekleidet, ihr dichtes schwarzes Haar trug sie zu einem kunstvollen Knoten geflochten. Er beugte sich zu ihr und sagte: »Sie sollten nicht in der langen Schlange warten müssen. Wenn Sie gestatten, helfe ich Ihnen ein bisschen.«

»Das ist sehr freundlich«, sagte sie.

»Tim Moore«, stellte er sich vor, nach dem Pass, mit dem er einreiste.

»Constanza.« Ihr Gesicht verriet, dass sie sowohl von mexikanischen Ureinwohnern als auch den spanischen Eroberern abstammte. Ihre Haut hatte die Farbe von Honig, ihre Züge waren hart und klar in ihrer zeitlosen Schönheit. »Ich weiß auch nicht, warum sie mich hier abgestellt haben. Die Flugbegleiterin hat gesagt, ich soll einen Moment warten, aber sie ist nicht wiedergekommen.«

»Keine Sorge«, sagte Bourne. »Meine Frau und ich bringen Sie schnell hier durch.«

Rebekka folgte ihm, als er den Rollstuhl zur Schlange

der ersten Klasse schob und sich mit ihr ganz vorne einreihte.

»Halevy beobachtet uns«, flüsterte ihm Rebekka zu.

»Lass ihn«, sagte er. »Er kann nichts tun.«

Constanza legte den Kopf auf die Seite und sah ihn fragend an. »Was wird das, Mr. Moore?«

»Ich brauche Ihren Pass.«

»Natürlich.« Sie gab ihm ihren Reisepass, als sie zur Einreisekontrolle kamen.

Bourne reichte dem Beamten die drei Pässe. Der Mann öffnete sie und betrachtete ihre Gesichter. »Diese Frau ist mexikanische Staatsbürgerin. Sie beide müssen sich da drüben anstellen.«

»Señor und Señora Moore gehören zu mir«, sagte Constanza. »Wie Sie sehen, komme ich nicht ohne sie weiter.«

Der Beamte brummte missmutig. »Beruflich oder privat?«, fragte er Bourne gelangweilt.

»Wir sind im Urlaub«, sagte Bourne ebenso beiläufig.

Ihre Pässe wurden gestempelt, und Bourne schob den Rollstuhl zur Gepäckrückgabe, Rebekka dicht hinter ihm. Sie halfen Constanza mit ihrem Gepäck, während der Babylonier nur wenige Meter entfernt ungeduldig auf der Stelle trat.

Außerhalb des Sicherheitsbereichs wartete Constanzas Chauffeur, ein stämmiger Mexikaner mit kleinen Schweinsaugen, einem pockennarbigen Mondgesicht und dem Benehmen eines fürsorglichen Onkels. Er klappte einen schönen Aluminiumrollstuhl auseinander und setzte die Frau scheinbar mühelos hinein.

»Manny«, sagte Constanza, als sie zusammen zum

Ausgang gingen, »das sind Señor Moore und seine Frau Rebekka. Sie waren so freundlich, mir bei der Einreisekontrolle zu helfen. Man trifft heute so selten so nette Leute wie die beiden, nicht wahr?«

»Absolut, Señora«, nickte Manny.

Sie drehte sich zu ihnen um. »Mr. Moore, ich möchte Sie und Rebekka unbedingt zum Mittagessen einladen. Im Auto ist genug Platz.« Sie winkte mit der Hand ab. »Ich akzeptiere kein Nein, kommen Sie.«

Im Auto war tatsächlich genug Platz. Es handelte sich um eine Hummer-Limousine, eine Sonderanfertigung mit einem Innenraum so bequem wie ein Wohnzimmer.

»Sagen Sie, Mr. Moore, was machen Sie beruflich?«, fragte Constanza, als sie ihre Plätze eingenommen hatten und Manny sich in den Verkehr einfädelte. Sie hatte einen Körper, wie ihn sich viele Zwanzigjährige wünschen würden: große Brüste, schmale Taille, lange Beine.

»Import-Export«, antwortete Bourne, ohne zu zögern.

»Verstehe.« Constanza beobachtete Rebekka, die immer wieder zum Flughafengebäude zurückblickte. »Ich mag Leute mit Geheimnissen.«

Rebekka drehte sich zu ihr um. »Wie bitte?«

»Mein verstorbener Mann, Acevedo Camargo, bestand überhaupt nur aus Geheimnissen.« Sie lächelte schelmisch. »Manchmal glaube ich, dass ich mich gerade deshalb in ihn verliebt habe.«

»Acevedo Camargo«, sagte Bourne. »Den Namen habe ich schon einmal gehört.«

»Das kann ich mir vorstellen.« Constanza wandte

sich mit einem Augenzwinkern an Rebekka. »Mein verstorbener Mann hat sein Geld, wie so viele clevere Mexikaner, im Drogenhandel gemacht.« Sie zuckte die Achseln. »Ich schäme mich nicht dafür, außerdem ist es immer noch besser, als vor den Gringos zu buckeln.« Sie winkte mit der Hand ab. »Nichts für ungut, aber wir sind hier nun mal in meinem Land. Ich kann sagen, was ich will und wann ich will.«

Sie lächelte gutmütig. »Sie dürfen mich nicht falsch verstehen. Acevedo war ein guter Mann, aber in Mexiko sterben gute Männer oft. Acevedo machte mit dem Drogenhandel Schluss, wurde Politiker und kämpfte gegen die Leute, die ihn zum Multimillionär gemacht hatten. Mutig oder dumm? Vielleicht beides. Sie haben ihn jedenfalls umgebracht, mitten auf der Straße erschossen, als er vom Büro zu seinem gepanzerten Wagen ging. Ein Kugelhagel – niemand hätte ihn retten können, auch nicht ein Dutzend Leibwächter statt der drei, die er hatte. Sie sind alle an jenem Abend gestorben. Ich erinnere mich noch genau, die Sonne war so rot wie das Tuch eines Stierkämpfers. Das war Acevedo: ein Torero.«

Sie lehnte sich zurück, sichtlich erschöpft von ihren Erinnerungen. Manny fuhr den Circuito Interior entlang Richtung Westen.

»Es tut mir so leid«, sagte Rebekka, nachdem sie einen kurzen Blick mit Bourne gewechselt hatte.

»Danke«, sagte Constanza, »aber ich habe ja gewusst, worauf ich mich einlasse, als ich mich in ihn verliebte.« Sie zuckte mit den Achseln. »So ist das Leben nun mal in Mexiko: Armut, Hoffnungslosigkeit und Scheiße. Eine endlose Serie von Niederlagen. Entschuldigen Sie, dass ich so direkt bin, aber ich bin alt genug, um zu wissen, dass es nichts bringt, um den heißen Brei herumzureden.«

Ihre schlanke, elegante Hand beschrieb kleine Kreise in der Luft. »So ist das Leben hier: Wir nehmen jeden Weg, der uns aus dem Dreck führt. Ich habe Acevedo gewählt. Ich wusste, wer und was er war. Er konnte und wollte es mir nicht verheimlichen. Mit der Zeit wurde ich zu seiner Beraterin. Das wusste natürlich niemand. So etwas sieht man nicht gern bei einer Frau.« Sie lächelte verschlagen. »Ich verhalf ihm zu noch mehr Geld, statt ihm Kinder zu schenken. Ein Leben in der Küche und im Kinderzimmer, das war nichts für mich. Ich hab ihm das von Anfang an gesagt. Trotzdem wollte er mich.« Mit einem breiten Lächeln fügte sie hinzu: »So ein guter Mann. Er hat so viel von der Welt und den Menschen verstanden. Nur wie man überlebt, das wusste er nicht.« Sie seufzte. »Er verstand nicht, dass es keinen Unterschied macht, von wem das Gesetz mit Füßen getreten wird, von der Regierung oder den Verbrechern.«

Sie hob den Kopf, ein tapferes Lächeln im Gesicht. »Wahrscheinlich wusste er, dass sie ihn eines Tages töten würden. Es machte ihm nichts aus. Er wollte das tun, wovon er überzeugt war.« Wieder dieses rätselhafte Lächeln. »Mutig und dumm, wie ich schon sagte.«

Die Limousine bog in die Avenida Rio Consulado ein, danach in den Paseo de la Reforma. Als sie die eigentliche Stadt erreichten, das Herz der Metropolregion, in der insgesamt etwa zweiundzwanzig Millionen Menschen leben, wandte sich Constanza wieder Bourne und Rebekka zu.

»Dios mío«, sagte sie, während sie durch die verstopften Straßen der Altstadt fuhren, »da quassle ich die ganze Zeit über mein Leben, dabei würde ich so gern etwas über das Ihre erfahren.«

»Also«, sagte Don Fernando, »zu wem gehörst du?«

Martha Christiana rupfte ein Stück von ihrem Croissant ab und konzentrierte sich auf ihr Frühstück. »Warum sollte ich zu irgendjemandem gehören?«

»Alle Frauen möchten zu irgendjemandem gehören.«

Sie nahm einen Schluck von ihrem Café au lait in einer dicken weißen Porzellantasse von der Größe einer kleinen Schüssel. »Was ist mit unabhängigen Frauen?«

»Die ganz besonders!«, sagte er voller Überzeugung. »Unabhängigkeit muss an irgendetwas gebunden sein, sonst ist sie bedeutungslos. Sie braucht einen Kontrast, sonst verkümmert sie.«

Sie saßen an einem runden Glastisch mit kunstvoll verzierten schmiedeeisernen Beinen, auf einer Dachterrasse, von der man den geschäftigen Hafen von Gibraltar überblickte und dahinter das türkisblaue Meer. Die weißen Wolken am blauen Himmel hatten nichts Bedrohliches. Eine erfrischende Brise wehte ihr durchs Haar. Es war schon spät gewesen, als sie das Zimmer ihrer Mutter verlassen hatten, wo die alte Frau in ihrer eigenen Gedankenwelt versunken war. Martha hatte schon vorher das Bedürfnis verspürt zu reden, doch es war ihr zunächst peinlich gewesen. Nachdem er ihr jedoch geholfen hatte, ihre Mutter zu Bett zu bringen, fiel es ihr zu ihrem eigenen Erstaunen plötzlich ganz leicht.

Sie blickte in sein ausdrucksstarkes sonnengebräuntes Gesicht. Er sah ihren missbilligenden Blick und breitete die Hände aus. »Was ist? Ich bin ein Mann, der die Frauen liebt.«

»Im Moment klingst du nicht so.«

»Dann hast du mich falsch verstanden.« Er schüttelte den Kopf. »Niemand will gern allein sein.«

»Ich schon.«

»Nein«, versetzte er, ohne zu zögern, »willst du nicht.«

»Bitte, sag mir nicht, was ich will.«

»Entschuldigung«, sagte er mit wenig Überzeugung.

Die bestellten Spiegeleier kamen, zusammen mit *Papas Bravas* und *Salsa Verde.* Eine Zeit lang aßen sie schweigend. Eine gewisse Spannung baute sich zwischen ihnen auf. »Also«, begann er erneut, »zu wem gehörst du?«

Ein leises Lächeln krümmte ihre Lippen, das sie verbarg, indem sie ein zerlaufenes Eigelb mit ein paar Kartoffelstücken auftunkte und in den Mund steckte. Jetzt verstand sie, worauf er hinauswollte und warum er sie zurück nach Gibraltar gebracht hatte. Sie kaute nachdenklich und schluckte.

»Warum willst du das wissen, Don Fernando?«

»Weil du als Todesengel zu mir gekommen bist«, sagte er ganz ruhig. Er sah das Aufblitzen in ihren Augen, die sich ein klein wenig weiteten. »Jetzt frage ich mich, ob wir das hinter uns gelassen haben.«

»Und wenn nicht?«

Er lächelte. »Dann musst du mich töten.«

Sie lehnte sich zurück und wischte sich die Lippen ab. »Dann weißt du's also.«

»Sieht so aus.«

»Wie lange schon?«

Er zuckte die Achseln. »Von Anfang an.«

»Und du unternimmst gar nichts?«

»Du interessierst mich, Martha.«

Ihre ernsten Augen studierten ihn einen Moment lang, dann lachte sie rau. »Ich werde wohl unaufmerksam.«

»Nein«, sagte er. »Du willst nicht mehr allein sein. Du willst zu jemandem gehören.«

»Ich gehöre zu Maceo Encarnación.«

Jetzt war es also raus. Sie hatte den schrecklichen Namen ausgesprochen.

Er schüttelte den Kopf. »Meine Liebe, das ist eine Illusion.«

»Jetzt sagst du mir wahrscheinlich, eine Illusion, die mir Maceo Encarnación in den Kopf gesetzt hat.«

»Ich würde sagen, es ist deine eigene Illusion.« Don Fernando kannte ihre Vorliebe für frisch gepressten Blutorangensaft und schenkte ihr nach. »Maceo Encarnación hätte nicht die Macht dazu.« Er hielt einen Moment lang nachdenklich inne. »Es sei denn, du hast sie ihm gegeben.«

Er zuckte erneut die Achseln und schaute ihr in die Augen. »Aber dazu bist du zu stark. Das weiß ich.«

»Woher?«, fragte sie. »Woher weißt du das?«

Er antwortete ihr mit den Augen.

»Ich bin seit Jahren bei Maceo Encarnación, nachdem ich …« Sie hätte beinahe gesagt: … *nachdem ich viele Männer getroffen hatte, die mich benutzten und die ich benutzte, nach meiner Flucht aus Marrakesch*, doch sie biss sich auf die Zunge und schwieg. Sie konnte nicht über diese Monate der Erniedrigung sprechen, nicht einmal mit diesem Mann, dem sie erstaunlicherweise vertraute, wie ihr jetzt bewusst wurde – und das, obwohl sie sich absolut sicher gewesen war, nie wieder einem Mann vertrauen zu können. Das galt auch für Maceo Encarnación, der sie so großzügig für ihre Dienste bezahlte, wie er auch ihre Ausbildung bezahlt hatte. *»Du bist der geborene Killer«*, hatte er einmal zu ihr gesagt. *»Ein Rohdiamant, du brauchst nur ein bisschen Feinschliff, ein größeres Repertoire.«* So etwas wie Vertrauen war zwischen ihnen nie ein Thema gewesen. Es war eine rein geschäftliche Beziehung, nicht mehr, aber auch nicht weniger. Dennoch hatte sie nicht ein einziges Mal daran gedacht, ihn zu hintergehen. Bis jetzt.

Don Fernando Herrera, der Mann, der ihr gegenübersaß, schien in der Lage zu sein, in ihr Innerstes zu schauen. Er hatte alles verändert, ihr Leben auf den Kopf gestellt, sie dazu gebracht, alle Regeln zu brechen, die sie sich selbst auferlegt hatte. Aber vielleicht war er mehr so etwas wie ein Sendbote, der ihr den Schlüssel überbrachte. Der Rest war ihre eigene Entscheidung, wie er selbst angedeutet hatte. Sie hatte die Tür geöffnet und war in eine ganz neue Welt eingetreten. Er hatte ihr nicht gesagt, was sie tun oder fühlen sollte – er wollte ihr vielmehr klarmachen, dass sie ihre Entscheidung längst getroffen hatte.

Sie brauchte ihn nicht zu fragen, sie wusste auch so, dass er es so sehen würde, und dafür war sie unendlich dankbar. Er war ein Mann, wie sie ihn sich erträumt, aber nie in der Realität zu treffen geglaubt hatte, weil es ihn ganz einfach nicht geben konnte.

Und dennoch …

Sie wandte sich von ihm ab und blickte auf die schaukelnden Boote hinaus, die aufgerollten Segel, die trocknenden Netze auf den Decks der soeben zurückgekehrten Fischerboote.

»Als Kind glaubte ich, ich lebe am Ende der Welt«, sagte sie und stockte einen Moment lang, fast ängstlich, weiterzusprechen. Dann machte sie den nächsten Schritt in den hellen Raum. »Ich habe mich geirrt. Es war der Anfang.«

SECHZEHN

Constanza Camargo wohnte an der Ecke Alejandro Dumas und Luis G. Urbina im noblen Viertel Polanco. Bourne blickte durch das von Jalousien bedeckte Fenster auf den Teich in der Mitte des Parque Lincoln hinaus, auf die geometrisch angeordneten Bäume und die Calle Emilio Castelar dahinter. Das Haus im Kolonialstil war ansprechend und komfortabel eingerichtet. Die persönliche Note erhielt es durch die vielen Bilder und Erinnerungsstücke aus vielen Reisen rund um die Welt.

»Irgendjemand in dieser Familie liebt Indonesien«, sagte Bourne, während er und Rebekka Constanza in das Esszimmer mit seinen dunklen Holzbalken und einer dunkelgrünen, halb abstrakten Waldtapete folgten. Durch eine Glastür gelangte man auf einen Innenhof mit einer Linde und einem Brunnen in der Form von zwei springenden Delfinen. An den weißen Steinwänden rankten sich violette und rote Bougainvilleen hoch.

»Ja, ich«, sagte Constanza. »Auf Java stand ich bei Sonnenaufgang vor dem buddhistischen Heiligtum, dem Borobudur-Tempel. Am späten Nachmittag hörte ich den Ruf des Muezzins und sein Echo durch das ganze sonnendurchflutete Tal hallen. Ich habe mich sofort in das Land verliebt.«

Nachdem sie sich an einen massiven Holztisch gesetzt hatten, erschienen Dienstboten mit verschiedenen Speisen, Tequila, Wein und Quellwasser.

»Ich habe Ihnen meine Geschichte erzählt«, sagte Constanza mit einem Augenzwinkern, während das Mittagessen serviert wurde. »Jetzt würde ich gern Ihre hören.«

»Wir sind nach Mexico City gekommen, weil wir jemanden suchen«, sagte Bourne, bevor Rebekka antworten konnte.

»Ah«, lächelte Constanza. »Also doch kein Urlaub.«

»Leider nein.«

Sie wartete, während eine Dienstbotin eine Portion Schweinefleisch in Mole-Sauce auf ihren Teller häufte. »Und Ihre Suche ist dringend, nehme ich an?«

»Wie kommen Sie darauf?«, fragte Rebekka.

Constanza wandte sich ihr zu. »Glauben Sie, ich habe diesen finsteren Kerl in der Ankunftshalle nicht gesehen? Ich bin nicht mehr die Jüngste, aber senil bin ich noch lange nicht!«

»Ich möchte so auf Draht sein wie Sie, wenn ich in Ihrem Alter bin«, meinte Rebekka.

»Mit Schmeichelei kommt man weit«, sagte Constanza augenzwinkernd. »Was glauben Sie, warum ich Sie mitgenommen habe?« Sie beugte sich zu ihnen und sagte leise und verschwörerisch: »Ich möchte ein bisschen an Ihrer spannenden Geschichte teilhaben.«

»Wie meinen Sie das?«

»Was immer Sie beide im Schilde führen. Und woran Sie der finstere Kerl hindern will.«

»Da wir schon so offen miteinander reden«, sagte Bourne, »der finstere Kerl will uns umbringen.«

Constanza runzelte die Stirn. »Also, das müssen wir verhindern!«

Rebekka schüttelte den Kopf. »Sie sind nicht schockiert?«

»Wenn man ein Leben wie meines geführt hat«, erwiderte Constanza, »dann schockiert einen nichts mehr.« Sie wandte sich Bourne zu. »Schon gar nicht Leute, die von sich sagen, sie wären im Import-Export-Geschäft. Das war mein Mann nämlich auch!«

Sie legte die Hände ineinander, das Essen schien sie nicht mehr zu interessieren. »Also, erzählen Sie mir, was Sie können, dann helfe ich Ihnen, denjenigen zu finden, den Sie suchen.«

»Er heißt Harry Rowland«, sagte Bourne.

»Oder Manfred Weaving«, fügte Rebekka hinzu.

»Legenden«, sagte Constanza mit einem lebhaften Funkeln in den Augen. »O ja, mit Legenden kenne ich mich aus. Acevedo hat früher oft eine benutzt, wenn wir ins Ausland reisten.«

»Es gibt da etwas, wodurch er leichter zu finden sein könnte«, sagte Bourne. »Wir vermuten, dass er für SteelTrap arbeitet.«

Ein Schatten legte sich über Constanzas Gesicht, als sie zwischen ihnen hin und her blickte. »Sie werden das jetzt vielleicht übertrieben oder theatralisch finden, aber was Sie vorhaben, ist ein schwerer Fehler.« Ihre Augen bargen dunkle Geheimnisse, die man besser nicht ans Licht brachte. »Ich kann Ihnen nur raten, vergessen Sie diesen Rowland oder Weaving. Was immer Sie von ihm wollen, vergessen Sie's. Verlassen Sie Mexico City mit dem nächsten Flug.«

Nach einer unruhigen Nacht, in der Charles Thorne sie durch ein Labyrinth von dunklen Gängen verfolgte, in denen es nach Narkosemittel und Tod roch, erwachte Delia in ihrem Bett mit rasenden Kopfschmerzen, die auch drei Ibuprofen widerstanden. Sie sah auf ihrem Telefon nach, ob Sorayas zuständige Krankenschwester von der Intensivstation angerufen hatte. Eine Nachricht und zwei SMS von Amy, die sich erkundigte, wie es ihr ging. Amy und Soraya mochten sich nicht besonders, was Delia sehr bedauerte. Sie hatte es zuerst nicht glauben wollen, aber Amy war eifersüchtig wegen ihres intimen Verhältnisses zu Soraya. Amy wollte nicht so ganz glauben, dass ihre Beziehung rein freundschaftlich und Soraya strikt hetero war. *»Ich habe viele Artikel über die Homosexualität in der arabischen Welt gelesen«*, hatte Amy in einem eifersüchtigen Moment gemeint. *»Die Gefühle werden verdrängt, sie werden dadurch aber nur noch stärker.«* Egal was Delia sagte, sie konnte Amy einfach nicht von ihrer Meinung abbringen, bis sie es schließlich aufgab und das Thema *Soraya* zwischen ihnen nicht mehr vorkam.

Nachdem sie geduscht und sich angezogen hatte, holte sie sich in einem McDonald's Drive-thru eine Kleinigkeit zu essen. Sie schmeckte gar nicht, was sie da zu sich nahm – genauso gut hätte sie die Verpackung verspeisen können.

Im Büro angekommen, beschäftigte sie sich zuerst einmal damit, einen teuflisch cleveren Sprengmechanismus zu entschärfen. Als sie schließlich auf ihre Uhr schaute, waren zwei Stunden vergangen. Sie stand auf, streckte sich und drehte eine Runde durch das Labor, um den Kopf freizubekommen.

Es half nicht. Was sie auch tat, sie blieb allein mit ihren Gedanken und ihrer Wut auf Charles Thorne. Ihre größte Sorge blieb Soraya, obwohl sie jetzt überhaupt nicht mehr verstand, was ihre Freundin zu diesem Monster hingezogen hatte. Vielleicht ist das so eine typische Hetero-Sache, dachte sie amüsiert, aber auch mit einer gewissen Bitterkeit. Er hatte sie erniedrigt. Noch schlimmer, sie hatte es zugelassen.

Sie kehrte an ihre Workstation zurück, konnte sich jedoch nicht mehr auf ihre Arbeit konzentrieren, und so nahm sie ihren Mantel und fuhr wieder ins Krankenhaus. Irgendwie erschien es ihr wichtig, in Sorayas Nähe zu sein, gerade weil sie bewusstlos und so verletzlich war.

Erschöpft und hungrig suchte sie die Intensivstation auf, doch als die zuständige Schwester ihr versicherte, dass es nichts Neues gebe, ging sie in die Kantine im Keller des Krankenhauses, füllte ihr Tablett, zahlte und setzte sich an einen Resopaltisch. Sie aß, den Blick auf die riesige Uhr an der Wand gerichtet, mit den Gedanken bei ihrer Freundin, in der Hoffnung, dass sie mit jedem Atemzug der Genesung näher kam.

Lieber Gott, dachte sie, *beschütze Raya und lass sie wieder gesund werden, sie und ihr Baby.*

Ihre Augen brannten, und ihre Haut fühlte sich spröde an, eine Folge der trockenen Krankenhausluft. Sie wusste, sie sollte hinausgehen, wenigstens einmal um den Block, aber irgendwie konnte sie sich nicht aufraffen. Sie wartete darauf, dass ihr Handy klingelte, und hoffte auf gute Neuigkeiten.

Und dann passierte es. Ihr Handy vibrierte, sie sprang auf und hörte der Schwester zu, während sie bereits mit klopfendem Herzen nach oben hastete. Sie nahm sich nicht einmal die Zeit, um auf den Fahrstuhl zu warten, sprang die Treppe hinauf und hatte nur einen Gedanken: *Du schaffst es, Raya. Du schaffst es!*

Delia eilte durch den breiten Mittelgang der Intensivstation, vorbei an den mit Vorhängen abgeschirmten Räumen, aus denen man das Summen der Maschinen hörte, die die Patienten am Leben erhielten. Nach den Abteilungen für Verbrennungen und Herzerkrankungen fand sie Soraya im letzten Raum auf der rechten Seite. Ihre Krankenschwester, eine junge Frau mit zurückgestecktem Haar, sah Delia mitfühlend an.

»Sie ist wach«, antwortete die Schwester auf Delias sorgenvollen Blick. »Sie ist stabil. Dr. Santiago und ein Kollege waren bei ihr. Sie sind zufrieden mit ihren Fortschritten.«

Delia fühlte sich, als würde sie auf brennenden Nägeln gehen. »Und die Prognose?«

»Die Ärzte sind vorsichtig optimistisch.«

Delia spürte eine Welle der Erleichterung. »Dann ist sie über den Berg?«

»Es sieht ganz danach aus«, sagte die Krankenschwester mit dem typischen Lächeln, das alles und nichts heißen konnte. »Es liegt zwar noch einiges vor ihr, aber sie hat schon große Fortschritte gemacht.«

»Ich will sie sehen«, sagte Delia.

Die Schwester nickte. »Aber bitte überanstrengen Sie sie nicht. Sie ist noch sehr schwach, und ihr Körper muss für zwei arbeiten.«

Als sich die Schwester schon umdrehen wollte, fragte Delia: »Hat sie sonst jemand besucht?«

»Ich habe Sie sofort angerufen, als die Ärzte mit der Untersuchung fertig waren.«

»Danke«, sagte Delia aufrichtig.

»Rufen Sie mich, wenn Sie mich brauchen.« Die Schwester zeigte den Gang hinunter. »Ich bin in der Überwachungsstation.«

Delia nickte und zog den Vorhang zurück. Soraya war an eine ganze Batterie von Maschinen angeschlossen. Ihr Gesicht hellte sich augenblicklich auf, als sie Delia sah.

»Deel«, sagte sie und streckte ihr die Hand entgegen. Sie schloss einen Moment lang die Augen, als sie die Wärme von Delias Hand spürte. »Ich bin wieder unter den Lebenden.«

»Die Ärzte haben's mir gesagt.« Delias Lächeln war nun nicht mehr gezwungen. Raya sah tatsächlich viel besser aus als noch im Aufwachraum. Ihre Wangen hatten wieder Farbe angenommen, nachdem sie gestern noch totenbleich gewesen war. »Ich bin zwar noch nicht ganz fit, aber das Schlimmste ist vorbei, das weiß ich.«

Soraya lächelte, und Delia brach in Tränen aus.

»Was ist, Deel? Was hast du denn?«

»Das ist wieder dein altes Lächeln, Raya. Das Lächeln, das ich so liebe.« Sie beugte sich zu ihr und küsste ihre Freundin zärtlich auf beide Wangen. »Ich habe meine beste Freundin wieder. Alles wird gut.«

»Komm her«, sagte Soraya. »Setz dich zu mir.«

Delia setzte sich auf die Bettkante und nahm die Hand ihrer Freundin.

»Ich habe die ganze Zeit geträumt, Deel. Ich war in Paris, mit Amun – er hat gelebt. Ich war bei Aaron, und Charlie war auch dort.« Ihre Augen klärten sich und sahen Delia an. »Ist Charlie noch da, Deel?«

»Nein, er ist gegangen.« Delia blickte einen Moment lang zur Seite, ehe sie sich wieder ihrer Freundin zuwandte. »Er hat gesagt, das Baby ändert alles, er möchte, dass du ein Teil seines Lebens bleibst.«

»Mit anderen Worten, du hast dich in ihm geirrt.«

»Sieht so aus.« Sie hatte nicht vor, Soraya zu erzählen, dass Thorne ihr gedroht hatte.

»Gut. Das ist sehr gut.« Soraya drückte ihre Hand. »Du hast genau das getan, was ich wollte.«

»Was?« Delia hob erstaunt den Kopf.

Soraya sah sie mit einem reumütigen Lächeln an. »Ich hab dich benutzt, Deel. Bevor ich zusammenbrach, habe ich ihn noch besucht, aber was ich vorhatte, hat mich selbst so angewidert, dass ich es nicht herausbrachte. Ich brauchte dich, damit du's für mich tust.« Sie drückte ihrer Freundin die Hand. »Sei mir nicht böse.«

»Wie könnte ich dir böse sein?« Delia schüttelte den Kopf. »Aber ich verstehe es nicht.«

Soraya deutete auf einen Plastikkrug. »Bringst du mir bitte Eiswasser?«

Delia stand auf, goss etwas Wasser aus dem Krug in einen Plastikbecher und reichte ihn ihr. Soraya nahm einen langen Schluck.

Als sie Delia den leeren Becher zurückgab, sagte sie: »Ich muss Charlie irgendwie an mich binden.«

»Wie gesagt, ich versteh's nicht.«

Soraya lachte leise und legte eine Hand auf ihren Bauch. »Komm her, Deel. Ich spüre, wie sich das Baby bewegt.«

Delia beugte sich über sie und legte ihre Hand neben Sorayas, und als sie spürte, wie das Baby strampelte, lachte sie ebenfalls. »Okay, Raya«, sagte sie schließlich,

»dann erzähl mir mal, wie wir alle zusammenhängen, du und ich und Thorne.«

Soraya betrachtete sie einen Augenblick. »Meine Beziehung zu Charlie ist nicht so, wie du denkst.«

Delia schüttelte schweigend den Kopf.

»Sie hat mehr mit meiner Arbeit zu tun.«

»Deine Affäre mit ihm gehört zu deiner Arbeit?« Der Schock ging Delia durch und durch. »Soll das ein Witz sein?«

»Ich wünschte, es wäre so.« Soraya seufzte. »Darum habe ich mich überhaupt mit ihm eingelassen.« Sie lächelte. »Mehr kann ich dir nicht sagen. Ich habe so ein schlechtes Gewissen, dass ich dich benutzt habe.«

»Herrgott, nein, Raya. Ich …« Jetzt wurde Delia einiges klarer. »Ehrlich gesagt hab ich nie verstanden, was du an ihm gefunden hast.«

»Geheimnisse, Deel. Mein Leben besteht nun mal aus lauter Geheimnissen. Das weißt du ja.«

»Aber das. Mit ihm ins Bett zu gehen, weil …«

»Eine jahrhundertealte Tradition. Frag Kleopatra, Lucrezia Borgia, Mata Hari.«

Delia sah ihre Freundin in einem ganz neuen Licht. »Und das Baby?«

Sorayas Augen leuchteten. »Ist nicht von ihm.«

»Moment, was? Aber du hast gesagt …«

»Ich weiß, was ich dir gesagt habe, Deel. Charlie soll glauben, dass es von ihm ist.« Sie strich über ihren Bauch. »Es ist von Amun.«

In Delias Kopf begann sich alles zu drehen, als hätte sie den festen Boden in dieser neuen Welt verloren, die Soraya ihr da enthüllte. »Was ist, wenn er einen Vaterschaftstest verlangt?«

»Was ist, wenn ich seiner Frau von uns erzähle?«

Delia starrte Soraya verblüfft an. »Raya, du machst mir echt Angst.«

»Oh, Deel, das wollte ich nicht. Du bist meine Freundin. Wir stehen uns näher als Schwestern. Nicht einmal Peter weiß, was ich dir erzählt habe. Bitte, versuch mich zu verstehen.«

»Das möchte ich, Raya, ehrlich. Aber es zeigt wieder mal, dass man niemanden wirklich kennt, auch wenn man glaubt, man steht sich nahe.«

»Aber wir *stehen* uns nahe, Deel.« Sie griff nach ihrer Hand. »Hör zu, seit ich aus Paris zurück bin, ist mir klar, dass es mehr im Leben gibt als Geheimnisse. Was habe ich denn schon?« Sie lachte. »Okay, dich natürlich.« Sie wurde sofort wieder ernst. »Und jetzt auch das Baby. Und mir ist auch klar geworden, dass es widerlich ist, das Baby gegen Charlie zu benutzen. Zum ersten Mal in meinem Leben komme ich mir schmutzig vor, als hätte ich eine Grenze überschritten. Ich darf mein Kind nicht für so etwas benutzen. Das will ich nicht. Das Kind hat etwas Besseres verdient, etwas anderes als dieses Schattenleben. Es braucht Sonne und Licht und andere Kinder in seinem Alter. Es verdient eine Mutter, die sich nicht ständig umblicken muss.«

Delia beugte sich zu ihr und küsste ihre Freundin auf die Wange. »Das ist gut, Raya. Seit du mir von dem Baby erzählt hast, habe ich gehofft, dass du zu einer solchen Entscheidung kommst.«

Soraya lächelte. »Jetzt ist es so weit.«

»Du musst es auch Peter sagen.«

»Das hab ich ja schon, mehr oder weniger.«

»Wirklich? Wie hat er reagiert?«

»Wie Peter eben. Sehr vernünftig. Er versteht alles.«

Delia nickte. »Er ist ein guter Kerl.« Sie runzelte die Stirn. »Was wirst du Thorne sagen?«

»Kein verdammtes Wort. Ich brauch dir ja nicht zu sagen, wie Charlie ist.«

Delia schauderte angewidert, als sie sich an das grauenhafte, erniedrigende Gespräch erinnerte, mit dem Höhepunkt, dass er sich zwischen die Beine gefasst und gesagt hatte: *»Du weißt gar nicht, was du verpasst.«*

Sie verspürte den Drang, ihrer Freundin zu erzählen, dass Thorne ihr Handy gehackt und ihre Nachrichten geklaut hatte, doch sie verkniff es sich und schwieg. Sie wollte nicht, dass sich Soraya aufregte, nicht jetzt, wo sie am Beginn eines neuen Lebensabschnitts stand und die ganze dunkle Scheiße hinter sich lassen wollte.

Und so lächelte sie und verdrängte ihre bitteren Gedanken an Thorne. »Alles klar, ich hab ihn in diesen Tagen auch besser kennengelernt.« Sie beugte sich vor und küsste Soraya auf die Wange. »Keine Sorge. Deine Geheimnisse sind bei mir sicher.«

»Ich weiß, Sie werden meinen Rat nicht befolgen«, sagte Constanza Camargo zu Bourne, »darum habe ich keine andere Wahl, als Ihnen zu helfen.«

»Natürlich haben Sie eine Wahl.«

Constanza schüttelte langsam den Kopf. »Sie verstehen nicht, wie das Leben bei uns ist. Hier ist alles Schicksal, alles. Das kann man nicht erklären oder verstehen, und wenn, dann nur im Rückblick, als große Geschichte.«

Nach dem opulenten Mittagsmahl hatten sie sich in das prächtige Wohnzimmer begeben, das mit Ebenholz getäfelt war und an eine längst vergangene Blütezeit erinnerte. Constanza lehnte sich in ihrem Rollstuhl zurück, und während sie sprach, schienen die Jahre wie weggeblasen, und sie war wieder die strahlende Schönheit, die sie als junge Frau gewesen sein musste.

»Maceo Encarnación hat nicht nur meinen Mann getötet, sondern auch mich in den Rollstuhl befördert. Ich werde Ihnen erzählen, wie es dazu kam.« Sie nahm ein flaches silbernes Etui heraus, ließ es aufschnappen, bot ihnen einen Zigarillo an und nahm sich selbst einen. Manny, wie immer an ihrer Seite, gab ihr Feuer. »Es stört Sie hoffentlich nicht, wenn ich rauche«, sagte sie, obwohl klar war, dass sie sich ohnehin nicht abhalten lassen würde.

Einige Augenblicke saß sie nachdenklich da und rauchte, bevor sie mit ihrer Geschichte begann. »Wie gesagt, das Leben in Mexiko ist an das Rad des Schicksals gebunden. Der Wille ist ebenfalls wichtig – wir haben schließlich südländisches Blut in den Adern! –, aber am Ende stehen unsere Wünsche dem Lauf des Schicksals im Weg. Acevedo musste das zur Kenntnis nehmen, als er die Seite wechselte. Sein Schicksal war es, ein Drogenbaron zu sein, das war seine Bestimmung. Er wich davon ab und starb.

Ich hätte aus seinem Fehler lernen sollen, aber mein Drang nach Rache machte mich blind, trennte mich von meinem Schicksal und nahm mir am Ende meine Beine. Das kam so: Nachdem sie Acevedo erschossen hatten, trommelte ich eine Gruppe von Leuten zusammen, Kolumbianer, die Acevedo alles verdankten. Ich gab ihnen den Auftrag, diesen elenden Maceo Encarnación zu töten.«

Sie nahm einen tiefen Zug von ihrem Zigarillo, ehe sie fortfuhr: »Ich war dumm, ich unterschätzte Maceo Encarnacións Macht. Er wird von einer geradezu mystischen Macht geschützt, als würden die Götter ihre schützende Hand über ihn halten. Acevedos Gefolgsleute wurden enthauptet, und dann rächte er sich an mir.«

Sie trommelte mit der Faust auf ihre gefühllosen Beine. »Das ist das Ergebnis. Er hat mich nicht getötet. Warum? Ich weiß es bis heute nicht. Vielleicht schien es ihm die angemessene Strafe, dass ich als Krüppel weiterleben musste. Wahrscheinlich war es reine Grausamkeit.«

Sie hob eine Hand und wedelte sie hin und her, als wäre der Grund, warum sie noch lebte, belanglos. »Ich erzähle Ihnen das, um Sie zur Vorsicht zu mahnen, nicht um Ihr Mitleid zu wecken, Mr. Moore.« Sie wandte sich Rebekka zu. »Aber Sie sehen jetzt, wie das große Rad des Schicksals wirkt. Es hat Sie zu mir gebracht, oder mich zu Ihnen, und das hat einen Grund. Das Schicksal hat sich mit meinem Wunsch nach Rache vereint. Es hat mir die Waffen gebracht, die ich brauche, denn, Rebekka, ich glaube keinen Moment lang, dass Sie Mr. Moores Frau sind …« – sie lächelte – »… genauso wenig wie sein Name Moore ist.« Ihr Blick schweifte zu Bourne zurück. »Mr. Moore, Sie würden nie im Leben Ihre Frau auf eine solche Mission mitnehmen, genauso wenig wie Sie sie in einen Tigerkäfig ließen.«

Sie hob einen Zeigefinger. »Und glauben Sie mir, sich mit Maceo Encarnación anzulegen ist so, als würde man in das Territorium eines Tigers eindringen. Es gibt keine Gnade, keine zweite Chance, höchstens, wenn man Glück hat, den Tod.« Sie dämpfte ihren Zigarillo aus. »*Aber* wenn Sie sehr viel Glück haben und extrem schlau sind, dann könnten Sie den Tigerkäfig nicht nur lebend verlassen, sondern auch noch erreichen, was Sie und ich uns wünschen.«

SIEBZEHN

Tulio Vistoso traf mit einer Mischung aus Angst und Zorn in Washington, D.C., ein. Er hatte sich darauf verlassen, dass Florin Popa das Geld sicher verwahrte, das er, Don Tulio, auf dem steilen, tückischen Pfad am Cañón del Sumidero, östlich von Tuxtla Gutiérrez, so clever gestohlen hatte. Nie hätte er gedacht, dass man die Geldscheine, mit denen er die dreißig Millionen ersetzt hatte, als Fälschung erkennen würde. Doch Popa hatte offenbar versagt, und sein eigenes Leben war ebenfalls verwirkt, wenn er Don Maceo und seine allmächtigen Partner nicht rasch besänftigen konnte.

Er schäumte immer noch vor Wut über dieses Desaster, als er im Jachthafen eintraf und sah, dass es auf der Cobalt auf Liegeplatz 31 nur so von Bullen wimmelte, und nicht bloß Bullen, wie er zu seinem Entsetzen erkannte, sondern *Federales.* Die roch er kilometerweit gegen den Wind. Geschockt sah er, dass das Boot gut bewacht und mit gelbem Absperrband gesichert war.

Herrgott im Himmel, was ist geschehen? Instinktiv blickte er sich um, als würde Popa hier irgendwo lauern. Wo zum Teufel steckte er? Hatte er sich mit den dreißig Millionen aus dem Staub gemacht? Don Tulios dreißig Millionen. Ein erschreckender Gedanke. Oder noch schlimmer, hatten die Federales sie gefunden? Hatten sie Popa festgenommen? Mit zitternder Hand schrieb er mehrere Nachrichten an seine Stellvertreter, in dem verzweifelten Bemühen, die dreißig Millionen so schnell wie möglich wieder aufzutreiben.

Der Azteke hätte sich vor Wut die Haare ausreißen können, doch er riss sich zusammen, drehte sich um und ging. Er wischte sich über die Stirn. Trotz der Kälte schwitzte er.

Vor ihm hielt ein Auto auf dem Parkplatz, ein junger Mann sprang heraus und lief an ihm vorbei auf den Landungssteg und weiter zum Liegeplatz 31. Der Azteke spürte, dass das etwas zu bedeuten hatte, und machte kehrt. Die Bullen auf dem Boot scharwenzelten sofort um den Neuankömmling herum: eindeutig *El Jefe. Interessant,* dachte Don Tulio und überlegte es sich anders; statt so schnell wie möglich das Weite zu suchen, blieb er möglichst unauffällig in der Nähe. Er schritt über den Landungssteg und suchte sich ein verlassenes Boot aus – nicht zu nahe, aber auch nicht zu weit von der *Recursive* entfernt. Er stieg an Bord und machte sich hier und da zu schaffen, während er den Neuankömmling belauschte.

Zum Glück war es sehr still im Jachthafen, sodass er einzelne Gesprächsfetzen aufschnappte. Er bekam zum Beispiel mit, dass der *Jefe* Marks hieß. Er wandte sich kurz ab und sah, dass es sich bei dem Wagen des Mannes um einen weißen Chevy Cruze handelte. Er sprang vom Boot und schlenderte gemächlich auf den Parkplatz zurück, wo er sich das Kennzeichen des Wagens notierte. Zurück auf dem Boot, wandte er seine Aufmerksamkeit wieder Marks selbst zu und dachte über seine nächsten Schritte nach.

Nach seiner Erfahrung war es immer besser, gleich den Chef des Feindes ins Visier zu nehmen, statt sich von den Fußsoldaten nach oben zu arbeiten. Doch sich mit den Federales anzulegen war eine tückische Sache, und Don Tulio wusste, dass er einen guten Plan brauchte. Ihm war auch klar, dass er nur eine Chance bekommen würde, an *Jefe* Marks heranzukommen, und die musste er nutzen. Die Gefahr schreckte ihn nicht; er hatte seit seinem zehnten Lebensjahr, als er sich in den Straßen von Acapulco herumgetrieben hatte, jeden Tag mit der Gefahr gelebt. Er hatte das Meer geliebt, noch bevor er Klippenspringer wurde, um damit reiche Gringos zu beeindrucken. Er war von der höchsten Klippe gesprungen, am tiefsten getaucht und am längsten unten geblieben. Das Wasser war sein Lebenselixier, sein Vater und seine Mutter, es schenkte ihm einen inneren Frieden, wie er ihn nirgendwo sonst fand.

Er wurde zum König der Klippenspringer und kassierte einen Anteil von den Gewinnen der anderen. Es wäre noch lange so weitergegangen, hätte ihn nicht ein Gringo-Tourist beschuldigt, seine Tochter zu ficken. Dass die Gringa das Verhältnis begonnen hatte, war dem stinkreichen Vater egal, und die Behörden taten alles, damit Acapulco weiterhin ein attraktives Ziel für Touristen blieb.

Er konnte sich gerade noch aus dem Staub machen, bevor ihn die Bullen erwischten, flüchtete nach Norden und tauchte im Dschungel von Mexico City unter. Doch er vergaß nie, wie der Gringo sein Leben ruiniert hatte, denn er liebte das Meer und vermisste sein altes Leben. Es dauerte Jahre, bis er in der Großstadt seinen Weg fand, bis er lernte, seine Wut auf die korrupten Behörden im Zaum zu halten, die er des Öfteren mit extremer Gewalt an Leuten abreagiert hatte, nur weil sie einen festen Job hatten. Mit der Zeit wurde er schlauer und schloss sich einem Drogenkartell an, wo er sich mit allen Mitteln hocharbeitete und seine Vorgesetzten beeindruckte – bis er eines Tages seinen Untergebenen befahl, ihnen mit Macheten die Köpfe abzuhacken.

Von diesem blutigen Moment an war er der *Jefe* und konsolidierte seine Macht im umkämpften Drogengeschäft. Doch er hatte keine Erfahrung mit den tückischen politischen Gewässern der Hauptstadt, deshalb schloss er ein Bündnis mit Maceo Encarnación, von dem beide profitierten.

Der Azteke machte sich wieder auf dem Boot zu schaffen, während er den Stimmen lauschte, die der Wind zu ihm herübertrug. Er erfuhr, dass Popa tot war. *Jefe* Marks hatte ihn getötet und durch Zufall den Schlüssel gefunden. *Der verdammte Schlüssel*, dachte Don Tulio mit einer Wut, die ihn am ganzen Leib zittern ließ. *Er hat den verdammten Schlüssel.* Doch dann keimte ein hoffnungsvoller Gedanke in ihm auf: *Er hat den verdammten Schlüssel, aber das heißt nicht, dass er auch die dreißig Millionen hat.* Ein zweiter Gedanke bestärkte ihn in seiner Hoffnung: *Wenn sie das Geld hätten, würden sie dann das Boot so gründlich durchsuchen?*

Innerlich kochend wickelte der Azteke zum siebzehnten Mal ein Seil auf. Als die *Federales* ihre Suche beendeten, zog er sich in die Kabine zurück und wartete ungeduldig. Schatten zogen draußen vorbei, als die Federales die *Recursive* verließen und zum Parkplatz gingen.

Er lauschte den Motorengeräuschen, und als sie verstummten, wusste er, dass es Zeit war.

Er sprang aus der Kabine und blickte zur *Recursive* hinüber. Es schien niemand mehr an Bord zu sein, doch er widerstand dem Drang nachzusehen. Obwohl seine Lebensuhr gnadenlos tickte, wusste er, dass es dumm wäre, alles aufs Spiel zu setzen, indem er bei Tageslicht an Bord ging. Er musste geduldig sein und auf die Dunkelheit warten. Und so kehrte er auf das Boot zurück, legte sich hin und fiel augenblicklich in einen tiefen, ruhigen Schlaf.

»Um Mitternacht wird euch Manny abholen«, sagte Constanza.

Nachdem sie ihnen eine Gute Nacht gewünscht hatte, zogen sich Bourne und Rebekka in die beiden nebeneinanderliegenden Zimmer im Gästeflügel zurück. Doch es dauerte nicht lange, bis sie an seine Tür klopfte und sie öffnete.

»Bist du müde?«, fragte sie.

Bourne schüttelte den Kopf.

Sie trat ein, ging an ihm vorbei und blieb am Fenster stehen. Die Arme um sich geschlungen, blickte sie auf den Innenhof hinaus. Bourne trat neben sie. Sie hörten den Wind in den Palmen rauschen. Im schwachen Licht der Mondsichel betrachteten sie die Linde und lauschten dem Säuseln der Blätter.

»Jason, denkst du manchmal an den Tod?« Als er schwieg, fügte sie hinzu: »Ich denke immer daran.« Sie zitterte. »Oder vielleicht ist es nur dieser Ort. In Mexico City scheint der Tod allgegenwärtig zu sein. Das macht mir eine Scheißangst.«

Sie wandte sich ihm zu. »Was ist, wenn wir den Tag morgen nicht überleben?«

»Das werden wir aber.«

»Aber wenn nicht?«

Er zuckte mit den Achseln.

»Dann sterben wir im Dunkeln«, antwortete sie auf ihre eigene Frage.

Sie machte einen Schritt auf ihn zu. »Nimm mich in den Arm.« Als er es tat und sie in den Armen hielt, sagte sie: »Warum empfinden wir nicht so wie andere Menschen, ich meine, tief drin, nicht nur an der Oberfläche? Was ist los mit uns?«

»Wir können das alles nur tun, weil wir so sind, wie wir sind«, flüsterte Bourne und sah ihr in die Augen. »Für uns gibt es kein Zurück. Aus dem Leben, das wir führen, gibt es nur einen Ausweg, und den wollen wir nicht nehmen.«

»Lieben wir das, was wir tun, so sehr?«

Er schwieg. Die Antwort war klar.

Er hielt sie im Arm, bis Manny leise an die halb geöffnete Tür klopfte.

»Sein Name tut nichts zur Sache«, sagte Manny, während er sie durch die hell erleuchteten nächtlichen Straßen von Mexico City chauffierte. »Man kennt ihn als *El Enterrador.*« Der Totengräber.

»Ist das nicht ein bisschen übertrieben?«, fragte Rebekka vom bequem gepolsterten Rücksitz der gepanzerten Hummer-Limousine.

Manny sah sie im Rückspiegel an. »Warten Sie, bis Sie ihm begegnet sind.«

Vor ihnen tauchten Blinklichter auf, und die Scheinwerfer mehrerer Polizeiwagen beleuchteten sechs Polizisten, die mit Schlagstöcken auf ein Dutzend Teenager einprügelten, die mit Springmessern und zerbrochenen Bierflaschen bewaffnet waren.

»So etwas sehen Sie hier jede Nacht«, sagte Manny ohne jede Ironie.

Sie fuhren durch die Zona Rosa, ein Geschäfts- und Touristenviertel, und weiter durch die ganze riesige Stadt, die sich schier endlos in Richtung des siebzig Kilometer entfernten Vulkans Popocatépetl erstreckte, der wie ein aztekischer Gott über allem thronte.

Sie sahen Straßenbanden, die aufeinander losgingen, hörten laute Gringo-Technomusik und einheimische Ranchera-Lieder aus den Nachtklubs. Da und dort flammten Tumulte auf, ein Pistolenschuss krachte. Sie wurden von frisierten Autos überholt, gelenkt von betrunkenen Jungen, während laute Cumbia- oder Rapmusik aus den Lautsprechern dröhnte – ein einziges nicht enden wollendes Albtraumszenario.

Schließlich gelangten sie in den Bezirk Gustavo A. Madero, und Manny fuhr etwas langsamer durch dunkle, verschlafene Straßen. Vor ihnen erhoben sich die Baumkronen wie eine prähistorische Welt vor den Lichtern der Skyline, bis sie ihr Ziel erreicht hatten: den Cementerio del Tepeyac, den Friedhof bei der Basilica de Guadelupe, dem wichtigsten Heiligtum Mexikos.

»Natürlich«, sagte Rebekka, um die schier unerträgliche Anspannung aufzulockern, »wo sollte sich *El*

Enterrador sonst herumtreiben als auf einem Friedhof.«

Zu ihrer Überraschung brachte Manny sie direkt zur großen Basilika. Er schloss die Tür auf und führte sie hinein.

Das unglaublich kunstvoll gestaltete Innere war hell erleuchtet, die vergoldeten Kronleuchter ließen die Engel an der Decke erstrahlen. Manny blieb bei der Tür stehen und bedeutete ihnen mit einer Geste, durch den Mittelgang nach vorne zu gehen. Lange bevor sie den Altar erreichten, erschien eine Gestalt: ein Mann mit Spitzbart und durchdringenden schwarzen Augen, die ihnen tief ins Herz zu blicken schienen.

Er hatte das blasse Gesicht und die Haltung eines Geistes und sprach so leise, dass sich Bourne und Rebekka vorbeugen mussten, um ihn zu verstehen.

»Ihr kommt von Constanza Camargo.« Es war keine Frage. »Folgt mir.«

Als er sich zum Gehen wandte, schob er die breiten Ärmel seiner Robe hoch und entblößte seine muskulösen, von dicken Adern durchzogenen Unterarme, die mit schaurig-schönen Tätowierungen verziert waren: Särgen und Grabsteinen.

Als der Azteke erwachte, war es fast vier Uhr morgens, wie ihm seine unfehlbare innere Uhr verriet. Er hatte Hunger, doch das war jetzt unwichtig. Es gab dreißig Millionen Gründe, das Knurren in seinem Magen zu ignorieren. Er fand eine wasserdichte Taschenlampe und ging damit an Deck.

Draußen funkelte Washington wie in weiter Ferne. Don Tulio blickte zur *Recursive* hinüber. Es war niemand zu sehen. Der ganze Jachthafen wirkte verlassen und leer. Trotzdem wartete der Azteke ab und lauschte den Geräuschen der Nacht. Da war das Plätschern der Wellen, die gegen die Bootsrümpfe schlugen, das Knarren der Masten, das Klimpern der Taue gegen die Masten: die normale Geräuschkulisse eines Jachthafens. Don Tulio lauschte nach irgendwelchen ungewöhnlichen Geräuschen – Schritten oder leisen Stimmen, irgendetwas, das die Anwesenheit von Menschen verriet.

Die Luft schien rein zu sein, und so stieg er aus dem Boot und blickte zum unbeleuchteten Haus des Hafenmeisters hinüber, ehe er rasch und lautlos zum Liegeplatz 31 eilte und endlich an Bord der *Recursive* ging.

Er eilte sofort zum zweiten Fender an der Steuerbordseite und tastete. Das Nylonseil war noch da! Mit pochendem Herz zog er es herauf. Das Gewicht fühlte sich genau richtig an, und er war sich mit jedem Moment sicherer, dass die dreißig Millionen noch da waren, hier vor ihm am Ende des Seils.

Doch als er es ganz heraufgezogen hatte und die Taschenlampe einschaltete, sah er, dass ein Bleigewicht am Ende befestigt war.

»Suchen Sie das hier?«

Don Tulio wirbelte herum und sah *Jefe* Marks mit der wasserdichten Tasche in der Hand: leer, die dreißig Millionen fort und sein Leben zu Ende. In seiner Wut und Verzweiflung stürzte er sich auf seinen Peiniger und hörte die Explosion durch sein Ohr donnern, spürte, wie die Kugel eindrang und aus seinem linken Oberarm austrat. Er ließ sich nicht aufhalten und riss Marks mit sich über die Reling, und das kalte dunkle Wasser nahm ihnen beiden den Atem.

»Ausgerechnet Chinatown?« Charles Thorne setzte sich an den Resopaltisch, dem groß gewachsenen, schlanken Mann gegenüber, der einen dieser typischen glänzenden chinesischen Anzüge trug, die den amerikanischen Stil imitierten, wenn auch nicht allzu gut.

»Probier die Moo Goo Gai Pan«, schlug Li Wan vor und deutete mit seinen Stäbchen auf den Teller. »Ist wirklich lecker.«

»Herrgott, es ist vier Uhr früh«, brummte Thorne säuerlich. Er verzichtete darauf, Li zu fragen, wie er es geschafft hatte, dass ein Restaurant für ihn geöffnet hatte, zu einer Stunde, in der nicht einmal mehr die Katzen durch die Straßen von Chinatown streiften. »Außerdem ist es gar kein echtes chinesisches Gericht.«

Li Wan zuckte mit seinen dünnen Schultern. »Wir sind hier in Amerika.«

Thorne packte kopfschüttelnd die Stäbchen aus und begann zu essen.

»Du hast wahrscheinlich Rindersehnen und getrocknete Fischblasen erwartet«, sagte Li schaudernd.

»Mein Freund, du bist schon zu lange in Amerika.«

»Ich bin hier *geboren*, Charles.«

Thorne schob sich einen Bissen von dem Hähnchen in den Mund. »Das meine ich ja. Du brauchst mal Urlaub. Besuch deine alte Heimat.«

»Es ist nicht meine Heimat. Ich bin hier geboren und aufgewachsen, hier in D.C.«

Li, ein prominenter Urheberrechtsanwalt, hatte die Georgetown University absolviert und war ein hundertprozentiger Einheimischer. Dennoch konnte Thorne es sich nicht verkneifen, ihm gelegentlich seine chinesischen Wurzeln unter die Nase zu reiben; es gehörte einfach zu ihrer Beziehung.

Thorne runzelte die Stirn. Im Gegensatz zu Li schmeckte ihm die Moo Goo Gai Pan überhaupt nicht. »Für einen Außenstehenden kennst du ganz schön viele ihrer Geheimnisse.«

»Wer sagt, dass ich ein Außenstehender bin?«

Thorne musterte ihn nachdenklich, ehe er einen vorbeigehenden Kellner rief, der desinteressiert zu ihnen an den Tisch trat. Thorne griff nach der mit Fettflecken überzogenen Speisekarte und bestellte Huhn nach General Tso. »Extra knusprig«, fügte er hinzu, obwohl ihm der Kellner kaum zuzuhören schien. Erst als Li ihn in scharfem Ton auf Kantonesisch zurechtwies, eilte der Kellner davon, als hätte ihm Li ein Feuer unter dem Hintern entfacht.

Li schenkte ihnen beiden Chrysanthementee ein. »Also wirklich, Charles, es wird langsam Zeit, dass du auch Kantonesisch lernst, nicht nur Mandarin.«

»Wozu? Damit ich Kellner in Chinatown einschüchtern kann? Zu mehr kann man es heutzutage nicht mehr gebrauchen.«

Li betrachtete ihn mit seinem unergründlichen Blick.

»Ich weiß, was du denkst«, versetzte Thorne. »Mir machst du nichts vor.«

Der Kellner brachte einen Teller mit Huhn nach General Tso und sah Li fragend an. Der nickte kurz, worauf der Kellner eilig verschwand.

»Ist es extra knusprig?«, fragte Li.

»Das weißt du genau«, erwiderte Thorne.

Die beiden Männer aßen schweigend, von den zischenden Geräuschen und dem Dampf aus der offenen Küche umgeben. Doch man vermisste das übliche geschäftige Treiben. Die ungewohnte Stille in dem Restaurant hatte etwas Deprimierendes.

»Ich kenne dich schon ziemlich lange«, begann Charles, nachdem er den größten Hunger gestillt hatte, »trotzdem kann ich mir immer noch nicht vorstellen, wie ein Außenstehender wie du an solche …«

»Sei still, Charles.«

Der Kellner wischte sich die Hände an seiner schmutzigen Schürze ab, während er an ihnen vorbei zur Herrentoilette ging.

Li deutete auf Thornes Teller. »Den General Tso gab es wirklich, weißt du. Zuo Zongtang, ein berüchtigter Feldherr der Qing-Dynastie. Er stammte aus der Provinz Hunan und starb 1885. Irgendwie seltsam, weil das Gericht eher süß ist und nicht würzig wie die meisten Speisen aus Hunan. Es stammt nicht aus Changsha, der Hauptstadt von Hunan, auch nicht aus Xiangyin, der Heimatprovinz des Generals. Wo kommt es also her? Manche meinen, der ursprüngliche Name wäre Zongtang-Huhn gewesen.«

»Bedeutet das nicht so etwas wie ›Ahnenhalle‹?«

Li nickte. »Es hätte also in diesem Fall nichts mit dem guten General zu tun.« Er ließ einen Schluck Tee im Mund kreisen, ehe er ihn schluckte. »Natürlich behaupten die Taiwaner, sie hätten das Gericht erfunden.« Li legte seine Stäbchen auf den Teller. »Was ich damit sagen will, Charles: Niemand kann solche Dinge wirklich wissen, niemand.«

»Soll das heißen, keiner weiß, wie du in eine so vertrauensvolle Position gelangt bist?«

»Ich will damit sagen«, erklärte Li, »es gibt für vieles

in der chinesischen Kultur tausend Gründe, die meistens viel zu komplex sind, um sie ganz zu verstehen.«

»Ich würde es gern versuchen«, beharrte Thorne.

»Das ist viel zu kompliziert, um es zu erklären. Dir würde schwindlig werden, wenn ich dir alles erzählte. Es muss dir genügen, dass ich zur Elite außerhalb von Peking gehöre. Und zu deinem Vorschlag, in die Heimat zurückzukehren: Ich bin für die Machthaber viel wichtiger hier, wo ich bin.«

»Die Machthaber.« Thorne sah ihn mit einem schiefen Lächeln an. »Einer dieser typischen schwammigen chinesischen Ausdrücke.«

»Wie heißt es so schön«, erwiderte Li ebenfalls grinsend, »Peking besteht zu gleichen Teilen aus Treibsand und Beton.«

»Wie finden es die ›Machthaber‹, dass du mit Natasha Illion ins Bett gehst?« Li und Illion, ein Supermodel mit israelischem Hintergrund, waren schon über ein Jahr zusammen, fast eine Sensation in diesen Kreisen.

Li schwieg wie immer, wenn es um seine Liebste ging, und sah Thorne eine Weile beim Essen zu. »Ich habe gehört, auf euch kommt ein kleines Problem zu.«

Thorne, der gerade die Stäbchen zum Mund führte, erstarrte mitten in der Bewegung. Er kaschierte seinen Schock, indem er die Stäbchen langsam weglegte. »Was genau hast du gehört, Li?«

»Genau das Gleiche wie du. Gegen dich und die anderen Verantwortlichen von *Politics As Usual* werden Ermittlungen eingeleitet. Ihr habt angeblich gezielt Leute abgehört.« Er legte den Kopf auf die Seite. »Weiß eigentlich die prominente Senatorin Ann Ring davon?«

»Sie würde aus der Haut fahren, wenn sie's wüsste«, erwiderte Thorne eisig und schüttelte den Kopf. »Die Ermittlungen haben noch nicht begonnen.«

»Noch nicht.«

»Sie darf es auf keinen Fall erfahren. Es wäre das Ende.«

»Ja, das Ende des Schlaraffenlands. Wie groß ist das Vermögen deiner Frau?«

Thorne sah ihn ausdruckslos an.

»Aber Frau Senator wird es erfahren, sobald die Ermittlungen aufgenommen werden, falls sie's nicht schon weiß.«

»Tut sie nicht, glaub mir.«

»Die Uhr tickt, Charles.«

Thorne zuckte innerlich zusammen. »Ich brauche Hilfe.«

»Ja, Charles«, nickte Li Wan, »das kann man wohl sagen.«

El Enterrador führte sie durch die Apsis und über einen kurzen, schwach beleuchteten Gang ins Pfarrhaus, in dem es nach Weihrauch, poliertem Holz und Schweiß roch. Unter einem riesigen Christus am Kreuz waren die Pläne von Maceo Encarnacións Villa ausgebreitet.

»Sind Sie sicher, dass sich unser Mann hier aufhält?«, hatte Bourne zuvor Constanza Camargo gefragt.

»Wenn er nach Mexico City geflogen ist, wie Sie sagen«, hatte sie geantwortet, »dann muss er hier sein.«

El Enterrador ging mit ihnen ein Zimmer des Hauses nach dem anderen durch. »Zwei Stockwerke«, flüsterte er eindringlich, »und das Wichtigste: der Keller.« Er erklärte ihnen, warum.

»Das Dach besteht aus traditionellen unglasierten mexikanischen Ziegeln. Sehr widerstandsfähig. Es gibt zwei Ausgänge im Erdgeschoss: vorne und hinten. Keinen im ersten Stock, außer den Fenstern. Und im Keller …« Sein langer Zeigefinger deutete auf den Plan.

Er zog das oberste Blatt weg, und darunter kam ein weiterer Plan zum Vorschein. »Das Erste war der ursprüngliche Plan. Hier sehen Sie die Änderungen, die Maceo Encarnación vornehmen ließ, als er einzog.« Wieder schnellte sein langer Zeigefinger hervor. »Sehen Sie, hier … hier … und hier.« Seine eisigen schwarzen Augen sprangen für einen Moment zu ihnen zurück. »Vielleicht gut für Sie. Vielleicht auch nicht. Mich geht es nichts an. Ich habe Constanza Camargo gesagt, dass ich Sie reinbringe. Der Rest ist Ihre Sache.«

Er richtete sich auf, und seine Kapuze warf einen schrägen Schatten auf den Plan. »Wenn es Ihnen gelingt und Sie nicht gefasst werden, kommen Sie nicht wieder hierher, und auch nicht zu Constanza Camargo.«

»Wir haben mit ihr darüber gesprochen«, sagte Rebekka.

»Wirklich?«, fragte *El Enterrador* erstaunt.

»Sie mag uns anscheinend.«

El Enterrador nickte. »So wird es sein.«

»Woher kennen Sie Señora Camargo?«, fragte Rebekka.

Ein verschlagenes Lächeln huschte über *El Enterradors* Gesicht. »Wir sind uns im Himmel begegnet«, flüsterte er, »oder in der Hölle.«

»Das sagt nicht viel«, meinte Rebekka.

»Wir sind hier in Mexiko, Señorita. Hier gibt es Vulkane, Schlangen, Wahnsinn, Götter, heilige Orte.

Mexico City zum Beispiel. Es ist auf dem Mittelpunkt der aztekischen Welt erbaut. Hier treffen Himmel und Hölle zusammen.«

»Können wir wieder zur Sache kommen?«, warf Bourne ein.

Ein abschätziges Lächeln trat auf die Lippen des falschen Priesters. »Ein Ungläubiger.«

»Ich glaube an die Tat«, betonte Bourne, »nicht an lange Reden.«

El Enterrador nickte. »Das verstehe ich, aber ...« Er gab Bourne einen kleinen Gegenstand: eine Miniaturnachbildung eines menschlichen Schädels, mit Kristallen geschmückt. »Bewahren Sie das gut auf«, sagte er. »Es wird Sie schützen.«

»Wogegen?«, fragte Bourne.

»Maceo Encarnación.«

In diesem Augenblick erinnerte sich Bourne an etwas, das Constanza Camargo zu ihnen gesagt hatte: *»Ich unterschätzte Maceo Encarnacións Macht. Er wird von einer geradezu mystischen Macht geschützt, als würden die Götter ihre schützende Hand über ihn halten.«*

»Danke«, sagte er.

El Enterrador neigte zufrieden den Kopf.

»Sollen wir hier warten?«, fragte Rebekka.

»Nein. Man wird Sie zum Leichenhaus bringen. Dort bleiben Sie, bis der Anruf kommt.«

El Enterrador führte sie durch eine kleine Tür auf den Kirchhof hinaus, hinter dem sich der Friedhof erstreckte wie eine eigene Stadt. Ein Leichenwagen erwartete sie mit schnurrendem Motor.

El Enterrador öffnete die breite hintere Tür, und sie stiegen ein.

»Vaya con Dios, mis hijos«, sagte er und machte das Kreuzzeichen. Dann schlug er die Tür zu, und der Leichenwagen rollte aus dem Kirchhof, weg von der Basilika und durch die dunklen Seitenwege des Cementerio del Tepeyac, ins mystische Herz der Stadt hinein.

ACHTZEHN

In der dunklen Tiefe spürte Peter die Kälte des Todes. Hände schlossen sich um seine Kehle. Er trat mit den Beinen um sich, doch das Wasser bremste seinen Angriff. Verzweifelt riss er die Hände hoch und schlug die Arme des Fremden zur Seite. Er hatte sich befreit, sank jedoch weiter in die Tiefe.

Mit kräftigen Beinstößen schnellte er sich nach oben, doch zwei Hände packten ihn und zogen ihn hinunter. Musste dieser Mann denn nicht genauso dringend atmen wie er selbst, brannte seine Lunge denn gar nicht, und hämmerte sein Herz nicht ebenso wie seines?

Peter konnte seinen Gegner nicht erkennen, hatte ihn noch gar nicht wirklich gesehen. In dem Moment, als er ihn im Lichtstrahl seiner Taschenlampe erfasst hatte, war er von der Lampe des anderen geblendet worden. Dann war der Angriff gekommen, und sie waren beide ins Wasser gestürzt.

Immer tiefer und tiefer.

Peter spürte, wie die Kälte ihm die Kraft aus dem Körper saugte. Seine Glieder wurden bleischwer. Da schlang sich ein Arm um seinen Hals, und er wehrte sich verzweifelt. Er tastete nach dem Gesicht des Fremden und stieß ihm den Daumen ins Auge, drückte mit aller Kraft, die noch in ihm steckte, bis sich der Würgegriff um seinen Hals löste.

Peter wirbelte herum, um seinen Gegner endlich zu Gesicht zu bekommen. Doch es war zu dunkel hier unten. Er hatte keine Ahnung, wie tief sie gesunken waren, er wusste nur, dass er keine Minute mehr durchhalten würde.

Mit kräftigen Beinstößen arbeitete er sich nach oben und traf seinen Gegner mit dem Absatz im Gesicht. Er schnellte sich weiter empor, der rettenden Oberfläche entgegen.

Es war dieser eine Gedanke, der ihn antrieb, auch wenn es ihm wie eine Ewigkeit vorkam und er für kurze Augenblicke fast das Bewusstsein verlor und nichts mehr um sich herum wahrnahm, nichts mehr dachte oder fühlte. Doch endlich wurde es über ihm ein klein wenig heller, und er erkannte, dass die Wasseroberfläche nahe war.

Als er sie durchstieß, packten ihn entschlossene Hände von oben: Seine Männer mussten ihn gesucht haben, von dem Schuss alarmiert, den er abgegeben hatte.

Er hörte angestrengtes Stöhnen, sah im grellen Licht der Scheinwerfer zwei, drei Gesichter über sich, darunter Sam Anderson, seinen Stellvertreter. Anderson drehte sich um und befahl seinen Leuten, die Scheinwerfer etwas zur Seite zu schwenken, und Marks war froh, dass seine Männer der Aufforderung sofort nachkamen.

In diesem Augenblick packte ihn etwas an den Beinen, und ein immenses Gewicht zog ihn unausweichlich zurück ins Wasser. Er fragte sich immer noch, wie sein Gegner es schaffte, so lange unter Wasser zu bleiben, und auch noch die Kraft hatte, ihn nach unten zu ziehen.

Über sich hörte er laute Rufe, vor allem Andersons ruhige, entschlossene Stimme, mit der er seine Befehle gab. Während seine Männer ihn mit aller Kraft nach oben zogen, feuerte Anderson mit seiner Pistole direkt neben Peter ins Wasser.

Nach dem vierten Schuss spürte Peter, wie sich das Gewicht löste, und seine Männer zogen ihn über die Reling auf das Deck der *Recursive.* Rasch hüllten sie ihn in Decken ein. Rote Lichter tanzten rhythmisch über das Deck, und Peter erkannte, dass sie von einem Krankenwagen kamen. Zwei stämmige Sanitäter hoben ihn auf eine Trage.

»Anderson«, sagte er mit zittriger Stimme, »halten Sie mir diese Leute vom Leib. Ich kann hier nicht weg.«

»Sorry, Boss, aber wir müssen Sie durchchecken lassen.«

Die Trage wurde auf den Bootssteg gehievt. Peter stellte fest, dass er angeschnallt war, hilflos. Anderson eilte neben ihm her. Sie rollten ihn zum Parkplatz hinauf, wo der Krankenwagen wartete.

»Der Scheißkerl ist noch da unten. Wir müssen ihn finden. Schickt die Taucher runter.«

»Schon passiert, Boss.« Anderson grinste. »Drei Boote der Küstenwache suchen den Hafen mit Scheinwerfern ab.«

Bevor ihn die Sanitäter in den Rettungswagen verfrachteten, legte ihm Anderson sein Handy auf die Brust. »Während Sie schwimmen waren, haben Sie einen dringenden Anruf vom SecDef erhalten.« *Hendricks.*

Die Sanitäter überprüften bereits seine Vitalfunktionen.

»Ich ruf ihn sofort zurück, sobald die mich losbinden«, sagte Peter mit einer Spur Sarkasmus. »Anderson, finden Sie den Scheißkerl.«

»Wird gemacht, Boss.«

Die Tür wurde zugeschlagen, und der Krankenwagen fuhr los. Anderson kehrte zu Liegeplatz 31 zurück und ging an die Arbeit. Der Boss wollte, dass er den Scheißkerl fand, und genau das würde er tun.

Am frühen Morgen war Maria-Elena mit dem Auto vom Anwesen in der Calle Emilio Castelar losgefahren, um wie immer den Markt aufzusuchen und für das Abendessen einzukaufen. Sie war ein Gewohnheitsmensch. Ihr ganzes Leben hatte sie nur für eine einzige Person gearbeitet. Maceo Encarnación hatte sie von der Straße geholt, als sie vierzehn war, ein furchtbar dünnes, unterernährtes Mädchen, und sie in seinem Haushalt aufgenommen. Es stellte sich heraus, dass sie eine natürliche Gabe für das Kochen besaß – sie musste nur noch ein paar Feinheiten von der damaligen Köchin lernen. Von dem Moment an, als Maria-Elena ihr erstes Abendessen in seinem Haus zubereitete, stand sie in Maceo Encarnacións Gunst sofort ganz oben. Er stellte sie über die anderen Angestellten, die schon länger bei ihm waren, was natürlich zu Spannungen führte.

Später begriff sie, dass der vorübergehende Aufruhr unter der Belegschaft Absicht gewesen war. Auf diese Weise wollte Encarnación potenzielle Unruhestifter herausfinden und eliminieren, bevor sie Schaden anrichten konnten. Nachdem die Betreffenden gefeuert waren, kehrte wieder Ruhe ein. Maria-Elena war überzeugt, dass Maceo Encarnación ein Genie im Umgang mit Menschen war, nicht nur mit seinen Hausangestellten. Sie beobachtete, wie er seine Gäste behandelte – wie er manchen schmeichelte, andere erniedrigte, wie er manchen indirekt oder ganz unverhohlen drohte, je nach der Persönlichkeit der Betreffenden –, um zu bekommen, was er von ihnen wollte.

Im Prinzip geht es mir auch nicht anders, hatte sie gedacht, während sie auf dem Markt Früchte, Gemüse, Chilis, Fleisch, Schokolade und Fisch kaufte. Sie kannte alle Verkäufer, und die wiederum kannten sie und wussten natürlich, für wen sie arbeitete. Es verstand sich von selbst, dass sie immer die allerbeste Ware bekam, und das zu einem günstigeren Preis als andere Kunden. Hin und wieder gaben sie Maria-Elena auch kleine Aufmerksamkeiten für sie und ihre Tochter Anunciata mit. Sie wurde aufgrund ihrer Position respektiert, außerdem war sie erst Anfang vierzig und immer noch eine schöne, begehrenswerte Frau, obwohl sie sich selbst nicht als schön empfand, jedenfalls nicht so wie Anunciata. Außerdem wollte sie gar keinen Mann.

Nach dem Einkaufen schlenderte sie meist noch ein bisschen die Avenida Presidente Masaryk hinunter, wo Maceo Encarnación in den schicken Designer-Boutiquen einzukaufen pflegte. Vor siebzehn Jahren, kurz nach Anunciatas Geburt, als sie noch im Krankenhaus lag, hatte er ihr ein juwelenbesetztes Bulgari-Armband geschenkt. Wochenlang hatte sie nicht gewagt, es anzuprobieren, obwohl sie es jeden Tag betrachtete und es nachts auf dem Kopfkissen liegen hatte.

An diesem Morgen bog sie nach einer Weile von der

Avenida Presidente Masaryk ab, um ihr eigentliches Ziel zu erreichen, die Piel-Canela-Boutique in der Calle Oscar Wilde 20. Sie blieb vor dem Schaufenster stehen und bewunderte die butterweichen Handtaschen, Handschuhe und Gürtel, die sie an die schönen Schlangen erinnerten, von denen sie in ihrer Jugend geträumt hatte. Ihre Augen füllten sich langsam mit Tränen, als der Wunsch in ihrem Herzen zu brennen begann wie das Feuer, aus dem sich einst der Phönix erhoben hatte. Mitten im Schaufenster stand die Handtasche, die sie sich wünschte, und dazu – um die Trageriemen geschlungen – die eleganten Handschuhe. Beides in der Farbe von Karamellcreme. Maria-Elena wünschte sich die Tasche so sehnlich, dass es wehtat. Doch sie wusste, sie würde sie sich nie kaufen. Tränen liefen ihr über die Wangen. Sie weinte und weinte. Nicht dass sie das Geld nicht gehabt hätte. Sie hatte lange genug für Maceo Encarnación gearbeitet, um sich beides leisten zu können. Doch sie war ein Mädchen von der Straße und würde sich so teure Sachen genauso wenig kaufen, wie sie jemals aus Maceo Encarnacións Diensten scheiden würde, auch nicht nach dem, was geschehen war.

Das letzte Ziel ihres morgendlichen Ausflugs war La Baila am Paseo de la Reforma, nur vier Blocks südlich des Lincoln-Parks. In dem wunderschönen Restaurant mit den bunten mexikanischen Fliesen gab es köstliche einheimische Speisen. Im Laufe der Jahre hatte Maria-Elena dem Eigentümer und Chefkoch unter anderem das Rezept der wunderbaren, aus dreißig Zutaten bestehenden *Mole de Xico* entlocken können.

An diesem milden Morgen setzte sie sich an einen Tisch im Freien, trotz des höllischen Verkehrs auf dem

Paseo de la Reforma. Bei ihrem Lieblingskellner Furcal bestellte sie ihr übliches Maisgetränk *Atole*, dazu *Empanadas de plátano rellenas de frijol* und einen doppelten Espresso.

In diesen Momenten ohne Arbeit und Verpflichtungen war sie ganz sie selbst, so wie abends in den Minuten zwischen dem Zubettgehen und dem Einschlafen. Nur war sie auch dann nicht ganz frei, denn für Maceo Encarnación musste sie zu jeder Tages- und Nachtzeit verfügbar sein. Nicht so frei jedenfalls wie jetzt, in ihrem vertrauten Restaurant, wo die schmutzige Luft der Stadt mit der Asche des Popocatépetl an ihr vorüberzog.

Eine Kellnerin, die sie nicht kannte, brachte ihr mit einem warmen Lächeln ihr *Atole*.

»Ich hoffe, es ist so, wie Sie es mögen.«

Maria-Elena bedankte sich, höflich wie immer, nahm einen Schluck, dann noch einen, und erlaubte der Kellnerin namens Beatrice mit einem Kopfnicken, sich zu entfernen.

Sie legte die Hände um die handgefertigte Tasse. Jetzt hatte sie Zeit, um über das nachzudenken, was sie in Anunciatas Tagebuch gelesen hatte. Letzte Woche war sie zufällig unter dem Bett darauf gestoßen, als sie im Zimmer ihrer Tochter sauber gemacht hatte. Maria-Elena erinnerte sich noch genau an den Augenblick, als sie das Buch in den Händen gehalten hatte und ihr klar geworden war, dass es ein Tagebuch war. Auch an den schicksalhaften Moment, bevor sie das Tagebuch aufschlug, als alles noch so war wie immer. Fast hätte sie es gar nicht geöffnet. Sie hatte sich sogar schon hinuntergebeugt, um es ungelesen wieder unter Anunciatas

Bett zu schieben. Was wäre dann passiert? Ihre Welt wäre nicht aus den Fugen geraten und für immer eine andere geworden.

Doch die Neugier war in ihr hochgekrochen wie eine heimtückische Schlange, irgendetwas hatte sie daran gehindert, es wieder zurückzulegen. Sie war nicht einmal aufgestanden. Auf den Knien, wie im Gebet, hatte sie das verbotene Buch geöffnet und gelesen, was sie niemals hätte lesen sollen. Denn gegen Ende stieß sie auf jene Zeilen, die ihr das Hirn versengten. Hätte sie sich nicht die Faust in den Mund gesteckt, sie hätte laut aufgeschrien.

Anunciata – ihre Tochter, ihr einziges Kind – teilte regelmäßig das Bett von Maceo Encarnación. In allen schauderhaften Details las sie, wie sich das erste Mal zugetragen hatte, und jedes weitere Mal danach. Maria-Elena knallte das Tagebuch zu. Ihr Kopf brannte, doch ihr tödlich verwundetes Herz war bereits zu Asche zerfallen.

Sie nahm ein Blatt Papier aus ihrer Handtasche, faltete es auseinander und begann langsam, mit steifer Handschrift zu schreiben. Tränen liefen ihr über die Wangen und tropften auf das Papier. Es war ihr egal. Ihr Herz quoll über vor Scham und Kummer, doch das konnte sie nicht aufhalten. Grimmig schrieb sie weiter, bis sie zum bitteren Ende gelangte. Dann faltete sie das Blatt zusammen, ohne noch einmal zu lesen, was sie geschrieben hatte. Warum auch? Es hatte sich ohnehin in ihr Herz gebrannt.

Wie besessen von der heimtückischen Schlange warf sie ein paar Geldscheine auf den Tisch und eilte den Bürgersteig hinunter. Sie kehrte zur Piel-Canela-Boutique zurück, trat ein und zog, von der Schlange getrieben, die Kreditkarte hervor, mit der sie die Einkäufe für Maceo Encarnación bezahlte, um die ersehnte Tasche und die Handschuhe zu kaufen. Sie strich mit den Händen über das weiche Leder, ließ beides als Geschenk verpacken und sah zu, wie die Verkäuferin die schönen Stücke in pastellfarbenes Krepppapier einwickelte und sorgfältig in eine dicke Schachtel legte, auf der in Goldprägung der Name der Boutique stand. Auf die Karte, die ihr die Frau reichte, schrieb sie den Namen ihrer geliebten Tochter. Und darunter: »Für dich.«

Als sie in die grelle Sonne hinaustrat, blieb sie auf dem Bürgersteig stehen, unfähig, noch einen Schritt zu gehen. Ihre Beine versagten ihr den Dienst, und ein jäher Schmerz durchzuckte die linke Seite ihrer Brust. *Dios*, was geschah mit ihr? Sie hatte plötzlich einen scheußlichen Geschmack im Mund. Schwindel überkam sie, und sie sank zu Boden. Laute Rufe und eilige Schritte drangen wie ferne Echos zu ihr, als hätten sie nichts mit ihr zu tun.

Sie lag da und starrte in den dunstigen Himmel, und wieder kamen ihr die Tränen, und ein Schluchzen entrang sich ihr aus der Tiefe ihres Inneren, wo die heimtückische Schlange ihre gespaltene Zunge hervorschnellen ließ. Ihre Gedanken flackerten am Rande einer tödlichen Bewusstlosigkeit und kehrten zu der einzigen Sache zurück, die noch zählte: dem Augenblick der Wahrheit vor einer Woche.

Die Katastrophe war ihre Schuld. Hätte sie es Anunciata nur gesagt, doch sie hatte ihrer Tochter die schändlichen Tatsachen ihrer Herkunft ersparen wollen. Nun war die Mutter im Tagebuch ihrer Tochter mit den gleichen schändlichen Tatsachen konfrontiert worden: Mutter und Tochter hatten beide das Bett mit dem allmächtigen Mann geteilt und die gleiche Schande erfahren. Maceo Encarnación war Anunciatas Vater. Und jetzt war er auch ihr Liebhaber.

Das war der letzte Gedanke, bevor das Gift, das ihr jemand ins Getränk gemischt hatte, ihr Herz zum Stillstand brachte.

Martha Christiana saß tief in Gedanken versunken auf ihrem Platz, während sie von Gibraltar nach Paris zurückflogen. Don Fernando blätterte den neuen Robb Report durch. Sie blickte aus dem Fenster auf den endlosen blauen Himmel hinaus. Unter ihr bauschten sich die Wolken so dicht, dass sie sich vorstellte, sie könnte sich darauf ausruhen.

Ruhe war das, was sie sich am allermeisten wünschte. Ruhe und tiefen, friedlichen Schlaf, doch daran war nicht zu denken. Don Fernando hatte sie immer wieder verblüfft. Nachdem sie nun das Grab ihres Vaters besucht und gesehen hatte, was aus ihrer Mutter geworden war – wie sollte sie da so weitermachen wie bisher? *Aber was bleibt mir anderes übrig?*

Sie wandte sich an Don Fernando. »Ich habe Durst. Wo ist die Flugbegleiterin?«

»Ich habe das Personal gestern Abend nach Paris zurückgeschickt«, sagte er, ohne aufzublicken.

Sie gab sich wieder ihren dunklen Gedanken hin. Ihr wurde klar, dass sie den Halt verloren hatte. Sie war sich so sicher gewesen, dass es nichts gab, was sie aus der Bahn werfen konnte. Und nun stand sie vor einer Situation, in der sie einfach nicht mehr weiterwusste. Sie fühlte sich wieder wie ein kleines Mädchen, allein und verlassen, wollte nur noch weglaufen, auch wenn das, was vor ihr lag, unbekannt war. Sie spürte ein Schwindelgefühl, als würde sie aus großer Höhe abstürzen. Ihr dämmerte langsam, dass Maceo Encarnación sie in eine Welt nach seinen Vorstellungen verpflanzt hatte, eine Umgebung, in der sie funktionierte … aber als was? Als seine eiserne Faust oder seine Marionette, die nach seinem Willen einen Auftrag nach dem anderen ausführte. Tod, Tod und wieder Tod. Sie erkannte jetzt, dass er ihr das Gefühl eingeimpft hatte, dass Töten alles war, was sie wirklich konnte, und dass sie ohne die Aufträge, die er ihr übertrug, ohne das Geld, das sie von ihm erhielt, nichts war.

»Du lebst für den Moment des Todes«, hatte er zu ihr gesagt. *»Das macht dich einzigartig. Das macht dich wertvoll für mich.«*

Sie erkannte, wie er sie beeinflusst, ihr geschmeichelt, ihr Ego gestreichelt hatte. Sie war seine Marionette, er hatte alle Fäden in der Hand. Ein eisiger Hauch durchfuhr sie, und sie schauderte innerlich.

»Was hältst du von dieser neuen Falcon 2000S?«, fragte Don Fernando und legte ihr das aufgeschlagene Heft mit dem Bericht über den Privatjet in den Schoß. »Dieses Flugzeug muss generalüberholt werden. Aber vielleicht sollte ich mir etwas Besseres anschaffen.«

»Ist das dein Ernst?« Sie sah ihn an, würdigte die Bilder der Falcon keines Blickes. »Ist es wirklich das, was dich beschäftigt?«

Er zuckte mit den Achseln und nahm die Zeitschrift wieder an sich. »Vielleicht hast du kein Gespür für Flugzeuge.«

»Vielleicht hast du kein Gespür für das, was gerade abläuft«, erwiderte sie, um einiges hitziger, als sie beabsichtigt hatte.

Er legte die Zeitschrift beiseite. »Ich höre.«

»Was sollen wir jetzt machen?«

»Das liegt ganz bei dir.«

Sie schüttelte bestürzt den Kopf. »Verstehst du denn nicht? Wenn ich dich nicht töte, bringt Maceo Encarnación mich um.«

»Verstehe.«

»Das glaube ich nicht. Ich kann ihm nicht entkommen.«

»Wie gesagt, ich verstehe dich.«

»Und was soll ich dann …?«

»Hast du immer noch vor, mich zu töten?«

Sie schnaubte verächtlich. »Sei nicht albern.«

Er wandte sich ihr ganz zu. »Martha, ich weiß, eine so tief greifende Veränderung ist nicht so einfach.«

»Keiner weiß das besser als ich. Ich hab gesehen, wie schwer so etwas ist. Im letzten Moment …«

»… bringt es derjenige dann doch nicht fertig.«

»Obwohl er es will.«

»Es kommt vor«, sagte er, »dass der Betreffende, wenn er keinen Ausweg mehr sieht, sich das Leben nimmt.«

Sie sah ihn ruhig an. »Das wird mir nicht passieren.«

Er nahm ihre Hand in seine. »Wie kannst du dir da so sicher sein, Martha?«

»In Gibraltar hast du mein Herz auseinandergenommen, die dunklen Flecken herausgepickt und es wieder zusammengesetzt.«

»Nein«, widersprach er, »das hast du gemacht.«

Ein Lächeln erschien in ihrem Gesicht. »Und wer hat mir das Skalpell gereicht?«

Das Flugzeug ging tiefer, berührte die Wolken und tauchte hinein – der Himmel ein einziges formloses Grau, als wären sie allein in der Luft, abgeschieden von der Welt.

»Wir landen gleich«, sagte Martha. »Ich muss ihn anrufen.«

»Bitte, tu's.«

»Was soll ich ihm sagen?«

»Sag ihm, was er hören will«, schlug er vor. »Du hast deinen Auftrag erledigt. Sag ihm, ich sei tot.«

»Er verlangt immer einen Beweis.«

»Den liefern wir ihm.«

»Er muss aber überzeugend sein.«

»Das wird er«, versicherte Don Fernando.

Sie kniff die Augenbrauen zusammen. »Ich verstehe nicht.«

Er öffnete den Sicherheitsgurt und stand auf. »Das Flugzeug wird nicht landen.«

Das Meer vor Acapulco war türkisblau und klar bis zum steinigen Grund hinunter. Um sich aus einer solchen Höhe ins Wasser zu stürzen, wie es die Klippenspringer taten, benötigte man enorme Fähigkeiten, viel Erfahrung und eine Lunge aus Stahl, um die Luft so lange anzuhalten, bis man sich durch Strömungen und Wirbel hochgekämpft hatte.

Bereits mit elf Jahren war Tulio Vistoso der beste Klippenspringer in der sonnigen Touristenstadt gewesen. Er konnte fast neun Minuten die Luft anhalten. Mit fünfzehn gelang es ihm noch eine Minute länger.

Das Wasser im Jachthafen war schwarz wie Öl, doch die Dunkelheit störte den Azteken nicht. Er hatte *Jefe* Marks' Beine losgelassen, als die Kugeln ins Wasser einschlugen; es wäre dumm gewesen, nicht zu verschwinden. Er wusste, es war nur eine Frage der Zeit, bis er Marks erwischte. Das Problem war, dass Maceo Encarnación ihm nicht viel Zeit ließ: Die Hälfte war schon verstrichen. Er musste rasch mit jemandes Kopf nach Mexico City zurückkehren und zumindest mit dem Versprechen, die dreißig Millionen zu liefern.

In dem Moment, als der Kugelhagel aufhörte und *Jefe* Marks aus dem Wasser gezogen wurde, trat Don Tulio in Aktion. Er wusste, bald würde es hier nur so von Tauchern wimmeln. Bis dahin musste er in einem sicheren Versteck oder ganz aus dem Wasser sein. Da die Küstenwache bereits ihre Boote im Wasser hatte, konnte er den Jachthafen unmöglich schwimmend verlassen. Außerdem musste er davon ausgehen, dass die Gringo-Federales die Umgebung abgeriegelt hatten.

Während er ganz in der Nähe der *Recursive* hochstieg, spürte er die Vibrationen anderer Boote. Mächtige Scheinwerfer wurden eingeschaltet und durchdrangen die Dunkelheit, drängten die Schatten zurück, in denen er sich verbergen wollte. Hier konnte er nicht bleiben, auch nicht zwischen den Pfählen des Piers. Als er den Kopf kurz aus dem Wasser streckte, hörte er das Keuchen und Schnüffeln von Hunden. Unter dem Pier würden sie ihn mit Sicherheit finden.

Das ließ ihm nur noch eine Möglichkeit, auf die er nur widerstrebend zurückgriff. Er tauchte rasch unter, um einem Scheinwerferstrahl zu entgehen, und glitt langsam und vorsichtig, um auch nicht das kleinste

Kräuseln an der Oberfläche zu erzeugen, in die schmale Lücke zwischen dem Steg und der Steuerbordseite der *Recursive.* Er tauchte noch ein Stück, bis er sich genau unter der zweiten, etwas größeren Stoßstange befand.

Mit den Fingerspitzen ertastete er den Metallring, der in derselben Farbe gestrichen war wie der Rumpf. Wenn man nicht wusste, dass er da war, würde man ihn übersehen. Die *Recursive* war in erster Linie ein Schmuggelboot und war mit allerlei Geheimfächern ausgestattet. Eines davon verlief an Steuerbord knapp oberhalb der Wasserlinie. Es war für Plastikbeutel mit China White oder normalem Heroin gedacht, konnte jedoch notfalls auch einen Menschen beherbergen. Das Problem war nur, dass es nicht hundertprozentig wasserdicht war, jedenfalls nicht mit dem Gewicht des Azteken darin. Deshalb griff er nicht gern auf diese Lösung zurück. Neun Minuten die Luft anzuhalten war eine Sache; etwas ganz anderes war es, in einem sargartigen Raum eingeschlossen zu sein, der sich nach und nach mit Meerwasser füllt.

Dennoch war es die einzige Chance, die Don Tulio noch blieb, und er packte sie beim Schopf. Er drehte den Ring, öffnete die Klapptür und schwang sich in den engen Raum. Wasser strömte mit ihm hinein und füllte den Boden. Rasch schloss er die Tür und drehte den Ring in eine Position, die ihn von außen praktisch unsichtbar machte.

Dann begann er mit pochendem Herzen zu einem Gott zu beten, von dem er sich längst abgewandt hatte.

Vierzig Minuten nachdem er im Krankenhaus eingetroffen war, durfte sich Peter aufsetzen, während ihm über einen Tropf Flüssigkeit zugeführt wurde. Er rief Hendricks an und riss ihn aus dem Schlaf.

»Wo zum Teufel haben Sie gesteckt?«, brummte der Verteidigungsminister mürrisch.

Als Peter ihm erzählte, dass er Core Energy infiltriert hatte, dass Tom Brick offen über seine dunklen Machenschaften gesprochen hatte, dass Dick Richards insgeheim für Brick arbeitete und er selbst einer Spur gefolgt war, die ihn zu den dreißig Millionen auf der *Recursive* geführt hatte, war Hendricks besänftigt, wenn auch nur für einen Moment.

»Es gefällt mir gar nicht, dass meine beiden Direktoren gleichzeitig außer Gefecht sind.«

Peter schreckte hoch. »Was heißt das?«

»Soraya ist im Krankenhaus«, berichtete der Minister. »Sie ist kollabiert und musste notoperiert werden.«

Peter war so geschockt, dass er sich fast vom Tropf losgerissen hätte. »Wie geht es ihr?«

»Stabil, soweit ich weiß. Delia ist bei ihr. Sie ist kaum von Sorayas Bett gewichen.«

»Wo liegt sie?«

»Im selben Krankenhaus wie Sie, aber Sie klingen nicht so, als wären Sie in der Verfassung …«

»Mir geht's gut«, versetzte Peter etwas zu scharf, wie ihm im nächsten Augenblick bewusst wurde. »Sorry, Sir, diese Sache im Jachthafen hat mir ein bisschen zugesetzt.«

»Alles klar. Halten Sie mich auf dem Laufenden. Sobald Sie den Mann finden, der Sie angegriffen hat, will ich es erfahren, okay?«

»Ja, Sir.«

Einige Augenblicke lang herrschte Schweigen. »Was

Richards betrifft, wollen Sie ihn festnehmen oder weitermachen lassen?«

»Geben Sie mir ein, zwei Tage, bis ich weiß, was er vorhat. Ich will sehen, was passiert, jetzt wo ich von Brick abgehauen bin.«

»Schade, dass wir nicht wissen, wen Sie für ihn hätten töten sollen.«

»Das tut mir auch leid, Boss. Aber vielleicht war es überhaupt niemand. Brick ist ein Typ, der andere gern testet. Ich hatte jedenfalls genug davon, außerdem musste ich der Spur mit dem Schlüssel nachgehen.«

»Alles klar. Aber ab jetzt müssen wir Richards als Bedrohung betrachten.«

»Absolut, Boss. Aber vielleicht kommen wir durch ihn zu handfesten Beweisen für Bricks Machenschaften.«

»Wenn Sie meinen.« Hendricks wirkte nicht überzeugt. »Aber wenn Sie Unterstützung brauchen …«

»Dann melde ich mich.«

»Tun Sie das. Und bis dahin schicke ich Ihnen jemanden zu Ihrem Schutz.«

»Genau das werden Sie nicht tun, Sir. Bei allem Respekt, ich kann meinen Job nicht machen, wenn mir jemand auf Schritt und Tritt folgt. Ich bin kein Schreibtischhengst. Ich kann auf mich aufpassen.«

Schweigen am anderen Ende der Leitung.

»Sir?«

»Peter, dann passen Sie aber bitte ab jetzt ein bisschen besser auf sich auf«, sagte Hendricks, ehe er die Verbindung trennte.

»Ihr habt zwei Möglichkeiten«, sagte der Leichenbestatter, »entweder ihr schlaft am Boden oder in einem Sarg.«

»Schöne Seide«, meinte Rebekka und strich über den Rand eines Sarges.

Der Bestatter grinste. »Weich wie eine Wolke.« Er war ein blasser, dünner Mann mit Trichterbrust, Menjoubärtchen und den geröteten Lippen einer Frau. Seine Hände wirkten wie zartes Porzellan, die Fingernägel waren lackiert. Er stellte sich als Diego de la Rivera vor.

»Ihr habt die Wahl«, sagte er. »Ich hole euch, wenn es so weit ist.«

»Sie sind sicher, dass Maceo Encarnacións Leute Sie rufen werden?«, fragte Bourne.

»Mehr als das«, sagte de la Rivera. »Ich bin sicher, Maceo Encarnación selbst wird mich rufen.«

»Wie kommen Sie darauf?«

De la Riveras Lippen zuckten. »Ich bin mit seiner Schwester verheiratet.«

Das gefiel Bourne gar nicht. »Ist Blut nicht immer noch dicker als Wasser?«

De la Riveras Lippen verzogen sich zu einem spöttischen Lächeln. »Ich bin nicht mit Maceo Encarnación verwandt. Der Mann hat Geld wie Heu, aber seine eigene Schwester behandelt er wie Dreck.« Er spuckte auf den Boden. »Und mich? Er gibt mir Aufträge und glaubt, mich damit zu erniedrigen. ›Du bist nur an meinem Geld interessiert‹, sagt er zu mir, dabei will ich nur, dass er uns wie Menschen behandelt. Aber was tut er? Er lädt uns nicht mal zu sich nach Hause ein. Nein, der Kerl kann mir gestohlen bleiben, und meiner Frau auch. Also, von mir aus könnt ihr sein Haus anzünden, wenn ihr wollt.«

Er ging ohne ein weiteres Wort hinaus und schaltete

das Licht aus. Die Lampe auf seinem Schreibtisch brannte noch, sie schien immer eingeschaltet zu bleiben, auch wenn er nicht da war. Man hörte nur noch das tiefe, gleichmäßige Summen der Kühlanlage im Keller, das gespenstisch durch den Betonboden drang.

»Möchtest du dich hinlegen?« Rebekka blickte von Bourne, dessen Gesichtsausdruck sie zum Lachen brachte, zu dem offenen Sarg. »Ich auch nicht.«

Bourne faltete den detaillierten Stadtplan auseinander, den *El Enterrador* ihm gegeben hatte, und begann ihn im schwachen Licht der Schreibtischlampe zu studieren. »Sind wir uns darüber einig, wie wir vorgehen, sobald wir drin sind?«

»Zuerst Rowland, dann Maceo Encarnación.«

Bourne schüttelte den Kopf. »Zuerst Rowland, dann verschwinden wir.«

»Was ist mit Encarnación?«

Bourne blickte zu ihr auf. Das Licht der Lampe spiegelte sich in ihren Augen. »Hör zu, ich habe nachgedacht«, sagte er leise. »Ich habe den Verdacht, dass Dschihad bis-sayf …«

»Ich habe auch einen Verdacht: Sie agieren ganz offen, und zwar dort, wo sie keiner vermutet.«

»Glaubst du?«

Sie nickte. »Die Gruppe gehört zu Encarnacións Imperium. Es muss so sein.«

Er wandte sich wieder dem Labyrinth der Straßen auf dem Stadtplan zu. »Wie kommst du darauf?«

»Als ich Constanza Camargo zuhörte, wurde es mir irgendwann klar.«

»Du irrst dich«, erwiderte Bourne. »Dschihad bis-sayf ist ein Phantom. Die Gruppe existiert gar nicht.«

»Aber was ist mit dem, was ich in Dahr El Ahmar gehört habe?«

»Dahr El Ahmar. Das war der Auslöser, stimmt's? Oberst Ben David hat davon gesprochen, als er dachte, du wärst noch bewusstlos.«

Sie nickte.

»Und wenn er gewusst hat, dass du lauschst?«

Sie starrte ihn an.

»Überleg doch mal, Rebekka. Ben David wusste, dass du mich nach Dahr El Ahmar gebracht hast, in ein geheimes Mossad-Camp, in dem streng geheime Forschungsarbeiten durchgeführt werden. Es geht immerhin um ein Verfahren, mit dem Uran sehr viel effizienter angereichert werden kann – auch um damit Atomwaffen herzustellen.

Er fragt sich, ob er dir noch trauen kann. Also stellt er dir eine Falle. Er spricht über Dschihad bis-sayf, und zwar so, dass du mithören kannst. Glaubst du wirklich, er hätte sonst darüber gesprochen, wenn du in Hörweite bist? Hätte er sich wirklich darauf verlassen, dass du bewusstlos bist? Sicher nicht. Nein, er hat über die Gruppe gesprochen, um zu sehen, wie du reagierst. Und was hast du getan? Du bist abgehauen. Kein Wunder, dass er den Babylonier auf dich angesetzt hat.«

Rebekka schüttelte den Kopf. »Nein, das ist unmöglich.«

»Es muss so sein«, beharrte Bourne. »Wir kennen Ben David besser als die meisten Leute. Ich glaube, wir haben beide gesehen, wozu er fähig ist.«

»Und was ist mit Rowland?«

»Er kommt von Maceo Encarnación«, sagte Bourne.

»Encarnación will mich beseitigen. Du hast gesehen, wie mich der Hubschrauber in Stockholm angegriffen hat.«

Sie atmete tief durch, um sich zu sammeln. Als sie sich ihm zuwandte, funkelten ihre Augen. »Ich hab mich für so schlau gehalten.«

»Vergiss es. Wir machen alle Fehler.«

»Es gab niemanden im Mossad, dem ich trauen konnte, und Ben David hat mich ja auch hintergangen.«

»Er sieht das wahrscheinlich anders.«

Sie atmete langsam ein. »Was ist wirklich zwischen dir und ihm passiert? Vorher, meine ich.«

Bourne betrachtete sie einen langen Augenblick. Ihr wurde aufs Neue bewusst, dass sie von offenen Särgen umgeben waren. Das helle Seidenfutter wirkte kein bisschen weich und angenehm.

»Zur Zeit des Mubarak-Regimes in Ägypten verloren seine Behörden zunehmend die Kontrolle über die Sinai-Halbinsel«, sagte Bourne schließlich. »Aber das weißt du ja auch.«

Sie nickte.

»Dort begegnete ich Ben David zum ersten Mal. Ein israelisches Armeekontingent kontrollierte die Beduinen-Karawanen, die Drogen, Waffen und Flüchtlinge von Eritrea nach Israel schmuggelten. Ben David war mit fünf seiner Mossad-Agenten dort, um einem Gerücht nachzugehen, dass Mubarak oder jemand in seiner Regierung hinter den Lieferungen steckt und mit den Beduinen-Oberhäuptern zusammenarbeitet. Meine eigene Arbeit hatte am Rande mit der israelischen Armee zu tun. Man könnte sagen, wir hatten gegensätzliche Ziele.«

»Das hat ihm bestimmt nicht gefallen.«

»Nein«, bestätigte Bourne. »Wie es so seine Art ist, erfand Ben David eine Geschichte über mich und erzählte sie dem Armee-Kommandanten. Wenig später waren eure Streitkräfte hinter mir her.«

»Das hat ihm wahrscheinlich doppelt genutzt: So schaffte er sich nicht nur dich, sondern auch die Armee vom Hals, damit er ungestört seine eigenen Ziele verfolgen konnte. Wirklich clever.«

»Aber nicht clever genug«, fuhr Bourne fort. »Ich entkam, indem ich mich als Waffenhändler ausgab und mich einer Beduinen-Karawane anschloss. Ben David muss ziemlich überrascht gewesen sein, als er die Beduinen mit seiner Einheit angriff und auf mich traf.«

Rebekka schlug mit einer Geste vor, sich auf den Fußboden zu setzen. »Wie ging es weiter?«, fragte sie, nachdem sie sich hingesetzt hatten.

»Ben Davids Operation war ein Reinfall. Laut dem Anführer der Karawane kamen die Lieferungen aus Pakistan, Syrien und Russland, nicht aus Ägypten.«

»Hast du ihm geglaubt?«

Bourne nickte. »Er hatte keinen Grund, zu lügen. Er glaubte, ich würde hier eine meiner eigenen Lieferungen überwachen. Sein Geld bekam er von einem russischen Waffenhändler, wie ich für ihn einer war, und von Terrorzellen mit Verbindungen zu den kolumbianischen und mexikanischen Kartellen.«

Seine Augen funkelten. »Ben Davids Informationen waren entweder falsch oder gezielte Fehlinformation. Jedenfalls vergeudete er seine Zeit auf der Sinai-Halbinsel. Das Problem war, dass mir Ben David nicht glauben wollte. Er gab den Befehl, mich zu exekutieren, und fast wäre es auch dazu gekommen.«

»Aber du bist entwischt.«

»Mithilfe meiner neuen beduinischen Freunde. Ben David war ziemlich wütend, er schwor, mich zu finden und zu töten.«

»Und das ist das Ende der Geschichte?«

»Bis sie von vorn anfing, als wir nach Dahr El Ahmar kamen.«

»Scheiße, hätte ich das bloß gewusst.«

»Hättest du es denn anders gemacht? Du brauchtest dringend einen Arzt. Das Mossad-Camp war der nächstgelegene sichere Ort für dich.«

»Ich hätte dich gewarnt.«

»Ich war gewarnt, als ich Ben David sah«, brummte Bourne.

»Er hat einen halben Berg in die Luft gesprengt, um dich zu erwischen. Aber du hast ihm auch eine ziemlich bittere Niederlage zugefügt, und eine Narbe fürs Leben.«

»Er hat nichts anderes verdient.«

Ihre Augen studierten die dunklen Konturen seines Gesichts. »Das wird er dir nie verzeihen.«

»Muss er auch nicht.«

»Er wird nie aufhören, dich zu jagen.«

Bourne sah sie mit dem Hauch eines Lächelns an. »Er ist nicht der Erste und wird nicht der Letzte sein.«

»Das muss …« Sie verstummte, unfähig, es auszusprechen.

»Das muss was?«

»Das muss ein schweres Leben sein, das du gewählt hast.«

»Ich glaube, es hat mich gewählt«, sagte er leise. »Ich bin ein zufälliger Passagier.«

Sie schüttelte den Kopf. »Du bist einer, durch den sich die Dinge verändern können.«

»Vielleicht bin ich nur einer, der versucht, die Dinge im Gleichgewicht zu halten.«

»Das ist genug … mehr als genug für einen einzelnen Menschen.«

Sie saßen eine Weile schweigend, sahen einander an und hingen ihren Gedanken nach, bis sie ein scharfes Kratzen hörten. Das Licht ging an, und Diego de la Rivera stand in der Tür.

»Er hat mich gerufen«, sagte Rivera. »Es ist Zeit.«

NEUNZEHN

»Du bist verrückt.« Martha Christiana starrte Don Fernando fassungslos an. »Willst du damit sagen, wir sind allein im Flugzeug?«

»Ja.«

»Der Pilot und der Copilot sind mit dem Fallschirm abgesprungen.«

»Vor drei Minuten. Wir fliegen mit Autopilot.«

»Und du hast vor, die Maschine abstürzen zu lassen …«

»Genau.« Er zog sich den dicken Goldring mit Cabochon-Rubin vom Finger. »Das Bergungsteam wird den hier finden. Man wird wissen, dass er mir gehört.«

Martha konnte immer noch nicht glauben, dass er einen so wahnwitzigen Plan umsetzen wollte. »Aber man wird keine Leichen finden.«

»O doch.«

Sie folgte ihm in den hinteren Bereich des Flugzeugs und zuckte zusammen, als sie die drei Leichensäcke sah. Sie starrte ihn an. »Das ist ein Witz, oder?«

»Mach die Säcke auf.«

Er sagte es mit einer solchen Gelassenheit, dass sie ein kalter Schauer überlief. Das war eine Seite an ihm, die sie noch nicht kannte. Sie beugte sich über den obersten Leichensack und öffnete den Reißverschluss mit einem Ruck. Zum Vorschein kam das weiße Gesicht einer Leiche.

»Drei Männer«, sagte Don Fernando. »Der Pilot, der Copilot und ich. So wird man es berichten.«

Sie wirbelte zu ihm herum. »Und du? Du tauchst unter und gibst die Leitung der Aguardiente Bancorp auf?«

»Ich tu's gern«, sagte er und wandte sich ab. »Komm. Wir haben nicht mehr viel Zeit.« Er nahm zwei Fallschirme und reichte ihr einen. »Oder willst du bei dem Absturz ums Leben kommen?«

»Ich kann das alles nicht glauben.«

»Es ist aber so.« Er schnallte sich den Fallschirm um und runzelte die Stirn, weil sie immer noch zögerte. »Oder hast du's dir anders überlegt?«

»Ich verstehe nicht …«

»Dann bring mich hier und jetzt um, und wir haben's hinter uns. Du hast nicht mehr viel Zeit. Erfülle Maceo Encarnacións Auftrag. Ich glaube nicht, dass ich dich dran hindern könnte.«

Ihr Stirnrunzeln wurde noch tiefer. »Er hat gesagt, du willst ihm alles wegnehmen.«

»Wie viel weißt du über sein Imperium?«

Sie schüttelte den Kopf.

»Dann betrifft es dich auch nicht.«

Sie dachte an ihr Zusammentreffen mit Maceo Encarnación auf der Place de la Concorde, mitten im dichten Verkehr, dem Stimmengewirr der nichts ahnenden Touristen. Im Schatten der Guillotine und des Schreckensregiments. »Irgendwie betrifft es mich doch.«

»Und jetzt …« Er breitete die Hände aus. Sie schwieg,

und er trat auf sie zu, nahm ihr den Fallschirm aus den Händen und begann, ihn ihr auf den Rücken zu schnallen.

Sie fasste ihn am Arm. »Warte.«

Ihre Augen trafen sich.

»Letzte Chance, Martha«, sagte er. »Du musst dich entscheiden. Bleibst du bei Maceo Encarnación oder machst du den ersten Schritt zu dem Neuanfang, von dem du auf Gibraltar gesprochen hast?«

Er löste ihre Hände von seinen Armen und zog ihre Gurte straff. »Mir scheint, deine Vergangenheit war von verschiedenen Männern geprägt, denen du gefolgt bist.« Er führte sie zur Tür und legte die Hand auf den großen Metallriegel, mit dem sie sich öffnen ließ. »Weitermachen oder Veränderung, Martha. So einfach ist deine Entscheidung.«

»Das nennst du eine einfache Entscheidung?«

»Nenn sie, wie du willst, aber du musst sie treffen.« Seine Stimme wurde sanfter. »Keiner kann sie dir abnehmen, Martha. Ich würde es nicht einmal versuchen.«

Sie atmete tief durch. Sie dachte an den Leuchtturm, an das Grab ihres Vaters, an ihre Mutter, die in einer Welt eingeschlossen war, in der Martha immer noch ein kleines Kind war, ein Teil ihres Lebens. Sie schaute in Don Fernandos Augen, um etwas darin zu lesen, doch er stand zu seinem Wort: Er versuchte nicht, sie zu überreden. Und plötzlich war ihr klar, dass er der erste Mann in ihrem Leben war, der nicht versuchte, sie zu manipulieren.

Sie nickte schließlich und zog seine Hand vom Türriegel. »Lass mich«, sagte sie.

Er lachte und küsste sie zärtlich auf beide Wangen. »Ich zeige dir vorher noch etwas.«

»Du hast gesagt, wir haben nicht mehr viel Zeit.«

Er führte sie durch den Mittelgang in den vorderen Bereich des Flugzeugs und öffnete die Tür zum Cockpit, wo Pilot und Copilot gesund und munter auf ihren Plätzen saßen.

»Schnallen Sie sich lieber an, Chef«, mahnte der Pilot. »Wir landen in fünf Minuten.«

Charles Thorne wälzte sich unruhig im Bett hin und her. Tatsache war, dass er Li Wan hasste und fürchtete, doch die beiden Männer waren nun einmal durch die Geheimnisse, die sie austauschten, aneinander gebunden. Einer brauchte den anderen, um seine Ziele zu verfolgen. Thorne drehte sich erneut um und versuchte vergeblich, Ruhe zu finden.

Noch schlimmer war, dass er Li Wan beneidete. Er hatte sich selbst einmal in Natasha Illion, das israelische Supermodel, verliebt, mit der Li ein Verhältnis hatte. Und er war sich ziemlich sicher, dass Li es wusste. Wenn sie zusammen waren, präsentierte Li Natasha, als stünde sie im Scheinwerferlicht. Und Natasha wiederum – vielleicht, weil sie ebenfalls Bescheid wusste – trug bei diesen Gelegenheiten die provokantesten Outfits: Ausschnitt bis zum Nabel oder ein Netz-Top, durch das Thorne verstohlene Blicke auf ihre kleinen, aber perfekt geformten Brüste warf. Er stöhnte, wenn er sich vorstellte, ihre Brustwarzen mit seinen Lippen zu umschließen.

Er war sich sicher, dass Li, und vielleicht auch Natasha, über ihn lachten, wenn sie gemeinsam ausgingen, als wäre er ein Tier, das sie durch die Gitterstäbe seines Käfigs reizten.

Das Licht der Uhr auf dem Nachttisch drang durch seine Augenlider. Eine knappe Stunde war vergangen, seit er von seinem nächtlichen Treffen mit Li in dem Restaurant in Chinatown zurückgekehrt war. Das »Huhn nach General Tso« lag ihm schwer im Magen.

Resigniert rollte er sich zur Bettkante und setzte sich auf. Heute war es ihm nicht vergönnt, im Schlaf Vergessen zu finden, nicht daran denken zu müssen, dass sich die Schlinge um ihn immer fester zuzog. Sicher, er konnte Soraya bitten, Straffreiheit für ihn zu erwirken, wenn die Abhörgeschichte aufflog, aber dann hätte er reumütig vor ihr auf die Knie gehen müssen wie der niedrigste Bittsteller. Sie hätte ihn für immer in der Hand, und er wusste aus bitterer Erfahrung, dass sie gnadenlos sein konnte, wenn sie sich schlecht behandelt glaubte. Aber wenn sie sein einziger Ausweg war? Li hatte zwar angedeutet, dass er ihm helfen würde, doch die Vorstellung, in der Schuld dieses Mistkerls zu stehen, war absolut unerträglich.

Nein, dachte er, während er die Beine aus dem Bett schwang. Soraya war seine einzige Hoffnung, sich in Sicherheit zu bringen, bevor der Sturm losbrach.

Dann fiel ihm ein, dass sie mit seinem Baby im Bauch im Krankenhaus lag, und plötzlich begann das »Huhn nach General Tso« in seinem Magen zu revoltieren.

Er sprang auf, sprintete zur Toilette und übergab sich, als würde er seine Eingeweide herauskotzen.

Li Wan rekelte sich zwischen den unglaublich langen Beinen von Natasha Illion, als er zu seinem verschlüsselten Handy griff und eine Taste drückte. Der Anruf wurde mehrfach automatisch weitergeleitet, quer durch das Land, über den Pazifik und schließlich durch verschiedene geheime Lauschposten in Peking. Der Sitz der Staatlichen Getreideverwaltung befand sich im Guohong-Gebäude im Regierungsviertel. Zu den obersten drei Stockwerken hatten die Mitarbeiter darunter keinen Zutritt. Ein eigener Aufzug führte von der riesigen Lobby in diese drei Etagen, ohne in den Stockwerken darunter anzuhalten. Die übrigen Mitarbeiter hatten auch nicht das Bedürfnis, die Herren in den obersten Etagen zu besuchen.

Doch für Leute wie Li Wan gab es nur diese drei Etagen im Guohong-Gebäude. Das Ziel des Anrufs, den er an diesem Morgen – zwischen Natashas seidigen Beinen – tätigte, war ein Büro im obersten Geschoss des Gebäudes. Es war sechs Uhr abends in Peking, doch die Tages- oder Nachtzeit war unwichtig, weil dieses Büro rund um die Uhr besetzt war.

Der Minister stand am Rande eines riesigen Raumes, dessen fünfzehnhundert Computer, über Intranet verlinkt, von Jugendlichen zwischen zehn und neunzehn Jahren besetzt waren. Sie waren vom chinesischen Militär ausgewählte Hacker, deren einzige Aufgabe es war, die Firewalls und Intranets von Regierungen und multinationalen Konzernen zu knacken, die die Armeen der Staaten mit den neuesten Waffen und Technologien ausrüsteten. Zu diesem Zweck arbeiteten sie in Gruppen an neuen Generationen von Trojanern, Würmern und Viren. Wer der Herkunft dieser Angriffe nachging, würde nach langer, mühevoller Suche herausfinden, dass die IP-Adresse einem gewissen Xu Lang gehörte, einem in Ungnade gefallenen Wirtschaftsprofessor in einem abgelegenen Dorf in der Provinz Guangdong.

Der Minister war stolz auf die Operation, die er persönlich ins Leben gerufen hatte. Die Informationen, die seine Leute von vielen verschiedenen Quellen stahlen, erwiesen sich als überaus wertvoll für die chinesischen Streitkräfte, insbesondere für seinen Freund, General Wang Liqun.

Der Minister spürte, wie sein Handy vibrierte, verließ die Cyberwerkstatt, ging bis ans Ende des Flurs und betrat sein Büro. Er setzte sich an den sauber aufgeräumten Schreibtisch aus Ebenholz mit eingelegtem Elfenbein. Auf einer Seite standen sechs Telefone, auf der anderen ein Briefbeschwerer aus Rhinozeroshorn. Vor ihm lag ein offenes Dossier mit der Aufschrift STRENG GEHEIM. Der Minister war Anfang fünfzig und hatte das lange, elegante Gesicht eines Dirigenten oder Choreografen. Sein glattes schwarzes Haar war aus der breiten Stirn zurückgekämmt. Seine Hände – lang und feingliedrig – waren genauso gepflegt wie sein Haar und sein Gesicht. Während er den Anruf entgegennahm, betrachtete er ein Foto im Dossier. Er wartete geduldig, während Li Wans Anruf auf eines seiner Telefone umgeleitet wurde. Er hielt das Telefon ans Ohr, ohne den Blick von dem Bild zu wenden, einem Schwarz-Weiß-Überwachungsfoto, mit einem Teleobjektiv geschossen.

»Was gibt's?«, fragte er, als die verschlüsselte Verbindung zustande kam. Seine Stimme klang hoch und klagend, wie die eines Kindes, das bestraft wurde.

»Minister Ouyang, es gibt neue Entwicklungen.«

Ouyang stellte sich das Zimmer vor, aus dem sein

Agent anrief. Es war fünf Uhr morgens an der amerikanischen Ostküste. Er fragte sich, ob Li Wan allein war oder ob seine langbeinige Freundin bei ihm war.

»Das könnte einen positiven oder einen negativen Einfluss auf meinen Abend haben, Li. Worum geht's?«

»Durch schiere Dummheit bietet sich uns eine außerordentliche Gelegenheit.«

»Mit Mr. Thorne?«

»Ja. Er und seine Kollegen im Vorstand von *Politics As Usual* stecken mitten in einem Abhörskandal. Sie haben neunzehn Monate lang gut verdient mit ihren illegalen Informationen, aber jetzt haben sie die Justiz am Hals.«

»Das ist mir bereits bekannt.« Immerhin hatte Ouyang eine Kontaktperson im Justizministerium. »Bitte, fahren Sie fort.«

»Vom ersten Tag an war das Ziel meiner Verbindung zu Charles Thorne, an seine Frau heranzukommen.«

»Als Vorsitzende des neu gebildeten Homeland-Bewilligungsausschusses ist Senatorin Ann Ring von großer Bedeutung für uns.« Ouyang starrte immer noch das Foto an, als wolle er die Geheimnisse ergründen, die im Gehirn des Mannes verborgen waren, den eines seiner Überwachungsteams fotografiert hatte. »Bis jetzt ist Ihnen das noch nicht gelungen, oder nur sehr oberflächlich«, stichelte er.

»Das wird sich ändern«, betonte Li. »Thorne steht mit dem Rücken zur Wand. Er braucht meine – unsere – Hilfe. Ich glaube, es ist Zeit, ihm die Hand zu reichen und ihm in der Stunde der Not beizustehen.«

Ouyang brummte leise. »Und wir bekommen dafür was?«

»Senatorin Ann Ring.«

»Ich hatte den Eindruck – den Ihre Berichte vermittelt haben –, dass in Thornes Ehe manches nicht so ist, wie es sein sollte.«

Ouyangs Bemerkung klang so, als wären die privaten Probleme des Ehepaars irgendwie Lis Schuld. Li überlegte, wie er am besten aus der heiklen Situation herauskam.

»Diese leichte Entfremdung kommt uns jetzt zugute«, sagte Li schließlich.

Ouyang fuhr mit den Fingerspitzen über das Gesicht des Mannes auf dem Foto. »Bitte, erklären Sie das näher.«

»Stünden sich Thorne und Ann Ring näher, hätte er ihr bestimmt von den bevorstehenden Ermittlungen erzählt. Er hat mir aber versichert, dass er nicht im Traum daran denkt. Aber wenn ich – wenn wir – ihm einen Ausweg anbieten, der ihn vor der Strafverfolgung schützt, wäre er sehr dankbar – und sie ebenso.

Ann Ring ist eine sehr erfolgreiche Senatorin. Schon der Hauch eines Skandals – auch wenn er ihren Mann betrifft – könnte sich verheerend auf ihre Karriere auswirken. Wenn sie den Ausschussvorsitz abgeben müsste, stünden wir wieder ganz am Anfang und würden wertvolle Zeit verlieren. Das können wir uns nicht leisten.«

Nein, dachte Minister Ouyang, *das können wir nicht.*

»Ich verachte Dummheit«, bemerkte er.

Li verzichtete auf eine Antwort.

»Es ist riskant, sich zu weit vorzuwagen – und genau das müssten wir, um Thorne aus seiner Notlage zu befreien«, sagte Ouyang wie zu sich selbst, während er die Vor- und Nachteile von Lis Vorschlag abwog. »Wie Sie wissen, Li, kann ein Informant sehr schnell zu einem Unsicherheitsfaktor werden.«

Seine Augen wichen nicht von dem Gesicht, das er so gut kannte und das ihm immer wieder in seinen Albträumen begegnete.

»Das stimmt, Minister. Aber ich habe Thorne ausgebildet. Er ist unser unwissender Verbindungsmann.«

»Das sind die besten«, räumte Ouyang ein.

»Genau.«

Das Gesicht hatte natürlich einen Namen, der ihm so vertraut war wie sein eigener, einen verhassten Namen, den er auslöschen würde, als hätte es ihn nie gegeben.

»Ich habe lange und hart an dieser Verbindung gearbeitet. Wir können ihn vor dem drohenden Sturm retten«, sagte Li voller Überzeugung.

»Sofern Sie nicht auffliegen und unser Plan nicht gefährdet ist, haben Sie meine Erlaubnis.« Er legte den Kopf auf die Seite und konzentrierte sich sowohl auf sein wichtiges Gespräch mit Li als auch auf das nicht minder wichtige Foto. »Enttäuschen Sie mich nicht, Li.«

Während sich Li Wan bedankte, tippte Ouyang mit dem Finger auf die Augen des Mannes auf dem Foto, wie um ihn in Gedanken zu blenden, bevor er getötet wurde – dieser Mann, dessen Name immer wieder in seinem Kopf widerhallte.

Jason Bourne, Jason Bourne, Jason Bourne.

»Hey.«

»Hey«, erwiderte Soraya lächelnd, als sie Peter eintreten sah und seine vertraute Stimme hörte. Doch als sie ihn in seinen ramponierten Kleidern sah, änderte sich ihr Gesichtsausdruck schlagartig. »Was zum Teufel ist denn mit dir passiert?«

»Ich habe dreißig Millionen Dollar gefunden.« Er nahm sich einen Stuhl, setzte sich zu ihr ans Bett und erzählte ihr die verworrene Geschichte rund um Richards, Core Energy, Tom Brick, Florin Popa und schließlich die dreißig Millionen in einer wasserdichten Tasche im Jachthafen.

»Was hat das alles zu bedeuten?«, fragte Soraya, während sie die neuen Informationen verarbeitete.

Peter schüttelte den Kopf. »Ich weiß es nicht, aber ich werde es rausfinden.«

»Was ist mit Richards?«

Die gleiche Frage, die Hendricks ihm gestellt hatte. »Ich habe beschlossen, ihn an der langen Leine zu lassen. Was immer Brick vorhat, es wird über Richards laufen.«

»Wird Brick nicht misstrauisch sein, weil du nicht gewartet hast, um jemanden für ihn zu töten?«

Peter rückte seinen Stuhl nach vorne. »Ich glaube nicht. Jeder mit ein bisschen Verstand wäre abgehauen. Es war vielleicht nur ein Test.«

»Ein Intelligenztest.«

»Brick traut mir nicht so ganz.« Peter zuckte mit den Achseln. »Wie sollte er auch? Ich bin zwar für ihn genau im richtigen Moment dahergekommen, aber er muss mich erst mal checken, bevor er sich voll und ganz auf mich verlässt.«

»Dann nimmst du also wieder Kontakt mit ihm auf?«

Peter zwinkerte ihr zu. »Darauf kannst du dich verlassen.« Er stand auf. »Jetzt erhol dich erst mal. Ich will dich bald wieder auf den Beinen sehen.«

Don Tulio saß in seinem Mietwagen und beobachtete, wie Sam Anderson die Taucher ins Wasser zurückschickte, nachdem sie den Jachthafen vergeblich nach dem Mann abgesucht hatten, der seinen Boss angegriffen hatte. Anderson gab einem Mann Anweisungen, von dem Don Tulio aus belauschten Gesprächen wusste, dass er Sanseverino hieß. Sanseverino nickte und ging zurück zum Parkplatz. Don Tulio folgte dem Mann, der Peters Auto zum Krankenhaus fuhr. Don Tulio war ein Experte am Steuer – er wusste, wie man jemandem unauffällig folgte.

Er blieb im Auto, während Sanseverino im Krankenhaus verschwand. Wozu das Risiko eingehen, ihm zu folgen und sich vielleicht vom Sicherheitsdienst erwischen zu lassen? Es genügte, hier zu warten, bis *Jefe* Marks herauskam, in seinen Wagen stieg und wegfuhr. Er würde ihm folgen und ihn sich vorknöpfen. Das Flugzeug nach Mexico City, das er gechartert hatte, wartete bereits auf ihn.

Die dreißig Millionen hatten die Federales, und das bedeutete, das Geld war endgültig weg. Seine Stellvertreter hatten das Opferlamm geschlachtet, das Don Tulio aus seinen eigenen Reihen ausgewählt hatte, und arbeiteten hart daran, die dreißig Millionen zu ersetzen. Mindestens genauso beschäftigte ihn die Frage, wie er sein angekratztes Image in den Augen Don Maceos wieder aufpolieren konnte. Don Maceo würde bestimmt fürs Erste besänftigt sein, nachdem ihm Don Tulios Stellvertreter den Kopf des Schuldigen geliefert hatte. Doch wirklich zufrieden würde er erst sein, wenn er das Geld wiederhatte und Don Tulio ihm den zweiten Kopf brachte und ihm mitteilte, wem er gehörte.

Der Azteke überprüfte noch einmal die Taurus-PT-911-Pistole, die mit Hohlspitzmunition geladen war. Er legte die Waffe neben das Fallmesser auf den Beifahrersitz, lehnte sich zurück und schloss die Augen halb. Don Tulio hatte die Fähigkeit entwickelt, mit halb geöffneten Augen zu schlafen. Ihm entging nichts in diesem Zustand. Sein Geist entspannte sich, während seine Sinne wachsam blieben. Dank dieser Fähigkeit war er sofort hellwach, als *Jefe* Marks – von Sanseverino begleitet – aus dem Krankenhaus kam. Die beiden Männer gingen direkt zu Marks' Wagen. Es kam zu einem kurzen Wortwechsel, als Sanseverino darauf bestand zu fahren. Marks gab nach, und sein Stellvertreter setzte sich ans Lenkrad, während Marks neben ihm einstieg.

Don Tulio drehte den Zündschlüssel einen Augenblick vor Sanseverino um. Er folgte dem Auto in wechselndem Abstand und summte eine Cumbia-Melodie vor sich hin, die ihn an eine mit Mezcal gehobene Stimmung erinnerte, an schweißnasse Körper, die sich im drängenden Rhythmus wiegten.

»Sorry, dass wir ihn noch nicht gefunden haben, Boss«, sagte Sanseverino, während er einer Straßenbiegung folgte. »Vielleicht hat ihn eine Strömung erwischt. Wenn er noch da unten wäre, hätten ihn die Taucher bestimmt entdeckt. Anderson hat sie noch mal rausgeschickt, um einen größeren Umkreis abzusuchen.«

»Verdammt«, sagte Peter, »ich hätte ihn gebraucht, um rauszufinden, woher das Geld kommt. Ohne ihn stecken wir in einer Sackgasse.«

»Tot ist tot«, bemerkte Sanseverino.

»Es ist erst vorbei, wenn es vorbei ist«, brummte Peter missmutig. *Heute geht alles schief*, dachte er, ohne sich richtig einzugestehen, wie besorgt er um Soraya war. Es schmeckte ihm gar nicht, dass sie nicht offen zu ihm gewesen war; das war sonst nicht ihre Art.

»Anderson meint, Sie sollen sich erst mal zu Hause ausruhen, zumindest bis morgen«, sagte Sanseverino.

Peter schüttelte den Kopf. »Treadstone ist sowieso schon unterbesetzt, jetzt wo Soraya auch noch außer Gefecht ist.«

»Ist Ihnen klar, dass wir im Kreis fahren?«, sagte Sanseverino. »Wo fahren wir eigentlich hin?«

»Einen Moment.« Peter zog sein Handy hervor. »Gleich werden Sie's wissen.« Er suchte Delias Nummer im Adressbuch und klickte sie an. Im nächsten Augenblick meldete sie sich.

»Peter hier«, sagte er brüsk. »Wir müssen reden.«

»Ich bin …«

»Jetzt.«

»Ich bin nicht im Büro. Ich habe einen Fall.«

»Ich komm zu dir.« Er schnippte mit den Fingern. »Adresse.«

Don Tulio folgte *Jefe* Marks' Auto aufs Land hinaus, immer weiter weg von den dicht besiedelten Gebieten Virginias in der Nähe von Washington. Bald schon wusste er nicht mehr, wo er hier war. Der Mietwagen war nicht mit GPS ausgestattet, dafür aber sein Handy. Er zog es heraus und schaltete es ein.

Nicht dass es so wichtig gewesen wäre, wo sie sich genau aufhielten, jedenfalls nicht im Moment. Er musste nur das Auto vor ihm im Auge behalten und verhindern, dass ihn Marks und Sanseverino in dem nachlassenden Verkehr bemerkten. Dazu waren ein paar kleine Manöver nötig, aber zum Glück tauchte immer dann, wenn der Verkehr am schwächsten war, ein Laster auf, hinter dem er sich verstecken konnte.

Don Tulio kniff seine grimmigen aztekischen Augen zusammen und stieg aufs Gaspedal. Er durfte nicht im gleichen Tempo fahren wie Marks' Wagen, damit die beiden nicht auf ihn aufmerksam wurden. Indem er nur hin und wieder im Blickfeld ihrer Spiegel auftauchte, blieb er so gut wie unsichtbar.

Sie waren fast vierzig Minuten unterwegs, als Don Tulio den großen roten Klinkerbau auf der rechten Seite sah: die Silversun High School. Verschiedene Einsatzfahrzeuge standen kreuz und quer beim Eingang. Als er genauer hinsah, bemerkte er Gestalten in weiten Jacken, die die Aufschrift ATF in großen gelben Buchstaben am Rücken trugen: die Sicherheitsbehörde für Alkohol, Tabak, Schusswaffen und Sprengstoff.

Im nächsten Augenblick wurde Marks' Auto langsamer, um rechts abzubiegen – auf die Straße zur Schule.

Das ist es, dachte der Azteke. *Eine bessere Chance krieg ich nicht.*

Er trat aufs Gas und war binnen weniger Augenblicke dicht hinter Marks' Wagen. Er ließ sein Fenster herunter. Der Chevy vor ihm beschleunigte. Er griff sich die Pistole vom Beifahrersitz, trat aufs Gas und setzte zum Überholen an.

Als er den Chevy neben sich hatte, wandte *Jefe* Marks' blasses Gesicht sich ihm neugierig zu. Er blickte in die Mündung von Marks' Glock, zielte seinerseits auf Marks' Gesicht und drückte ab – einmal, zweimal, dreimal. Dann trat er auf die Bremse, um nicht selbst zur Zielscheibe zu werden.

Der Chevy vor ihm schlingerte mit quietschenden Reifen, als der Fahrer den Wagen herumriss, um zu wenden. Darauf hatte der Azteke nur gewartet. Er beschleunigte erneut und rammte die Fahrerseite des Chevy.

Sein Kopf schnellte zurück in den Sitz, und der Airbag wurde ausgelöst, doch Don Tulio war vorbereitet und schlitzte ihn mit seinem Messer auf. Der Sicherheitsgurt klemmte, und er durchtrennte ihn wie mit einer Machete mit einem Hieb.

Er trat gegen die Tür, und sie schwang mit einem metallischen Knirschen auf. Etwas benommen von dem Aufprall stieg er aus dem Wagen.

Er wankte zum Chevy hinüber und sah, dass es Sanseverino schlimm erwischt hatte, die linke Körperhälfte von der eingedrückten Tür zerquetscht. Sein Kopf war in einem unnatürlichen Winkel geneigt, als würde er den Fußraum inspizieren. Doch er inspizierte gar nichts, wie der Azteke sofort erkannte. Er war tot.

Don Tulio beugte sich vor und blickte ins Innere des Chevy. Wo war *Jefe* Marks? Die Tür auf seiner Seite war offen, doch er selbst war verschwunden. Wie konnte das sein? Der Azteke hatte drei Kugeln durch das Autofenster gejagt, und das aus kürzester Entfernung, soweit das aus einem fahrenden Auto möglich war.

Plötzlich nahm er aus dem Augenwinkel eine winzige Bewegung wahr. Er lief um die Frontpartie des Wracks herum und sah Marks, der unter seinem Auto eingeklemmt zu sein schien. Der *Jefe* war bei Bewusstsein.

»Wie kann das sein?«, sagte der Azteke auf Englisch.

»Ich habe dreimal auf dich geschossen, und du hast nicht mal einen Kratzer.«

Marks blickte zu Don Tulio auf und sagte mit einer Stimme, die wie das Rascheln von trockenen Blättern klang: »Kugelsicheres Glas.«

»Scheiße!«

»Wer bist du?«

»Der, der dir den Tod bringt.« Der Azteke schritt auf Peter zu. »Du Scheißer hast meine dreißig Millionen gestohlen.«

»Und wem hast du sie gestohlen?«

Don Tulio hielt die Taurus in der einen Hand und das Messer in der anderen. Er richtete die Pistole auf Marks. »Weil du in einer halben Minute deinen Kopf los bist, kann ich dir's ja sagen. Don Maceo Encarnación.«

»Ich spucke auf Don Maceo Encarnación«, sagte der *Jefe.* »Und ich spucke auf dich.«

Blitzschnell riss Peter seine Glock hoch, drückte ab und jagte dem Mann, der da vor ihm stand, eine Kugel in die linke Seite der Brust. Doch Peter hörte zwei Schüsse, nicht einen. Während der Mann zurücktaumelte, durchzuckte ihn selbst ein jäher Schmerz. Er versuchte zu atmen, hustete, spürte einen heißen Blutschwall in der Kehle. Er konnte nicht atmen. Sein Herz raste, während seine Kraft schwand.

Das ist das Ende, dachte er. Und seltsamerweise schien es ihm nicht viel auszumachen.

ZWANZIG

Rebekka lag reglos auf Bourne, während der Leichenwagen kurz vor der Morgendämmerung durch die von Brandgeruch erfüllten Straßen von Mexico City fuhr. Sie lagen in dem Ulmensarg, den Maceo Encarnación für Maria-Elena, seine verstorbene Köchin, bestellt hatte. Diego de la Rivera persönlich saß neben dem Fahrer. Der Sarg auf seinen Führungsschienen war alles, was das geräumige Fahrzeug transportierte. Schwarze Vorhänge bedeckten die Autofenster.

»Maceo Encarnación lässt die Verstorbenen immer im Sarg zum Leichenhaus bringen«, hatte ihnen Diego de la Rivera noch mitgeteilt, bevor sie losfuhren. »Das Material und der Stil des Sargs sind schon ausgesucht. Seine Sicherheitswächter kennen mich. Sie werfen einen Blick in den Wagen, mich durchsuchen sie aber nicht. Vertraut mir einfach.«

Es kam genau so, wie Diego de la Rivera angekündigt hatte. Der Leichenwagen wurde vor dem Tor angehalten. Rebekka und Bourne hörten gedämpfte Stimmen, im nächsten Augenblick öffnete jemand die Heckklappe, dann drangen wieder Stimmen zu ihnen in den Sarg, diesmal ganz nah. Die Tür wurde zugeknallt. Unter rauem Gelächter wurde der Leichenwagen in Maceo

Encarnacións Anwesen eingelassen. Kies knirschte unter den Rädern, als der Wagen über die halbkreisförmige Auffahrt zur Hinterseite der Villa rollte.

Wieder Stimmen, jemand öffnete die Hecktür und löste den Sarg aus der Verankerung. Diego de la Rivera und sein Fahrer trugen ihn ins Haus, vermutlich dorthin, wo Maria-Elena aufgebahrt war.

Schließlich wurde der Sarg abgestellt. Ein dreimaliges Klopfen, gefolgt von einem doppelten, verriet ihnen, dass die Reise zu Ende war. Der Sargdeckel ging hoch, und wie Vampire in der Nacht stiegen sie heraus, in einen dunklen Raum, der nach Parfum und Tod roch.

Abgesehen von der Leiche der unglücklichen Maria-Elena waren nur Diego de la Rivera und sein Fahrer zu sehen. Sie befanden sich im Schlafzimmer der Toten. Die Regale waren voll mit Miniatur-Totenköpfen und Skeletten, in bunten Farben bemalt, wahrscheinlich über Jahre hinweg am Tag der Toten gesammelt. Die Tote lag auf einer weißen Baumwolldecke. Maria-Elena war eine schöne Frau gewesen: breites Olmekengesicht, ausgeprägte Brüste und Hüften, aber eine schmale Taille. Ihre Hände waren auf dem Bauch gefaltet. Sie trug ein gelbes Kleid, mit roten Mohnblumen bedruckt, sodass sie genauso fröhlich-festlich aussah wie die Totenschädel und Skelette aus Pappmaschee.

»Draußen vor der Tür steht ein bewaffneter Mann«, flüsterte ihnen Diego de la Rivera zu. »*Vaya con Dios.* Ab jetzt seid ihr auf euch allein gestellt.«

Bourne fasste ihn am Ellbogen. »Noch nicht ganz.«

Maceo Encarnacións Mann drehte sich um, als Diego de la Rivera aus Maria-Elenas Schlafzimmer kam.

»Ich habe etwas im Wagen vergessen«, sagte er unschuldig.

Der Mann nickte. »Ich komme mit.«

Als der Wächter Diego de la Rivera folgte, sprang Bourne hervor und versetzte ihm einen Handkantenschlag in den Nacken. Benommen drehte sich der Mann um, und Bourne hämmerte ihm die Faust gegen die Schläfe. Bewusstlos sank er zu Boden.

Bourne schleifte ihn ins Schlafzimmer und steckte die Waffen des Mannes – ein Messer und eine Sig Sauer – ein. Aus einer Kommode nahm er ein Kleidungsstück und stopfte es dem Wächter in den Mund. Dann fesselte er mit einem Schal seine Hände auf dem Rücken, schob ihn unter das Bett und zog das Ende der Tagesdecke herunter, sodass der Mann nicht mehr zu sehen war.

»Okay, jetzt gilt es: *Vaya con Dios*«, sagte Bourne, als de la Rivera ins Schlafzimmer zurückkam.

Bourne und Rebekka verharrten einen Moment lang vor der geschlossenen Schlafzimmertür und lauschten nach irgendwelchen Geräuschen, nach Schritten oder Stimmen, die darauf hindeuteten, dass noch mehr Wächter im oder vor dem Haus postiert waren, doch abgesehen von einem Radio, das gerade Tino Rossis Version von »Bésame Mucho« aus dem Jahr 1945 spielte, war nichts zu hören.

Es war noch sehr früh, die Sonne gerade erst aufgegangen. Wahrscheinlich schliefen die meisten im Haus noch. Doch irgendjemand war schon auf und lauschte der Musik. Plötzlich hörten sie leise Schritte vom Flur her. Rasch flüchteten sie sich in ein Badezimmer und ließen die Tür einen schmalen Spalt offen.

Bourne sah eine schöne junge Frau, in einen langen seidenen Morgenrock gehüllt, der kunstvoll mit Blumen bestickt war. Sie kam die breite, gewundene Treppe herunter und eilte über den Flur an ihnen vorbei. Sie war augenscheinlich nackt unter dem Morgenrock. Ihre Gesichtszüge und die traurige Miene ließen vermuten, dass es sich um Maria-Elenas Tochter handelte. Bourne lugte vorsichtig hinaus und sah sie im Zimmer ihrer Mutter verschwinden. Als sie aus ihrem Versteck hervortraten, hörten sie leises, klagendes Weinen aus dem Schlafzimmer der Toten.

»Armes Ding«, flüsterte Rebekka Bourne ins Ohr.

Bourne rief sich den Plan der zweigeschossigen Villa in Erinnerung, den ihnen *El Enterrador* gezeigt hatte. Encarnacións Schlafzimmer befand sich im ersten Stock. Bourne stellte überrascht fest, dass Maria-Elenas Tochter von oben gekommen war, wo man doch hätte annehmen können, dass sie ihr Quartier im Erdgeschoss hatte. Außerdem musste ihr Morgenrock so viel gekostet haben, wie ihre Mutter im Jahr verdient hatte. Er schob diese interessanten Details beiseite, als sie die Treppe hochstiegen, alle Sinne angespannt.

Sobald sie sich vergewissert hatten, dass sich niemand auf der Treppe befand, liefen sie los und gelangten ungehindert hinauf. Der erste Stock war zweigeteilt. Im Westflügel zur Linken war Maceo Encarnacións riesige Schlafzimmersuite untergebracht, mit einem luxuriösen Badezimmer und einem großen holzgetäfelten Arbeitszimmer. Der Ostflügel zur Rechten enthielt vier Gästezimmer. Dorthin wandten sie sich, die Köpfe unter das Geländer geduckt, bis sie in den Bereich der Zimmer – zwei auf jeder Seite – gelangten.

Bourne signalisierte Rebekka, dass er die Zimmer auf der linken Seite übernahm, während sie die beiden gegenüber checken sollte. Sie nickte und näherte sich dem ersten Zimmer. Er sah ihr einen Augenblick nach, ehe er sich seiner ersten Tür zuwandte.

Er legte ein Ohr an die Tür und lauschte, doch abgesehen vom leisen Summen der Heiz- und Lüftungsanlage war nichts zu hören. Er legte die Hand auf den Türknopf, drehte ihn, öffnete die Tür und trat ein. Das Fenster war mit schweren Vorhängen bedeckt. Im schwachen Licht begutachtete er die Einrichtung: Bett, Kommode, Tisch, ein Stuhl. Niemand lag im Bett, die Tagesdecke war unberührt. Die Luft im Zimmer war abgestanden; er konnte es sich sparen, im Badezimmer nachzusehen.

Bourne kehrte auf den Flur zurück und sah Rebekka aus dem ersten Zimmer auf ihrer Seite kommen. Sie schüttelte den Kopf: niemand auch bei ihr. Sie schlichen weiter, bis sie vor dem dritten und vierten Zimmer standen.

Da hörten sie Schritte von der Treppe, drehten sich um und drückten sich gegen die Wand. Maria-Elenas schöne Tochter kam mit wehendem Morgenrock die Treppe heraufgeschwebt wie auf einer Wolke. Oben angekommen, wandte sie sich nach links zum Westflügel und verschwand hinter der massiven Mahagonitür der Schlafzimmersuite.

Bourne und Rebekka wechselten einen kurzen Blick, ehe sie wieder an die Arbeit gingen. Wie zuvor legte Bourne zuerst das Ohr an die Tür, doch diesmal hörte er das leise Rauschen von fließendem Wasser. Er signalisierte Rebekka, ihm zu folgen, drehte langsam den

Türknopf und öffnete die Tür gerade so weit, dass er einen Blick hineinwerfen konnte. Das Zimmer war genauso dunkel wie das vorhergehende, doch hier war die Bettdecke zurückgeschlagen, und das Kissen zeigte den deutlichen Abdruck eines Kopfes.

Bourne schlüpfte ins Zimmer, und Rebekka folgte ihm geräuschlos. Die Dusche war aufgedreht, die Tür zum Badezimmer einen Spalt geöffnet. Er signalisierte ihr, dass er hineinging, während sie die Schränke durchsuchte. Bourne eilte lautlos durch das Schlafzimmer, drückte die Tür ein klein wenig weiter auf und schlüpfte durch den Spalt in das dampfende Badezimmer. Grelles Licht wurde von den glänzenden weißen Fliesen zurückgeworfen.

In einer einzigen fließenden Bewegung durchquerte Bourne den Raum und zog den undurchsichtigen Duschvorhang zurück. Das Wasser strömte aus dem Duschkopf in die leere Kabine.

Ihm war augenblicklich klar, was das bedeutete. Mit einem grimmigen Knurren wirbelte Bourne herum und hastete ins Zimmer zurück. Rebekka drehte sich um, als sie ihn kommen hörte. Im selben Augenblick sprang Harry Rowland aus dem Schrank hervor und hämmerte ihr die Faust in die Seite, genau in die Stelle, an der sie vor sechs Wochen in Damaskus eine Stichwunde erlitten hatte. Bevor Bourne reagieren konnte, hatte er sie im Griff und setzte ihr ein Messer an die Kehle. Wie ein Totenschädel grinste er hinter ihr hervor.

Rebekka wusste normalerweise, wie man sich aus dem Griff eines Angreifers befreien konnte, doch in diesem Fall hatte sie keine Chance: Rowland bog ihren Oberkörper zurück, sodass sie nach Luft schnappte wie ein Fisch auf dem Trockenen. Ein roter Fleck breitete sich auf ihrem Hemd aus, wo er sie mit seinem Hieb erwischt hatte.

»Eine der nützlichen Informationen, die ich in Dahr El Ahmar aufschnappte«, sagte Rowland mit grimmigem Blick. »Ich habe gehört, an welcher Stelle sie verwundet war.«

Er schlug ihr erneut in die Seite, und sie stieß die Luft zischend zwischen den zusammengebissenen Zähnen hervor. Der Blutfleck wurde größer. Sie sah Bourne mit blutunterlaufenen Augen an.

»Lass sie los, Rowland«, forderte Bourne ihn auf.

»Ist das eine Bitte oder eine Drohung? Egal.« Rowland schüttelte den Kopf. »Das Miststück hat mich um die halbe Erde verfolgt, und jetzt hilfst du ihr bei der Jagd.« Er lächelte mit gefletschten Zähnen. »Siehst du, so ist es, wenn man sein Gedächtnis wiederhat.« Mit einem Kopfnicken fuhr er fort: »O ja, ich weiß, wer du bist: ein armer Irrer ohne Erinnerung. Du tust mir richtig leid – nicht zu wissen, woher du kommst und wer du bist, und das Tag für Tag. Ein unvorstellbarer Albtraum.« Rebekka bewegte sich, und er schlug ihr erneut auf dieselbe Stelle. Blut quoll durch den Stoff hervor und tropfte auf den Boden. »Ich weiß jetzt, wie es ist, keine Vergangenheit mehr zu haben, hilflos in der Gegenwart zu treiben.«

»Was willst du?« Bourne wollte vor allem verhindern, dass er Rebekka noch schwerer verletzte.

»Ich will, dass die Jagd ein Ende hat. Ich will euren Tod.«

Bourne sah, dass Rebekka ihre ganze Kraft zusammennahm, und er wusste, wofür. Er forderte sie mit einem Blick auf, noch nichts zu unternehmen. *Ich habe einen Plan*, sagten seine Augen. *Überlass Rowland mir.* Doch sie ignorierte ihn, offenbar fest entschlossen, die Dinge selbst in die Hand zu nehmen, wie sie es in ihrer harten Ausbildung gelernt hatte.

»Es gibt noch einen anderen Weg für uns alle«, schlug Bourne vor, um Rowland wenigstens einen Moment lang abzulenken, bevor Rebekka handelte.

Auch später hätte Bourne nicht genau sagen können, was den Ausschlag gab: War Rebekka schon zu erschöpft vom Schmerz? War Rowland einfach zu schnell? Sie wirbelte herum, er reagierte sofort und stieß ihr das Messer in die Seite, während sie ihn mit der Faust am Kinn traf.

Er verlor das Gleichgewicht und ließ sie los, und sie taumelte zurück und sank mit dem Messer in der Seite in Bournes Arme. Er hob sie auf, rannte mit ihr aus dem Zimmer und die Treppe hinunter zu der Tür, die in den Keller führte.

Er sah den Plan des Hauses klar vor sich. *El Enterrador* hatte ausdrücklich darauf hingewiesen, dass der Keller den einzigen Ausweg bot. Mit der schwer verletzten, blutenden Rebekka in den Armen konnte er an nichts anderes denken, als aus Maceo Encarnacións Haus zu flüchten und sie so schnell wie möglich in ein Krankenhaus zu bringen.

Er trug sie die Betonstufen hinunter und drückte einen Lichtschalter, worauf es strahlend hell im Keller wurde. In einem Werkzeugkasten fand er eine Taschenlampe und knipste sie an. Dann eilte er zum Sicherungskasten und schaltete im ganzen Haus den Strom ab. Damit war auch die Alarmanlage lahmgelegt.

»Mitten im Keller gibt es einen Gully«, hatte *El Enterrador* ihnen verraten, und auch, dass er breit genug für einen Menschen war.

Mithilfe der Taschenlampe fand Bourne den Abfluss. Rebekka stöhnte, als er sie auf den Boden legte. Das Messer steckte bis zum Griff in ihrer Seite. Hätte er es herausgezogen, so würde sie noch viel stärker bluten, selbst wenn er die Wunde verband. Er packte das Abflussgitter und zog daran. Es bewegte sich nicht.

Plötzlich hörte er schnelle Schritte auf den Dielenbrettern über ihm. Er blickte auf Rebekka hinunter, deren Blut den Betonboden bedeckte. Von oben führte mit Sicherheit eine Blutspur in den Keller.

Charles Thorne wälzte sich im Halbschlaf in seinem Kingsize-Bett hin und her, als er plötzlich hörte, wie die Haustür mit einem Klicken geschlossen wurde. Er setzte sich auf. Oder hatte er das Geräusch nur geträumt? Doch dann hörte er leise Schritte zum Schlafzimmer kommen. Er kannte diesen Gang so gut wie seinen eigenen.

Seine Frau war nach Hause gekommen.

»Hab ich dich geweckt?«, fragte Ann Ring, in der offenen Schlafzimmertür stehend.

»Würde das was ändern?« Er versuchte den Schlaf abzuschütteln.

»Eigentlich nicht.«

Der kurze Wortwechsel fasste ziemlich treffend ihre Beziehung zusammen. Ihre Ehe, die anfangs von heißem Sex beflügelt gewesen war, hatte sich zu einer reinen Zweckehe entwickelt, als die Hormone sich nach und nach beruhigten und sich die Routine des Alltags einstellte.

Er betrachtete seine Frau, als sie zu ihrer Kommode trat und ihren Schmuck ablegte.

»Es ist fast sieben Uhr morgens. Wo warst du?«

»Ich war aus – so wie du.«

Als Ann ihr Kleid auszog und er ihren Rücken im Licht schimmern sah, das von draußen hereindrang, erinnerte sich Thorne an eine Zeit, als das Knistern zwischen ihnen so unerträglich war, dass sie an nichts anderes denken konnten, als einander zu spüren, egal wo sie gerade waren. Heute war es fast so, als würde er ein Foto betrachten. Es war ihm fast unerträglich, sie anzusehen und sich einzugestehen, was er verloren hatte.

Was ist aus mir geworden?, fragte er sich. *Wie konnte es nur so weit kommen?* Es gab keine Antwort, außer einer, die auf der Hand lag: Man lebte vor sich hin, traf eine Entscheidung nach der anderen, jede eine kleine Kerbe im Fels, bis das Ganze ins Rutschen geriet – und jetzt lief er Gefahr, unter den Trümmern begraben zu werden.

Nackt ging Ann ins Badezimmer und schaltete das Licht ein. Als er hörte, wie sie die Dusche aufdrehte, stieg er aus dem Bett und tappte zu ihren Kleidern hinüber, die in einem Haufen am Boden lagen. Im Licht, das durch die halb geöffnete Badezimmertür hereinfiel, durchsuchte er die Taschen ihres Kleides, danach ihre kleine Handtasche.

Ein Schatten fiel auf ihn, und er erstarrte.

»Suchst du was Bestimmtes?« Ann stand in der Tür und beobachtete ihn mit den kalt funkelnden Augen eines Reptils.

Sie war noch gar nicht in die Dusche gestiegen. Er

schloss die Augen, wütend auf sich selbst, dass er in eine so offensichtliche Falle getappt war. Sein Hass auf sie war kaum noch zu ertragen.

Sie trat ins Zimmer. »Verschwinde von meinen Sachen, du armseliger Mistkerl.«

Er wich hastig zurück, als sie ihm die Tasche aus der Hand riss.

»Willst du wissen, wo ich war?« Anns Nasenflügel blähten sich, als sie verächtlich den Kopf schüttelte. »Ich habe Mr. Li einen kleinen Besuch abgestattet.« Als sich seine Augen weiteten, erschien ein Lächeln auf ihren Lippen. »Genau, *dein* Mr. Li.« Sie öffnete eine Schublade ihrer Kommode, wie um ihm zu zeigen, wie sehr er sie langweilte. »Nur war er nie *dein* Mr. Li. Jedenfalls nicht ausschließlich.«

»Wie …?« Thorne war wie gelähmt. Sein Gehirn schien zu keinem klaren Gedanken mehr fähig. »Wie hast du …?«

Sie lachte leise. »Was glaubst du, wer ihn mit seiner israelischen Freundin bekannt gemacht hat?«

Bourne eilte zurück zum Werkzeugkasten, griff sich eine Brechstange und stemmte damit das Gitter auf. Er legte es zur Seite und leuchtete mit der Taschenlampe in den Abfluss. Er verlief zwei bis zweieinhalb Meter senkrecht und fiel danach nur noch leicht ab. Bourne klemmte die Taschenlampe zwischen die Zähne und hob Rebekka auf. Er hielt sie dicht am Körper, als er mit ihr durch die Öffnung glitt und auf beiden Beinen landete.

Er schüttelte sie sanft, doch es kam keine Reaktion von ihr. Den Kopf leicht geneigt, leuchtete er ihr ins

Gesicht: Ihre Augen waren geschlossen. Die Wunde in ihrer Seite war tief, und er fragte sich, ob das Messer ein wichtiges Organ durchbohrt hatte. Er versuchte erneut, den Blutfluss zu stoppen, doch es gelang ihm nur teilweise.

»Rebekka«, sagte er leise. Dann noch einmal, lauter. Erst als er ihre Wange tätschelte, öffnete sie die Augen. »Halt durch, ich bring dich hier raus.« Ihre Augen blickten benommen zu ihm auf. »Nur ein Weilchen, ja?«

Er wusste, sie hatten nicht viel Zeit, und er kroch mit ihr durch das leicht abfallende Rohr. Es roch nach Beton, toten Blättern und Fäulnis. Sein Blick ging nach oben, um nach dem Wartungsschacht Ausschau zu halten, der sich laut *El Enterrador* etwa dreihundert Meter jenseits der Mauer des Anwesens befand und durch den man in einen baumreichen Abschnitt des Lincoln-Parks gelangte.

Der Kanal wurde immer enger, was *El Enterrador* nicht erwähnt hatte. Bourne kam nur noch langsam voran, weil er Rebekkas Lage in seinen Armen immer wieder dem Fluchtweg anpassen musste. Er arbeitete sich weiter und murmelte ihr leise Worte ins Ohr, um sie wach zu halten. Von der Wartungsöffnung war immer noch nichts zu sehen. Nach einer Weile begann das Licht der Taschenlampe zu flackern. Für einen Augenblick war es völlig dunkel, dann begann die Lampe wieder zu leuchten, wenn auch schwächer. Die Batterien gingen zur Neige.

Bourne versuchte, etwas schneller voranzukommen, und arbeitete sich mit dem Kopf voran durch den engen Kanal, Rebekka auf ihm. Er spürte ihren Herzschlag, ihren unregelmäßigen Atem. Er musste sie sofort hier rausbringen, an die frische Luft.

Zentimeter für Zentimeter kämpfte er sich weiter, es kam nun auf jede Sekunde an. Wieder setzte die Taschenlampe aus, brauchte länger, um wieder anzuspringen, der Lichtstrahl nur noch schwach und flackernd. Doch das genügte, um wenige Augenblicke später die Umrisse des Wartungsschachts zu erkennen, der senkrecht nach oben führte.

Bourne zog Rebekka mit sich. Er sah noch einen halbkreisförmigen Lichtschein wie eine Mondsichel am Nachthimmel, ehe die Batterien endgültig leer waren. Er war von pechschwarzer Dunkelheit umgeben.

»Natasha Illion?« Thorne hatte plötzlich das Gefühl, den Boden unter den Füßen zu verlieren. »Ich verstehe nicht …«

»Armer Charles«, versetzte Ann mit ihrem eisigen Lächeln. »Sagen wir einfach, Tasha und ich sind Freundinnen. Mehr brauchst du nicht zu wissen.«

»Du Miststück!«, schrie er und stürzte auf sie zu.

Ann nahm ihre Hand aus der Schublade. Sie hielt eine kleine Walther PPK/S in der Hand. Thorne sah es entweder nicht, oder es war ihm egal. In seiner Wut stürmte er mit ausgestreckten Händen auf sie zu, als wolle er sie erwürgen.

Ann drückte zweimal ab, ohne zu zittern. Die durchschlagskräftigen ACP-Kugeln vom Kaliber .32 warfen Thorne gegen die Wand und schleuderten ihn zu ihr zurück.

Seine Augen weiteten sich geschockt und ungläubig. Dann kam der sengende Schmerz, und er fiel auf sie.

Einen Moment lang hielt er sie fest wie einst, als sie sich geliebt hatten.

»Warum ...? Du ...«, brachte er mühsam hervor.

Ann verfolgte mit kaltem Blick, wie er starb. »Du bist ein Verräter, Charles. Du hast mich verraten, unsere Ehe, aber am meisten unser Land.« Er sank auf die Knie. »Weißt du, was du mit dem trefflichen Mr. Li angerichtet hast? Ein trefflicher Spion ist er, dein Mr. Li.«

Thorne spürte nur noch, wie seine Welt in sich zusammenfiel und die Trümmer ihn unter sich begruben.

»Goodbye, Charles.« Ann stieß ihn weg und sah sein Blut auf ihrer Haut. Sie stieg über ihn und ging ins Badezimmer, um zu duschen.

Bourne kämpfte sich weiter und schätzte den zurückgelegten Weg ab, seit er den Schacht im erlöschenden Lichtschein der Taschenlampe gesehen hatte. Der Kanal war jetzt so eng, dass er in seiner liegenden Position den oberen Rand spürte, wenn er den Arm hob. So schob er sich die letzten Meter zum Wartungsschacht vor. Erleichtert ertastete er die Öffnung mit den Fingerspitzen.

Er legte Rebekka auf den Boden und richtete sich im Schacht auf. Er streckte sich und erreichte den Deckel. An der Unterseite war ein Metallring befestigt. Er drehte ihn nach links, drückte nach oben und wurde durch hereinströmendes Licht und einen frischen Luftschwall belohnt.

Freiheit!

Er beugte sich hinunter, hob Rebekka in den Schacht und schob sie ins Freie hinaus. Im nächsten Augenblick folgte er ihr hinauf. Strahlendes Tageslicht um sie herum. Sie befanden sich zwischen Bäumen, die in einem perfekten Quadrat gepflanzt waren, vier auf jeder Seite.

Er legte Rebekka so hin, dass man sie von außen nicht sehen konnte, und lauschte nach eventuellen Verfolgern. Von den Straßen hörte man das ferne Brummen des Verkehrs. Es war noch zu früh für Spaziergänger im Park. Sie waren allein.

Rasch untersuchte er Rebekkas Wunde. Mit den Stofflappen, die er aus dem Werkzeugkasten mitgenommen hatte, versuchte er erneut, den Blutfluss zu stillen, doch der Stoff war nach wenigen Augenblicken völlig durchtränkt. Er überprüfte Puls und Atmung – es hörte sich nicht gut an. Er versuchte abzuschätzen, wie viel Blut sie verloren hatte – es war jedenfalls mehr als vor sechs Wochen, als sie von Damaskus nach Dahr El Ahmar geflüchtet waren. Ihr Gesicht war aschfahl, die Farbe selbst aus ihren Augen gewichen. Sie versuchte zu sprechen, brachte jedoch kein Wort heraus. Wenn er sie nicht schnell in ein Krankenhaus brachte, würde sie mit Sicherheit verbluten.

Sie öffnete den Mund, murmelte etwas Unverständliches.

»Spar deine Kräfte«, flüsterte er. »Es ist nicht mehr weit bis zum Krankenhaus.«

Er hob den Kopf und blickte sich um. Was sie jetzt brauchten, war ein Fahrzeug.

»Rebekka«, sagte er, »ich besorge uns ein Auto.« Er stand auf und rannte quer durch den Park, bis er ein geparktes Auto sah. Der morgendliche Verkehr rollte vorbei. Er sah ein Taxi kommen und überlegte kurz, ob er es anhalten sollte, aber die Taxilenker waren in

Wahrheit oft Bandenmitglieder, die nur darauf aus waren, ahnungslose Touristen auszurauben. Er trat zu dem abgestellten Auto und wollte es gerade aufbrechen, als sich ein Streifenwagen näherte.

Die Bullen musterten ihn, und der Streifenwagen wurde langsamer. Bourne wandte sich ab. Der Polizeiwagen blieb stehen, und Bourne stieß einen leisen Fluch aus.

Wieder bog ein Taxi um die Ecke. Es war frei, und Bourne hielt es an. Aus dem Augenwinkel sah er den Streifenwagen weiterfahren. Als das Taxi stehen blieb, bat Bourne den Fahrer, einen Moment zu warten, und rannte zu den Bäumen im Park zurück.

Als er Rebekka aufhob und sie zu dem wartenden Auto trug, murmelte sie wieder etwas. Er legte das Ohr an ihren Mund. Sie öffnete die Augen, sah ihn mit sichtlicher Anstrengung an und zwang sich, es zu wiederholen. Ein Name.

Sie gelangten zu dem wartenden Taxi. Der Fahrer drehte sich um, als Bourne Rebekka auf den Rücksitz setzte und selbst einstieg.

»Qué pasa con ella?«, fragte der Fahrer.

»Ponernos al Hospital General de Mexico«, verlangte Bourne.

»Hey, sie blutet mir den ganzen Rücksitz voll!«

»Sie wurde niedergestochen«, erklärte Bourne und beugte sich vor. *»Vamos!«*

Der Fahrer verzog das Gesicht, fuhr los und fädelte sich in den Verkehr ein. Nach drei Blocks erkannte Bourne, dass sie in die falsche Richtung fuhren. Das Hospital General de Mexico lag in südlicher Richtung; sie fuhren nach Norden. Er wollte gerade etwas sagen, als sich der Fahrer anschickte, an einer Straßenecke etwas weiter vorne anzuhalten, wo zwei stämmige Männer standen und rauchten.

Bourne schlang dem Fahrer den Arm um den Hals und zog ihn zurück. Gleichzeitig griff er mit der freien Hand in seine Jacke, fand die Pistole und riss sie aus dem Schulterholster.

»Zum Krankenhaus«, befahl Bourne und setzte ihm den Lauf an die Schläfe, »oder ich drücke ab.«

»Und riskierst, dass der Wagen außer Kontrolle gerät?« Der Fahrer hielt weiter auf seine beiden Komplizen zu und schüttelte den Kopf. »Das tust du nicht.«

Bourne drückte ab, und der Kopf des Fahrers explodierte in einem Sprühregen aus Blut, Gehirnmasse und Knochen. Das Taxi machte einen Satz nach vorne und hielt direkt auf die beiden Männer zu. Sie erkannten den Wagen, warfen die Kippen weg und bereiteten sich auf ihre Arbeit vor. Im nächsten Augenblick sprang das Taxi über den Randstein, und sie brachten sich schnell in Sicherheit.

Bourne war inzwischen nach vorne geklettert. Er schob den Fahrer durch die Tür hinaus und riss das Lenkrad gerade noch rechtzeitig herum, um einer Ampel und mehreren Fußgängern auszuweichen, bevor er den Wagen unter Kontrolle brachte und weiterfuhr.

Er wendete spektakulär, beschleunigte und raste über den Trennstreifen. Reifen quietschten, Hupen dröhnten, und wütende Stimmen drangen aus den Fahrzeugen. Augenblicke später hatte er den Aufruhr hinter sich und raste durch den morgendlichen Verkehr hindurch zum Krankenhaus.

Im Rückspiegel beobachtete er Rebekka und konnte

nicht einmal mehr den Hauch eines Atems erkennen, während sie blutüberströmt auf der Rückbank lag.

»Rebekka«, rief er. Und dann lauter: »Rebekka!«

Sie reagierte nicht. Ihre Augen starrten ins Leere. Er raste weiter durch die immer chaotischeren Straßen, vorbei an modernen Gebäuden und Plätzen, die in die Ruinen der Vergangenheit eingebettet waren, in die verrauchte Morgendämmerung von Mexico City.

DRITTES BUCH

EINUNDZWANZIG

Treadstones interner Alarm ging um 07:43 Uhr los. Um 08:13 Uhr rief Anderson Dick Richards an, weil seine Leute den Trojaner nicht hatten aufspüren können, der die Firewall umgangen und die Server angegriffen hatte.

»Kommen Sie sofort ins Hauptquartier«, forderte Anderson den IT-Spezialisten auf.

Richards hatte auf der Bettkante gesessen und sich buchstäblich die Fingernägel abgekaut, während er auf den Anruf wartete. Er sprang auf, spritzte sich kaltes Wasser ins Gesicht, schnappte sich seinen Regenmantel und verließ das Haus. Mit einem selbstzufriedenen Lächeln fuhr er ins Büro.

Als er vierzehn Minuten später eintraf, war das Hauptquartier in heller Aufregung. Niemand konnte sich erklären, wie ein Trojaner in die Server hatte eindringen können. Das und die Frage, wie groß der entstandene Schaden war, beherrschte die Diskussionen in der IT-Abteilung.

Richards besprach sich kurz mit dem eilig zusammengestellten Team und ging dann daran, den Trojaner »aufzuspüren«, den er selbst geschaffen und wie eine Zeitbombe ins Treadstone-Intranet gelegt hatte. Die

Entwicklung des Trojaners war ein Kinderspiel gewesen, doch ihn ins System zu schmuggeln hatte sich als viel schwieriger erwiesen, als er gedacht hatte. Richards verfluchte sich selbst, dass er sich nicht eingehender mit den Feinheiten der Firewall beschäftigt hatte.

Er hatte irrigerweise angenommen, die Treadstone-Firewall würde nach dem gleichen Prinzip aufgebaut sein wie die des Pentagons, mit der er vertraut war. Bestürzt hatte er feststellen müssen, dass sie ganz anders funktionierte und ihre Algorithmen ihm fremd waren.

Stundenlang hatte er sich das Hirn zermartert in dem Bemühen dahinterzukommen. Er fand einfach keinen Weg hinein, bis er entdeckte, wie die zugrunde liegenden Algorithmen funktionierten. Gegen vier Uhr morgens hatte er ihn schließlich geknackt. Zur Feier stand er auf, gönnte sich eine lange aufgeschobene Pinkelpause und nahm sich ein Bier und etwas Schinken aus dem Kühlschrank. Er rollte die Schinkenblätter zu Zigarren und tauchte sie in scharfen Senf. Während er sie verspeiste und mit dem Bier hinunterspülte, überlegte er, wie er den Trojaner durch die Firewall schleusen sollte. Es musste so aussehen, als wäre irgendeine fremde Organisation dafür verantwortlich.

Er wusch sich die Hände und begann mit der heiklen Arbeit, einen Weg durch die Treadstone-Firewall zu finden. Das Programm, das er entwickelt hatte, war nicht allzu aufwendig, aber sehr wirkungsvoll. Sobald es im System war, ahmte es den Server nach und lenkte den gesamten Informationsaustausch von Treadstone in eine Sackgasse, bis der gesamte Intranet-Verkehr zum Erliegen kam.

Nun saß Richards an seinem Server-Terminal und ging daran, den Virus zu platzieren, den er vorbereitet hatte, während er gleichzeitig den Trojaner isolierte, bevor er ihn eliminierte. Eine genauso heikle Arbeit, wie ihn einzuschleusen. Es musste so aussehen, als hätte der Trojaner, während er isoliert wurde, den Virus freigesetzt. Als würde ihn das nicht schon genug Nerven kosten, setzte sich auch noch Anderson zu ihm.

»Wie läuft's?«

Richard brummte vor sich hin, in der Hoffnung, Peters Stellvertreter würde gleich wieder gelangweilt abziehen. Doch er blieb sitzen und verfolgte die Computersprache, die über den Bildschirm lief. Stuxnet war von vorgestern im Vergleich zu dem Programm, das er entwickelt hatte: ein Virus, der die besten Teile des Stuxnet-Algorithmus übernahm und zu einer ganz neuen Waffe schmiedete, nach der Art des Duqu-Trojaners, der gezielt zur Industriespionage eingesetzt wurde.

»Kommen Sie voran?«

Richards knirschte genervt mit den Zähnen. Er hatte nicht damit gerechnet, dass man ihm dabei über die Schulter gucken würde. »Ich habe den Trojaner gefunden.«

»Und jetzt?«

Andererseits, dachte er, verstand Anderson absolut nichts von Software-Programmen, wie sollte er also misstrauisch werden? »Jetzt muss ich ihn isolieren.«

»Sie meinen, verschieben?«

»Könnte man so sagen.« Die dämlichen Fragen erschwerten es ihm, sich zu konzentrieren. »Obwohl das in der Cyberwelt natürlich ein relativer Begriff ist.«

Anderson beugte sich vor. »Können Sie mir das genauer erklären?«

Richards hätte am liebsten laut aufgeheult. Für drei Herren zu arbeiten war auch ohne solche Störungen schon nervenaufreibend genug. »Vielleicht ein andermal.«

Anderson wollte schon die nächste Frage stellen, als sein Handy summte. Er ging ran und hörte einige Sekunden zu. »Scheiße.« Je mehr sein Gesprächspartner sagte, umso finsterer wurde Andersons Gesicht.

Richards riskierte einen Blick zu ihm. »Was ist los?«

Doch Anderson war schon aufgesprungen, schnappte sich seinen Mantel und hastete hinaus.

Richards zuckte die Achseln und wandte sich wieder seinem kniffligen Sabotageakt zu.

»Ich brauche eine Leiche.« Verteidigungsminister Hendricks telefonierte mit Roger Davies, seinem ersten Adjutanten. »Männlich, keine Verwandten. Ein langes Vorstrafenregister wäre ideal. Schicken Sie mir außerdem ein handverlesenes Aufräumteam. Eine Wohnung muss sterilisiert werden.« Er hörte sich kurz Davies' Antwort an, ehe er ihn unterbrach. »Verstehe. Machen Sie sich gleich an die Arbeit.«

Hendricks trennte die Verbindung und blickte widerwillig auf die Leiche von Charles Thorne hinunter. »Das war verdammt gut gezielt, Ann«, sagte er. »Trotzdem wäre ich froh, wenn es sich anders hätte regeln lassen.«

»Ich auch.« Ann stand neben ihm im Schlafzimmer, in einen dicken Bademantel gehüllt. Nachdem sie ihren Führungsoffizier angerufen hatte, hatte sie kurz überlegt, ob sie sich anziehen sollte, doch Hendricks hatte sie gut ausgebildet. Sie wollte am Tatort nichts verändern, bevor er eintraf und ihr sagte, wie es weiterging. »Er hat mir keine Wahl gelassen. Er ist einfach durchgedreht.«

Hendricks wischte sich mit dem Handrücken über die Stirn. Er hatte Ann aufgefordert, ihr Kleid vom Boden aufzuheben, damit er es nach Blutflecken absuchen konnte. Schließlich ließ er sie das Kleid in den Schrank hängen. Ihre Schuhe waren eine andere Geschichte. Er entdeckte mehrere Blutspritzer und steckte sie in einen Müllsack, den er mitgebracht hatte. Er hatte Einweghandschuhe und Überschuhe angezogen, bevor er die Wohnung betrat.

Schließlich wandte er sich ihrer Walther PPK/S zu und wischte sorgfältig ihre Fingerabdrücke ab. »Glauben Sie, Sie werden allein mit Li fertig?«

»Ich arbeite jetzt … wie lange für Sie? Sechzehn Jahre?« Ann nickte. »Klar werde ich mit ihm fertig.« Sie musterte Hendricks aufmerksam. »Aber es ist nicht Li, der Ihnen Sorgen macht.«

»Stimmt«, seufzte Hendricks. »Es sind die Leute, für die er arbeitet.« Er wandte sich ab, wollte die Leiche nicht mehr sehen, bis Roger mit seiner Fracht eintraf. Er hätte diesen schmutzigen Job einem seiner Untergebenen überlassen können, doch dann hätte er sich nicht wundern dürfen, wenn etwas nach außen gedrungen wäre. Je schmutziger der Job, umso wichtiger war es, sich selbst darum zu kümmern. Und dies war eine ausgesprochen schmutzige Angelegenheit. Er seufzte. »Die Struktur des chinesischen Geheimdienstes ist äußerst undurchsichtig. Es wäre extrem hilfreich, zu wissen, mit wem wir's wirklich zu tun haben.«

Er wandte sich wieder Ann zu. »Das ist es, was ich jetzt von *Ihnen* brauche. Den armen Charles können wir nicht mehr darum bitten.« Thorne hatte eine ganz spezielle Rolle gespielt: Er hatte Fehlinformationen an Li weitergegeben, ohne zu wissen, dass sie falsch waren. Sein übertriebener Ehrgeiz hatte ihn geblendet. Schlimm für ihn, aber gut für Hendricks. Wie Hendricks vorhergesehen hatte, führte ein so maßloser Ehrgeiz zu falschen Entscheidungen, und die hatte Thorne getroffen, als er sich mit Li zusammentat, um an brisante Informationen für *Politics As Usual* heranzukommen. Nun war diese Phase der Operation leider vorzeitig beendet.

Der Verteidigungsminister hielt es insgeheim für möglich, dass Ann in ihrem Privatleben mit ihm ebenfalls Fehler gemacht hatte. Er zuckte innerlich mit den Schultern. So etwas konnte immer passieren, wenn man Menschen manipulierte: Ihr Verhalten war nicht immer vorhersehbar.

»Keine Sorge«, meinte Ann.

Eines musste man Ann Ring lassen, dachte Hendricks: Sie hatte wirklich Eis in den Adern.

»Sie sehen trotzdem besorgt aus.«

»Es ist wegen Soraya.«

»Ah, ja. Ich hab's gehört.« Ann legte den Kopf auf die Seite. »Wie geht es ihr?«

»Sie wäre fast gestorben«, sagte Hendricks mit mehr Emotion, als er beabsichtigt hatte.

Ann betrachtete ihn kühl, die Arme vor der Brust verschränkt. »Aber sie ist nicht gestorben, oder?«

»Nein.«

»Dann seien wir froh.«

»Ich hätte sie nicht dafür …«

»Sie haben sie ausgewählt, weil sie die Richtige für den Job war.«

»Weil Sie mir sagten, dass Ihr Mann scharf auf sie sei.«

»Also wirklich, Christopher, das war sicher nicht der Grund. Dass Charles scharf auf sie war, hat ihr die Arbeit um vieles erleichtert. Sie hätte sicher auch einen anderen Weg gefunden; sie ist ein außerordentlich schlaues Mädchen. Und Sie haben ja angedeutet, dass es ihr Spaß gemacht hat, ein paar Fehlinformationen an Charles weiterzugeben.«

Hendricks nickte. »Sie wollte unbedingt mithelfen, Li und seiner Bande das Handwerk zu legen.«

»Sehen Sie?«, sagte Ann. »Sie haben nur ein schlechtes Gewissen, weil sie mit einer Gehirnerschütterung im Krankenhaus gelandet ist.«

Das war es absolut nicht, dachte Hendricks traurig. Jedenfalls nicht ganz. Was ihm am meisten Sorgen machte, war Sorayas Schwangerschaft. Für ihn lag es auf der Hand, dass das Baby von Charles Thorne war. Wenn es so war – wie würde Soraya dann reagieren? Sie war seine wertvollste Agentin. Er konnte es sich nicht leisten, sie zu verlieren, schon gar nicht jetzt, da sie den direkten Kontakt zu Li hergestellt hatten.

Am meisten beschäftigte Hendricks die Frage nach Lis Auftraggeber. Selbst die besten Quellen des Verteidigungsministeriums konnten ihm nicht sagen, wer hinter Li Wan stand.

Hendricks wandte sich praktischeren Dingen zu. »Ann, Sie müssen sich anziehen und fort sein, wenn das Team eintrifft. Sie wissen, wohin?«

Sie nickte. »Ich habe ein Zimmer im Liaison. Das benutze ich nach langen Nächten im Senat.«

»Gehen Sie jetzt hin. Morgen werden Sie Ihre Rolle als trauernde Witwe spielen.«

»Was ist mit Li?«

»Er wird Ihnen sein Beileid aussprechen wollen«, sagte Hendricks. »Geben Sie ihm Gelegenheit, es persönlich zu tun.«

»Das wird nicht einfach. Wie wir gesehen haben, ist er ein sehr wachsamer Mensch. Wenn er jetzt misstrauisch wird, finden wir nie raus, für wen er arbeitet und was diese Leute wollen.«

»Sie haben recht.« Hendricks überlegte einen Augenblick. »Sie müssen ihm etwas geben, das jeden Verdacht zerstreut.«

»Das müsste aber etwas Großes sein, etwas Wichtiges.«

Hendricks nickte. »Okay. Lassen Sie sein Mädchen auffliegen.«

»Was?« Ann starrte ihn ungläubig an. »Das können wir nicht machen!«

»Haben Sie eine bessere Idee?«

Schweigen.

»Großer Gott«, sagte Ann Ring. »Also, das geht mir zu weit.«

»So was gehört nun mal zu Ihrem Job, das wissen Sie genau.«

Sie leckte sich über die Lippen, ihr Gesicht war blass. »Wir spielen hier mit dem Leben von Menschen.«

»Keine Zivilisten«, betonte Hendricks. »Wir haben alle den gleichen Vertrag unterschrieben.«

»Mit Blut.«

Er widersprach ihr nicht.

Sie betrachtete ein letztes Mal die Leiche ihres Mannes. »Ab wann hat man keine menschlichen Gefühle mehr?«

»Sie gehen jetzt besser«, sagte Hendricks. Auf ihre Frage konnte er ihr keine Antwort geben.

Vier Minuten nachdem Ann Ring gegangen war, traf das Clean-up-Team ein. Wenig später lieferte Davies den Mann, der Charles Thorne bei einem Einbruch erschossen hatte. Hendricks legte dem Toten die Walther in die rechte Hand und krümmte den Zeigefinger um den Abzug. Nachdem er und Davies alles vorbereitet hatten, rief er Eric Brey, den Direktor des FBI, an und berichtete ihm ganz nüchtern von dem Mord.

»Verdammt«, sagte Peter Marks, »ich lebe noch.«

»Sie klingen fast enttäuscht«, meinte Anderson.

Peter wurde durchgerüttelt und hörte das gleichmäßige Vibrieren eines Automotors. Seine Augen blickten sich suchend um.

»Ein Krankenwagen«, erklärte Anderson. »Delia hat Sie gefunden. Sie war in der Schule, als es passierte. Sie hat mich sofort angerufen.«

Peter leckte sich über die Lippen. »Wie geht's mir?«

»Sie sind okay«, sagte Anderson.

»Wo hat es mich erwischt?«

»Sie …« Andersons Blick ging zu dem Sanitäter neben ihm.

Peters Magen krampfte sich zusammen. »Ich spüre nichts.«

Andersons Gesicht verriet nichts. »Das ist der Schock. Hat nichts zu bedeuten.«

»Aber ich habe kein Gefühl in …« Peter riss sich zusammen. »Ist die Wirbelsäule verletzt?«

Anderson schüttelte den Kopf.

Besser tot als ein Krüppel, dachte Peter.

Anderson legte ihm die Hand auf die Schulter. »Boss, ich weiß, was Sie jetzt denken, aber im Moment kann man überhaupt noch nichts sagen. Entspannen Sie sich einfach. Ein Operationsteam steht schon bereit. Lassen Sie die Ärzte einfach ihre Arbeit machen. Es wird schon klappen.«

Peter schloss die Augen und zwang sein revoltierendes Gehirn zur Ruhe. Er musste sich auf das Hier und Jetzt konzentrieren. *Que sera, sera.* Die Zukunft würde von allein kommen. »Der Mann, der auf mich geschossen hat. Ich brauche seine Identität.«

»Er hatte keine Papiere bei sich, Boss.«

»Fingerabdrücke, Zahnprofil, DNA.«

»Wird alles gecheckt.«

Peter nickte. »Da ist noch etwas. Richards.«

»Ich bin dran, Boss. Heute früh hat uns jemand einen Trojaner ins Intranet geschleust. Ich habe gleich Richards gerufen.«

Peter dachte an Richards' Arbeit für Tom Brick und Core Energy. »Richards könnte den Trojaner selbst platziert haben. Der Scheißer ist clever genug, um die Firewall zu knacken.«

»Daran hab ich auch schon gedacht«, stimmte Anderson zu. »Ich habe auf seinem Computer einen Keylogger installiert, der jeden Tastendruck speichert.«

»Gute Arbeit, Sam.« Peter zuckte zusammen, als er nun doch Schmerzen spürte. »Ich weiß noch nicht, warum Brick in Treadstone reinkommen will.«

»Das finden wir raus. Ruhen Sie sich erst mal aus, Boss.«

Peter sah, wie Anderson dem Sanitäter zunickte, der ihm daraufhin eine Nadel in eine Vene in der Armbeuge steckte. Fast augenblicklich breitete sich eine wohlige Wärme in ihm aus.

»Es ist wichtig, extrem wichtig«, lallte er noch.

»Ich kümmere mich darum, Boss.« Im nächsten Augenblick sank Peter in einen tiefen Schlaf, und Anderson tippte eine Nummer in sein Handy, um einen von vielen Anrufen zu tätigen.

Während Bourne mit dem Geruch von Blut in der Nase durch das rastlos schlagende Herz von Mexico City fuhr, hatte er den Babylonier nicht vergessen. Er steckte hier irgendwo in diesem bunten Whirlpool der Stadt und beobachtete die Umgebung. Vielleicht fuhr er durch dieselben chaotischen Straßen wie Bourne, während er mithilfe seiner Kontaktpersonen, die er möglicherweise in Mexiko besaß, versuchte, sein Opfer aufzuspüren.

Er dachte lieber an Ilan Halevy als an Rebekka, die er nicht hatte beschützen können, die gestorben war, bevor sie ihre Mission hatte ausführen können, eine Mission, für die sie es in Kauf genommen hatte, sich vom Mossad abzuwenden und auf eigene Faust vorzugehen.

Ihre Mission war nun die seine.

Der Gestank von Feuer und Angst stieg ihm in die Nase, während er nach Halevy suchte, den er nun genauso dringend finden musste, wie der Babylonier ihn.

Er fuhr Richtung Osten, zum Flughafen, und bog ab,

als er das Schild des Superama-Supermarkts sah. Auf dem riesigen Parkplatz stellte er das Taxi ab und stieg aus.

Er öffnete den Kofferraum, fand einen Lappen und wischte damit, so gut es ging, das Innere des Wagens sauber. Als er fertig war, hielt er inne und betrachtete Rebekka. Ihr Hemd war aufgerissen, darunter sah er eine Brieftasche aus Aluminium-Mesh. Er zog sie mit den Fingerspitzen heraus und wischte das Blut ab. Darin fand er ihren falschen Pass und das Geld, das sie aus der Mietwohnung in Stockholm mitgenommen hatte, außerdem eine feine Silberkette mit einem Davidstern. Sie hatte ihm den Talisman nie gezeigt. Er wollte diese persönlichen Dinge nicht einfach so zurücklassen und nahm sie an sich. Es gab nichts mehr, was er noch für sie tun konnte. Er sagte ein stilles Goodbye, dann schlug er die Tür mit dem Lappen zu und schritt quer über den Parkplatz zum Kaufhaus.

In der Toilette warf er den Lappen weg und wusch sich ihr Blut von den Händen. Er entledigte sich auch seiner blutbefleckten Jacke und ging ins Kaufhaus, um sich neue Kleider zu besorgen. Er kaufte schwarze Jeans, ein weißes Hemd und eine dunkelgraue Jacke.

Anschließend kehrte er auf den Parkplatz zurück und suchte in den Reihen der abgestellten Autos nach einem älteren Wagen. Hinter sich hörte er das kehlige Brummen eines Motorrads. Es war eine schwere Maschine: eine Indian Chief Dark Horse. Er sah sie aus dem Augenwinkel näher kommen, so langsam, dass er sie kaum beachtete, doch als sie beschleunigte, drehte er sich um. Der Fahrer trug einen Helm mit verspiegeltem Visier, sodass sein Gesicht nicht zu erkennen war. Das Sonnenlicht wurde von dem schwarzen Kunststoff zurückgeworfen.

Die Indian rollte eine parallele Reihe entlang, und Bourne wandte sich wieder dem Auto zu, das er ausgewählt hatte. Er bog einen Drahtkleiderbügel, den er aus dem Geschäft mitgenommen hatte, zurecht und steckte das Ende mit dem Haken zwischen Türrahmen und Fenster. Das Schloss sprang auf. Er wollte gerade die Tür öffnen, als die Indian erneut auftauchte und nun direkt auf ihn zuraste.

Bourne stand bei der Tür und beobachtete das näher kommende Motorrad. Es war fast bei ihm, als er die Tür aufriss. Das Vorderrad der Maschine krachte gegen die Autotür, und das Motorrad bockte wie ein Wildpferd. Das Hinterrad wurde hochgerissen und der Fahrer aus dem Sattel geworfen. Er flog über die eingedrückte Tür und landete auf dem Autodach.

Als er herunterglitt, packte ihn Bourne und warf ihn gegen das Auto. Er riss ihm den Helm herunter und sah aus der Nähe die Brandwunden, die Halevy sich in dem Fischerhaus in Schweden zugezogen hatte.

Als sich der Babylonier auf ihn stürzte, rammte ihm Bourne das Knie zwischen die Beine und die Faust gegen die Schläfe. Bourne packte ihn, als der Mann zur Seite kippte, doch Halevy trat ihm seitlich gegen das Knie, riss sich los und hämmerte Bourne die Faust in die Magengrube. Als Bourne sich abwandte, schlug ihm der Babylonier in die Niere.

Bourne fiel zu Boden, und Halevy stürzte sich auf ihn. Der Babylonier zog ein Messer und schwang es gegen Bournes Kehle. Bourne riss die Hand hoch und grub seine Fingernägel in Halevys Brandwunde. Der

Babylonier zuckte zurück, Tränen traten ihm in die Augen, und Bourne knallte sein Handgelenk gegen die Unterseite des Autos. Das Messer klapperte auf den Asphalt, und Bourne drückte den Unterarm gegen Halevys Kehle.

»Erzähl mir von Ouyang.« Ouyang war der Name, den Rebekka ausgesprochen hatte, bevor sie starb.

Halevy funkelte ihn wütend an. »Wer oder was ist ein Ouyang?«

Bourne drückte seine Finger in den empfindlichen Nervenknoten am Hals. Halevy biss die Zähne zusammen, und seine Augen traten hervor. Die linke Seite seines schweißnassen Gesichts war flammend rot und entstellt von den Brandwunden. Er begann schwer zu atmen.

»Ouyang.«

»Woher weißt du von Ouyang?«

Bourne drückte erneut zu, und diesmal krümmte sich Halevys Körper, seine angespannten Muskeln zuckten unwillkürlich. Er stieß leise grunzende Laute hervor, wie ein Tier in einer Falle, das sich in seiner Verzweiflung das Bein abbiss, um sich zu retten.

»Ben David hat mit Ouyang zu tun.«

»Nicht der Direktor oder Dani Amit?«

Halevy atmete stoßweise und schüttelte schließlich den Kopf. »Das ist privat. Nicht Mossad.«

»Woher weißt du dann davon?«

»Das werde ich dir nicht …« Der Babylonier heulte leise auf, als Bourne erneut zudrückte. Sein Gesicht war bläulich angelaufen. Sogar seine Brandwunden hoben sich nur noch blassrosa von den Bartstoppeln ab. Der Schweiß lief ihm in Strömen übers Gesicht. »Okay.

Ouyang ist ein chinesischer Minister. Ben David hat irgendwas mit ihm vor, aber ich schwöre, ich weiß nicht, was. Ben David hat mich nur angeheuert, um Tel Aviv zu täuschen, damit der Direktor und Amit nicht mitbekommen, was er vorhat.« Sein Blick nahm für einen kurzen Moment einen verschlagenen Ausdruck an. »Aber Rebekka hat es rausgefunden, stimmt's? Sie hat dir von Ouyang erzählt.«

»Das ist unwichtig«, sagte Bourne.

»Falsch.« Der Babylonier lächelte gequält. »Ben David hat eine Schwäche für sie.«

»Und trotzdem wollte er, dass du sie tötest?«

»So ist er eben.« Halevy nahm zwei, drei zitternde Atemzüge. »Gespalten, so wie das Land, wie jedes Land im Nahen Osten. Er liebt Rebekka. Es muss ihm unheimlich schwergefallen sein, sie ausschalten zu lassen.« Wieder atmete er keuchend ein. »Du wirst es nicht glauben, aber es freut mich, dass sie noch lebt.«

Bourne stand auf, packte den Babylonier vorne am Hemd und schleifte ihn zum Taxi. Er drückte sein Gesicht gegen das Fenster.

»Siehst du sie? Sie ist tot, Halevy«, sagte Bourne. »Daran seid ihr schuld, du und Ben David.«

»Ich hab das nicht getan, das weißt du.« Im selben Augenblick wirbelte er herum, eine nadelartige Waffe in der Hand. Die Spitze glänzte feucht, wahrscheinlich von irgendeinem schnell wirkenden Gift. Bourne riss den Arm hoch und spürte, wie die Nadel seine Jacke durchbohrte. Die Nadelspitze kratzte seine Haut, ohne jedoch einzudringen. Bourne hämmerte Halevy den Handballen gegen die Nase. Er ließ noch einen Schlag gegen den Hals folgen und zertrümmerte ihm den Ringknorpel.

Er zog seinen Arm von der Nadel weg und schlug Halevy auf das Ohr. Der Babylonier rang vergeblich nach Luft, sank auf die Knie und versuchte immer noch verzweifelt, Bourne mit der Nadel zu erwischen. Bourne riss ihn hoch, rammte ihm das Knie zwischen die Beine und schlug wieder und wieder zu, bis er spürte, wie die Knochen von Halevys Brustkorb nachgaben.

Nachdem der Babylonier tot war, stieg Bourne in das alte Auto, schloss es kurz und verließ den Parkplatz. Am Benito Juárez International Airport kaufte er sich ein Erste-Klasse-Ticket und beschloss, noch eine Kleinigkeit zu essen.

Während er auf das Essen wartete, zog er den kleinen Totenschädel hervor, den *El Enterrador* ihm als Schutz gegen Maceo Encarnación gegeben hatte. *»Er wird von einer mystischen Macht geschützt«*, hatte Constanza Camargo gemeint, *»als würden die Götter ihre schützende Hand über ihn halten.«*

Als das Essen kam, stellte er fest, dass sein Hunger verflogen war. Während er den kleinen Schädel hin und her drehte, dachte er an alles, was ihm und Rebekka hier in Mexiko widerfahren war: alles mehr oder weniger von Constanza Camargo initiiert. Dann ging ihm noch etwas durch den Kopf: Warum würde sich Harry Rowland in einem Schrank verstecken, wenn er nicht gewusst hatte, dass sie kommen würden? Aber wie hatte er so genau wissen können, wo sie sich gerade befanden?

Bourne betrachtete den Totenschädel, und er dachte

an andere Götter: die Götter der Technologie. Er legte den Schädel auf den Tisch und zertrümmerte ihn mit der Faust. Sorgfältig begann er die Bruchstücke zu untersuchen und fand schließlich den winzigen Tracker, der darin verborgen gewesen war. Er ließ ihn zwischen den Überresten des Schädels liegen, ohne ihn zu zerstören. Er wollte, dass das Signal weiter gesendet wurde, als hätte er den Tracker nie gefunden.

Er stand auf, bezahlte für das Essen, das er nicht angerührt hatte, und verließ die Erste-Klasse-Lounge, um sich auf dem Parkplatz ein passendes Auto zu suchen und zurück in die Stadt zu fahren.

»Es gibt immer Wege, am Leben zu bleiben, nachdem man gestorben ist.« Don Fernando Herrera lachte, als er Marthas Gesicht sah. »Das ist ein möglicher Weg.«

Der Pilot war mit dem Privatjet auf einem weiten Feld südlich von Paris gelandet. Es gab keine Landebahn, keinen Windsack, keine Zollkontrollen. Das Flugzeug war vom Flugplan abgewichen und nun für die Tower der Flughäfen Charles de Gaulle und Orly verschollen.

»Es gibt keine Zauberer auf der Welt, Martha. Nur Illusionskünstler«, sagte Herrera. »Es geht darum, die Illusion des Todes zu erzeugen. Dafür brauchen wir ein echt aussehendes Unglück, und deshalb sind wir hier gelandet, wo niemandem etwas passiert.«

»Diese Leichen im Flugzeug«, sagte Martha, »die sind aber echt.«

Herrera nickte und reichte ihr eine Mappe.

»Was ist das?«

»Schau rein.«

Sie öffnete die Mappe und sah die forensischen Berichte von drei Toten, aus dem Wrack des Flugzeugs geborgen, das noch nicht abgestürzt war. Die drei Toten waren bis zur Unkenntlichkeit verbrannt, aber durch ihre Zahnprofile identifiziert. Laut den Unterlagen war einer von ihnen Herrera, die beiden anderen der Pilot und der Copilot.

Martha sah ihn ungläubig an. »Was ist mit ihren Familien? Was wirst du ihnen sagen?«

Herrera deutete mit einem Kopfnicken auf die beiden Männer, die aus dem Jet ausstiegen, dessen Triebwerke immer noch liefen. »Sie haben keine Familien, deshalb haben wir sie engagiert.«

»Aber wie …?«

»Ich habe Freunde im Élysée-Palast, die die Unfallstelle kontrollieren werden.«

Der Pilot trat zu Herrera. »Die drei Leichen sind auf ihren Plätzen«, sagte er. »Wir können jederzeit anfangen.«

Herrera schaute auf seine Uhr. »Wir sind jetzt sieben Minuten verschollen. Okay, fangen Sie an.«

Der Pilot nickte und wandte sich seinem Kollegen zu, der etwas abseits stand. Der Copilot hielt eine kleine schwarze Box in der Hand. Als er einen Knopf drückte, heulten die Triebwerke auf. Ein weiterer Knopfdruck löste die Bremsen: Der Jet setzte sich mit einem Ruck in Bewegung, beschleunigte zusehends und krachte schließlich in die Baumreihe am anderen Ende des Feldes. Ein Höllenlärm brach los, der Boden erzitterte, und ein schwarz-roter Feuerball blähte sich zum Himmel empor.

»Gehen wir«, sagte Herrera und führte die drei zu

einem großen Allrad-SUV, der am Rand des Feldes wartete.

Der Cementerio del Tepeyac und vor allem die Basilica de Guadelupe sahen bei Tageslicht ganz anders aus. Sie hatten alles Unheimliche verloren und zeigten eine dünne Fassade der Religiosität, hinter der sich zweifellos viele Sünden – lässliche und Todsünden – verbargen.

Bourne stellte seinen gestohlenen Wagen etwa hundert Meter entfernt ab und nahm sich einige Minuten, um die Umgebung zu erkunden. Der Leichenwagen war nicht da, der ihn und Rebekka zur Werkstatt von Diego de la Rivera, Maceo Encarnacións Schwager, gebracht hatte. Auch der mysteriöse Pseudo-Priester *El Enterrador* war nicht zugegen. Bourne erinnerte sich an die Tätowierungen – die Särge und Grabsteine – auf seinen Unterarmen.

Schließlich betrat er die Basilika und wurde von Weihrauchduft und engelhaften Stimmen empfangen. Die Messe hatte begonnen. Bourne ging zur Apsis und durch den schummrigen Gang zum Pfarrhaus.

Mitten im Gang blieb er stehen, als er Stimmen aus dem kleinen Büro hörte. Eine war eine weibliche Altstimme. Vorsichtig ging er weiter und erhaschte einen Blick ins Pfarrhaus mit einem riesigen Christus am Kreuz. Wenige Augenblicke später kam die Frau mit der Altstimme in sein Blickfeld. Überrascht erkannte er die schöne junge Frau, die in Maceo Encarnacións Villa die Treppe heruntergekommen war und an der Bahre der Toten geweint hatte, die wohl ihre Mutter war. Er erinnerte sich wieder, wie seltsam es ihm erschienen war, dass sie als Dienstbotin aus der Suite des Hausherrn gekommen war, nackt unter dem kostbaren Morgenmantel. Etwas später war sie wieder nach oben gegangen, wo Maceo Encarnación vermutlich im Bett lag.

Was tat sie hier? Bourne machte einen Schritt zur Seite, und sein Blick folgte Maria-Elenas Tochter, die sichtlich aufgewühlt durch den Raum schritt. Die junge Frau blieb abrupt vor einer Gestalt in Robe und Kapuze stehen. *El Enterrador*, sein Spitzbart verriet ihn.

»Sprich mich von meinen Sünden frei«, sagte sie leise. »Ich habe schreckliche Gedanken … ich will jemanden töten.«

»Sind es nur Gedanken, oder hast du auch etwas getan?«, fragte er in rauem Flüsterton.

»Nein, aber …«

»Dann wird alles gut, Anunciata.«

»Das kannst du nicht wissen.«

»Warum?«

»Weil du nicht weißt, was ich weiß«, erwiderte sie bitter.

»Dann sag es mir«, verlangte *El Enterrador* mit drohendem Unterton.

Sie zögerte einen Augenblick, dann atmete sie tief durch.

»Ich habe Maceo vertraut. Ich dachte, er liebt mich«, sagte sie mit veränderter Stimme, tiefer und dunkler.

»Du kannst ihm vertrauen. Er liebt dich wirklich.«

»Hier – das Vermächtnis meiner Mutter.« Sie faltete ein Blatt Papier auseinander und hielt es ihm hin. »Maceo hat mit meiner Mutter geschlafen, bevor er mit mir ins Bett ging. Er ist mein Vater.«

El Enterrador griff sich an den Kopf. »Mein Kind«, begann er, ganz so als wäre er ein richtiger Priester. »Wir wurden einst aus dem Garten Eden verstoßen, das ist unser gemeinsames Erbe. Wir sind alle Sünder in einer sündigen Welt. Die Verbindung deiner Eltern war ein Fehler, aber sie haben dir trotzdem das Leben gegeben.«

»Und wenn das Schlimmste passiert, wenn ich von ihm schwanger werde?«

»Natürlich müssen wir dafür sorgen, dass das nicht geschieht.«

»Ich könnte ihm die Eier abschneiden«, sagte Anunciata bissig. »Das würde mich glücklich machen.«

»Ich kenne deine Mutter, seit sie nach Mexico City gekommen ist. Sie hat bei mir gebeichtet. Ich habe ihr vielleicht durch manch schwere Zeit geholfen, denn sie brauchte Rat und wusste nicht, wohin sie sich wenden sollte. Und jetzt kommst du zu mir, um Hilfe und Rat zu finden. Geh zu deinem Vater. Sprich mit ihm.«

»Aber was wir getan haben!« Anunciata schauderte. »Das ist eine scheußliche Sünde. Das musst du doch am besten wissen.«

»Wo ist Maceo jetzt?«

»Du weißt es nicht? Er ist fort. Er ist mit Rowland zum Flughafen gefahren.«

»Wo wollen sie hin?«, fragte Bourne, als er ins Pfarrhaus trat.

Anunciata und *El Enterrador* wandten sich ihm zu und starrten ihn an. Der Priester war überraschter als sie, ihn zu sehen. Die junge Frau wirkte nur neugierig.

»Wer sind Sie, Señor?«

»Rebekka und ich waren heute Morgen in der Villa.«

»Warum …?«

Doch Bourne wandte sich bereits von ihr ab. »Warum ich nicht am Flughafen bin? Das denken Sie doch, oder?«

»Woher soll ich …?«

»Der kleine Totenschädel, den Sie mir gegeben haben. Ich habe den Sender gefunden.«

El Enterrador zog ein langes Stilett unter der Robe hervor, doch Bourne schüttelte nur den Kopf und richtete die Pistole auf ihn, die er Maceo Encarnacións Wächter abgenommen hatte. »Messer weg, Totengräber.«

Anunciatas Augen öffneten sich weit. Sie sah sogar noch schöner aus als zuvor im Haus. »Er ist Priester. Warum nennen Sie ihn ›Totengräber‹?«

»Das ist sein Spitzname: *El Enterrador.*« Bourne deutete mit einer Kopfbewegung auf ihn. »Zeig ihr deine Tätowierungen auf den Unterarmen, Priester.«

»Tätowierungen?«, rief Anunciata verblüfft.

Er schwieg, ohne sie anzusehen.

Sie zog rasch den Ärmel seiner Robe hoch und hielt den Atem an, als sie die kunstvollen Abbildungen sah.

»Was ist das?« Es war nicht klar, wen sie ansprach.

»Sag's ihr, Totengräber«, forderte Bourne ihn auf. »Ich würde es auch gern hören.«

El Enterrador funkelte ihn an. »Du hättest nicht zurückkommen sollen.«

»Du hättest mich nicht hintergehen sollen.« Bourne nickte. »Also, die Wahrheit.«

»Worüber?«, flüsterte *El Enterrador.* »Maceo Encarnación hat mich um Hilfe gebeten. Ich habe ihm geholfen.«

»Rebekka – meine Freundin – ist tot. Leg das Messer auf den Tisch.«

El Enterrador zögerte einen Moment lang, ehe er nachgab.

»Die Wahrheit«, wiederholte Bourne. »Darum bin ich hier. Und Sie, Anunciata?«

Sie schüttelte den Kopf. »Ich verstehe nicht.«

»Fragen Sie den Totengräber. Er ist derjenige, der Vergebung von seinen Sünden bräuchte.«

Sie schüttelte erneut den Kopf.

»Rebekka und ich sind in einem Leichenwagen in Maceo Encarnacións Haus gekommen. Und dafür musste jemand sterben.«

»Meine Mutter.«

Bourne nickte. »Ihre Mutter. Aber wie konnte jemand im Voraus wissen, dass sie sterben würde?« Er wandte sich an den Priester. »Ein paar Leute müssen gewusst haben, dass Ihre Mutter sterben würde. Das bedeutet, sie wurde ermordet.«

Anunciata hatte Tränen in den Augen. »Der Arzt hat gesagt, sie ist an einem Herzinfarkt gestorben. Sie hatte überhaupt keine Spuren von … ich weiß es, ich habe sie für den Bestatter angezogen.«

»Gift hinterlässt keine äußeren Spuren«, erklärte Bourne. »Und wenn man schlau ist, findet man ein Gift, das nicht einmal innere Spuren hinterlässt.« Er nickte. »Ich glaube, das war dein Anteil an dem Verbrechen, Totengräber.« Er wandte sich Anunciata zu. »Daher sein Spitzname.«

Sie wirbelte zu *El Enterrador* herum. »Ist das wahr?«

»Natürlich nicht«, höhnte er. »Es ist doch absurd! Ich sollte deiner Mutter etwas antun?«

»Ja, weil Encarnación es von dir verlangt hat.«

»Hast du es getan?« Anunciatas Wangen glühten. Sie zitterte am ganzen Leib.

»Ich hab dir doch gesagt …«

»Die Wahrheit!«, schrie sie. »Das ist eine Kirche. Ich will die Wahrheit hören!«

Er griff nach dem Stilett, doch sie war schneller. Oder sie hatte bereits den Entschluss gefasst. Sie griff sich das Messer, machte einen Satz nach vorne und stieß es *El Enterrador* in den Hals.

Seine Augen weiteten sich ungläubig und schockiert. Er griff nach der Tischkante, als er fiel, doch seine gefühllosen Finger glitten ab, und er stürzte in seinem eigenen Blut zu Boden.

ZWEIUNDZWANZIG

Der Countryklub des KP-Zentralkomitees lag nur acht Kilometer nordwestlich von Peking. Man fühlte sich dort jedoch, als wäre man hundert Kilometer von der Hauptstadt entfernt. Hier, jenseits der Smogschicht, die über der Stadt lag wie eine ständige Dämmerung, war der Himmel klar. Innerhalb des dreieinhalb Meter hohen, elektrisch geladenen Zauns sah man endlose, streng parallel angeordnete Reihen von Kohl, Gurken, Paprika und Bohnen in allen Variationen, außerdem Zwiebeln, Schalotten, Kai-lan, Pok Choy, Chilis und vieles mehr. Der Grund für die extremen Sicherheitsvorkehrungen war die Tatsache, dass das Gemüse hier zu hundert Prozent biologisch war und ohne Pestizide angebaut wurde. Auch die Milchkühe im nördlichen Abschnitt bekamen nur rein biologisches Futter.

Zu diesem Klub ließ sich Minister Ouyang alle zwei Wochen in seiner Dienstlimousine chauffieren. Die Produkte dieser Anlage waren das alleinige Eigentum des Staates und wurden hauptsächlich von Angehörigen des Zentralkomitees und gewissen hochrangigen Ministern konsumiert. Die Zuteilung erfolgte nach der Machtebene, der der Betreffende angehörte. Jede Ebene war zu einer genau festgelegten Menge an Bio-Lebensmitteln berechtigt. Je höher der Rang des Staatsdieners, umso größer seine monatliche Ration. Dieses Feudalsystem hatte seine Ursache in der starken Verschmutzung von Erde und Luft.

Heute war Minister Ouyang jedoch aus einem ganz anderen Grund hier. Als sich das Einfahrtstor durch den elektronischen Code seines Fahrers öffnete, sah er ein anderes Auto innerhalb des Geländes stehen. Ein Mann in Uniform stand beim Wagen und aß eine Gurke, die er offenbar gerade gepflückt hatte.

Als Ouyang aus seiner Limousine stieg und auf den Mann zutrat, sah er die auffallende Narbe in seinem Gesicht.

»Oberst Ben David«, sagte er und setzte eine dunkle Brille gegen die gleißende Sonne auf. »Es ist lange her.«

»Wissen Sie«, sagte Ben David, gegen sein Auto gelehnt, »mir sind israelische Gurken immer noch lieber.« Er biss in die Frucht und kaute langsam. »Muss irgendwie mit der Wüstensonne zu tun haben.«

Minister Ouyang lächelte säuerlich. »Dann bringen Sie nächstes Mal Ihr eigenes Gemüse mit.«

»Ich hab nicht gesagt, dass es nicht gut ist.«

»Was ist mit Ihrem Gesicht passiert?«, fragte Ouyang mit einer Direktheit, die in China als grobe Unhöflichkeit galt.

Ben David musterte ihn einige Augenblicke. »Wissen Sie, Minister, Sie sehen ein bisschen blass aus. Haben Sie vielleicht von dieser berüchtigten Milch getrunken, die mit Melamin verseucht war, um einen höheren Proteingehalt vorzutäuschen?«

»Ich trinke nur die Milch von hier«, sagte Ouyang kalt.

Ben David warf den Gurkenstummel weg und trat auf ihn zu. »Wissen Sie, was ich gerade denke? Wir hassen uns so sehr, dass es ein Wunder ist, dass wir zusammenarbeiten können.«

»Manchmal kann man sich seine Verbündeten nicht aussuchen.«

»Mag sein.« Ben David zuckte mit den Achseln. »Was ist der Grund für dieses persönliche Treffen, so kurz vor dem Ende unserer gemeinsamen Reise?«

Minister Ouyang zog eine dünne Akte hervor und reichte sie ihm.

Ben David öffnete sie. Seine Narbe schien zu glühen, als er das Überwachungsfoto von Jason Bourne anstarrte. Wütend blickte er auf. »Was zum Teufel soll das, Ouyang?«

»Sie kennen diesen Mann«, sagte Ouyang mit nervtötender Gelassenheit. »Sehr gut sogar.«

Ben David klappte die Akte zu. »Dafür haben Sie mich die lange Reise machen lassen?«

Ouyang ließ sich nicht aus der Ruhe bringen. »Bitte, bestätigen Sie meine Feststellung, Oberst.«

»Wir sind uns zweimal begegnet«, räumte Ben David ein.

»Dann sind Sie der Mann für diese Aufgabe.«

Ben David blinzelte. »Welche Aufgabe? Sie wollen mir einen verdammten Auftrag geben?«

Hoch am Himmel glitt ein silberglänzender Jet im strahlenden Sonnenlicht vorbei. Sein Brummen klang so fern, als käme es von der anderen Seite der Erde. Zu ihrer Linken rollte ein Traktor langsam über die gefurchte Erde. Der wechselnde Wind trug den Geruch von Lehm mit sich.

»Sagen Sie, Oberst, wie lange arbeiten wir jetzt schon an unserem gemeinsamen Projekt?«

»Das wissen Sie genauso gut wie ich …«

»Bitte, sagen Sie's mir trotzdem.«

Ben David seufzte. »Sechs Jahre.«

»Eine lange Zeit, nach westlichen Maßstäben. Für uns hier ist das nicht so lange, im Reich der Mitte messen wir die Zeit anders.«

Ben David machte ein angewidertes Gesicht. »Kommen Sie mir nicht mit diesem Scheiß vom ›Reich der Mitte‹. Es geht hier um rein geschäftliche Dinge, sonst gar nichts. Nicht um Politik, Ideologie oder scheinheilige Sprüche. Es hat nichts Mystisches, nichts Geheimnisvolles an sich. Geld regiert die Welt, das wissen Sie genauso gut wie ich. Darum geht's hier, das hat uns zwei zusammengebracht. Nichts anderes. Dafür haben wir sechs lange, mühevolle, gefährliche Jahre gearbeitet. Jetzt wollen Sie plötzlich vom Plan abweichen. So etwas mag ich nicht.«

»Ich stimme Ihnen in allem zu, was Sie sagen«, betonte Minister Ouyang gelassen. »Aber die Welt hat ihre eigene Dynamik, sie steht nicht still. Wenn wir unseren Plan nicht an veränderte Gegebenheiten anpassen können, werden wir keinen Erfolg haben.«

»Aber wir haben es doch schon geschafft. In zwei Tagen …«

»Eine Ewigkeit, in der vieles schiefgehen kann.« Ouyang deutete auf das Foto in der Akte. »Dieser Mann setzt seine nicht unbeträchtlichen Fähigkeiten dafür ein, uns aufzuhalten.«

Ben David zuckte zurück, als hätte ihm jemand ins Gesicht geschlagen. »Woher wissen Sie das?«

»Ich stehe im Kontakt mit unseren Partnern. Sie nicht.«

»Scheiße!« Ben David klatschte sich die Mappe gegen den Oberschenkel. »Sagen Sie jetzt nicht, ich soll Jagd auf ihn machen.«

»Das wird nicht nötig sein«, gab Ouyang zurück. »Er wird sehr bald zu Ihnen kommen.«

Die Stimmen des engelhaften Chors schwollen an und erfüllten die ganze Basilica de Guadelupe. Im Pfarrhaus blickte Bourne auf die blutige Leiche von *El Enterrador* hinunter. »Wir müssen gehen«, mahnte er.

Anunciatas Augen funkelten mit der blutig-roten Klinge des Stiletts um die Wette, das sie immer noch in der Hand hielt. »Ich gehe nirgendwohin mit Ihnen. Sie haben bei dem Plan mitgemacht.«

»Wir wussten nichts von dem Plan, als wir in Maceo Encarnacións Villa geschmuggelt wurden«, beteuerte Bourne. »Meine Freundin musste sterben, weil wir den Tracker des Totengräbers mit uns trugen.«

Sie sahen einander an wie über einen Abgrund hinweg. Sie hatten beide durch Maceo Encarnación einen lieben Menschen verloren. Das war wie ein Magnet, der sie beide zueinander hinzog.

Sie senkte das Stilett und nickte.

Bourne ging mit ihr hinaus und durch den Friedhof zu seinem Auto. Sie fuhren los, doch nach zwei Kilometern hielt er an und wandte sich ihr zu.

»Wenn Sie wissen, wohin Maceo Encarnación und Harry Rowland wollen, müssen Sie es mir sagen.«

Ihre großen kaffeebraunen Augen schauten ihn ohne Arglist an. »Werden Sie sie töten?«

»Wenn es sein muss.«

»Es muss sein«, sagte Anunciata. »Anders geht es bei den beiden nicht.«

»Sie kennen Rowland?«

Sie senkte den Kopf. »Er ist Maceos Liebling. Maceo behandelt ihn wie seinen Sohn. Er hat sich von klein auf um ihn gekümmert.«

»Wer sind seine Eltern?«

»Das weiß ich nicht. Ich glaube, Rowland war ein Waisenkind, obwohl wir nicht miteinander sprechen. Maceo hat es verboten.«

»Ist Harry Rowland sein richtiger Name?«

»Er hat viele Namen«, sagte Anunciata. »Das gehört zum Mythos.«

Ihn überlief ein kalter Schauer. »Zum Mythos?«

»Maceo ist besessen von Mythen. ›Mythen schützen den Menschen‹, sagt er. ›Sie schützen uns, weil sie uns von anderen abheben. Ein Mythos macht einen zu mehr als einem normalen Menschen, er macht den anderen Angst.‹«

»Wie hat er den Mythos um Rowland geschaffen?«

Anunciata schloss einen Moment lang die Augen. »Es ist ein großer Mythos der Azteken, dass der Mensch geschaffen wurde, um die Götter zu ernähren. Wenn sie ihre Pflicht vernachlässigen, schicken die Götter Feuer zur Erde und zerstören alles, was die Menschen aufgebaut haben. Demnach ernähren sich die Götter von einem heiligen Stoff im menschlichen Blut.«

»Sie sprechen von den Menschenopfern.«

Sie nickte. »Die Aztekenpriester schnitten den Opfern das schlagende Herz heraus und boten es den Göttern dar.« Sie blickte einen Moment lang aus dem Fenster auf die Passanten hinaus: eine Frau mit einem Korb Früchten auf dem Kopf, ein Junge auf einem verbeulten blauen Fahrrad. »Aber das ist natürlich lange her.« Sie wandte sich ihm zu. »Heutzutage werden Menschen enthauptet.« Sie zuckte mit den Achseln. »Das Blut ist das gleiche, und die Götter sind besänftigt.«

»Dieselben Götter ließen es zu, dass die Spanier Ihr Volk besiegten.«

Ein rätselhaftes Lächeln erschien in Anunciatas Mundwinkeln. »Wer kann die Absichten der Götter ergründen? Mexiko hat die Spanier überlebt. Wichtig ist, dass wir uns heute genauso bemühen wie die Azteken damals, das Schicksal im Griff zu behalten. Dass man den Mexikanern Jesus brachte, hat nichts daran geändert. Immer noch wird Blut vergossen, werden Opferungen durchgeführt. Das Schicksal und der menschliche Wille sind immer noch das Einzige, was zählt.«

»Was hat das alles mit Harry Rowland zu tun?«

»Er ist das Werkzeug des Schicksals.«

»Der unsichtbare Wegbereiter«, fügte Bourne hinzu.

Anunciatas Augen weiteten sich. »Sie wissen es. Ja, Rowland ist der Mann, der die Opferungen durchführt, die den Mythos vergrößern, ihn von den anderen abheben, die den Leuten Angst einjagen.«

»Er ist Nicodemo.«

»Ein Adler auf einem Kaktus mit einer Schlange in den Krallen, das ist das Wappen Mexikos«, erklärte Maceo Encarnación, während er Nicodemo in dem breiten Ledersitz seiner Bombardier Global 5000 gegenübersaß. Sie waren bereits eine Weile unterwegs. »Diese beiden

Geschöpfe stehen im Zentrum der mexikanischen und der aztekischen Kultur. Der Kriegs- und Sonnengott hat den Azteken prophezeit, sie würden einen Adler erblicken, der eine Schlange zwischen Krallen und Schnabel hält, und dort sollten sie ihre große Stadt gründen. An diesem Ort errichteten sie Tenochtitlán, und Jahrhunderte später ging daraus Mexico City hervor.«

Maceo Encarnación betrachtete Nicodemo, der es hasste, belehrt zu werden, und wartete auf seine Reaktion. »Ich erzähle dir diese Geschichte, Nicodemo, weil du nicht von hier bist, als Kolumbianer«, fuhr er mit seiner gewohnten stoischen Ruhe fort. Der Angesprochene schwieg weiter, sodass er hinzufügte: »Wir lernen, zu verschlingen, um nicht selbst verschlungen zu werden. Ist das nicht die grundlegende Wahrheit der Welt?«

»Ja«, stimmte Nicodemo schließlich zu. Die Erwähnung des Todes hob ihn immer aus seiner dunklen Stimmung. »Ich hätte den Azteken zu gern selbst getötet.«

»Tulio Vistoso war der Verräter, er hat die dreißig Millionen gestohlen.« Maceo Encarnación lachte leise. »Nur habe ich die Geldbündel im letzten Moment ausgetauscht. Wirklich amüsant, aber nicht für ihn. Er hat die gefälschten Dollarnoten gestohlen und mir die echten gelassen.« Maceo Encarnación schüttelte den Kopf. »Man muss eng mit diesen Banditen zusammengearbeitet haben, um zu wissen, wie sie denken. Man muss einer von ihnen gewesen sein.«

»Wie Acevedo Camargo«, warf Nicodemo ein.

Maceo Encarnación registrierte zufrieden, dass sein

Schützling zuhörte. »Constanza Camargo war eine erstklassige Sängerin, als ich sie kennenlernte. Als Schauspielerin war sie sogar noch besser, aber sie wollte nicht zum Film.«

»Sie wollte mehr Zeit mit ihrem Mann verbringen, Don Acevedo.«

Maceo Encarnación schüttelte den Kopf. »Ja, wahrscheinlich. Sie war jung und leicht zu beeindrucken, als sie ihn kennenlernte. Don Acevedo war reich und charismatisch, er verdrehte ihr ordentlich den Kopf. Nach einem Monat waren sie verheiratet. Damals war Don Acevedo Camargo der Drogenkönig des Südens. Sie fühlte sich zu diesem Leben hingezogen, wie sie sich zu anderen Männern hingezogen fühlte, zu den Liebhabern, mit denen sie sich heimlich traf. Sie liebte dieses Doppelleben, ihre Geschichten, die sie sich für ihn ausdachte! *Dios mío*, diese Frau war skrupellos.«

»Sie war ehrgeizig.«

Maceo Encarnación nickte. »Wie Lady Macbeth. Sie hat die Rolle genossen, die ich ihr für Bourne und Rebekka übertrug.«

Etwas Dunkles blitzte in Nicodemos Augen auf, als er Rebekkas Namen hörte. »Das hätte nicht passieren dürfen«, sagte er leise. »Bourne hätte sterben sollen, nicht Rebekka.«

»Wo Menschen am Werk sind, passieren eben Fehler. Du hättest sie nicht niederstechen sollen.«

»Mir blieb nichts anderes übrig!«

»Ich glaube, man hat immer eine Wahl.«

»Nicht in der Hitze des Gefechts«, beharrte Nicodemo. »Da handelt man instinktiv.«

In diesem Augenblick kam die langbeinige Flugbegleiterin durch den Mittelgang, blieb vor Maceo Encarnación stehen und beugte sich hinunter. Er betrachtete ihren weiten Ausschnitt, während sie ihm ins Ohr flüsterte. Er nickte, und sie ging wieder nach vorne. Beide Männer sahen ihr nach, den Blick auf den wohlgerundeten Hintern gerichtet.

Maceo Encarnación zog seufzend sein Handy hervor, tippte eine Nummer ein und hob es ans Ohr. »Jemand wird dich abholen«, sprach er ins Telefon. »Er wird in einer Stunde in Paris sein.«

Nicodemo war froh, nicht mehr an Rebekka und ihren unglücklichen Tod denken zu müssen. »Don Fernando Herrera ist tot, bei einem Flugzeugabsturz umgekommen. Warum machen wir dann überhaupt in Paris Halt und fliegen nicht gleich weiter?«

Maceo Encarnación hielt ihm das Telefon hin, um ihm die Nachrichten zu zeigen. »Martha Christiana wird den Bericht des Rechtsmediziners beschaffen, damit wir Gewissheit haben, dass Herrera wirklich im Flugzeug war. Sie kommt immer irgendwie an diese Dokumente heran, Gott weiß, wie sie's anstellt.« Er steckte das Handy ein. »Du triffst dich mit ihr, sobald wir landen.«

»Was soll ich tun?«, fragte Nicodemo. »Sie umbringen?«

»*Dios*, nein!« Maceo Encarnación machte ein schockiertes Gesicht. »Martha Christiana ist etwas Besonderes für mich, verstehst du?«

»Ich hätte nicht gedacht, dass es jemand Besonderen für dich gibt.«

Maceo Encarnación betrachtete ihn, als wäre er irgendeine niedrigere Spezies. Es war augenscheinlich, dass ihm diese Mossad-Agentin etwas bedeutet hatte.

Encarnación hätte das nicht für möglich gehalten. Er fragte sich, wie sich das auf Nicodemo auswirken würde. Man kam nicht so leicht darüber hinweg, wenn man jemanden getötet hatte, der einem etwas bedeutete, das wusste er aus eigener Erfahrung. Nicodemo hatte schon viele Menschen getötet, die meisten ganz kaltblütig, manche von Angesicht zu Angesicht. Encarnación kannte dieses Gefühl, jemanden zu töten und den unbeschreiblichen Moment zu erhaschen, in dem das Leben in den Tod überging, in dem sich die Seele verflüchtigte und der Wille zum Schicksal wurde. Er verdrängte den unangenehmen Gedanken. »Martha Christiana ist in Paris. Bring sie zu mir. Und, Nicodemo, behandle sie wie eine Dame.«

»Eine Dame«, murmelte Nicodemo und wandte sich wieder dem Fenster zu, den Blick in die Ferne gerichtet.

»Sag, was geht in dir vor?«, fragte Encarnación. Nicodemo schwieg, und so fügte er hinzu: »Meine Tochter ist am anderen Ende der Welt – ich hoffe, glücklich verheiratet.«

»Maricruz ist mir egal.«

Du magst sie nicht, dachte Encarnación. »Was ist dir denn nicht egal?« Keine Antwort. Rebekka. »Verstehe.«

»Ich denke an Jason Bourne«, sagte Nicodemo, als die Stille unerträglich wurde.

»Was ist mit ihm?«

»Jason Bourne ist mehr als nur ein Problem. Er ist eine echte Bedrohung.«

»Beruhige dich.« Maceo Encarnación wusste, dass es in Wahrheit nicht um Jason Bourne ging.

Nicodemo rutschte unruhig auf seinem Sitz hin und

her und blickte aus dem Fenster. Trotz der hohen Geschwindigkeit des Jets glitten die Wolken langsam vorüber, fast wie im Traum. »Wir wissen nicht einmal, ob Rebekka tot ist.«

Jetzt kommen wir der Sache schon näher, dachte Maceo Encarnación. »Nach dem, was du mir erzählt hast, dürfte sie kaum überlebt haben, selbst wenn Bourne sie noch irgendwie in ein Krankenhaus gebracht hätte, was nicht der Fall ist. Ich habe meine Leute überall, sie würden es mitbekommen, wenn man sie in einem Krankenhaus aufgenommen hätte.«

»Bourne hat seine Ressourcen. Vielleicht ist er zu einem Arzt gegangen.«

»So wie du die Verletzung beschrieben hast, könnte sie kein Arzt der Welt retten. Sie hätte sofort ein ganzes Operationsteam gebraucht, und selbst dann …« Er ließ den Gedanken unausgesprochen. »Vergiss sie. Das Kapitel ist beendet.«

»Aber nicht Bourne«, beharrte Nicodemo mürrisch.

»Natürlich nicht.«

»Ich verstehe nicht, warum du mich nicht in Mexico City lässt, damit ich mich um ihn kümmern kann.«

»Um ihn kümmern?«, gab Maceo Encarnación zurück. »Wir haben es ein Mal versucht. Du siehst, was dabei herausgekommen ist. Rebekka ist tot, und Bourne läuft immer noch herum. Wir brauchen einen richtigen Plan, damit Bourne am Ende wirklich tot ist. Und genau das habe ich bereits in die Wege geleitet. Anunciata kümmert sich darum.«

In gewisser Weise verfügte Dick Richards über die Fähigkeiten eines erstklassigen Uhrmachers. Der Unterschied war, dass er in der Welt des Cyberspace arbeitete, einem schier unendlichen, aber unsichtbaren Raum. Er hatte seinen eigenen Trojaner isoliert und ging nun in das Netzwerk von Core Energy, wo er die Codes aufbewahrte, mit denen er den wirkungsvollen Virus aktivieren würde, den er ins Treadstone-System eingeschleust hatte. Diese Codes waren auch für sein Gedächtnis zu komplex, und er wollte nicht riskieren, dass ein USB-Stick oder eine SD-Speicherkarte mit diesem brisanten Inhalt bei ihm entdeckt wurde. Außerdem musste es so aussehen, als käme der Angriff von außerhalb, am besten von den Chinesen.

Der Schweiß lief ihm aus den Achselhöhlen und über den gekrümmten Rücken, während er vor dem Bildschirm saß, die Nerven zum Zerreißen gespannt. Das war die große Prüfung, sein Ticket in die oberste Liga des Hackens. Wenn er das schaffte, machte er sich unverzichtbar für Tom Brick und Core Energy. Und das war es, was er am allermeisten wollte. In den Regierungsbehörden konnte man nichts erreichen. Andere ernteten die Lorbeeren für seine Arbeit, die er für ein bescheidenes Gehalt leistete. Der Präsident behandelte ihn wie einen Hund, der gelegentlich gestreichelt, aber ansonsten an der kurzen Leine gehalten wurde. Soraya und zum Teil auch Peter begegneten ihm misstrauisch und herablassend. Ihnen konnte er es nicht einmal verübeln – schließlich war er bei Treadstone, um sie auszuspionieren. Immerhin schienen sie bereit zu sein, seine Arbeit zu würdigen, falls er sich als loyal erwies.

Brick behandelte ihn zwar manchmal wie einen Hund, dann aber wieder sehr aufmerksam. Vor allem aber zahlte er äußerst großzügig. Bisher hatte sich Richards bemüht, seine Pflichten gegenüber allen drei Herren zu erfüllen, doch die Anspannung zerriss ihn innerlich. Er hielt das nicht mehr lange durch, er musste sich für eine Seite entscheiden.

Aber was war mit Peter? Wie war er zu Core Energy gekommen? Woher wusste er von Tom Brick? Wenn Richards sich für eine Seite entschied, musste er sich vor allem überlegen, wie er sich gegenüber Peter verhielt. Sollte er ihm alles erzählen, was er über Brick, Core Energy und die geheime Organisation wusste, die für das Unternehmen arbeitete? Oder sollte er umgekehrt Brick über die wahre Identität von Peter informieren? Vor seiner Arbeit für Treadstone wäre ihm die Entscheidung nicht schwergefallen. Aber jetzt saß er in der Zwickmühle, denn die Arbeit bei Treadstone machte ihm sogar Spaß. Aus irgendeinem Grund war die Atmosphäre hier wie in einer kleinen Firma. Es gab keine überbordende Bürokratie, dafür sorgten schon die beiden Direktoren.

Sein Dilemma beschäftigte ihn so sehr, dass seine Konzentration nachließ und er beinahe etwas Entscheidendes übersehen hätte. Irgendein Instinkt im primitivsten Teil des Gehirns, der für das Überleben zuständig war, sandte ihm einen stillen Alarm, der ihn wachrief. Irgendetwas stimmte nicht. Er hörte augenblicklich auf zu tippen und stierte auf den Code, den er eingegeben hatte. Es rieselte ihm eiskalt über den Rücken, während er wie gebannt vor dem Bildschirm saß. Langsam legte er die Hände in den Schoß, als würde er beten.

Die gewohnten Geräusche der Treadstone-Büros – gedämpfte Stimmen, das Summen von Maschinen, leise

Schritte – drangen wie aus weiter Ferne zu ihm herein. Sein Handy schreckte ihn aus seiner Benommenheit auf. Er nahm es und ging ran.

»Richards, hier Anderson.«

Sein schuldbewusstes Herz sprang ihm in die Kehle und schnürte sie einen furchtbaren Moment lang zu. »Yessir«, krächzte er schließlich.

»Sind Sie schon vorangekommen?«

»Der … äh … Trojaner ist isoliert, Sir.«

»Sehr gut.«

»Es ist nur … schwieriger, als ich dachte, ihn zu entfernen. Er scheint irgendeinen … Mechanismus zu enthalten.« Kaum war es ihm entschlüpft, wusste er, dass es ein Fehler war.

»Was zum Teufel heißt das?«, donnerte Anderson.

Er hatte versucht, jeden Verdacht von sich abzuwenden, wenn der Virus zuschlug, doch damit hatte er vor allem Andersons Zorn geweckt.

»Verdammt, Richards. Antworten Sie!«

»Ich kümmere mich um das Problem, Sir. Es braucht nur etwas mehr Zeit, als ich dachte.«

»Kümmern Sie sich nicht mehr um den Trojaner, wenn er isoliert ist. Ich will nicht, dass irgendetwas anderes ausgelöst wird.«

Idiot!, schalt sich Richards in Gedanken.

»Finden Sie lieber heraus, wie das verdammte Ding durch unsere Firewall gekommen ist, verstanden?«

»Yessir.«

»Ich bin in einer Stunde wieder im Hauptquartier. Bis dahin will ich eine Antwort.«

Richards' Hand zitterte, als er die Verbindung trennte. Er versuchte sich zu beruhigen, doch die Gedanken wirbelten nur so durch seinen Kopf. Er schob seinen Stuhl zurück, stand auf und stakste mit steifen Beinen zum Fenster. Sein Kopf schien zu brennen, und er drückte die Stirn an das kalte Glas. Er war in eine Schlangengrube gesprungen, ohne sich zu überlegen, was es bedeutete, ein Leben zu führen, das von Täuschung und Lüge beherrscht war.

Mit einem leisen Stöhnen riss er sich vom Fenster los und stolperte zu seinem Schreibtisch zurück. Anderson würde in einer Stunde zurück sein. Bis dahin musste er wissen, was los war, und einen Ausweg finden.

Er setzte sich an seinen Arbeitsplatz und fuhr sich mit den Händen durch die Haare, während er auf den Bildschirm starrte. Was war da los? Ihm war eine winzige Verzögerung zwischen dem Eintippen des Codes und seinem Erscheinen auf dem Bildschirm aufgefallen. Er überprüfte, ob in letzter Zeit irgendeine Hardware hinzugefügt worden war, doch es wurde nichts angezeigt. Als er die CPU-Auslastung überprüfte, stellte sich heraus, dass der Wert dramatisch angestiegen war, als er mit der Arbeit begonnen hatte. Das Blut schoss ihm in den Kopf. Die Auslastung des Prozessors erhöhte sich zum Beispiel durch einen Keylogger.

Dieser Mistkerl Anderson, dachte Richards grimmig. Er hatte einen Keylogger installiert, der alle Tastatureingaben aufzeichnete. Eine Falle. Aber wer steckte dahinter? Es gab nur eine Antwort: Peter Marks. Marks hatte ihn hintergangen, hatte nicht darauf vertraut, dass er Tom Brick an Treadstone ausliefern würde.

Richards zitterte vor Wut. Er blickte ein letztes Mal auf den Bildschirm mit dem unvollständigen Virencode und dachte: *Scheiß drauf. Scheiß auf ihn. Scheiß auf alle.*

Ohne lange zu überlegen, deaktivierte er die Keylogger-Software und machte mit seinem Code weiter, arbeitete fast ohne durchzuatmen. Im Hinterkopf hoffte er fast, Anderson möge früher zurückkommen.

Fast fünfzig Minuten später, sechs Minuten vor Andersons angekündigter Rückkehr, setzte Richards den letzten Teil des Codes ein. Jetzt musste er nur noch die Enter-Taste drücken, und der Virus würde die Treadstone-Server überfluten, das Netzwerk zusammenbrechen und die Kommunikationskanäle erstarren lassen.

Richards stand auf, schnappte sich den Mantel und drückte auf die Enter-Taste. Er schritt durch die Tür, fuhr mit dem Aufzug in die Lobby und verließ das Haus, um zu seiner Arbeit für Tom Brick zurückzukehren.

In der Ferne heulten die Sirenen, die ersten Fahrzeuge näherten sich der Basilika. Die Messe war zu Ende. Jemand hatte die Leiche von *El Enterrador* gefunden.

»Ich weiß nicht, wohin Maceo Encarnación und Nicodemo wollen«, sagte Anunciata. »Aber ich kenne jemanden, der es vielleicht weiß.«

»Wer?«, fragte Bourne, während er nach Polizeiwagen Ausschau hielt.

»Ich bringe Sie hin.«

»Nein.« Bourne sah sie an. »Sie haben damit nichts mehr zu tun.« Er zog die Brieftasche hervor, die er Rebekka abgenommen hatte. »Es ist Zeit für Sie zu verschwinden.« Was Rebekka hinterlassen hatte, sollte jemandem ein neues Leben ermöglichen. Er wusste, der Gedanke hätte ihr gefallen.

Er öffnete die Brieftasche und zeigte Anunciata den Inhalt. »Hier drin ist Geld, mehr als genug, um irgendwo weit weg von Mexiko neu anzufangen. Und ein Reisepass.« Er blätterte ihn durch. »Sehen Sie sich das Foto meiner Freundin an. Sie können sich als sie ausgeben. Sie haben ungefähr die gleiche Größe und Figur. Gehen Sie zu einem guten Friseur, lassen Sie sich die Haare schneiden und färben, damit Sie so aussehen wie Rebekka. Lassen Sie sich von einem Profi schminken, mehr brauchen Sie nicht.«

»Mexiko ist meine Heimat.«

»Es wird auch Ihr Tod sein. Gehen Sie weg. Morgen ist es zu spät.«

Anunciata hielt den Schlüssel zu einem neuen Leben in den Händen und blickte mit Tränen in den Augen zu ihm auf. »Warum tun Sie das?«

»Sie haben die Chance auf ein neues Leben verdient«, antwortete er.

»Ich weiß nicht, ob ich die Kraft habe …«

»Ihre Mutter hätte es sich für Sie gewünscht.«

Die Tränen strömten ihr über die Wangen. Das Heulen der Sirenen hätte genauso gut von ihr kommen können.

»Es gibt da noch etwas …«

Bourne wartete und sah ihr in die Augen. »Anunciata?«

»Ach, nichts.« Sie blickte auf und lächelte. »Danke.«

»Also«, sagte Bourne und faltete ihre Finger über der Brieftasche, »sagen Sie mir, wer mir weiterhelfen kann.«

Salazar Flores war Flugzeugmechaniker. Er arbeitete hauptsächlich an Privatmaschinen und war nicht zuletzt für Maceo Encarnacións Bombardier Global 5000

Jet verantwortlich. Bourne fand ihn, so wie Anunciata gesagt hatte, bei der Arbeit in der Wartungshalle des Privatflugplatzes, auf dem Encarnacións Flugzeug untergebracht war.

Flores war ein klein gewachsener Mann in den mittleren Jahren. Seine Hängebacken waren ölverschmiert und seine breiten Hände von den Substanzen verfärbt, mit denen er in seiner Arbeit zu tun hatte. Er blickte mit seinen scharfen Augen von der Arbeit auf, als Bourne zu ihm trat. Schließlich stand er auf, wischte sich die Hände an einem fettigen Lappen ab, den er aus einer Tasche seines Overalls zog, und wandte sich dem Besucher zu.

»Was kann ich für Sie tun?«, fragte er.

»Ich kaufe mir eine Gulfstream SPX«, sagte Bourne, »und ich würde sie gerne hier unterbringen.«

»Da sprechen Sie mit dem Falschen.« Flores deutete auf das Bürogebäude auf der anderen Seite der Startbahn. »Sie müssen mit Castillo sprechen. Er ist der Chef.«

»Ich würde aber lieber mit Ihnen sprechen«, beharrte Bourne. »Sie würden sich um mein Flugzeug kümmern.«

Flores musterte ihn abwägend. »Wo haben Sie von mir gehört?«

»Anunciata hat mich hergeschickt.«

»Wirklich?«

Bourne nickte.

»Wie geht's ihrer Mutter?«

»Maria-Elena ist gestern gestorben.«

Bourne schien den Test bestanden zu haben: Flores nickte. »Eine unglaubliche Tragödie.«

Bourne hatte nicht vor, Flores mitzuteilen, dass es eine recht einfache Erklärung für Maria-Elenas Tod gab. »Haben Sie sie gut gekannt?«

Flores betrachtete ihn einen Augenblick. »Ich brauche eine Zigarette.«

Er verließ mit Bourne die Halle, in der noch drei andere Mechaniker arbeiteten. Draußen auf dem Rollfeld schüttelte er eine Zigarette aus der Packung, bot sie Bourne an, steckte sie schließlich selbst in den Mund und zündete sie an.

Er blickte zu den hohen Wolken hinauf, als suche er nach einem Zeichen. »Sie sind ein Gringo, also kennen Sie Anunciata vermutlich näher.« Er ließ den Rauch zwischen den Lippen entweichen. »Maria-Elena hatte ein schweres Leben. Anunciata hat nicht gern darüber gesprochen.« Er zuckte mit seinen bulligen Schultern. »Vielleicht wusste sie's auch nicht. Maria-Elena hat ihre Tochter sehr behütet.«

»Da war sie nicht die Einzige«, sagte Bourne und dachte an das Gespräch zwischen Anunciata und *El Enterrador*, das er in der Basilica de Guadelupe mitgehört hatte. »Maceo Encarnación hat sie wie eine seltene Pflanze im Glashaus gehalten.«

»Davon weiß ich nichts.« Flores blickte sich um, als könnte jeden Moment einer von Encarnacións Männern auftauchen wie ein Dämon.

Bourne zuckte die Achseln. »Ich dachte, Sie kennen die beiden recht gut.«

Flores nahm noch einen Zug von seiner Zigarette, ließ sie fallen und zertrat sie mit dem Absatz. »Ich muss wieder an die Arbeit.«

»Bewegen wir uns da auf gefährlichem Terrain?«

Flores warf ihm einen scharfen Blick zu. »Ich weiß nicht, was Sie wollen, aber ich kann Ihnen jedenfalls nicht helfen.«

»Vielleicht hilft Ihnen das.« Bourne hielt ihm fünf Hundert-Dollar-Scheine hin.

»Madre de Dios!« Flores blies die Wangen auf und ließ die Luft langsam entweichen. Er blickte zu Bourne auf. »Was wollen Sie?«

»Nur eines«, sagte Bourne. »Maceo Encarnación ist heute früh hier weggeflogen. Wohin?«

»Das kann ich Ihnen nicht sagen.«

Bourne steckte ihm die Geldscheine in die Tasche des Overalls. »Ihre Frau und die Kinder können sicher neue Kleider gebrauchen.«

Flores blickte sich nervös um, obwohl niemand in Hörweite war und diejenigen, die zu sehen waren, sie nicht im Geringsten beachteten. »Ich könnte meinen Job verlieren … oder meinen Kopf. Was wird dann aus meiner Frau und meinen Kindern?«

Bourne ließ noch einmal fünfhundert Dollar folgen. »Mit ein paar iPads werden Sie zum Helden.«

Flores schwitzte und fuhr sich mit der Hand durch die Haare. Sein Gesicht spiegelte den Kampf zwischen Gier und Angst wider. Er zögerte immer noch, und Bourne spielte seine letzte Karte aus.

»Anunciata hat mir gesagt, ich soll Sie fragen, wohin Encarnación geflogen ist.«

Flores' Augen weiteten sich. »Sie hat …«

»Sie will, dass Sie es mir sagen.« Ein Jet wendete mit heulenden Triebwerken am Ende der Startbahn. Bourne machte einen Schritt auf ihn zu. »Es ist wichtig, Señor Flores. Es geht um Maria-Elenas Tod.«

Flores sah ihn schockiert an. »Wie meinen Sie das?«

»Das kann ich Ihnen nicht sagen«, antwortete Bourne, »und Sie wollen es auch nicht wissen.«

Flores leckte sich über die Lippen, blickte sich noch einmal um und nickte schließlich. Während der Jet über die Startbahn donnerte und abhob, beugte sich Flores vor und flüsterte Bourne ein Wort ins Ohr.

Martha Christiana nahm den Anruf von Maceo Encarnación mit eisiger Gelassenheit entgegen. Sein Flugzeug würde in einer Stunde landen, er würde einen seiner Männer schicken, um sie abzuholen, und dann war alles aus. Sie würde mitten in den Strudel geraten, aus dem es kein Entrinnen mehr gab. Sobald sie in sein Flugzeug stieg, würde sie im Gefängnis sitzen, das spürte sie genau. Sie wusste einfach zu viel über ihn. Er würde ihr nie mehr erlauben, ihn zu verlassen.

Vom Wohnzimmerfenster aus betrachtete sie sehnsüchtig das kunstvolle Strebewerk von Notre Dame, ihr beleuchteter Stein kalt wie Marmor. Es war mitten in der Nacht, doch sie war hellwach. Don Fernando nicht. Er schlief auf einer Seite des großen Betts, die Vorhänge zugezogen, um das Schlafzimmer gegen die Lichter und den Lärm der Stadt abzuschirmen.

Unter ihr, an der Westspitze der Île Saint-Louis, erhob sich jugendliches Gelächter, jemand spielte Gitarre, betrunkene Stimmen grölten ein Trinklied. Dann wieder Lachen, und plötzlich laute Stimmen, ein Handgemenge, jemand zertrümmerte eine Bierflasche.

Martha schaute nicht hinunter. Sie wollte nichts zu tun haben mit den hässlichen Dingen, die dort unten vielleicht vor sich gingen; sie hatte selbst genug Hässliches erlebt. Stattdessen ließ sie ihre Augen über die anmutigen Strebebögen der Kirche wandern, die wie Engelsharfen geschwungen waren. Sie war erschöpft, aber nicht schläfrig, ein normaler Zustand in ihrem Geschäft.

Wie so oft, wenn sie etwas Schönes betrachtete, dachte sie an ihre Zeit in Marrakesch, an all das Schöne, mit dem sich ihr Wohltäter, ihr Entführer und Lehrer, umgeben hatte. Er hatte ihr beigebracht, die Kunst zu schätzen, die Schönheit und Freude in sein Leben brachte. *»Für mich gibt es sonst nichts«*, hatte er einmal zu ihr gesagt. *»Ohne Kunst, ohne das Schöne, wäre die Welt ein scheußlicher Ort und das Leben etwas Grauenhaftes.«* An diese Worte hatte sie gedacht, als sie aus dem Gefängnis seiner Museumsvilla flüchtete. Auch später hatte sie oft daran gedacht, wenn sie wieder einmal jemanden getötet hatte, wenn sie ein Konzert oder eine Galerie besucht hatte oder in einem Flugzeug hoch über der Erde von einem Auftrag zum nächsten flog. Und auch heute Nacht, während Don Fernando nebenan schlief und sie der Schönheit und der Hässlichkeit der Welt ins Auge sah.

Sie schloss die Augen und Ohren gegenüber allem, außer dem Rauschen ihres Blutes. Sie hörte ihren Herzschlag, wie er vielleicht für einen Arzt klingen würde. Ihr Oberkörper schwankte leicht, während sie in einen meditativen Zustand sank. Sie war wieder in Marrakesch, mit Weihrauchduft, Silbergeschirr, bunten Fliesenböden. Ein junges Mädchen in einem goldenen Gefängnis.

Sie öffnete die Augen und stellte fest, dass sie die Handtasche im Schoß hielt wie einen Toypudel. Ohne hinzusehen, öffnete sie die Tasche, tastete nach etwas, das wie ein Streichholzbriefchen aussah. Sie nahm es heraus. *Moulin Rouge* stand auf einer Seite. Wo die Reibfläche sein sollte, befand sich ein schmaler Metallstreifen. Als sie einen Fingernagel daruntergrub und zog, entrollte sich eine dünne Nylonschnur von einem halben Meter Länge. Sie hatte diese Mordwaffe selbst angefertigt, nach dem Vorbild einer alten persischen Sekte, der Assassinen, die im Mittelalter politische Morde begangen hatten, um ihr Ziel, die Wiederherstellung eines Gottesstaates, zu erreichen.

Sie stand so abrupt auf, dass ihr die Handtasche aus dem Schoß glitt. Geräuschlos landete sie auf dem Teppich. Barfuß schritt sie durchs Wohnzimmer und zu der Tür, hinter der Don Fernando schlafend in seinem Bett lag.

Er hatte ihr das Gefühl gegeben, anders zu sein als alle Männer, die sie bisher gekannt hatte und die alle versucht hatten, sie zu manipulieren und als Werkzeug ihrer Macht zu benutzen.

Von dem Moment an, als sie in sein Flugzeug gestiegen war, hatte Don Fernando seinen Plan umgesetzt, sie von ihrem Auftrag abzubringen. Er hatte tief vergrabene Gefühle in ihr geweckt, indem er sie mit ihrer Vergangenheit konfrontierte, ihrem toten Vater und ihrer dementen Mutter. Er hatte sie in ihre alte Heimat gebracht, um sie umzustimmen und zu erreichen, was er wollte: am Leben bleiben. Und auf dem Rückflug hatte er den sanften Druck erhöht, bis sie sich in seinem Sinne entschied und ihre Mission aufgab.

Doch so leicht ließ sie sich nicht überlisten. Sie hatte ihre Emotionen viel besser im Griff, als er dachte. Es galt, einen Auftrag zu erledigen, das sah sie jetzt klar vor sich. Sie durchschaute den ganzen Mist, mit dem die Männer sie zu beeinflussen versuchten. Nun hatte sie endlich erkannt, wie sie den ganzen Wahnsinn ein für alle Mal beenden konnte.

Sie betrat Don Fernandos Schlafzimmer. Er lag auf dem Rücken, auf der Seite des Bettes, die ihr zugewandt war, in tiefe Schatten gehüllt. Sie ging zum Fenster und zog die Vorhänge zurück. Sein nobles Gesicht wurde vom sanften Lichtschein der Stadt erhellt. Sie ging zu ihm zurück, streckte die Hand aus und berührte seine Schulter. Er schnaubte kurz und drehte sich von ihr weg. Perfekt.

Sie hob die Nylonschnur und konzentrierte sich nur noch auf ihre Aufgabe. Als sich ihre Sicht zu einem Punkt verengte und sie nur noch das rhythmische Schlagen ihres Herzens hörte, schritt sie zur Tat – mit perfekter, tödlicher Effizienz.

DREIUNDZWANZIG

Kaum hatte Dr. Santiago den Schlauch entfernt und ihr einen Kopfverband angelegt, fühlte sich Soraya, als wäre sie aus dem grauen Land des Nahtodes in eine Welt voller Farbe und Hoffnung zurückgekehrt. Alles wirkte wieder klar und frisch. Ihr Blick war scharf, ihr Gehör fein. Die Dinge, die sie berührte, fühlten sich so neu und anders an.

Als sie das Dr. Santiago mitteilte, sah er sie mit einem breiten Lächeln an. »Willkommen zurück«, sagte er.

Zum ersten Mal seit ihrer Aufnahme im Krankenhaus war sie frei, keine Schläuche mehr, die sie mit dem Lebensnotwendigen versorgten, keine Maschinen, die ihre Körperfunktionen überwachten. Die ersten Schritte auf eigenen Beinen fühlten sich allerdings noch seltsam fremd und zittrig an.

»Das ist ja großartig!«, rief Delia.

Soraya umarmte ihre Freundin, hielt sie fest, ohne das Baby zwischen ihnen zu vergessen. Sie wollte sie gar nicht mehr loslassen. Mit Tränen in den Augen küsste sie Delia auf beide Wangen. Ihr Herz war übervoll.

Nur ein Gedanke überschattete ihre Rückkehr aus der Dunkelheit. »Deel, ich muss unbedingt zu Peter. Kannst du mir helfen?«

Ohne ein Wort zu sagen, holte Delia einen Rollstuhl und half Soraya hinein. Bei seinem letzten Besuch vor einigen Stunden hatte Hendricks ihr erzählt, dass Peter angeschossen worden war. *»Wir wissen noch nicht, wie schlimm es ist«*, hatte er gesagt, *»aber wir müssen auf alles gefasst sein. Die Kugel sitzt ganz in der Nähe der Wirbelsäule.« »Weiß er es?«*, hatte Soraya gefragt. Hendricks hatte genickt. *»Er hat im Moment kein Gefühl in den Beinen.«*

Bevor er ging, hatte Hendricks Delia zu sich gewinkt, und sie hatten zusammen Sorayas Zimmer verlassen. Während Delia sie nun durch die stillen Gänge des Krankenhauses schob, fragte Soraya: »Du bist beim letzten Mal zusammen mit Hendricks hinausgegangen. Worüber habt ihr gesprochen?«

Ein vielsagendes Zögern. »Raya, konzentrier dich auf Peter. Ich glaube, es ist jetzt nicht der Moment für …«

Soraya legte ihre Hände auf die Räder und stoppte den Rollstuhl. »Deel, komm vor, damit ich dich sehen kann.« Ihre Freundin trat nach vorne. »Sag mir die Wahrheit, Deel. Hat es etwas mit meinem Baby zu tun?«

»Nein!«, rief Delia aus. Sie ging vor Soraya in die Knie und nahm ihre Hände in ihre. »Nein, nein, nein, dem Baby geht's gut. Es ist …« Wieder dieses Zögern. »Raya, Charles ist tot.«

Soraya spürte den Schock der Enttäuschung, sonst nichts. »Was?«

»Ann hat ihn erschossen.«

Soraya schüttelte den Kopf. »Ich … ich verstehe nicht.«

»Es kam zu einem Streit. Charles ging auf sie los, und

sie hat sich verteidigt. Das ist allerdings nicht die offizielle Version. Die lautet, dass er bei einem Einbruch erschossen wurde.«

Soraya schwieg eine ganze Weile. Krankenschwestern eilten auf quietschenden Gummisohlen vorbei, Telefone klingelten leise, Ärzte wurden ausgerufen, manche dringend. Sonst war es still ringsum.

»Ich glaub's nicht«, hauchte Soraya.

Delia betrachtete das Gesicht ihrer Freundin. »Raya, alles okay? Der Minister hat es mir überlassen, ob ich's dir sage, aber ich weiß nicht, ob es der richtige Zeitpunkt war.«

»Es gibt keinen richtigen Zeitpunkt«, sagte Soraya. »Nur die Gegenwart.«

Sie schaute in ihr Inneres und fand kein anderes Gefühl für Charles Thorne als Enttäuschung darüber, dass ihre berufliche Beziehung zu Ende war. Er war für Treadstone der ideale Mann gewesen, mitten im Zentrum des Informationshighways. Doch wenn Charles recht hatte und es wirklich zu Ermittlungen kam, hätte er ihr ohnehin nicht mehr weiterhelfen können. Was sie am allermeisten empfand, war Erleichterung. Es war widerlich gewesen, ihn mit dem Baby zu belügen. Wenigstens war sie damit von dieser Sünde befreit.

»Raya, was denkst du gerade?«

Soraya nickte ihr zu. »Gehen wir zu Peter.«

Peter war erst vor einer Stunde aus dem OP gekommen und war wach. Er schien sich zu freuen, die beiden zu sehen.

»Hey, Peter«, sagte Soraya eine Spur zu fröhlich. Er sah aus wie ein Geist, mit Nadeln und Schläuchen, die von seinen weißen Armen wegführten. Sein Gesicht war schmerzverzerrt, auch wenn er es zu verbergen versuchte. Sein schiefes Lächeln traf sie tief.

»Du siehst gut aus«, sagte er.

»Du auch.« Sie stützte sich auf das Gitter seines Bettes.

»Ich muss los«, sagte Delia und umarmte Soraya noch einmal.

»Bis später«, flüsterte ihr Soraya ins Ohr.

»Du bist eine lausige Lügnerin«, meinte Peter, als Delia draußen war. »Wie immer.«

Soraya lachte und berührte sein Knie unter der weißen Bettdecke, um die Verbindung herzustellen, die ihr so wichtig war. »Ich bin froh, dass du noch da bist.«

Er nickte. »Ich würde jetzt gern sagen, ich werde wieder so gut wie neu sein, wenn ich hier rauskomme.«

Ihr Gesicht erstarrte zu Eis. »Was meinst du damit? Was haben die Ärzte gesagt?«

»Die Kugel hat die Wirbelsäule nicht getroffen.«

»Das ist doch wunderbar!«

»Leider nicht.«

»Wie meinst du das?«

»Sie ist zersplittert, die Fragmente stecken überall, auch in der Wirbelsäule.«

Soraya hatte plötzlich eine trockene Kehle, sie schluckte schwer und sah ihm in die Augen.

»Ich spüre meine Beine nicht mehr«, fügte Peter hinzu. »Sie sind gelähmt.«

»Oh, Peter.« Sorayas Herz begann schneller zu schlagen, und ihr Magen krampfte sich zusammen. »Sind sich die Ärzte sicher? Es ist doch noch so früh. Wer weiß, was nächste Woche sein wird, oder schon morgen?«

»Sie sind sich sicher.«

»Peter, du darfst nicht aufgeben.«

»Ich weiß nicht. Der Präsident hat es auf uns abgesehen, du sprichst vom Weggehen, und jetzt noch das.« Sein Lachen klang schwach und hohl. »Das gibt einem den Rest.«

»Wer hat gesagt, dass ich gehe?« Es war ihr entschlüpft, bevor sie überlegen konnte.

»Du, Soraya. Weißt du noch, als wir durch den Park gingen, da hast du …«

»Vergiss, was ich gesagt habe, Peter. Das war doch nur so dahergeredet. Ich geh nirgendwohin.« Zu ihrem Erstaunen wurde ihr klar, dass sie es ernst meinte. Nach Paris zu gehen klang toll, ein Traum – aber ihr Leben war Treadstone, hier bei Peter. Als sie jetzt in sein Gesicht sah, wusste sie, dass sie ihn in diesem Zustand nie verlassen würde, vielleicht auch dann nicht, wenn ihm das nicht zugestoßen wäre.

»Soraya.« Er lächelte.

Er wirkte etwas entspannter. Sie erkannte, wie schwer ihn der Gedanke, dass sie weggehen könnte, belastet hatte, und es tat ihr leid, überhaupt davon gesprochen zu haben.

»Setz dich.« Sein Gesicht hatte wieder etwas Farbe angenommen. »Ich hab dir eine Menge zu erzählen.«

In seinem Traum schlenderte Don Fernando den Meeresstrand entlang. Das Eigenartige war, dass er auf dem Wasser ging, nicht auf dem Sand, der zu dampfen und kochen schien. Er war barfuß, die Hose über die Waden hochgerollt. Seine Füße waren verschwommen, wie unter Wasser. Er ging immer weiter, doch die Landschaft veränderte sich nie, er schien nirgendwohin zu kommen.

Im nächsten Augenblick war er wach, und ein Schatten zog wie ein riesiger Vogel über ihn hinweg, so nah, dass er ihn riechen konnte. Er hatte Martha Christianas Duft. Einen Moment lang war sie über ihm und er wie gelähmt, wie zwischen zwei Traumwelten gefangen: In der einen ging er auf dem Wasser, in der anderen flog Martha mit ausgebreiteten Flügeln über ihn hinweg.

Dann war der Schatten weg und Martha ebenfalls, und er hörte Holz und Glas splittern, als würden die Glocken von Notre Dame läuten. Im nächsten Augenblick wehte ein kalter Wind vom Fluss her ins Zimmer.

Er drehte sich um, immer noch im Halbschlaf, und sah die zersplitterte Fensterscheibe und die Vorhänge, die sich im Wind bauschten. Erst als er Schreie von draußen hörte, stand er auf, neugierig zuerst, doch mit wachsendem Entsetzen, als er an das zertrümmerte Fenster trat.

»Martha!«, rief er über die Schulter zurück. Und noch einmal, lauter: »Martha!«

Keine Antwort. Natürlich nicht. Er streckte den Kopf aus dem Fenster, die Glasscherben ignorierend, die sich in seine Handflächen bohrten. Er blickte hinunter und sah sie mit verrenkten Gliedern auf dem Pflaster der schmalen Straße liegen. Die Glasscherben um sie herum glitzerten wie Diamanten. Unter ihr strömte Blut hervor, während die Leute aus allen Richtungen herbeieilten. Das Schreien hörte nicht auf, auch nicht, als sich das unverkennbare Geheul von Polizeisirenen näherte.

»Liebe Frau Senator«, sagte Li Wan, »lassen Sie mich Ihnen mein tiefstes Beileid aussprechen.«

Ann Ring lächelte schwach. Innerlich war sie erfreut, dass Li von sich aus gekommen war. »Danke«, murmelte sie. *Wie dumm Worte sind*, dachte sie. *Wie unpassend und verlogen.* Die Heuchelei um einen Verstorbenen war ihr besonders zuwider. Die Toten sind fort, lasst sie in Frieden gehen.

Li Wan trug einen schwarzen Anzug, als wäre er in Trauer, nicht sie. Dann erst erinnerte sie sich, dass in China Weiß die Farbe der Trauer war. Immerhin trägt er ein weißes Hemd, dachte sie, so makellos gestärkt, dass man das Gefühl hatte, die Kragenspitzen könnten ihn verletzen.

Ann saß in ihrem St.-John-Kostüm im Familienraum des Vineyard Funeral Home in der Fourteenth Street NW. Selbst in der Trauer wirkte sie sinnlich und attraktiv. Sie war von ihrem üblichen Gefolge sowie ein paar Freunden umgeben. Die offizielle Totenfeier, zu der Hunderte von Kollegen, politischen Verbündeten und Gegnern erscheinen würden, fand zum Glück erst am nächsten Tag statt. Im Moment war es noch sehr still. In der Luft lag der Duft der großen Kränze und Blumensträuße, die entlang der Wände aufgereiht waren und große Vasen auf den Tischen und sogar einigen Stühlen füllten.

»Wir hatten eine gemeinsame Geschichte«, sagte Li Wan mit leiser, monotoner Stimme, »und das zählt sehr viel.«

»Da haben wir etwas gemeinsam, Mr. Li«, bemerkte sie.

Er beugte den Kopf ein wenig und reichte ihr mit

einem angedeuteten Lächeln ein Päckchen. »Bitte, nehmen Sie dieses bescheidene Zeichen meiner Trauer an.«

»Das ist sehr freundlich von Ihnen.« Sie nahm das Paket, legte es auf ihren Schoß und betrachtete Lis Gesicht. Sie wartete und ging davon aus, dass ihm das bewusst war.

»Darf ich mich kurz zu Ihnen setzen?«, fragte er schließlich.

Sie deutete auf den Platz neben ihr. »Bitte.«

Er setzte sich mit einer weiblich anmutenden Geziertheit hin, die sie abstoßend fand.

»Kann ich irgendetwas für Sie tun?«

»Danke, nein.« *Merkwürdig*, dachte sie. *Er benimmt sich wie ein hundertprozentiger Chinese, nicht wie jemand, der in Amerika geboren wurde.* Die spezielle Bedeutung dieses Mannes und der nötige Kontakt zu ihm, den ihr Chris Hendricks vorgegeben hatte, ließ sie einen Schritt weitergehen. »Und bitte nennen Sie mich Ann.«

»Sie sind zu gütig«, sagte Li und beugte erneut den Kopf.

Was sagt mir sein Verhalten?, fragte sie sich.

Li betrachtete die Blumen auf dem Tisch gegenüber. »Ich habe viele Erinnerungen an Ihren Mann.« Er hielt einen Augenblick inne, als wäre er unschlüssig, ob er weitersprechen solle. »Erinnerungen, die wir zu gegebener Zeit teilen könnten.«

Jetzt kommen wir zur Sache, dachte sie. Es war jedoch völlig unklar, ob er sich auf einer offiziellen Mission befand. Ihr Herz machte einen Sprung bei dem Gedanken, dass es um etwas Persönliches zwischen Li und Charles gehen könnte, das ihre Beziehung grundlegend geändert hatte, oder vielleicht Lis eigene Ziele im Gegensatz zu denen seiner Regierung.

»Wissen Sie, Mr. Li, ich habe meine eigenen Erinnerungen an meinen Mann. Es wäre schön, auch andere zu hören.«

Lis dünne Schultern zuckten ganz leicht. »In diesem Fall würde ich Sie sehr gern zum Tee einladen, natürlich erst, wenn Sie sich dazu in der Lage fühlen.«

»Das ist sehr freundlich und rücksichtsvoll von Ihnen, Mr. Li.« Sie musste extrem vorsichtig vorgehen. »Ich habe so viele Sitzungen nachzuholen, die ich absagen musste. Sie verstehen.«

»Natürlich, das verstehe ich sehr gut.«

Sie machte ein wehmütiges Gesicht. »Andererseits wäre es sicher eine Wohltat, einmal über etwas ganz anderes sprechen zu können als über all die Themen in den Senatsausschüssen.« Sie strich mit den Fingern über Lis Geschenk. »Vielleicht heute Abend. Ich hätte ein wenig Zeit für ein Abendessen.«

Li Wan sah sie hoffnungsvoll an. »Sehr gern, wenn Sie es einrichten können.«

»Ja«, sagte sie, »das wäre nett.«

»Ich hole Sie gern hier ab, wenn Sie möchten.« Mr. Lis Lächeln war wie eine Mondsichel. »Sie müssen mir nur sagen, wann.«

Sam Anderson ließ das ganze Treadstone-Gebäude nach Richards absuchen. Als nach fünfzehn Minuten feststand, dass er verschwunden war, verständigte er Polizei und FBI, um nach ihm fahnden zu lassen.

Danach schloss er sich dem IT-Team an, das fieberhaft versuchte, den Virus zu finden, der die Treadstone-

Server lahmlegte. Einen Mann, Timothy Nevers, hatte er beauftragt, nach dem Keylogger zu sehen, den er auf Richards' Computer installiert hatte.

Peter hatte den richtigen Mann zu seiner rechten Hand auserkoren. Anderson war weder ehrgeizig noch selbstzufrieden. Er konzentrierte sich ganz auf seine Arbeit und erledigte sie besser als jeder andere bei Treadstone. Im Gegensatz zu vielen Kollegen im Geheimdienstwesen konnte er hervorragend mit Menschen umgehen und eignete sich auch dadurch bestens für eine verantwortungsvolle Position. Die Leute, die für ihn arbeiteten, taten das aus Überzeugung. Sie vertrauten ihm und trauten ihm zu, jedes Problem zu lösen.

Und der Virus war ein riesengroßes Problem. Mit jeder Minute, in der das IT-Team vergeblich versuchte, seinen Algorithmus zu entdecken, drang der Virus weiter vor und räumte eine Barriere nach der anderen aus dem Weg. Die Treadstone-Server waren bereits löchrig wie Schweizer Käse und kaum noch zu gebrauchen.

»Bleibt dran, Leute«, feuerte Anderson sie an und wandte sich Tim Nevers zu. »Dann erklären Sie mir mal das Unerklärliche.«

»Das sagen Sie ganz richtig«, antwortete Nevers. »Dieser Richards ist ein verdammtes Genie. Ich bin noch mit dem Trojaner beschäftigt, den er übrigens eindeutig selbst in das System eingeschleust hat.«

»Und der Virus?«

Nevers kratzte sich am Kopf. Er war Anfang dreißig und rasierte sich bereits den Kopf, weil er ohnehin kahl wurde. »Na ja, das ist ein richtiger Velociraptor unter den Viren, so viel steht schon mal fest.«

»Das hilft mir nicht weiter«, seufzte Anderson. »Sie müssen mir etwas liefern, das ich an die anderen IT-Jungs weitergeben kann.«

»Ich tu, was ich kann«, versicherte Nevers und ließ seine Finger über die Tasten fliegen.

»Dann tun Sie noch ein bisschen mehr.«

Das hatte Andersons Vater immer zu ihm gesagt, nicht streng oder vorwurfsvoll, sondern in einem Ton, der in ihm den Wunsch weckte, es wirklich noch besser zu machen, und das nicht nur, um seinen Vater zufriedenzustellen, obwohl auch das ein starker Anreiz war. Wenn er sich noch ein bisschen mehr anstrengte, hatte er meistens Erfolg – und lernte dabei auch noch einiges über sich selbst. Andersons Vater war beim Militärnachrichtendienst tätig gewesen und später in der Central Intelligence gelandet. Er hatte einige ihrer Methoden zur Informationsbeschaffung grundlegend geändert und bezahlte seinen Einsatz am Ende damit, dass er wegen Herzproblemen aus dem Dienst ausscheiden musste. Er hasste es, untätig zu Hause zu sitzen, und starb sechzehn Monate später. Anderson wusste, woran sein Vater letztlich gestorben war: Zu Hause konnte er nicht »noch ein bisschen mehr tun«. Er fühlte sich nutzlos, und als er eines Abends zu Bett ging, wachte er nicht mehr auf.

»Ich hab was!«, rief Nevers. »Ich hab den Viren-Algorithmus gefunden. Ein kleines Wunderding.«

»Mich interessiert nur eins: Kann man ihn aufhalten?«

»Nicht so, wie man einen herkömmlichen Virus eliminieren würde«, meinte Nevers. »Man muss ihn von innen heraus anpacken und sozusagen im Algorithmus einen Schalter umlegen.«

Anderson rückte seinen Stuhl nach vorne, um besser sehen zu können. »Dann tun Sie's.«

»Nicht so schnell«, mahnte Nevers. »In den Virus sind Fallen eingebaut, Sicherheitsmechanismen und Sackgassen.«

Anderson stöhnte frustriert. »Ein Schritt vor, zwei zurück.«

»Immer noch besser, als ganz im Dunkeln zu tappen.« Nevers drückte die Enter-Taste. »Ich habe gerade alles, was ich gefunden habe, ans Team geschickt.« Er wandte sich lächelnd an seinen Boss. »Mal sehen, ob die Jungs noch ein bisschen mehr tun können.«

Anderson stieß einen grunzenden Laut aus.

»Richards hat den Keylogger entdeckt, bevor er den Virus aktiviert hat. Das ist der Kern des Problems. Die Software hat nur einen Teil des Codes aufgezeichnet, nicht den ganzen. Wir können ihn erst aufhalten, wenn wir den vollständigen Code haben.«

»Haben Sie nicht genug Informationen, um eine fundierte Annahme zu treffen und in den Algorithmus einzugreifen?«

»Das könnte ich«, räumte Nevers ein, »aber ich tu's nicht.« Er wandte sich Anderson zu. »Sehen Sie, dieser Virus ist mit so vielen kleinen Sprengfallen versehen – wenn ich eine davon auslöse, mache ich alles noch viel schlimmer.«

»Schlimmer?«, fragte Anderson ungläubig. »Was könnte schlimmer sein als der Verlust der Daten?«

»Eine Überlastung der Mainboards – dann wären die Server nur noch ein Haufen Silizium, seltene Erden und Schaltkreise. Unsere verschlüsselten Kommunikationskanäle wären für weiß Gott wie lange außer Gefecht.«

Dann lächelte er. »Einen Lichtblick gibt es aber ...« Er zog einen winzigen rechteckigen Gegenstand unter dem Schreibtisch hervor. »Richards hat das Bluetooth-Gerät nicht gefunden. Falls er irgendwas von außen runtergeladen hat, haben wir's aufgezeichnet und können es sogar zum Ursprung zurückverfolgen.«

Als Nicodemo Don Fernando Herrera sah, erstarrte er zur Statue. Herrera war tot – jedenfalls laut Martha Christiana. Sie hatte also gelogen und war nun selbst tot, lag in einer Blutlache auf einer Straße der Île Saint-Louis. Es war unmöglich zu sagen, ob sie selbst aus dem Fenster im vierten Stock gesprungen war oder ob sie jemand gestoßen hatte. Fest stand jedoch, dass Herrera danebenstand und mit den Polizisten sprach, während Fotos geschossen und Spuren am Tatort gesichert wurden.

Nicodemo reckte den Hals und sah durch das zertrümmerte Fenster die Polizisten in der Wohnung, die Herrera gehören musste. Auch hier flammten Blitzlichter auf und wurden Fingerabdrücke genommen. Nicodemo hatte keine Ahnung, was sie zu finden hofften, und es interessierte ihn auch nicht. Seine Aufmerksamkeit wandte sich von Martha Christiana, der Frau, die er abholen und zum Flugzeug hätte bringen sollen, dem Mann zu, der eigentlich tot sein sollte: Herrera. Für Martha Christiana konnte er nichts mehr tun, aber um Herrera musste er sich auf jeden Fall kümmern.

Er zog sich hinter die Straßenecke zurück und rief Maceo Encarnación an.

»Ich stehe hier an der Ecke vor Don Fernando Herreras Wohnung«, sagte er, als Encarnación sich meldete. »Ich weiß nicht, wie ich es dir sagen soll, aber Martha Christiana ist tot.«

Als Reaktion kam eine Tirade von Flüchen, und Nicodemo nahm das Handy vom Ohr.

»Ich weiß nicht, ob sie gesprungen ist oder gestoßen wurde«, fuhr er fort, nachdem Maceo Encarnación den ersten Schock und Zorn überwunden hatte. »Es tut mir wirklich leid, aber es gibt andere Dinge, um die wir uns kümmern müssen. Martha Christiana hat gelogen: Herrera ist nicht tot ... Ich weiß, ich bin zu ... aber er steht hier in voller Lebensgröße ... Natürlich bin ich mir sicher, dass er es ist.«

Nicodemo hörte einige Sekunden zu, was Maceo Encarnación ihm zu sagen hatte. »Willst du wirklich, dass ich das tue?«, fragte er schließlich.

Es kam eine harsche Antwort, während Nicodemo bereits überlegte, wie er den Auftrag anpacken würde, den Encarnación ihm gegeben hatte.

»Es muss sein«, schloss Maceo Encarnación seine Instruktionen. »Du hast vierundzwanzig Stunden. Wenn du bis dahin nicht zurück bist, fliege ich ohne dich. Alles klar?«

»Absolut«, antwortete Nicodemo. »Ich bin sicher rechtzeitig da. Verlass dich drauf.«

Er trennte die Verbindung, steckte das Handy ein und ging zurück zum Tatort. Martha Christiana war in den Krankenwagen verfrachtet worden, während Herrera immer noch mit den Kripobeamten sprach. Er redete, sie nickten. Einer machte sich Notizen, so schnell er konnte.

Nicodemo zog eine Zigarette hervor, zündete sie an und rauchte gelangweilt, während er das Geschehen beobachtete. Als die Kripoleute endlich mit Herrera fertig waren, gaben sie ihm ihre Karten, und Herrera ging zum Haus zurück. Nicodemo beobachtete, wie er auf der Eingabetafel bei der riesigen Holztür einen vierstelligen Code eintippte.

Er wartete, bis die Ermittler weg waren und sich die Menge der Schaulustigen aufzulösen begann, ehe er sich der Haustür zuwandte. Die Eingabetafel enthielt zehn erhabene Tasten von eins bis null. Er zog ein kleines Fläschchen hervor und blies ein feines weißes Pulver auf die Tasten. Das Pulver blieb an den Fettspuren haften, die Herreras Finger hinterlassen hatten, und hob vier weiße Tasten hervor. Bei der dritten Kombination, die er eintippte, öffnete sich das Türschloss, und er trat ein.

Einen Moment lang stand er in dem gepflasterten Innenhof, in dem in vergangenen Jahrhunderten Pferdekutschen mit ihren Passagieren angekommen waren und livrierte Diener den feinen Herrschaften aus der Kutsche geholfen hatten. Heute hatte das Haus viele Bewohner, doch ein Hauch von Geschichte war immer noch zu spüren.

Zwei Frauen, eine jung, die andere älter, standen im Hof und unterhielten sich über die Tragödie. Die Ältere rauchte eine Zigarette. Nicodemo zog ebenfalls eine Zigarette hervor, trat zu den beiden Frauen und bat um Feuer.

»Schrecklich so was«, sagte die Jüngere schaudernd. »Wer kann da noch ruhig schlafen?«

»Und die vielen Leute, die nichts Besseres zu tun haben, als zu gaffen«, warf die Ältere kopfschüttelnd ein.

Nicodemo nickte beifällig. »Warum stürzt sich jemand einfach so aus dem Fenster?«, fragte er sich laut.

»Wer weiß das schon?« Die ältere Frau zuckte mit ihren fleischigen Schultern. »Die Leute sind verrückt, meine Meinung.« Sie nahm einen Zug von ihrer Zigarette. »Haben Sie die arme Frau gekannt?«

»Das ist lange her«, sagte Nicodemo. »Wir waren Jugendfreunde.«

»Sie muss sehr unglücklich gewesen sein«, meinte die ältere Frau mitfühlend.

Nicodemo nickte. »Ich dachte, ich könnte ihr helfen, aber ich bin zu spät gekommen.«

»Möchten Sie raufgehen?«, fragte die junge Frau, einem plötzlichen Einfall folgend.

»Ich will Señor Herrera nicht stören.«

»Oh, ich bin sicher, es wird ihm guttun, mit einem mitfühlenden Menschen zu sprechen.« Sie zog ihre Schlüssel hervor, ging zur Tür und öffnete sie.

Nicodemo bedankte sich und trat in das breite Treppenhaus. Die Stille im Haus war fast unheimlich, als würden alle vor Schreck den Atem anhalten. Niemand war auf der Treppe, die Wohnungstüren waren alle geschlossen, wie um sich gegen eine ansteckende Krankheit zu schützen.

Don Fernandos Stockwerk war ebenfalls verlassen und leer. Lautlos ging er über den Flur zur Wohnung. Er lauschte, hörte aber nichts.

Dann legte er das Ohr an die Tür.

In der Wohnung nahm Don Fernando noch den abgestandenen Geruch der Kleider der Polizisten und Kripobeamten wahr. Es kam ihm vor, als wäre jemand bei ihm eingebrochen. Er wollte nichts anderes riechen als Martha Christianas charakteristischen Duft, umso mehr störte ihn dieses Eindringen in seine Privatsphäre. Stocksteif stand er da und versuchte, seine Gedanken von seinen Gefühlen zu trennen.

Er war verantwortlich für Martha Christianas Tod, daran bestand für ihn kein Zweifel. Er hatte sie manipuliert und letztlich in ein Dilemma gebracht, aus dem sie keinen Ausweg fand. Dass er extrem behutsam vorgegangen war, hatte am Ende keinen Unterschied gemacht. Letztlich hatte sie sich weder für ihn noch für Maceo Encarnación entscheiden können. Und so entzog sie sich ihrer Zwangslage auf ihre Weise. Vielleicht war das von Anfang an ihr Schicksal gewesen, als sie aus ihrem lieblosen Zuhause geflüchtet war. Auf ihrer langen Reise gelang es ihr nie, ihre Fesseln abzustreifen, bis sich ihr Schicksal nun in dieser Wohnung auf der Île Saint-Louis erfüllte.

Vielleicht wäre es auch ohne sein Eingreifen so gekommen, doch das konnte er sich nicht einreden. Er ging langsam im Kreis und spürte ihren Verlust wie einen Schatten über diesen vertrauten Räumen, als gäbe es plötzlich ein zusätzliches Zimmer, das ihm nie aufgefallen war und das etwas enthielt, das ihm Angst machte.

Er vergewisserte sich noch einmal, dass er allein war, obwohl ihm sein Verstand sagte, dass niemand außer ihm hier sein konnte. Dann tappte er leise ins Badezimmer, ging in die Knie und zog Martha Christianas Handtasche aus dem schmalen Spalt zwischen der Klauenfußbadewanne und dem Fliesenboden, wo er sie versteckt hatte, bevor die Polizei gekommen war.

Er klappte den Toilettendeckel herunter, setzte sich darauf und stellte die Handtasche auf seine Oberschenkel. Einige Minuten saß er so da, erkundete mit den Fingern das weiche Leder, die Nasenflügel gebläht, um ihren Duft einzusaugen, der aus der Tasche aufstieg und ihm Tränen in die Augen trieb.

Er hatte zwar aus Selbsterhaltungstrieb gehandelt, doch er hatte Martha ehrlich gemocht. Sie hatte ihm außerdem leidgetan mit ihrem Dilemma, in dem sie steckte. Aber was hatte er letztlich erreicht, außer dass er sie in den Tod getrieben hatte?

Er seufzte und hob abrupt den Kopf. Ihm war, als hätte er ein Geräusch gehört, und er lauschte, wie um die leisen Schritte ihrer nackten Füße zu hören, so als würde sie noch leben und als wären die letzten Stunden nur ein böser Albtraum gewesen, aus dem er soeben erwacht war. Dann blickte er hinunter und wusste mit absoluter Klarheit, dass die Handtasche in seinen Händen alles war, was von ihr noch übrig war.

Langsam öffnete er sie und blickte mit einem seltsam beklemmenden Gefühl hinein. Er fand die üblichen Accessoires einer Frau: Lippenstift, Puderdose, Eyeliner, eine kleine Packung Taschentücher, ihre Brieftasche, erstaunlich dünn, als hätte sich der Inhalt genauso rasch verflüchtigt wie ihr Leben. Er öffnete sie kurz und fischte ihr Handy heraus.

Es war gesperrt, doch er kannte viele Dinge, die sie gemocht hatte, und probierte es mit einigen, bis er das richtige Wort erwischte. Das Handy öffnete sich für ihn, wie es das so oft für sie getan hatte. Dass diese Tür für ihn aufging, bewegte ihn zutiefst. Es war, als würde sie ihm Zugang zu ihrem Inneren gewähren.

»*Mea culpa,* Martha«, sagte er. »Ich wünschte, du wärst hier.«

Draußen vor der Tür hörte Nicodemo diese Worte, als sie durch die Wohnung schwebten, und er drückte sein Ohr noch fester an die Tür. So fest, dass das alte Holz knarrte.

Er erstarrte und hielt den Atem an.

Don Fernando hob abrupt den Kopf, wie ein Hund, der Witterung aufgenommen hatte, und sein Körper begann zu zittern. Das Knarren an der Tür hatte wie ein Pfeil die Wohnung durchdrungen und sich wie eine Vorahnung des Todes in sein Herz gebohrt.

Er stellte Marthas Handtasche beiseite, stand auf und schritt durch das Badezimmer und das Schlafzimmer in den Wohnbereich hinüber. Dort stand er einige Augenblicke reglos und starrte die Wohnungstür an, die er abgeschlossen hatte, nachdem der letzte Kripobeamte gegangen war. Er betrachtete die Tür, als könnte sie ihm verraten, wer sich auf der anderen Seite befand.

Schließlich trat er lautlos zur Tür und hielt das Ohr an das alte Holz. Er hörte ein Atmen, aber ob es das Haus war oder jemand, der draußen stand, wusste er nicht. Ihn beschlich jedenfalls ein vages Gefühl der Bedrohung. Er hatte keine Pistole in der Wohnung, was ein Glück war, denn die Polizei hätte sie konfisziert, und es wäre der Verdacht aufgekommen, dass Martha Christianas Tod vielleicht kein Selbstmord war. Jetzt bedauerte er allerdings, nicht irgendwo an einem sicheren Platz eine Waffe versteckt zu haben. Er fühlte sich nicht mehr sicher hier.

Nach einem weiteren vergeblichen Versuch, an der Tür zu lauschen, ging er zurück ins Badezimmer und wandte sich wieder der melancholischen Beschäftigung mit Marthas Handtasche zu.

Zuerst checkte er die Anrufliste ihres Handys. Den letzten Anruf hatte sie eine knappe Stunde vor ihrem Tod erhalten. Das konnte etwas zu bedeuten haben, zumal der Anruf von einer Nummer in Marthas Telefonbuch stammte. Der Name war auf die Initialen reduziert, doch es bestand kein Zweifel, wofür »ME« stand: Maceo Encarnación.

Was hatte Encarnación zu ihr gesagt, das sie in den Tod getrieben hatte? Für Herrera bestand kein Zweifel mehr, dass sie sich in einer ausweglosen Situation zwischen ihm und Encarnación gefühlt hatte.

Er checkte die Nachrichten und SMS, fand aber nichts Interessantes. Martha Christiana war zu vorsichtig gewesen. Während er sich durch ihr Telefonbuch scrollte, summte sein eigenes Handy. Er ging ran: Es war Christien.

»Bist du immer noch tot?«, fragte Christien lachend.

»Leider nein.« Don Fernando holte tief Luft. »Aber Martha Christiana ist tot.«

»Was ist passiert?«

Don Fernando erzählte es ihm.

»Wenigstens ist sie keine Bedrohung mehr für dich. Ich kümmere mich darum, in den Medien die Nachricht von deinem Tod zu korrigieren.« Christien stockte einige Augenblicke. »Weißt du, wo Bourne ist?«

»Ich dachte, du behältst ihn im Auge?«

»Das kann niemand, Don Fernando. Das weißt du besser als sonst jemand.«

Don Fernando brummte zustimmend. Ohne zu überlegen, steckte er Marthas Handy zurück in die Handtasche. Seine Finger fanden die Puderdose, glatt und warm, wie vom Kontakt mit Marthas Haut. Es war tröstlich, mit dem Daumen über die lackierte Oberfläche zu streichen.

»Unsere Feinde sind unterwegs«, berichtete Christien. »Maceo Encarnación und Harry Rowland haben Mexico City verlassen. Sie sind vor einer Stunde in Paris gelandet. Ich dachte, ich warne dich lieber.«

»Sie haben etwas vor.«

»Ja, aber ich hoffe, es ist nicht das, was wir befürchten.«

Don Fernando fuhr sich mit der Hand übers Gesicht. »Es gibt nur einen Weg, es rauszufinden.«

»Ich mach mir Sorgen um dich, jetzt wo Encarnación in Paris ist.«

»Er wird sich hier in Paris sicher nicht aus der Deckung wagen. Ich habe zu viele Augen und Ohren hier. Rowland ist allerdings ein anderes Kapitel.«

»Jason und diese Frau vom Mossad, Rebekka, sind Rowland gefolgt.«

Don Fernando blickte auf seine nackten Füße auf den Badezimmerfliesen. Martha hatte einmal gemeint, dass ihr seine Füße gefielen. »Dann ist er ihnen wohl entwischt.«

»Ich will mir lieber nicht vorstellen, dass Jason scheitert.«

»Ich auch nicht.« Don Fernandos Herz wurde noch schwerer, als er Marthas Puderdose betrachtete. »Hör zu, Christien, es muss irgendwas geben, wie wir Jason helfen können.«

»Es ist zu schnell gegangen. Wir haben die Dinge nicht mehr unter Kontrolle«, erwiderte Christien. »Wir müssen einfach daran glauben, dass Jason es schafft.«

»Wenn's einer schafft …« *Vaya con Dios, hombre*, dachte Don Fernando, als er die Verbindung trennte.

Er fühlte sich so müde. Er stand auf und trottete mit der Puderdose in der Hand ins Schlafzimmer. Die Stadt war inzwischen erwacht und vibrierte vom Brummen des morgendlichen Verkehrs. Die Leute stellten sich beim Bäcker an, um ihre Baguettes und Croissants für das Frühstück zu kaufen, die ersten Radfahrer überquerten die Brücken, um zur Arbeit zu fahren.

Er legte sich aufs Bett, doch dadurch fiel sein Blick wieder auf das Fenster, das Martha auf ihrem Weg aus dem Leben zertrümmert hatte. Er rollte sich auf die Seite, setzte sich auf und blickte wieder auf die Puderdose hinunter. Seltsam, dass Martha eine Puderdose mit sich getragen hatte, obwohl er nie Puder auf ihren Wangen gesehen hatte. Einen Lippenstift hatte sie benutzt, vielleicht noch Wimperntusche – mehr war bei ihrer natürlichen Schönheit nicht nötig. Und dennoch …

Er drehte die Dose in der Hand hin und her. Dann ließ er sie, einem plötzlichen Impuls folgend, aufschnappen. Die Quaste war da, aber als er sie aufhob, war kein Puder darunter, nur ein kleiner goldener Ring. Er hob den Ring, der Boden löste sich, und darunter kam eine 8-Gigabyte-SD-Karte zum Vorschein.

In diesem Augenblick erstarrte er, legte den Kopf auf die Seite und lauschte. Kein Zweifel, da war jemand an der Tür. Leise stand er auf, ging in die Küche und griff sich ein großes Tranchiermesser.

Er durchquerte das Wohnzimmer, blieb vor der Wohnungstür stehen und lauschte. Da war es wieder, das Geräusch, wie das Kratzen von Schuhsohlen auf dem Flur. Er trat näher heran, griff nach dem Riegel und drehte ihn vorsichtig herum.

Er hielt das Messer bereit, um sofort zustechen zu können, als er die Hand an den Türknopf legte. Mit einer kurzen, schnellen Bewegung riss er die Tür auf.

VIERUNDZWANZIG

Dick Richards wartete, um in Tom Bricks luxuriöses Büro in der Zentrale von Core Energy in der Sixteenth Street eingelassen zu werden. Er fühlte sich, als wäre er nicht nur von Treadstone geflüchtet, sondern aus dem Leben selbst. Wie lange saß er schon hier und sah den Leuten zu, die in der Chefetage aus und ein gingen?

Wieder einmal stand er auf und trat zu der jungen Frau am Empfangstisch, um sich in Erinnerung zu rufen. Wie viele junge Leute trug sie ihren drahtlosen Ohrhörer wie ein Schmuckstück. Sie lächelte ihn mit ihren vollen Lippen an.

»Mr. Richards …« – es wunderte ihn, dass sie sich an seinen Namen erinnerte – »… Mr. Lang würde gern mit Ihnen sprechen.«

Stephen Lang war Vizepräsident des operativen Geschäfts. Richards fragte sich, warum ihn der Mann sprechen wollte. »Ich will zu Tom Brick.«

Die Empfangsdame lächelte und griff sich an ihren Ohrhörer. »Er ist im Moment nicht im Büro.«

»Wissen Sie, wo er ist?«

»Ich glaube, genau darüber möchte Mr. Lang mit Ihnen sprechen«, antwortete sie mit ihrem unerschütterlichen Lächeln und streckte ihren wohlgeformten Arm aus. »Wissen Sie, wo Sie hinmüssen?«

»Ja«, nickte Richards.

Er trat durch die durchsichtige Tür, wandte sich nach rechts und am Ende des Ganges noch einmal nach rechts. Vor ihm lag Langs geräumiges Eckbüro. Er war schon einige Male hier gewesen, wenn Brick ihm die Umsetzung des einen oder anderen Projekts erklärte.

Stephen Lang war ein ehemaliger Athlet, der nun Fett ansetzte. Er hatte immer noch die Statur und die Muskulatur eines Footballspielers, aber sein Gesicht war breiter und sein Bauch größer geworden. Als Richards sein Büro betrat, stand er von seinem Schreibtisch auf, hielt ihm lächelnd die Hand hin und drückte die seine mit kurzem, mörderischem Griff. Mit einem Kopfnicken deutete er auf einen der Polsterstühle vor dem postmodernen Rauchglasschreibtisch.

»Ich habe gehört, die Treadstone-Computer sind völlig lahmgelegt.« Er setzte sich auf die Schreibtischkante und nickte. »Gute Arbeit, Richards.«

»Danke. Aber ich bin dort fertig. Ich kann nicht mehr zurück.«

»Keine Sorge. Sie haben uns geholfen, unser Ziel bei Treadstone zu erreichen. Zeit, einen Schritt weiterzugehen.« Lang klatschte in die Hände. »Hören Sie, Tom möchte Ihnen persönlich gratulieren. Er musste aber dringend weg, deshalb hat er ein Auto mit Chauffeur geschickt, um Sie zu ihm zu bringen.«

»Ist er in dem sicheren Haus?«

»Tja, das sichere Haus ist leider nicht mehr sicher.« Lang klatschte erneut in die Hände. »Wie gesagt, es ist

Zeit für den nächsten Schritt.« Er stand auf und deutete damit an, dass das Gespräch beendet war. »Gute Fahrt, Richards«, sagte er und hielt ihm die Hand hin. »Sie sind für uns unverzichtbar geworden, deshalb können Sie mit einer deutlichen Gehaltssteigerung rechnen.« Er winkte mit der Hand. »Das wird Ihnen Tom alles genauer erklären.«

Richards verließ das Büro mit geröteten Wangen. Er spürte seine Füße kaum noch auf dem Teppich. Endlich erhielt er die Anerkennung, die er verdiente. Eine pummelige Blondine grüßte ihn mit einem Lächeln, als sie zusammen im Aufzug hinunter in die Lobby fuhren. Er war so erstaunt, als sie etwas zu ihm sagte, dass er kaum ein Wort verstand. Sie kam ihm irgendwie bekannt vor, doch er brachte nur ein dümmliches Grinsen zustande. Er sah ihr nach, wie sie durch die Lobby schritt. *Mir werden noch mehr Frauen zulächeln*, dachte er, *schöne Frauen*. Solche, die sich, wie er wusste, von Geld und Macht angezogen fühlten.

So wie Lang gesagt hatte, wartete draußen ein schwarzer Lincoln Navigator auf ihn. Es war ein düsterer Spätnachmittag, der Wind wehte ihm den Nieselregen entgegen. Richards eilte zum Wagen hinüber, wo ihn ein bekanntes Gesicht erwartete. Bogs hielt ihm lächelnd die Beifahrertür auf. Dann setzte er sich ans Lenkrad, fuhr los und schlängelte sich in rasantem Tempo durch die verstopften Straßen der Stadt.

Richards lehnte sich zurück und genoss die ersten Momente seines neuen Lebens. Er hatte die richtige Entscheidung getroffen. Der Dienst in den Regierungsbehörden war etwas für Idioten, die sich mit extremen Arbeitszeiten und mageren Gehältern zufriedengaben, um am Ende unbedankt und ausgelaugt von der nervtötenden Bürokratie im Ruhestand zu versauern.

Sie überquerten die Woodrow Wilson Memorial Bridge nach Virginia und fuhren weiter Richtung Norden. Zehn Minuten später bogen sie in den Founders Park in Alexandria ein, der direkt am Potomac lag. Der Fahrer stieg aus, öffnete Richards die Tür und führte ihn auf eine abgelegene Anlegestelle am Fluss. Am anderen Ende stand ein hölzerner Pavillon, unter dem er Tom Brick sah, der sich mit einer Gestalt im Schatten unterhielt.

Brick drehte sich um, als Richards und der Fahrer den Pavillon erreichten. »Ah, da sind Sie ja, Richards. Das freut mich.« Er deutete auf die Gestalt neben ihm: Es war die pummelige Blondine, die mit ihm im Aufzug gefahren war.

Richards blieb nur ein kurzer Moment der Überraschung, als er plötzlich einen grellen Schmerz in der Seite spürte. Er wollte schreien, doch die fleischige Hand des Fahrers schloss sich um seinen Mund. Er blutete, und seine Knie gaben unter ihm nach. Der Fahrer hielt ihn halb aufrecht.

Er starrte Tom Brick an, der ihn ebenso wie die Blondine ohne erkennbare Emotion betrachtete.

»Was?«, stammelte er. »Warum?«

Tom Brick seufzte. »Allein dass Sie das fragen, zeigt mir, dass Sie mir nicht länger nützlich sind.« Er trat vor Richards hin, packte ihn am Kinn und hob sein Gesicht, um ihm in die Augen zu sehen. »Sie Idiot, was haben Sie sich bloß dabei gedacht, sich als Saboteur zu erkennen zu geben?«

»Ich … ich …« Richards' langsam erstarrendes Gehirn begann ihm bereits den Dienst zu verweigern, während er verzweifelt zu begreifen versuchte, wie ihm geschah. Aus dem Augenwinkel sah er, dass ihn die Blondine lächelnd beobachtete, und ihm wurde klar, dass sie von Treadstone war: eine Assistentin, die die Organisation und ihre Mitarbeiter im Auge behielt. *Großer Gott*, dachte er entsetzt.

»Das ist der Preis, wenn man vielen Herren dient, Richards.« Tom Bricks Stimme klang sanft und verständnisvoll. »Ein anderes Ende ist leider nicht möglich.«

Richards' blutleeres Gehirn wurde mit jedem Moment schwerfälliger. Dennoch verstand er jetzt. »Sie haben Peter Marks erkannt.«

Brick nickte. »Ja, dank Tricia.«

»Warum haben Sie dann zugelassen, dass er …?«

»Als ich erfuhr, dass er mir nachschnüffelt und viel mehr weiß, als ich dachte, musste ich rauskriegen, was er vorhat.« Brick klemmte Richards' Kinn zwischen Daumen und Zeigefinger. »Sie haben mir nicht gesagt, wer er ist, Richards. Warum?«

»Ich …« Richards schloss die Augen und schluckte schwer. *Ich sterbe ohnehin, was soll's?*, ging es ihm durch den Kopf. »Ich dachte, wenn er und Soraya Moore mich akzeptieren, dann …«

»Was? Was haben Sie dort gesucht? Freunde? Kollegen?« Er schüttelte den Kopf. »Niemand will etwas mit Ihnen zu tun haben, Richards. Niemand will mit Ihnen zusammenarbeiten. Sie sind ein Insekt, das ich zertreten werde. Sie haben eine Gabe, aber Ihre menschlichen Schwächen wiegen schwerer als Ihre Nützlichkeit. Ihnen kann man nicht trauen.«

»Ich hab mich entschieden. Für Sie.« Richards' Stimme klang selbst in seinen Ohren kläglich. Er brach in Tränen aus. »Das ist nicht fair. Nicht fair.«

Angewidert ließ ihn Tom Brick los, blickte auf und nickte dem Fahrer zu, der Richards aufrecht hielt. Das Messer bohrte sich tiefer in die Wunde und wurde so abrupt herumgedreht, dass Richards' Augen hervortraten.

Der Laut, den er hervorstieß, klang wie von einem Tier auf der Schlachtbank.

In dem Augenblick, als die Wohnungstür aufschwang und das Tranchiermesser hervorschoss, packte Bourne Don Fernandos Faust.

»Sachte, Don Fernando.«

Don Fernando starrte ihn sichtlich mitgenommen an. »Du warst das, Jason? Stehst du schon länger vor der Tür?«

Bourne schüttelte den Kopf, trat in die Wohnung ein und schloss die Tür. »Ich bin gerade erst gekommen.« Er legte den Kopf auf die Seite. »Hat jemand versucht, in die Wohnung einzudringen?«

»Vielleicht wollte er mich auch nur im Auge behalten.«

»Das Haus hat jedenfalls keiner überwacht. Ich hab's gecheckt.«

»Maceo Encarnación und Harry Rowland sind in Paris. Vorhin an meiner Tür, das war wahrscheinlich Rowland.«

»Don Fernando«, sagte Bourne, »Rowland ist Nicodemo.«

»Was? Bist du sicher?«

Bourne nickte. »Er arbeitet für Maceo Encarnación. Ich bin ihnen von Mexiko gefolgt.«

»Und die Frau?«

»Rebekka war Mossad-Agentin.« Bourne setzte sich auf das Sofa. »Sie ist tot.«

»Oh, dann haben wir beide jemanden verloren.« Don Fernando ließ sich schwer neben Bourne auf das Sofa sinken. »Das tut mir leid.«

»Was ist passiert?«

Don Fernando erzählte ihm kurz, wie Martha Christiana ihn in Encarnacións Auftrag hätte töten sollen und was passierte, nachdem er und Martha sich kennengelernt hatten. »Sie stürzte sich aus dem Schlafzimmerfenster, während ich schlief. Sie hätte mich töten können, aber sie hat's nicht getan.«

»Du hast Glück gehabt.«

Don Fernando schüttelte den Kopf. »Freuen kann ich mich aber nicht darüber. Weißt du, Jason, sie war eine gequälte Seele. Vielleicht hätte sie einen Priester gebraucht, aber ich bin keiner. In diesem Fall habe ich eher die Rolle des Teufels gespielt.«

»Wir werden alle von Schatten verfolgt, Don Fernando. Und manchmal holen sie uns eben ein. Wir können's nicht ändern, nur weitergehen.«

Don Fernando nickte. Er nahm Martha Christianas Puderdose, öffnete sie und zeigte Bourne die versteckte SD-Karte. »Irgendwie habe ich das Gefühl, sie wollte, dass ich das hier finde.« Er zuckte die Achseln. »Aber das ist wahrscheinlich nur Wunschdenken.«

»Hast du schon nachgesehen, was drauf ist?«

Don Fernando schüttelte den Kopf. »Nein, noch nicht.«

»Okay«, sagte Bourne und nahm die Karte heraus, »dann wird's Zeit, dass wir's tun.«

Maceo Encarnación ging nach vorne zum Cockpit seines Privatjets. Die Tür war offen, der chinesische Pilot ging gerade die Checkliste zur Startvorbereitung durch.

»Glauben Sie, er schafft es rechtzeitig zurück?«, fragte der Pilot, ohne aufzublicken.

»Schwer zu sagen«, brummte Encarnación und setzte sich auf den Sitz des Copiloten.

»Ihr persönliches Verhältnis zu ihm ist bekannt.«

Maceo Encarnación betrachtete den Piloten einige Augenblicke. »Ich weiß, was Sie meinen«, sagte er schließlich. »Mein persönliches Verhältnis zu Nicodemo stört Minister Ouyang.«

Der Pilot, gleichzeitig Minister Ouyangs Agent, schwieg. Er saß still da, als wolle er die Luftströmungen erahnen.

»Nicodemo ist mein Sohn. Ich habe ihn aufgezogen, ihm alles beigebracht.«

»Sie haben ihn ihr weggenommen.«

Der Pilot sagte es nicht wertend, sondern völlig neutral. Dennoch konnte Maceo Encarnación nicht anders, als es ihm übel zu nehmen.

»Seine Mutter war mit einem anderen verheiratet«, sagte Encarnación, mehr zu sich selbst als zum Piloten. »Ich habe sie geliebt, aber ihr Mann war sehr mächtig, und ich brauchte seine Macht. Sie konnte das Kind nicht behalten, konnte nicht einmal bei ihrem Mann bleiben, während sie es in sich trug. Sie ging zu ihrer Tante nach Mérida, für die fünf Monate, in denen man es ihr ansah. Ich habe ihr den Jungen abgenommen und ihn aufgezogen.«

»Das haben Sie schon gesagt.«

Maceo Encarnación hasste diese Leute, aber er musste sich mit ihnen arrangieren. Niemand sonst verfügte über eine solche Macht, ein solches Wissen und derartige finanzielle Mittel. Dennoch verlangte es bisweilen eine eiserne Beherrschung, sie nicht zusammenzuschlagen. Es tat ihm körperlich weh, dass er sie nicht so behandeln konnte wie seine eigenen Leute. Er träumte oft von diesem chinesischen Agenten, wie sein abgetrennter Kopf durch die Brandung des Pazifiks rollte, während das Blut aus seinem Rumpf spritzte wie das Wasser aus dem Brunnen im Chapultepec-Park.

»Ich habe es wiederholt, um mein persönliches Verhältnis zu ihm zu erklären, außerdem weiß ich nie, ob Ihr Spanisch ausreicht.« Maceo Encarnación wartete nicht erst auf eine Antwort des Agenten, er wusste, dass keine zu erwarten war. Konnte es Verbündete geben, die schlechter zusammenpassten als die extrovertierten Mexikaner und die introvertierten Chinesen?

Dieser Agent hatte einen Namen, doch Maceo Encarnación verwendete ihn nie, weil er wahrscheinlich ohnehin falsch war. Er erzählte ihm die Geschichte – oder vielmehr einen Teil davon –, weil es ihn amüsierte. Was er ihm nicht anvertraute, war der private Teil. Die Identität der Mutter von Nicodemo und seiner Schwester Maricruz blieb sein Geheimnis. Constanza Camargo hatte Nicodemo sehr früh während ihres Jahre andauernden Verhältnisses geboren. Maricruz brachte sie drei Jahre später zur Welt. Constanza war die einzige

Frau, die er je geliebt hatte und die er trotzdem nicht haben konnte – zum einen wegen ihres Mannes und zum anderen, weil Constanza selbst ihn zwar genauso liebte wie die beiden Kinder, aber gleichzeitig geschworen hatte, sie nie zu sehen. Sie wollte das Leben der Kinder nicht durch die Wahrheit stören und verkomplizieren und das Schicksal der beiden nicht durch ihre Wünsche beeinträchtigen.

»Nicodemo wurde also von seiner Mutter getrennt und war von da an ganz mein Sohn«, fuhr Maceo Encarnación fort. »Sobald er alt genug war, schickte ich ihn auf eine Spezialschule in Kolumbien. Es war mir wichtig, dass er das Geschäft lernt.«

»Das Drogengeschäft«, sagte der Agent mit unnötiger Schärfe. Das Reich der Mitte hatte im 19. Jahrhundert schweren Schaden durch den Opiumhandel erlitten. Die Chinesen verfügten über ein sehr langes Gedächtnis.

»Und den Waffenhandel.« Maceo Encarnación schürzte die Lippen. »Wie Minister Ouyang genau weiß, habe ich ein großes Interesse, diejenigen mit Waffen zu versorgen, die sie am dringendsten benötigen.« Wenn er sich mit dem Agenten unterhielt, stellte er sich immer vor, mit Ouyang zu sprechen, der Spinne im Zentrum des Netzes in Peking.

»Sehr altruistisch von Ihnen.«

Maceo Encarnacións linke Hand zuckte. Nicht zum ersten Mal hatte Ouyangs Handlanger die Grenze überschritten, was ihn unter anderen Umständen buchstäblich den Kopf gekostet hätte. Einmal mehr musste sich Encarnación die außerordentliche Bedeutung von Minister Ouyang und seiner Untergebenen in Erinnerung rufen. Ohne Ouyang wäre das Geschäft mit Oberst Ben David niemals möglich gewesen.

»Mein Altruismus wird nur von Minister Ouyangs übertroffen«, erwiderte er, jedes Wort betonend. »Das sollten Sie nicht vergessen.«

Der Agent blickte aus dem Cockpitfenster. »Wann starten wir?«

»Wenn ich es Ihnen sage.« Maceo Encarnación blickte sich um. »Wo ist es?«

Der Pilot musterte ihn mit seinen schmalen Augen. Seine langen Finger fischten einen olivbraunen Metallkoffer mit einem Fingerprintschloss unter seinem Sitz hervor. Maceo Encarnación drückte die Spitze seines rechten Zeigefingers auf den Sensor, und das Schloss öffnete sich.

Er hob den Deckel und blickte auf die gebündelten Tausend-Dollar-Scheine hinunter. »Dreißig Millionen. Ein unglaublicher Anblick«, sagte er, »sogar für mich.«

»Oberst Ben David wird erfreut sein«, bemerkte der Agent ausdruckslos.

Maceo Encarnación lachte leise. »Das werden wir alle.«

Soraya wollte gerade Peters Krankenzimmer verlassen, als Verteidigungsminister Hendricks hereinplatzte.

»Schön, Sie zu sehen, Soraya«, sagte er und blickte an ihr vorbei zu Peter hinüber. »Wie fühlen Sie sich?«

»Kann ich nicht sagen – ich spür nichts«, antwortete Peter.

Hendricks zwang sich zu einem Lachen. »Peter, ich

habe nicht viel Zeit. Es ist Folgendes: Wir haben ein Problem im Hauptquartier.«

»Das Computernetzwerk ist zusammengebrochen.«

»Stimmt«, bestätigte Hendricks, während Soraya gleichzeitig fragte: »Was?«

»Dick Richards.« Peter sah Hendricks an, der nickte. »Ich habe Sam gesagt, er soll ihn festnehmen.«

»Anderson hat versucht, den Beweis zu finden, dass Richards im Auftrag von Core Energy gehandelt hat. Aber Brick war verdammt vorsichtig, obwohl er Ihnen angeblich so viel anvertraut hat …«

»Das hat er tatsächlich gesagt, verdammt!«, betonte Peter hitzig.

Hendricks wartete einen Moment, bis sich Peter beruhigt hatte. »Vor Gericht würde das aber nicht zählen«, sagte er schließlich. »Wir versuchen gerade, Geldflüsse von Core Energy zu Richards aufzuspüren, um zu beweisen, dass er von der Firma oder einer Tochter bezahlt wird. Anderson hat deshalb auch einen Keylogger auf Richards' Computer installiert.«

»Dann hat es wohl nicht funktioniert«, brummte Peter säuerlich.

»So kann man das nicht sagen.«

»Haben Sie Richards in Gewahrsam?«

»Leider nicht. Er ist verschwunden«, antwortete Hendricks frustriert.

»Finden Sie Brick«, riet Peter. »Wo er ist, ist auch Richards, garantiert.«

Hendricks sprach leise in sein Handy. Als er sein Gespräch beendet hatte, wandte er sich wieder Peter und Soraya zu. »Aus irgendeinem Grund will Brick das Treadstone-System lahmlegen. Warum?«

»Vermutlich will er unsere Augen und Ohren im Ausland ausschalten«, meinte Soraya.

Peter schnippte mit den Fingern. »Du hast recht! Aber was will er vor uns verbergen?«

Hendricks trat von einem Bein auf das andere. »Peter …«, begann er, schien aber nicht recht zu wissen, wie er es sagen sollte. »Nach allem, was Ihnen passiert ist … die schweren Verletzungen … ich glaube, es ist besser, Sie von Ihren Pflichten als Direktor von Treadstone zu entbinden.«

»Was?«, entgegnete Peter.

Soraya trat einen Schritt vor. »Das können Sie nicht machen.«

»Doch«, beharrte Hendricks. »Es muss sein.«

»Meine *Beine* sind gelähmt«, erwiderte Peter. »Nicht mein Kopf.«

»Es tut mir sehr leid, Peter, aber meine Entscheidung steht fest.«

Als er sich zum Gehen wandte, sagte Soraya: »Wenn Peter nicht mehr dabei bist, gehe ich auch.«

Hendricks wirbelte herum und sah ihr in die Augen. »Seien Sie nicht dumm, Soraya. Werfen Sie nicht Ihre Laufbahn weg, aus …«

»Aus Loyalität zu einem Freund? Wollten Sie das sagen? Peter und ich haben von Anfang an zusammengearbeitet. Wir sind ein Team, Punkt, aus.«

Hendricks schüttelte den Kopf. »Sie vermischen Berufliches mit Privatem. Das ist ein schwerer Fehler, das werden Sie noch erkennen.«

»Der Fehler ist, Treadstone ohne seine beiden Direktoren weiterführen zu wollen«, erwiderte sie mit allem Nachdruck, den sie zustande brachte.

Der Verteidigungsminister wirkte geschockt. »Sie sprechen von Treadstone wie von einer Familie. Das ist es nicht, Soraya. Hier geht es nur um die Sache.«

»Bei allem Respekt, Mr. Secretary, Treadstone *ist* eine Familie«, beharrte sie. »Unsere Kontakte habe ich mitgebracht. Wenn ich gehe, gehen sie auch …«

»Das werden sie nicht.«

»… so wie sie die CI verließen, als ich von der neuen Führung gefeuert wurde.« Sie trat Hendricks furchtlos entgegen, weil sie im Grunde nichts zu verlieren hatte. Ohne Peter wollte sie bei Treadstone nicht weitermachen. »Ich habe Ihnen damals gesagt, dass der Führungswechsel ein Fehler ist, und das hat sich bewahrheitet. Die CI ist nur noch ein Schatten ihrer selbst, und die Moral ist noch viel schlechter als nach Nine-Eleven.«

»Ich hab es nicht so gern, wenn man mir droht«, sagte Hendricks.

»Ich glaube, ich bin's nicht, die hier droht.«

»Hören Sie, Anderson ist gerade draußen im Einsatz. Peter hat ihm die Leitung übertragen, und …«

»Sam ist ein guter Mann«, warf Peter ein, »aber er hat nicht genug Erfahrung, um die Treadstone-Einsätze über längere Zeit zu leiten.«

»Und was ist mit Ihnen beiden?«, erwiderte Hendricks. »Schauen Sie sich doch an. Sie können ja noch nicht mal auf den eigenen Beinen hier rausgehen.«

»Nichts kann uns daran hindern, hier in Peters Zimmer ein vorübergehendes Hauptquartier aufzuschlagen«, meinte Soraya. »Die Treadstone-Server sind ohnehin unbrauchbar, also wäre ein Ersatz-Netzwerk die beste Lösung.«

Peter hatte den Wortwechsel wie ein Zuschauer bei einem Tennismatch verfolgt. »Moment mal!«, warf er ein. »Soraya, die dreißig Millionen, die ich gefunden habe. Ich hab angenommen, dass es Drogengeld ist – aber was ist, wenn ich mich geirrt habe?«

Sie sah ihn stirnrunzelnd an. »Wie meinst du das?«

»Vielleicht sollte damit etwas anderes bezahlt werden.«

»Das Geld hat sich als gefälscht herausgestellt«, erwiderte Hendricks wegwerfend.

»Was?« Peter sah ihn erstaunt an. »Wirklich?«

Hendricks nickte.

»Das ergibt doch keinen Sinn. Der Typ hätte mich fast umgebracht …«

»Tulio Vistoso«, erklärte Hendricks. »Auch als ›der Azteke‹ bekannt. Ein mächtiger mexikanischer Drogenbaron.«

»Ich verstehe nicht«, sagte Soraya.

»Wir halten das Ganze für eine Finte«, erklärte der Verteidigungsminister. »Von Maceo Encarnación eingefädelt. Wenn er in Mexico City ist, sind die beiden unzertrennlich.«

Peter schüttelte den Kopf. »Da bin ich mir nicht so sicher. Der Azteke wollte sich das Geld um jeden Preis zurückholen.«

Einige Augenblicke herrschte Schweigen.

»Und wenn Vistoso gar nicht wusste, dass das Geld gefälscht war?«, überlegte Soraya.

Peter sah sie nachdenklich an. »Das hieße, er wurde selbst übers Ohr gehauen.«

»Das passt einfach nicht zusammen«, erwiderte Hendricks. »Vistoso war einer der drei großen Drogenbosse in Mexiko. Wer hätte es gewagt, ihn übers Ohr zu hauen?«

»Jemand mit noch mehr Macht.« Peter blickte zwischen ihnen hin und her. »Jemand wie Maceo Encarnación.«

Soraya wandte sich an Hendricks. »Wissen Sie, wo er sich aufhält?«

»Encarnación war vor einigen Tagen in Washington, er gab ein Interview für *Politics As Usual*.«

»Ich kann mir das mit den gefälschten dreißig Millionen immer noch nicht erklären«, sagte Peter. »Irgendetwas ist daran seltsam.« Er schnippte mit den Fingern. »Es muss doch einen Experten geben, der uns sagen kann, wer der Fälscher ist.«

»Unsere Leute kümmern sich schon darum«, sagte Hendricks. »Aber hilft uns das wirklich weiter?«

»Dreißig Millionen sind eine enorme Summe«, sinnierte Peter. »Das muss sehr, sehr gute Arbeit sein. Da war bestimmt ein Meisterfälscher am Werk. Vielleicht können wir Encarnación mit seiner Hilfe drankriegen.«

Soraya verschränkte die Arme über ihren angeschwollenen Brüsten und stellte fest, dass sie durch die Schwangerschaft extrem empfindlich geworden waren. »Apropos Encarnación, wissen wir, wohin er nach dem Interview gegangen ist?«

»Er ist in seine Zentrale nach Mexico City zurückgeflogen«, erklärte Hendricks.

»Ist er noch dort?«, fragte Peter.

Hendricks telefonierte rasch und gab seine Anweisungen durch. Er wartete und sah Peter an. Augenblicke später hatte er die Antwort. »Er hält sich in Paris auf, sitzt aber noch im Flugzeug, obwohl er schon vor sechs Stunden gelandet ist.«

»Okay«, sagte Peter, »Vistoso war so etwas wie Encarnacións Stellvertreter, und dreißig Millionen sind auch gefälscht ein Riesenbetrag – das würde dafür sprechen, dass Encarnación damit zu tun hat.«

»Und dass Brick das Treadstone-System lahmlegen will …«, sagte Soraya nachdenklich. »Könnte es eine Verbindung zwischen ihm und Maceo Encarnación geben?«

»Dieses System ist unser bester Horchposten im Nahen und Mittleren Osten«, erinnerte Peter.

»Und Paris ist um einiges näher beim Nahen Osten als Mexiko.«

Hendricks nickte rasch. »Maceo Encarnacións Pilot muss einen Flugplan für den Abflug aus Paris vorlegen.«

»Dann wissen wir genau, wo er hinwill«, stimmte Peter zu. »Wenn er in den Nahen Osten fliegt, dürfte klar sein, dass Encarnación in die Sache verwickelt ist.«

Hendricks hob das Handy ans Ohr, während er Peter und Soraya seine Anweisungen gab.

»Moment«, wandte Soraya ein. »Sie vergessen, dass wir nicht mehr für Sie arbeiten.«

»Wer zum Teufel hat das gesagt?« Mit dem Hauch eines Lächelns ging Hendricks zur Tür.

FÜNFUNDZWANZIG

»Stell es dir als eine Art Troika vor«, sagte Bourne, während er die Informationen auf Martha Christianas SD-Karte durchsah. »Maceo Encarnación, Tom Brick, die Chinesen.«

Don Fernando schüttelte den Kopf. »Trotzdem verstehe ich nicht, warum Martha dieses Material hatte.«

»Sie hat es für alle Fälle aufbewahrt«, meinte Bourne. »Sie sammelte Informationen, um sie notfalls als Druckmittel einzusetzen.«

Don Fernando schwieg und starrte melancholisch auf den Bildschirm des Laptops. Schließlich seufzte er schwer. »Am Ende hat sie es doch nicht eingesetzt.« Er wandte sich Bourne zu. »Warum?«

»Es war ein möglicher Ausweg, aber keine Garantie. Sie wäre trotzdem nie in Sicherheit gewesen.«

»Das hätte sie nicht gewollt«, meinte Don Fernando.

»Wahrscheinlich nicht. Aber ich wäre mir nicht so sicher, ob sie überhaupt neu anfangen wollte. Das war ihr großes Dilemma. Sie wollte nicht so weitermachen, konnte sich aber auch kein anderes Leben vorstellen.«

»Ich habe mit ihr über einen Neuanfang gesprochen«, klagte Don Fernando. »Ziemlich konkret sogar.«

»Wahrscheinlich vermochte sie einfach nicht daran zu glauben.«

Don Fernando seufzte und nickte schließlich. »Du bist ein guter Freund, Jason. Es gibt nicht viele wie dich.«

Draußen rollte der endlos scheinende Verkehr vorüber. Eine Durchsage von einem Bateau-mouche auf der Seine drang zu ihnen herauf und verlor sich in der Ferne. Der Wind peitschte die kahlen Bäume an der Seine. Unter ihnen auf dem Quai de Bourbon standen immer noch Schaulustige und sprachen über den Selbstmord von letzter Nacht.

Bourne zeigte auf den Bildschirm. »Nach Marthas Informationen wickeln die Chinesen ihre Geldwäsche über Maceo Encarnación ab.«

»Mit den dreißig Millionen wollen sie von Unbekannten im Nahen Osten etwas kaufen, etwas sehr Wichtiges«, sagte Don Fernando. »Aber Martha wusste auch nicht, was und von wem.«

Bourne wusste es, Rebekka hatte ihm den Namen zugeflüstert, bevor sie in dem Taxi in Mexico City verblutete.

Don Fernando lehnte sich zurück. »Ich verstehe nur nicht, was Maceo Encarnación von dem Deal hat. Vielleicht zehn Prozent für die Geldwäsche? Ich glaube nicht, dass er dafür ein solches Risiko eingehen würde.«

Bourne scrollte noch einmal durch Marthas Informationen zu etwas, das ihm zuvor aufgefallen war. »Da!«, sagte er schließlich mit ausgestrecktem Zeigefinger. »Tom Bricks Beteiligung.« Er wandte sich Don Fernando zu. »Was kann Core Energy bei einem Geschäft mit Maceo Encarnación und den Chinesen gewinnen?«

Don Fernando überlegte einen Augenblick. »Kommt drauf an, was die Chinesen kaufen.«

»Es hat auf jeden Fall mit Energie zu tun«, meinte Bourne. »Verstehst du? Energie ist das, was diese Leute miteinander verbindet.«

»Ja. Bei dem enormen Wirtschaftswachstum und der großen Bevölkerung ist China ständig auf der Suche nach neuen Energiequellen. Ich kann mir gut vorstellen, dass Core Energy an derselben Technologie interessiert ist, hinter der die Chinesen her sind.« Er schüttelte den Kopf. »Aber Maceo Encarnación?«

»Die Troika ergibt nur einen Sinn, wenn Encarnación und Core Energy irgendwie zusammenarbeiten.«

»Was? Aber davon müssten wir doch wissen, Christien und ich.«

»Wirklich?«

»Wir behalten Encarnación und Core Energy ständig im Auge, Jason. Wir haben keine Geldflüsse zwischen den beiden entdeckt.«

»Wenn sie es geschickt angestellt haben, gibt es auch keine direkten Geldflüsse. Core Energy hat genug Tochterfirmen weltweit, mit denen sich Finanztransaktionen leicht verbergen lassen.«

»Nicht vor uns«, beharrte Don Fernando. »Christien hat ein Programm entwickelt, das auch Strohfirmen und Holdinggesellschaften durchleuchtet. Ich sag dir, es gibt keine Geldflüsse.«

Bourne lachte. »Natürlich! Da kommen Encarnacións Drogenbarone ins Spiel. Sie besorgen in dem Geschäft eine Art umgekehrte Geldwäsche.«

»Umgekehrte Geldwäsche?«

Bourne nickte. »In diesem Fall wird nicht schmutziges Geld durch legale Geschäfte weißgewaschen. Brick und Encarnación tun das Gegenteil: Sie nehmen das legale Geld, das zwischen ihren Firmen fließt, und machen es über die Drogenbarone zu schmutzigem Geld, das nicht mehr aufzuspüren ist. Es fließt immer nur Bargeld hin und her. So schlau kann Christiens Programm gar nicht sein, dass es diese Transaktionen entdeckt. Das kann niemand.«

»Brillant.« Don Fernando strich sich mit der Hand über die Stirn. »Warum ist mir das nicht eingefallen?«

»Don Fernando«, fuhr Bourne fort, »die dreißig Millionen wandern in den Libanon. Dort will Maceo Encarnación ein großes Geschäft abschließen.«

Das Gesicht des älteren Mannes hellte sich auf. »Dann müssen wir so schnell wie möglich hin.«

Bourne sah ihn argwöhnisch an. »Wir gehen nirgendwohin, solange wir uns nicht um Nicodemo gekümmert haben. Du hast mit großem Aufwand deinen Tod inszeniert. Aber wenn Nicodemo vorhin hier bei dir war, dann hat er dich wahrscheinlich draußen gesehen. Encarnación weiß also, dass du lebst. Nicodemo wird nicht zulassen, dass du Paris lebend verlässt.«

»So viel kann schiefgehen.«

Minister Ouyang stand mit einer zarten durchscheinenden Teetasse in der Hand im großen Saal von Chonghuagong, dem Privatpalast von Qianlong, einem Kaiser der Qing-Dynastie, der in der Verbotenen Stadt begraben war. Nur wenigen war es gestattet, diese Räume zu betreten, die eine atemberaubende Sammlung von kostbaren Jadefiguren und historischen kalligrafischen Schriftrollen enthielten. Und nur Minister Ouyang und einige wenige Auserwählte durften sich zu so später Stunde hier aufhalten. Die Flammen der dicken gelben Kerzen warfen ein flackerndes, schimmerndes Licht auf all die Schätze der chinesischen Geschichte.

Die Frau, der Ouyang seine Sorge mitgeteilt hatte, lag wie eine Katze auf einem traditionellen Diwan, den man eigens zu diesem Zweck hereingestellt hatte, und betrachtete ihn mit ihren kaffeefarbenen Augen. Selbst in dieser Position war die Kraft in ihren langen Beinen nicht zu übersehen. In eine leuchtend orange Robe aus Shantungseide gehüllt, wirkte sie wie eine Sendbotin der Sonne. »Wenn du meinst, Liebling, dann mach es so.«

Ouyang drehte sich so abrupt um, dass ihm der heiße Tee auf der Fingerspitze brannte. Er ignorierte den Schmerz und starrte seine Frau an. »Ich werde dich nie verstehen, Maricruz.«

Mit leicht gebeugtem Kopf, ein Auge von ihren dichten Haarkaskaden verhüllt, nahm sie das Kompliment in der distinguierten Art der chinesischen Oberschicht entgegen, der sie angehörte, seit sie vor zehn Jahren nach Peking gekommen war. »So soll es auch sein.«

Ouyang machte in seiner traditionellen langen Robe einen Schritt auf sie zu. »Aber du hast eigentlich gar nichts Westliches an dir.«

»Sonst hättest du mich auch nicht geheiratet«, sagte sie mit einer Stimme voll stiller Tiefe.

Ouyang studierte sie wie ein Maler das Modell für sein großes Kunstwerk. »Willst du wissen, was mich am meisten zu dir hingezogen hat?«

Maricruz öffnete ihre Augen einen Spalt.

»Deine Geduld.« Ouyang nahm einen Schluck Tee

und behielt ihn einen Moment lang im Mund, ehe er ihn schluckte. »Geduld ist die allergrößte Tugend. Im Westen ist sie völlig unbekannt. Die Araber verstehen den Wert der Geduld, aber sie sind Primitive im Vergleich zu uns.«

Maricruz lachte. »Ich glaube, das mag ich am meisten an euch Chinesen: eure unglaublich hohe Meinung von euch selbst.« Sie lachte erneut. »Das Reich der Mitte.«

Ouyang nahm noch einen Schluck Tee und genoss ihn genauso wie diese intellektuellen Geplänkel mit seiner Frau. Niemand sonst hatte den Mut, so offen mit ihm zu sprechen. »Du lebst im Reich der Mitte, Maricruz.«

»Und ich liebe jeden Augenblick dieses Lebens.«

Ouyang trat zu einer engen Nische und hob eine kleine Jadeschatulle auf, die mit Drachen auf stilisierten Wolken verziert war.

»Das Reich der Mitte war immer schon eine reiche Quelle der Mythologie. Das weißt du ja längst, Maricruz. Du stammst ja selbst aus einer Kultur voller Mythen und Legenden.« Ouyangs schwarze Augen funkelten. »Doch unsere Geschichte ist so lang und ereignisreich, und wir mussten immer wieder schwere Rückschläge hinnehmen. Den ersten vor vielen Jahrhunderten, im Jahr 213 vor Christus, als Kaiser Qin Shihuangdi aus der Qin-Dynastie die Verbrennung aller Bücher befahl, die nicht mit Medizin, Astrologie und Landwirtschaft zu tun hatten. So gingen viele mythologische Quellen des Reichs der Mitte verloren.

Das Dekret wurde zwar im Jahr 191 zurückgenommen und die alte Literatur rekonstruiert, doch sie wurde so umgeschrieben, dass sie die Ideen untermauerte, die dem damaligen Kaiser zusagten. Wie so oft, änderte der Sieger die Geschichte in seinem Sinne, und wertvolle Informationen gingen für immer verloren.«

Er trat auf sie zu, die Schatulle wie einen Gegenstand von unschätzbarem Wert in den Händen haltend. »Manchmal jedoch wird ein Stück der kostbaren Vergangenheit wiederentdeckt, entweder durch das Schicksal oder den Wunsch, es zu finden.«

Er stand vor ihr und hielt ihr die Schatulle hin.

Maricruz betrachtete das Jadekunstwerk misstrauisch. »Was ist das?«

»Bitte«, sagte Ouyang und beugte sich zu ihr hinunter.

Maricruz nahm die Schatulle, die viel schwerer war, als sie erwartet hatte. Sie fühlte sich kühl an und glatt wie Glas. Mit einer Hand hob sie den Deckel. Ihre Finger zitterten. Drinnen lag ein gefaltetes Stück Papier. Sie blickte zu Ouyang auf.

»Der Name deiner Mutter, Maricruz.«

Ihr Mund öffnete sich, doch es kam kein Laut heraus.

»Solltest du den Wunsch haben, sie zu finden.«

»Sie lebt?«, hauchte Maricruz.

Ouyang betrachtete sie mit leuchtenden Augen. »Ja.«

Langsam schloss sie die Schatulle und stellte sie neben sich auf das Sofa. Sie setzte sich mit einer Anmut auf, die ihn faszinierte. Sie erinnerte ihn an die amerikanischen Filmstars der Vierzigerjahre. Als sie aufstand, teilte sich ihre Robe. *Wie hat sie dieses Zauberkunststück fertiggebracht?*, fragte er sich. Die inneren Halbkugeln ihrer festen Brüste traten wie wunderschöne Bronzeschüsseln zutage. Sie drückte ihren Körper gegen ihn.

»Danke, Ouyang«, sagte sie förmlich.

»Was wirst du tun?«

»Ich weiß es nicht«, flüsterte sie. »Ich will es wissen. Und auch wieder nicht.«

»Du hast die Chance, deine eigene Geschichte wiederzufinden, die man dir genommen hat.«

»Damit würde ich mich gegen meinen Vater stellen.« Sie rieb ihre Stirn gegen seine Schulter. »Was ist, wenn mich meine Mutter nicht sehen will? Warum hat sie nicht versucht …?«

»Du kennst deinen Vater«, erwiderte Ouyang leise, »besser als sonst jemand.«

»Es muss einen Grund geben«, vermutete sie. »Kennst du ihn?«

»Mein Wissen darüber ist erschöpft.« Doch Ouyang kannte natürlich den Grund, und Maricruz würde ebenso Bescheid wissen, sobald sie den Namen ihrer Mutter las, die mit einem mächtigen Drogenkönig verheiratet gewesen war, einem Freund und Geschäftspartner, dem Maceo Encarnación Hörner aufgesetzt hatte, ohne mit der Wimper zu zucken. Er hatte Constanza Camargo begehrt. Das allein hatte für ihn gezählt.

»Ich brauche Zeit«, sagte Maricruz. »Ich muss mich auf die bevorstehenden Aufgaben konzentrieren.«

Während Ouyangs Körper auf ihre Nähe reagierte, wandten sich seine Gedanken den Dingen zu, an die sie ihn erinnert hatte. »Du hast recht, Maricruz. Ich habe die idealen Partner. Es wird nichts schiefgehen.«

Sie lächelte ihn an, die Arme um ihn geschlungen.

»Ohne dich wäre dieser Plan nicht möglich gewesen«, sagte er und drückte seine Nase an ihr Ohr. »Ohne die Beteiligung deines Vaters und deines Bruders.«

Maricruz' Lachen klang tief und kehlig. »Mein armer Bruder Juanito, der mit dem Namen Nicodemo herumlaufen muss und dem Spitznamen ›unsichtbarer Wegbereiter‹. Beide Namen hat ihm sein Vater gegeben, damit er sich noch tiefer in sein Schattendasein vergräbt.«

»Dein Vater bewegt sich einerseits im Licht, als Generaldirektor von SteelTrap, und andererseits im Schatten, als Partner der Drogenbarone und Waffenhändler.«

Seine Fingerspitzen liebkosten ihre nackten Schultern unter der Seidenrobe.

»Aber ich kenne noch einen anderen Maceo Encarnación, der im Dunkeln Pläne schmiedet wie ein meisterhafter Schachspieler, der Dinge und Menschen miteinander in Verbindung bringt, oft ohne deren Wissen und Zustimmung. Dieser Maceo Encarnación ist von unschätzbarem Wert für mich.«

Maricruz atmete leise und gleichmäßig und legte den Kopf in seine Halsbeuge. »Mit unvergleichlicher List und Rücksichtslosigkeit benutzt er alle und jeden, wenn es seinen Zielen dient.«

Ouyang lächelte. »Dein Vater und ich machen uns nichts vor über unser Verhältnis. Wir benutzen einander. Es ist eine Symbiose. So erreichen wir viel mehr.«

»Und Oberst Ben David?«

»Ein Mittel zum Zweck.«

»Du machst ihn dir zum Feind.«

Ouyang lächelte, während seine Hand ihre Brust umschloss. »Das ist kein Problem. Er wird nicht überleben.«

Sie wich mit einem scharfen Atemzug zurück. »Ben

David ist Oberst des Mossad. Glaubst du wirklich, du kannst einen Killer auch nur in seine Nähe bringen?«

»Ich habe schon alles in die Wege geleitet«, antwortete Ouyang und zog sie wieder an sich. »Dein Vater hilft mir dabei.«

Er lächelte. »Es wird Jason Bourne sein, der Oberst Ben David beseitigt.«

Sam Anderson war nach seinem Telefongespräch mit Minister Hendricks unzufrieden mit sich und der Welt. Er hatte das Gefühl, Peter im Stich gelassen zu haben. Es wurmte ihn, dass er nicht einen Mann damit beauftragt hatte, Dick Richards im Auge zu behalten.

Als er zusammen mit einem Agenten namens James in sein Auto einstieg, verfluchte er die bösen Geister, die Treadstone heimsuchten. Die Organisation hatte von Anfang an unter einem schlechten Stern gestanden. Fast so, als müsste das heutige Treadstone-Team für die Fehler und Sünden seiner Gründer büßen. Anders konnte er es sich nicht erklären, dass beide Direktoren gleichzeitig außer Gefecht waren.

Während er durch den Washingtoner Verkehr raste, nickte er James zu. »Okay, rufen Sie an.«

James wählte eine Nummer auf seinem Handy und schaltete auf Freisprechen. Als sich eine weibliche Stimme meldete, die glatt und roboterhaft klang, verlangte er Tom Brick.

»Darf ich fragen, wer ihn sprechen möchte?«

James wandte sich Anderson zu, der kurz nickte.

»Herb Davidoff, Chefredakteur von *Politics As Usual.*«

»Einen Moment, bitte.«

Es folgte eine Pause, in der Anderson laut hupend auf

den Bürgersteig ausscherte, um einen langsamen Truck zu überholen. Ein paar Passanten brachten sich eilig in Sicherheit.

Sachte, Boss, formte James lautlos mit den Lippen.

»Mr. Davidoff?«, meldete sich die weibliche Stimme wieder.

»Ja.«

»Mr. Brick ist im Moment leider nicht zu erreichen.«

»Ich bräuchte einen Kommentar von ihm zu einem großen Beitrag. Sagen Sie ihm bitte, es eilt.«

»Ich kann ihn im Moment leider auch nicht erreichen, Mr. Davidoff. Ich verbinde Sie mit seiner Voicemail. Mr. Brick hört sie mehrmals täglich ab.«

»Vielen Dank«, sagte James und beendete das Gespräch. Er wandte sich Anderson zu. »Das Haus in Virginia?« Er sprach von dem Haus, zu dem Tom Brick mit Peter gefahren war.

»Schicken Sie unser bestes COVSIC hin«, sagte Anderson und drückte aufs Gaspedal. Er meinte ein verdecktes Forensik-Team. James nickte und kümmerte sich darum.

In diesem Augenblick klingelte Andersons Handy.

»Gehn Sie ran«, blaffte er. Er war nicht in der Stimmung für irgendwelche Büro-Entscheidungen.

»Sir, Michaelson hier. Ich befinde mich drei Blocks südlich vom Founders Park in Virginia. Die Polizei hat gerade eine Leiche aus dem Potomac gefischt. Es ist Dick Richards.«

»Scheiße, scheiße, scheiße!«, fluchte Anderson, während er den Wagen um hundertachtzig Grad herumriss und beschleunigte.

»Was hat Oberst Ben David mit dem Plan der Troika zu tun?«, fragte Don Fernando.

»Es hat mit SILEX begonnen«, erklärte Bourne. »Das ist ein neues Verfahren der Urananreicherung durch Lasertechnik. Mit einem Infrarotlaser lassen sich die Uran-Isotope unterscheiden und voneinander trennen. Wenn das funktioniert, ist es ein echter Durchbruch. Angereichertes Uran für Atomkraftwerke könnte viel schneller und kostengünstiger hergestellt werden als bisher. Das Problem ist allerdings, dass mit SILEX auch viel leichter waffenfähiges Uran verfügbar wäre. Vom Yellowcake zum Atomsprengkopf innerhalb weniger Tage.«

»Aber es funktioniert nicht«, wandte Don Fernando ein.

Bourne nickte. »General Electric hat 2006 die Rechte an SILEX gekauft, aber sie haben den Prozess noch nicht perfektioniert.«

Er drehte sich um und schaute aus dem Fenster auf den Fluss und die Stadt hinunter. Die Leute führten ihr friedliches Alltagsleben, während die Welt auf den Abgrund des Krieges zutaumelte.

»SILEX war nur der Anfang. Vor drei Jahren haben die Israelis eine unterirdische Forschungsanlage im Libanon errichtet, bei einer kleinen Stadt namens Dahr El Ahmar. Die Anlage wird von einer kleinen, schlagkräftigen Einheit von Mossad-Agenten gesichert, unter dem Kommando von Oberst Ben David.«

Er wandte sich Don Fernando zu. »Rebekka hat mich nach Dahr El Ahmar gebracht, nachdem wir in Damaskus verwundet worden waren. Es war der nächstgelegene sichere Ort, zumindest für sie. Sie war schwer verletzt und konnte wahrscheinlich nicht klar denken. Mich nach Dahr El Ahmar zu bringen war natürlich ein Sicherheitsbruch.

Oberst Ben David wollte mich töten lassen. Ich entkam in dem Hubschrauber, mit dem wir hingeflogen waren, und dabei sah ich einiges von der Anlage. Den Rest erzählte mir Rebekka. Die israelischen Wissenschaftler hatten einen Durchbruch erzielt. Ihre Version von SILEX funktioniert.«

Eine Weile herrschte Schweigen, dann räusperte sich Don Fernando. »Okay, fassen wir zusammen. Oberst Ben David will dieses Verfahren an Maceo Encarnación verkaufen?«

»An die Chinesen«, erklärte Bourne. »Ich schätze, Maceo Encarnación ist in dem Geschäft nur eine Randfigur, vielleicht der Makler, der Oberst Ben David mit den Chinesen zusammengebracht hat.«

»Das könnte sein.« Don Fernando tippte sich nachdenklich mit dem Zeigefinger an die Zähne. »Immerhin beschäftigt SteelTrap auch israelische Techniker. Und ihre Software verkauft die Firma auch an die israelische Regierung.«

Er schüttelte den Kopf. »Trotzdem frage ich mich, warum Oberst Ben David sein Land verrät.«

»Dreißig Millionen. Wenn du einem frustrierten Militär, der wahrscheinlich nie mehr als fünfzigtausend Dollar im Jahr verdient hat, so viel Geld vor die Nase hältst, dann greift er zu.«

Don Fernando stieß einen anerkennenden Pfiff aus. »Das ist auch für Christien und mich ein Batzen Geld. Für Ben David muss das unwiderstehlich sein.«

Er ließ sich auf das kleinere Sofa sinken. »Das Problem ist, dass wir hier in meiner Wohnung festsitzen. Nicodemo könnte mich mit einem Scharfschützengewehr erledigen, sobald ich aus dem Haus gehe.«

»Das wird er nicht tun«, meinte Bourne. »Nicodemo kommt aus einer Tradition, in der man aus nächster Nähe tötet. Eine Frage der Ehre. Dich aus der Ferne umzubringen würde ihn nicht zufriedenstellen. Er will dir den Kopf abschneiden.«

»Schwacher Trost«, brummte Don Fernando.

»Trotzdem hilft uns das.« Bourne blickte wieder aus dem Fenster, über den Fluss auf das andere Ufer. »Ich muss Nicodemo auf mein Territorium locken.«

In der Ferne sah er die weiße Kuppel der Basilika Sacre Cœur auf dem Montmartre. »Sag, Don Fernando, wann warst du denn zum letzten Mal im Moulin Rouge?«

Peter und Soraya sahen einander an, nachdem der Verteidigungsminister gegangen war.

»Warum hast du das getan?«, fragte Peter.

Soraya lächelte und setzte sich zu ihm auf die Bettkante. »Gern geschehen.«

»Im Ernst?«

Sie nickte. »Ich will nicht weg.«

»Wegen mir.«

Sie zuckte die Achseln. »Ist das ein so unmöglicher Grund?«

Er musterte sie einen Moment lang, dann nahm er einen Schluck Wasser aus einem Plastikbecher. »Ich frag mich nur …« Er schien nicht recht zu wissen, wie er es ausdrücken sollte. »Soraya, du hast mich angelogen.«

»Ich hab dir bloß nicht alles gesagt. Das ist nicht dasselbe.«

»Wenn wir uns nicht vertrauen, was hat es dann für einen Sinn zusammenzubleiben?«

»Oh, Peter.« Sie beugte sich zu ihm und küsste ihn auf die Wange. »Ich würde dir mein Leben anvertrauen. Es ist nur …« Ihr Blick schweifte einen Moment lang zur Seite. »Ich wollte einfach nicht, dass jemand von meiner Schwangerschaft erfährt. Ich dachte, es würde meine Position gefährden.«

»Hast du gedacht, ich würde es Hendricks sagen?«

»Nein, ich … ganz ehrlich, Peter, ich weiß auch nicht, was ich mir gedacht habe.« Sie fasste sich an ihren Kopfverband. »Wahrscheinlich konnte ich nicht mehr klar denken.«

Er nahm ihre Hand in seine, und sie saßen eine Weile da, schweigend und voller Emotionen. Draußen auf dem Gang schoben Krankenpfleger fahrbare Tragen, Schwestern eilten vorbei, Ärzte wurden ausgerufen. Das alles schien zu einer anderen Welt zu gehören, die nichts mit ihnen zu tun hatte.

»Ich will dir helfen«, sagte Soraya schließlich.

»Ich brauche keine Hilfe.«

Doch das war eine instinktive, reflexartige Reaktion, wie beiden bewusst war. Dieses geteilte Wissen schien das Eis zu brechen und sie einander wieder so nahezubringen wie früher, als sie wie Geschwister alles miteinander geteilt hatten.

Soraya beugte sich zu ihm und erklärte ihm den streng geheimen Auftrag, den Hendricks ihr übertragen hatte. »Hör zu, Peter«, schloss sie, »Charles ist tot, es ist vorbei, aber diese Liaison mit ihm war Hendricks'

Idee. Er ist damit zu mir gekommen, meinte, es wäre eine Angelegenheit der nationalen Sicherheit, und ich hatte irgendwie das Gefühl … dass ich nicht Nein sagen konnte.«

»Er hätte das nicht von dir verlangen dürfen.«

»Ich hab schon mit ihm darüber gesprochen. Er weiß, dass er zu weit gegangen ist.«

»Trotzdem hat er's getan«, beharrte Peter, »und er wird es wieder tun, das weißt du genauso gut wie ich.«

»Wahrscheinlich.«

»Was wirst du ihm beim nächsten Mal sagen?«

Sie legte die Hand auf ihren Bauch. »Ich muss jetzt an mein Kind denken. Das wird alles ändern.«

»Glaubst du?«

Ihr Blick schweifte zur Seite. »Du hast recht. Ich kann es nicht wissen.«

Er drückte ihre Hand. »Das kann keiner … egal wie die Umstände sind.«

Ein leises Lächeln erschien auf ihren Lippen. »Stimmt.« Sie beugte sich erneut zu ihm und umarmte ihn. »Es tut mir so leid, Peter.«

»Das braucht es nicht. Alles hat irgendeinen Sinn.«

Sie sah ihn erstaunt an. »Glaubst du das wirklich?«

Er lachte bitter. »Nein, aber es zu sagen hilft mir, nicht den Mut zu verlieren.«

Sie schaute ihm in die Augen. »Es wird ein langer Weg, egal was mit deinen Beinen passiert.«

»Das weiß ich.«

»Ich werde da sein.«

»Auch das weiß ich.« Er seufzte. »Sie werden meine psychische Eignung für den Dienst überprüfen.«

»Und wenn schon. Das tun sie bei mir auch. Wir sind für den Dienst geeignet, Peter. Ende der Debatte.«

Wieder saßen sie eine Weile schweigend beisammen. Eine Träne lief Peter über die Wange. »Verdammt«, sagte er, und Soraya drückte seine Hand.

»Erzähl mir was«, sagte er. »Irgendwas Positives.«

»Fangen wir mit Jason Bourne an«, sagte sie. »Er braucht unsere Hilfe.«

SECHSUNDZWANZIG

La Goulue war die erste der berühmten Cancan-Königinnen des Moulin Rouge gewesen. Jeden Abend betrat sie das Varieté-Theater über den gut verborgenen *Entrée des artistes*, eine kleine Treppe, die von einer schmuddeligen Seitengasse aus in den beliebten Amüsiertempel führte. Diese Treppe, über die viele Generationen von Tänzerinnen das Haus betreten hatten, war inzwischen durch einen modernen Bühneneingang ersetzt worden. Für Don Fernando war die alte Treppe jedoch immer noch sehr nützlich, wenn eines der Doriss Girls ihn hineinschmuggeln wollte, um sich hinter den Kulissen ein bisschen zu amüsieren.

Er rief sein aktuelles Doriss Girl, Cerise, an, die absolut zuverlässig war, wie er Bourne versicherte.

Kurz nach acht Uhr abends verließen sie Don Fernandos Wohnung am Quai de Bourbon. Ein Wagen mit Chauffeur von Don Fernandos bevorzugtem Chauffeurservice wartete bereits.

»Sag dem Fahrer, du hättest es dir anders überlegt«, schlug Bourne vor.

Nachdem Don Fernando den Wagen weggeschickt hatte, überquerten er und Bourne ungehindert die nahe gelegene Brücke.

»Ich sehe ihn nicht«, sagte Don Fernando.

»Das wirst du auch nicht«, versicherte ihm Bourne. »Aber es kann leicht sein, dass er jemanden beim Chauffeurservice bestochen hat.«

Es galt, große Menschenmengen zu meiden, deshalb nahmen sie sich ein Taxi beim Hôtel de Ville, dem Rathaus von Paris.

»Du scheinst dir deiner Sache sehr sicher zu sein, Jason«, meinte Don Fernando, als er sich auf dem Sitz zurücklehnte.

»Es ist nie gut, sich zu sicher zu sein«, gab Bourne zurück. »Im Dunkeln kann man nichts anderes tun, als einen Fuß vor den anderen zu setzen.«

Don Fernando nickte, den Blick auf den Hinterkopf des Fahrers gerichtet. »Ich habe dich nie nach der Mossad-Agentin gefragt.«

»Rebekka«, sagte Bourne. »Wir waren beide hinter demselben Mann her, Semid Abdul-Qahaar, dem Imam der Münchner Moschee. Wir haben uns zusammengetan und die Sache gemeinsam durchgezogen. Sie hat sich bemüht, das Richtige zu tun, auch wenn sie dadurch am Ende den Mossad gegen sich hatte.«

Don Fernando nickte geistesabwesend. »Es verlangt manchmal Opfer, das Richtige zu tun«, sinnierte er, »die Frage ist nur, wie groß das Opfer ist.« Er fuhr sich mit den Fingerknöcheln übers Gesicht. »Aber *nicht* das Richtige zu tun ist auch ein großer Verlust.« Er seufzte. »So ist das Leben nun einmal.«

»Vor allem unseres.«

Ihr Gespräch wurde unterbrochen, als ihnen das Auto hinter ihnen ins Heck fuhr. Sie waren beide nicht schnell unterwegs gewesen, sodass kaum ein Schaden entstand, doch der Fahrer stieg trotzdem aus und begann eine hitzige Auseinandersetzung mit dem Fahrer des anderen Wagens.

»Steig aus!«, forderte Bourne ihn auf und schob Don Fernando zur Tür. »Schnell!«

Bourne zog am Türgriff, doch der Fahrer hatte offenbar die Zentralverriegelung betätigt. Der andere Lenker gab dem Taxifahrer ein kleines Paket.

Bourne schwang sich über die Vordersitze, doch in diesem Augenblick tauchte eine Gestalt in der Tür auf, richtete eine Sig Sauer auf ihn und zwang ihn zurück auf den Rücksitz.

»Es gibt kein Entkommen«, sagte Nicodemo und setzte sich hinter das Lenkrad.

Er nickte, und der Taxifahrer kehrte zum Auto zurück. Die Pistole nach hinten gerichtet, löste Nicodemo die Zentralverriegelung. Der Fahrer riss die hintere Tür auf und fesselte Bourne mit einem Plastikseil die Hände hinter dem Rücken. Anschließend fesselte er Don Fernando.

»Steck sie in den Kofferraum«, befahl Nicodemo.

»Ihr habt uns zu hart gerammt«, erwiderte der Fahrer. »Der Kofferraum lässt sich nicht mehr öffnen.«

»Okay. Steig aus«, forderte ihn Nicodemo auf.

Der Fahrer knallte die Wagentür zu und ging zu dem Auto, mit dem Nicodemo gekommen war.

Nicodemo grinste sie an. »Jetzt kommt die wirkliche Dunkelheit, Jason.«

Bourne schwieg. Er testete seine Fesseln: Ohne Hilfsmittel würde er sich nicht befreien können.

Nicodemo legte die Pistole auf den Beifahrersitz und wandte sich von ihnen ab. »Schon viel besser, zahme

Tiere zu haben«, sagte er und beobachtete sie im Rückspiegel, während er den Mercedes startete und auf der nächtlichen Straße losfuhr, »wenn es zur Schlachtbank geht.«

»Auf dem Weg zu Ihrem Büro ist mir etwas Komisches passiert, Mr. Brick«, sagte Anderson. »Also, weniger komisch als merkwürdig.«

»Und was war das, Agent Anderson?«

»Ich habe vorhin mit angesehen, wie eine Leiche aus dem Potomac gefischt wurde. War noch nicht lang drinnen, zwei Stunden maximal.«

Tom Brick saß gemütlich hinter seinem großen Schreibtisch in dem geräumigen Büro, das eine ganze Ecke im obersten Stockwerk von Core Energy einnahm. »Ja? Und?«, erwiderte er.

»Das Opfer wurde mit zwei Messerstichen getötet.«

»Was hat das mit mir zu tun?«

»›Was hat das mit mir zu tun?‹, fragt der Mann.« Anderson stand mit James an seiner Seite in der Mitte des Büros. Nachdem sie sich gegenüber der Phalanx von Sekretärinnen, Assistenten und sonstigen Lakaien als Vertreter einer US-Regierungsbehörde ausgewiesen hatten, waren sie sofort ins Chefbüro geführt worden, wo Brick sich gerade in einem Gespräch mit einem Mann befand, der auf einem Sofa saß. Brick forderte die beiden Agenten nicht auf, sich zu setzen. Anderson musterte einen Moment lang den unbekannten Gast, ehe er sich wieder Brick zuwandte.

»Mich würde interessieren, Mr. Brick, warum Sie mich nicht nach dem Namen des Opfers gefragt haben.«

Brick sah ihn ausdruckslos an. »Sein Name interessiert mich nicht.«

»Sie sagen, *sein* Name – woher wissen Sie, dass es ein Mann war?«

Brick schnaubte verächtlich. »Wir sind hier nicht bei Navy CIS, Anderson.«

»Ich sag's Ihnen trotzdem: Weil Sie ihn kennen. Sein Name ist Dick Richards.«

Brick saß einen Moment lang reglos da. Dann stand er auf und deutete auf den Mann, mit dem er gesprochen hatte, bevor Anderson und James gekommen waren.

»Ich glaube, es ist Zeit, dass Sie Bill Pelham kennenlernen.«

»Von Pelham, Noble und Gunn?«

Brick konnte sich ein Lächeln nicht verkneifen. »Genau.«

Pelham, Noble und Gunn zählte zu den gefragtesten Washingtoner Anwaltskanzleien. Zu ihren Klienten zählten Präsidenten und Direktoren, Senatoren, der Chef des FBI, der Bürgermeister sowie der Polizeichef von Washington.

Anderson bemühte sich, die schweren Geschütze zu ignorieren, die Brick auffuhr. »Wie auch immer, Mr. Brick, wir müssen reden. Jetzt.«

»Es gibt nichts zu reden«, sagte Bill Pelham und erhob sich vom Sofa. »Nicht jetzt und nicht irgendwann.«

»Drei Dinge kann ich gar nicht leiden«, sagte Ann Ring. »Konfusion, Kompliziertheit und Irreführung.« In der postmodernen Geräumigkeit des Restaurants, das Li Wan ausgesucht hatte, klimperte Tafelsilber und klingelten die Gläser. Man hörte munteres Geplauder, einige Gäste waren in ein Handygespräch vertieft. Sie blickte in Lis obsidianschwarze Augen. »Leider ist das Leben immer wieder konfus, kompliziert und irreführend.« Sie lächelte ihn mit ihren roten Lippen an. »Ich mag Klarheit, vor allem wenn etwas Neues beginnt.«

Li neigte seinen schmalen Kopf. »Genau wie ich, Frau Senatorin.«

»Und doch sind wir beide hier in Washington.« Ihr wohlklingendes Lachen hatte schon manchen für sie eingenommen, doch Li ließ sich nicht so leicht einwickeln.

»Im Zentrum der Macht fühlt man sich wie in einem magnetischen Gewitter.« Er nahm einen Schluck Weißwein. »Gleichzeitig anregend und verwirrend.«

Ann neigte den Kopf. »Ist es in Peking auch so?« Im nächsten Augenblick verfluchte sie sich selbst, als sie Lis veränderten Gesichtsausdruck sah.

»Das weiß ich nicht.« Er stellte das Glas übertrieben vorsichtig auf den Tisch. »Ich war selbst noch nie in Peking. Haben Sie angenommen …?«

»Entschuldigen Sie vielmals, Mr. Li. Ich wollte damit überhaupt nichts …«

»Oh, da bin ich sicher.« Er winkte mit der Hand ab. »Wissen Sie, Peking ist mir genauso fremd wie wahrscheinlich Ihnen.«

Sie lachte kurz auf. »Da haben wir schon wieder etwas gemeinsam.«

Seine bodenlosen Augen fanden ihre. »Gemeinsamkeiten sind etwas Seltenes, finde ich, vor allem in einem magnetischen Gewitter.«

»Sie haben so recht, Mr. Li.« Sie nahm ihre Speisekarte zur Hand und warf einen Blick auf das in simulierter Handschrift gedruckte Angebot. »Was essen wir?«, fragte sie.

»Ich denke, Steak«, sagte er, ohne in seine Speisekarte zu blicken. »Und davor einen Caesar Salad.«

»Cremespinat und Zwiebelringe?«

»Warum nicht?«

Als sie die Speisekarte weglegte, sah sie sich seinem prüfenden Blick gegenüber. *»Nicht vergessen«*, hatte Hendricks sie gewarnt, *»der Mann ist gefährlich. Er wirkt unscheinbar und bescheiden, aber das täuscht gewaltig.«*

Li rief den Kellner und bestellte für sie beide. Der Kellner nahm die Speisekarten und ging weg.

»Dieser Abend erinnert mich an eine Geschichte«, begann Li, als sie wieder allein waren. »Es gab einmal einen Geschäftsmann in Chicago. Er heiratete eine Frau mit scharfem Verstand und einem klugen Urteil. Er folgte ihren Ratschlägen und vergrößerte sein Geschäft dadurch auf das Doppelte und Dreifache der ursprünglichen Größe. Sie können sich vorstellen, dass der Mann sehr zufrieden mit dieser Entwicklung war. Mit dem geschäftlichen Erfolg wuchs auch sein Ansehen. Man fragte ihn in allen möglichen Angelegenheiten um Rat, und er besprach sich immer mit seiner Frau und wurde so noch reicher und angesehener.«

Li hielt inne, um ihnen Wein nachzuschenken. »Sie denken jetzt vielleicht, das Leben des Mannes wäre perfekt gewesen. Alle beneideten ihn um seine Stellung und seinen Reichtum. Aber nein. In Wahrheit war er ziemlich arm dran. Seine Frau wärmte nie sein Bett, nur das von anderen.«

Li starrte in sein erhobenes Glas. »Eines Tages starb die Frau des Geschäftsmannes, ganz plötzlich und unerwartet. Natürlich trauerte er um sie, aber mehr um ihren scharfen Verstand und ihr kluges Urteil als um die Frau selbst.

Einige Wochen später fragte ihn sein Bruder: ›Was wirst du jetzt tun?‹ Und der Geschäftsmann überlegte kurz und sagte: ›Ich werde tun, was ich immer getan habe, und das Beste hoffen.‹«

Ann Ring lächelte neutral. Das war nicht einfach eine Geschichte, die Li irgendwo gehört hatte. Möglicherweise hatte er sie eben erst erfunden. Sie sagte ihr jedenfalls einiges. Die Frage, die der Bruder des Geschäftsmannes gestellt hatte, war in Wahrheit, was Li sie fragte.

Sein Timing war – bewusst oder unbewusst – perfekt. Der Kellner servierte ihren Caesar Salad in weißen Porzellanschüsseln. Ann kostete ihren Salat, bat um frisch gemahlenen Pfeffer und dankte dem Kellner.

»Mir gefällt vor allem der erste Teil der Antwort des Geschäftsmannes«, sagte sie vorsichtig, »der zweite Teil weniger. Es ist nie klug, sich zurückzulehnen und das Beste zu hoffen.«

»Wenn ich an diese Geschichte denke, frage ich mich, wer in den Familien wirklich die Entscheidungen trifft. Ich glaube, es ist selten so, wie es nach außen zu sein scheint.«

Ann begriff, dass er auf sie und Charles anspielte, deshalb ignorierte sie die unausgesprochene Frage und konzentrierte sich auf ihre eigenen Absichten. Sie aß etwas Salat und kaute die knusprigen Knoblauch-Croutons, als wären es Knochen.

»Was mich überrascht, Mr. Li, ist Ihre Kenntnis meines intimen Zusammenlebens mit Charles.«

Er legte seine Gabel beiseite. »Es fällt mir nicht leicht, das zu sagen, aber Ihr Mann war nicht glücklich.«

Ann betrachtete Li mit einem rätselhaften Ausdruck. »Sie meinen, er war nicht zufrieden«, erwiderte sie mit einem angedeuteten Lächeln. »Das ist nicht dasselbe.«

»Wie bitte?« Zum ersten Mal an diesem Abend wirkte Li verwirrt.

Bourne blickte aus dem Fenster des Mercedes und sah, dass Nicodemo mit ihnen ans linke Seine-Ufer fuhr. Die Lichter entlang des Pont Alexandre III zogen wie kleine Sonnen vorüber. Zweifellos wusste Nicodemo bereits, wo er sie hinbringen würde, um sie zu töten. Bourne hatte nicht vor, ihn dort ankommen zu lassen.

Er rutschte auf der Rückbank nach vorne, bis er sich direkt hinter Nicodemo befand. Bourne krümmte den Rücken und drückte ihn gegen den Rücksitz. Im nächsten Augenblick streckte er die Beine über den Vordersitz, zu beiden Seiten von Nicodemos Kopf, und schloss die Fußknöchel um seinen Hals.

Wie erwartet, krümmte sich Nicodemo reflexartig nach hinten, um sich aus dem Würgegriff zu befreien. Don Fernando trat ihn hart gegen das rechte Ohr. Nicodemos Kopf zitterte, und Bourne drückte noch fester zu.

Nicodemo tastete nach der Pistole auf dem Beifahrersitz. Mit aller Kraft riss ihn Bourne nach links, und der Mann krachte so hart gegen die Autotür, dass sie aufsprang.

Der Mercedes schlingerte, und die Pistole fiel zu Boden, außer Reichweite für den Fahrer. Hupen dröhnten, Reifen quietschten, während Nicodemo versuchte, sich aus dem Würgegriff zu befreien und dabei nicht die Kontrolle über den Wagen zu verlieren. Instinktiv nahm er die Hände vom Lenkrad, um Bournes Beine von seinem Hals zu lösen. Als er sich nach hinten krümmte, trat er unabsichtlich auf das Gaspedal. Der Mercedes schoss vorwärts, auf den Gehweg der Brücke und direkt in das Steingeländer.

Der Aufprall riss die Insassen nach vorne, sodass sich Bournes Griff lockerte, doch im nächsten Augenblick krachte ein leichter Truck gegen den Mercedes und schmetterte ihn durch das bröckelnde Geländer.

Der Mercedes wurde in die Luft geschleudert, die Fahrertür schwang auf, und der Wagen fiel im Sturzflug in den Fluss.

Ann gab einen Laut von sich, der wie das Schnurren einer Katze klang. Sie schob den Salat zur Seite. »Wissen Sie, Mr. Li, mir wird gerade bewusst, dass ich gar nichts über Natasha Illion weiß, abgesehen von dem, was ich in *Vogue* und *Vanity Fair* gelesen habe, aber das ist ja nur Publicity.«

Mr. Li lächelte. Sie befanden sich wieder auf vertrautem Terrain. »Tasha und ich führen ein ganz unterschiedliches Leben«, sagte er achselzuckend.

»Aber wenn Sie beisammen sind …« Ein angedeutetes Lächeln.

»Tasha ist kein Mensch, der sein Inneres nach außen kehrt«, sagte Li, als hätte er sie gar nicht gehört. »Die Israelis sind sehr direkt, das kann manchmal ein bisschen befremdlich sein. Wie es dort üblich ist, hat sie ihren Wehrdienst geleistet, und das verändert die Menschen, glaube ich.«

»Wirklich?« Ann stützte ihr Kinn auf eine Hand. »Wie meinen Sie das?«

Die Salatschüsseln wurden abgeräumt und durch große Steakmesser ersetzt.

»Tasha ist dadurch sehr vorsichtig und misstrauisch geworden. Sie macht aus ihrem Leben ein einziges Geheimnis.«

»Und das finden Sie natürlich faszinierend.«

Er lehnte sich zurück, als das Hauptgericht und die Beilagen serviert wurden. Er streute mit der Pfeffermühle etwas schwarzen Pfeffer auf das Fleisch, nahm Messer und Gabel zur Hand und begann zu schneiden. Das Fleisch war blutig, wie er es bestellt hatte. »Ich bin xenophil, mich fasziniert das andere, das Exotische, das Unbekannte.«

»Und was könnte exotischer sein als ein israelisches Supermodel?«

Er kaute langsam und gründlich. »Da würde mir schon einiges einfallen, aber ich bin ganz zufrieden mit dem, was ich habe.«

»Im Gegensatz zu meinem verstorbenen Mann.« Sie häufte ein paar Zwiebelringe auf ihr Steak und sah abrupt auf, ihr Blick wie ein Dolchstoß. »Charlie hat Ihnen von seinen Affären erzählt.«

Es war keine Frage, und Li verstand es auch nicht als solche. »Ich glaube, Charles hatte wenige Freunde und niemanden, dem er sich anvertrauen konnte«, sagte er.

»Außer Ihnen.« Sie sah ihm unverwandt in die Augen. »Das hätte eigentlich ich sein sollen.«

»Wir bekommen nicht immer, was wir wollen.« Er schob sich ein Stück Fleisch in den Mund und kaute in seiner etwas gezierten Art. »Aber wir können uns bemühen.«

»Ich frage mich, warum Charles glaubte, Ihnen alles anvertrauen zu können.«

»Das ist leicht zu beantworten«, sagte Li. »Es fällt einem oft leichter, intime Dinge einem Fremden zu erzählen.«

Doch das war nicht der Grund, das wussten sie beide. Ann hatte allmählich genug von der chinesischen Gepflogenheit, sich dem Kern der Sache auf tausend Umwegen anzunähern. Li war zwar in Amerika geboren, doch in dieser Hinsicht folgte er ganz der Tradition seiner Vorfahren. Vielleicht war es eine Taktik der Chinesen, um ihr Gegenüber zu ermüden und weichzuklopfen, bevor die eigentlichen Verhandlungen begannen.

»Ach, kommen Sie, Mr. Li. Sie und Charlie haben regelmäßig Geheimnisse ausgetauscht.«

»Ja«, räumte er ein. »Das haben wir.«

Ann war so überrascht von dem offenen Eingeständnis, dass sie kurz den Atem anhielt.

»Ihr Mann und ich hatten eine Vereinbarung, von der wir beide profitiert haben.«

Ann zuckte nicht mit der Wimper. »Ich höre.«

»Ich habe den Eindruck, Sie hören schon den ganzen Abend sehr aufmerksam zu.«

Ihr Lachen klang trocken wie Holz. »Dann verstehen wir uns ja.«

Er neigte leicht den Kopf. »Aber wir *kennen* einander nicht.« Die Betonung war subtil, aber klar.

»Das ist mir bewusst.« Sie lächelte, und zwar, so hoffte sie, ohne jede Arglist. »Und deshalb möchte ich Ihnen ein Geschenk machen.«

Li saß still da, sein Körper weder locker noch angespannt. Er wartete ganz einfach.

»Etwas Wertvolles, das diese Unzulänglichkeit zwischen uns beheben wird.«

Sie zog einen kleinen Umschlag aus ihrer Handtasche und hielt ihn Li hin. Er schaute ihr in die Augen, ehe sein Blick auf den Umschlag fiel.

Schließlich nahm er den Umschlag entgegen und öffnete ihn. Er schüttelte den Inhalt heraus: nur ein einziges Blatt Papier, die Kopie eines Dokuments. Wie magnetisch wurden seine Augen zu dem Siegel ganz oben auf der Seite hingezogen.

»Das ist … absurd … verrückt«, murmelte er wie zu sich selbst.

Während er die Information in sich aufnahm, trat eine Schweißperle auf seine Stirn. Schließlich blickte er zu Ann auf.

»Ihre geliebte Trisha ist nicht nur eine Schönheit, Mr. Li, sondern auch ein Biest«, bemerkte Ann. »Sie ist eine Agentin des Mossad.«

Bourne krümmte sich und folgte Nicodemo durch die offene Autotür, machte jedoch sofort wieder kehrt, um Don Fernando zu holen, der sich vom Rücksitz nach vorne kämpfte. Da seine Hände auf dem Rücken gefesselt waren, packte Bourne ihn mit den Zähnen vorne am Hemd. Dankbar für die Hilfe, schnellte sich Don Fernando mit kräftigen Beinstößen durch die Tür.

Es war dunkel unter Wasser, und die beiden Männer

hielten sich Rücken an Rücken an den Händen fest, um einander nicht zu verlieren. Als sie die Oberfläche erreichten, hörten sie in der Ferne Schreie und Sirenengeheul. Bourne steuerte auf einen Brückenpfeiler zu, auf dem sich Muscheln angesiedelt hatten, mit Schalen scharf wie Rasierklingen. Bourne drückte sich mit dem Rücken an den Pfeiler und rieb seine Fesseln gegen die Muscheln, um das Plastikseil durchzuschneiden.

Don Fernando hielt sich neben ihm mit ruhigen Beinstößen über Wasser.

»Fast geschafft«, sagte Bourne.

Don Fernando nickte. Doch als Bourne nach ihm greifen wollte, wurde er unter Wasser gezogen.

Nicodemo!

Bourne tauchte ins Wasser zurück. Wie ein Hai spürte er Don Fernandos Beinstöße und Nicodemos Bewegungen. Er fand Don Fernando in der Dunkelheit, durchschnitt seine Fesseln mit einer Muschel, die er vom Brückenpfeiler gerissen hatte, und zog Don Fernando zurück an die Oberfläche.

Nicodemo nutzte Bournes Manöver und versetzte ihm einen mächtigen Schlag gegen die Schläfe. Bourne kippte im Wasser zur Seite, und Nicodemo setzte nach und traf ihn am Nervenknoten im Hals. Bourne drohte das Bewusstsein zu verlieren und konnte sich kaum noch bewegen, und im nächsten Augenblick spürte er ein Seil um seinen Hals, das mit aller Kraft zusammengezogen wurde. Seine Lunge brannte, der Hals schmerzte. Nicodemo packte ihn mit beiden Händen und drückte ihm die Fingerspitzen in den Kehlkopf.

Bournes Bewusstsein schwand zusehends, als ihm plötzlich bewusst wurde, dass er etwas Rundes, Scharfes in der Hand hielt, doch er fragte sich, ob er noch die Kraft besaß, es einzusetzen. Der Druck an seinem Hals wurde unerträglich. Jeden Moment würden ihm Nicodemos Finger den Kehlkopf eindrücken, und das schwarze Wasser würde in seine Kehle strömen, in den Magen und die Lunge, und er würde auf den Grund des Flusses sinken.

Mit ungeheurer Anstrengung hob er den Arm. Seine Bewegungen erschienen ihm unendlich langsam, obwohl ihm vage bewusst war, dass ihm die Zeit davonlief. Er schwang den Arm nach innen, hielt seine biologische Waffe so fest er konnte und zog sie seinem Feind zuerst über das eine Auge, dann über das andere.

Ein Blutschwall schoss hervor, Nicodemo zuckte zusammen, doch gleichzeitig drückte er noch einmal mit schier übermenschlicher Kraft zu. Verzweifelt setzte Bourne die Muschel noch einmal ein und schnitt Nicodemo damit die Kehle durch.

Ein Blutschleier, schwärzer als das Flusswasser, strömte hervor. Nicodemos Mund ging auf und zu, dann lösten sich seine Hände von Bournes Kehle, und er sank mit ausgestreckten Armen in die dunklen Tiefen des Flusses hinab.

SIEBENUNDZWANZIG

Als die geschmeidige Flugbegleiterin den Kopf hob, um ein leises Stöhnen auszustoßen, drückte Maceo Encarnación ihren Kopf wieder zwischen ihre nackten Schultern hinunter. Ihre Uniformjacke lag auf dem Boden, ihr Rock war bis zur Hüfte hochgeschoben und die perlweiße Bluse bis zur Taille heruntergezogen, sodass ihre Brüste entblößt waren.

Während Maceo Encarnación immer wieder von hinten zustieß, rief seine Lust Bilder der alten aztekischen Götter von Tenochtitlán in ihm hervor, unter anderem von Tlazolteotl, der Göttin der Wollust und der verbotenen Liebe. Tlazolteotl wurde geliebt und gleichzeitig gefürchtet. Gefürchtet, weil sie mit Menschenopfern verbunden wurde, geliebt, weil sie die Menschen von ihren Sünden reinigte.

Wenn Maceo Encarnación an Tlazolteotl dachte, sah er sie nicht als Statue aus Stein oder Jade, wie man sie im Nationalmuseum bewundern konnte, sondern in Gestalt von Constanza Camargo. Nur Constanza besaß die Gabe, seine vielen Sünden auszulöschen und ihn wieder heil zu machen. Doch sie hatte ihm wiederholt zu verstehen gegeben, dass sie ihn nicht freisprechen würde. Die Sünde, die er an ihr begangen hatte, war so groß, dass selbst die mächtige Tlazolteotl sie nicht hätte tilgen können.

Maceo Encarnación stieß ein letztes Mal zu, ehe er zitternd und schwitzend auf den nackten Rücken der Flugbegleiterin niedersank. Sein Herz hämmerte, und er spürte eine gähnende Leere in sich hochsteigen, unerbittlich und beängstigend. Das Einzige, was Maceo Encarnación Angst machte, war die Leere, das Nichts, das vielleicht eine Ewigkeit andauerte. Er glaubte keinen Augenblick an den »göttlichen Plan«, von dem die Priester in ihren wöchentlichen Predigten erzählten. Gott hatte keinen Plan; es gab keinen Gott. Es gab nur die tiefe Angst des Menschen vor dem Unbekannten, dem Unergründlichen.

In diesen unerträglich langen, unerträglich leeren Momenten nach dem Sex sehnte sich Maceo Encarnación nach Constanza Camargo, wie er sich noch nie im Leben nach jemandem gesehnt hatte. Dass sie ihn verstoßen hatte, war wie eine Wunde in ihm, die niemals verheilte. Dass es eine verdiente Strafe war, machte es nicht erträglicher. Im Gegenteil, es machte ihn wütend. Bei ihr half ihm auch sein ganzer unermesslicher Reichtum nicht, nicht seine ganze dunkle Macht. Gegenüber Constanza Camargo war er wie der niedrigste Bettler im Dreck eines Marktplatzes. Bei ihr half weder Schmeicheln noch Drohen, er kam einfach nicht an sie heran.

Er trat zurück und zog den Reißverschluss seiner Hose zu. Er fühlte sich verschwitzt und schmutzig. Die Flugbegleiterin hatte sich bereits – das Gesicht abgewandt – angezogen und schritt, ohne sich umzublicken, mit ihren langen, kräftigen Beinen nach vorne, um ihren Dienst wiederaufzunehmen.

Maceo Encarnación starrte auf den Stoffbezug der Trennwand, sah einen Fleck, wo sie ihre feuchte Stirn dagegengedrückt hatte, unter der Wucht seiner Stöße. Lächelnd strich er mit den Fingerspitzen über den Fleck. Ein Zeichen der Sünde.

Constanza Camargo besaß ihren eigenen Makel: die Sünde ihres wiederholten Ehebruchs. Eine Woche nach dem Tod ihres Mannes war sie in ihrem Haus die Treppe hinuntergestürzt, nachdem seine geisterhafte Stimme sie mitten in der Nacht aus dem Schlaf gerissen hatte, sei es im Traum oder in ihrer Einbildung. Ihr reizender nackter Fuß verfehlte die erste Stufe, und sie stürzte Hals über Kopf hinab.

Schwer verletzt war sie zum Telefon gekrochen und hatte Maceo angerufen. Ihre Affäre war damals bereits zu Ende gewesen, er hatte monatelang nichts mehr von ihr gehört. Dennoch hatte er nicht gezögert. Er hatte den besten Wirbelsäulenchirurgen im Land aufgetrieben, der ihren Bandscheibenvorfall auch prompt behob. Leider kam es im Zuge der Operation zu einer Polyneuropathie, einer unheilbaren Nervendegeneration. Heute erinnerte der Rollstuhl sie jeden Augenblick daran, dass sie Acevedo Camargo betrogen hatte. So wie ihr Mann hatte auch sie mit ihrem Verhalten den Lauf ihres Schicksals verändert.

Und was war aus dem Chirurgen geworden, der Constanza Camargo operiert hatte? Sechs Monate nachdem er verkündet hatte, dass ihr Leiden unheilbar war, hatte er mit seiner Geliebten eine Woche in Punta Mita verbracht. Ein junger Mann, der eines Morgens am Ufer joggte, fand zwei menschliche Köpfe, sauber vom Rumpf getrennt. Zuerst vermutete die Polizei, es handle sich um einen Drogendealer und seine Geliebte, Opfer einer Auseinandersetzung zweier rivalisierender Banden. Als die wahre Identität der Toten ans Licht kam, konnte sich die Polizei nicht erklären, aus welchem Grund die beiden ermordet worden waren, geschweige denn, von wem. Und so ging der Vorfall bald in der Bürokratie unter und war schnell vergessen.

Maceo Encarnacións Gedanken kehrten in die Gegenwart zurück. Er schaute auf die Uhr und ging durch den Mittelgang zurück, vorbei an der Flugbegleiterin, die sein Essen zubereitete, ins Cockpit, wo der Pilot und der Copilot auf ihren iPads Musik hörten, während sie auf seine Anweisungen warteten. Der Pilot sah ihn zuerst und zog seine Ohrhörer heraus.

»Es ist Zeit, aufzubrechen«, sagte Maceo Encarnación.

Die Augen des Piloten drückten eine unausgesprochene Frage aus. Er wusste, dass Nicodemo nicht zurückgekehrt war.

Maceo Encarnación nickte als Antwort auf seine Frage. »Es ist Zeit«, wiederholte er, bevor er an seinen Platz zurückging und sich anschnallte. Aus dem Cockpit hörte er die Stimmen des Piloten und des Copiloten, die die Checkliste durchgingen.

Der Pilot wandte sich an den Tower und wechselte ein paar Worte, ehe er den Jet ans Ende der Startbahn rollte.

»Ehrlich gesagt weiß ich nicht, warum ich hier bin.«

General Wang Liqun blickte sich in Yang Demings Wohnung um. Der alte Mann war sehr gefragt als führender Feng-Shui-Meister in Peking. Der General wusste nicht so recht, wie er dazu kam, hier in dieser geräumigen Wohnung in einem wahren Bienenstock von einem Haus nahe der U-Bahn-Station Dongzhimen zu sitzen. Der Raum war voller glänzender Oberflächen, die das Licht reflektierten: poliertes Holz, Marmor, Lapislazuli und Jade. Draußen vor den hohen Fenstern sah man durch den dichten Smog der Stadt, der an einen erstarrten Sandsturm erinnerte, das von Rem Koolhaas entworfene gigantische Sendezentrum des chinesischen Fernsehens.

General Wang Liqun hätte es nie zugegeben, doch er war beeindruckt, dass Maricruz einen Termin bekommen hatte, noch dazu so kurzfristig! Gewiss, sie war die Frau von Minister Ouyang, trotzdem war sie Ausländerin, wenngleich sie die Feinheiten der chinesischen Kultur viel besser verstand als die meisten Leute, die dem General Tag für Tag begegneten.

»Ich denke«, sagte Maricruz, während sie eine Tasse Tee aus Yang Demings schmaler, von blauen Adern durchzogener Hand entgegennahm, »Sie wissen sehr gut, warum ich Sie hierher eingeladen habe.«

Der alte Mann lächelte, nickte Maricruz zu und küsste sie zum Erstaunen des Generals auf beide Wangen, ehe er sich entfaltete wie ein Origami-Storch und barfuß aus dem Zimmer tappte.

Maricruz deutete auf die kleine gusseiserne Teekanne. »Trinken Sie auch eine Tasse?«

Der General nickte steif: Man sah ihm an, dass er sich in dieser Umgebung nicht wohlfühlte.

Sie nippten einige Augenblicke an ihrem Tee, bis die Stille immer angespannter wurde. »Also, wenn Sie jetzt bitte …«, begann er schließlich.

Der General war Anfang sechzig, zwei Jahrzehnte älter als Minister Ouyang. Ihre Freundschaft war aus einer sachlichen Notwendigkeit heraus entstanden. Sie verfügten beide über ein ausgeprägtes praktisches Denken, eine wichtige Eigenschaft im modernen China. Und sie hatten beide eine Vision von ihrem Land für das einundzwanzigste Jahrhundert und darüber hinaus.

Vor allem aber wussten sie um die Bedeutung neuer Energiequellen, und sie waren beide überzeugt, dass diese Quellen vor allem in Afrika zu finden waren, einem Kontinent, auf dem China nicht zuletzt dank ihrer Bemühungen immer stärker vertreten war. Es gab jedoch immer wieder Hindernisse auf ihrem Weg, sowohl für sie persönlich als auch für das Land. Eine große unmittelbare Bedrohung war der Grund, warum Maricruz ihn zu diesem Treffen gebeten hatte, und das an einem so unkonventionellen Ort, dass niemand in Peking davon Notiz nehmen würde.

»Der Grund, warum wir an diesem absolut sicheren Ort zusammengekommen sind, ist Cho Xilan«, erklärte Maricruz. Cho war der einflussreiche Parteichef von Chongqing. Cho kritisierte die wachsende chinesische Präsenz im Ausland, weil sie seiner Meinung nach die Ideologie aushöhlte. Mit »Ausland« meinte er natürlich Afrika, womit er sich klar gegen Minister Ouyang und den General stellte. Cho hielt an der alten Parteilinie fest, »nach sozialistischen Richtlinien eine Gesellschaft mit bescheidenem Wohlstand aufzubauen« und so die zunehmenden Unruhen zu vermeiden, wie sie in anderen Ländern auftraten, wo die Schere zwischen Arm und Reich immer weiter auseinanderklaffte.

»Wir stehen vor einem Machtkampf, der das Land zerreißen könnte«, erklärte sie.

»Das halte ich für stark übertrieben. Wir sind hier in China.«

»Ich spüre, dass sich etwas zusammenbraut.«

»Ach ja?«, erwiderte der General mit einem herablassenden Lächeln.

»Ich komme aus einem Land, das mit dem Blut von Klassenkämpfen getränkt ist.«

Ihre Bemerkung vermochte sein spöttisches Lächeln nicht zu vertreiben. »Geht es beim Drogenhandel also letztlich darum?« Er lachte laut auf. »Klassenkampf?«

»Der Drogenhandel hier in China wurde von Ausländern begonnen und den Menschen an der Küste aufgezwungen, bis sie davon abhängig waren. Wir Mexikaner haben unseren Handel immer schon selbst kontrolliert. Wir *verkaufen* an Ausländer und nutzen die Erträge, um uns gegen die endlose Korruption der Behörden und der Regierung abzusichern. Unser Volk kommt aus der Armut, wir hatten nie genug zu essen, aber mit jedem Atemzug träumten wir von einem freien Leben. Jetzt sind wir frei und lassen uns die Freiheit auch nicht mehr nehmen. Können Sie das Gleiche von Ihrem Land sagen, General?«

Wang Liqun lehnte sich zurück und betrachtete dieses umwerfende Geschöpf, das ihm wie eine dunkle Göttin der Unterwelt gegenübersaß. Woher war sie gekommen?, fragte er sich. Wie hatte Minister Ouyang sie gefunden? Er und Ouyang Jidan waren Freunde, gewiss, aber Freundschaft hatte ihre Grenzen, es gab Bereiche, die tabu waren. So wusste General Wang Liqun nur sehr wenig über Maricruz, obwohl er ihr schon oft auf Feiern, offiziellen Anlässen und auch intimeren Banketten begegnet war. Dabei hatte nie das Geringste darauf hingedeutet, dass sie zu einem solchen Gespräch fähig war. Wie viel hatte Ouyang ihr von seinen Plänen erzählt? Konnte man ihr trauen? Ouyang vertraute niemandem außer dem General.

Doch nun begriff er, dass Maricruz über Ouyangs – und deshalb auch seine – Angelegenheiten im Bilde war und für seinen Freund sprach. Ouyang hatte schlauerweise seine Frau gesandt, weil es um so viel ging und überall Spione lauerten. Als Ausländerin wurde Maricruz weder von Ouyangs Kollegen noch von seinen Feinden beachtet. Der General war froh über diese Sicherheitsmaßnahme.

»Leider kann ich das von unserem Land nicht behaupten, Maricruz«, sagte der General. »Sprechen Sie bitte weiter.«

Sie schenkte ihnen noch etwas Tee ein. »Vor etwas mehr als fünf Jahren haben Sie und Ouyang begonnen, den Bau von Straßen und Infrastruktur in Kenia zu fördern. Ihr habt den unendlichen Reichtum an Bodenschätzen erkannt und wart entschlossen, ihn für Chinas wachsenden Energiebedarf zu gewinnen. Ouyang ging davon aus, dass die Kenianer nicht nach dem Preis für den dringend benötigten Aufbau fragen würden, und er hatte recht. Und jetzt bekommt er von Kenia, was er will: Erdöl, Diamanten, Uranerz, vielleicht sogar seltene Erden.«

Der General nickte. »Der Einsatz macht sich bezahlt.«

»Leider untergräbt Cho Xilan in seiner übereifrigen Art diese Projekte«, fuhr Maricruz fort. »Er ist schuld, dass Simbabwe immer noch darauf wartet, dass China seine Versprechen zum Ausbau der Infrastruktur einlöst, genauso wie Guinea, das die Erdölförderrechte für neun Milliarden an Bauprojekten abgetreten hat. Dahinter steckt nur Cho, der sich für einen Rückzug aus diesen Auslandsgeschäften starkmacht und im eigenen Land ›für Ordnung sorgen und die korrupte politische Führung beseitigen‹ will, wie er es ausdrückt.« Sie schüttelte den Kopf. »Ihr habt Cho Munition für seine Bestrebungen geliefert. Er hat einige afrikanische Politiker gefunden, die große Beträge in die eigene Tasche abgezweigt haben.«

»So laufen die Geschäfte nun mal in Afrika«, erwiderte der General leicht gereizt. »Das ist nichts Neues.«

»Trotzdem wird es problematisch, wenn Cho dem Zentralkomitee Beweise vorlegen kann. Immerhin hat er schon erreicht, dass Zahlungen eingestellt werden. Er hat seinen politischen Einfluss vergrößert, nicht wahr?«

Sie nahm einen Schluck Tee, um die Atmosphäre ein wenig abkühlen zu lassen, dann stellte sie die henkellose Tasse nieder. »Entschuldigen Sie meine Direktheit, General, aber die Zeit ist knapp. Was Cho wirklich will, ist eine Rückkehr in die Zeit Maos. Er will China mit eiserner Faust regieren.«

Der General trank noch etwas Tee, um sich zu beruhigen. »Angenommen, ich würde Ihre düstere Beurteilung der Situation teilen.«

»Dann müssen Sie sofort einen Trupp in den Libanon schicken. Unser Projekt dort ist in der Endphase. Damit sind enorme Möglichkeiten der Energiegewinnung für China verbunden. Cho will verhindern, dass

Sie und Ouyang über eine solche Macht verfügen.« Sie sah ihm in die Augen. »Er wird alles tun, um das Projekt aufzuhalten.«

»Das alles ist mir bekannt«, erwiderte der General etwas gelangweilt. »Wir haben ausreichende Sicherheitsvorkehrungen vor Ort. Minister Ouyang und ich haben uns schon vor Monaten auf diesen Aspekt des Plans geeinigt.«

»Die Situation hat sich geändert«, beharrte Maricruz.

Der General legte den Kopf auf die Seite und zog die Stirn kraus. »Inwiefern?«

»Wir haben es nun auch mit Jason Bourne zu tun.«

»Ich weiß, er war mit einer Mossad-Agentin unterwegs. Aber das allein sagt gar nichts.« Seine Hand durchschnitt die Luft mit einer entschiedenen Geste. »Außerdem ist die Agentin tot.«

»Bourne war in Dahr El Ahmar und ist entkommen«, fuhr Maricruz unbeeindruckt fort.

»Auch das ist nichts Neues, Maricruz. Minister Ouyang hat die entsprechenden Vorkehrungen getroffen, um Bourne auszuschalten, falls er nach Dahr El Ahmar zurückkommen sollte, wenn das Geschäft abgeschlossen wird.«

»Sie sprechen vermutlich von Oberst Ben David«, sagte Maricruz. »Das Problem ist nur, dass mein Mann Ben David nicht traut.«

Das überraschte General Wang Liqun nun doch, und er wusste mit einem Mal, warum Ouyang dieses Treffen arrangiert hatte: um ihm diese Nachricht durch Maricruz zu überbringen. Er blickte ihr fest in die Augen. Sie hatte recht: Es galt, schnell zu handeln. Das

Geschäft sollte in neun Stunden abgeschlossen werden. Er nickte. »Ich werde sofort entsprechende Anweisungen geben. Sagen Sie Ouyang, ein Jet wird in spätestens einer Stunde bereit sein.«

»Meinst du, du kannst noch ein Stück schwimmen?«

Don Fernando sah Bourne an. »Ich bin alt, Jason, aber nicht tot.« Er blickte zu den blinkenden Lichtern und der Menschenmenge auf dem Pont Alexandre III hinauf. »Die Polizei veranstaltet ein ziemliches Spektakel da oben.«

»Wir müssen weg«, meinte Bourne, »bevor noch mehr von ihnen kommen und sie Taucher ins Wasser schicken.«

Don Fernando nickte.

»Wir schwimmen flussabwärts. Siehst du den Pont des Invalides? Das ist nicht so weit.«

»Keine Sorge, Jason. Ich schwimme ganz gern.« Er lächelte. »In meiner wilden Jugend musste ich auch öfter mal schnell abhauen.«

»Okay, dann los.«

Bourne glitt von dem Brückenpfeiler, an dem sie sich festgehalten hatten, ins Wasser. Die ersten Scheinwerfer strichen über die Stelle, an der das Auto in den Fluss gestürzt war. Der Bootsverkehr war ein Stück flussaufwärts gestoppt worden. Zwei Polizeiboote kamen aus dieser Richtung, zweifellos mit Tauchern an Bord.

Don Fernando glitt lautlos ins Wasser, und sie schwammen gemeinsam mit kräftigen Zügen den dunklen Fluss hinunter, weg von der Menschenmenge und der Polizei.

Zu Fuß war der Pont des Invalides nicht weit entfernt, doch schwimmend kam man deutlich langsamer voran. Das Wasser war empfindlich kalt, und ihre Kleidung bot keinen Schutz gegen die Kälte, sondern stellte nur ein zusätzliches Gewicht dar. Doch sie konnten es sich nicht leisten, innezuhalten und etwas abzustreifen. Außerdem brauchten sie ihre Kleider, wenn sie aus dem Wasser kamen.

Bourne schlug ein zügiges Tempo an, und zu seiner Überraschung hielt Don Fernando gut mit. Trotz seines Alters schwamm er immer noch wie ein Fisch.

Sie entfernten sich immer weiter von den Scheinwerfern, dafür kam ein anderes Problem auf sie zu. Mit zunehmender Entfernung von der Brücke bekamen sie die Strömung immer stärker zu spüren, wurden hin und her gewirbelt und unter Wasser getaucht. Bourne verlor allmählich das Gefühl in seinen Händen und Füßen. Seine Fingerspitzen waren eiskalt, und die Zehen spürte er längst nicht mehr.

Langsam arbeiteten sie sich flussabwärts auf den Pont des Invalides zu. Bourne blickte gerade noch rechtzeitig zurück, um Don Fernando untergehen zu sehen. Er zog ihn zurück an die Oberfläche und schwamm mit ihm zu einem Brückenpfeiler in der Nähe des rechten Ufers.

Don Fernando keuchte wie ein Schwimmer nach der Überquerung des Ärmelkanals. Bourne drückte ihn eng an sich und legte schützend den Arm um die Schultern des älteren Mannes.

»Ruh dich kurz aus«, sagte Bourne. »Dann schwimmen wir das letzte Stück.«

»Das letzte Stück? Du meinst, wir müssen noch weiter?«

»Schau« – er zeigte nach vorne – »dort können wir die Stufen der Ufermauer raufklettern.«

Don Fernando schüttelte erschöpft den Kopf. Seine lange Haarmähne hing in Strähnen herab. »Ich bin fertig.« Seine Hände zitterten. »Ich glaube nicht, dass ich noch weiterkann.«

»Dann ruh dich aus«, sagte Bourne. »Sieh dir die Lightshow auf der Brücke an, während ich einen Anruf mache.«

Don Fernando sah ihn erstaunt an. »Einen Anruf? Wie willst du das machen? Es ist alles nass.«

»Ein wasserdichtes Sat-Handy.« Bourne zog ein längliches Ding in einer Gummihülle aus einer Innentasche.

Der alte Mann lachte leise, als er es sah. Er schüttelte den Kopf und wurde plötzlich sehr ernst. Das Wasser schlug gegen den Brückenpfeiler, und der Wind trug die Rufe der Polizisten zu ihnen, die in ihren Booten die Unfallstelle erreicht hatten.

»Weißt du, Jason«, sagte er nach einer Weile, »der Mensch sieht die Dinge gern so, wie er sie sehen möchte.« Er schüttelte erneut den Kopf. »Früher einmal habe ich gehofft, mein Sohn würde einmal so werden wie du. Aber er hat mich enttäuscht. Irgendwie muss er seine Werte verloren haben.«

»Jetzt ist nicht der Moment …«

»Doch, Jason. Ich glaube nicht, dass ich noch einmal den Mut finde, das zu sagen.« Er wandte sich Bourne zu. »Ich habe dich nicht immer gut behandelt, dir manchmal nicht die Wahrheit gesagt.«

»Hör zu, Don Fernando …«

Er hielt eine Hand hoch. »Nein, lass mich ausreden.«

Mit jeder Sekunde schien er neue Kräfte zu sammeln. »Es tut mir leid, dass ich dich so schäbig behandelt habe. Ich würde gern die Zeit zurückdrehen und …«

Das vertraute Geräusch eines Helikopters drang zu ihnen herunter. Ein greller Lichtstrahl erhellte den Himmel und stach im nächsten Moment nach unten auf den Fluss.

»Don Fernando, wir müssen weiter«, sagte Bourne eindringlich. »Ich halte dich über Wasser, wenn es sein muss.«

»Ich weiß, Jason. Daran zweifle ich keinen Augenblick.« Als Bourne zurück ins Wasser gleiten wollte, hielt ihn Don Fernando am Arm zurück. »Warte.«

Seine Augen leuchteten im Licht des Scheinwerferstrahls.

»Eines ist mir klar geworden«, erklärte Don Fernando. »Du würdest mich nie enttäuschen.«

Sam Anderson ließ sich nicht so leicht einschüchtern, auch nicht von einem der drei Partner der renommiertesten Anwaltskanzlei von Washington. Er war nicht unvorbereitet gekommen und zog ein Dokument hervor, das er Bill Pelham zeigte. Während es der Anwalt las, wandte er sich an Tom Brick. »Sie kommen mit uns, Mr. Brick. Sie sind in eine Angelegenheit der nationalen Sicherheit verwickelt. Daran ändert auch ein ganzes Heer von Anwälten nichts.«

Brick sah Pelham an, der ihm zunickte. »Bis Mittag sind Sie wieder draußen.«

Brick kam hinter seinem Schreibtisch hervor und schritt vor Anderson und Tim Nevers aus dem Büro, den Gang hinunter und in den Aufzug.

»Die Forensiker haben interessante Hinweise an Richards' Leiche gefunden«, sagte Anderson auf dem Weg hinunter.

Brick blickte starr vor sich hin und schwieg.

»Sie werden nicht bis Mittag zu Hause sein, Brick«, fügte Anderson lächelnd hinzu. »Sie werden länger weg sein.«

Die Aufzugtür öffnete sich, doch Brick blieb stehen, und Nevers trat vor, um zu verhindern, dass sich die Tür schloss.

»Das ist doch alles Scheiße, was Sie hier von sich geben«, sagte Brick.

»Das können Sie gern Minister Hendricks erzählen.« Anderson trat vor, um Bricks Gesicht zu sehen. »Er will Sie nämlich sprechen.«

Im Auto setzte sich Nevers ans Lenkrad, während Anderson mit Brick hinten einstieg.

»In einem Punkt haben Sie recht«, räumte Anderson ein, während Nevers losfuhr. »Es ist noch zu früh, dass die Forensiker etwas Definitives sagen können.«

Brick lächelte. »Das ist das erste wahre Wort, das ich von Ihnen höre, seit Sie in mein Büro reingeplatzt sind.«

»Andererseits habe ich Richards' schmutzige Arbeit an den Treadstone-Servern mit einem Keylogger verfolgt und bin auf eine Verbindung zum Netzwerk von Core Energy gestoßen; von dort hat er sich die Aktivierungscodes für den Virus geholt, den er ins System eingeschleust hat.«

»Damit hab ich nichts …«

»Erzählen Sie mir nichts, Brick«, versetzte Anderson. »Sie haben damit eine Menge zu tun, und das werden wir auch beweisen.«

»Also, Li«, sagte Ann Ring, »was werden Sie jetzt tun?«

Li Wan fühlte sich, als würde sein Kopf explodieren, seit Ann ihm Natasha Illions wahre Identität enthüllt hatte. Er steckte in der Klemme wie noch nie in seinem Leben. Minister Ouyang durfte das auf keinen Fall erfahren. Er würde ihm nie wieder vertrauen, und das zu Recht. Verzweifelt überlegte er, wie viele Informationen er Tasha achtlos verraten hatte, während sie zusammen im Bett waren. Die furchtbare Wahrheit war, dass er sich nicht einmal mehr erinnern konnte. Seiner Karriere drohte ein jähes Ende. Er brauchte dringend Hilfe.

Er sah Ann Ring an, öffnete den Mund, schloss ihn wieder. »Ich bin in eine fatale Situation geraten.«

»Da stimme ich Ihnen absolut zu.« Ihre Augen musterten ihn aufmerksam.

Eine Weile schwiegen beide, und ihm schossen alle möglichen Gedanken durch den Kopf. Ann schien zu spüren, dass ein Ortswechsel hilfreich sein könnte, und schlug vor, eine Bar aufzusuchen. Dort saßen sie in einer altmodischen Sitznische, von den anderen Gästen abgetrennt, die ohnehin mit Trinken und einem Fußballspiel im Fernsehen beschäftigt waren.

Li wartete vergeblich, dass Ann Ring einen Vorschlag machte. »In einer solchen Situation gibt es nur einen Weg«, sagte er schließlich. »Sie müssen mich schützen.«

Ann Ring sah ihm in die Augen. »Ich bin Senatorin der Vereinigten Staaten. Ich *muss* gar nichts.«

Li schluckte. »Ich kann Ihnen genauso helfen, wie ich Ihrem Mann geholfen habe.«

»Wirklich? Und was haben Sie für ihn getan?«

»Ich habe ihm Informationen für *Politics As Usual* verschafft. Mit diesen Exklusivberichten hat er sich einen Namen gemacht.«

»Warum habe ich davon nichts gewusst?«

»Charles konnte seine Geheimnisse gut für sich behalten.«

»Ja, das konnte er.« Ann überlegte einen Augenblick. »Und was bekamen Sie dafür von ihm?«

Li strich sich mit der Hand über die Augen und schwieg.

»Ich fürchte, ich kann Ihnen nicht helfen, Li«, sagte Ann, schob ihr Glas beiseite und griff nach ihrer Handtasche, um zu gehen.

»Warten Sie! Bitte.« Sein Widerstand war gebrochen. Noch vor wenigen Minuten wäre es ihm undenkbar erschienen, jemandem zu verraten, was er von Charles erfahren hatte. »Haben Sie schon einmal von SILEX gehört?«

Ann überlegte einen Augenblick. »Ja, aber ich kann mich nicht erinnern, in welchem Zusammenhang.«

»SILEX steht für die Isotopentrennung durch Laseranregung«, erklärte Li. »Das Verfahren ermöglicht eine viel schnellere Urananreicherung für Atomreaktoren.«

»Ah, jetzt erinnere ich mich«, sagte Ann. »General Electric hat das Verfahren gekauft und eine Zusammenarbeit mit Hitachi begonnen. Sie planen eine SILEX-Anlage, die Uran für sechzig Reaktoren anreichern kann. Damit ließe sich ein Drittel der Vereinigten Staaten mit Strom versorgen.«

»Dann hat sich die Regierung eingeschaltet«, fügte Li hinzu.

»Wir waren besorgt wegen der Verbreitung von waffenfähigem Uran, falls das SILEX-Verfahren gestohlen würde.«

Li nickte. »Mir ging es nur darum, über die Fortschritte von SILEX informiert zu werden.«

Ann zog die Stirn kraus. »Warum interessiert sich die chinesische Regierung für unsere Fortschritte mit SILEX?«

»Das weiß ich auch nicht«, versicherte Li. Es war die Wahrheit: Minister Ouyang hatte es ihm nicht anvertraut. Li war froh, nicht mehr zu wissen, als er für seine Arbeit benötigte.

Nach kurzem Schweigen, das Li gar nicht so kurz vorkam, nickte Ann.

»Okay, wie kann ich Ihnen helfen?«

»Ich komm einfach nicht weiter«, stöhnte Soraya.

»Wir haben nicht die Zeit, um jeden Treadstone-Kontakt im Feld anzurufen«, erwiderte Peter.

»Ich weiß. Ich versuche gerade, in unseren Server auf Gibraltar reinzukommen.« Soraya saß vor dem Laptop, den man ihnen aus dem Treadstone-Hauptquartier geschickt hatte. Das IT-Team, das sie und Peter hier im Krankenhaus unterstützen würde, hatte eine schnelle Breitbandverbindung eingerichtet. »Es hat noch nicht geklappt.«

»Das will ich auch hoffen«, meinte Peter. »Dieser Server sollte nicht zu hacken sein, selbst wenn jemand außerhalb von Treadstone von seiner Existenz wüsste.«

»Keine Sorge«, brummte sie mürrisch. »Da kommt keiner rein.«

»Was mir Sorgen macht …«

»Ja?« Sie hob den Kopf. »Was wolltest du sagen?«

»Ach, nichts.« Er blickte zur Seite.

»Komm schon.« Sie stellte den Laptop beiseite und kam zu ihm ans Bett. Sie hatten ein großes Zimmer bekommen, in dem das IT-Team ihre elektronische Ausrüstung installiert hatte.

Soraya setzte sich auf die Bettkante und nahm seine Hand. »Was ist?«

»Ich …« Sein Blick ging zu ihr zurück. »Meine Beine tun weh. Phantomschmerz.«

»Woher weißt du, dass es keine echten Schmerzen sind?«

»Die Ärzte …«

»Scheiß auf die Ärzte, Peter. Die wissen auch nicht alles.«

»Es gibt keine Nervenreaktion mehr, Soraya. Meine Beine sind tot.«

Sie drückte seine Hand. »Sag das nicht!«

Er hatte dunkle Ringe unter den Augen, wie sie sie noch nie an ihm gesehen hatte, auch nicht, wenn er noch so lange gearbeitet hatte. Es brach ihr das Herz, ihn so zu sehen.

Und Peter kannte sie zu gut, um nicht zu spüren, was in ihr vorging. »Je früher ich mich damit abfinde, desto besser«, fügte er hinzu.

Sie beugte sich zu ihm. »Wir geben nicht auf.«

»Niemand gibt auf, das verspreche ich dir.« Er zwang sich zu einem schwachen Lächeln. »Was hast du sonst noch auf deinem Laptop angestellt?«

»Ich hab versucht, Jason zu erreichen. Vielleicht weiß er, warum Core Energy unser Netzwerk lahmgelegt hat.«

»Und?«

»Er ist nicht online. Ich habe ihm ein paar Nachrichten auf seinem Handy hinterlassen.«

»Warum konzentrieren wir uns nicht auf die näherliegenden Dinge – zum Beispiel die Frage, wie zum Teufel Brick es geschafft hat, Richards durch unsere Sicherheitskontrollen zu schleusen.«

»Vielleicht hat er ihn erst kontaktiert, nachdem Richards bei uns begonnen hatte.«

Peter schüttelte den Kopf. »Sicher nicht. Als mich Brick in sein Haus mitnahm, war Richards auch dort. Die Verbindung bestand schon länger.«

»Das heißt, er hat Brick schon mit Informationen von der NSA versorgt, vielleicht sogar vom Präsidenten.«

»Wir müssen Brick verhören«, meinte Peter.

»Du machst Witze, oder?« Sie breitete die Hände aus. »Schau uns doch an, Peter. Sollen wir ihn hierherbringen lassen? Zur Vernehmung? In unserem Zustand?« Sie schüttelte den Kopf. »Nein. Sam wird uns vertreten müssen. Wir können uns aber ins Netzwerk des Hauptquartiers einklinken und stehen dann über drahtlose Ohrhörer ständig mit Sam in Verbindung. Sobald uns eine Frage einfällt, geben wir sie durch. Okay? Peter?«

Er nickte deprimiert. Sie hatte ihn an seinen Zustand erinnert, und das tat ihr leid, doch es hatte sich nicht vermeiden lassen. Das Schlimme war, dass es in den kommenden Wochen und Monaten wieder und wieder passieren würde.

Sie betrachtete ihn eine Weile nachdenklich. »Weißt du, mein Kind wird eine männliche Bezugsperson brauchen, eine Vaterfigur.«

Peter lachte bitter auf. »Klar! Da bin ich der Richtige …«

»Das *bist* du, Peter.« Mit leuchtenden Augen fügte sie hinzu: »Von wem sonst würde ich mir wünschen, dass ihn mein Baby so gut kennt?«

Als Jacques Robbinet, der französische Kulturminister, den Anruf von Jason Bourne erhielt, saß er auf dem Rücksitz seines gepanzerten Renault. Vorne saßen sein Fahrer und sein langjähriger Leibwächter. Es war genau 21:32 Uhr. Robbinet war unterwegs zum Abendessen mit seiner Geliebten, weshalb er den Anruf fast nicht entgegengenommen hätte. Doch sein Wagen steckte im Verkehr fest, sodass ihm ohnehin langweilig war.

»Jason«, sagte er aufrichtig erfreut, »wo bist du?«

»Am rechten Seine-Ufer, beim Pont des Invalides.«

Robbinet, dessen Posten eines Kulturministers nur Tarnung war für seine leitende Geheimdiensttätigkeit, war sofort hellwach. »Hattest du mit dem Vorfall auf dem Pont Alexandre III zu tun?« Robbinet hatte die Meldung vor zwanzig Minuten erhalten und zwei Agenten hingeschickt, um die Polizei bei den Ermittlungen zu unterstützen. Es kam schließlich nicht jeden Abend vor, dass ein Auto von einer Pariser Brücke in den Fluss stürzte, deshalb hatte der Vorfall sofort sein Interesse geweckt.

»Es ging um Entführung und Mordversuch«, teilte Bourne seinem alten Freund mit. »Wir sind flussabwärts geschwommen.«

»Wir?«

»Ein Freund ist mit mir unterwegs. Don Fernando Herrera.«

»Großer Gott.«

»Du kennst Don Fernando?«

Robbinet beugte sich vor, tippte seinem Fahrer auf die Schulter und teilte ihm das geänderte Ziel mit. »Und ob ich ihn kenne, Jason.« Robbinet wies den Fahrer an, die Sirene einzuschalten und dem Stau auszuweichen – wenn nötig, auch auf dem Bürgersteig. »Bleib, wo du bist. Ich bin in ein paar Minuten da.«

»Hör zu, Jacques, ich brauche einen Jet.«

Robbinet lachte ungläubig. »Ist das alles?«

»Ich muss so schnell wie möglich in den Libanon.«

Robbinet kannte diesen Ton. »Ist die Situation so kritisch?«

»Absolut. Darum wollte mich jemand daran hindern.«

»Okay. Aber zuerst besorgen wir euch trockene Sachen.« Robbinets Gedanken arbeiteten blitzschnell. »Inzwischen lasse ich den Jet vorbereiten.« Er kannte Bourne gut genug, um nicht an ihm zu zweifeln. »Ein Militärjet. Für alle Fälle bewaffnet.«

»Danke, Jacques.«

»Bedank dich, indem du heil zurückkommst«, erwiderte Robbinet trocken.

ACHTUNDZWANZIG

»Das Ganze war eine raffinierte Falle?«

»Von Anfang bis Ende.« Bourne hörte das ungläubige Staunen in Sorayas Stimme. »Maceo Encarnación hat sich einiges ausgedacht, um mich aus dem Weg zu räumen.«

Bourne wechselte sein Satellitentelefon von einem Ohr ans andere; es war deutlich schwerer als sein Handy. Er saß im Cockpit des Mirage-Kampfjets, den Robbinet ihm zur Verfügung gestellt hatte. Kein komfortables Flugzeug, aber das war auch nicht sein Zweck. Es war für den militärischen Ernstfall gebaut.

»Von dem Moment an, als Constanza Camargo in ihrem Rollstuhl in die Flughafenhalle gebracht wurde, hatten sie mich im Visier.«

»Woher hat sie gewusst, dass du dort bist?«

»Maceo Encarnación.«

»Aber wie ist sie in den Sicherheitsbereich gelangt?«

»Ich war gerade in Mexico City und kann mir gut vorstellen, dass Encarnación die Stadt fest im Griff hat.«

Soraya stockte einen Augenblick. »Und die Geschichte, die Constanza dir über ihren Mann erzählt hat?«

»Die ist wahr, ich hab's überprüft«, sagte Bourne. »Auch die Art, wie er gestorben ist.«

»Ja, die besten Lügner streuen so viel Wahrheit wie möglich in ihre Geschichten ein.«

»Mich würde die wahre Beziehung zwischen Constanza Camargo und Maceo Encarnación interessieren«, meinte Bourne und blickte durch das Cockpitfenster hinaus. Die Mirage schoss wie eine Vergeltungswaffe ihrem Ziel entgegen. Bourne hatte nicht nur mit Maceo Encarnación eine Rechnung offen, sondern auch mit Oberst Ben David.

»Du meinst, alles hängt irgendwie zusammen«, sagte Soraya. »Encarnación, Nicodemo, Core Energy und der Mossad-Kommandant in der israelischen Forschungsstation in Dahr El Ahmar.«

»Es gibt noch jemanden, der sich im Hintergrund hält, aber umso wichtiger sein dürfte.«

»Weißt du, um wen es sich handelt?«, fragte Soraya.

»Die Chinesen. Vor allem ein gewisser Ouyang.«

»Moment«, sagte Soraya. Wenige Augenblicke später war sie wieder am Telefon. »Nach meinen Informationen ist Ouyang Jidan Minister für Getreideverwaltung. Was hat er mit Dahr El Ahmar zu tun?«

Als Bourne ihr von dem israelischen SILEX-Projekt erzählte, war sie in heller Aufregung. »Was sollen wir tun? Wenn Ben David in die Sache verwickelt ist, können wir niemandem im Mossad mehr trauen.«

»Überlass das mir«, sagte Bourne. »Ich bin in ein paar Stunden in Dahr.«

»Hast du schon mal dran gedacht, dass Dahr El Ahmar eine Falle sein könnte?«

»Ja.«

Soraya wartete, dass er ihr mehr verriet, doch er schwieg. »Können wir dir irgendwie helfen?«

»Ich hab alles, was ich brauche.«

»Was mich auch noch beschäftigt, sind die gefälschten dreißig Millionen Dollar, die Peter gefunden hat«, sagte sie. »Vielleicht wollte der Azteke nur seinen Boss abzocken. Die Leute tun alles für so viel Geld.«

»Stimmt.«

»Es ist nur so, dass die Geldscheine bei Weitem nicht so gut gefälscht sind, wie wir es zum Beispiel von den Chinesen kennen.« Sie stockte einen Augenblick. »Und deshalb dachte ich mir, es könnte dabei um eine interne Sache gehen. Vielleicht hatte Maceo Encarnación jemanden in der eigenen Organisation im Verdacht, ihn zu bescheißen. So was kommt immer wieder vor. Also stellt er ihm eine Falle – und selbst wenn der Dieb mit dem Geld entwischt, steht er mit leeren Händen da.«

»Da könnte was dran sein«, meinte Bourne. »Du solltest dieser Vermutung nachgehen.«

»Hab ich schon getan. Und wie es aussieht, hat die Sache einen Stellvertreter des Azteken den Kopf gekostet.«

»Dann ist es klar.«

Sie hätte ihm gern erzählt, wie es ihr und Peter ging, ließ es aber sein. Er hatte selbst mehr als genug um die Ohren. Wenn alles vorbei war, konnten sie immer noch darüber sprechen. Vielleicht würde er sie sogar in Washington besuchen. Sie hätte ihn gern einmal wiedergesehen.

Sie räusperte sich. »Okay, das wär's dann wohl fürs Erste. Melde dich wieder.«

Sie sagte das so eindringlich, dass Bourne vielleicht nachgefragt hätte, wäre die Verbindung nicht schon getrennt gewesen. Er lehnte sich in seinem Sitz zurück, schloss die Augen und dachte an sein letztes Gespräch mit Don Fernando.

Robbinet hatte sie von seinem Fahrer in ein kleines, aber exquisites Hotel bringen lassen, wo in einer Suite im obersten Stockwerk eine elegante Frau von etwa vierzig Jahren wartete. Stéphanie, so ihr Name, trug ein kleines schwarzes Kleid von Dior und war Robbinets Geliebte. Als könnte sie zaubern, hatte sie bereits Kleider für Bourne und Don Fernando bereitgelegt. Bourne wusste nicht, wann Robbinet sie angerufen hatte, doch er war auf jeden Fall dankbar dafür.

Während Don Fernando duschte, erzählte Bourne Robbinet, was ihn von Mexiko nach Paris geführt hatte. »Bei der Leiche, die deine Taucher aus der Seine fischen werden, handelt es sich um einen gewissen Nicodemo«, schloss er seinen Bericht. »Seinen richtigen Namen kennt keiner.«

»Tot ist tot«, sagte Robbinet in seiner gewohnt sachlichen Art. »Ich bin nur froh, dass dir und Don Fernando nichts passiert ist. Das war vielleicht ein Tag, was? Von der Entführung bis zu Don Fernandos zweiter Auferstehung von den Toten. Ich habe den Bericht über den Absturz seines Privatjets bei Paris fabriziert.« Er sah Bourne aufmerksam an. »Wie es aussieht, seid ihr zwei irgendwie füreinander bestimmt.«

Bourne wandte sich Stephanie zu. »Tut mir leid, dass wir Ihnen den Abend verderben.«

»Bei Jacques bin ich so etwas gewohnt.« Ihr Lächeln war umwerfend. Mit leicht wiegenden Hüften ging sie zur Minibar hinüber. »Da kann man nichts machen. Außerdem haben Jacques und ich noch die ganze Nacht.«

Bourne und Robbinet berieten sich über den bevorstehenden Flug. Mithilfe von Google Earth holte Robbinet die Gegend von Dahr El Ahmar auf das Display seines iPads. »Das israelische Lager sehe ich nicht.«

»Das ist getarnt«, erklärte Bourne. »Außerdem sorgen die Libanesen dafür, dass Teile des Gebiets von den Google-Kameras nicht im Detail erfasst werden können. Such mal das Weiße Haus auf Google Earth – du wirst nicht viel sehen.«

Robbinet nickte. »Aus Sicherheitsgründen machen wir das auch in bestimmten Teilen von Paris.« Er tippte mit dem Zeigefinger auf den Bildschirm. »Es gibt da einen Flugplatz in Rachaiya, hier. Er ist abgelegen und doch nicht mehr als drei Kilometer von Dahr entfernt. Ein Auto mit Fahrer wartet dort auf dich, wenn du landest.«

»Das brauch ich nicht«, sagte Bourne.

»Fadi kennt die Gegend wie seine eigene Westentasche«, gab Robbinet zu bedenken. »Ich würde nicht auf ihn verzichten.«

Inzwischen war Don Fernando aus dem Badezimmer gekommen, wie aus dem Ei gepellt in den neuen Kleidern, die Stephanie ihm besorgt hatte.

»Passt perfekt«, meinte Robbinet anerkennend. »Gut, dass ich euch beide so gut kenne.«

Bourne hatte die nächsten zwanzig Minuten mit einer ausgiebigen Dusche zugebracht, um den Schmutz und den Geruch der Seine abzuwaschen. Als er schließlich in seine neuen Kleider schlüpfte, fühlte er sich wie neugeboren.

Der Mirage-Jet bot nur Platz für einen Passagier, sodass es Bourne erspart blieb, Don Fernando zu überreden, hierzubleiben. Sie verabschiedeten sich von Robbinet und Stephanie, fuhren mit dem Aufzug hinunter in die Lobby und traten auf die Straße hinaus, wo der Wagen des Ministers auf sie wartete.

Schweigend fuhren sie durch Paris und auf die Périphérique hinaus. Kurz bevor sie den Militärflughafen erreichten, wandte sich Don Fernando an Bourne.

»Weißt du, als junger Mann dachte ich, wenn ich einmal alt bin, würde ich nichts zu bereuen haben, gar nichts. Ich war jung und dumm. Jetzt habe ich ein gewisses Alter erreicht, und es gibt so viel zu bereuen, Jason. Mehr, als ich sagen kann.«

Auf dem Flughafen war alles ruhig. Abgesehen von der Mirage am Ende der Startbahn, deren Triebwerke angelassen wurden, gab es keinerlei Aktivität. Robbinet musste die Anweisung gegeben haben, das Gelände aus Sicherheitsgründen zu räumen.

»Aber am allermeisten bereue ich etwas, das mit Maceo Encarnación zu tun hat«, fuhr Don Fernando fort. »Jetzt, bevor du einsteigst, ist es Zeit, es dir zu erzählen.«

Der Wind zerzauste sein Haar. Es war eine ungewöhnlich warme Nacht, als wäre der Frühling vor der Zeit hereingebrochen, als würden begraben geglaubte Emotionen plötzlich an die Oberfläche dringen.

Don Fernando nahm eine Zigarre heraus und zündete sie an, ohne sich um das Rauchverbot zu kümmern. Bourne wusste aus der Vergangenheit, dass ihn eine Zigarre stets beruhigte.

»Ich bin in meinem Leben oft geliebt worden, Jason. Ich sage das nicht aus Angeberei, es ist einfach eine Tatsache. Viele Frauen sind gekommen und gegangen.« Er betrachtete das glimmende Ende seiner Zigarre. »Und heute erscheinen sie mir wie Rauchwolken: einen kurzen Augenblick da, und schon entschweben sie wieder.« Er steckte die Zigarre in den Mund, zog daran und ließ eine aromatische Wolke aufsteigen. »Aber in der ganzen Zeit gab es eine Frau, die ich wirklich geliebt habe.«

Don Fernandos Augen waren von der Vergangenheit erfüllt. »Wir begegneten uns in Mexico City. Sie war sehr jung, sehr schön und sehr charismatisch. Sie hatte etwas an sich …« Er senkte den Kopf. »Ich weiß auch nicht.« Erneut fiel sein Blick auf die glimmende Zigarre, als könnte sie die Vergangenheit aufs Neue entfachen. »Sie war nicht aus Mexico City, aus gar keiner Stadt, aber an der Art, wie sie sprach und sich bewegte, hätte man nie gemerkt, dass sie aus einer Bauernfamilie stammte. Später erkannte ich, dass sie eine geborene Schauspielerin war. Sie nahm alles auf, was sie sah und hörte: Akzente, Sprechweisen, Bewegungen, alles.«

Bourne überkam eine schlimme Ahnung. »Wie alle großen Schauspielerinnen«, sagte er.

Don Fernando nickte und zog an seiner Zigarre. »Als ich ihr einen Heiratsantrag machte, lachte sie, küsste mich und sagte, ihr Schicksal liege woanders.«

»Lass mich raten«, sagte Bourne. »Sie heiratete Acevedo Camargo.«

Don Fernando wirbelte zu ihm herum. »Woher weißt du …?«

»Ich bin Constanza Camargo in Mexico City begegnet. Sie hat im Auftrag von Maceo Encarnación gehandelt. Sie hat mich völlig getäuscht.«

Don Fernando lächelte grimmig. »Sie hat jeden getäuscht, Jason. Die Liste ist lang und beginnt mit Acevedo. Sie heiratete ihn, weil Maceo Encarnación es so wollte. Maceo traute Acevedo nicht, und da Acevedo als Drogenbaron immer mächtiger wurde, betrachtete ihn Maceo als Sicherheitsrisiko oder gar als einen Rivalen. Das konnte er nicht tolerieren, also schickte er ihm sozusagen einen Aufpasser.«

»Constanza.«

Don Fernando nickte. »Ihrem Ehemann erzählte sie, dass sie keine Kinder bekommen könne, doch gleichzeitig ging sie regelmäßig mit Maceo ins Bett. Er wollte unbedingt ein Kind von ihr, und tatsächlich dauerte es nicht lange, bis Constanza schwanger wurde. Acevedo durfte natürlich nichts erfahren, und so blieb sie bei ihrer Tante, bis sie den Jungen zur Welt gebracht hatte. Wie vereinbart, gab sie ihn Maceo, damit er ihn aufzog.«

Don Fernando zertrat den Zigarrenstummel und ging zu dem Kampfjet hinüber. Bourne vermutete, dass sein Freund am Ende seiner Beichte angelangt war.

»Ich bekam das aber nicht mehr direkt mit. Ich hatte Mexico City in der Nacht verlassen, nachdem ich zum letzten Mal mit ihr gebumst hatte. Entschuldige die Ausdrucksweise, aber das war es, was Constanza tat: bumsen. Um Liebe ging es ihr nie.« Er zuckte mit den Achseln. »Vielleicht war das ein Grund, warum ich sie so unwiderstehlich fand. Man konnte nie glauben, was aus ihrem Mund kam. Sie war eine so unglaubliche Lügnerin. Viel später kam mir der Verdacht, dass sie ihre eigenen Lügen geglaubt hat.«

»Das macht sie so überzeugend.«

»Genau.« Don Fernando steckte die Hände in die

Taschen. Er zitterte, so sehr wühlten ihn die Erinnerungen auf. »Trotzdem wollte ich sie mehr als jede andere Frau, die mir je begegnet ist.« Er blickte zum Nachthimmel hinauf, der vom Licht des Eiffelturms erhellt war. »Martha Christiana hat mich an Constanza erinnert. Sie hatte so ein gewisses … ich weiß nicht … als wären sie aus dem gleichen Holz geschnitzt.«

»Es hat dich getroffen, Martha zu verlieren.«

»Ich habe sie umgebracht, Jason. Das beschäftigt mich immer noch. Vielleicht wollte ich sie zu sehr. Als würde sie es irgendwie wiedergutmachen, dass mir Maceo Encarnación Constanza weggenommen hatte.«

Bourne dachte sich, dass Constanza genauso dafür verantwortlich war wie Maceo Encarnación. Andererseits hatte sich dieses menschliche Drama in Mexico City abgespielt, wo alles möglich zu sein schien.

»Ich muss los, Don Fernando.«

»Ich weiß.«

Sie schüttelten einander die Hände. Bourne stieg ins Cockpit der Mirage, die Leiter wurde entfernt, und Don Fernando trat zurück und schritt über das Rollfeld, ohne den Blick von der Mirage zu wenden, als sie über die Startbahn schoss, die Nase hob und hochstieg, um am Nachthimmel zu verschwinden.

»Sie nehmen sie in Gewahrsam.«

»Das war mein Vorschlag, ja.«

Li stand vor seiner Wohnungstür und sah Ann Ring fest in die Augen. »Es gibt keinen anderen Weg?«

»Welchen Weg sollte es geben?«

Sie standen dicht beieinander und sprachen im Flüsterton.

»Sie wissen, was ich meine.« Li leckte sich über die Lippen. »Was mit Charles passiert ist. Ein Einbruch, ein unglücklicher Todesfall.«

Ann Ring trat einen Schritt zurück. »Bei einem Mord mache ich nicht mit, Li. Ich kann's nicht glauben, dass Sie so etwas auch nur denken können.«

Er atmete tief durch und schnaubte wie ein Pferd. »Es gibt da Leute mit scharfen Ohren. Ich kann es mir nicht leisten, meinen Ruf ruinieren zu lassen.«

»Glauben Sie mir, Li, das werde ich nicht zulassen.« Ann deutete mit einer Kopfbewegung auf die Wohnungstür. »Sie sind sicher, dass sie da ist?«

»Sie schläft immer zwischen den Fotoshootings.«

»Gut, dann los.«

Er zögerte einen Augenblick, steckte den Schlüssel ins Schloss, öffnete die Tür und trat ein. Es war still und dunkel in der Wohnung. Sie schlichen von einem Zimmer zum nächsten, bis sie zu seinem Schlafzimmer kamen. Natasha Illion lag im Bett und schlief fest. Sie lag auf der Seite, Wange und Wimpern vom sanften Licht einer Nachttischlampe erhellt.

»Sie ist wie ein Kind«, flüsterte Li Ann ins Ohr. »Sie kann nicht einschlafen, wenn es völlig dunkel ist.«

Ann nickte und forderte ihn mit einer Kopfbewegung auf, ins Wohnzimmer zurückzugehen, damit sie Hendricks' Agenten rufen konnte, die Tasha festnehmen würden. Li tappte in die Küche, um sich ein Glas Wasser zu holen. Sie war mitten in ihrem Bericht an Hendricks, als Li an ihr vorbeistürmte und ins Schlafzimmer rannte.

»He, wohin …?« Ohne das Gespräch zu beenden, lief sie hinterher und sah gerade noch, wie er mit einem langen Tranchiermesser zustieß, das er aus der Küche geholt haben musste.

Ann schrie, als er die Klinge zwischen Tashas perfekte Schulterblätter rammte. Das Mädchen krümmte sich, vom Schmerz und Schock aus dem Schlaf gerissen. Ann rannte zu Li, doch der hatte das Messer schon wieder herausgezogen und stieß es dem Mädchen in den Hals.

Ann schrie ihn an und zog ihn zurück. Das Blut floss in Strömen, und Ann erkannte rasch, dass sie nichts mehr für das Mädchen tun konnte. Dennoch versuchte sie es minutenlang, während Li reglos wie eine Statue dastand, mit dem Rücken zu der Sterbenden.

Schließlich stand Ann vom Bett auf. Sie ging zum Telefonieren hinaus, damit Li sie nicht hören konnte. »Natasha Illion ist tot. Li hat sie erstochen.«

»Haben Sie alles aufgenommen?« Hendricks schien schwer zu atmen.

Ann griff an den Mini-Rekorder an ihrer Taille. »Jeden Augenblick«, sagte sie. »Li gehört uns.«

»Wir gehen in den Landeanflug.«

Die Stimme des Piloten tönte aus der Sprechanlage, und Bourne öffnete die Augen. Er blickte durch das Cockpitfenster hinaus und sah nichts, nicht ein einziges Licht. Libanon, nahe der Grenze zu Syrien. Wüste. Berge in der Ferne. Der trockene Wind, der über die Landschaft fegte. Das Nichts.

Es war, als würde er nach Hause kommen.

NEUNUNDZWANZIG

Maceo Encarnación saß tief in Gedanken versunken in seinem Privatjet, mit dem Gefühl, wieder einmal jemanden zurückzulassen. Nach vielen anderen nun auch Nicodemo. Es war nicht sein richtiger Name, doch für Maceo war es der Name, mit dem er an ihn dachte. Er wusste nicht, ob Nicodemo tot war oder noch lebte, doch er verstand jetzt, warum er immer wieder fortgehen musste.

Es war einfacher, sich von jemandem zu trennen, wenn man selbst ging.

Tot oder lebend. Er dachte über diese Worte nach, während ihm ein dumpfes Gefühl in der Magengrube sagte, dass Nicodemo tot war. Es musste so sein: Der Tod war das Einzige, was ihn daran gehindert hätte, zum Flugzeug zurückzukehren.

Er hatte Nicodemo gemacht. Er war ganz und gar Maceo Encarnacións Geschöpf, im Gegensatz zu seiner Schwester. Maricruz hatte ihren eigenen Kopf. Nicodemo besaß durchaus seine Fähigkeiten, doch er war nicht die Persönlichkeit, wie seine Schwester es war. Maceo Encarnación liebte Maricruz auf eine Weise, wie er Nicodemo nie geliebt hatte. Nicodemo war ein Werkzeug, ein Mittel zum Zweck; Maricruz hingegen war etwas ganz Besonderes für ihn. Sie wusste, dass er ihr Vater war – Nicodemo nicht. Ihre Mutter kannten beide nicht.

Er schlief eine Weile und träumte von Constanza Camargo in der Gestalt einer Schlange; sie öffnete den Mund, ihre gespaltene Zunge flackerte hervor – Sinnbild für Schicksal und persönliche Wünsche –, und Maceo Encarnación – als kleiner Junge – wusste, dass er wählen musste. Schicksal oder Wünsche. Er hatte sich für das Schicksal entschieden und sich von allen persönlichen Wünschen befreit. Heute war es ihm geradezu ein Genuss, Menschen zurückzulassen, vergleichbar einem Schluck edlen gereiften Tequila.

Als er Stunden später erwachte, tauchte der Jet wie ein großer Adler zu dem Flugplatz am Rande der kleinen Stadt Rachaiya hinab. Er schnallte sich an und blickte aus dem Fenster. Das Wetter hatte sich geändert: Es lag Schnee, vom Wind verweht, und es schneite weiter aus dem grauen Himmel. Oberst Ben David hatte Wort gehalten: Einer der beiden AH-64-Apache-Helikopter unter seinem Kommando stand bereit, um ihn zum Mossad-Camp bei Dahr El Ahmar zu bringen.

Encarnación hob den Koffer auf, der mit einem Fingerabdruck-Schloss gesichert war. Während das Flugzeug aufsetzte und zum Hubschrauber rollte, öffnete er den Koffer, um einen letzten Blick auf die dreißig Millionen Dollar zu werfen.

Der Anruf kam, nachdem Soraya und Peter in ihrer Erschöpfung in einen tiefen Schlaf gefallen waren. Delia hatte einen Tag freigenommen, um sich um die beiden zu kümmern. Sie ging zu dem Tisch neben Sorayas Bett, nahm ihr Handy und sah, dass Minister Hendricks anrief.

Sie beugte sich über Soraya und schüttelte sie. Ihre Freundin erwachte nur langsam, und Delia küsste sie auf die Stirn. Soraya öffnete die Augen, und Delia hielt ihr das Handy so hin, dass sie Hendricks' Namen auf dem Display lesen konnte.

»Mr. Secretary«, sagte Soraya förmlich.

»Soraya, geht es Ihnen gut?«

»Ja, Sir. Ich habe geschlafen.«

»Keiner hat mehr Recht auf seinen Schlaf als Sie, aber ich habe wichtige Neuigkeiten über Tom Brick. Sam Anderson hat ihn vor zwei Stunden festgenommen. Die Forensiker haben Spuren von Dick Richards' Blut an seiner Hose gefunden.«

Soraya setzte sich im Bett auf. »Sir?«

»Brick ist bereit zu kooperieren. Er will nicht ins Gefängnis.«

»Er will einen Deal.«

»Ja, er hat uns den Täter verraten, den Mann, der Richards erstochen hat«, sagte Hendricks. »Aber das ist noch nicht alles. Sie erinnern sich doch an die mysteriösen gefälschten dreißig Millionen, die Peter entdeckt hat.«

»Natürlich, Sir.« Soraya hörte sich an, was Hendricks dazu zu berichten hatte: Er las ihr Tom Bricks handschriftliches Geständnis vor.

»O mein Gott«, sagte sie, als Hendricks fertig war.

»Genau das hab ich mir auch gedacht. Verständigen Sie sofort Ihre Agenten im Libanon.«

»Wird gemacht«, sagte Soraya. »Danke, Sir.«

»Bedanken Sie sich bei Anderson, wenn Sie ihn sehen. Der Mann hat exzellente Arbeit geleistet.«

Kaum hatte sie die Verbindung zu ihrem Chef getrennt, rief sie sofort Bourne an. Als sie seine Stimme hörte, sagte sie: »Ich habe die Erklärung für die gefälschten dreißig Millionen.«

»Sir«, meldete Bournes Pilot, »ich kann auf dem Flugplatz von Rachaiya nicht landen. Da steht ein Privatjet mitten auf der Landebahn.«

Maceo Encarnación, dachte Bourne. »Optionen?«

»Nur eine«, antwortete der Pilot. »Es gibt eine ebene Fläche knapp zwei Kilometer östlich von hier.«

»Schaffen Sie das?«

Der Pilot lächelte. »Ich hab sie schon unter schlimmeren Bedingungen runtergebracht.«

Bourne nickte. »Dann machen wir's.« Er wählte auf seinem Satellitentelefon die Nummer an, die Robbinet ihm genannt hatte, und gab nach dem Austausch der vereinbarten Codeworte dem Fahrer die neuen Koordinaten durch.

»Sie werden verstehen, dass ich nicht auf Sie warten kann«, sagte der Pilot, während die Mirage nach Osten abdrehte. »Bei allem Einfluss, den Minister Robbinet hat, aber je kürzer wir uns im libanesischen Luftraum aufhalten, umso besser.« Das Feld kam in Sicht, und er ließ den Jet hinabtauchen. »In diesen Zeiten ist die libanesische Regierung verständlicherweise ein bisschen nervös.«

»Haben Sie eine Ahnung, wie lange das Flugzeug schon da steht?«

»Nicht länger als zwanzig Minuten, Sir. Es ist eine

Stunde und fünfunddreißig Minuten vor uns in Paris gestartet, aber die Mirage ist viel schneller. Ein Linienflug dauert etwa vier Stunden. Wir haben es in zwei Stunden fünfundvierzig Minuten geschafft. Der Jet ist deutlich langsamer. Ich habe schon vor dem Start berechnet, um wie viel er vor uns ankommt.«

»Gute Arbeit«, sagte Bourne anerkennend.

»Danke, Sir. Bitte festhalten, es wird ein bisschen holprig.«

Die Mirage tauchte schnell hinunter, doch trotz der Warnung des Piloten war die Landung so sanft, wie man es sich unter diesen Umständen nur wünschen konnte. Während sie ausrollten, schnallte sich Bourne bereits den Rucksack um, den Robbinet ihm besorgt hatte. Kaum war die Mirage zum Stillstand gekommen, öffnete er das Cockpitdach und kletterte an der Seite hinab. Er sprintete los, um dem Piloten für den Start Platz zu machen. Als er das andere Ende des Felds erreicht hatte, wendete der Jet und beschleunigte, um binnen Sekunden aufzusteigen.

Bourne drehte sich um und lief zu einem schütteren Kiefernwäldchen hinüber, hinter dem der Fahrer mit seinem Wagen warten sollte. Seine Schuhe knirschten im Schnee, der nur an manchen Stellen zwischen den Bäumen lag. Ein kalter Wind strich mit klagendem Heulen zwischen den Bäumen durch.

Er spähte durch eine Lücke nach Nordwesten, und da stand das Auto, ein alter Militärjeep mit offenen Seiten und Stoffdach. Neben dem Fahrzeug stand ein kleiner, dunkler, muskulöser Mann mit dichtem schwarzem Haar, Fadi, Robbinets Agent. Er musste das Flugzeug gehört haben, denn er blickte zu dem Feld hinüber, als erwarte er, Bourne jeden Moment von dort kommen zu sehen.

Bourne schürzte die Lippen und stieß einen kurzen Vogelpfiff aus. Fadi blickte zwischen die Bäume und lächelte, als Bourne hervortrat. Er stieg in den Jeep, fuhr auf Bourne zu und hielt vor ihm an.

»Pünktlich wie die Uhr«, sagte er, als Bourne neben ihm einstieg. Er griff nach hinten und reichte Bourne eine Schaffelljacke. »Ziehen Sie die an. Hier in den Bergen ist es um einiges kälter als in Paris.«

Während Bourne den Rucksack abnahm und die Jacke anzog, setzte Fadi den Jeep in Bewegung. »Nächster Halt Dahr El Ahmar.«

Plötzlich hörte Bourne ein metallisches Summen, und er sprang ohne zu zögern aus dem Wagen. Er rollte sich über den schneebedeckten Boden, während der Jeep – vom Geschoss eines schultergestützten Raketenwerfers getroffen – in die Luft geschleudert wurde. Der Explosionsknall hallte von den Bergen wider, und Rauch stieg aus den Baumwipfeln hoch. Der Jeep fiel krachend zu Boden, Fadi wurde aus dem Wagen geschleudert und blieb – schwarz und rauchend wie die Kiefern – im schmelzenden Schnee liegen.

Bourne rappelte sich auf und achtete darauf, dass sich der brennende Jeep zwischen ihm und dem vermuteten Abschussort der Rakete befand. Aus dem Angriff ließen sich alle möglichen Schlüsse ziehen, unter anderem auch, dass man ihn erwartet hatte. Möglicherweise hatten sie sein Flugzeug landen gehört, oder sie waren Fadi gefolgt. Soraya hatte jedenfalls recht gehabt. Er hatte mit einer Falle in Dahr El Ahmar gerechnet, aber nicht schon hier, zumal die Mirage nicht am vorgesehenen Ort gelandet war. Vielleicht hatte Encarnacións Pilot die Mirage gesehen und das Lager verständigt.

Gewehrschüsse in seine Richtung ließen ihn in den Schutz der Kiefern flüchten. Als eine Kugel neben seiner linken Schulter einschlug, stieß er einen Schrei aus und krümmte sich, als wäre er getroffen. Er biss sich in die Wange und spuckte etwas Blut aus, während er sich zwischen zwei Bäume schleppte.

Sobald er in Deckung war, zog er ein starkes Fernglas aus dem Rucksack. Robbinet hatte ihm alles besorgt, was er sich gewünscht hatte. Er suchte die Umgebung nach Maceo Encarnacións Leuten ab. Unweigerlich wandte sich seine Aufmerksamkeit der niedrigen Kuppe zu. Sie wussten, dass er überlebt hatte, hielten ihn jedoch für verwundet. Zweifellos würden sie ihn nicht lebend hier weglassen. Jenseits der Bäume gab es keine Deckung für ihn: Sie hatten sich den idealen Platz ausgesucht, um seinen Standort im Auge zu behalten und zuzuschlagen, sobald er sich zeigte. Doch da sie ihn für verwundet hielten, würden sie nicht abwarten, sondern selbst aktiv werden. Er musste geduldig sein und warten, bis sie zwischen den Bäumen auftauchten.

Er fragte sich, wie sie hierhergelangt waren. Wohl nicht zu Fuß, dachte er, doch er konnte hinter der kleinen Kuppe kein Fahrzeug erkennen. Erneut hob er das Fernglas an die Augen, um nach irgendeiner Tarnung zu suchen. Er fand sie zu seiner Linken, etwa tausend Meter von der Stelle entfernt, an der er die Angreifer vermutete.

Plötzlich hörte er das leise Knirschen von Stiefeln im

Schnee. Ohne zu wissen, wie viele Männer Encarnación auf ihn angesetzt hatte, schlich er auf das Geräusch zu, das sich langsam und gleichmäßig wiederholte.

Der Mann folgte der Blutspur, die er gelegt hatte. Bourne betrachtete die Kiefern um ihn herum. Obwohl ihr Holz relativ weich und die Äste nicht ideal waren, fand er einen Baum, der sich für seine Zwecke eignete. Er schwang sich zwischen den Zweigen hoch und kletterte möglichst rasch, um keinen Ast zu lange zu belasten.

Wenig später kam der Mann in Sicht, mit einem QBZ-95-Sturmgewehr im Anschlag. Noch bevor Bourne seine Uniform sah, verriet ihm die Waffe, dass der Mann der chinesischen Armee angehörte. Also hatte auch Minister Ouyang seine Leute vor Ort.

Als der Soldat nahe genug war, stürzte sich Bourne auf ihn und hämmerte ihm die Faust in den Nacken. Der Mann taumelte, und Bourne packte seinen Kopf und knallte ihn gegen den Baumstamm. Der Soldat fiel wie ein Stein zu Boden, Blut strömte ihm aus der Nase und zwischen den Haaren hervor, wo der Schädel gebrochen war. Bourne überlegte, ob er die Uniform des Toten anziehen sollte, doch der Mann war zu klein.

Er nahm das Gewehr und machte sich auf die Suche nach weiteren chinesischen Soldaten, die vermutlich an anderen Stellen in das Wäldchen eingedrungen waren. Das QBZ war das neueste chinesische Sturmgewehr, doch Bourne fand die Waffe trotz ihrer Kompaktheit etwas unhandlich mit ihrem großen 30-Patronen-Magazin. Dafür zeichnete sich das Gewehr durch eine extrem hohe Präzision aus.

Mit dem Rücken zu einem Baumstamm blieb Bourne

stehen und lauschte angespannt. Er hörte nichts, doch ihm war bewusst, dass er sich auf kein langes Katz-und-Maus-Spiel einlassen konnte. Dazu hatte Maceo Encarnación bereits einen zu großen Vorsprung.

Er feuerte mehrmals in die Bäume zu seiner Rechten und sprintete nach links. Wie erwartet, zogen die Schüsse andere Soldaten an: Sie hatten das QBZ am Feuergeräusch erkannt und nahmen an, dass ihr Landsmann das Opfer im Visier hatte.

Bourne feuerte erneut, erwischte einen Mann, doch ein anderer entkam dem Kugelhagel. Er hatte das Überraschungsmoment verloren, dafür wusste er nun, dass nur diese drei Soldaten hier im Wald waren.

Er nahm die Stelle unter die Lupe, wo er den dritten Soldaten zuletzt gesehen hatte. Der Mann – er war größer als die beiden anderen – war nach rechts geflüchtet, also wandte Bourne sich nach links, um ihm von der anderen Seite aufzulauern.

Ein plötzlicher Feuerstoß hätte ihm um ein Haar den Kopf weggerissen, und er warf sich auf den mit Kiefernnadeln bedeckten Waldboden. Weitere Schüsse folgten, und er rollte sich zur Seite. Der Soldat hatte Bournes Taktik erahnt und seine Richtung geändert, um ihn abzufangen. Sein Manöver hätte beinahe Erfolg gehabt, doch jetzt wusste Bourne, wo sich der andere befand. Er zielte hoch in den Baum über der Stelle, wo sich der Mann verbarg, und die Äste und Zweige regneten auf ihn herab. Bourne war bereit, als der Soldat aufsprang, drückte ab und traf den Mann in die linke Schulter. Der Getroffene fiel gegen einen Baumstamm, blieb jedoch auf den Beinen. Als Bourne erneut feuerte, sprang er zur Seite. Noch einmal drückte Bourne ab, doch damit war sein Magazin leer. Ein zweites hatte er nicht. Er warf die Waffe weg und kramte in seinem Rucksack, während er dem Soldaten folgte.

Es war mit einem Mal ganz still im Wald. Der Gestank von Gewehrfeuer hing wie Nebel in der Luft. Tief geduckt sprintete Bourne von einem Baum zum nächsten. Wieder fielen Schüsse, so nah, dass er ihren Luftzug spürte. Er rannte auf das Mündungsfeuer zu, und in dem Moment, als er den Soldaten erblickte, warf er das Messer, das er aus dem Rucksack geholt hatte.

Der Soldat feuerte, doch die Kugeln pfiffen zum Himmel hinauf, als er mit dem Messer in der Brust rücklings zu Boden fiel. Vorsichtig trat Bourne zu ihm, kickte das Gewehr beiseite und ging in die Hocke. Er vergewisserte sich, dass der Mann tot war, und zog zuerst ihn aus, dann sich selbst. Die Uniform passte einigermaßen. Er hatte Blutflecke am Hemd, was jedoch nach dem Gefecht im Wald nicht weiter auffallen würde.

Er nahm das Gewehr des Toten und verließ das Wäldchen an der Seite, die der Kuppe zugewandt war, von der aus die Soldaten den Jeep angegriffen hatten. Er ging um die Kuppe herum und fand den Raketenwerfer am Boden. Er war geladen, für den Fall, dass das erste Geschoss das Ziel verfehlt hätte. Er nahm die Waffe an sich und vergewisserte sich, dass keine weiteren Soldaten in der Nähe waren, ehe er zu dem getarnten Fahrzeug eilte. In der Uniform war es unmöglich, zu Fuß ins Lager zurückzukehren.

Als er den Wagen erreichte, dachte er noch über die erstaunliche Tatsache nach, dass sich chinesische Soldaten so nah an einem streng geheimen israelischen

Stützpunkt aufhielten. Er zog die Tarnhülle weg und sah sich einem Mann in Zivil gegenüber, mit einer israelischen Tavor TAR-21 in den Händen, einer kleinen, aber absolut tödlichen Waffe. Der Agent, der offenbar die chinesischen Soldaten hierhergebracht hatte, riss das Gewehr herum und richtete es auf Bournes Gesicht.

DREISSIG

Oberst Ben David stand Maceo Encarnación gegenüber, und die giftige Gefühlsmischung aus Abneigung und Neid, die er schon empfunden hatte, als er dem mexikanischen Unternehmer zum ersten Mal begegnet war, kochte wieder in ihm hoch. Es widerstrebte ihm, Geschäfte über Mittelsmänner abzuschließen, wie in diesem Fall mithilfe von Encarnación, aber noch verhasster waren ihm die Chinesen, insbesondere Minister Ouyang. Er hatte sich jedoch mit ihnen abfinden müssen, eine bittere Tatsache, die er Maceo Encarnación bei einem ihrer Treffen anvertraut hatte.

Es war der Mexikaner, der auf die grandiose Idee gekommen war. Allein das hätte Ben David eigentlich etwas milder gegenüber Encarnación stimmen müssen, doch das war nicht der Fall. Im Gegenteil, die vorgeschlagene Lösung war so genial, so perfekt, dass Ben David nur Neid empfand, dass sie ihm nicht selbst eingefallen war. Und das Schlimme war: Er hatte sich damit noch abhängiger von Encarnación gemacht.

Oberst Ben David, von seinem Wesen her misstrauisch und paranoid und noch dazu einem Volk angehörend, das in der Geschichte immer wieder verfolgt worden war, kannte kaum positive Gefühle. Das Allerschlimmste für ihn war jedoch, dass Minister Ouyang belastendes Material gegen ihn in der Hand hatte, das nicht nur seine Laufbahn beim Mossad beendet, sondern ihn für den Rest seines Lebens hinter Gitter gebracht hätte, wären die Beweise in die Hände Dani Amits oder des Direktors gelangt. Er und Ilan Halevy hatten immer wieder Leute ausgeschaltet, ohne dass dies vom Mossad sanktioniert worden war. Sie hatten gut damit verdient, Auftragsmorde zu übernehmen, die der Babylonier ausführte. Dabei war ihnen ein Fehler unterlaufen: Sie hatten beim ersten Mord eine schriftliche Spur hinterlassen. Ben David hatte keine Ahnung, wie Ouyang in den Besitz der Informationen gelangt war. Tatsache war, dass er sie besaß und dazu benutzte, von Ben David zu bekommen, was er wollte: das SILEX-Verfahren, das die Wissenschaftler in Dahr El Ahmar perfektioniert hatten und mit dem China seinen Bedarf an angereichertem Uran für Kernkraftwerke und Atomwaffen viel leichter decken konnte.

Oberst Ben David kehrte mit seinen Gedanken ins Hier und Jetzt zurück und wandte sich von Maceo Encarnación ab und Oberst Han Cong zu, dem Kommandanten des sechs Mann starken Trupps, den Minister Ouyang gesandt hatte.

»Ihr Bericht, Oberst?«, sagte er.

»Der feindliche Jeep wurde zerstört«, meldete Han.

Maceo Encarnación wandte sich seinerseits an den Chinesen. »Bourne und der Fahrer?«

»Ihr Tod wurde noch nicht bestätigt.«

»Und warum nicht?«, fragte Ben David.

Oberst Han räusperte sich. »Meine Männer haben sich noch nicht gemeldet.«

Ben David verlor augenblicklich das Interesse an ihm und wandte sich Maceo Encarnación zu. »Die Soldaten sind tot«, sagte er. »Bourne kommt her.«

»Entschuldigen Sie«, wandte Oberst Han ein. »Woher wollen Sie das wissen?«

Ein Lächeln breitete sich auf Oberst Ben Davids Gesicht aus, als hätte er auf diese Frage gewartet. »Ich kenne Bourne, Oberst Han.«

Oberst Han zog die Stirn kraus. »Aber drei erstklassige Soldaten, schwer bewaffnet …«

»Ich weiß, wozu Bourne fähig ist.« Ben David fasste sich an die Narbe in seinem Gesicht. »Ich habe es selbst gesehen.«

Der skeptische Ausdruck auf Hans Gesicht löste sich in einem Achselzucken auf. »Dann sollten wir unsere Transaktion so schnell wie möglich abschließen.« Er nickte Maceo Encarnación zu, der einen Metallkoffer auf den Holztisch hob. Er öffnete das Fingerabdruck-Schloss, der Koffer klappte auf, und die dreißig Millionen Dollar kamen zum Vorschein.

»Es ist alles da. Sie haben Minister Ouyangs Wort«, sagte Oberst Han und streckte die Hand aus. »Jetzt die Formel.«

Ben David zog einen USB-Stick aus der Tasche und gab ihn dem Chinesen. »Es ist alles da«, bemerkte er trocken. »Sie haben mein Wort.«

Das kurze Zögern des Mossad-Agenten, als er die chinesische Uniform sah, ermöglichte es Bourne, sich rechtzeitig zu ducken.

Er ließ den Raketenwerfer fallen, packte den Agenten an der Weste und zog ihn aus dem Wagen und in den

Schnee hinunter. Der Agent rollte sich auf den Rücken, feuerte mit seinem Sturmgewehr und trennte ihm um ein Haar den Kopf vom Rumpf. Bourne spürte das Brennen der Kugeln an seiner Wange und stieß mit dem Kolben des chinesischen Gewehrs nach unten, um den Agenten am Brustbein zu treffen. Der Israeli lenkte das QBZ im letzten Moment mit seiner eigenen Waffe ab. Er konterte mit einem Tritt gegen Bournes Hüfte und brachte ihn aus dem Gleichgewicht.

Blitzschnell sprang der Mann auf, stürzte sich auf Bourne und hämmerte ihm das Tavor gegen den Hals. Bourne taumelte gegen den Wagen, und der Agent setzte nach und drückte ihm die Waffe gegen die Kehle, sodass Bourne keine Luft mehr bekam. Mit grimmiger Entschlossenheit drückte der Mann zu, nur noch darauf fixiert, sein Opfer zu töten.

Dabei übersah er, dass Bourne sich mit dem rechten Fuß an seinem Fuß einhakte. Als Bourne sein Bein zurückzog, verlor der Agent das Gleichgewicht. Im Fallen schwang er das Gewehr herum und richtete es auf Bournes Brust. Er drückte den Abzug, doch die Kugeln verfehlten das Ziel, als Bourne dem Mann den Gewehrkolben ins Gesicht hämmerte. Der zweite Hieb zertrümmerte Brustbein und Rippen. Augenblicke später trat ihm blutiger Schaum auf die Lippen: Eine gebrochene Rippe hatte die Lunge durchbohrt.

Oberst Han ließ nicht erkennen, ob er Ben Davids Seitenhieb registriert hatte, steckte den USB-Stick in seinen Tablet-PC und schaltete ein.

Maceo Encarnacións Lippen zuckten. »Ob Sie es glauben oder nicht, Oberst Han ist ein Experte auf dem

Gebiet der Physik, insbesondere der Laseranreicherung.«

Die beiden Männer verfolgten, wie Oberst Han die Dateien auf dem Speicherstick begutachtete.

In diesem Augenblick summte Ben Davids Satellitentelefon. Er hörte kurz zu, und sein Stirnrunzeln wurde immer tiefer. »Nein, unternehmt nichts. Behaltet ihn nur im Auge.« Er trennte die Verbindung. »Unser Fahrzeug wurde gesichtet. Nur ein Mann sitzt drin.«

»Bourne?«, fragte Maceo Encarnación.

»Er trägt Dovs Uniform.« Ben David schüttelte den Kopf. »Aber ich glaube nicht, dass es Dov ist.« Er wandte sich dem Chinesen zu. »Oberst Han, ich glaube, es ist Zeit für Sie zu gehen.«

Han blickte von den Gleichungen auf dem Bildschirm auf, nickte und schaltete seinen Tablet-PC aus. Er steckte den USB-Stick ein, nickte den beiden Männern kurz zu und verließ Ben Davids Kommandozelt.

In den Kleidern des Agenten lenkte Bourne das israelische Fahrzeug zum Mossad-Lager von Dahr El Ahmar. Den geladenen Raketenwerfer hatte er auf dem Boden hinter sich liegen. Er wusste, wie das Lager angeordnet war, seit Rebekka mit ihm hergeflogen war.

Seine Gedanken – sonst so nüchtern und pragmatisch – schweiften zu Rebekka zurück. Er erinnerte sich an ihre erste Begegnung auf einem Linienflug nach Damaskus. Er hatte sofort gespürt, dass die »Flugbegleiterin« einen geheimnisvollen Hintergrund hatte. Erst später gab sie sich ihm als Mossad-Agentin zu erkennen. Bei ihrem gemeinsamen Eindringen in die Festung des Terroristen Semid Abdul-Qahaar hatte sie ihren Mut, ihre Entschlossenheit und Intelligenz unter Beweis gestellt. Ihr Verlust schmerzte ihn so tief, als hätte Maceo Encarnación ihm selbst ein Messer zwischen die Rippen gestoßen. Constanza Camargo hatte gemeint, dass Encarnación von den alten aztekischen Göttern beschützt würde, doch die Wahrheit war viel banaler und finsterer: Maceo Encarnación wurde von all den Leuten beschützt, deren Dienste er sich durch Überredung, Bestechung, Drohung, Erpressung und rohe Gewalt gesichert hatte. Auf den Schutz der Götter war er gar nicht angewiesen.

Während er fuhr, bemerkte Bourne plötzlich einen Lichtblitz vor sich: die Reflexion einer Glaslinse. Er wurde beobachtet, entweder vom Mossad, von Maceo Encarnacións Männern oder von chinesischen Soldaten.

Maceo Encarnación folgte Oberst Han aus Ben Davids Zelt und ging mit ihm zu dem Flugzeug, das ihn und den Rest seiner Truppe zurück nach Peking bringen würde, wo Minister Ouyang auf die Beute wartete, für die er dreißig Millionen an Maceo Encarnación gesandt hatte.

»Sie haben Ihre Rolle gut gespielt«, sagte Oberst Han in dem herablassenden Ton, der Encarnación immer wieder in Rage brachte.

Encarnación stellte sich vor, wie er Oberst Han mit der Machete den Kopf vom Rumpf trennte. »Ich möchte meine Provision«, sagte er.

Den Blick geradeaus, als ginge er allein, zog Oberst Han einen dicken Umschlag aus der Innentasche seines Uniformrocks. Er hielt ihn in der Hand, offenbar nicht bereit, ihn auszuhändigen. »Was haben Sie getan, um sich diese großzügige Bezahlung zu verdienen, Encarnación?«

Das Blut schoss ihm in den Kopf, und Maceo Encarnación drückte die Fingerspitzen an die Schläfe, wo eine angeschwollene Ader pochte wie ein zweites Herz. Er zwang sich zur Ruhe, ehe er antwortete: »Ich habe das Geschäft vermittelt. Ich habe die Verbindung zwischen Minister Ouyang und Oberst Ben David hergestellt und die Verhandlungen begleitet. Ohne mich wäre Ouyang nie an Ben David herangekommen.«

»Vielleicht doch. *Minister* Ouyang verfügt über großen Einfluss.« Oberst Han zuckte die Achseln, als hätte er eine Anweisung auszuführen, mit der er persönlich nicht einverstanden war. Der Oberst hielt ihm den Umschlag hin, und Maceo Encarnación, der sich wie ein bezahlter Mitarbeiter fühlen sollte, nicht wie ein Partner, nahm den Umschlag und begann das Geld sorgfältig zu zählen.

»Fünf Millionen, wie vereinbart«, sagte Han im gleichen Ton wie zuvor im Zelt von Ben David.

»Aber ist es auch echt?« Maceo Encarnación fischte drei Geldscheine heraus, zog ein Fläschchen mit Pipette hervor und begann, die Scheine einem chemischen Test zu unterziehen.

»Zufrieden?«, fragte Han mit einem spöttischen Lächeln. »Sie sind echt. Im Gegensatz zu den dreißig Millionen, die Sie dem Zionisten Ben David gegeben haben. Er hat seine wertvolle Formel für einen Koffer voll Falschgeld verkauft.«

Es kostete Maceo Encarnación nicht allzu viel Mühe, ein komplizenhaftes Lächeln zustande zu bringen. »Aber so gut gemacht, dass er eine Weile brauchen wird, um den Schwindel zu entdecken.«

»Und dann wird es zu spät sein«, fügte Han triumphierend hinzu.

Sein Flugzeug stand direkt vor ihnen. Er gab seinen drei verbliebenen Soldaten ein Zeichen, und sie stiegen ins Flugzeug ein.

»Was ist mit Ihren restlichen Männern?«, fragte Maceo Encarnación. »Wollen Sie nicht wissen, ob sie noch leben oder tot sind?«

»Es ging darum, Bourne zu finden und im Auge zu behalten. Diese Pflicht haben sie erfüllt, mehr war nicht nötig.«

»Ging es nicht auch darum, Bourne aufzuhalten?«

»Das war nur eine Beigabe.« Oberst Han stieg die Treppe zum Flugzeug hinauf. »Ich habe die Formel. Das ist alles, was zählt.«

»Nicht für Minister Ouyang.«

»Nein«, sagte der Oberst. »Aber für meinen Vorgesetzten, General Wang Liqun.«

Oberst Han stieg die restlichen Stufen hinauf und verschwand im Flugzeug. Im nächsten Augenblick schloss einer der Soldaten die Tür. Die Triebwerke wurden gestartet, und Maceo Encarnación trat rasch zurück, bekam aber noch den heißen Abgasstrahl zu spüren. Seine Augen tränten, als er sich umdrehte und zu Ben Davids Zelt zurücklief.

Bourne hörte das Aufheulen der Triebwerke und lenkte seinen Wagen in diese Richtung. Ein startendes Flugzeug konnte nur bedeuten, dass das Geschäft abgeschlossen war. Er kam zu spät.

Er trat hart aufs Gaspedal und raste ins Lager. Als er eine Holzbarriere durchbrach, nahmen ihn mehrere Agenten unter Beschuss, ehe sie sich in Sicherheit brachten. Bourne sah das startende Flugzeug und riss den Wagen herum. Es war ein Zivilflugzeug mit chinesischem Kennzeichen.

Während er auf die Maschine zuraste, kramte er in seinem Rucksack. Das Flugzeug war ans Ende der provisorischen Startbahn gerollt, und ungeduldig wie ein Tier an der Kette wartete es darauf, losgelassen zu werden. Er riss den Wagen herum und folgte der Startbahn des Jets. Schüsse krachten, und er duckte sich, als die Kugeln in die Seite des Fahrzeugs einschlugen.

Er erreichte das Heck der Maschine, als er zu seiner Linken einen Motor brummen hörte. Ein Jeep mit einem bewaffneten Beifahrer. Der Agent richtete sein Tavor TAR-21 auf ihn, und Bourne riss das Lenkrad nach rechts, sodass der Schütze Gefahr lief, den Flugzeugrumpf zu treffen, wenn er auf ihn feuerte.

In diesem Augenblick wurden die Bremsen des Jets gelöst, und er rollte die Startbahn hinunter. Bourne hatte eine Granate aus seinem Gepäck gezogen, während er noch näher an die Maschine heranfuhr, doch da krachte der Jeep in seinen Wagen. Bourne wirbelte herum, schwang den Arm nach hinten und stieß den bewaffneten Agenten zurück. Der Jeep schrammte weiter an Bournes Fahrzeug entlang. Bourne lenkte nach rechts, dann scharf nach links und krachte in den Jeep. Doch der Agent reagierte rasch, sprang in Bournes Wagen und versetzte ihm einen Hieb gegen den Hinterkopf.

Der Jet rollte immer schneller die Startbahn hinunter.

Oberst Ben David lachte wie ein Verrückter, als Maceo Encarnación in sein Zelt zurückkehrte. Er wühlte mit den Händen in den Dollarscheinen im Koffer. »Sehen Sie sich das an«, sagte er lachend, »alles Scheiße.«

»Aber gut gemachte Scheiße«, erwiderte Encarnación und trat zu ihm. »Erstklassige Arbeit.«

»Natürlich.« Ben David nickte. »Die Chinesen verstehen etwas vom Geldfälschen, diese Drecksäcke.« Er grinste verächtlich. »Die SILEX-Formel für dreißig Millionen in gefälschten Scheinen. Ouyang hält sich sicher für sehr schlau.«

»Ohne mich wäre er vielleicht damit durchgekommen.«

Ben David nickte. »Stimmt. Aber wenn sie diese Formel umsetzen, fliegt ihnen das Labor um die Ohren.« Widerwillig neigte er den Kopf. »Ich schulde Ihnen was.«

»Und das mögen Sie gar nicht«, meinte Maceo Encarnación verschlagen.

»Sie sagen es«, gab Ben David säuerlich zurück.

»So schlimm ist es nicht. Stellen Sie sich vor, Sie stünden in Ouyangs Schuld.«

Der Mossad-Agent war bärenstark und zog Bourne halb aus dem Fahrersitz. Das Fahrzeug schlingerte wild hin und her und brachte den Agenten aus dem Gleichgewicht. Statt sich zu wehren, warf sich Bourne nach hinten und schwang sich mit einem Salto rückwärts über ihn hinweg. Der Agent wirbelte herum und rammte ihm den Ellbogen in die Seite. Bourne wurde fast aus dem Wagen katapultiert und konnte sich gerade noch festhalten, während ein Bein über den Boden schleifte.

Der Agent wollte ihm den Gewehrkolben gegen den Kopf hämmern, als das Fahrzeug erneut ausscherte und am Flugzeugrumpf entlangschrammte. Er ließ von Bourne ab und sprang nach vorne ans Lenkrad, um den Wagen unter Kontrolle zu bringen.

Das Flugzeug war ganz nah, die Turbinendüse direkt vor Bourne, über dem Kopf des Agenten. Der Abgasstrahl machte es fast unmöglich, zu atmen oder etwas zu sehen. Bourne wusste, dass er nicht näher an sein Ziel herankommen würde. Er zog den Stift der Granate und schwang den Arm zurück. Die Granate flog durch die Luft wie ein Football, wurde aber vom Abgasstrahl abgelenkt und explodierte, ohne das Flugzeug zu beschädigen.

Die Detonation lenkte den Agenten ab, und Bourne kletterte in den Wagen zurück. Das Flugzeug hob ab, stieg rasch höher und zog über ein Wäldchen hinweg. Bourne schwang sich den Raketenwerfer auf die Schulter, zielte und drückte ab. Die Rakete schoss hervor, direkt auf das Flugzeug zu.

Der Agent wirbelte geschockt herum und sah Bourne aus dem Wagen springen. Bourne rollte sich ab, den Kopf mit beiden Armen geschützt, als die Rakete explodierte und die Seite des Flugzeugs aufriss. Flammen und dunkler Rauch schlugen aus dem getroffenen Jet hervor, als er zur Erde stürzte und zerschellte. Der Jeep wurde von der Explosion erfasst, überschlug sich und begrub die beiden Agenten unter sich. Der Benzintank explodierte und schickte eine Druckwelle zu dem brennenden Flugzeugwrack. Im nächsten Augenblick zerbarst auch das Flugzeug in einer mächtigen Explosion und setzte alles in der Umgebung in Brand.

Oberst Ben David sah Maceo Encarnación an. »Und die Bezahlung?«

Encarnación lächelte. »Und die Formel?«

Ben David hielt eine 32-Gigabyte-SD-Karte hoch. »Diesmal die echte.«

Maceo Encarnación öffnete einen Umschlag und ließ den Inhalt auf den Boden des Koffers kullern. Die Diamanten glitzerten im Licht der Lampe. »Schönheit und Perfektion im Wert von dreißig Millionen.«

Ben David nickte und reichte ihm die SD-Karte. »Sie können es sich gleich auf Ihrem Handy ansehen.«

Maceo Encarnación hielt die Karte fest in seiner geschlossenen Hand. »Und Core Energy wird den Markt im Atomgeschäft beherrschen.«

In diesem Augenblick hörten sie das Donnern der ersten Explosion. Sie rannten aus dem Zelt und wurden von den Druckwellen der zweiten und dritten Detonation von den Beinen gerissen.

Ein brennender Reifen wurde aus dem Feuersturm geschleudert und flog direkt auf Bourne zu. Er rollte sich in den Schnee, um zu verhindern, dass die Flammen seine Kleidung erfassten. Als er wieder auf den Beinen war, sprinteten bereits drei Mossad-Agenten auf ihn zu. Als die ersten Schüsse krachten, sprang er hinter einen Geräteschuppen beim provisorischen Rollfeld.

Die Feuersbrunst hielt die Agenten auf, und Bourne nutzte die Gelegenheit, um tief geduckt zum nächsten Gebäude weiterzulaufen, in dem die Wohnquartiere der Wissenschaftler untergebracht waren, die einige Hundert Meter entfernt in ihrem getarnten Labor arbeiteten.

Obwohl gut bewaffnet, wollte Bourne nicht auf die Agenten schießen, wenn es sich irgendwie vermeiden ließ. Ihm ging es nur um ihren Kommandanten und um Maceo Encarnación. Er hätte es vorgezogen, den Agenten aus dem Weg zu gehen, während er nach den beiden suchte.

Kaum hatte er das Gebäude betreten, wurde die Tür zugeknallt. Ein Fenster ging zu Bruch, und eine riesige Flamme stach herein und setzte den Raum in Brand: Ein Flammenwerfer.

Das Feuer breitete sich rasend schnell aus. Bourne wandte sich zur Tür, doch sie war von außen verriegelt. Er versuchte, zum nächsten Fenster zu gelangen, doch die heiße Feuerwand versperrte ihm den Weg. Er griff sich ein Kissen, riss den Überzug herunter, hielt ihn sich über Nase und Mund und warf sich auf den Boden, wo die Luft etwas kühler war. Beißende Rauchschwaden hingen wie Gewitterwolken im Raum und verdunkelten die niedrige Decke.

Er hörte ein Geräusch über dem Knistern und Knacken des brennenden Holzes. Eine Gestalt erschien in dem zertrümmerten Fenster und stieg herein. Der Mann trug einen feuerfesten Anzug und ein Atemgerät. Mit dem Flammenwerfer in der Hand blickte er sich im Raum um. Von seiner Position unter dem Bett erkannte Bourne das Gesicht von Oberst Ben David hinter dem Visier.

Bourne vermutete, dass der Flammenwerfer Napalm versprühte, das mit Propangas entzündet wurde. Als sich Ben David suchend umblickte, sah Bourne die beiden Tanks auf dem Rücken, den mit dem Napalm und dahinter das Propan. Bourne richtete sein Gewehr auf den Mann: Eine einzige Kugel in den Propantank würde genügen, um Ben David bei lebendigem Leib zu rösten. Doch in diesem engen Raum wäre Bourne mit ihm verbrannt.

Er unterdrückte den Hustenreiz, während er Ben David beobachtete, wie er unter den Betten zu suchen begann. Als sich der Israeli von dem zertrümmerten Fenster entfernte, kroch Bourne unter dem Bett hervor und sprintete quer durch den von Rauch und Asche erfüllten Raum.

Als er durch das Fenster tauchte, wirbelte Ben David herum und drehte den Flammenwerfer auf.

Eine Flammenzunge schoss hervor, strich über die Wand und durch das Fenster und erfasste Bournes Jacke.

Er spürte die Hitze augenblicklich, warf sich in den Schnee und rollte sich auf den Rücken, um die Flammen zu löschen. In diesem Augenblick sah er Ben David durch das Fenster steigen, den Flammenwerfer im Anschlag, während Bourne sein Sturmgewehr auf den Israeli richtete.

»Patt«, sagte Ben David, als er sich die Schutzhaube herunterzog. Es schien ihn nicht weiter zu kümmern, dass das Gebäude hinter ihm in Flammen stand. »Irgendwie stehen Sie mir immer im Weg, Bourne. Was haben Sie mit Rebekka gemacht?«

»Rebekka und ich waren ein gutes Team. Ich wollte sie retten.«

Ben David zog die Stirn in Falten. »Wie meinen Sie das?«

»Sie wurde getötet, erstochen in Maceo Encarnacións Haus in Mexico City.«

Ben David machte einen drohenden Schritt auf Bourne zu. »Verdammter Mistkerl. Sie hätten sie nicht mitnehmen dürfen.«

»Sie glauben, ihr Tod war meine Schuld? Sie hatte ihre eigene Mission, die sich bloß mit meiner überschnitt. Außerdem haben Sie den Babylonier auf sie angesetzt, um sie auszuschalten, weil sie Ihrer kleinen Operation gefährlich geworden wäre.«

»Was wissen Sie darüber?«

»Wollen Sie mir etwa erzählen, Sie hätten noch Gefühle für sie?«

»Ich habe Sie gefragt ...«

»Ich weiß alles, bis hin zum Falschgeld, das der Chinese fabriziert hat.«

Ben David beugte sich vor. »Sie kennen seinen Namen nicht.«

»Sie meinen Minister Ouyang?«

Ben David starrte ihn an. »Warum hasst er Sie so?«

Bourne erwiderte seinen Blick schweigend.

»Sie werden mir den Deal nicht vermasseln, Bourne.«

Als Ben David den Finger um den Abzug krümmte, sagte Bourne: »Wollen Sie nicht wissen, wer Rebekka umgebracht hat?«

»Ist mir egal. Sie ist tot.«

»Es war Nicodemo, Maceo Encarnacións Sohn.«

Der Oberst stand wie erstarrt da. »Was?«

»Sie wussten nicht, dass Nicodemo der Sohn Ihres Partners war, oder?«

Ben David schwieg und leckte sich mit der Zunge über die Lippen.

»Das heißt, Maceo Encarnación hat ihm den Befehl gegeben, sie zu töten. So einen Partner könnte ich auch gebrauchen.« Bourne lachte grimmig. »Aber er ist ja schon der Ihre.«

»Das ist alles gelogen, Ben David.«

Beide Männer drehten sich um, als sie Maceo Encarnacións knurrende Stimme hörten.

»Warum töten Sie ihn nicht?« Encarnación hielt in einer Hand eine Pistole, in der anderen eine riesige Machete.

Ben David wandte sich Encarnación zu. »Warum haben Sie Rebekka umbringen lassen?«

»Was? Ich bin niemandem Rechenschaft schuldig.«

Ben David schüttelte den Kopf. »Sie hätten sie nicht gleich töten müssen …«

»Sind Sie verrückt? Diese Frau war gefährlich. Außerdem war Bourne bei ihr.«

»Es hätte auch andere Mittel gegeben, sie sich vom Leib zu halten, aber Sie haben sie trotzdem von Ihrem Sohn töten lassen.«

Maceo Encarnacións Gesicht verfinsterte sich. »Ich habe keinen Sohn.«

»Nicodemo. Er ist Ihr Sohn.«

»Wer hat das gesagt?«, fauchte Encarnación.

Ben David deutete mit einer Kopfbewegung auf Bourne.

»Und Sie glauben ihm?«

»Es klingt schlüssig.«

Maceo Encarnación spuckte verächtlich auf den Boden. »Haben Sie mir überhaupt zugehört? Sie haben zu viel Rauch eingeatmet. Rebekka ist tot, und Nicodemo genauso. Die Vergangenheit ist begraben. Wir müssen uns auf die Zukunft konzentrieren. Bourne ist der Einzige, der uns im Weg …«

Ben David richtete die hässliche Mündung des Flammenwerfers auf Encarnación und drückte den Abzug. Die Stichflamme verfehlte den Mexikaner nur knapp. Bourne reagierte blitzschnell und beförderte Ben David mit einem Fußtritt in die Flammen, die aus dem zertrümmerten Fenster züngelten.

Ohne zurückzublicken, rannte Maceo Encarnación um das Haus herum. Bourne hetzte hinterher. An der Ecke zwang ihn ein Schuss, in Deckung zu gehen. Er hörte das Knirschen von Laufschritten im Schnee, sprang um die Ecke und feuerte.

Maceo Encarnación war verschwunden. Bourne lief weiter, den Spuren im Schnee folgend. Die drei Mossad-Agenten, die ihn zuvor angegriffen hatten, bekämpften verzweifelt das Feuer, das sich bereits dem Tarnnetz näherte, das das Labor gegen Beobachter am Boden und in der Luft schützte.

Am anderen Ende des Gebäudes sah Bourne Fußabdrücke, die zum Labor führten. Vorsichtig eilte er über das ungeschützte Gelände. Er hatte den halben Weg zurückgelegt, als er einen der Mossad-Agenten mit dem Telefon in der Hand sah. Der Mann, dessen Kleidung teilweise versengt war, nickte kurz und lief weiter. Als Bourne ihn hinter dem brennenden Haus verschwinden sah, folgte er Maceo Encarnacións Spuren zum Labor.

Er blieb abrupt stehen, als er aus dem Augenwinkel Bewegung wahrnahm.

Der Mossad-Agent war auf der anderen Seite des brennenden Gebäudes aufgetaucht, und er war nicht allein. Oberst Ben David begleitete ihn.

Maceo Encarnación verfluchte den Tag, an dem er Tom Bricks Plan zugestimmt hatte, das SILEX-Verfahren von dem habgierigen Ben David zu kaufen. Er hatte sich von Bricks Argument überzeugen lassen, dass Core Energy damit das internationale Atomgeschäft beherrschen würde und dass die Atomenergie trotz einiger Rückschläge die wichtigste Energiequelle in einer Zukunft ohne fossile Energieträger sein würde.

Vielleicht hatte Brick mit seiner Einschätzung recht. Maceo Encarnación wusste es nicht, doch es war ihm inzwischen egal. Es war seine Idee gewesen, Minister Ouyang mit an Bord zu holen, da er von Maricruz' wöchentlichen Berichten wusste, wie dringend die Chinesen neue Energiequellen benötigten, vor allem jetzt, da das enorme Wirtschaftswachstum durch die massive Verschmutzung im ganzen Land etwas gebremst wurde. Die Chinesen bauten ein Atomkraftwerk nach dem anderen. Ihr Bedarf an angereichertem Uran für ihre Reaktoren stieg gewaltig. Maceo Encarnación konnte die Chinesen nicht ausstehen. Sie verkörperten für ihn alles, was er hasste und wogegen er immer gekämpft hatte: Unterdrückung, Regelzwänge, Einschränkung der persönlichen Freiheit. Die Chance, sie zu bescheißen, war einfach zu verlockend. Aber als er sich jetzt hinter der Eingangstür zum Labor versteckte, wurde ihm klar, dass seine Emotionen mit dem Schicksal in Konflikt geraten waren.

Er sollte nicht hier sein und vor Jason Bourne flüchten. Sein Platz war zu Hause in Mexico City bei Anunciata. Er hatte die Kontrolle über das Geschehen verloren. Reichtum und Macht waren plötzlich zweitrangig, es ging nur noch um das nackte Überleben.

Er erstarrte, als sich die Tür zentimeterweise öffnete. Das Innere des Gebäudes war von den fünf Wissenschaftlern gestaltet worden, die hier arbeiteten. In den einzelnen Räumen wurden die verschiedenen Prozesse des Verfahrens entwickelt, bevor sie im größten Raum am hinteren Ende des Hauses zusammengefügt wurden. Dieser letzte Bereich war mit Bleiwänden versehen. Diese und andere Sicherheitsmaßnahmen waren wegen des radioaktiven Materials nötig, das hier produziert wurde. Soweit er wusste, waren die Wissenschaftler im großen Labor versammelt, um die letzten Tests durchzuführen.

Die Tür öffnete sich weiter. Maceo Encarnación überprüfte seine Pistole und stellte fest, dass das Magazin leer war. Er steckte sie ein und hob die Machete, um Bourne den Kopf abzuhacken, sobald er das Haus betrat.

Ein Schatten fiel auf den breiter werdenden Türspalt, und Maceo Encarnacións Arm zitterte vor Entschlossenheit, während er die Machete in den Händen hielt wie ein Henker.

Er beobachtete, wie der Schatten Gestalt annahm: Nase, Lippen, Stirn, Kinn – bis er den ganzen Kopf vor sich hatte wie den Kopf eines Verurteilten auf dem Richtblock. Die Machete sauste herab, die scharfe Klinge blitzte auf, bevor sie in den Schatten fiel, den Hals des Opfers durchschnitt und den Kopf vom Rumpf trennte.

Der Kopf kullerte über den Boden, während der Körper noch zuckte und das Blut mit jedem verzweifelten Herzschlag hervorsprudelte. Einen Moment lang fühlte sich Encarnación an die Küste von Mexiko zurückversetzt und sah den Kopf in der Brandung hin und her rollen, während das Blut weggespült wurde.

Die Gegenwart kehrte wie ein Blitzschlag zurück, und er betrachtete den abgetrennten Kopf. Das Gesicht war abgewandt, und er drehte den Kopf mit dem Fuß um. Der Tote starrte ihn mit leeren Augen an. Er kannte das Gesicht gut, doch es war nicht Bourne.

Er stieß einen erschrockenen Schrei aus, als Bourne ihn packte und mit solcher Wucht gegen die Wand warf, dass er die blutige Machete fallen ließ. Er starrte von Bourne auf den abgetrennten Kopf hinunter.

»Ich dachte, Ben David wäre verbrannt.«

»Einer seiner Agenten hat ihn gerettet, und ich habe ihn von seinem Agenten befreit«, sagte Bourne. »Ich wollte, dass sein Tod wenigstens einen Sinn hat.«

Maceo Encarnacións Blick kehrte zu Oberst Ben Davids Gesicht zurück, das vom Fußboden zu ihm heraufstarrte. Kein Meerwasser spülte das Blut weg, um für einen sauberen, perfekten Tod zu sorgen.

»Ich hatte Sie erwartet, nicht ihn«, sagte Encarnación.

»Das dachte ich mir.«

Maceo Encarnación schauderte. »Lassen Sie mich gehen. Ich habe das Geheimnis von SILEX. Stellen Sie sich den Reichtum vor, den wir uns teilen werden.«

Bourne blickte ihm in die Augen.

»Sie haben Nicodemo in Paris getötet.« Es war mehr eine Feststellung als eine Frage.

»Er hat Rebekka niedergestochen«, hielt ihm Bourne entgegen. »Es war ein langsamer, qualvoller Tod.«

»Das tut mir leid.«

»Ich hab den Schmerz in ihren Augen gesehen, musste

mit ansehen, wie es langsam zu Ende ging, und konnte nichts tun.«

»Für einen Mann wie Sie muss das furchtbar sein.«

Bourne rammte ihm die Faust in die Magengrube. Encarnación krümmte sich, und Bourne zog ihn hoch.

Die rot geränderten Augen des Mexikaners öffneten sich weit. »Du hast meinen Sohn umgebracht.«

»Er hat sich selbst getötet.«

Encarnación spuckte ihm ins Gesicht. »Wie kannst du es wagen!«

»Wir waren im Wasser, ich wollte ihn überwältigen, aber du hast ihn zu gut ausgebildet. Er hätte mich und Don Fernando umgebracht, wenn ich ihm nicht zuvorgekommen wäre.«

»Asesino!«, schrie Encarnación und zog ein Faustmesser aus einer verborgenen Scheide. Seine Faust schoss hervor, die Klinge auf Bournes Herz gerichtet.

Bourne packte sein Handgelenk und verdrehte es blitzschnell. Encarnación verzog das Gesicht und hämmerte ihm die andere Hand gegen die Kehle. Mit einem knurrenden Laut wirbelte Bourne ihn herum, packte seinen Kopf mit beiden Händen und brach ihm mit einem jähen Ruck das Genick. Als er Maceo Encarnación losließ, hing der Kopf des Mexikaners in einem unnatürlichen Winkel herunter, als wolle er sich vom Körper lösen.

EPILOG

TEL AVIV, ISRAEL

»Der Direktor würde Sie gern sprechen«, sagte Dani Amit, der Leiter der Mossad-Abteilung für Informationsbeschaffung.

»Er will mich sprechen«, erwiderte Bourne. »Nicht töten.«

Amit lachte, doch seine blassblauen Augen blieben ernst. Die beiden Männer saßen an einem kleinen Tisch im Entr'acte, einem Restaurant am Strand von Tel Aviv.

»Der Befehl, unsere Agentin auszuschalten, war ein Fehler.«

»In unserem Geschäft ist rückblickend betrachtet fast alles ein Fehler«, meinte Bourne.

Amits Augen schweiften über die leeren Stühle, die am Strand aufgereiht standen. »Was uns nicht umbringt, macht uns grau.«

»Oder wahnsinnig.«

Amits Blick schnellte zu ihm zurück.

»Es war Wahnsinn, jemanden auf Rebekka anzusetzen«, stellte Bourne fest.

»Niemand konnte wissen, was sie vorhat. Sie hätte nicht einfach verschwinden dürfen.«

»Sie konnte niemandem mehr trauen.«

Amit seufzte und faltete die Hände wie zum Gebet. »Was Dahr El Ahmar betrifft, sind wir Ihnen zu großem Dank verpflichtet.«

»Rebekkas Verdacht gegen Ben David hat sich bestätigt.« Bourne war nicht bereit, das Thema auf sich beruhen zu lassen.

Amit zögerte kurz. »Die mexikanischen Behörden haben Rebekkas Leiche nach Israel überstellt.«

»Ich weiß. Und sie bekommt ein ehrenvolles Begräbnis. Ich möchte dabei sein.«

»Außenstehenden ist es nicht gestattet …« Amit hielt mitten in seiner automatischen Antwort inne und nickte schließlich. »Natürlich.«

Ein sanfter Wind strich Bourne durchs Haar. Sein ganzer Körper schmerzte, vor allem von den Verbrennungen, die er erlitten hatte.

»Hatte sie Verwandte?«

»Ihre Eltern sind tot«, antwortete Amit. »Sie werden ihren Bruder bei der Beerdigung sehen.«

»Er ist auch beim Mossad.«

»Trinken Sie Ihren Espresso aus«, sagte Amit. »Wir müssen gehen.«

Vom Boot des Direktors blickte Bourne auf die Stadt zurück. Die Sonne glühte vom Himmel herab, der Wind trieb kleine Wolken vor sich her. Das schneebedeckte Hochland des Libanons schien weit weg zu sein.

»Sie verstehen etwas vom Segeln«, sagte der Direktor. »Welche Qualitäten haben Sie noch, von denen wir nichts wissen?«

»Ich verzeihe nicht.«

Der Direktor sah ihn an. »Das ist eine typische Mossad-Eigenschaft.« Seinem Kraushaar schien der Wind nichts anhaben zu können. »Trotzdem sind wir alle nur Menschen, Bourne.«

»Nein«, widersprach Bourne. »Ihr seid der Mossad.«

Der Direktor schürzte die Lippen. »Okay, da ist was Wahres dran, aber wie Sie selbst bemerkt haben, sind wir auch nicht unfehlbar.«

Bourne betrachtete die leuchtend weiße Stadt, und plötzlich wurde ihm die jahrtausendealte Geschichte bewusst, die sich dahinter verbarg. Er zog die feine Silberkette mit dem Davidstern hervor.

Der Direktor sah sie und setzte sich neben seinen Gast. »Die hat Rebekka gehört.«

Bourne nickte.

Der Direktor atmete tief ein und ließ die Luft langsam entweichen. »Ich gehe immer segeln, wenn einer meiner Leute getötet wurde.«

Bourne schwieg. Der Davidstern baumelte zwischen ihnen, drehte sich langsam, leuchtete für kurze Augenblicke im Sonnenlicht. »Und?«, fragte er nach einer Weile. »Hilft es?«

»Hier draußen in der sauberen Luft und der Stille des Wassers, ohne die Last der Stadt auf dem Rücken, spüre ich erst, wie verloren ich bin.« Der Direktor blickte auf seine geschickten Hände hinunter. »Ist das eine Hilfe?« Er zuckte die Achseln. »Ich weiß es nicht. Sie?«

Bourne dachte daran, wie hilflos er sich gefühlt hatte, als Rebekka starb. Er spürte wie eine innere Erschütterung das Echo vergangener Verluste, und ihm wurde mit schrecklicher Klarheit bewusst, dass er genauso verloren war wie der Mann neben ihm.

DANKSAGUNG

Mein Dank gilt meinem Cousin David Schiffer für seine wertvollen Informationen über die neuesten Methoden im Kampf gegen Terroristen, internationale Waffenhändler und Drogendealer. Ein Dankeschön auch an meinen Freund Ken Dorph, der mir mit seinem Wissen über den Nahen und Mittleren Osten und seinen interessanten Geschichten über fremde Länder sehr geholfen hat. Danke auch meiner Frau Victoria für ihre Anregungen und Korrekturen.

Besonders hervorheben möchte ich Carlos Fuentes, dessen wunderbarer Roman *La voluntad y la fortuna* mir eine wertvolle Inspirationsquelle für Bournes Reise nach Mexico City war und meine eigenen Erfahrungen sowie verschiedene Berichte aus erster Hand ergänzt hat.

Werkverzeichnis der im Heyne Verlag von Robert Ludlum erschienenen Titel

› Bonusmaterial

© William C. Minarich

HEYNE ‹

Der Autor

Robert Ludlum wurde am 25. Mai 1927 in New York City geboren. Mit vierzehn Jahren verlässt er sein Elternhaus, um zur Bühne zu gehen. Nachdem er von seiner Mutter nach Hause zurückgeholt wird, schafft er drei Jahre später den Absprung und geht zunächst zum Militär. Nach Ende des Zweiten Weltkriegs beginnt er eine Karriere als Schauspieler. Trotz seines Erfolges am Theater, im Fernsehen und auch als Produzent beschließt er mit vierzig, diese Karriere an den Nagel zu hängen und studiert Kunstgeschichte. Seine »vierte« Karriere als Schriftsteller beginnt 1971 mit seinem ersten Buch *Das Scarlatti-Erbe*, an dem Ludlum achtzehn Monate arbeitet und welches auf Anhieb Platz eins der Bestsellerlisten erreicht. Als ähnlich erfolgreich erweisen sich auch alle folgenden Ludlum-Romane wie zum Beispiel *Das Osterman-Wochenende*, *Die Scorpio-Illusion* oder *Der Ikarus-Plan*. Seine Erfahrung als Schauspieler kommt ihm auch beim Schreiben zugute: »Man lernt, wie man die Aufmerksamkeit des Publikums behält«, erklärt Ludlum. Jeden Morgen sitzt er um 4.30 Uhr an seinem Schreibtisch, um in Ruhe an seinen Thrillern zu arbeiten. Seine Bücher werden in mehr als 30 Sprachen übersetzt, in mehr als 40 Ländern veröffentlicht und erreichen eine Auflage von über 300 Millionen Exemplaren. Zahlreiche seiner Romane wurden erfolgreich verfilmt, zuletzt die legendären Bourne-Thriller mit Matt Damon in der Hauptrolle. Robert Ludlum lebte bis zu seinem Tod am 12. März 2001 mit seiner Frau Mary und seinen Kindern in Florida und Connecticut.

»Der größte Thrillerautor aller Zeiten.« *The New Yorker*

»Robert Ludlum ist der perfekte Thrillerautor.« *Newsweek*

1. Einzeltitel

Das Scarlatti-Erbe

In der Schweiz treffen die Finanz- und Industriegiganten Europas und Amerikas zu einer außergewöhnlichen Sitzung zusammen, zu der Elizabeth Scarlatti, Begründerin und Verwalterin des riesigen Scarlatti-Vermögens, eingeladen hat. Es gilt, vor einem Verbrechen zu warnen, das das Weltgeschehen maßgeblich bedrohen könnte – und in das ihr eigener Sohn verwickelt zu sein scheint.

Das Osterman-Wochenende

An einem folgenschweren Wochenende kommt in einer ruhigen Vorstadt in New Jersey eine seltsame Gruppe von Frauen und Männern zusammen. Nichts Geringeres als die Zukunft von Amerika steht auf dem Spiel – und die Zukunft der gesamten freien Welt.

Die Matlock-Affäre

Die CIA vermutet hinter den altehrwürdigen Mauern der Carlyle University den Sitz eines gefährlichen Verbrechersyndikats. Literaturdozent James B. Matlock lässt sich auf ein tödliches Spiel ein, als er dem Kopf der Organisation nachspürt.

Das Genessee-Komplott

Andrew Trevayne, Präsident eines der größten Unternehmen der USA, hat den Auftrag, Unregelmäßigkeiten bei der Vergabe von Rüstungsaufträgen zu untersuchen. Im Zuge seiner Ermittlungen gerät er in höchste Gefahr, denn er deckt eine Verschwörung auf, die die USA in ihren Grundfesten zu erschüttern droht.

Die Halidon-Verfolgung

Ein unwiderstehliches Angebot lockt Alex McAuliff nach London: Der amerikanische Geologe soll eine Million Dollar erhalten, wenn er eine Landvermessung im Innern von Jamaika leitet. Doch der Auftrag birgt große Gefahren.

Der Rheinmann-Tausch

Bauingenieur David Spaulding wird während des Zweiten Weltkriegs vom militärischen Geheimdienst angeworben und ausgebildet, um nach Lissabon zu gehen, wo er ein Agentennetz aufbauen soll. Geplant sind Anschläge gegen Einrichtungen und Soldaten des Deutschen Reichs.

Der Gandolfo-Anschlag

MacKenzie Hawks, einst höchstdekorierter Offizier der Armee, wird unehrenhaft entlassen. Er holt zum Gegenschlag aus und gründet zusammen mit einigen berüchtigten Gangstern eine Tarnfirma, die Verbrechen in größtem Maßstab organisiert.

Das Jesus-Papier

Das Jesus-Papier erfüllt den Vatikan mit Schrecken. Mächtige Politiker versuchen mit allen Mitteln, an das brisante Geheimdokument zu gelangen.

Das Kastler-Manuskript

Wer ermordete J. Edgar Hoover, den Chef des amerikanischen FBI? Da gibt es einflussreiche Intellektuelle, die ihn hassten. Aber auch andere Gruppen jener Halbwelt zwischen Politik und organisiertem Verbrechen wollten ihn beseitigen …

Der Holcroft-Vertrag

Der Architekt Noel Holcroft wird überraschend zum Testamentsvollstrecker bestimmt. Holcroft ahnt nicht, dass er Teil eines teuflischen Plans ist. Vierzig Jahre später wird er von der Vergangenheit eingeholt.

Der Matarese-Bund

Brandon Scofield, Amerikaner, und Wassili Taleniekov, Russe, haben geschworen, sich gegenseitig umzubringen. Doch nun müssen sie zusammenarbeiten, denn eine gigantische Verschwörerorganisation will die Welt durch Terror ins Chaos stürzen. Die Todfeinde machen sich auf – zur gemeinsamen Jagd.

Das Parsifal-Mosaik

Michael Havelock ist einem Täuschungsmanöver unglaublichen Ausmaßes auf der Spur. Sollte es gelingen, würden alle internationalen Verträge außer Kraft gesetzt werden und die Welt in den nuklearen Krieg stürzen.

Die Aquitaine-Verschwörung

Sechs Generäle schließen sich zusammen, um ihre Idee von einem Riesenreich gewaltsam zu verwirklichen. Der Rechtsanwalt Joel Converse erfährt von diesem Plan. Als es ihm gelingt, die machtverrückten Generäle aufzuspüren, wird er zum meistgejagten Mann Europas …

Der Ikarus-Plan

In Oman werden 247 amerikanische Botschaftsangehörige als Geiseln genommen. Ein Kongressabgeordneter bietet seine Hilfe an. Seine einzige Bedingung: Er muss unabhängig vom amerikanischen Geheimdienst arbeiten können. Die Regierung akzeptiert – ein schwerer Fehler.

Das Omaha-Komplott

Die politische und militärische Führung der USA befindet sich in einer Krise. Ein kleiner Indianerstamm beruft sich auf einen Vertrag, der ihm die Besitzrechte am Bundesstaat Nebraska sichert. Doch im Hintergrund zieht ein viel gefährlicherer Feind die Fäden.

Die Scorpio-Illusion

Als Amaya Bajaratt zehn Jahre alt ist, muss sie mit ansehen, wie ihre baskische Familie von den Spaniern brutal ermordet wird. Amaya hat fortan nur noch einen Gedanken: Rache an der Obrigkeit, gleich welchen Staates, zu nehmen. Zur jungen Frau herangewachsen, beherrscht sie das Handwerk des Terrorismus perfekt und beschließt, in einem Feldzug die Mächtigen der politischen Welt auszuschalten …

Die Lennox-Falle

CIA-Spitzenagent Harry Lennox ermittelt unter strengster Geheimhaltung gegen eine gefährliche Bruderschaft, die das demokratische System der westlichen Staaten aus den Angeln zu heben droht.

Das Matarese-Mosaik

Mit ausgefeilten Computerstrategien versucht der Matarese-Geheimbund die Macht an sich zu reißen. Nur CIA-Topagent Beowulf Agate kann ihn stoppen ...

Der Prometheus-Verrat

Eine weltweit agierende zwielichtige Organisation arbeitet an einer neuen Waffen- und Überwachungstechnologie, die so lückenlos funktionieren soll, dass selbst Geheimdienste überflüssig werden. Ein Milliardenpoker um dieses lukrative Geschäft beginnt.

Das Sigma-Protokoll

Eine fast vergessene, hochbrisante Geheimdienstakte ist der Auslöser für eine brutale Mordserie in Europa. Als der Investmentbanker Ben Hartmann in Zürich nur knapp einem Anschlag entgeht, folgt er gemeinsam mit der US-Agentin Anna Navarro den Spuren des Falls.

Der Tristan-Betrug

Ein Amerikaner im besetzten Paris. Keiner weiß, dass er für den Geheimdienst arbeitet. Er führt ein Leben mit schönen Frauen, Partys und vielen interessanten Freunden. Dann wird er enttarnt und steht plötzlich alleine da, ohne Kontakte, ohne Plan und mit nur einer einzigen Möglichkeit zur Flucht.

Die Ambler-Warnung

Exagent Ambler wird von seinen einstigen Auftraggebern auf einer entlegenen Insel gefangen gehalten. Mithilfe einer Krankenschwester gelingt ihm die Flucht. Doch die Welt, in die er zurückkehrt, ist nicht die, die er verlassen hat. Eine mörderische Jagd nimmt ihren Lauf.

Die Bancroft-Strategie

Kurz nachdem der Agent Todd Belknap den Dienst quittiert hat, wird im Libanon sein bester Freund entführt. Als sich die Regierung weigert einzuschreiten, nimmt Belknap die Sache in die Hand. Eine Entscheidung, die er bald bereuen wird.

2. Die Jason-Bourne-Reihe

Die Bourne-Identität

Jason Bourne ist ein Mensch ohne Vergangenheit und ohne Zukunft – gejagt von mächtigen Feinden; geliebt von einer schönen Frau, die nicht glauben kann, dass er wirklich das ist, was sich langsam herauskristallisiert: ein Berufskiller.

Das Bourne-Imperium

Im Hinterzimmer eines Hongkonger Nachtlokals werden fünf Leichen aufgefunden. Einer der Ermordeten ist der Vizepräsident der Volksrepublik China. Doch warum hat der Killer mit dem Finger den Namen »Bourne« in die Blutlache gemalt?

Das Bourne-Ultimatum

Im dritten Teil der Bourne-Serie wird David Webb alias Jason Bourne ein weiteres Mal zum Spielball der Geheimdienste auf der Jagd nach seinem Erzfeind Carlos, dem Schakal.

Das Bourne-Vermächtnis
(mit Eric van Lustbader)

Mit *Das Bourne Vermächtnis* feiert die Trilogie ihre Fortsetzung: David Webb glaubt, seine Identität als Jason Bourne für immer hinter sich gelassen zu haben. Doch die Vergangenheit ruht niemals.

Der Bourne-Betrug
(mit Eric van Lustbader)

Jason Bourne kommt nicht zur Ruhe. Sein Freund Martin Lindros wird in Afrika entführt, und Bourne setzt alles daran, um ihn freizubekommen. Doch ist Lindros wirklich der, der er vorgibt zu sein? Ein teuflisches Spiel beginnt.

Das Bourne-Attentat
(mit Eric van Lustbader)

Als Jason Bourne Informationen über einen drohenden Terroranschlag auf amerikanischem Boden zugespielt werden, begibt er sich sofort auf die gefährliche Jagd nach den Killern. Doch zu spät erkennt er, wer der eigentliche Drahtzieher des Attentats ist.

Die Bourne-Intrige
(mit Eric van Lustbader)

Nach einem mörderischen Zweikampf mit dem russischen Killer Leonid Arkadin taucht Jason Bourne schwer verletzt auf Bali unter. Er täuscht seinen Tod vor und nimmt eine neue Identität an. Im Geheimen plant er die finale Hetzjagd auf den Killer. Doch Arkadin hat Bournes Manöver längst durchschaut. Ein teuflisches Katz-und Maus-Spiel nimmt seinen Lauf.

Das Bourne-Duell
(mit Eric van Lustbader)

Jason Bourne ist auf Bali untergetaucht, wo er in den Besitz eines mysteriösen Rings gelangt. Die Inschrift des Rings verweist auf eine im Geheimen operierende Organisation. Bournes Weg führt nach Marokko. Hier trifft er auf seinen Todfeind Leonid Arkadin, und ein unerbittlicher Kampf entbrennt. Doch scheinen beide in eine tödliche Falle getappt zu sein.

Der Bourne-Befehl
(mit Eric van Lustbader)

Eine internationale Organisation schickt sich an, der amerikanischen Wirtschaft einen vernichtenden Schlag zu versetzen. Doch zuvor muss der Mann beseitigt werden, der ihr als Einziger gefährlich werden kann: Jason Bourne. Ausgerechnet Bournes Freund Boris Karpow wird auf den Topagenten angesetzt. Findet Karpow einen Weg aus der tödlichen Zwickmühle?

Der Bourne-Verrat
(mit Eric van Lustbader)

Vor der schwedischen Küste zieht Jason Bourne einen Bewusstlosen aus dem Meer. Als der Mann zu sich kommt, fehlt ihm jede Erinnerung – eine unheimliche Parallele zu Bournes eigenem Schicksal. Die Lösung scheint in einem Mossad-Lager im Libanon zu liegen, in das sich Bourne Wochen zuvor geflüchtet hatte. Was geht dort vor sich? In letzter Minute erkennt Bourne einen zerstörerischen Plan, der nicht nur sein Leben, sondern die Sicherheit der Welt bedrohen könnte.

Die Bourne-Vergeltung
(mit Eric van Lustbader)

Jason Bourne ist am Boden zerstört, als seine Gefährtin, die Mossad-Agentin Rebekka, bei einem geheimen Einsatz in Mexiko getötet wird. So nimmt er den Auftrag an, für den ihn der Chef des israelischen Geheimdienstes gewinnen will: den chinesischen Minister Ouyang Jidan auszuschalten, der nicht nur für Rebekkas Tod verantwortlich zeichnet, sondern mit seinen dunklen Plänen eine Bedrohung für die gesamte westliche Welt darstellt.

3. Die Covert-One-Reihe

Der Hades-Faktor
(mit Gayle Lynds)

Drei Menschen werden Opfer eines unbekannten Virus. Als auch die Molekularbiologin Dr. Sophia Russell daran stirbt, glaubt Colonel Smith nicht mehr an einen Unfall. Er kommt den teuflischen Machenschaften eines Pharmagiganten auf die Spur.

Der Cassandra-Plan
(mit Philip Shelby)

Das Pockenvirus scheint besiegt. Nur in zwei Geheimlabors in Russland und den USA werden noch Restproben verwahrt. Unbekannte versuchen, die tödlichen Viren zu stehlen.

Lt. Colonel Jon Smith muss den Diebstahl um jeden Preis verhindern, denn ein Ausbruch der Seuche würde die ganze Menschheit bedrohen …

Die Paris-Option
(mit Gayle Lynds)

Eine Bombenexplosion im Pasteur-Institut in Paris tötet den Forscher Emile Chambord, der gerade an der Entwicklung eines DNA-Computers arbeitete. Auch seine Unterlagen scheinen vernichtet worden zu sein. Wenig später verschwinden auf mysteriöse Weise amerikanische Kampfjets. Jon Smith fliegt nach Paris, um eine Verbindung zwischen dem Anschlag auf das Institut und dem gefährlichen Mastermind herzustellen.

Der Altman-Code
(mit Gayle Lynds)

Die US-Marine hat einen chinesischen Frachter im Visier, der im Verdacht steht, gefährliche Chemikalien in den Irak zu transportieren. Um einen diplomatischen Super-GAU zu verhindern, muss der Geheimdienst herausfinden, ob der Verdacht sich bestätigt. Für diese Aufgabe gibt es keinen Besseren als Jon Smith. Was er entdeckt, bestätigt die schlimmsten Albträume.

Die Lazarus-Vendetta
(mit Patrick Larkin)

Die Lazarus-Gruppe ist die Speerspitze einer Umweltbewegung, die gegen die Technologisierung der Welt kämpft. Sie wird angeführt von einem mysteriösen Führer mit dem Namen »Lazarus«. Als nach einer Attacke auf ein Forschungslabor Tausende Menschen ums Leben kommen, schlägt die Stunde von Colonel Smith. Es ist höchste Zeit, »Lazarus« zu enttarnen.

Das Moskau-Virus
(mit Patrick Larkin)

In Moskau sterben US-Diplomaten an einem neuartigen Virus. Es lässt sich nicht diagnostizieren, nicht aufhalten, und es gibt kein Gegenmittel. Die perfekte Biowaffe, die ihr Ziel in der DNA ihrer Opfer findet und diese rasend schnell zerstört. Jon Smith wird von Prag aus nach Moskau beordert, um die Attentäter ausfindig zu machen. Er kommt einer weltweiten Verschwörung auf die Spur, die von einem geheimnisumwitterten Mann geleitet wird.

Der Arktis-Plan
(mit James Cobb)

In der kanadischen Arktis finden Wissenschaftler das Wrack eines russischen Bombers. Nur eine Handvoll Menschen weiß, dass dieses Wrack eine heute noch hochgiftige biologische Waffe an Bord hatte. Das Team von Covert One wird vom amerikanischen Präsidenten persönlich beauftragt, die Fundstelle abzusichern und die Biowaffe zu entschärfen. Doch als sie den Ort erreichen, finden sie dort bereits einen tödlichen Widersacher.

Die Ares-Entscheidung

(mit Kyle Mills)

Im Norden Ugandas wird ein Spezialkommando der US-Streitkräfte von bisher friedlichen Bauern ausgelöscht. Offenbar besaßen die Menschen fast übermenschliche Kräfte. Alles deutet darauf hin, dass sie ein bisher unbekannter Erreger immun gegen Schmerz und Angst machte - eine teuflische Biowaffe, die die Welt ins Chaos stürzen könnte. Das Team von Covert One muss alles daransetzen, der Bedrohung Herr zu werden. Doch der Feind sitzt in den eigenen Reihen …

Die Janus-Vergeltung

(mit Jamie Freveletti)

Bei einer Medizinerkonferenz in Den Haag verüben Terroristen ein Blutbad. Covert-One-Lieutenant Jon Smith kann mit knapper Not entkommen. Doch der Anschlag war nur ein Ablenkungsmanöver, um den hochgefährlichen pakistanischen Warlord Oman Dattar aus seiner Haft zu befreien. Und Dattars Racheplan hat nicht weniger zum Ziel als den Untergang der Vereinigten Staaten von Amerika.

Das Galdiano-Experiment

(Mit Kyle Mills)

Der Wissenschaftler Christian Dresner sorgt mit einer neuen Technologie namens Merge für Aufsehen. Jon Smith erkennt das verheerende Potenzial des Geräts. Der Merge darf auf keinen Fall in die falschen Hände geraten. Doch die Hinweise verdichten sich, dass seine Warnung bereits zu spät kommt.

4. Die Paul-Janson-Reihe

Der Janson-Befehl

Ein Milliardär und internationaler Friedensaktivist wird von Topterroristen entführt. Paul Janson, ein geläuterter Auftragskiller, soll ihn befreien und eine Verschwörung aufdecken, die den Weltfrieden gefährden könnte.

Das Janson-Kommando

(mit Paul Garrison)

Gemeinsam mit der Scharfschützin Jessica Kincaid hat Paul Janson seine eigene Spezialeinheit gegründet. Sein neuster Auftrag: Er soll einen von afrikanischen Piraten entführten Mediziner befreien. Doch das Unternehmen misslingt und Janson begreift, dass er mitten in den größten Schwierigkeiten steckt.